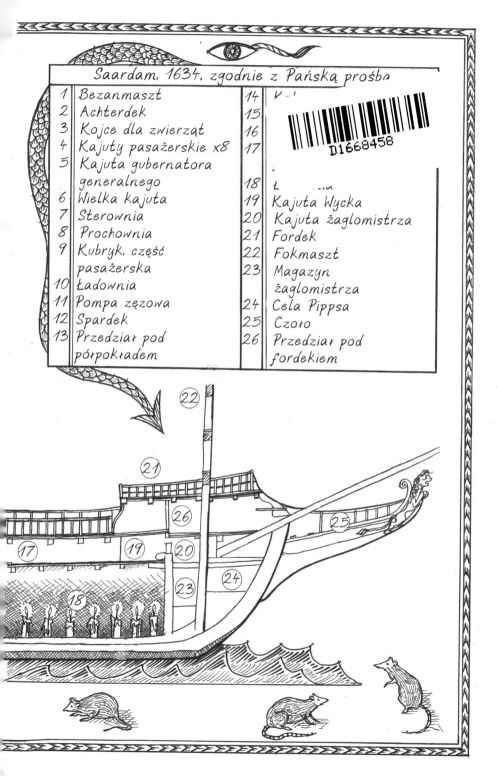

Saardam, 1634, zgodnie z Pańską prośbą

1	Bezanmaszt	14	
2	Achterdek	15	
3	Kojce dla zwierząt	16	
4	Kajuty pasażerskie x8	17	
5	Kajuta gubernatora generalnego	18	
6	Wielka kajuta	19	Kajuta Wycka
7	Sterownia	20	Kajuta żaglomistrza
8	Prochownia	21	Fordek
9	Kubryk, część pasażerska	22	Fokmaszt
		23	Magazyn żaglomistrza
10	Ładownia	24	Cela Pippsa
11	Pompa zęzowa	25	Czoło
12	Spardek	26	Przedział pod fordekiem
13	Przedział pod półpokładem		

STUART TURTON

Dziennikarz piszący głównie o podróżach. Pracował jako wolny strzelec w Szanghaju i Dubaju. Jego debiutancka powieść **Siedem śmierci Evelyn Hardcastle** ukazała się w 2018 roku i odniosła niebywały sukces. Po jej wydaniu Turton pisał opowiadania, które doceniono w kilku konkursach literackich, a w 2020 roku opublikował kolejną powieść, pt. **Demon i mroczna toń**. Mieszka z żoną w zachodnim Londynie. Jeśli właśnie nie marszczy czoła, łatając dziury w jakiejś nowej fabule, zapewne wspina się, nurkuje, świetnie się bawi lub zaginął w głuszy na jakimś odległym lądzie. Niewątpliwie co najmniej trzy z tych rzeczy robi dokładnie w tym samym czasie.

Tego autora

SIEDEM ŚMIERCI EVELYN HARDCASTLE
DEMON I MROCZNA TOŃ

STUART TURTON

DEMON I MROCZNA TOŃ

Z angielskiego przełożył
JACEK ŻUŁAWNIK

ALBATROS

Tytuł oryginału:
THE DEVIL AND THE DARK WATER

Copyright © Stuart Turton 2020
All rights reserved
Polish edition copyright © Wydawnictwo Albatros Sp. z o.o. 2021
Polish translation copyright © Jacek Żuławnik 2021

Redakcja: Marta Gral
Ilustracje na okładce: Nadezhda Molkentin/Shutterstock, Croisy/Shutterstock,
iberica/Shutterstock, Adrian Niederhaeuser/Shutterstock
Ilustracja na wyklejce: Emily Faccini 2020
Projekt graficzny okładki oryginalnej: David Mann
Opracowanie graficzne okładki polskiej: Kasia Meszka
Skład: Laguna

ISBN 978-83-8215-294-4
Książka dostępna także jako e-book i audiobook
(czyta Maciej Kowalik)

Dystrybutor
Dressler Dublin sp. z o.o.
Poznańska 91, 05-850 Ożarów Mazowiecki
tel. (+ 48 22) 733 50 31/32
e-mail: dystrybucja@dressler.com.pl
dressler.com.pl

Wydawca
Wydawnictwo Albatros Sp. z o.o.
Hlonda 2A/25, 02-972 Warszawa
wydawnictwoalbatros.com
Facebook.com/WydawnictwoAlbatros | Instagram.com/wydawnictwoalbatros

2021. Wydanie I
Druk: CPI Moravia Books, Czech Republic

Ado, która śpisz w swym łóżeczku.
Masz dwa latka, często nas zaskakujesz i prowokujesz do śmiechu.
Gdy przeczytasz te słowa, będziesz już kimś zupełnie innym.
Mam nadzieję, że pozostaniemy przyjaciółmi.
Mam nadzieję, że jestem dobrym tatą.
Mam nadzieję, że nie popełniam zbyt wielu błędów i że wybaczysz mi te, których nie udało mi się uniknąć. Bo choć poruszam się po omacku, to jednak zawsze bardzo, bardzo się staram.

Kocham Cię, maleńka. Tę książkę dedykuję
Tobie – kimkolwiek się staniesz.

Prolog

W 1634 roku Holenderska Kompania Wschodnioindyjska, z placówkami rozsianymi w całej Azji i na Przylądku Dobrej Nadziei, była najbogatszym przedsiębiorstwem handlowym na świecie. Najbardziej dochodową spośród faktorii Kompanii była Batawia, z której na pokładzie galeonów zwanych indiamanami przywożono gałkę muszkatołową, pieprz i inne przyprawy oraz jedwab.

Pełne niebezpieczeństw rejsy trwały zwykle osiem miesięcy.

Oceany były w znacznej mierze nieskartografowane, posługiwano się prostymi, wręcz prymitywnymi instrumentami nawigacyjnymi. Istniał tylko jeden pewny szlak łączący Batawię z Amsterdamem. Statki, które z niego zbaczały, często przepadały bez wieści. Lecz nawet te trzymające się „kolein morskiego traktu" pozostawały na łasce chorób, sztormów i piratów.

Wielu spośród pasażerów statków wypływających z Batawii nigdy nie docierało do Amsterdamu.

*Lista znamienitych pasażerów oraz członków załogi statku
Saardam w drodze do Amsterdamu, sporządzona ręką szambelana
Corneliusa Vosa.*

Prominentni pasażerowie
Gubernator generalny Jan Haan, jego żona Sara Wessel
oraz córka Lia Jan
Szambelan Cornelius Vos
Komendant straży Jacobi Drecht
Creesjie Jens i jej synowie Marcus i Osbert Pieter
Wicehrabina Dalvhain

Ważniejsi pasażerowie
Pastor Sander Kers i jego podopieczna Isabel
Porucznik Arent Hayes

Starsi oficerowie *Saardama*
Główny kupiec Reynier van Schooten
Kapitan Adrian Crauwels
Pierwszy oficer Isaack Larme

Ważniejsi członkowie załogi
Bosman Johannes Wyck
Konstabl Frederick van de Heuval

Więzień
Samuel Pipps

1

Arent Hayes zawył z bólu, gdy w jego szerokie plecy trafił kamień. Kolejny śmignął koło ucha. Trzeci uderzył w kolano i Arent się potknął. Powstrzymywany przez miejskich strażników motłoch – bezlitosna, idąca w setki ciżba z pianą na ustach, która pełnymi nikczemności czarnymi oczami rozglądała się już za kolejnymi pociskami – okrutnie szydził, wykrzykując obelgi.

– Kryj się, na litość boską! – zawołał błagalnie Sammy Pipps, przekrzykując wrzawę. Szedł chwiejnym krokiem po zakurzonej ziemi, jego kajdany lśniły w słońcu. – Im przecież chodzi o mnie.

Arent był znacznie roślejszy niż większość mężczyzn w Batawii, nie wyłączając Sammy'ego. Choć sam nie był więźniem, szedł tak, by jego potężne ciało znajdowało się pomiędzy dużo drobniejszym przyjacielem a tłumem, dzięki czemu skutecznie utrudniał atakującym celowanie.

Przed uwięzieniem Sammy'ego Pippsa przezywano ich Niedźwiedziem i Wróblem. Jeszcze nigdy oba te przydomki nie wydawały się tak adekwatne.

Pippsa wyprowadzono z lochu i powiedziono do portu, gdzie już czekał statek mający przetransportować go do Amsterdamu. Eskorta składała się z czterech muszkieterów, którzy trzymali się na dystans, aby przypadkiem nie stać się celem tłumu.

– Płacisz mi za ochronę – przypomniał mu Arent, ściągając z powiek zlepiony potem kurz i usiłując ocenić odległość, jaka dzieliła ich od bezpiecznego schronienia. – Będę to robił tak długo, jak zdołam.

Wejścia do portu na końcu głównego bulwaru Batawii strzegła wielka brama. Kiedy przez nią przejdą, znajdą się poza zasięgiem tłumu. Niestety, wlekli się w ogonie ślimaczo sunącego w upale długiego orszaku i wydawało się, że od chwili, w której w południe opuścili wilgotny loch, nawet na krok nie zbliżyli się do bramy.

Tuż przy nogach Arenta upadł z głuchym odgłosem spory kamień, obsypując mu buty wyschniętym błotem. Kolejny odbił się od oków Sammy'ego. Handlarze sprzedawali je prosto z worków i nieźle na tym zarabiali.

– Przeklęta Batawia! – warknął Arent. – Kanalie zrobią wszystko, by zapełnić sakiewkę.

W zwykły dzień ci sami ludzie kupowaliby u piekarzy, krawców, szewców, producentów lepiszcza, wytapiaczy świec i wszystkich tych, którzy rozstawiali stragany wzdłuż bulwaru. Śmialiby się i narzekali na piekielny upał. Ale wystarczy zakuć człowieka w kajdany i wystawić go na mękę, by nawet w najpotulniejsze dusze wstąpił diabeł.

– Zależy im na mojej krwi – rzucił Sammy, usiłując odepchnąć przyjaciela. – Ratuj skórę, błagam cię.

Arent spojrzał z góry na swego przerażonego druha, który bezskutecznie napierał dłońmi na jego pierś. Ciemne loki Sammy'ego kleiły się do czoła, wysokie kości policzkowe były fioletowe od razów, które spadły na niego za kratami, a z szeroko otwartych, zwykle pełnych kpiarskiego spojrzenia brązowych oczu biła rozpacz.

Nawet udręczony nic nie tracił ze swej urody.

Dla odmiany Arent był wystrzyżony i miał spłaszczony nos; wskutek niewprawnego posługiwania się batem kilka lat temu dorobił się długiej blizny na brodzie i szyi, a do tego w trakcie bójki ktoś odgryzł mu kawałek prawego ucha.

– W porcie będziemy bezpieczni. – Arent podniósł głos, by przekrzyczeć wiwaty, które zaczęto wznosić z przodu, tam gdzie na czele orszaku na grzbiecie białego ogiera jechał gubernator generalny Jan Haan, wyprostowany, w kaftanie pod napierśnikiem i z obijającym się o zbroję rapierem.

Przed trzynastoma laty w imieniu Holenderskiej Kompanii Wschodnioindyjskiej nabył leżącą tu wioskę i niezwłocznie po podpisaniu umowy puścił ją z dymem, a popiół, w który się obróciła, wykorzystał do wykreślenia sieci ulic, kanałów i zabudowań mającego urosnąć na jej miejscu miasta.

Teraz, gdy Batawia cieszyła się sławą najbardziej dochodowej faktorii Kompanii, Haana wezwano do Amsterdamu, aby dołączył do Siedemnastu Panów, tajemniczej rady sprawującej kontrolę nad Kompanią.

Ogier biegł kłusem, a tłum na bulwarze zalewał się łzami, wznosił gromkie okrzyki i wyciągał dłonie, usiłując dotknąć nóg gubernatora. Błogosławiono mu i rzucano kwiaty.

Haan wszystko to ignorował, trzymał fason i patrzył prosto przed siebie. Łysy, z haczykowatym nosem, kojarzył się Arentowi z jastrzębiem, który przysiadł na końskim grzbiecie.

Próbowało za nim nadążyć czterech zasapanych niewolników niosących pozłacany palankin jego żony i córki. Tuż obok biegła, wachlując się w upale, poczerwieniała służąca gubernatorowej.

Dalej czterech krzywonogich muszkieterów dźwigało skrzynię zawierającą Kaprys. Pot spływał im po czołach i skapywał na dłonie, utrudniając chwyt. Często się potykali i wtedy na ich obliczach malował się strach, wiedzieli bowiem, jaka spotka ich kara, jeśli uszkodzą zdobycz gubernatora.

Podążał za nimi bezładny tłum dworzan i pochlebców, wysokich urzędników i faworytów rodziny, którzy w ramach nagrody za lata intryg zyskali krępującą sposobność odprowadzenia gubernatora na pokład statku opuszczającego Batawię.

Rozkojarzony obserwacją orszaku, Arent na chwilę odsłonił przyjaciela, co tłum natychmiast wykorzystał. Ktoś cisnął kamieniem i trafił Sammy'ego w twarz. Z rozcięcia na policzku popłynęła krew, rzecz jasna ku uciesze ciżby.

Straciwszy nad sobą panowanie, Arent schylił się, podniósł kamień i rzucił nim w człowieka, który wymierzył cios, po czym chwycił mężczyznę za bark i popchnął na ziemię. Oburzony motłoch zawył i naparł na strażników eskortujących więźnia.

– Niezły rzut – mruknął z uznaniem Sammy, chowając głowę przed deszczem kamieni.

Arent dotarł do portu, kulejąc, obolały na całym swym potężnym ciele. Sammy, mimo że praktycznie wyszedł bez szwanku, jeśli nie liczyć paru siniaków, wydał na widok otwierającej się bramy głośne westchnienie ulgi.

Witani gdakaniem kur w wiklinowych koszach oraz pełnymi smutku spojrzeniami świń i krów, wkroczyli do labiryntu skrzyń, zwojów grubych lin i beczek poustawianych w wysokie stosy. Hałaśliwi dokerzy ładowali towary na kołyszące się przy nabrzeżu łodzie, przewożące je na pokłady siedmiu indiamanów zakotwiczonych na połyskujących wodach portu. Ze zwiniętymi żaglami i nagimi masztami wyglądały jak martwe chrząszcze ze sterczącymi odnóżami, lecz wkrótce każdy z nich miał ożyć, zapełniając się trzema setkami pasażerów i członków załogi.

Ludzie potrząsali sakiewkami na kursujących tam i z powrotem przewoźników i przeciskali się do przodu, gdy wywołano nazwę ich statku. Dzieci bawiły się w chowanego wśród skrzyń albo trzymały maminych spódnic, podczas gdy ojcowie rzucali gniewne spojrzenia błękitnemu przestworowi, usiłując przegnać nimi dryfujące po niebie pojedyncze chmury.

Zamożniejsi pasażerowie trzymali się nieco z boku, stojąc pod parasolami w otoczeniu służby i drogich kufrów. Utyskiwali na upał, wachlowali się i pocili obficie w koronkach i krezach.

Gdy orszak się zatrzymał, brama zaczęła się zamykać. Hałaśliwe odgłosy tłumu nieco przycichły.

Od skrzyń odbiło się jeszcze kilka rzuconych w ostatniej chwili kamieni i atak dobiegł końca.

Arent odetchnął z ulgą i zgiął się wpół, opierając dłonie na kolanach. Krople potu skapywały z jego czoła na zapiaszczoną ziemię.

– Bardzo cię poturbowali? – spytał Sammy, patrząc na siniaki przyjaciela.

– Mam potężnego kaca – stęknął Arent. – Poza tym właściwie nic mi nie jest.

– Czy straż przejęła mój ekwipunek alchemiczny? – W głosie Sammy'ego pobrzmiewała autentyczna obawa. Jako człowiek licznych talentów, był zdolnym alchemikiem; jego wyposażenie obejmowało tynktury, proszki i mikstury, które wymyślał dla ułatwienia procesu dedukcyjnego. Stworzenie niektórych spośród tych specyfików zabrało wiele lat i wymagało wykorzystania trudno dostępnych składników.

– Nie, zabrałem go z twojego alkierza, zanim przeszukali dom – odparł Arent.

– To dobrze – ucieszył się Sammy. – W zielonym słoiczku znajdziesz balsam. Wcieraj go w rany codziennie rano i wieczorem.

– Masz na myśli tę cuchnącą szczynami breję? – spytał Arent, krzywiąc się z niesmakiem.

– Nie inaczej. Dobry balsam musi cuchnąć szczynami.

Od strony kei zbliżał się muszkieter, wołając Sammy'ego. Miał wysłużony kapelusz z czerwonym piórem i opadającym na oczy miękkim rondem. Na ramiona muszkietera spływała plątanina ciemnoblond włosów, a policzki porastała gęsta broda.

Arent spojrzał na niego z aprobatą.

Większość batawskich muszkieterów należała do gubernatorskiej straży przybocznej. Prężyli się, salutowali i celowali w spaniu z otwartymi oczami. Tymczasem złachany mundur tego żołnierza dowodził, że jego właściciel doświadczył prawdziwej wojaczki. Na podziurawionym od kul i rapierów, wielokrotnie łatanym niebieskim kaftanie widniały stare plamy po krwi. Z sięgających do kolan czerwonych pludrów wystawały opalone owłosione nogi, pełne blizn i śladów po ukąszeniach komarów. Przytroczone do pasa miedziane flaszki z prochem strzelniczym obijały się o woreczki z saletrowymi zapałkami.

Stanąwszy przed Arentem, muszkieter energicznie podniósł i opuścił jedną nogę.

– Poruczniku Hayes, jestem Jacobi Drecht – oznajmił, przeganiając sprzed nosa muchę. – Dowodzę gubernatorską strażą przyboczną. Popłynę z wami, aby zapewnić bezpieczeństwo rodzinie gubernatora generalnego. – Następnie zwrócił się do muszkieterów eskortujących Arenta i Sammy'ego: – Do łodzi, chłopcy. Gubernator chce, aby pan Pipps znalazł się na pokładzie *Saardama*, zanim...

– Wysłuchajcie mnie! – dobiegł z góry czyjś chrapliwy głos.

Mrużąc oczy i wyciągając szyje, cała trójka spojrzała pod słońce.

Na stercie skrzyń stała postać w szarych łachmanach. Jej dłonie i twarz, jeśli nie liczyć wąskiej szczeliny na oczy, spowijały przesiąknięte krwią bandaże.

– Trędowaty – mruknął ze wstrętem Drecht.

Arent odruchowo zrobił krok do tyłu. Od małego wpajano mu lęk przed tymi straconymi ludźmi, których sama obecność potrafiła sprowadzić nieszczęście na wioskę. Jedno kaślnięcie, a nawet najlżejszy dotyk oznaczały długą i bolesną śmierć.

– Zabijcie go i spalcie – zarządził gubernator z czoła orszaku. – Nie ma przyzwolenia na obecność trędowatych w mieście.

Skonsternowani muszkieterzy spojrzeli po sobie. Człowiek w łachmanach znajdował się zbyt wysoko, by dało się go dosięgnąć pikami, muszkiety załadowano już na *Saardama*, a nikt nie miał łuku.

Nie zważając na poruszenie, które wywołał, trędowaty przeszywał wzrokiem stojących przed nim ludzi.

– Wiedzcie, że na pokładzie *Saardama* podróżuje mój mistrz. – Błądzące spojrzenie zahaczyło o Arenta, budząc trwogę w sercu najemnika. – Władca wszystkiego, co ukryte. Suzeren tego, co mroczne i rozpaczliwe. Wysłuchajcie ostrzeżenia wydanego na mocy pradawnych praw. Ładunek tego statku jest splamiony grzechem, toteż każdego, kto wejdzie na jego pokład, czeka niechybna zguba. *Saardam* nie dotrze do Amsterdamu.

Gdy trędowaty wypowiadał ostatnie słowo, brzeg jego złachmanionej szaty nagle stanął w płomieniach.

Ludzie jęknęli, a potem zaczęli krzyczeć z przerażenia. Dzieci wybuchnęły płaczem.

Z ust trędowatego nie dobył się ani jeden dźwięk. Ogień wspiął się po jego ciele i po chwili nieszczęśnik cały stanął w płomieniach.

Nawet się nie poruszył.

Płonął w milczeniu, ze wzrokiem utkwionym w Arencie.

2

Nagle zaczął młócić dłońmi, strzepując ogień z łachmanów, jakby dopiero teraz dotarło do niego, co się dzieje.

Zatoczył się, spadł ze skrzyń i uderzył o ziemię z odgłosem, od którego robiło się niedobrze.

Arent pochwycił baryłkę, kilkoma długimi krokami pokonał odległość dzielącą go od trędowatego, gołymi rękami zerwał wieko z beczułki i chlusnął piwem.

Łachmany zaskwierczały i nozdrza Arenta wypełniła woń spalenizny.

Skręcając się z bólu, trędowaty rozorywał palcami ziemię. Miał okropnie poparzone przedramiona i niemal zwęgloną twarz. Jedyną wciąż ludzką jej częścią były oszalałe od cierpienia oczy z rozszerzającymi się i kurczącymi na błękitnym tle źrenicami.

Rozchylił usta jak do krzyku, lecz z gardła nie wydobył się żaden dźwięk.

– To niemożliwe – mruknął Arent.

Łypnął na Sammy'ego, który napierał na łańcuchy i wyciągał szyję, żeby lepiej widzieć.

– Odcięto mu język! – zawołał Arent, usiłując przekrzyczeć zgiełk.

– Usuńcie się, jestem uzdrowicielką – odezwał się czyjś władczy głos.

Obok Arenta przepychała się dama, wciskając mu do ręki koronkowy czepek, który chwilę wcześniej zdjęła z głowy. Pośród jej ciasno spiętych rudych loków lśniły wysadzane klejnotami szpilki. Kiedy tylko czepek wylądował w dłoni Arenta, natychmiast został z niej wyrwany przez rozgorączkowaną służącą, która starając się trzymać parasol nad głową swojej pani, usiłowała nakłonić ją do powrotu do palankinu.

Arent zerknął w tamtą stronę.

Wysiadając w pośpiechu, można pani musiała zerwać zasłonkę z haczyka i zrzucić na ziemię dwie duże jedwabne poduchy. Scenie przypatrywała się umoszczona w palankinie młoda dziewczyna o owalnej twarzy, czarnych włosach i ciemnych oczach – skóra zdjęta z gubernatora generalnego, który siedząc sztywno w siodle, z dezaprobatą obserwował poczynania żony.

– Mamo? – odezwała się dziewczyna.

– Chwileczkę, Lio – odparła gubernatorowa. Przyklękła przy trędowatym, nie bacząc na to, że rąbek jej brązowej sukni opada na rybie wnętrzności. – Spróbuję pomóc – odezwała się łagodnym głosem. – Dorotheo? – zwróciła się do służącej.

– Tak, pani?

– Podaj moją fiolkę.

Służąca sięgnęła do rękawa, wyciągnęła niewielkie naczynko, odkorkowała je i wręczyła swojej pani.

– To złagodzi ból – powiedziała żona gubernatora do cierpiącego i przechyliła fiolkę tuż nad jego rozchylonymi ustami.

– On jest chory na trąd – ostrzegł ją Arent, gdy jej bufiaste rękawy niemal otarły się o łachmany nieszczęśnika.

– Wiem o tym. – Nie odrywała oczu od grubej kropli, która zawisła na brzeżku naczynia. – Porucznik Hayes, prawda?

– Po prostu Arent.

– Arent. Dobrze. – Obróciła jego imię w ustach, jakby miało osobliwy smak. – Nazywam się Sara Wessel. – Zawiesiła głos. – Po prostu Sara – dodała, naśladując jego szorstką odpowiedź.

Delikatnie potrząsnęła fiolką i kropla płynu wreszcie spadła, trafiając do ust trędowatego. Mężczyzna z trudem ją przełknął, zadrżał na całym ciele i po chwili spazmy ustały, a jego spojrzenie stało się mętne.

– Jesteś, pani, żoną gubernatora generalnego? – spytał Arent z niedowierzaniem. Większość szlachetnie urodzonych kobiet nie wysiadłaby z palankinu, nawet gdyby ten zajął się ogniem; nie przyszłoby im do głowy rzucać się na pomoc obcemu człowiekowi.

– A pan... sługą Samuela Pippsa, prawda? – rzuciła z irytacją.

– E... – Zaskoczyło go jej rozdrażnienie. Czym zdołał ją urazić? Na wszelki wypadek zmienił temat. – Co było w tej fiolce?

– Coś na uśmierzenie bólu – odparła, zabezpieczając zawartość naczynka korkową zatyczką. – Specyfik przyrządzony z miejscowych roślin. Od czasu do czasu sama go stosuję. Pomaga na sen.

– Możemy coś dla niego zrobić, pani? – spytała służąca, odbierając fiolkę i umieszczając ją w swoim rękawie. – Mam pójść po kuferek z medykamentami?

Jedynie głupiec próbowałby coś robić, pomyślał Arent. Z życia na wojnie wyniósł naukę o tym, bez której części ciała może się obejść człowiek i jaka rana będzie go budzić po nocach potwornym bólem, aż w końcu po roku ukradkiem przyniesie śmierć. Gnijące ciało trędowatego było źródłem straszliwego cierpienia, a rany od ognia przysporzą go jeszcze więcej. Przy dobrej opiece ten mężczyzna przeżyje dzień, może nawet tydzień, ale ten czas nie zawsze jest wart ceny, jaką trzeba zapłacić.

– Nie – odpowiedziała Sara. – Dziękuję, Dorotheo, ale to chyba nie będzie konieczne.

Podniosła się z ziemi i dała Arentowi znak, by odszedł z nią na bok.

– Nic więcej dla niego nie zrobimy – przyznała cicho. – Możemy się jedynie nad nim ulitować. Czy byłby pan... – Przełknęła ślinę, wyraźnie zawstydzona tym, o co chciała poprosić. – Czy kiedykolwiek odebrałeś komuś życie, panie?

Arent skinął głową.
- Umiesz to zrobić bezboleśnie?
Ponownie skinął głową. Sara uśmiechnęła się z wdzięcznością.
- Żałuję, że brak mi hartu ducha, by zająć się tym własnoręcznie – rzekła.

Przecisnął się przez krąg rozszeptanych gapiów, podszedł do jednego z muszkieterów pilnujących Sammy'ego i wyciągnął rękę po rapier. Skamieniały z przerażenia młody żołnierz bez protestów wysunął broń z pochwy i oddał Arentowi.

Sammy Pipps przywołał przyjaciela.
- Mówisz, że trędowaty nie ma języka?
- Odcięto mu go – potwierdził Arent. – Chyba już jakiś czas temu.
- Przyprowadź do mnie Sarę Wessel, kiedy skończycie – poprosił Sammy. – Ta sprawa wymaga naszej uwagi.

Gdy Arent wrócił z rapierem, Sara przyklęknęła nad nieszczęśnikiem i wyciągnęła rękę, by ująć jego dłoń, ale w porę się zreflektowała.
- Nie potrafię cię uleczyć – powiedziała łagodnym tonem. – Lecz mogę ci ofiarować bezbolesne uwolnienie od cierpienia. Zgodzisz się?

Trędowaty poruszył ustami, z których dobył się tylko jęk. Ze łzami w oczach skinął głową.
- Zostanę przy tobie. – Spojrzała przez ramię na córkę przypatrującą się im ze swego miejsca w palankinie i wyciągnęła rękę. – Lio, chodź tu, proszę.

Dziewczyna wysiadła. Miała nie więcej niż dwanaście, trzynaście lat i patykowate kończyny. Niezgrabnie wisząca na jej chudych ramionach suknia wyglądała jak skóra, z której Lia nie zdołała się wygramolić.

Powitał ją szelest odzieży, gdy cały orszak – w tym Arent – odwrócił się, by zmierzyć gubernatorównę wzrokiem. W przeciwieństwie do matki, która każdego wieczoru udawała się do kościoła, Lia rzadko pokazywała się publicznie. Mówiono, że ojciec trzyma ją w ukryciu ze wstydu, ale kiedy tak szła z wahaniem w stronę trędowatego, Arent nie potrafił się dopatrzyć niczego, co mogło być powodem do wstydu. Była śliczną dziewczyną, nawet jeśli niezwykle bladą, jakby utkaną z cienia i księżycowej poświaty.

Sara posłała nerwowe spojrzenie mężowi, który siedział sztywno na koniu i zgrzytał zębami, nieznacznie poruszając żuchwą. Arent domyślał się, że gubernator gotuje się ze złości. Skurcze mięśni jego twarzy były wyraźnym sygnałem, że najchętniej nakazałby żonie i córce powrót do palankinu, lecz przekleństwo władzy zabraniało mu przyznać się do utraty kontroli.

Kiedy Lia podeszła do matki, Sara krzepiąco ścisnęła jej dłoń.

– Ten człowiek czuje straszny ból – powiedziała cicho. – Porucznik Hayes uwolni go od cierpienia. Rozumiesz?

Dziewczyna otworzyła szeroko oczy i potulnie skinęła głową.

– Tak, mamo.

– To dobrze. On się bardzo boi. W takiej sytuacji nie powinien być sam. Będziemy czuwały przy nim, wesprzemy go naszą odwagą. Nie wolno ci odwracać wzroku.

Trędowaty z trudem uniósł dłoń, wziął osmalony i postrzępiony na brzegach niewielki kawałek drewna, który leżał na jego szyi, i mocno zaciskając powieki, przyłożył go do piersi.

– Jeśli jesteś gotowy… – zwróciła się Sara do Arenta.

Ten bezzwłocznie przeszył rapierem serce nieszczęśnika. Trędowaty wygiął plecy w łuk i zesztywniał, po czym opadł bezwładnie. Po chwili spod jego ciała zaczęła wypływać krew. W lśniącej w słońcu szkarłatnej kałuży odbijały się trzy stojące nad trupem postacie.

Dziewczyna złapała matkę za rękę, ale nie uciekła.

– Jesteś dzielna, skarbie – pochwaliła córkę Sara, głaszcząc ją po gładkim policzku. – Wiem, że to było nieprzyjemne, ale wykazałaś się odwagą.

Kiedy Arent wycierał ostrze rapiera o worek z owsem, wyciągnęła z włosów jedną z wysadzanych klejnotami szpilek, uwalniając rudy lok.

– Za pańską fatygę – powiedziała, wręczając mu cenny przedmiot.

– Akt dobroci przestaje nim być, gdy trzeba za niego zapłacić – odparł i nie przyjąwszy połyskującej szpilki od żony gubernatora, zwrócił rapier żołnierzowi.

Sara popatrzyła na niego z konsternacją pomieszaną z zaskoczeniem i po chwili, jakby poczuła się przyłapana na gorącym uczynku, odwróciła wzrok i przywołała dwóch dokerów siedzących na stercie porwanego płótna żaglowego.

Skoczyli na równe nogi jak użądleni i podeszli, przylizując włosy.

– Sprzedajcie ten przedmiot, spalcie ciało tego nieszczęśnika i zadbajcie o chrześcijański pochówek prochów – poleciła, kładąc szpilkę na zrogowaciałej dłoni jednego z nich. – Niech po śmierci zazna spokoju, którego nie doświadczył za życia.

Spojrzeli na siebie porozumiewawczo.

– Klejnot jest wart tyle, że wystarczy na pogrzeb i spełnienie waszych zachcianek. Ale wiedzcie, że każę mieć was na oku – ostrzegła złudnie uprzejmym tonem. – Jeżeli szczątki tego biedaka trafią do dołu dla niedotykalnych za murami miasta, zawiśniecie na stryczku. Czy to jasne?

– Tak, pani – wybąkali, z szacunkiem uchylając kapeluszy.

– Zechcesz, pani, poświęcić chwilę Sammy'emu Pippsowi? – spytał Arent, który stał teraz obok komendanta straży Jacobiego Drechta.

Sara zerknęła na męża, najwyraźniej starając się oszacować jego niezadowolenie. Arent doskonale ją rozumiał. Jan Haan potrafił się wściec o źle zastawiony stół; nic dziwnego, że widok żony pełzającej na kolanach w brudzie, niczym nierządnica za toczącą się monetą, mógł wyprowadzić go z równowagi.

Gubernator nawet nie patrzył na żonę. Za to przyglądał się Arentowi.

– Lio, wróć, proszę, do palankinu – odezwała się Sara.

– Ale, mamo – jęknęła dziewczyna, ściszając głos. – To Samuel Pipps.

– Tak.

– Ten Samuel Pipps!

– To prawda.
– Wróbel!
– Zapewne ubóstwia swoje przezwisko – zauważyła sucho gubernatorowa.
– Mogłabyś mnie przedstawić.
– Widzisz przecież, że nie jest odpowiednio ubrany.
– Mamo...
– Trędowaty dostarczył ci wystarczająco dużo emocji na jeden dzień – orzekła Sara, ruchem głowy wzywając Dorotheę.

Lia otworzyła usta, by zaprotestować, ale służąca tylko pogłaskała ją po ramieniu i delikatnie pociągnęła za sobą.

Sara tymczasem ruszyła przez rozstępujący się tłum w stronę więźnia, który zaczął pospiesznie poprawiać poplamiony kaftan.

– Krążą o panu legendy, panie Pipps – powiedziała, dygając.

Po niedawnym upokorzeniu ten nieoczekiwany komplement zbił Sammy'ego z tropu, tak że jego powitalny gest wyszedł niezgrabnie i z powodu ograniczających ruchy łańcuchów wyglądał raczej jak parodia ukłonu.

– O czym chciałeś ze mną mówić, panie? – spytała Sara.
– Błagam cię, pani, opóźnij wyjście *Saardama* w morze – powiedział. – Musisz posłuchać ostrzeżenia trędowatego.
– Wzięłam go za szaleńca – przyznała zaskoczona.
– Och, był nim, bez wątpienia – zgodził się Sammy. – Ale przemawiał, nie mając języka, i wspiął się na skrzynie, będąc chromym.
– Zauważyłam brak języka, lecz chromość nie rzuciła mi się w oczy. – Zerknęła na trupa. – Czy aby na pewno?
– Nawet mimo oparzeń wyraźnie widać upośledzenie. Domyślam się, że musiał poruszać się o kulach, co oznacza, że aby wspiąć się na skrzynie, potrzebował czyjejś pomocy.
– Sądzisz, panie, że miał wspólnika?
– Owszem. I to tym bardziej mnie niepokoi.
– Oczywiście. – Westchnęła. – Bo niepokój, tak jak nieszczęście, nie znosi samotności.

Sammy puścił jej komentarz mimo uszu.
— Spójrz, pani, na jego dłonie. Jedna jest bardzo poparzona, ale druga niemal nietknięta. Jeśli się przyjrzysz, zauważysz siniak pod paznokciem na kciuku i zobaczysz, że palec był złamany co najmniej trzykrotnie, przez co się zakrzywił. Przypadłość ta jest typowa dla cieśli, zwłaszcza okrętowych, którym kołysanie na falach istotnie utrudnia pracę. Mojej uwagi nie uszły również krzywe nogi, kolejna cecha charakterystyczna żeglarzy.
— Myślisz, że pływał jako cieśla na pokładzie jednostki należącej do floty? — wtrącił Arent, patrząc na siedem statków zakotwiczonych w porcie.
— Nie wiem — odparł Sammy. — Prawdopodobnie każdy cieśla w Batawii na pewnym etapie swojego życia pracował na którymś z indiamanów. Gdyby pozwolono mi obejrzeć ciało z bliska, mógłbym udzielić bardziej jednoznacznych odpowiedzi, ale...
— Nie ma mowy, żeby mój mąż pana uwolnił, panie Pipps — ucięła Sara. — Jeżeli właśnie o to panu chodziło.
— Nie. — Sammy zaczerwienił się. — Wiem doskonale, co gubernator o mnie myśli, i zdaję sobie sprawę, że nie weźmie pod uwagę moich obaw. Ale ciebie, pani, z pewnością wysłucha.
Sara w zakłopotaniu przeniosła spojrzenie na dokazujące w porcie delfiny. Wyskakiwały z wody, robiły obrót i znikały pod powierzchnią, prawie jej nie marszcząc.
— Błagam cię, pani. Musisz przekonać męża, aby opóźnił wypłynięcie floty, dopóki Arent nie zbada sprawy.
Arent drgnął zaskoczony. Ostatni raz prowadził dochodzenie przed trzema laty. Później starał się trzymać od takich spraw z daleka. Jego zadaniem było dbanie o bezpieczeństwo Sammy'ego i unieszkodliwianie każdego, kogo wskaże przyjaciel.
— Pytania są jak miecze, a odpowiedzi jak tarcze — upierał się Sammy, nie odrywając wzroku od Sary. — Błagam cię, pani, uzbrój się. Bo kiedy *Saardam* wypłynie z portu, będzie już za późno.

3

Sara Wessel ruszyła wzdłuż orszaku pod palącym słońcem Batawii, czując na sobie świdrujące spojrzenia dworzan, żołnierzy i pochlebców. Szła jak skazaniec: ze spiętymi ramionami, rękami wzdłuż boków, zaciśniętymi pięściami i wzrokiem wbitym w ziemię. Wstyd rozpalał jej policzki do czerwoności, którą większość gapiów błędnie brała za wypieki od gorąca.

Sama nie wiedziała, dlaczego nagle zerknęła przez ramię. Bez trudu wypatrzyła Arenta, wyższego o półtorej głowy od stojących wokół niego ludzi. Sammy polecił mu przyjrzeć się z bliska zwłokom i Arent właśnie grzebał w łachmanach trędowatego długim kijem używanym do transportowania koszy.

Poczuł na sobie spojrzenie Sary, podniósł wzrok i popatrzył jej w oczy. Speszona, błyskawicznie odwróciła głowę.

Kiedy podeszła do męża, jego koń – przeklęta bestia, której nigdy nie zdołała obłaskawić – parsknął i wierzgnął ze złością. W przeciwieństwie do Sary, rumak lubił być dosiadany przez gubernatora.

Ta myśl sprawiła, że na jej twarzy zagościł złośliwy uśmieszek; nie udało jej się go pozbyć z twarzy nawet wtedy, gdy już zatrzymała się przy mężu, który zwrócony do niej plecami i z pochyloną głową rozmawiał ściszonym głosem z Corneliusem Vosem.

Vos był jego szambelanem, najważniejszym spośród gubernatorowych doradców i jednym z najbardziej wpływowych ludzi w mieście. Na pierwszy rzut oka nic o tym nie świadczyło, nosił się bowiem ze swą władzą bez werwy i charyzmy. Nie był ani wysoki, ani niski; ani dobrze zbudowany, ani szczupły. Miał szare jak błoto włosy i ogorzałą twarz pozbawioną jakichkolwiek znaków szczególnych, jeśli nie liczyć błyszczących zielonych oczu, których spojrzenie zawsze wędrowało ponad ramieniem rozmówcy.

Nosił sfatygowane, ale nie złachmanione ubranie. Otaczała go tak silna aura beznadziei i rozpaczy, że chyba nikogo by nie zdziwiło, gdyby tam, gdzie stąpał, więdły kwiaty.

– Co z moim osobistym frachtem? Jest już na pokładzie? – spytał gubernator, ignorując żonę.

– Główny kupiec osobiście nadzorował załadunek, panie.

Nie przerwali rozmowy i nic w ich zachowaniu nie wskazywało na to, że w ogóle zauważyli Sarę. Jan nie cierpiał, kiedy mu przerywano, a Vos służył gubernatorowi wystarczająco długo, by o tym wiedzieć.

– Rozumiem, że zadbano o dyskrecję?

– Komendant straży Drecht osobiście czuwał nad załadunkiem. – Niespokojne palce szambelana zdradzały jakąś wewnętrzną kalkulację. – Porozmawiajmy o drugim ważnym ładunku, panie. Zechcesz zdradzić, gdzie życzysz sobie, abyśmy umieścili Kaprys na czas podróży?

– Myślę, że moja kajuta będzie do tego odpowiednia.

– Obawiam się, panie, że Kaprys ma na to zbyt duże rozmiary – powiedział Vos, poruszając palcami złożonych dłoni. – Może lepiej w luku towarowym?

– Mam pozwolić, by upchano przyszłość Kompanii w ładowni jak niechciany mebel?

– Niewielu ludzi wie, czym właściwie jest Kaprys – przypomniał szambelan. Na chwilę jego uwagę odwrócił plusk wioseł zbliżającej się łodzi. – Jeszcze mniej osób zdaje sobie sprawę, że będzie na *Saardamie*. Być może najlepszym sposobem na ukrycie Kaprysu okaże się właśnie potraktowanie go jak niechciany mebel.

– Pomysłowe. Ale luk jest za bardzo odsłonięty.

Zamilkli, głowiąc się nad rozwiązaniem.

Promienie słońca grzały kark Sary. Na jej czoło występowały grube krople potu i spływały po twarzy, zbierając drobinki białego pudru, którym Dorothea obficie posypała oblicze swej pani, aby ukryć piegi. Sara miała ochotę poluzować suknię, zdjąć opinającą szyję krezę i odkleić wilgotny materiał od ciała, ale jej mąż nie znosił, kiedy ktoś się wiercił, równie mocno jak nienawidził, gdy mu przeszkadzano.

– Wobec tego może w prochowni? – zaproponował Vos. – Jest zamknięta i strzeżona. Nikomu nie przyjdzie do głowy szukać w niej czegoś tak cennego jak Kaprys.

– Doskonale. Zajmij się tym.

Kiedy szambelan odszedł w stronę orszaku, gubernator wreszcie odwrócił się do żony.

Był od niej dwadzieścia lat starszy. Jego głowa miała kształt łzy i z wyjątkiem łączącej parę wielkich uszu ciemnej tonsury była zupełnie łysa. Większość mieszkańców Batawii nosiła kapelusze, które chroniły przed ostrym słońcem, ale Jan Haan uważał, że w takim nakryciu wygląda głupio. W rezultacie skóra na jego czaszce świeciła wściekłą czerwienią i jej złuszczone cząstki zbierały się w fałdach krezy.

Zmierzył Sarę ciemnymi oczami, które kryły się pod prostymi brwiami. Podrapał się po długim nosie. Był brzydkim mężczyzną, jakkolwiek patrzeć, lecz w przeciwieństwie do szambelana otaczał go nimb władzy. Każde słowo padające z jego ust brzmiało tak, jakby miało trafić na karty historii; każde spojrzenie zawierało subtelną naganę, zachętę dla innych, by stanęli obok niego i przekonali się, jak bardzo są niedoskonali. Był człowiekiem, który uważał się za żywy wzór kindersztuby, dyscypliny i moralności.

– Żono – odezwał się tonem udającym życzliwy.

Podniósł dłoń, by dotknąć jej twarzy, na co zareagowała wzdrygnięciem. Położył kciuk na jej policzku i usunął płat zlepionego pudru.

– Upał wyraźnie ci nie służy.

Przełknęła zniewagę i spuściła wzrok.

Byli małżeństwem od piętnastu lat, lecz Sara mogła policzyć na palcach jednej ręki sytuacje, w których zdołała wytrzymać jego spojrzenie.

To przez te czarne jak inkaust oczy. Ich córka miała identyczne, tyle że podczas gdy oczy Lii skrzyły się życiem, źrenice jej ojca przypominały dwie puste ciemne dziury, przez które dawno uleciała jego dusza.

Sara poczuła to już przy pierwszym spotkaniu, gdy razem z czterema siostrami została nagle, z dnia na dzień, przewieziona do jego salonu w Rotterdamie, dostarczona jak mięso zamówione na targu. Porozmawiał z każdą z nich osobno i bez wahania wybrał Sarę. Wygłosił przed jej ojcem starannie przygotowane oświadczyny, w których wymienił korzyści płynące z połączenia ich rodów. W skrócie: miała zostać zamknięta w pięknej klatce i dysponować mnóstwem czasu na przeglądanie się w lśniących prętach.

Przepłakała całą drogę powrotną do domu, błagając ojca, by jej nie odsyłał, ale nic nie wskórała. Wiano było zbyt nęcące. Wcześniej nawet nie zdawała sobie sprawy, że jest hodowana na sprzedaż jak cielę, tuczona manierami i wykształceniem.

Poczuła się zdradzona, ale tylko dlatego, że była wtedy młoda. Teraz znacznie lepiej rozumiała świat i wiedziała, że mięso nie ma nic do powiedzenia w kwestii tego, na czyim haku zawiśnie.

– Twój popis był niestosowny – zbeształ ją półgębkiem mąż, nie przestając uśmiechać się do dworzan, którzy podeszli bliżej, aby niczego nie przegapić.

– To nie był popis – bąknęła wyzywająco. – Nieszczęśnik cierpiał.

– Umierał. Sądziłaś, że wydobrzeje, gdy napoisz go miksturą? – Obniżył głos tak bardzo, że jego słowa miażdżyły biegające po ziemi mrówki. – Jesteś impulsywna, lekkomyślna i głupia, do tego masz zbyt miękkie serce. – Obrzucał ją obelgami, tak jak wcześniej tłum ciskał kamieniami w Samuela Pippsa. – Przymykałem oko na twoje słabości, kiedy byłaś dziewczęciem, ale przecież młodość dawno masz za sobą.

Reszty już nie słuchała; nie musiała. Same znajome reprymendy, pierwsze krople deszczu przed gwałtowną burzą. Wiedziała, że cokolwiek powie, niczego to nie zmieni. Kara nastąpi później, gdy zostaną sami.

– Samuel Pipps uważa, że naszemu statkowi zagraża niebezpieczeństwo – wypaliła.

Gubernator, nieprzyzwyczajony do tego, że mu się przerywa, ściągnął brwi.

– Pipps jest spętany – zauważył.

– Tylko jego ręce są skute łańcuchami – sprostowała. – Oczy i umysł pozostają wolne. Twierdzi, że trędowaty był cieślą i być może pracował na statku należącym do floty mającej zabrać nas do Amsterdamu.

– Trędowatym nie wolno służyć na indiamanach.

– A jeśli choroba ujawniła się dopiero po tym, jak przybył do Batawii?

– Zgodnie z moim zarządzeniem każdy trędowaty ma zostać stracony, a jego ciało spopielone. W Batawii nie ma dla nich miejsca. – Pokręcił z rozdrażnieniem głową. – Dałaś się zmamić paplaninie szaleńca i przestępcy. Nie ma żadnego zagrożenia. *Saardam* to świetny statek, którym dowodzi doskonały kapitan. Najsolidniejsza jednostka w całej flocie. Dlatego ją wybrałem.

– Pippsowi nie chodzi o obluzowaną deskę – odparowała, szybko ściszając głos. – Obawia się sabotażu. Ci, którzy wejdą dziś na pokład *Saardama*, w tym nasza córka, będą narażeni na śmiertelne niebezpieczeństwo. Naprawdę chcesz na to pozwolić po tym, jak straciliśmy synów... – Nabrała powietrza, by zapanować nad wzburzeniem. – Czy nie byłoby rozsądne porozmawiać z kapitanami floty, zanim wypłyniemy? Trędowaty miał odcięty język i kulał. Jeśli służył na którymś z tych okrętów, ktoś z pewnością musiał go zapamiętać.

– Czego ode mnie oczekujesz? – spytał, wskazując brodą setki tłoczących się na nabrzeżu spoconych dusz. Gapiom udało się bezszelestnie podejść na tyle blisko gubernatora i jego żony, żeby słyszeć wymianę zdań. – Że na rozkaz przestępcy każę tym wszystkim ludziom wracać do twierdzy?

– Kiedy sprowadziłeś Pippsa z Amsterdamu, żeby odzyskał dla ciebie Kaprys, wtedy jakoś potrafiłeś mu zaufać.

Gubernator groźnie zmrużył oczy.

– Czy ze względu na Lię nie moglibyśmy chociaż przesiąść się na inny statek? – naciskała dalej Sara.

– Nie. Popłyniemy na pokładzie *Saardama*.

– W takim razie niech sama Lia...

– Nie.

– Dlaczego? – Była tak skonfundowana uporem męża, że lekkomyślnie drążyła temat, zupełnie nie zważając na jego gniew. – Na innym statku będzie nam tak samo wygodnie. Czemu tak ci zależy, żebyśmy...

Mąż uderzył ją wierzchem dłoni. Policzek boleśnie zapiekł. Stłumiony okrzyk zdumienia dworzan wymieszał się z pojedynczymi chichotami.

Gdyby wzrok mógł zatapiać statki, wszystkie okręty w porcie poszłyby na dno, lecz gubernator generalny przyjął spojrzenie żony ze spokojem. Wyjął z kieszeni jedwabną chusteczkę. Wściekłość, która w nim narastała, nagle jakby wyparowała.

– Przyprowadź naszą córkę, abyśmy mogli wejść na pokład całą rodziną – powiedział, wycierając puder z palca. – Nasz czas w Batawii dobiegł końca.

Sara zacisnęła zęby i odwróciła się plecami do orszaku.

Wszyscy jej się przyglądali, rechocząc i szepcząc między sobą. Wbiła spojrzenie w palankin.

Lia z nieprzeniknioną miną przypatrywała się matce zza zerwanej zasłonki.

Niech go diabli, pomyślała Sara. Niech go diabli.

4

Krople skapujące z unoszących się i opadających wioseł mieniły się w słońcu. Łódź płynęła po lekko wzburzonych wodach portu, kierując się w stronę *Saardama*.

Komendant straży Jacobi Drecht siedział okrakiem na ławce w środkowej części łodzi i w zamyśleniu skubał blond brodę, wydłubując z niej resztki solonej ryby.

Odpięty od pasa rapier położył sobie na kolanach. Piękna broń, z rękojeścią osłoniętą metalem o misternym wzorze. Większość muszkieterów nosiła piki i muszkiety albo rdzewiejące szpady ukradzione poległym na polu bitwy. Tymczasem ostrze Drechta miało szlachetny sznyt, zdecydowanie zbyt wyrafinowany jak na skromnego żołnierza. Arent zastanawiał się, w jaki sposób komendant straży wszedł w posiadanie tego przedmiotu – i dlaczego jeszcze go nie sprzedał.

Trzymając dłoń na pochwie rapieru, Drecht co pewien czas posyłał więźniowi podejrzliwe spojrzenia. Ale ponieważ pochodził z tej samej wioski co przewoźnik, wdał się z nim w serdeczną pogawędkę o znajomych oberżach i dzikach, na które poluje się w tamtejszych lasach.

Tymczasem na dziobie Sammy, spętany wijącymi się jak węże łańcuchami, z ponurą miną gładził pordzewiałe okowy. Arent jeszcze nigdy nie widział swego kompana aż tak przybitego. Przepracowali razem pięć lat i przez ten czas Sammy bywał irytujący, porywczy, życzliwy, leniwy... lecz nigdy nie załamany. Wyglądał jak słońce zasnute grubą warstwą chmur.

– Jak tylko znajdziemy się na pokładzie, porozmawiam z gubernatorem – obiecał Arent. – Spróbuję przemówić mu do rozsądku.

Sammy pokręcił głową.

– Nie posłucha – odparł głucho. – Im zacieklej mnie bronisz, tym trudniej ci będzie zdystansować się ode mnie, kiedy założą mi pętlę na szyję.

– Sammy!

– Gubernator dopilnuje tego, gdy dotrzemy do Amsterdamu. – Prychnął. – Zakładając, że w ogóle tam dotrzemy.

Arent odruchowo rozejrzał się za łodzią gubernatora. Płynęła kilka pociągnięć wioseł przed nimi. Zwiewny materiał firan baldachimu, pod którym odbywała ten krótki rejs rodzina Haana, unosił się na wietrze, pozwalając dojrzeć Lię trzymającą głowę na kolanach matki. Gubernator zajął miejsce w niewielkim oddaleniu od żony i córki.

– Siedemnastu Panów nie pozwoli mu na to – powiedział Arent, który wiedział, jak wielkim szacunkiem darzą Sammy'ego ludzie kierujący Holenderską Kompanią Wschodnioindyjską. – Jesteś dla nich zbyt cenny.

– Gubernator udaje się do Amsterdamu, by zasiąść w radzie. Wierzy, że zdoła przekonać pozostałych.

Łódź wpłynęła pomiędzy dwa statki i znalazła się w krzyżowym ogniu wiszących na takielunkach marynarzy, przerzucających się sprośnymi dowcipami i sikających za burtę; żółte strugi o włos chybiały podróżnych.

– O co w tym wszystkim chodzi, Sammy? – zastanawiał się głośno Arent. – Przecież wywiązałeś się z zadania i odzyskałeś Kaprys. Wydano przyjęcie na twoją cześć! Jak to możliwe, że następnego dnia wszedłeś do gabinetu gubernatora jako bohater, a wyszedłeś z niego w kajdanach?

– Długo o tym myślałem i nie znalazłem wytłumaczenia – przyznał z przygnębieniem Sammy. – Gubernator zażądał ode mnie, bym się przyznał, a kiedy spytałem, do czego, dostał ataku furii i kazał trzymać mnie w lochu, dopóki nie zmienię zdania. Dlatego błagam cię, zostaw mnie i ratuj siebie.

– Sammy... – zaczął Arent, lecz przyjaciel wszedł mu w słowo.

– Najwyraźniej w trakcie tej sprawy zrobiłem coś, co go rozgniewało, a ponieważ nie wiem, o co może chodzić, nie jestem w stanie uchronić cię przed jego gniewem. Kiedy gubernator ze mną skończy, wszystkie nasze dawne sukcesy stracą na znaczeniu, a pozycja w Kompanii przestanie się liczyć. Stałem się dla ciebie obciążeniem, Arencie Hayes. Los karze mnie za lekkomyślne i aroganckie zachowanie. Nie zamierzam powiększać swej porażki, ciągnąc cię za sobą na dno. – Sammy pochylił się i wbił w przyjaciela wściekłe spojrzenie. – Wracaj do Batawii i choć raz pozwól, bym to ja uratował życie tobie.

– Płacisz mi za ochronę – odparł Arent. – Mam osiem miesięcy na to, by ocalić cię przed tym, byś stał się karmą dla wron, i zamierzam tego dokonać.

Sammy pokręcił głową, zgarbił się pod ciężarem przygnębienia i zamilkł.

Łódź dotarła do skrzypiącego potężnego kadłuba *Saardama*. Z tej perspektywy statek wyglądał jak wyłaniająca się z wody gigantyczna drewniana ściana. Minęło zaledwie dziesięć miesięcy od dnia, kiedy wyruszył z Amsterdamu, lecz w tym czasie zdążył się mocno postarzeć. W trakcie przeprawy przez lodowaty Atlantyk, a potem przez parne tropiki, czerwona i zielona farba złuszczyła się, a deski się wypaczyły.

To, że coś tak ogromnego mogło utrzymać się na wodzie, było dla Arenta, który nagle poczuł się tyci, zarówno cudem techniki, jak i czarną magią. Wyciągnął rękę i przesunął palcami po szorstkim drewnie. Wyczuł stłumioną wibrację. Spróbował wyobrazić sobie, co znajduje się po drugiej stronie: labirynt pokładów i schodów, przeszywające ciemność pojedyncze zabłąkane promienie słońca. Statek takich rozmiarów wymagał licznej – idącej w setki – załogi i zabierał równie wielu pasażerów. Wszystkim groziło niebezpieczeństwo. Jedynym człowiekiem, który mógł im pomóc, był spętany, pobity i upokorzony Sammy.

– Posłuchaj, Sammy. Ktoś zamierza zatopić tę łódź, a tak się składa, że pływam jak worek kamieni. Może więc z łaski swojej przestaniesz myśleć wyłącznie o własnym zadku i jednak spróbujesz coś zaradzić? – Arent wyraził się najjaśniej, jak potrafił.

Jego przyjaciel wyszczerzył zęby w uśmiechu.

– Doprawdy, takimi przemowami mógłbyś porywać tłumy – zadrwił. – Znalazłeś coś przy trędowatym?

Arent wyjął zawiniątko. Na kawałku płótna konopnego leżał wisior, który nieszczęśnik ściskał w garści, kiedy Arent go zabijał. Wyglądał jak bryłka węgla.

Sammy pochylił się i przyjrzał przedmiotowi.

– Złamany na pół – orzekł. – Tutaj widać postrzępione brzegi. – Zamyślił się, wciąż patrząc na wisior, po czym odwrócił się do Drechta i spytał głosem nieznoszącym sprzeciwu: – Służył pan wcześniej na indiamanie, komendancie?

Drecht zmrużył oczy, jakby odpowiedź na to pytanie była mroczną jaskinią, do której wcale nie miał ochoty wchodzić.

– Owszem.

– Jak najłatwiej zatopić taki statek?

Komendant straży uniósł krzaczastą brew i wskazał brodą Arenta:

– Poprosić kompana, żeby przebił pięścią kadłub.

– Pytam poważnie – zaznaczył Sammy.

– Dlaczego chcesz to wiedzieć, panie? – rzucił podejrzliwie Drecht. – Wiem, że nie udajesz się na bal, ale nie pozwolę, byś w drodze do piekła porwał ze sobą gubernatora.

– Nie lękam się o swoją przyszłość, bo ta jest w rękach Arenta – odparł Sammy. – Martwią mnie jednak groźby pod adresem statku. Wolałbym, żeby się nie spełniły.

Drecht przeniósł spojrzenie z Sammy'ego na Arenta.

– Naprawdę tylko o to mu chodzi, poruczniku? Przysięgnij na swój honor.

Arent potwierdził skinieniem głowy, na co Drecht wpatrzył się w otaczające ich indiamany. Ściągnął brwi i poprawił pas; zabrzęczały przyczepione do niego miedziane flaszki.

– Podłożyłbym ogień w prochowni – odezwał się po dłuższej chwili.

– Kto jej pilnuje?

– Konstabl za okratowanymi drzwiami.

– Arent, dowiedz się, kto ma dostęp do tego pomieszczenia, i wybadaj, czy nasz konstabl nie chowa jakiejś urazy – zakomenderował Sammy.

Zapał w głosie przyjaciela dodawał Arentowi animuszu. Przeważnie zajmowali się kradzieżami i morderstwami, przestępstwami znanymi ludzkości od dawien dawna i przez to zrozumiałymi. Ustalali przebieg wydarzeń na podstawie śladów na miejscu zdarzenia. To jakby przyjść do teatru po zakończonym przedstawieniu i na podstawie porzuconych fragmentów didaskaliów i pozostawionych na scenie rekwizytów spróbować odtworzyć historię, która rozegrała się na deskach. Tym razem chodziło o zbrodnię jeszcze niedokonaną; o szansę na to, by ocalić życia, zamiast mścić się za ich odebranie. Nareszcie sprawa godna talentu Sammy'ego. Przy odrobinie szczęścia odwróci jego uwagę do czasu, aż Arent znajdzie sposób na uwolnienie przyjaciela.

– Będzie wam potrzebne pozwolenie od kapitana Crauwelsa – uprzedził Drecht, strzepując z rzęs krople morskiej wody. – Nie dostaniecie się do środka bez jego błogosławieństwa. A niełatwo je uzyskać.

– Zacznij więc od kapitana – polecił Sammy, zwracając się do Arenta. – Po rozmowie z konstablem rozpytaj wśród załogi, czy ktoś nie kojarzy trędowatego. Zakładam, że był ofiarą.

– Ofiarą? – zakpił Drecht. – Przecież obrzucił nas klątwą.

– Jak, skoro ucięto mu język? Nieszczęśnik miał jedynie odwrócić naszą uwagę. Był tłem dla cudzego głosu. Nie wiemy, czy życzył nam źle, tak jak ten, który naprawdę przemawiał, ale jestem przekonany, że nie wspiął się na skrzynie o własnych siłach ani też sam nie podpalił swoich szat. Zaczął ruszać rękami, dopiero kiedy rzucił się na ziemię, i wszyscy widzieliśmy panikę w jego spojrzeniu, gdy zaczęły go trawić płomienie. Nie wiedział, co się z nim stanie, można zatem stwierdzić, że został zamordowany, i to w szczególnie haniebny sposób. – Sammy zauważył przemykającego po ogniwach łańcucha niedużego pająka; podstawił palec i pomógł stworzeniu przenieść się na ławkę. – Dlatego Arent najpierw postara się poznać tożsamość trędowatego, a następnie porozmawia z osobami, które go znały, i spróbuje odtworzyć ostatnie tygodnie jego życia. Dzięki temu być może zrozumiemy, w jaki sposób ten nieszczęśnik znalazł się na skrzyniach, i dowiemy się, czyj głos usłyszeliśmy i dlaczego jego właściciel tak bardzo nienawidzi załogi i pasażerów *Saardama*.

Speszony Arent poprawił się na ławce.

– Sammy, nie jestem pewien, czy podołam. Może znajdziemy...

– Przed trzema laty wyraziłeś chęć zostania moim terminatorem – uciął Sammy, rozdrażniony brakiem optymizmu przyjaciela. – Pora, byś pokazał, czego się przy mnie nauczyłeś.

Echo dawnych kłótni napęczniało jak obrzydliwe pęcherze na powierzchni bagna.

– Przecież już się przekonaliśmy, że nic z tego – przypomniał mu Arent. – Brakuje mi twoich zdolności.

– Przyczyną wydarzeń w Lille nie był twój niedostatek intelektu, lecz ułomność temperamentu. To przez swoją siłę stajesz się niecierpliwy.

– Nie przez siłę wtedy zawiodłem.

– To była tylko jedna sprawa, choć rozumiem, że nadwątliła twoją pewność siebie...

– Niewinny człowiek o mało nie stracił życia.

– Tak to już jest z niewinnymi ludźmi – orzekł Sammy. – Ile znasz języków? Jak łatwo się ich nauczyłeś? Obserwowałem cię przez te lata i wiem, że chłoniesz wiedzę i zatrzymujesz ją w sobie. W co była ubrana Sara Wessel, kiedy spotkaliśmy się z nią dziś rano? Od góry do dołu, po kolei, opowiadaj.

– Nie mam pojęcia.
– Ależ oczywiście, że masz. – Sammy skwitował śmiechem odruchowe kłamstwo przyjaciela. – Uparty z ciebie człek. Gdybym cię zapytał, ile nóg ma koń, powiedziałbyś, że w życiu nie widziałeś takiego stworzenia. Te wszystkie fakty... Co z nimi robisz? Do czego ci one?
– Do tego, aby utrzymywać cię przy życiu.
– I znów to samo: skłaniasz się ku sile, gdy potrzebujemy trzeźwej analizy. – Sammy uniósł ciężkie łańcuchy. – Moje możliwości są ograniczone. Dopóki nie odzyskam swobody ruchów, by móc przeprowadzić własne dochodzenie, oczekuję, że zadbasz o bezpieczeństwo statku. – Łódź uderzyła burtą o kadłub *Saardama*. – Jakaś kanalia miałaby mnie utopić, zanim gubernator włoży mi pętlę na szyję? Niedoczekanie!

5

Zaroiło się od łodzi. Ciągnęły do *Saardama*, płynąc w długim łańcuszku, jak mrówki przypuszczające atak na zdechłego wołu. Wypełniali je pasażerowie, każdy ściskający ten jeden jedyny tobołek, który pozwolono mu zabrać. Krzyczeli z dołu, aby spuścić im sznurową drabinkę, a z góry marynarze drwili z nich, ostentacyjnie udając, że nie słyszą albo bezskutecznie próbują odnaleźć zapodzianą drabinkę.

Zwykli pasażerowie nie mogli, niestety, liczyć na interwencję oficerów *Saardama*, ci bowiem cierpliwie czekali, aż gubernator generalny Haan wraz z rodziną wejdzie na pokład od strony rufy. Dopóki gubernator nie rozlokuje się w swojej kajucie, nikt inny nie miał prawa wstępu na statek.

Lia unosiła się na desce zamocowanej na czterech linach. Sara przyglądała się temu z dołu, siedząc ze splecionymi dłońmi, przerażona, że córka zsunie się z siedziska albo któraś lina pęknie z trzaskiem.

Jej mąż został już wyniesiony, ona była ostatnia w kolejce.

Ceremoniał zaokrętowania – jak zresztą każdy inny – stawiał ją na najdalszym miejscu w jej własnym życiu.

Kiedy nadeszła jej kolej, Sara usiadła na desce, chwyciła się lin i gdy uniesiono ją w powietrze, a wiatr zaczął szarpać suknią, wybuchnęła beztroskim śmiechem.

Poczuła, jak przepełnia ją radość.

Machając nogami, przyglądała się Batawii, od której oddzielały ją wody portu.

Przez trzynaście lat obserwowała z usadowionego na wzniesieniu fortu, jak leżące u jego stóp miasto rozpływa się niczym roztopione masło. Stamtąd wydawało się ogromne. Było plątaniną uliczek i sklepów, targowisk i parapetów murów obronnych.

Z perspektywy statku zakotwiczonego w porcie sprawiało wrażenie samotnego – jego ulice i kanały lgnęły do siebie, trzymały się kurczowo, stały odwrócone plecami do wybrzeża, jakby obawiały się nadciągającej dżungli. Nad dachami wisiały obłoki torfowego dymu, nad którymi krążyły ptaki o jaskrawym upierzeniu, czekając na sposobność, by zanurkować i pochwycić resztki pozostawione przez handlarzy, gdy ci zwiną stragany.

Coś ścisnęło ją za serce i raptem uświadomiła sobie, jak bardzo będzie tęskniła za tym miejscem. Każdego ranka Batawia budziła ją rejwachem, gdy tysiące papug zrywało się z wrzaskiem do lotu, wprawiając drzewa w drżenie i wypełniając niebo kolorami. Uwielbiała ten ptasi chór, tak jak przepadała za osobliwym, śpiewnym językiem tubylców i za wielkimi parującymi garami pełnymi pikantnych potraw, które wieczorami pichcili na ulicach.

W Batawii urodziła się jej córka i zmarło dwóch synów. W Batawii stała się kobietą, którą teraz była, na dobre i na złe.

W końcu wniesiono Sarę na tonący w cieniu wyniosłego grotmasztu pokład rufowy. Marynarze pomykali po takielunku jak pająki, poprawiając liny i zaciskając węzły, cieśle heblowali wypaczone deski, chłopcy okrętowi utykali szczeliwo i rozprowadzali smołę, starając się nikomu nie podpaść.

Sara podeszła do córki, która stała przy relingu i przyglądała się krzątaninie.

– Coś niezwykłego, prawda? – odezwała się dziewczyna z podziwem. – Tyle tu zbędnego trudu. – Wskazała grupę stękających z wysiłku marynarzy, którzy opuszczali ładunek przez luk, jakby *Saardam* był bestią wymagającą nakarmienia przed podróżą. – Gdyby zastosowali lepszy bloczek, mieliby o połowę mniej pracy. Mogę go dla nich zaprojektować, jeśli...

– Nie będą chcieli – przerwała jej matka. – Zachowaj to dla siebie, Lio. Otaczają nas mężczyźni, którym na pewno nie spodoba się twoja pomysłowość. Nie ma dla nich znaczenia, że kierujesz się dobrymi intencjami.

Lia spochmurniała i zagryzła wargę, wpatrując się w niewydajny bloczek.

– Przecież to taka drobnostka. Czemu nie mogę...

– Ponieważ mężczyźni nie lubią, gdy przez kogoś wychodzą na głupców, a jeśli się odezwiesz, bez wątpienia właśnie tak się poczują. Jak zawsze. – Sara pogłaskała córkę po policzku, żałując, że nie może nic zaradzić na jej zbolałą minę. – Jesteś bardzo pomysłową i bystrą młodą osobą, kochanie, ale duma, którą mężczyźni cenią ponad wszystko, nie pozwoli im zaakceptować kobiety silniejszej od nich. – Pokręciła głową, usiłując znaleźć właściwe słowa. – Tego nie trzeba rozumieć. Tak po prostu jest. Żyłaś bezpiecznie za murami fortu, otoczona kochającymi cię i truchlejącymi ze strachu przed twym ojcem ludźmi, ale na pokładzie *Saardama* nie możesz liczyć na uprzywilejowanie. To niebezpieczne miejsce. Pamiętaj o tym i dobrze się zastanów, zanim coś powiesz.

– Tak, mamo.

Sara westchnęła i objęła córkę. Serce jej się krajało. Oczywiście, że wolałaby nie podcinać skrzydeł własnemu dziecku, ale czy z tego, że pozwoliłaby Lii narazić się na niechęć marynarzy, wynikłoby coś dobrego?

– Obiecuję ci, że to nie potrwa długo. Wkrótce będziemy bezpieczne i będziemy mogły żyć tak, jak nam się podoba.

– Żono! – krzyknął gubernator z drugiego końca pokładu. – Chcę ci kogoś przedstawić.

– Chodź – powiedziała Sara, biorąc Lię pod rękę.

Gubernator rozmawiał ze spoconym tęgim mężczyzną z wyraźnie widoczną siateczką żyłek pod skórą na twarzy. Nieznajomy miał załzawione i przekrwione oczy. Było oczywiste, że obudził się późno i nie przyłożył do toalety. Nosił się wprawdzie zgodnie z obowiązującą modą, ale tasiemki zawiązał byle jak, a bawełnianą koszulę wetknął za pas tylko z jednej strony. Był nieupudrowany i nieuperfumowany – i stanowczo pilnie potrzebował obu tych rzeczy.

– Oto główny kupiec Reynier van Schooten – oznajmił gubernator. – To najważniejsza osoba z załogi. – Tonem głosu maskował ewidentną niechęć do tego człowieka.

Van Schooten wzrokiem położył Sarę na szalce, zważył ją, oszacował i przywiązał jej do ucha metkę z ceną.

– Sądziłam, że jest nim kapitan – odezwała się Lia.

Van Schooten zatknął kciuki za pas, nadął okrągły brzuch i przywołując resztki dumy, odparł:

– Nie na okręcie kupieckim, moja pani. Zadaniem kapitana jest tylko dowiezienie nas bezpiecznie do Amsterdamu. Za wszystko pozostałe odpowiadam ja.

Tylko, pomyślała Sara. Tak jakby istniało coś ważniejszego od niedopuszczenia do zatonięcia statku.

Oczywiście, że istniało.

W końcu był to statek handlowy pod banderą Holenderskiej Kompanii Wschodnioindyjskiej, co oznaczało, że pierwszeństwo przed wszystkimi innymi względami miał zysk. Powrót *Saardama* do macierzystego portu w Europie nie będzie miał znaczenia, jeśli towar się zepsuje bądź handel na Przylądku Dobrej Nadziei pójdzie nie po myśli kupców. Mógł zawinąć do Amsterdamu nawet pełen trupów na pokładzie, ale jeśli przyprawy pozostałyby suche, to Siedemnastu Panów i tak odtrąbiłoby sukces.

– Pozwolisz, pani, że oprowadzę cię po indiamanie? – zaproponował Reynier van Schooten i wyciągnął rękę do Lii, prezentując przy tym kolekcję wysadzanych klejnotami pierścieni. Niestety, ich blask nie zdołał przyćmić błyszczącej plamy potu na koszuli pod pachą.

– Mamo, może ty masz ochotę na zwiedzanie? – spytała Lia, odwracając się plecami do kupca i wykrzywiając usta z odrazą.

– Moja żona i córka mogą się później zaznajomić z rozkładem pomieszczeń – wtrącił zniecierpliwiony gubernator. – Teraz wolałbym obejrzeć mój ładunek.
– Twój ładunek, panie? – Chwila konsternacji i nagłe olśnienie. – Ach, naturalnie. Zabiorę cię, panie, prosto do niego.
– Doskonale – ucieszył się gubernator. – Córko, zajmiesz kajutę numer trzy. – Machnął w kierunku niewielkich czerwonych drzwi za ich plecami. – A ty, żono, numer sześć.
– Numer pięć, panie – poprawił przepraszająco główny kupiec. – Zmieniłem przydział.
– A to dlaczego?
– Ponieważ... – Van Schooten nerwowo przestąpił z nogi na nogę. Padający na niego kraciasty cień takielunku sprawiał, że kupiec wyglądał, jakby zarzucono na niego sieć. – Ponieważ kajuta numer pięć jest wygodniejsza.
– Nonsens. Wszystkie są identyczne. – Gubernatora wyraźnie zirytowało to, że ktoś ośmielił się zakwestionować jego polecenie, nawet tak błahe. – Zaznaczyłem wyraźnie: kajuta numer sześć.
– Ona jest przeklęta, panie – rzucił pospiesznie kupiec, czerwieniąc się ze wstydu. – Pierwszego z podróżnych, którzy zajmowali ją podczas naszego ośmiomiesięcznego rejsu z Amsterdamu, znaleziono powieszonego na haku u sufitu, a drugi zmarł we śnie z oczami szeroko otwartymi z przerażenia. Nocą słychać w niej kroki, nawet gdy jest pusta. Proszę cię, panie, to...
– Nie obchodzi mnie to! – wszedł mu w słowo gubernator. – Wybierz sobie tę kajutę, która bardziej ci odpowiada – zwrócił się do żony. – Do wieczora jesteś wolna.
– Panie. – Sara pokornie pochyliła głowę.
Odprowadziła wzrokiem van Schootena, który ruszył przed jej mężem w dół po schodkach, po czym chwyciła córkę za rękę i najszybciej, jak pozwalały na to ich niezbyt praktyczne na pokładzie statku suknie, pociągnęła ją w stronę kajut dla pasażerów.

41

– Skąd ten pośpiech, mamo? – zdziwiła się Lia, o mało się nie przewracając.

– Musimy zabrać Creesjie i chłopców z pokładu, zanim okręt wyjdzie z portu.

– Ojciec nigdy na to nie pozwoli – zauważyła dziewczyna. – Creesjie mówiła, że planowała opuścić Batawię dopiero za trzy miesiące, ale ojciec się uparł. Zażądał, by z nami popłynęła, i nawet wykupił jej kajutę.

– Dlatego nic mu nie powiem – odparła Sara. – Zorientuje się, że wysiadła, kiedy będziemy już na pełnym morzu.

Lia stanęła i obiema rękami szarpnęła matkę za ramię, zmuszając ją do zatrzymania.

– On ci tego nie daruje – szepnęła ze strachem w oczach. – Wiesz, co zrobi. Będzie gorzej niż...

– Musimy ostrzec Creesjie.

– Ostatnim razem nie mogłaś chodzić.

Sara złagodniała.

– Przepraszam, kochanie. – Położyła dłoń na policzku córki. – To było... Żałuję, że musiałaś mnie oglądać w takim stanie, ale nie mogę pozwolić na to, by nasza przyjaciółka znalazła się w niebezpieczeństwie tylko dlatego, że twój ojciec jest zbyt uparty, by posłuchać kobiecego głosu rozsądku.

– Mamo, proszę – jęknęła Lia, ale Sara już zdążyła zerwać z szyi krezę i dotrzeć do niskich czerwonych drzwi.

Za nimi znajdował się wąski korytarz oświetlony migoczącą we wnęce świecą. W ścianach po obu stronach korytarza zamontowano po czworo drzwi do kajut, każde opatrzone wypalonymi w drewnie rzymskimi cyframi. Stękający z wysiłku dokerzy przenosili kufry i meble, przeklinając ciężar bogactwa.

Nad ich pracą czuwała służąca Sary, w imieniu swej pani wskazując, co, gdzie i jak postawić.

– W której kajucie ulokowano Creesjie? – spytała Sara.

– W siódemce, naprzeciwko Lii – odparła Dorothea, po czym zagadnęła gubernatorównę o jakąś drobnostkę. Sara ruszyła dalej sama.

Przecisnęła się pomiędzy ścianą a przykrytą ochronnym suknem harfą, trącając struny instrumentu, lecz po chwili drogę zatarasował jej przewiązany szpagatem wielki dywan, który mężczyźni usiłowali wnieść do zdecydowanie zbyt małej kajuty.

– Nie wejdzie, kapitanie – poskarżył się jeden z marynarzy dźwigających dywan na ramieniu. Próbowali złamać go w wejściu. – Nie możemy go zanieść do ładowni?

– Wicehrabina Dalvhain miałaby się obejść bez swych wygód? – dobiegł ze środka rozdrażniony głos kapitana. – Spróbujcie na sztorc.

Marynarze zrobili, co im kazano. Rozległ się trzask.

– Coście, do stu diabłów, narobili?! – warknął ze złością kapitan. – Połamaliście futrynę?

– To nie my, kapitanie – zastrzegł stojący bliżej marynarz. Ze zwoju wysunął się ułamany na końcu cienki drewniany drążek i stuknął o podłogę.

Jeden z marynarzy pospiesznie odsunął go piętą.

– Wsadza się takie kijki, żeby dywan się nie zginał, kapitanie – wyjaśnił, lecz drobny grymas zdradził jego brak pewności.

– Szlag by to – mruknął kapitan. – Połóżcie go po skosie i tyle. Wicehrabina sama znajdzie dla niego miejsce, kiedy wejdzie na pokład.

Połknąwszy dywan, kajuta wypluła barczystego, muskularnego mężczyznę, który wypadł na korytarz i stanął oko w oko z Sarą. Miał błękitne jak ocean oczy i krótko przycięte włosy – profilaktycznie, z obawy przed wszami – do tego bujne, przesłaniające część brody i policzków rude wąsy, stanowiące ozdobę ogorzałej, kanciastej twarzy o przemijającej urodzie, trochę jak dowodzony przez niego statek.

Na widok Sary złożył kwiecisty, dworski pokłon.

– Wybacz niewybredne słownictwo, pani – powiedział. – Nie wiedziałem, że tu jesteś. Nazywam się Adrian Crauwels, jestem kapitanem *Saardama*.

Korytarz był wąski i ruchliwy, co zmuszało ich do stania w krępującej bliskości.

Kapitana spowijała dobywająca się z pomandera woń cytrusów; miał wyjątkowo białe zęby, a jego oddech świadczył o słabości do żucia mięty. Ubiór Crauwelsa niczym nie przypominał niechlujnego stroju głównego kupca, był wytworny i drogi: kaftan w kolorze głębokiej purpury, ze złotymi, mieniącymi się w blasku świecy haftami i rozcinanymi rękawami, oraz nałożone na rajtuzy pludry, przewiązane jedwabnymi tasiemkami z kokardkami, a także buty z połyskującymi klamerkami.

Tak szykowne odzienie wskazywało na udaną karierę. Kapitanowie floty dostawali procenty od zysków z towarów, które bezpiecznie dowieźli do celu. Sara nie zdziwiłaby się, gdyby Crauwels miał na sobie cały swój majątek.

– Sara Wessel – przedstawiła się i skinęła głową. – Mąż mój wyraża się o panu bardzo pochlebnie, kapitanie.

Rozpromienił się.

– Czuję się zaszczycony. Pływaliśmy razem dwukrotnie i w obu przypadkach rad byłem z jego towarzystwa. – Wskazał brodą krezę, którą Sara ściskała w dłoni. – Ciasne kajuty *Saardama* stanowią wyzwanie dla kanonów mody, nieprawdaż? – Z zewnątrz doleciał czyjś szorstki głos wzywający kapitana. – Wybacz, pani, ale potrzebuje mnie pierwszy oficer. Zechcesz dziś wieczorem usiąść przy moim stole? Podobno kuk przygotował coś wyjątkowego.

Odpowiedziała mu olśniewającym uśmiechem, wyćwiczonym w toku niezliczonych uciążliwych obowiązków towarzyskich.

– Naturalnie. Nie mogę się doczekać – skłamała.

– Doskonale. – Uniósł jej dłoń, złożył na niej uprzejmy pocałunek, po czym odszedł w stronę światła.

Sara zastukała do drzwi kajuty numer siedem. Usłyszała chichot przyjaciółki i piskliwy śmiech jej dwóch synków. Dźwięki te były dla niej niczym ożywczy powiew wiatru w morowej mgle i z miejsca poprawiły jej nastrój.

Rozległ się tupot małych stóp i po chwili jeden z chłopców ostrożnie uchylił drzwi. Rozpoznając gościa, wykrzyknął „Sara!" i rzucił się na nią, obejmując ją chudymi rączkami.

Creesjie Jens tarzała się po podłodze z drugim synem, nie zważając na to, że jedwabna koszula nocna, którą miała na sobie, może się pobrudzić. Obaj chłopcy byli w bieliźnie, mieli wilgotną skórę i mokre włosy. Ich przesiąknięte wilgocią ubrania leżały rzucone w kąt. Najwyraźniej przeżyli drobny wypadek w drodze na statek, co nieszczególnie zdziwiło Sarę.

Ci dwaj żyli od przygody do przygody. Dziesięcioletni Marcus był starszy od Osberta o dwa lata, ale nie dorównywał bratu błyskotliwością i żywością. To właśnie Marcus przywarł do Sary i zaczął ją wciągać do kajuty.

– Wychowałaś małego rzepa – zwróciła się do Creesjie, tkliwie głaszcząc chłopca po włosach.

Creesjie odsunęła młodszego syna od swojej twarzy i spojrzała na Sarę. Jej blond włosy układały się na podłodze w niezborny jasny nimb, a intensywnie niebieskie oczy lśniły w słońcu. Miała gładką, okrągłą twarz o bladych policzkach, teraz zarumienioną od wysiłku. Była najpiękniejszą kobietą, jaką Sara kiedykolwiek widziała. Jan również doceniał jej urodę i była to chyba jedyna rzecz, co do której się zgadzali.

– Witaj, Lio – odezwała się Creesjie do ciemnowłosej dziewczyny, która weszła za matką do kajuty. – Pilnujesz, żeby twoja mama nie pakowała się w kłopoty?

– Staram się, ale ona najwyraźniej ma do nich słabość.

Creesjie cmoknęła z niezadowoleniem na syna, który nadal trzymał się kurczowo Sary.

– Puść, Marcusie, bo zamoczysz Sarze suknię.

– Ochlapała nas fala – wyjaśnił Marcus, jak zwykle ignorując polecenie matki. – A potem...

– ...chłopcy wstali, by przyjąć następną – dokończyła Creesjie, wzdychając na samo wspomnienie. – Niewiele brakowało, a wypadliby za burtę. Na szczęście Vos ich złapał.

Słysząc nazwisko szambelana, Sara uniosła brew.

– Płynęliście z Vosem?

– Raczej on z nami, z konieczności. – Creesjie przewróciła oczami.

– Strasznie się zdenerwował – dodał Osbert, wciąż leżąc na matce. Jego nagi brzuch podnosił się i opadał. – Ale przecież fala nic nam nie zrobiła.

– Troszkę nas zmoczyła – sprostował Marcus.

– Tylko troszkę – poprawił się Osbert.

Sara przyklękła i wbiła spojrzenie w szczere buzie chłopców.

Wpatrywały się w nią dwie pary bladoniebieskich oczu pełnych radości i prostolinijności. Byli tak bardzo do siebie podobni: obaj mieli rudawozłote włosy, czerwone policzki i odstające uszy. Marcus był wyższy, Osbert szerszy w ramionach, lecz poza tym niewiele ich różniło. Creesjie mówiła, że poszli w ojca, Pietera, jej drugiego męża. Zginął zamordowany przed czterema laty, ale nie lubiła o tym rozmawiać. Ze strzępków wspomnień przyjaciółki Sara wywnioskowała, że bardzo go kochała i rozpaczliwie opłakiwała.

– Chłopcy, muszę porozmawiać z waszą mamą – powiedziała Sara. – Pójdziecie z Lią? Lia chce wam pokazać swoją kabinę, prawda? – Zerknęła na córkę.

Dziewczyna z rozdrażnieniem zmarszczyła czoło. Nie cierpiała, kiedy traktowano ją jak dziecko, ale lubiła chłopców, więc jej usta ułożyły się w uśmiech.

– I to jeszcze jak. – Zrobiła śmiertelnie poważną minę. – Zdaje się, że jest w niej rekin.

– Nieprawda! – zaprotestowali chłopcy jednym głosem. – Rekiny żyją tylko w wodzie.

Lia udała, że jest zmieszana.
— Też tak słyszałam — rzuciła. — Może pójdziemy i się przekonamy? Sara zamknęła za nimi drzwi.
— Myślisz, że pozwolą mi w niej chodzić po statku? — spytała Creesjie, która podniosła się z podłogi i otrzepała koszulę z kurzu. — Musiałam się w coś przebrać po tym, jak fala...
— Opuść pokład *Saardama* — weszła jej w słowo Sara, rzucając krezę na koję.
— Zwykle mija co najmniej tydzień, zanim ludzie zaczynają nalegać, bym się wyniosła. — Jej przyjaciółka skrzywiła się na widok plamki na rękawie.
— Statkowi grozi niebezpieczeństwo.
— Ze strony jakiegoś szaleńca w porcie — powiedziała Creesjie z powątpiewaniem. Podeszła do półki na ścianie, na której stały cztery gliniane dzbany. — Wina?
— Nie ma na to czasu — odparła z rozdrażnieniem Sara. — Musisz zejść z pokładu, zanim *Saardam* wyjdzie w morze.
— Czemu dajesz wiarę bredniom opętańca? — Creesjie napełniła dwa kielichy i wręczyła jeden przyjaciółce.
— Bo wierzy w nie Samuel Pipps.
Kielich zatrzymał się w połowie drogi do ust Creesjie. W jej oczach nareszcie pojawił się błysk zainteresowania.
— Pipps jest na pokładzie?
— Zakuty w kajdany.
— Sądzisz, że przyjdzie na kolację?
— Jest zakuty w kajdany — powtórzyła z naciskiem Sara.
— I tak byłby lepiej ubrany niż większość gości — zauważyła w zamyśleniu Creesjie. — Myślisz, że pozwolą mi się z nim zobaczyć? Podobno jest wyjątkowo przystojny.
— Kiedy go widziałam, wyglądał, jakby wyczołgał się spod kupy gnoju.
Creesjie z odrazą wykrzywiła usta.
— Może go umyją?

– Jest zakuty w kajdany – powtórzyła ponownie Sara, odstawiając nietknięty kielich. – Zastanowisz się nad moją prośbą?
– A co na to Jan?
– Nie wierzy mi.
– Więc czemu jest gotów pozwolić mi zejść z pokładu?
– Nie jest. Chciałam... to przed nim ukryć.
– Saro!
– Statkowi grozi niebezpieczeństwo! – wykrzyknęła Sara, wyrzucając ręce do góry i trafiając w belkę na suficie. – Proszę, zejdź na ląd i zostań w Batawii. Zrób to dla dobra chłopców i własnego. – Pomachała dłonią, usiłując pozbyć się piekącego bólu w palcach. – Za cztery miesiące wypływa kolejny statek. Dotrzesz do domu z wystarczająco dużym zapasem czasu przed ślubem.
– Czas nie stanowi problemu. Jan z jakiegoś powodu chciał, bym popłynęła *Saardamem*. Wykupił mi kajutę i dostarczył kwit przez umyślnego. Nie mogę wysiąść bez jego zgody.
– No to porozmawiaj z nim. Poproś go o zgodę.
– Czemu miałby przystać na moją prośbę, skoro ciebie nie chciał słuchać?
– Jesteś jego kochanką. Faworyzuje cię.
– Tylko w sypialni. – Creesjie osuszyła swój kielich i zabrała się za drugi, którego nie tknęła Sara. – Przekleństwem mężczyzn u władzy jest to, że słuchają jedynie własnego głosu.
– Proszę! Choć spróbuj!
– Nie zrobię tego, Saro – powiedziała łagodnie Creesjie, gasząc zapał przyjaciółki własnym opanowaniem. – I to nie z powodu Jana. Sądzisz, że gdyby temu statkowi naprawdę coś groziło, zostawiłabym cię samą?
– Creesjie...
– Nie spieraj się ze mną. Dwóch mężów i dwór pełen kochanków wyćwiczyły mnie w sztuce uporu. Poza tym, jeżeli *Saardamowi* grozi niebezpieczeństwo, naszym obowiązkiem jest mu zapobiec. Rozmawiałaś już z kapitanem?

– Arent to zrobi.
– Arent – zagruchała Creesjie tak pożądliwie, że jej przyjaciółka wyobraziła sobie, jak gdzieś na statku Arent niespodziewanie zaczyna się pocić.
– Od kiedy to jesteś po imieniu z nieokrzesanym porucznikiem Hayesem?
– Od rozmowy w porcie. – Sara zignorowała jej ironiczny ton. – Powiedz mi, jak mam ocalić ten statek?
– Nie wiem, z nas dwóch to nie ja jestem bystra.
Sara prychnęła, odebrała przyjaciółce swoje wino i pociągnęła spory łyk.
– Dostrzegasz znacznie więcej niż większość ludzi.
– Po prostu w uprzejmy sposób nazwałaś mnie plotkarą – skwitowała Creesjie. – No już, przestań się zamartwiać i spróbuj się wcielić w Samuela Pippsa. Widziałam, jak z Lią odgrywałyście jego przygody.
– To tylko zabawa.
– Ale jesteś w niej bardzo dobra. – Zamilkła i wbiła spojrzenie w przyjaciółkę. – Zastanów się. Co powinnyśmy zrobić?
Sara westchnęła i zaczęła pocierać skroń.
– Zdaniem Pippsa trędowaty z portu był cieślą okrętowym – powiedziała powoli. – Niewykluczone, że pracował na tym statku. Zatem ktoś musi go kojarzyć. Jeśli tak, być może uda się dowiedzieć czegoś więcej na temat tego rzekomego zagrożenia.
– Kobietom nie wolno schodzić w trzewia *Saardama*, to niebezpieczne. Poza tym kapitan zabronił pasażerom zapuszczania się dalej niż do grotmasztu.
– Który to grotmaszt? – spytała Sara.
– Ten najwyższy, mniej więcej w połowie statku.
– Och, nie będziemy musiały chodzić aż tak daleko. W końcu jesteśmy szlachetnie urodzone. Postaramy się, żeby informacje przyszły do nas.
Otworzyła drzwi, nabrała powietrza i krzyknęła, ile sił w płucach:
– Niech ktoś pośle po cieślę! Ta kabina do niczego się nie nadaje!

6

Stopy i dłonie Sammy'ego Pippsa wystawały przez oka sieci na towary, na której wciągano go na pokład *Saardama*.

– Jeśli spróbujesz, panie, zeskoczyć, ciężar kajdan pociągnie cię na dno – ostrzegł komendant straży Jacobi Drecht, stojąc na łodzi. Zadzierał głowę i patrzył pod słońce, mrużąc oczy.

Sammy odpowiedział mu cierpkim uśmiechem.

– Dawno nikt nie brał mnie za głupca, komendancie – odparł.

– Wszyscy czasem robimy coś głupiego w desperacji – burknął Drecht, zdjął kapelusz i skoczył na sznurową drabinkę.

Arent podążył za nim, ale zrobił to znacznie wolniej. Przy każdym pokonywanym szczeblu trzeszczały mu kolana i strzelały kostki. Lata wojaczki odebrały mu więcej, niż dały, przez co czuł się teraz jak worek obijających się o siebie kości.

W końcu przegramolił się przez szandek i znalazł się na szkafucie, największym i najniższym spośród czterech otwartych pokładów indiamana. Rozejrzał się w poszukiwaniu przyjaciela, ale nie zdołał go wypatrzyć w rozgardiaszu. Grupki pasażerów czekały na polecenie, dokąd mają się udać, a w tym czasie marynarze wlewali wiadrami wodę do szalup i chronili lufy dział przed wilgocią, faszerując je konopiami. Setki papug rozsiadły się na rejach i skrzeczały; chłopcy okrętowi machali rękami, usiłując je przepłoszyć.

Mężczyźni, którzy przez luk w pokładzie opuszczali towary do ładowni, zwalali jeden na drugiego winę za każde uchybienie i obrzucali się obelgami. Najdonośniejszy głos należał do karła w krótkich marynarskich spodniach i kamizelce; wypluwał z siebie nazwiska, wyczytując je z trzymanej na zgięciu łokcia listy pasażerów. Z powodu postury, szorstkości ogorzałej skóry i otaczającej go osobliwej aury nieszczęścia kojarzył się Arentowi z pniakiem drzewa trafionego przez piorun.

Każdego pasażera, który zgłosił swoją obecność, karzeł odhaczał na liście i warknięciem informował o przypisanej mu koi, machnięciem dłoni wskazując kierunek, w jakim powinien się udać. Większość miała przydział w kubryku, cuchnącej komorze, w której ludzie tłoczyli się ramię przy ramieniu i stopy przy głowie, stając się pożywką dla chorób, torsji i drgawek.

Arent odprowadzał ich pełnym współczucia wzrokiem. Kiedy płynął do Batawii, zmarła niemal jedna trzecia podróżujących w kubryku, dlatego teraz z bólem serca patrzył na radośnie zbiegające po schodach dzieci, rozentuzjazmowane rozpoczynającym się rejsem.

Lepiej sytuowani pasażerowie – ale nie na tyle, by było ich stać na własną kajutę – skręcali w prawo i przez łukowate wejście docierali do znajdującego się pod półpokładem przedziału służącego jako połączenie składu zapasów i narzędzi ciesielskich z wyposażoną w hamaki wieloosobową kajutą. Tutaj mieli wystarczająco dużo miejsca, by swobodnie się wyprostować albo położyć – pod warunkiem że nie będą się wyciągali – a także, co ważniejsze, dzięki zasłonkom mogli liczyć na odrobinę prywatności.

Po miesiącu na morzu coś tak z pozoru banalnego będzie się wydawało luksusem.

Arent zaliczył podróż pod półpokładem, płynąc do Batawii, i teraz czekało go to samo. Jego plecy wydały jęk zawodu. Pasował do hamaka jak wół do sieci rybackiej.

– Szukasz swego przyjaciela?! Tutaj jest! – zawołał Drecht z drugiego końca szkafutu, machając ręką, aby Arent dojrzał go ponad głowami pasażerów. Mógł sobie darować; nie sposób było nie zauważyć czerwonego pióra, które nosił zawadiacko wetknięte w kapelusz.

Dwóch muszkieterów właśnie usiłowało wyplątać Sammy'ego ze skotłowanej sieci, rechocząc z tego, jaką rybę złowili, i głośno się zastanawiając, czy nie lepiej będzie wyrzucić ją z powrotem do morza.

Mimo jawnego upokorzenia Sammy wydawał się ostoją spokoju, Arent widział jednak, że wzrok przyjaciela nie próżnuje, tylko prześlizgując się po twarzach i ubraniach mężczyzn, rozkłada ich na czynniki pierwsze w poszukiwaniu tajemnic.

Arent obawiał się, że Sammy nic nie znajdzie.

Znał te paskudne gęby z Batawii. Szpetne typy w utłuszczonych mundurach. Wyższy – o zielonych zębach i nierównym rudawym zaroście – nazywał się Thyman. Niższy, Eggert, świecił łysą czaszką pełną strupów. Skubał je w chwilach zdenerwowania, a niestety, chodził zdenerwowany przez większość czasu.

– Dokąd, kapitanie? – spytał Thyman, kiedy Arent i Drecht podeszli bliżej.

– Na dziobie jest cela – odparł Drecht. – Zaprowadzimy go przez fordek, a potem do kajuty żaglomistrza.

Tłum pasażerów i marynarzy rozstąpił się przed nimi; ich szepty brzmiały jak narastające bzyczenie roju much. Nikt nie wiedział, dlaczego Samuel Pipps jest w kajdanach, ale każdy miał swoją teorię. Arent czuł się za to częściowo odpowiedzialny. Od pięciu lat sporządzał bowiem raporty ze śledztw Sammy'ego. Początkowo były przeznaczone dla klientów chcących mieć pewność, że ich inwestycje przynoszą zyski, lecz z czasem zyskały popularność wśród urzędników, potem kupców, a na końcu stały się ogólnie dostępne. Doszło do tego, że raporty kopiowano i rozprowadzano w portach, nad którymi powiewała flaga Kompanii. Odgrywano je na scenach jak prawdziwe sztuki, a bardowie układali do nich muzykę. Sammy zyskał sławę we wszystkich prowincjach, przy czym jego przygody były tak fantastyczne, a metody dedukcji tak niewiarygodne, że wielu uznawało go za szarlatana. Jedni oskarżali go o to, że sam był winny zbrodni, których tajemnice odkrywał; twierdzili, że w przeciwnym razie w żaden sposób nie zdołałby rozwiązać tych zagadek. Inni zarzucali mu konszachty z ciemnymi mocami, sprzedaż duszy w zamian za nadnaturalne dary.

Dlatego teraz, kiedy Sammy, powłócząc nogami, szedł do celi, szeptali między sobą i wytykali go palcami, przekonani, że oto mają dowód na słuszność swych małostkowych podejrzeń.

– Nareszcie go złapali – mówili.
– Tylko się wymądrzał.
– Tak to jest, jak się ktoś układa z diabłem.

Gniewne spojrzenie Arenta na chwilę ich uciszało, ale tak jak przydeptana trawa szybko się podnosi, tak zaraz po tym, jak tylko więzień z obstawą znaleźli się kilka kroków dalej, tłum znów szumiał.

Poirytowany ślimaczym tempem, Eggert popchnął Sammy'ego, a ten potknął się o łańcuch i przewrócił. Thyman zarechotał i już unosił nogę, by wymierzyć nieszczęśnikowi kopniaka w zadek, lecz zanim zdążył to zrobić, Arent chwycił go za koszulę i cisnął nim o reling z taką siłą, że zatrzeszczało.

Eggert dobył sztyletu i zamachnął się. Arent zrobił jednak błyskawiczny unik, zwinnym ruchem złapał muszkietera za rękę i wygiął ją w taki sposób, że czubek ostrza znalazł się na podbródku Eggerta.

Komendant straży Drecht zareagował jeszcze szybciej. Wyciągnął rapier i wymierzył go tak, że jego koniec dotknął piersi Arenta.

– Nie mogę pozwolić na takie zachowanie w stosunku do moich ludzi, poruczniku Hayes – ostrzegł spokojnym głosem, unosząc rondo kapelusza i spoglądając Arentowi prosto w oczy. – Puść go.

Rapier wbił się w skórę. Gdyby Drecht pchnął odrobinę mocniej, Arent już by nie żył.

7

W zamieszaniu wywołanym starciem Arenta z Jacobim Drechtem nikt nie zwrócił uwagi na Sandera Kersa, którego wdrapanie się po drabince kosztowało naprawdę wiele wysiłku i było imponującym osiągnięciem. Był chudym, wysokim i zgarbionym starcem, odzianym w sfatygowane purpurowe szaty, wiszące na jego członkach niczym porwane przez wiatr i uwięzione w gałęziach drzewa szmaty. Miał szarą pomarszczoną twarz i włosy w takim samym kolorze.

Po tym, jak z trudem wspiął się na statek, tuż za nim wyłoniła się zza burty druga, znacznie mniejsza dłoń; jej silne palce szukały czegoś, by móc się chwycić.

Kers pochylił się, wyciągnął rękę i daremnie spróbował pomóc. Właścicielka dłoni, zdyszana kobieta z ludu Mardijker, wolała sama się wgramolić. Była znacznie niższa i dużo młodsza od Kersa, miała kręcone brązowe włosy i mocne, szerokie chłopskie ramiona. Rękawy bawełnianej koszuli były podwinięte aż do łokci, a spódnica i fartuch poplamione.

Przez plecy miała przewieszoną nieporęczną skórzaną torbę zapinaną na mosiężną klamrę. Bojąc się, że morska woda dostała się do środka, kobieta natychmiast otworzyła torbę, po czym stwierdziwszy, że nic się nie stało, z ulgą zmówiła szybką modlitwę dziękczynną.

Zagwizdała na przewoźnika, który stał w kołyszącej się na falach łodzi, i zręcznie złapała rzuconą przez niego drewnianą laskę.

Chciała wręczyć ją Kersowi, ale jego chwilowo bardziej interesowała tocząca się nieopodal bójka. Wyciągając szyję, kobieta spojrzała pomiędzy gapiami i skojarzyła Niedźwiedzia i Wróbla, których znała z wielu opowieści. Obaj nosili działające na wyobraźnię przydomki, które wszakże więcej skrywały, niż odsłaniały. W opowiadanych o nich historiach Arent Hayes był porównywany do wielkiego zwierzęcia, ale na żywo wyglądał jeszcze okazalej: jak olbrzym albo troll, który zszedł z gór. Dzierżył nóż i przystawiał go do gardła wijącemu się muszkieterowi, jednocześnie czując na piersi ostrze rapiera trzymanego przez brodatego żołnierza. Kiedy się patrzyło na potężną sylwetkę Arenta, trudno było uwierzyć, że rapier mógłby go drasnąć, a co dopiero zabić.

Tymczasem wysiłki Samuela Pippsa, by wstać, kojarzyły się kobiecie z ptakiem ze złamanym skrzydłem. Tyle że to kajdany utrudniały Sammy'emu podniesienie się. W opowieściach jawił się jako przystojny mężczyzna, lecz jego uroda była delikatna. Miał wyraźnie zarysowane kości policzkowe, nad którymi dwoje brązowych oczu lśniło niczym szklane kule na ołtarzach. Był niższy, niż go sobie wyobrażała, i drobniejszej budowy, prawie jak dziecko.

– Zaczęło się – bąknął poruszony Kers. Dotknął ramienia kobiety i pokazał palcem w kierunku achterdeku, tam gdzie wcześniej wchodził na pokład gubernator generalny. – Tam odprawimy rytuał – powiedział, opierając się na lasce. – Chodźmy, Isabel.

Poszła, choć wolałaby zostać. Lubiła oglądać bójki, poza tym była ciekawa, czy Arent rzeczywiście zasługuje na swą przerażającą reputację.

Wciąż zerkając za siebie, pomogła obolałemu Kersowi powoli wejść po schodach.

Niebo ciemniało. W porze monsunowej często przechodziły popołudniowe gwałtowne burze, Isabel nie zdziwiła się więc, kiedy na tle jasnego błękitu pojawiły się szare obłoki i zaczęły na zmianę przesłaniać i odkrywać słońce. Cienie sunęły po wodzie, o deski pokładu zabębniły pierwsze krople deszczu, a flagi Holenderskiej Kompanii Wschodnioindyjskiej głośno załopotały na wietrze.

Na achterdeku Kers nieporadnie odpiął klamrę torby obijającej się o plecy Isabel i wyjął wielką księgę. Zawahał się, kiedy na płat owczej skóry, w który zawinięte było tomiszcze, spadły grube krople deszczu.

– Unieś fartuch – rozkazał. – Musimy ją osłonić.

Ściągnęła brwi, ale wykonała polecenie. Zaniepokoił ją ostry ton głosu Kersa. Uświadomiła sobie, że starzec się boi, i jego strach sparzył ją jak świeżo rozniecony ogień.

Od ponad roku uczył ją swego fachu, lecz opowieści Kersa o wrogu wydawały jej się pozbawione autentycznego uczucia – z jednej strony były upiornie przerażające, z drugiej mówiły o czymś odległym, nierealnym, tak jak zwykle postrzega się tragedie obcych ludzi. W porównaniu z mękami, które musiała znosić, zanim poznała Kersa, czekające ich zadanie miało wręcz bajkowy posmak. Naiwnie myślała o nim jak o wielkiej przygodzie.

Na widok drżącej dłoni starca naszły ją jednak wątpliwości.

Rzuciła spojrzenie w stronę Batawii.

Jeszcze nie było za późno na odwrót. Gdyby chciała, o zmroku znów mogłaby czuć gorący piasek pod bosymi stopami.

– Wyżej, dziewczyno! – zbeształ ją Kers, odsłaniając oprawiony w skórę tom. – Trzymaj fartuch nad księgą, bo zamoknie. To nie pora na błądzenie myślami.

Posłuchała go i oderwała wzrok od linii dachów. Bez względu na to, jakie zagrożenie czaiło się na pokładzie *Saardama*, nie zamierzała z powodu tchórzostwa wmawiać sobie, że w Batawii jest bezpiecznie. Była biedną samotną kobietą, co oznaczało, że w żadnej części miasta nie mogła czuć się pewnie. Bóg ofiarował jej szansę na lepsze życie w Amsterdamie. Musiała jedynie zachować zimną krew.

Kers oparł ciężką księgę na relingu i zaczął przewracać welinowe kartki najszybciej, jak pozwalał mu na to szacunek dla pisma. Na jednej stronie znajdował się wizerunek siedzącego na wężowym tronie stworzenia o ciele kozła i wynędzniałym ludzkim obliczu. Na następnej istota o wydatnych kłach wspinała się na stertę krzyczących ciał, wbijając w nie pazury. Na kolejnej monstrum o pajęczym korpusie łypało złym okiem na zarumienioną służącą.

I tak dalej, i dalej. Jedno okropieństwo po drugim.

Isabel odwróciła głowę. Nie cierpiała tej księgi. Kiedy Kers po raz pierwszy pokazał jej, co zawiera, Isabel zwymiotowała na podłogę kościoła. Nawet teraz wciąż ją mdliło na samą myśl o pokazywaniu zła w tak radosny sposób.

Kers nareszcie znalazł stronę, której szukał: wizerunek nagiego starca o kolczastych skrzydłach, jadącego na grzbiecie potwora o ciele wilka i głowie nietoperza. Starzec miał szpony zamiast dłoni i głaskał nimi policzek młodego chłopca przytrzymywanego przez monstrum, które wykrzywiało pysk, wywieszając język, jakby śmiało się drwiąco z położenia przerażonego dziecka.

Na sąsiedniej stronie widniał symbol przypominający oko z ogonem. Pod nim znajdowało się dziwne zaklęcie.

Starzec położył dłoń na symbolu i przeniósł uwagę na starcie Hayesa z Drechtem.

Nagle spojrzenia wszystkich skupiły się na Samuelu Pippsie, który zabrał głos, i zrobiło się zupełnie jak w opowieściach o jego wyczynach. Choć leżał na deskach, choć spętano go i upokorzono, nadal miał niewiarygodny posłuch. Nawet olbrzym wyglądał na zastraszonego.

Padał coraz intensywniejszy deszcz, woda spływała po bloczkach i zbierała się w kałużach. Fartuch zaczął przeciekać. Niebo miało barwę sadzy, tu i ówdzie grubą warstwę chmur dziurawiły eksplozje złotego światła.

Coś sprawiło, że Drecht spiął się i jeszcze mocniej przycisnął czubek ostrza rapiera do piersi Arenta.

– Zrób to – mruknął ponaglająco Kers. – No dalej. Zrób to.

8

Trzymając sztylet na gardle Eggerta i czując rapier Drechta na własnej piersi, Arent musiał przyznać, że jego zaokrętowanie na *Saardamie* nie przebiegło tak dobrze, jak sobie wyobrażał.

– Spokojnie – powiedział, trochę mocniej ściskając wijącego się muszkietera.

Przyglądał się opanowanemu komendantowi straży.

– Nic do ciebie nie mam – odezwał się. – Ale Sammy Pipps to wielki człowiek i nie pozwolę, by taki łachudra traktował go jak śmiecia. – Wskazał brodą Thymana, który oszołomiony, dźwigał się na nogi. – Niech wszyscy zapamiętają, że Sammy nie jest popychadłem dla znudzonych żołdaków. Od tej chwili każdy, kto go tknie, nie dożyje chwili, kiedy będzie mógł tego pożałować. – W tonie jego głosu próżno było szukać niepewności, którą czuł.

Trudno o bardziej nikczemne indywiduum niż muszkieter w służbie Holenderskiej Kompanii Wschodnioindyjskiej. Kiepsko płatne zajęcie przyciągało ludzi o najplugawszych sercach, gotowych podjąć się niebezpiecznego zadania z dala od ojczyzny – bo w ojczyźnie czekał ich stryczek. Gdy już wydostali się z kraju, nie interesowało ich nic poza rozrywką i przeżyciem, i biada temu, kto wszedł im w drogę.

Jedynym sposobem na zapanowanie nad takimi ludźmi był strach. Drecht musiał wiedzieć, które zniewagi wymagają krwi, a na które występki można przymknąć oko. Jeśli nie zabije Arenta – jeśli nie obroni ich honoru, mimo że ci mężczyźni nie mieli go przecież za grosz – muszkieterzy odbiorą to jako słabość i potem przez osiem miesięcy będzie walczył o odzyskanie choć ułamka autorytetu, z jakim wsiadał na pokład *Saardama*.

Arent poprawił chwyt na rękojeści sztyletu. Po krawędzi ostrza spłynęła kropla krwi Eggerta.

– Odłóż rapier, Drecht – zażądał.

– Najpierw uwolnij mojego człowieka.

Mierzyli się wzrokiem, a wyjący wiatr chłostał ich deszczem po twarzach.

– Twój druh oszukał cię w kości – odezwał się Sammy, o którym gapie zdążyli zapomnieć; ściągnął na siebie spojrzenia. Zwracał się do Eggerta, muszkietera, któremu groził Arent.

– Co takiego? – spytał Eggert. Gdyby Arent, widząc ruch żuchwy żołnierza, w porę nie opuścił sztyletu, ten przypadkowo, acz niechybnie dorobiłby się dodatkowego otworu.

– Wcześniej, kiedy wyplątywaliście mnie z sieci, patrzyłeś na niego z gniewną miną – powiedział Sammy i krzywiąc się z wysiłku, zaczął podnosić się z pokładu. – Niedawno musiał cię zezłościć. Zerkałeś na jego sakiewkę i marszczyłeś czoło. Sam słyszałem, jak mu brzęczy pod kapotą. Twoja nie wydaje żadnego dźwięku, bo jest pusta. Zastanawiałeś się, czy cię nie oszukał. Otóż owszem, oszukał.

– Niemożliwe – prychnął Eggert. – To były moje kości.

– Sam zaproponował, żebyście ich użyli?

– No.

– Rzuciłeś kilka razy, ale szczęście cię opuściło po tym, jak zgarnął pierwszą pulę. Tak było, prawda?

Wzburzony muszkieter nerwowo skubał strupy na głowie. Tak bardzo skupił się na oskarżeniach Sammy'ego, że nawet nie zauważył, kiedy Arent go puścił.

– Niby skąd to wiesz? – spytał podejrzliwie. – Mówił coś?

– Ukrył w dłoni drugi zestaw kości – wyjaśnił Sammy. – Zamienił je, kiedy zabierał wygraną. Po skończonej partii zwrócił ci twoje.

Z obserwującego ich tłumu doszły stłumione okrzyki zaskoczenia – odezwało się również kilka przyciszonych głosów oskarżających Sammy'ego o czary. Jak zawsze.

Sammy zignorował je i wskazał Thymana, który kulił się pod ścianą.

– Znajdziesz kości w jego sakiewce. Są obciążone. Ile razy rzucisz, tyle razy wygrasz.

Widząc narastający gniew Eggerta, Drecht schował rapier do pochwy i wszedł pomiędzy muszkieterów.

– Thyman, marsz tam! – Skinął głową w stronę grotmasztu. – Eggert, ty tutaj! – Wskazał schody do kubryku. – Jeśli jeden wejdzie drugiemu w drogę, policzę się z wami osobiście – zapowiedział, spojrzeniem wyraźnie dając znać, że żadnemu z nich się to nie spodoba. – Wy też możecie się rozejść – zwrócił się do gapiów. – Na pewno macie ciekawsze rzeczy do roboty.

Niechętnie się rozproszyli i powrócili do swoich zajęć.

Komendant straży upewnił się, że Eggert i Thyman nie rzucą się sobie do gardeł, po czym spojrzał na Sammy'ego.

– Jak to zrobiłeś, panie? – zapytał z mieszanką podziwu i niepokoju, typową dla tych, którzy zetknęli się z talentem Sammy'ego.

– Oceniłem ich charaktery i oszacowałem względny ciężar sakiewek – odparł Sammy. Arent zaczął otrzepywać go z kurzu. – Zauważyłem, że jeden jest cięty na drugiego, a że najczęstszy motyw waśni to zwykle pieniądze, po prostu odpowiednio pokierowałem złością poszkodowanego.

Drecht w lot pojął znaczenie słów Sammy'ego – co było widać po jego minie.

– Zgadywałeś więc?! – wykrzyknął z niedowierzaniem.

– Znam tę sztuczkę – przyznał Sammy, rozkładając ręce na tyle, na ile pozwoliły mu łańcuchy. – Za młodu sam ją stosowałem. Wymaga zwinnych palców, dużo wprawy i przeciwnika wystarczająco naiwnego, by nie zorientował się, że jest oszukiwany. Eggert i Thyman spełniają te warunki.

Komendant straży parsknął śmiechem i pokręcił głową, nie mogąc się nadziwić zuchwałości Sammy'ego.

– Oszukiwałeś innych w kości? Ty, panie? – nie mógł uwierzyć. – W jakimż to miejscu szlachetnie urodzony uczy się takich rzeczy?

– Bierzesz mnie, pan, za kogoś, kim nie jestem – odparł speszony Sammy. Rzadko opowiadał o swojej przeszłości, lecz Arent wiedział, że usilnie starał się od niej uciec. – Nie pochodzę ze szlacheckiego rodu. Ojciec mój zmarł, gdy byłem mały, a owdowiała matka żyła w strasznej biedzie. Sypiałem na gołej ziemi, otulając się wiatrem. Nie gardziłem żadną monetą, nawet jeśli czasem musiałem sięgnąć po nią do cudzej kieszeni.

– Byłeś złodziejem?

– Oraz tancerzem, akrobatą i alchemikiem. Przez większość czasu po prostu starałem się przeżyć, a że bardzo sobie cenię własne istnienie, nająłem Arenta, który czuwa nad tym, aby żaden z tropionych przeze mnie morderców nie dołączył mojej osoby do grona swych ofiar. Arent jest dobry w swym fachu i nie będzie patrzył obojętnie, gdy ktoś mi grozi. – Sammy uniósł brew. – Rozumiesz, na czym polega dylemat, prawda?

– Tak – przyznał Drecht w zamyśleniu. – Dlatego, panie, zamierzam zadbać o twoje bezpieczeństwo. Postawię zaufanego człowieka pod drzwiami i każdy, kto ośmieli ci się naprzykrzać, będzie miał do czynienia ze mną. Wszyscy się o tym dowiedzą. – Wyciągnął rękę do Arenta. – Na mój honor, poruczniku Hayes. Zgoda?

– Zgoda – odparł Arent, ściskając jego dłoń.

– Wobec tego najwyższa pora, bym odprowadził pana Pippsa do jego celi.

Z otwartego pokładu zeszli do ponurego przestronnego przedziału na dziobie, w którym gruby pień fokmasztu przebijał sufit i podłogę. Na haku wisiała samotna latarnia. Jej rozkołysane światło na krótką chwilę wydobywało z mroku rozproszone twarze siedzących na trocinach marynarzy i zaraz omiotło pustą część pomieszczenia. Mężczyźni grali w kości i głośno narzekali.

– Tutaj zbiera się załoga, gdy pogoda nie dopisuje – oznajmił Drecht. – Dla mnie to najbardziej niebezpieczna część statku.

– A to czemu? – zdziwił się Arent.

Sammy rozsunął stopą trociny, spod których ukazały się zaschnięte plamy krwi.

– Kiedy wychodzimy w morze, przednia część statku należy do załogi, podczas gdy tylna jest zarezerwowana dla pasażerów i starszych oficerów – wyjaśnił komendant straży. – Jedni nie wchodzą na teren drugich, chyba że wymagają tego obowiązki. W rezultacie na dziobie panuje praktycznie bezprawie. – Otworzył klapę skrywającą drabinę. – Tędy.

Zeszli do małego pomieszczenia, w którym na wbitych w ścianę hakach wisiały ogromne bele konopnego płótna żaglowego. Za przymocowanym do podłogi stołem warsztatowym stał żaglomistrz i posługując się wielką jak dłoń Arenta igłą, zszywał płachty. Spojrzał na gości bez zainteresowania, nie przerywając pracy.

Sammy rozejrzał się.

– Muszę przyznać, że spodziewałem się czegoś znacznie gorszego.

Za ich plecami otworzyły się drzwi i wytoczył się z nich, schylając głowę, szeroki w barach łysy mężczyzna o wydatnym bebechu. Miał zniekształcone uszy i dziobatą skórę, wyglądającą jak mokry piasek, po którym przebiegło małe zwierzę. Wokół zasłaniającej jego prawe oko skórzanej przepaski można było dostrzec pajęczynowatą siateczkę blizn.

Uśmiechnął się szyderczo na widok kajdan Pippsa.

– A więc to ty jesteś więźniem. – Przesunął językiem po spękanych ustach. – Słyszałem, że wiozą cię na pokład, i nie mogłem się doczekać towarzystwa.

Pochylony nad szwami żaglomistrz cicho zarechotał.

– Jest pod moją ochroną, Wyck – zastrzegł Drecht, kładąc dłoń na rękojeści rapiera. – Będzie go pilnował muszkieter. Jeżeli któremuś coś się stanie, każę cię wybatożyć. Nawet jeśli tuzin marynarzy zaświadczy, że byłeś wtedy gdzie indziej.

Oblicze Wycka ściemniało. Zrobił dwa kroki w kierunku komendanta straży.

– Niby czemu miałbym słuchać żołdaka? – wycedził. – Nie masz władzy nad załogą.

– Ale potrafię wpłynąć na gubernatora generalnego, on zaś ma dar wpływania, na kogo tylko zechce.

Wyck spojrzał gniewnie i wściekły podszedł do drabiny.

– Tylko ma być cicho. Nie życzę sobie, żeby mnie budził swoimi jękami. – Z zaskakującą zwinnością zaczął wspinać się po drabinie i po chwili zniknął we włazie.

– Co to za jeden? – spytał Sammy.

– Bosman – odparł ponurym tonem Drecht. – Trzyma załogę w karbach.

– Nie zamkniesz Sammy'ego z tym typem – ostrzegł Arent.

– Kajuta Wycka jest tam. – Drecht wskazał drzwi, z których wcześniej wyłonił się bosman. – A cela znajduje się poziom niżej.

Podniósł kolejną klapę. Tym razem otwór był tak wąski, że Arent się zaklinował i przecisnął dalej, dopiero kiedy wygiął ciało pod odpowiednim kątem.

Pomieszczenie – będące po prostu składzikiem żaglomistrza, w którym lądowały ścinki płótna, wskutek czego cała podłoga zasłana była kawałkami żagli – mieściło się na linii wody i każdy delikatny plusk fal brzmiał tutaj jak szarża barana na kadłub. Gdyby nie samotny snop mętnego światła, który przecisnął się przez właz, panowałyby tu egipskie ciemności. Dopiero po chwili, kiedy Drecht odwiódł rygiel na niewielkich drzwiach w głębi schowka, Arent uświadomił sobie, że to jeszcze nie koniec.

– Oto cela – oznajmił komendant straży.

Arent włożył głowę do wnętrza. Śmierdziało, było ciemno choć oko wykol i brakowało okna, w dodatku przez środek przechodził pień fokmasztu. Niski sufit pozwalał co najwyżej na siedzenie z wyprostowanymi plecami; stać się nie dało.

– Co to ma być? – wypalił, z trudem trzymając nerwy na wodzy. Oficerowie pojmani na polu bitwy mogli oczekiwać, że będą traktowani zgodnie ze swą rangą, co oznaczało niewolę w przyzwoitych warunkach. Sądził, że tak samo będzie z Sammym.

– Przykro mi. Rozkaz gubernatora generalnego.

Sammy'emu zrzedła mina. Spanikowany, cofnął się o krok, kręcąc głową.

– Panie komendancie, bardzo proszę, nie mogę...

– Takie mam rozkazy, panie.

Sammy przeniósł oszalałe spojrzenie na Arenta.

– Tu jest za mało miejsca. Ja przecież... – Łypnął na drabinę, najwyraźniej zastanawiając się nad ucieczką.

Drecht spiął się i położył dłoń na rękojeści rapiera.

– Uspokój go – nakazał Arentowi.

Ten chwycił przyjaciela za ramiona i spojrzał mu prosto w oczy.

– Porozmawiam z gubernatorem – obiecał. – Postaram się, by cię przeniesiono, ale zanim to się stanie, musisz trochę wytrzymać.

– Proszę... – Sammy desperacko wczepił się w wiernego druha. – Nie pozwól, by mnie tu zostawili.

– Nie pozwolę – obiecał Arent, zaskoczony niechęcią Sammy'ego do ciasnych pomieszczeń. – Pójdę porozmawiać z gubernatorem.

Roztrzęsiony Sammy w pierwszym odruchu pokiwał głową, ale po chwili zaczął nią kręcić.

– Nie... – wychrypiał. – Nie – powtórzył bardziej stanowczo. – Najpierw musisz uratować ten statek. Pomów z kapitanem, potem z konstablem. Dowiedz się, po co ktoś miałby nam grozić.

– To twoje zadanie – zauważył Arent. – Ja ratuję ciebie, a ty wszystkich pozostałych. Zawsze tak było. Porozmawiam z gubernatorem. Jestem przekonany, że zdołam przemówić mu do rozsądku.

– Nie ma czasu – zaoponował Sammy, kiedy komendant straży wziął go za ramię i pociągnął w stronę celi.

– Nie potrafię tego co ty – powiedział Arent, niemal tak spanikowany jak jego przyjaciel.

– Wobec tego lepiej znajdź kogoś, kto potrafi. Bo ja już ci nie pomogę.

– Do środka – ponaglił Sammy'ego Drecht.

– Zdejmij mu kajdany, na litość boską! – zażądał Arent. – Inaczej nie zazna nawet chwili spokoju.

Drecht spojrzał na rdzewiejące ogniwa.

– Gubernator generalny nie wspominał o kajdanach – przyznał. – Postaram się przysłać kogoś przy najbliższej okazji.

– Teraz wszystko w twoich rękach – zwrócił się Sammy do Arenta, wpełzając na czworakach do celi.

Kiedy znalazł się w środku, komendant straży zamknął i zaryglował drzwi, skazując więźnia na ciemności.

9

Sara przemierzała kajutę tam i z powrotem, od czasu do czasu zatrzymując się, by wyjrzeć przez iluminator. Oddychała z ulgą za każdym razem, gdy stwierdzała, że Batawia nadal znajduje się w tym samym miejscu. *Saardam* wciąż nie podniósł kotwicy, co oznaczało, że mogła jeszcze zdobyć informacje o zagrożeniu statku. Gdyby udało jej się znaleźć jakiś mocny dowód, być może zdołałaby przekonać swojego tępego męża, że niebezpieczeństwo rzeczywiście istnieje.

Niestety, cieśla jeszcze nie przybył i Sara czuła, jak narasta w niej zniecierpliwienie.

– Tym chodzeniem, pani, zatopisz statek – złajała ją Dorothea, która klęczała na podłodze i układała ubrania Sary w szufladach.

Służąca mogła sobie pozwolić na bezpośredniość, ponieważ pracowała dla rodziny gubernatora tak długo, że Sara nie pamiętała życia bez niej. Dorothea należała do gospodarstwa domowego Jana, gdy brali ślub; była podnoszącą na duchu, przekomarzającą się i wciąż obecną, jedyną obrończynią Sary w tamtych okropnych pierwszych latach małżeństwa.

Dziś jej warkocze pokrywała siwizna, ale pod każdym innym względem Dorothea pozostała taka sama. Rzadko się uśmiechała, nigdy nie podnosiła głosu i skrywała własną przeszłość za zasłoną milczenia. Mimo to zbliżyły się do siebie, Dorothea należała bowiem do kobiet błyskotliwych – czasem wykazywała się przenikliwą bystrością – a także zupełnie niewzruszonych w niechęci do gubernatora generalnego.

Gdy rozległo się trzykrotne pukanie, podniosła się z pewnym trudem – kolana zawsze były jej utrapieniem – i uchyliła drzwi, ściągając brwi.

– A ty kto? – spytała przez szparę.
– Cieśla Henri – padła odpowiedź. – Twoja pani chciała, żeby zbudować jej półki.
– Półki? – rzuciła Dorothea przez ramię.
– Wprowadź go.

Sarę rozbawiła górnolotność własnego polecenia, bo wprowadzać można na salony, a nie do kajuty mogącej się zmieścić w garderobie, którą miała w forcie. Pod nisko zawieszonym belkowanym sufitem zamontowano do ściany piętrowe łóżko z dwiema szufladami pod dolną koją. Obok iluminatora stał sekretarzyk. Oprócz tego pomieszczenie wyposażono w półki na butle i dzbany z napojami, a także nocnik chowany w specjalnie do tego przeznaczonej dyskretnej wnęce. Poziom komfortu w kajucie miał podnosić rozwinięty na podłodze dywan. Sarze pozwolono zabrać dwa obrazy oraz harfę.

Po latach mieszkania w przestronnym forcie ciasne wnętrze *Saardama* skojarzyło jej się z dryfującą trumną. Zamierzała spędzać jak najwięcej czasu na zewnątrz.

Henri schylił się i wszedł do środka, taszcząc skrzynkę z narzędziami i kilka desek pod pachą.

Był przeraźliwie chudy, ze skórą ciasno naciągniętą na żebra i ramionami z wyraźnie widocznym splotem mięśni. Piegi wokół jego nosa wyglądały jak wierni tłoczący się przed wejściem do kościoła.

– Gdzie mają być te półki? – spytał chmurnie.
– Tu i tu. – Sara wskazała przestrzeń nad i pod już wiszącymi półkami. – Długo to potrwa?
– Niedługo. – Przeciągnął dłonią po nierównej powierzchni ściany. – Bosman chce, żebym wrócił do swoich obowiązków, zanim wypłyniemy.

– Dobra robota zasługuje na godziwą zapłatę – stwierdziła Sara. – Proponuję guldena za fatygę, jeśli spodoba mi się efekt twojej pracy.

– Dziękuję. – Henri się ożywił.

– Dziękuję, pani – poprawiła go Dorothea, starannie składając jedną z lekkich sukien swojej pani.

Sara chciała przysiąść na łóżku, ale uznała, że cieśla mógłby to odebrać jako zbytnią poufałość, dlatego po prostu wysunęła krzesło spod sekretarzyka i przycupnęła sztywno na brzegu.

– Wydajesz się dość młody jak na ten fach – zagaiła, przyglądając się, jak chłopak dłonią i przedramieniem zdejmuje miarę z wiszącej półki.

– Jestem pomocnikiem cieśli – odparł w roztargnieniu.

– Nie jesteś za młody na bycie pomocnikiem cieśli?

– Nie.

– Nie, pani! – znów poprawiła go ze złością Dorothea.

Chłopak zbladł.

– Nie, pani – wybąkał.

– Czym się zajmuje pomocnik cieśli? – spytała łagodnie Sara.

– Pracami, na które mistrz nie ma ochoty. – W jego słowach kryło się rozżalenie.

– Zdaje się, że go spotkałam. – Nadała głosowi znudzony, obojętny ton. – Kulejący człowieczek z uciętym językiem?

Henri pokręcił głową.

– Pani pewnie mówi o Boseyu – powiedział, kawałkiem węgla drzewnego zaznaczając długość na desce.

– On nie jest mistrzem?

– Z chromą nogą masztu nie postawi – prychnął chłopak, tak jakby obowiązki mistrza były rzeczą powszechnie znaną.

– Masz rację – zgodziła się Sara. – Czy ten Bosey służył na tym statku? A może pomyliłam go z kimś?

Zdeprymowany Henri przestąpił z nogi na nogę i posłał żonie gubernatora nerwowe spojrzenie.

– Coś nie w porządku, młody człowieku? – spytała, przeszywając go wzrokiem.

– Bosman mówi, że nie powinniśmy o nim rozmawiać – wymamrotał.

– A któż to taki ten „bosman"?

– Jest dowódcą załogi na *Saardamie*. Nie lubi, kiedy gadamy z obcymi o statku.

– Jak brzmi jego nazwisko?

– Johannes Wyck. – Podał je niechętnie, jakby bosman stał z boku i go obserwował.

Podniósł jedną z desek i wyszedł z nią na korytarz, żeby przyciąć na wymiar. Ścinki lądowały ze stukotem na podłodze.

– Dorotheo – zwróciła się Sara do służącej, nie odrywając wzroku od cieśli. – Przynieś, z łaski swojej, dwa guldeny z mojej sakiewki.

Gnany chciwością Henri podniósł wzrok, mimo że piła wciąż była w ruchu. Wątpię, czy zarabia tyle w tydzień, pomyślała Sara.

– Dwa guldeny oraz jeden, który wcześniej obiecałam, jeżeli powiesz mi, dlaczego Wyck nie chce, by mówiono o Boseyu – powiedziała.

Wahał się, ale jego silna wola słabła.

– Możesz liczyć na moją dyskrecję – dodała. – Jestem żoną gubernatora generalnego. Jest wielce prawdopodobne, że do końca rejsu nie odezwę się już do żadnego marynarza. – Zamilkła, dając mu czas na przetrawienie propozycji, po czym wyciągnęła dłoń, w której trzymała pieniądze. – Czy Bosey służył na tym statku?

Pomocnik cieśli pochwycił monety i pokazał brodą, że będzie lepiej, jeśli wrócą do kajuty. Poszła za nim, zamykając drzwi, ale nie do końca, jak nakazywała przyzwoitość.

– Tak, służył na *Saardamie* – potwierdził młodzieniec. – Okulał po ataku piratów, ale kapitan go lubił, więc Bosey został na pokładzie. Kapitan mówił, że nikt nie zna statku tak dobrze jak on.

– Niewinna historia – skwitowała Sara. – Czemu Wyck nie chce, bym ją poznała?

– Bosey bez przerwy mielił jęzorem. – Henri nerwowo zerkał w stronę uchylonych drzwi. – Wciąż się przechwalał. Jeśli pokonał cię w kości, potrafił gadać o tym przez tydzień. A jak wychędożył... – Zbladł pod gromiącym spojrzeniem Dorothei. – W każdym razie nie wiedział, kiedy przestać pytlować. Na koniec gadał o jakiejś umowie, którą zawarł w Batawii i która miała uczynić go bogatym.

– Bez przerwy mówił? – Sara zmarszczyła czoło. – Kiedy go spotkałam, nie miał języka.

Młodzieniec jakby się zawstydził.

– To sprawka Wycka – odezwał się cicho. – Uciął mu go z miesiąc temu. Powiedział, że ma powyżej uszu tego gdakania. Zrobił to na szkafucie. Kazał nam przytrzymać Boseya.

Sarę ogarnęło współczucie.

– Czy kapitan ukarał bosmana?

– Kapitan tego nie widział. W ogóle nikt nic nie widział. I nikt nie powie nic przeciwko Wyckowi. Nawet Bosey by tego nie zrobił.

Do Sary zaczynało docierać, jak wygląda życie na indiamanie.

– Rozumiem. Przytrzymaliście go, a więc zakładam, że nie miał wtedy trądu.

– Trądu? – Chłopak wzdrygnął się z obrzydzenia. – Trędowaci nie mają wstępu na indiamany. Może złapał tę zarazę, kiedy przybiliśmy do portu? Wtedy kapitan pozwala nam robić to, na co mamy ochotę. Większość z nas ruszyła w tan, ale Bosey ukrył się na statku. Po tym, jak odcięliśmy mu język, zaczął się trzymać od nas z daleka.

– Czy zanim to zrobiliście, wspominał, czego dotyczyła umowa i z kim ją zawarł?

Pomocnik cieśli pokręcił głową. Było widać, że nie może się doczekać, kiedy skończy się to przesłuchanie.

– Chełpił się tylko, że nigdy w życiu tak łatwo nie zarobił. Miał jedynie wyświadczyć komuś kilka przysług. Kiedy spróbowaliśmy wyciągnąć z niego, o co chodzi, posłał nam ten swój obrzydliwy uśmiech i powiedział: *laxagarr*.

– *Laxagarr* – powtórzyła zdziwiona Sara. Biegle znała łacinę, francuski i flamandzki, ale to słowo nic jej nie mówiło. – Co to znaczy?

Henri wzruszył ramionami. Wyraźnie niepokoiło go samo wspomnienie tamtych wydarzeń.

– Nie wiem. Nikt z nas nie wie. Bosey znał norn, więc może to coś znaczy w tym języku? Ale sposób, w jaki wypowiedział to słowo… Nieźleśmy się wystraszyli.

– Czy ktoś na statku zna norn? – spytała Sara.

Młodzieniec roześmiał się ponuro.

– Tylko bosman. Johannes Wyck. Ale jeśli chcesz nakłonić go do mówienia, pani, będziesz musiała zaoferować znacznie więcej niż trzy guldeny.

10

Arent zdążył wyjść z kajuty żaglomistrza, gdy nagle zabrzmiał dzwon okrętowy; jego sercem poruszał stojący na stołku karzeł.

– Wyłazić, parszywcy! – wrzasnął, tocząc pianę z ust. – Jazda na pokład! Ale już!

Otworzyły się luki i zaczęli się z nich wysypywać marynarze, jak szczury uciekające przed pożarem. Tłoczyli się na szkafucie, gramoląc jeden przez drugiego, wspinali się po takielunku i pośród śmiechu i przepychanek siadali na relingach albo na kolanach kolegów.

Marynarska masa spychała Arenta ku dziobowi, aż oparł się plecami o drzwi, którymi chwilę wcześniej wyszedł spod pokładu. Powietrze wypełniła woń piwa, potu i trocin.

Komendant straży Jacobi Drecht powitał powracającego Arenta pstryknięciem w rondo swego szerokiego kapelusza. Nadal stał w tym samym miejscu, ale oparł się plecami o deski i zgiął jedną nogę w kolanie, kładąc stopę płasko na ścianie. Z rzeźbionej fajki, którą trzymał między zębami, unosił się cuchnący dym, a rapier, którego ostrze zakłuło Arenta w pierś, niczym wierny przyjaciel dotrzymywał komendantowi towarzystwa, tak jak on podpierając ścianę.

– Co się dzieje? – spytał Arent.

Drecht wyjął fajkę i kciukiem podrapał się w kąciku ust, rozgarniając przypominający ptasie gniazdo gęsty, jasny zarost. Jego zmrużone oczy zalśniły w słońcu niespodziewanie intensywnym błękitem.

– Rytuał kapitana Crauwelsa – poinformował, wskazując brodą na spardek, gdzie przysadzisty mężczyzna o szerokich, prostych ramionach i grubych nogach stał z założonymi z tyłu rękami. Opadające kąciki ust nadawały mu ponury wygląd.

– To jest kapitan? – zdziwił się Arent, widząc mężczyznę ubranego lepiej niż wielu generałów. – Śliczny jak żona pastora. Co taki robi na indiamanie? Gdyby sprzedał tę garderobę, nie musiałby więcej pływać.

– Zawsze zadajesz tyle pytań? – mruknął Drecht, patrząc spode łba.

Arent stęknął, rozeźlony tym, jak łatwo dał się przejrzeć. Przejął tę nieustanną ciekawość od Sammy'ego; budziła się w każdym, kto spędzał z nim czas.

Sammy zmieniał ludzi.

Zmieniał ich sposób myślenia.

Zanim Arent zgodził się czuwać nad bezpieczeństwem Samuela Pippsa, przez osiemnaście lat był najemnikiem. W tym czasie martwił się jedynie tym, żeby nie dać się przedziurawić rapierem albo postrzelić z muszkietu, i nie mógł sobie pozwolić na jałowe rozważania, bo wojak, który zobaczył pikę i zbyt długo o niej myślał, kończył z drzewcem wystającym z piersi. Teraz zachowywał się zupełnie inaczej: na widok piki zadawał sobie pytanie o to, kto ją wykonał, w jaki sposób znalazła się w rękach żołnierza, kim ten jest, co tu robi... i tak dalej. Przeklęty dar, przez który sam już nie był niczego pewien.

Crauwels omiótł spojrzeniem załogę, zwracając baczną uwagę na szczegóły.

Jedna po drugiej rozmowy milkły, aż dało się słyszeć jedynie miarowy szum deszczu, chlupot fal i piskliwe nawoływania krążących nad głowami ptaków.

Kapitan odczekał jeszcze chwilę, aż cisza okrzepnie.

– Każdy z nas ma powód, by ponownie ujrzeć ląd – zaczął głębokim, donośnym głosem. – Być może jego powrotu nie może się doczekać rodzina albo ulubiony burdel. Albo zwyczajnie ma pustą sakiewkę, którą musi napełnić.

Odpowiedział mu przytłumiony śmiech.

– Jeżeli chcemy zobaczyć dom, zarobić pieniądze, przeżyć kolejny dzień, musimy utrzymać statek na wodzie – ciągnął, opierając dłonie na relingu. – Nie obejdzie się bez przeszkód. Będą nas ścigali piraci, będą nas chłostały sztormy, to przeklęte niespokojne morze będzie próbowało cisnąć nami o skały.

Załoga wyprężyła się i żarliwie szeptała między sobą.

– Zaufajcie temu, jeśli nie ufacie niczemu innemu. – Crauwels podniósł głos. – Za każdym szubrawcem stoi kolejny szubrawiec i aby powrócić do domu, aby wziąć w objęcia tego, kto tam na was czeka, musimy być większymi szubrawcami niż oni. – Załoga zaczęła wiwatować; słowa kapitana niosły się jak ogień. – Jeśli napadną nas piraci, przed śmiercią zdążą zobaczyć rzeź swych towarzyszy i usłyszeć łopot naszej flagi na maszcie ich okrętu. Sztorm jest niczym więcej jak wiatrem w nasze żagle, popłyniemy na falach, które wywoła, aż do samego Amsterdamu!

Rozległy się radosne okrzyki. Obrócono klepsydrę, wybito szklankę i wszyscy powrócili do swych zajęć. Czterech krzepkich mężczyzn zaczęło obracać kabestan. Trzy kotwice *Saardama* powoli dźwignęły się z dna oceanu. Obrano kurs i wyznaczono prędkość; rozkaz przebył drogę od kapitana, przez pierwszego oficera, po sternika.

W końcu rozwinięto grot i nagle euforia ustąpiła zdumieniu.

Na wietrze marszczyła się bowiem wielka biała płachta, na której ktoś popiołem namalował oko z ogonem.

11

Spojrzenia wszystkich zwrócone były ku żaglowi, toteż nikt nie zauważył, że na spardeku Creesjie Jens, której krew odpłynęła z twarzy, mocno zacisnęła dłoń na relingu.

Ani że Sander Kers zamknął trzymaną przez Isabel wielką księgę zawierającą ilustrację oka.

Ani że poruszony wspomnieniem bosman Johannes Wyck dotknął przepaski na oku.

Ani że Arent z niedowierzaniem popatrzył na bliznę na swym nadgarstku, mającą identyczny kształt jak symbol na żaglu.

12

Kapitan Crauwels wykrzykiwał polecenia do sternika, który pilnował kursu, wyglądając przez niewielkie okienko, i korygował ustawienie steru, poruszając rumplem. Powoli, niczym wół ciągnący pług po polu, *Saardam* nabierał prędkości, tnąc fale, tak że woda pryskała na pokład.

Załoga rozeszła się do swych obowiązków i Arent został sam na sam z rozpływającym się na deszczu symbolem.

Crauwels zarządził inspekcję żagla pod kątem dziur i luźnych szwów, ale nie znaleziono nic niepokojącego i uznano go za zdatny do użytku. Nawet jeśli znak oka z ogonem zaniepokoił kogoś poza Arentem, to nie dał tego po sobie poznać. Większość doszła do wniosku, że był to żart, może nieco dziwaczny, ale tylko żart, albo może skutek jakiegoś incydentu w magazynie.

Arent przeciągnął palcem po bliźnie. Musiał wytężyć wzrok, by ją dojrzeć, schowaną pod śladami tuzina innych – znacznie gorszych – obrażeń. Zdobył ją jako młody chłopak, gdy na jego brodzie i policzkach dopiero kiełkował pierwszy zarost. Udał się z ojcem na polowanie, z którego mieli wrócić jak zwykle, tego samego dnia pod wieczór. Trzy dni później grupa kupców natknęła się na Arenta błąkającego się samotnie po trakcie. Miał głębokie wyżłobienia w nadgarstku i był przemoczony, jakby wpadł do strumienia, tyle że w pobliżu żadnego nie było, w dodatku w ostatnim czasie nawet nie padał deszcz. Nie mógł wydusić z siebie słowa, zupełnie nie pamiętał, co się stało z nim i ojcem.

Nadal nie potrafił sobie przypomnieć.

Blizna była jedyną pozostałością po tamtej wyprawie, a także przez lata źródłem wstydu. Piętnem. Przypomnieniem o tym, co zostało zapomniane. O ojcu, który nigdy się nie odnalazł.

Jak to możliwe, że identyczny symbol widniał na żaglu?

– Hayes – odezwał się Drecht.

Arent odwrócił się i spojrzał nieobecnym wzrokiem na komendanta straży, który stał, przytrzymując kapelusz, żeby go nie stracić na porywistym wietrze.

– Jeśli nadal chcesz porozmawiać z kapitanem, to jest w wielkiej kajucie – powiedział Drecht. Czerwone pióro w jego kapeluszu drżało jak czułek owada. – Idę tam, mogę cię przedstawić.

Schował dłoń za plecami, a Arent ruszył za nim przez szkafut ku rufie.

Miał wrażenie, jakby od nowa uczył się chodzić.

Niestabilność *Saardama* dawała się wyraźnie odczuć, mimo że okręt płynął stosunkowo wolno. Arentem rzucało na boki. Próbował naśladować Drechta, który opierał ciężar ciała na śródstopiu i ustawiał się w odpowiedniej pozycji, przewidując ruchy statku.

Tak samo będzie walczył, pomyślał Arent. Zwinnie, krążąc wokół przeciwnika, nie zatrzymując się nawet na chwilę. Zamachniesz się rapierem tam, gdzie się przed chwilą znajdował, a on uderzy tam, gdzie za moment będziesz.

Arent miał szczęście, że komendant straży nie przeszył go ostrzem rapiera.

Szczęście… Nie cierpiał tego słowa, ponieważ niczego nie tłumaczyło, było zwykłym przyznaniem się do słabości; było tym, na czym musisz polegać, gdy zawiodą cię umiejętności i zdrowy rozsądek.

Ostatnio często miał szczęście.

Od pewnego czasu popełniał błędy. Z wiekiem stawał się powolniejszy, szwankował mu refleks. Po raz pierwszy w życiu czuł ciężar swego ciała, nosił je jak worek kamieni, którego nie można zrzucić z barków. Coraz częściej zdarzały mu się sytuacje, w których „niewiele brakowało", w których udało mu się czegoś uniknąć „o mały włos". Pewnego dnia, zapewne wkrótce, nie zauważy w porę zabójcy, nie usłyszy jego kroków, nie dostrzeże cienia wędrującego po ścianie.

Śmierć rzucała monetą, a on obstawiał szanse. Nawet jemu wydawało się to szaleństwem.

Już dawno powinien był zrezygnować, ale nie ufał nikomu na tyle, by powierzyć mu opiekę nad Sammym. Teraz ta pycha wydała mu się absurdalna. Sammy siedział w celi na pokładzie statku, któremu groziło niebezpieczeństwo, a on niemal dał się zabić, zanim w ogóle opuścili port w Batawii.

– Zareagowałem zbyt gwałtownie – przyznał, chwytając się liny, by nie stracić równowagi. – Przeze mnie znalazłeś się w kłopotliwym położeniu. Wybacz.

Drecht w zamyśleniu ściągnął brwi.

– Postąpiłeś słusznie, jeśli chodzi o Pippsa – odparł w końcu. – Zrobiłeś to, za co ci płaci. Ale moim obowiązkiem jest ochrona gubernatora generalnego i jego rodziny. Potrzebuję do tego lojalności moich muszkieterów. Postaw mnie raz jeszcze w takiej sytuacji, a skończysz marnie. Nie mogę okazać słabości, bo inaczej za mną nie pójdą. Rozumiesz?

– Tak.

Komendant straży pokiwał głową. Sprawa załatwiona.

Pokonali długie sklepione przejście i znaleźli się w przedziale pod półpokładem. Był szeroki od burty do burty i głęboki jak pieczara. Po prawej stronie wisiały zamocowane do ściany i sufitu hamaki z odgradzającymi je zasłonkami zapewniającymi prywatność.

Arent dostał miejsce w hamaku blisko sterowni, ciemnego małego pomieszczenia, w którym po długiej podróży przez trzewia statku wyłaniała się z podłogi belka steru. Ustawiwszy kurs, sternik kucnął na podłodze i grał ze swym pomocnikiem w kości. Stawką było piwo.

– Skąd znasz kapitana? – spytał Arent.

– Gubernator odbył kilka rejsów na *Saardamie* – odparł Drecht, pykając z fajki. – Crauwels pochlebstwami wkupił się w jego łaski, co niewielu się udaje. Dlatego gubernator wskazał *Saardama* jako statek, którym popłynie do ojczyzny. – Schylił się i wszedł do wielkiej kajuty.
Skonsternowany Arent został z tyłu. Otwór drzwiowy był o połowę mniejszy od niego.

– Pójść po piłę? – spytał Drecht, kiedy Arent podjął próbę przeciśnięcia swego potężnego ciała przez szczelinę.

W porównaniu z kiepsko oświetloną sterownią to pomieszczenie było wręcz oślepiająco jasne, tak że Arent musiał poświęcić chwilę na przyzwyczajenie wzroku. Nazwano je wielką kajutą, co było dosyć trafne, jako że przewyższało rozmiarami niemal wszystkie pozostałe i ustępowało jedynie ładowni. Miało bielone łukowate ściany, belkowany sufit i cztery iluminatory z ołowianymi szprosami; przez szybki można było podziwiać pozostałe sześć statków floty płynących z wydętymi żaglami.

Znaczną część wielkiej kajuty zajmował ogromny stół zawalony zwojami, księgami, manifestami i rozmaitymi wykazami. Na tym wszystkim rozłożono mapę nawigacyjną i zabezpieczono ją przed zwinięciem, kładąc w czterech rogach astrolabium, kompas, sztylet oraz kwadrant.

Pochylony nad mapą Crauwels wyznaczał kurs. Miał na sobie świeżą bawełnianą koszulę, tak czystą, że można by pomyśleć, iż zaledwie kilka godzin wcześniej odebrał ją od krawca. Jego starannie złożony kaftan był przewieszony przez oparcie krzesła. Oba te elementy stroju, podobnie zresztą jak wszystkie pozostałe, były kosztowne.

Arent nie potrafił tego zrozumieć. Przecież żeglowanie po morzach to zajęcie niemające nic wspólnego z czystością. Statki utrzymują się na wodzie dzięki smole, rdzy i brudowi. Ubranie najpierw nasiąka potem, później pokrywa się plamami, a na koniec rozpada się w dłoniach. Większość oficerów nosiła je aż do zdarcia i niechętnie wymieniała na nowe. Po co marnować pieniądze na odświętne stroje, skoro i tak nie przetrwają rejsu? Rozrzutni bywali jedynie arystokraci – ale żaden arystokrata nie zniżyłby się do marynarskiej profesji. W ogóle do jakiejkolwiek profesji, skoro już o tym mowa.

Karzeł, który na pokładzie kierował pasażerów do przydzielonych im miejsc, stał teraz na krześle i opierając się obiema dłońmi o blat stołu, studiował księgę aprowizacyjną. Zmarszczone czoło i opadające kąciki ust świadczyły o tym, że nie jest to przyjemna lektura. Dotknął ramienia kapitana, zwracając jego uwagę na źródło niezadowolenia.

– Isaack Larme, pierwszy oficer – szepnął Drecht, podążając za wzrokiem Arenta. – Zarządza załogą, co oznacza, że ma paskudny charakterek. Dlatego lepiej trzymać się od niego z daleka.

Crauwels podniósł głowę znad księgi, rzucił okiem na dwóch mężczyzn, którzy weszli do kajuty, i przeniósł spojrzenie na głównego kupca Reyniera van Schootena. Ten rozpierał się na krześle, trzymając nogi na siedzisku sąsiedniego, i popijał wino z dzbana. Jego mieniąca się pierścieniami dłoń spoczywała na okrągłym brzuchu, wyglądającym jak głaz, który stoczył się do wąwozu.

– Powiedz mi, w jaki sposób mam wykarmić trzysta dusz, skoro zapasów wystarczy dla stu pięćdziesięciu? – zapytał Crauwels.

– *Leeuwarden* zabrał dodatkowy prowiant – odparł leniwie van Schooten bełkotliwym głosem. – Kiedy przejemy własny, przejmiemy część od nich.

– A jeśli stracimy *Leeuwardena* z oczu? – wtrącił pierwszy oficer z silnym germańskim akcentem, który od razu skojarzył się Arentowi z mroźnymi zimami i głębokimi kniejami.

– No, nie wiem… Głośno zawołamy? – podsunął van Schooten.

– To nie jest pora na…

– Będziemy racjonować żywność, dopóki nie uzupełnimy zapasów na Przylądku – przerwał Larme'owi główny kupiec, drapiąc się po długim nosie.

– Połowa racji? – spytał Crauwels, otwierając kolejną księgę z wykazem przewożonych przez *Saardama* wiktuałów.

– Ćwierć – rzucił van Schooten, na co kapitan zmierzył go ponurym wzrokiem.

– Dlaczego wyruszyliśmy w podróż bez wystarczającego prowiantu? – spytał ze złością pierwszy oficer.

– Ponieważ potrzebowaliśmy miejsca na ładunek gubernatora.

– Chodzi o tę skrzynię, którą muszkieterzy wnieśli na pokład? – upewnił się zdezorientowany Larme. – Vos kazał nam ją umieścić w prochowni.

– Ta skrzynia to nie wszystko – przyznał kapitan z irytacją w głosie. – Jest jeszcze inny ładunek, znacznie większy. Van Schooten sprowadził go na okręt w środku nocy i nie chce mi powiedzieć, co jest w środku.

Kupiec pociągnął spory krzepiący łyk z dzbana.

– Spytaj gubernatora, skoroś taki ciekawy – zasugerował. – Zobaczymy, co ci z tego przyjdzie.

Mężczyźni zmierzyli się wzrokiem. Atmosfera zrobiła się ciężka.

Jacobi Drecht odchrząknął, a kiedy kapitan popatrzył w jego stronę, wskazał gestem Arenta.

– Panie kapitanie, chciałbym panu przedstawić…

– Dobrze go znam. Słyszałem opowieści – wszedł mu w słowo Crauwels i natychmiast przeniósł uwagę z powrotem na Isaacka Larme'a. – Powiedz mi, gdzie mam spać, skoro gubernator zajął moją kajutę?

– W kabinie numer dwa na bakburcie – odparł pierwszy oficer.

– To pod kojcami dla zwierząt. Nie cierpię jej. Ilekroć ktoś się zbliża, maciory przez godzinę głośno kwiczą, żeby je wypuścić. Umieść mnie z przodu na sterburcie.

– Tamta kajuta należy do mnie – oznajmił główny kupiec, wychylił ostatnią kroplę wina i zajrzał zawiedzionym wzrokiem do pustego dzbana.

– Oczywiście, bo przecież wiesz, że to moja ulubiona – zauważył z wściekłością Crauwels. – Małostkowa z ciebie kanalia, Reynier.

– Małostkowa kanalia, która nie życzy sobie, aby w środku nocy budził ją kwik macior – zgodził się z uśmiechem główny kupiec i machnął dzbanem. – Niech ktoś wezwie sługę. Skończyło mi się wino.

– Kto jeszcze ma własną kajutę? – spytał kapitan, ignorując go.

Pierwszy oficer znalazł wśród dokumentów leżących na stole listę pasażerów i otworzył ją na stronie zawierającej wykaz szlachetnie urodzonych. Zaczął wyczytywać nazwiska, sunąc brudnym paluchem po pergaminie.

– Cornelius Vos. Creesjie Jens. Jej synowie Marcus i Osbert. Sara Wessel. Lia Jan. Wicehrabina Dalvhain.

– Możemy kogoś przenieść?

– Sama arystokracja – skonstatował pierwszy oficer.

– Jak przeklęte żmije w koszu. – Crauwels westchnął i zabębnił pięścią o stół. – Zatem maciory.

Dopiero wtedy spojrzał bezpośrednio na Arenta, ale jego uwagę odwrócił stukot kija o podłogę i odgłos kuśtykania. Arent zerknął przez ramię i zobaczył starszego mężczyznę, który stanął w drzwiach i przyglądał im się jak błotu skapującemu z kół wozu. Miał zapadnięte policzki, siwe włosy i nabiegłe krwią żółte oczy. Na jego chudym ciele wisiała złachmaniona purpurowa szata, a na szyi dyndał wielki krzyż. Wydawało się, że jedyną rzeczą, która pozwalała mu się utrzymać na nogach, była sękata laska.

Arent ocenił jego wiek na siedemdziesiąt lat, ale tutaj, daleko od Amsterdamu, pozory często myliły. Wyczerpująca podróż do Indii Wschodnich potrafiła postarzyć człowieka nawet o dekadę, później zaś, w Batawii, w niekończącej się huśtawce chorób i powrotów do zdrowia, za każdym razem odzyskiwało się go odrobinę mniej, niż się straciło.

Zanim ktokolwiek z obecnych zdążył się odezwać, u boku starca wyrosła młoda barczysta autochtonka. Gdyby Arent miał zgadywać, powiedziałby, że należy do ludu Mardijker i jest byłą niewolnicą, której Kompania zwróciła wolność, gdy dziewczyna przyjęła chrześcijaństwo. Była ubrana jak do pracy w polu: miała na sobie luźną bawełnianą koszulę i długą, ciągnącą się po podłodze spódnicę z konopnego materiału, a kręcone brązowe włosy schowała pod białym czepkiem.

Uzupełnieniem jej stroju były przemoczony fartuch oraz przewieszona przez plecy duża skórzana torba, której ciężar najwyraźniej jej nie przeszkadzał.

Miała okrągłą twarz o pyzatych policzkach i czujne duże oczy. Nie przywitała się z zebranymi ani też w żaden sposób nie oddała im szacunku. Po prostu popatrzyła na swego towarzysza i zaczekała, aż ten zacznie mówić.

– Czy mogę z panem porozmawiać, kapitanie? – odezwał się starzec.

– Dziś chyba żaden gałgan nie marzy o niczym innym – burknął kwaśno Crauwels, zerkając na nadłupany krzyż. – Kim jesteś?

– Nazywam się Sander Kers – odparł przygarbiony mężczyzna głosem, w którym próżno było szukać słabości widocznej w drżącym ciele. – A to jest moja podopieczna, Isabel.

Słońce nagle schowało się za chmurami i pomieszczenie utonęło w półmroku.

Van Schooten obrócił się na krześle i powiódł po dziewczynie wymownym spojrzeniem.

– Ach, „podopieczna", mówisz? A ileż to kosztuje taka „podopieczna"?

Isabel najwyraźniej nie zrozumiała uwagi kupca, bo tylko zmarszczyła brwi i spojrzała na Kersa, oczekując wyjaśnienia. Gdy stary człowiek przyglądał się van Schootenowi spod zmrużonych powiek, jego wzrok palił jak ogień.

– Zbłądziłeś daleko od Bożego światła, mój synu – powiedział w końcu. – Cóż sprawiło, że znalazłeś się w ciemności?

Van Schooten zbladł, po czym rozzłoszczony, machnął dłonią.

– Wynoś się, starcze. Tu nie wolno wchodzić pasażerom.

– Bóg mnie sprowadził, panie, i tylko on, nie ty, może mnie odesłać. – Powiedział to z takim przekonaniem, że nawet Arent mu uwierzył.

– Jesteś pastorem? – wtrącił Isaack Larme, wskazując na krzyż.

83

– Zgadza się, karle.

Pierwszy oficer spojrzał na niego z powątpiewaniem. Kapitan podniósł ze stołu niewielki metalowy krążek, podrzucił go i złapał.

Arent nerwowo przestąpił z nogi na nogę. Najchętniej wyszedłby albo się schował. Odnosił się wrogo do tej profesji, bo jego ojciec był pastorem.

– Nie jesteś tu mile widziany, Sanderze Kers – oświadczył kapitan Crauwels.

– Ponieważ Bóg przeklął Jonasza za to, iż ten wsiadł na statek wbrew Jego woli, marynarze wierzą, że duchowny na pokładzie przynosi pecha – rzekł starzec tonem człowieka, który słyszał tę przestrogę zbyt wiele razy. – Nie mam cierpliwości do zabobonów, kapitanie. Bóg każdemu z nas wyznaczył los na długo, zanim się urodziliśmy. Jeśli temu statkowi coś się stanie, to dlatego, że On postanowił zamknąć go w swej pięści. Z radością przyjmę Jego wolę i z pokorą stanę przed Jego obliczem.

Isabel mruknęła na znak, że się zgadza; z jej nabożnego skupienia można było wywnioskować, że mieliby szczęście, gdyby przyszło im utonąć na chwałę Bożą.

Crauwels raz jeszcze podrzucił i złapał metalowy krążek.

– Jeśli przyszedłeś poskarżyć się na koję...

– Nie kwestionuję swego przydziału, mam skromne potrzeby – zaznaczył pastor, najwyraźniej urażony sugestią kapitana. – Natomiast chciałbym omówić zasadę, wedle której nie wolno mi przekroczyć granicy grotmasztu.

Kapitan łypnął na niego nieufnie.

– Część od dziobu do masztu jest przeznaczona dla marynarzy. Przestrzeń od masztu do rufy jest zarezerwowana dla starszych oficerów i pasażerów, z wykluczeniem członków załogi, którzy wykonują tam obowiązki – wyjaśnił. – Marynarz, który przekroczy tę granicę bez pozwolenia, zostanie wychłostany. Pasażer udający się do nieprzeznaczonej dla niego części robi to na własną odpowiedzialność. Takie same zasady obowiązują na każdym statku floty. Nawet ja rzadko się zapuszczam na dziób.

Pastor uniósł brew.

– Boi się pan tych ludzi?

– Nie ma wśród nich jednego, który nie poderżnąłby ci gardła za kubek piwa, a potem zgwałcił twoją podopieczną, kiedy będziesz jeszcze ciepły – wtrącił Reynier van Schooten.

Dobrał słowa tak, by szokowały, ale pastor popatrzył na niego obojętnym wzrokiem, a Isabel tylko mocniej ścisnęła pasek torby. Cokolwiek pomyślała, nie dała tego po sobie poznać.

– Strach jest przekleństwem ludzi pozbawionych wiary – oświadczył Kers. – Powierzono mi świętą misję, którą zamierzam wypełnić. Ufam Bogu, iż będzie mnie chronił, dopóki to się nie stanie.

– Zamierzasz wejść między załogę? – spytał Isaack Larme.

– Tak, karle. Zaniosę im słowo Boże.

– Zabiją cię – uprzedził go pierwszy oficer.

– Jeżeli śmierć jest częścią Bożego planu, wówczas przyjmę ją z otwartymi ramionami.

Naprawdę by to zrobił, pomyślał Arent. Miał w życiu do czynienia z wieloma świętoszkowatymi ludźmi i nauczył się rozpoznawać obłudników. Pobożność, prawdziwa pobożność, ma swoją cenę. Dla głęboko wierzących Bóg jest jedynym płomieniem dającym światło, źródłem ciepła i drogowskazem. Całą resztę postrzegają jako nudną szarą masę, pod którą najchętniej podłożyliby ogień, aby rozprzestrzenić Boży płomień. Sander Kers wypowiadał się tak, jakby już krzesał iskrę.

Pomiędzy kapitanem a pierwszym oficerem wywiązała się niema rozmowa. Pytanie zadane spięciem mięśni i nieznacznym ruchem głowy. Odpowiedź udzielona zaciśniętymi ustami i lekkim wzruszeniem ramion. Język ludzi trudniących się niebezpiecznymi zajęciami w zamkniętych pomieszczeniach. Arent i Sammy porozumiewali się w identyczny sposób.

Pastor wbił spojrzenie w kapitana.

– Czy zatem mam pańskie błogosławieństwo i mogę ruszać z posługą?

Crauwels ponownie podrzucił metalowy krążek, ale tym razem nie czekał, aż spadnie, lecz od razu chwycił go ze złością.

– Pozwolenie, pastorze, nie błogosławieństwo. I nie dotyczy twojej podopiecznej. Nie zamierzam ryzykować buntu z powodu żądzy.

– Kapitanie... – zaprotestowała młoda kobieta.

– Isabel! – zrugał ją Kers. – Dostaliśmy to, na czym nam zależało.

Dziewczyna potoczyła gniewnym spojrzeniem po obecnych. Z jej twarzy dało się wyraźnie wyczytać, że być może oni dostali to, na czym im zależało, ale ona – nie. Zirytowana, ściągnęła usta i wymaszerowała z kajuty.

Sander Kers pokuśtykał za nią, wspierając się na lasce.

– Jeszcze takich problemów mi tu brakowało – podsumował Crauwels, drapiąc się po brwi. – A ty, łowco przestępców, czego ode mnie chcesz?

Arent się obruszył. Sammy nie znosił, gdy nazywano go „łowcą przestępców". Twierdził, że to profesja awanturników i typów z rynsztoka, w której błahe zagadki najłatwiej rozwiązuje się za pomocą pięści. Wolał, żeby zwracano się do niego per „problemariuszu", słowem, które sam wymyślił, tylko dla siebie. By zatrudnić problemariusza, królowie opróżniali skarbce.

– Czy na pokładzie *Saardama* służył kulawy cieśla? – spytał Arent.

– Tak, nazywał się Bosey. Każdą deskę i każdy gwóźdź znał od podszewki. Ale nie zgłosił się do służby przed wypłynięciem. Czemu pytasz?

– Sammy Pipps uważa, że to on był trędowatym, który groził nam w porcie.

Isaack Larme wzdrygnął się odruchowo i spróbował ukryć swoją reakcję, zajmując się zwijaniem mapy. Potem zeskoczył ze stołka i powiedział:

– Muszę sprawdzić prędkość, kapitanie.

– Przy okazji odbierz sternikowi dzban piwa, z którego na pewno żłopie – nakazał szorstko Crauwels.

Arent odprowadził Larme'a wzrokiem. Postanowił pomówić z nim, kiedy już dowie się czegoś od kapitana.

– Czy istnieje powód, dla którego Bosey mógłby grozić *Saardamowi*? – spytał.

– Wiem, że w jakiś sposób naraził się załodze, ale nie mam pojęcia, o co poszło. Kapitan nie może się spoufalać ze swymi ludźmi, inaczej nie sposób nimi dowodzić. Larme powinien wiedzieć więcej.

– W porcie Bosey wspomniał o jakimś mistrzu...

– Słuchaj, Hayes. Mam pod sobą stu osiemdziesięciu ludzi. I tak dobrze, że pamiętam nazwisko tego Boseya. Powtarzam: porozmawiaj z Larme'em. Jest znacznie bliżej tego motłochu niż ja. – Kapitan był coraz bardziej zniecierpliwiony. – Czy to wszystko? Muszę wracać do przykrych obowiązków.

– Chcę prosić o pozwolenie na rozmowę z konstablem pilnującym prochowni – powiedział Arent.

– Po co?

– Sammy Pipps obawia się, że ktoś może próbować ją wysadzić.

– W porządku – burknął kapitan, rzucając Arentowi metalowy krążek, który okazał się dosyć ciężki. Widniał na nim wygrawerowany wizerunek dwugłowego ptaka. Gdyby nie dziurka pośrodku, z łatwością można by pomylić krążek z woskową pieczęcią. – Pokaż to konstablowi, a będzie wiedział, że masz moje pozwolenie.

– Chwileczkę – odezwał się Reynier van Schooten, po czym celowo spowalniając ruchy, dźwignął się z krzesła i podszedł do stołu.

Wyjął pióro z kałamarza i zaczął kreślić ciąg cyfr na kawałku papieru welinowego.

– Ja tu rządzę podczas tego rejsu i dopóki nie dam swojej zgody, wszystkie drzwi na tym statku pozostaną dla ciebie zamknięte. Nie dostaniesz pozwolenia, dopóki nie uregulujesz długu. – Posypał kartkę proszkiem z kości mątwia, a gdy inkaust wysechł, wręczył ją Arentowi.

– Co to jest? – spytał Arent, wpatrując się w cyfry.
– Rachunek – wyjaśnił van Schooten z błyskiem w oku.
– Rachunek?
– Za baryłkę.
– Jaką baryłkę?
– Tę, którą otworzyłeś w porcie – powiedział kupiec, jakby to była najoczywistsza rzecz pod słońcem. – Była własnością Kompanii.
– Każesz mi, panie, płacić za to, że skróciłem nieszczęśnikowi cierpienie? – odparł z niedowierzaniem Arent.
– Ten człowiek nie był własnością Kompanii.
– On płonął.
– Ciesz się, że płomienie nie należały do Kompanii – zauważył van Schooten z wciąż tą samą doprowadzającą do szału rzekomą zasadnością. – Przykro mi, poruczniku Hayes. Zgodnie z polityką Kompanii, nie możemy wyświadczyć panu żadnej usługi, dopóki nie spłaci pan długu.

Crauwels warknął, wyrwał Arentowi papier z ręki i machnął nim kupcowi przed oczami.

– Hayes próbuje pomóc, ty kreaturo bez serca. Co się z tobą stało przez te ostatnie dwa tygodnie? Zmieniłeś się nie do poznania.

Na oblicze van Schootena padł cień zwątpienia, jednak zwyciężyła arogancja.

– Może oszczędziłby sobie i nam nieprzyjemności, gdyby najpierw przyszedł z tym do mnie, a tak… – Wzruszył ramionami. – Cóż. Muszę dbać o to, by mój autorytet…

– Twój autorytet jest niewart nawet funta kłaków!

Głos dobiegł od strony drzwi do kajuty gubernatora generalnego. Stał w nich czerwony na twarzy, trzęsący się ze złości Jan Haan.

– Jak śmiesz znieważać porucznika Hayesa? – syknął z odrazą. – Od tej chwili będziesz się do niego odnosił z takim samym szacunkiem jak do mnie albo każę komendantowi straży urżnąć ci język. Zrozumiano?

– Panie... – wyjąkał van Schooten, patrząc to na Arenta, to na gubernatora i rozpaczliwie usiłując ustalić, co ich łączy. – N... nie chciałem nikogo urazić...

– Twoje zamiary są dla mnie nieistotne. – Haan machnięciem dłoni odprawił van Schootena.

Przeniósł wzrok na Arenta i jego twarz nagle rozpromienił uśmiech.

– Chodź, bratanku – powiedział, zapraszając go do środka. – Pora, byśmy zamienili słowo.

13

Gubernator zajął kajutę kapitańską, która była dwa razy większa od pozostałych i miała własną toaletę. Na koi leżał stos futer, a na podłodze dywan. Na ścianach wisiały obrazy olejne przedstawiające słynne sceny z życia gubernatora, w tym oblężenie Bredy.

Arent też tam był – pod Bredą – jako czerwony od krwi olbrzym niosący na barku rannego stryja i w pojedynkę torujący sobie drogę przez hordę hiszpańskich żołnierzy. W rzeczywistości wyglądało to inaczej: tamtego dnia ukryli się pod trupami i przeczołgali w gnoju przez linię wroga. Arentowi zrobiło się niedobrze na samo wspomnienie. Nietrudno zrozumieć, dlaczego stryj zlecił malarzowi podkolorowanie bitwy; pełzanie w błocie nie wygląda dumnie na płótnie.

Zalękniony służący przenosił ubrania z kufra do szuflad w komodzie, a Cornelius Vos, szambelan gubernatora, starannie układał futerały ze zwojami na półkach. Arent nie od razu go zauważył. Z włosami koloru mułu i ubrany na brązowo, Vos zlewał się ze słupami podtrzymującymi sufit.

– Dziękuję za wstawiennictwo, stryju, ale potrafię sam walczyć o swoje – powiedział Arent, zamykając za sobą drzwi.

– To starcie nie było godne ciebie – odparł ze wzburzeniem gubernator. – Reynier van Schooten jest słabym, przekupnym i pazernym człowiekiem. Że też w Kompanii, którą tak ukochałem, jest miejsce dla kogoś takiego jak on…

Arent przyjrzał się stryjowi. Ostatnio widzieli się przed miesiącem, kiedy razem z Sammym przybył do Batawii. Zjedli wtedy suty posiłek, wypili morze wina i powspominali, ponieważ minęło jedenaście lat, od kiedy przecięły się ich drogi.

Gubernator niewiele się zmienił, może tylko tyle, że z czasem jego jastrzębie oblicze stało się jeszcze bardziej jastrzębiowate, a na głowie pojawiła się spalona słońcem łysina. Właściwie jedyna istotna różnica dotyczyła jego wagi. Stracił warstwę tłuszczu, będącą przywilejem bogaczy, i zrobił się chudy jak żebrak na ulicy.

Jest upiornie kościsty, pomyślał Arent. Wąski jak głownia miecza. Zarazem bystry i ostry, jakby upływ lat podziałał jak osełka. Cóż go tak odmieniło? Niepokój? Nosił lśniący metalowy napierśnik, doskonale dopasowany do jego sylwetki. Zbroja była przedniej jakości, to oczywiste, ale raczej nie należała do najwygodniejszych. Nawet generałowie na wojnie zdejmowali pancerz po powrocie do namiotu, tymczasem stryj kierował się własnymi upodobaniami.

Gubernator spojrzał ponad ramieniem bratanka i jego wzrok zatrzymał się na komendancie straży, który czekał cierpliwie za plecami Arenta, z szacunkiem przyciskając kapelusz do piersi.

– Wyglądasz, jakbyś stał nad moim grobem, Drecht. Czego ode mnie chcesz?

– Chcę prosić o zgodę na przerzucenie części muszkieterów na inny statek, panie. Rozmieściliśmy ich, gdzie się dało, ale na *Saardamie* po prostu brakuje miejsca.

– Ilu mamy na pokładzie?

– Siedemdziesięciu.

– Ilu chcesz przerzucić?

– Trzydziestu.

– Vos, co o tym sądzisz? – zapytał gubernator.

Ten popatrzył przez ramię i przez chwilę zastanawiał się nad odpowiedzią, przebierając poplamionymi inkaustem palcami.

– Myślę, panie, że ta czterdziestka, którą zatrzymamy, w wystarczający sposób zapewni ci ochronę – odezwał się w końcu. – Oszczędzimy na racjach. Nie znajduję argumentów przeciw – dodał, po czym wrócił do przerwanego zajęcia.

– Zatem masz moją zgodę, komendancie – oświadczył Jan Haan. – A teraz wybaczcie, ale chcę zostać sam na sam z bratankiem. Mamy wiele spraw do omówienia.

Rzuciwszy pełne żalu spojrzenie na stosik nieuporządkowanych zwojów, Cornelius Vos poszedł za przykładem Jacobiego Drechta i opuścił kajutę, zamykając za sobą drzwi.

– Ciekawy jegomość – zauważył Arent.

– Lepszego do ksiąg nie znajdziesz, ale rozmawiać z nim to jak monologować z galionem – skomentował gubernator, przesuwając palcami po dzbanach stojących na półce na wino. – Na szczęście jest lojalny. Tak samo jak Drecht, co bardzo ważne w dzisiejszych czasach. Napijesz się?

– Czy to twoja słynna szafka na wino?

– Wypełniona po brzegi – pochwalił się Jan. – Mam tu dzbanek francuskiego trunku, który z chęcią zmarnowałbym na twoje niewyrobione podniebienie.

– Z rozkoszą się poświęcę.

Gubernator sięgnął po dzban, dmuchnięciem pozbył się kurzu, wyjął korek i rozlał wino do dwóch kubków. Jeden podał Arentowi.

– Za rodzinę – wzniósł toast.

Stuknęli się kubkami i łyknęli od serca, rozkoszując się smakiem trunku.

– Próbowałem się z tobą zobaczyć po tym, jak żołnierze zabrali Sammy'ego, ale nie wpuszczono mnie do fortu. – Arent starał się nie dopuścić do głosu urazy. – Powiedzieli, że wezwiesz mnie w wolnej chwili, ale nic takiego nie nastąpiło.

– To było tchórzostwo z mojej strony. – Skruszony gubernator spuścił wzrok. – Unikałem cię.

– Czemu?

– Bałem się, że kiedy cię zobaczę… Bałem się tego, co byłbym zmuszony zrobić.

– Stryju?

Jan Haan zakręcił kubkiem, aż wino obmyło ścianki naczynia, i wbił spojrzenie w czerwony płyn, jakby miała się w nim objawić jakaś istotna prawda.

Westchnął i popatrzył na bratanka.

– Teraz, gdy stoisz przede mną, uświadamiam sobie, że nie mogę przedkładać przysięgi na wierność Kompanii ponad lojalność wobec własnej rodziny – wyznał cicho. – Powiedz mi zatem, zupełnie otwarcie, czy wiedziałeś o poczynaniach Samuela Pippsa?

Arent otworzył usta, lecz gubernator powstrzymał go gestem dłoni.

– Zanim odpowiesz, wiedz, że nie spotka cię z mojej strony żadna kara – zaznaczył, patrząc mu prosto w oczy. – Zrobię wszystko co w mojej mocy, by cię chronić, ale muszę wiedzieć, czy Samuel Pipps zamierza wskazać cię jako… – przerwał, by znaleźć odpowiednie słowo – współsprawcę, gdy stanie przed Siedemnastoma Panami. – Spochmurniał. – Jeśli tak, trzeba będzie podjąć dodatkowe kroki.

Arent nie miał pomysłu, czym konkretnie miałyby być te „dodatkowe kroki", ale wyobraził sobie raczej krwawe rozwiązanie.

– Stryju, nigdy nie widziałem, by Sammy dopuścił się oszustwa – zapewnił gorliwie. – Nigdy. On nawet nie wie, o co został oskarżony.

– Ależ wie – prychnął gubernator.

– Na pewno? Nie jest złym człowiekiem, za jakiego go masz.

Gubernator odwrócił się i podszedł do iluminatora. Płynęli zaledwie od godziny, a flota już zaczynała się rozpraszać; białe żagle zostawiały w tyle czarne monsunowe chmury.

– Masz mnie za głupca, Arencie? – spytał Haan podenerwowanym tonem.

– Nie.

– Wobec tego może za człowieka lekkomyślnego? Albo niefrasobliwego?

– Nie.

– Dla szlachetnej Kompanii, której wszyscy służymy, Pipps jest bohaterem. Ulubieńcem Siedemnastu Panów. Nie zakułbym go w kajdany ani nie potraktował tak surowo, gdybym naprawdę nie musiał. Wierz mi, kara przystaje do winy.

– Czym Sammy zawinił? – spytał zirytowany Arent. – Dlaczego to taka tajemnica?

– Ponieważ gdy cię zawezwą przed oblicze Siedemnastu Panów, twoja konsternacja i niewiedza będzie dla ciebie najlepszą obroną. Panowie założą, że byłeś zaangażowany w sprawę. To zrozumiałe. Wiedzą przecież, jak bliski jesteś Pippsowi. Wiedzą, że on zawsze może na ciebie liczyć. Nie uwierzą, że o niczym nie miałeś pojęcia. Tym, co pozwoli nam wpłynąć na ich opinię, będzie twoje oburzenie i zmieszanie.

Arent sięgnął po dzban i napełnił puste kubki.

– Proces Sammy'ego rozpoczyna się dopiero za osiem miesięcy – powiedział, dołączając do stryja przy iluminatorze. – Skupiając się na mieczu, możemy nie zauważyć piki. Sammy uważa, że *Saardamowi* grozi niebezpieczeństwo.

– Oczywiście, że tak. Myśli, że może wykorzystać tę sytuację i odzyskać wolność.

– Trędowaty nie miał języka, a przemówił. Był kulawy, a wspiął się na stertę skrzyń. Te osobliwości są warte uwagi Pippsa. Do tego dochodzi symbol, który ukazał się na żaglu.

– Jaki symbol?

– Oko z ogonem. Identyczne jak blizna na moim nadgarstku. Ta, którą mam od zaginięcia ojca.

Gubernator nagle się wyprężył, żwawo podszedł do sekretarzyka, wyjął pióro z kałamarza, narysował symbol na kawałku pergaminu i pokazał go bratankowi.

– Takie? – spytał. Świeży inkaust spływał po powierzchni kartki. – Jesteś pewien?

Arentowi serce zaczęło walić jak młotem.

– Absolutnie tak. Skąd się tu wzięło?

– Jak wiele pamiętasz z okresu tuż po zniknięciu ojca? Przypominasz sobie, dlaczego dziadek przyjechał po ciebie?

Arent pokiwał głową. Gdy po wyprawie łowieckiej wrócił do domu sam, został praktycznie odrzucony przez rodzinę. Siostry zaczęły traktować go z pogardą, a matka zdystansowała się od niego, pozostawiając obowiązek opieki nad synem służbie. Wszyscy nienawidzili jego ojca, a jednak najwyraźniej nikt się nie ucieszył, kiedy ten zniknął. Tak samo jak z tego, że Arent się odnalazł. Nigdy nie oskarżono go wprost, ale nie było takiej potrzeby, mały chłopiec doskonale wyczuwał atmosferę wrogości. Rodzina sądziła, że zabił ojca strzałem z łuku w plecy, a potem udawał, że utracił pamięć.

Wkrótce pogłoska rozprzestrzeniła się wśród parafian ojca i nastawiała ich przeciwko chłopakowi.

Z początku oskarżano go po cichu. Kiedy szedł drogą, dzieci szeptały zjadliwe obelgi pod jego adresem. Potem jeden z mieszkańców miasteczka przeklął go po mszy, krzycząc, że za jego plecami tańczy diabeł.

Wystraszony Arent przywarł do matki, licząc na ratunek, lecz ona patrzyła na niego z takim samym wstrętem jak inni.

W środku nocy wymknął się z domu i wyrył na drzwiach osoby, która napadła na niego pod kościołem, oko, takie samo, jakie miał na bliźnie. Nie był w stanie powiedzieć, dlaczego to zrobił ani jaki mroczny impuls nim kierował. Nikt nie potrafił rozpoznać symbolu, ale wyczuwało się w nim coś złowrogiego. To oko przerażało Arenta, uznał więc, że równie dobrze może przerażać innych.

Następnego ranka obiektem powszechnej niechęci stał się ów naznaczony mężczyzna. Na nic się zdały zapewnienia o niewinności. Diabeł przychodzi do tych, którzy go zapraszają – orzekli ludzie.

Podekscytowany tym małym zwycięstwem, Arent powtórzył swe dzieło najbliższej nocy i kolejnej, wydrapując symbol na drzwiach każdego, kto kiedykolwiek go uraził. Potem przyglądał się, jak inni traktują tych ludzi ze strachem i podejrzliwością. Drobne triumfy, jedyna moc, jaką dysponował, jedyna zemsta, na jaką mógł się zdobyć.

Choć symbol był tylko wybrykiem chłopca, mieszkańcy miasteczka napełnili go swymi lękami i dali mu życie. Wkrótce zaczęli podkładać ogień pod naznaczone domy i przepędzać ich właścicieli.

Przerażony swoim dziełem, Arent zaprzestał nocnych wizyt, mimo to oko dalej się pojawiało, podsycało stare waśnie i wszczynało nowe. Miesiącami miasteczko niszczyło samo siebie, załamywało się pod ciężarem własnych urazów, ludzie oskarżali i padali ofiarami oskarżeń, aż w końcu znaleźli tę jedną osobę, którą mogli obarczyć całą winą.

Starego Toma.

Arent wytężył pamięć. Czy Stary Tom nie był trędowaty? Czy nie dlatego wszyscy go nienawidzili?

Nie mógł sobie przypomnieć.

Nieistotne. W przeciwieństwie do Arenta, Stary Tom był człowiekiem biednym, pozbawionym wpływowej rodziny i murów, za którymi mógł się schronić. Z całą pewnością nie był demonem, po prostu zachowywał się dziwnie; siadał zawsze w tym samym miejscu na rynku, słońce, śnieg czy słota, błagał o jałmużnę i mówił rzeczy, w których próżno było szukać sensu. Większość ludzi uważała go za nieszkodliwego.

Pewnego dnia nieszczęśnika otoczył tłum. Zaginął mały chłopiec i jego koledzy twierdzili, że uprowadził go Stary Tom. Mieszkańcy miotali przekleństwa i domagali się wyjaśnień. Nieszczęśnik nie spełnił ich żądań – bo nie mógł – więc pobili go na śmierć.

Do samosądu przyłączyły się nawet dzieci.

Nazajutrz symbol przestał się pojawiać.

Ludzie powinszowali sobie udanego przepędzenia diabła i znów zaczęli się uśmiechać do sąsiadów, jak gdyby nic się nie stało.

Tydzień później Casper van den Berg, dziadek Arenta, zajechał pod dom powozem, odebrał syna matce i zawiózł go do swej posiadłości we Fryzji na drugim końcu kraju. Twierdził, że uczynił to, ponieważ czuł się rozczarowany synami – a miał ich pięciu – i potrzebował spadkobiercy. Arent wiedział jednak, że to matka go wezwała. Znała prawdę o bliźnie i symbolu, który chłopiec wycinał na drzwiach.

Bała się własnego syna.

– Po tym, jak wyjechałeś do Fryzji, docierały do nas opowieści o symbolu widzianym w różnych zakątkach kraju. – Gubernator zbliżył pergamin z rysunkiem znaku do płomienia świecy. – Pierwsi zauważyli go drwale, na drzewach, które ścinali. Potem natykano się na niego we wsiach i miasteczkach. Znajdowano na ciałach martwych królików i świń. Wszędzie tam, gdzie się pojawiał, zwiastował nieszczęście. Uprawy dopadała zaraza, cielęta rodziły się martwe. Dzieci znikały i nigdy ich nie odnajdywano. Trwało to prawie rok, zanim wzburzony motłoch zaczął napadać na domy właścicieli ziemskich, oskarżając ich o konszachty z ciemnymi mocami.

Kiedy ogień strawił prawie cały pergamin, Jan Haan otworzył iluminator i wyrzucił ostatni skrawek do morza.

– Dlaczego dotąd mi o tym nie opowiadałeś? – spytał Arent, wpatrując się w bliznę. Była ledwo widoczna, ale czuł ją wyraźnie, jakby próbowała odkleić się od ciała.

– Byłeś młody. – Gubernatorowi zabłysły oczy. Dawny strach znów brał go we władanie. – To brzemię nie było przeznaczone dla ciebie. Przyjęliśmy, że jeden z ohydnych sługusów znaku natknął się na was w lesie, zabił twojego ojca, a ciebie napiętnował podczas jakiegoś perwersyjnego rytuału, ale poza tym byłeś cały i zdrowy. Później dowiedzieliśmy się, że pewien łowca czarownic, którego zakon od lat walczył ze znakiem, zdołał wyplenić go w Anglii. Łowca stwierdził, że symbol jest dziełem diabła, i przystąpił do przeczesywania kraju w poszukiwaniu jego wyznawców. Dokonywał przy tym masakry trędowatych i palił wiedźmy, jeśli jakaś się trafiła.

Trędowatych, pomyślał Arent. Takich jak Bosey.

– W całej Fryzji miesiącami płonęły stosy, aż wreszcie udało się wytępić zło – ciągnął jego stryj. – Twój dziadek obawiał się, że łowca czarownic omyłkowo weźmie cię za jednego ze sługusów znaku. Dlatego cię ukrył. – Na twarz gubernatora padł mroczny cień, kubek zadrżał w jego dłoni. – To były straszne czasy. Diabeł oplatał swym ogonem wielkich i możnych, prowadził ich ku zepsuciu. Kilku wiekowych rodów nie dało się już uratować. Znalazły się pod zbyt silnym urokiem demonicznego symbolu.

Zatopiony w myślach, przebierał palcami po kubku. Miał paznokcie spiłowane w niemodny szpic, przez co wyglądały niepokojąco.

Jak szpony, pomyślał Arent. Zupełnie jakby stryj powoli przemieniał się w drapieżnego ptaka, którego zawsze przypominał.

– Arencie, jest coś jeszcze, o czym powinieneś wiedzieć. Otóż wedle słów łowcy, diabeł zwał się Starym Tomem.

Arent poczuł, że nogi się pod nim uginają. Musiał przytrzymać się sekretarzyka.

– Stary Tom był zwykłym żebrakiem, którego zamordowali mieszkańcy miasteczka – zaprotestował.

– Widocznie przypadkiem dobrze trafili. Jeżeli będziesz w każdego ciskał kamieniami, w końcu dostanie się temu, kto sobie zasłużył. – Gubernator westchnął. – Zresztą to nieistotne. Tamte wydarzenia rozegrały się przed prawie trzydziestoma laty. Czemu symbol miałby się pojawić akurat teraz? I tutaj, na drugim końcu świata? – Przeniósł spojrzenie ciemnych oczu na bratanka. – Znasz moją kochankę, Creesjie Jens?

Zaskoczony tym pytaniem, Arent pokręcił głową.

– Jej ostatni mąż był łowcą czarownic, który uratował kraj. Człowiekiem, przed którym cię ukryliśmy. To za jego pośrednictwem poznałem Creesjie. Niewykluczone, że opowiadał jej o swojej misji. Creesjie może wiedzieć więcej niż ja na temat Starego Toma, niebezpieczeństwa, które zagraża *Saardamowi*, i znaczenia blizny na twoim nadgarstku.

– Skoro wierzysz, że istnieje niebezpieczeństwo, to czy nie byłoby rozsądniej zawrócić do Batawii?

– Chciałeś powiedzieć: wycofać się? – Jan Haan skwitował ten pomysł pogardliwym prychnięciem. – W Batawii mieszka prawie trzy tysiące ludzi. Na pokładzie tego statku jest ich niespełna trzystu. Jeżeli Stary Tom rzeczywiście postanowił z nami popłynąć, to znalazł się w pułapce. Zrób to dla mnie, Arencie. Oddaję ci do dyspozycji wszystko… – zorientował się, że bratanek chce coś powiedzieć, więc dodał szybko: – poza Samuelem Pippsem.

– Nie potrafię tego co on.

– Wziąłeś szturmem hiszpańską twierdzę, by ratować mnie z rąk wroga.

– Ruszyłem pod Bredę z nastawieniem, że mój trud jest daremny i umrę.
– Więc po co to robiłeś?
– Ponieważ nie mógłbym żyć ze świadomością, że nawet nie spróbowałem.

Przytłoczony ciężarem miłości, jaką darzył bratanka, gubernator odwrócił się, by ukryć emocje.

– Nie powinienem był ci opowiadać o Karolu Wielkim, gdy byłeś małym chłopcem – stwierdził. – To ci zepsuło umysł.

Jan Haan stronił od uczuć, z których nie wynikała dla niego żadna korzyść. Podszedł do stołu i zaczął przekładać papiery.

– Służysz Pippsowi od pięciu lat – powiedział, kiedy już wszystkie dokumenty zostały ułożone w nowym porządku. – Z pewnością przez ten czas nieraz miałeś okazję obserwować jego metody.

– Owszem. Nieraz też obserwowałem wiewiórki biegające po drzewach, ale nadal nie potrafię ich naśladować. Jeśli chcesz ocalić ten statek, musisz uwolnić Sammy'ego.

– Wiem, że nie jestem twoim rodzonym stryjem, mimo to czuję między nami silne pokrewieństwo. Widziałem, jak dorastasz, i znam twoje możliwości. Zostałeś spadkobiercą dziadka, wybrał ciebie zamiast jednego ze swych pięciu synów i siedmiu wnuków. Nie uczynił ci tego zaszczytu dlatego, że jesteś głupi.

– Sammy Pipps nie jest zwyczajnie bystry – odparł Arent. – Potrafi zaglądać pod materię świata. Ma dar, którego nigdy nie zrozumiem. Wierz mi, próbowałem. – Przemknęła mu przez myśl twarz biednego Edwarda Coila. I jak zwykle poczuł wstyd.

– Nie mogę go uwolnić. – Na twarzy gubernatora malowały się osobliwe emocje. – Nie chcę – sprostował po chwili. – Wolę pozwolić, by statek poszedł na dno, i wiedzieć, że Pipps utonął razem z nim. – Opróżnił kubek i uderzył nim o stół. – Jeżeli Stary Tom rzeczywiście znajduje się na pokładzie, to ty masz największe szanse go wytropić. Spoczywa na tobie odpowiedzialność za bezpieczeństwo *Saardama*.

14

Arent czuł narastające mdłości. Dotąd nie liczył się z możliwością, że cały ciężar zadania spocznie na jego barkach. Był przekonany, że stryj, który czuł do niego sympatię, przejrzy na oczy, ale stało się inaczej i teraz właśnie ta sympatia mogła się przyczynić do ich zguby.

Jan Haan zawsze pokładał wiarę w Arencie. Gdy chłopiec był mały, uczył go posługiwania się rapierem, wystawiając do walki z dorosłymi mężczyznami, z początku przeciwko jednemu, potem dwóm, trzem, czterem. Służba przerywała zajęcia, by przyglądać się treningom.

W szczenięcych latach, gdy stukot koralików liczydła zastąpił brzęk rapierów, Jan przekonał dziadka chłopca, Caspera, by wysyłał Arenta na negocjacje z kupcami tak szczwanymi, że gdyby nie jego czujność, zdarliby z niego ostatnią koszulę.

Ośmielony dawnymi sukcesami bratanka, gubernator tym razem ryzykował porażkę, ponieważ naprawdę nie było nikogo mniej kompetentnego do ochrony *Saardama* przed niebezpieczeństwem niż Arent.

– Jak mam to zrobić bez rad Sammy'ego? – niemal jęknął.

– Możecie rozmawiać przez drzwi.

– Nie mógłbyś go przynajmniej przenieść do kajuty? – próbował przekonywać Arent, czując, jak słabo to brzmi. – Czy nie należy mu się choć tyle za jego służbę?

– W kajutach mieszka moja rodzina – odparł gubernator, który wyraźnie tracił już cierpliwość.
– Pozbawiony powietrza i ruchu, zacznie chorować – zaczął Arent z innej strony. – Umrze na długo przed tym, nim dotrzemy do Amsterdamu.
– Zasłużył sobie.
Arent zacisnął zęby. Czuł wzbierającą złość na upór stryja.
– Co na to Siedemnastu Panów...? Czy nie woleliby usłyszeć oskarżeń z pierwszej ręki, aby móc wydać sprawiedliwy wyrok?
Gubernator się zawahał.
– Skoro nie chcesz go uwolnić, pozwól mi go chociaż wyprowadzać – zaproponował Arent, wyczuwając lukę w nieugiętości wuja. – Nawet pasażerowie z kubryku mają prawo do spacerów po pokładzie dwa razy dziennie. Mógłby do nich dołączać.
– Nie, nie pozwolę, by zaraził swym występkiem innych.
– Stryju...
– O północy – rzucił Jan Haan. – Możesz go wyprowadzać o północy. – I nie czekając, aż Arent będzie dalej naciskać, zaznaczył stanowczo: – Nie wystawiaj mojej cierpliwości na próbę. I tak zgodziłem się na więcej, niż zamierzałem. Zrobiłem to wyłącznie ze względu na ciebie.
– Wobec tego przyjmuję to z wdzięcznością.
Gubernator, wyraźnie zły na siebie, uderzył wierzchem jednej dłoni w wewnętrzną część drugiej.
– Zjesz jutro ze mną śniadanie?
– Sądziłem, że dziś wieczorem zasiądziesz przy kapitańskim stole.
– Wolę zasypiać o zmroku i budzić się przed świtem. Gdy kapitan będzie podejmował mizdrzących się do niego głupców i buńczucznych idiotów, którzy z nami płyną, ja już będę w łóżku.
– Zatem widzimy się na śniadaniu – zgodził się Arent. – I byłbym wdzięczny, stryju, gdybyśmy zachowali nazwisko mego rodu w tajemnicy.
– Chodzisz w łachmanach, a jednak tym, co przynosi ci wstyd, jest nazwisko?

– Nie w tym rzecz, wuju. Nazwisko mnie wyprzedza. Prostuje kręte drogi, choć właśnie nimi pragnę kroczyć.

Jan Haan spojrzał na bratanka z zachwytem.

– Zawsze byłeś dziwnym chłopcem i wyrosłeś na jeszcze dziwniejszego, choć wyjątkowego mężczyznę. – Wziął głęboki oddech. – Niech będzie, jak chcesz. Obiecuję, że nie wyjawię twego prawdziwego nazwiska. Za to ty nie opowiadaj o swojej przeszłości. Pipps wie o bliźnie i zniknięciu twojego ojca?

– Nie. Dziadek nakazał mi milczenie o tym, co się wydarzyło. Dochowałem tajemnicy. Nigdy o tym nie rozmawiam i nawet rzadko myślę.

– To dobrze. Zachowaj milczenie również przed Creesjie Jens, kiedy ją poznasz. Jest wspaniałą kobietą, ale jak to kobieta, zaraz uwierzy w najgorsze. – Gubernator zastukał palcem o blat stołu. – A teraz wybacz, muszę, niestety, zająć się obowiązkami. – Otworzył drzwi, za którymi Cornelius Vos rozmawiał z komendantem straży Drechtem. – Vos, zaprowadzisz mojego bratanka do Creesjie Jens. Powiesz jej, że choć na takiego nie wygląda, Arent jest uczciwym człowiekiem i że przychodzi z mojego polecenia.

– Wolałbym zacząć od prochowni – przyznał Arent. – Musimy się dowiedzieć, w jaki sposób ów rzekomy mistrz zamierza nas zaatakować.

– W porządku – zgodził się gubernator. – Vos, zabierz mojego bratanka do prochowni i dopilnuj, by konstabl odpowiedział na jego pytania. – Nachylił się do szambelana i szepnął mu do ucha: – A potem przyślij do mnie Creesjie.

– Dziękuję, stryju. – Arent skłonił głowę z szacunkiem.

Jan Haan rozłożył ręce i przygarnął go do siebie.

– Nie ufaj Pippsowi – powiedział tak, by inni nie słyszeli. – Nie jest człowiekiem, za jakiego go masz.

Arent podążył za Corneliusem Vosem. Przeszli przez wielką kajutę, potem przez sterownię i dotarli do przedziału pod półpokładem. Szambelan stawiał idealnie równe kroki i trzymał ręce przy ciele, jakby obawiał się, że zajmuje więcej miejsca, niż powinien.

– Sądziłem, że znam wszystkie korzenie i gałęzie drzewa genealogicznego gubernatora, łącznie z najdalszymi antenatami – odezwał się niespiesznie, jakby zdmuchiwał pył z każdego słowa, zanim opuściło jego usta. – Zechciej wybaczyć, panie, że nie rozpoznałem w tobie członka rodziny.

Jego przeprosiny wydały się Arentowi szczere. Najstarsi członkowie służby w domu dziadka byli tacy sami. Rodzina była ich całym życiem, a służenie jej – powodem do dumy. Gdyby dziadek założył im obroże na szyje, wyszorowaliby je do połysku.

– Nie jestem spokrewniony z Haanami. Gubernator generalny nazywa mnie bratankiem na znak sympatii – wyjaśnił Arent. – Jego fryzyjski majątek leży po sąsiedzku z ziemią mego dziadka, u którego się wychowałem. Gubernatora i mojego dziadka łączy przyjaźń.

– Zatem z jakiego rodu pochodzisz?

– Wolałbym o tym nie mówić – odparł Arent, upewniwszy się, że nikt nie słucha. – I byłbym wdzięczny, szambelanie, gdybyś nikomu nie wspominał o tym, co mnie łączy z gubernatorem.

– Naturalnie – zgodził się lodowato Vos. – Nie zajmowałbym swojego stanowiska, gdybym nie był uosobieniem dyskrecji.

Arent zareagował uśmiechem na niezadowolenie Vosa. Szambelana najwyraźniej irytowało to, że ktoś świadomie rezygnuje z przywilejów wynikających z bliskich relacji z gubernatorem generalnym.

– Opowiedz mi o sobie – poprosił Arent. – Jakim sposobem trafiłeś na służbę u mego stryja?

– Zrujnował mnie – odparł krótko i bez gniewu Vos. – Byłem kupcem, dopóki moja działalność nie weszła w konflikt z interesami gubernatora. Zaczął rozsiewać plotki na mój temat, zrażając do mnie klientów, aż w końcu musiałem ogłosić upadłość. Wtedy zaproponował, żebym został jego szambelanem. – Mówił to tonem człowieka mile wspominającego bożonarodzeniową ucztę.

– I zgodziłeś się? – spytał zdumiony Arent.

– Oczywiście. – Vos ściągnął brwi na widok jego zdziwienia. – To był wielki zaszczyt. Jeśli nie on, to ktoś inny doprowadziłby mnie do ruiny. Nigdy nie miałem talentu do interesów, za to gubernator zauważył mój dryg do liczb. Robię w życiu to, do czego zostałem stworzony, za co każdego wieczoru dziękuję Bogu i Jego mądrości.

Arent wpatrywał się przez chwilę w jego pozbawioną wyrazu twarz, szukając oznak urażonej dumy albo tłumionej urazy, ale niczego takiego nie znalazł. Vos wydawał się wdzięczny, że gubernator zniszczył go, po czym dołączył do swojej kolekcji.

Szambelan wyjął z kieszeni niewielką cytrynę i wbił ostre paznokcie w skórkę. Pociekł sok. Statek łagodnie kołysał się na falach.

– Znasz powód, dla którego Sammy Pipps został uwięziony? – zapytał nagle Arent, licząc, że uda mu się go zaskoczyć.

Vos zesztywniał.

– Nie.

– Ależ tak, znasz. Naprawdę chodzi o coś tak okropnego, jak twierdzi mój stryj?

– Hm... – mruknął szambelan, wgryzając się w cytrynę. Łzy napłynęły mu do oczu.

Zgasił rozmowę, jakby zdmuchnął świeczkę, uświadomił sobie Arent.

Schody prowadzące do kubryku znajdowały się naprzeciwko koi Arenta. Z dołu dolatywał nieziemski zgiełk.

Zstępując w mrok, Arent czuł się tak, jakby pochłaniały go trzewia statku.

Podtrzymujące niski sufit grube belki były jak klatka z żeber, a skapująca z nich skroplona wilgoć – jak żółć. Wzdłuż łukowatych ścian stało w równych odstępach sześć dział, natomiast środkową część pokładu zajmował wielki kabestan o czterech uchwytach, przeznaczony do dźwigania kotwic z dna morza.

W gorącym i dusznym pomieszczeniu tłoczyło się na oko pięćdziesiąt osób. Pasażerowie układali się do snu tam, gdzie akurat było wolne miejsce. Kilku doświadczonych podróżnych rozwiesiło hamaki pomiędzy furtami działowymi, gdzie przynajmniej mogli liczyć na przewiew. Pozostali musieli się zadowolić matami rozłożonymi na podłodze i towarzystwem przemykających tam i z powrotem szczurów.

Trwały zażarte dyskusje i kłótnie, słabowici pasażerowie kaslali, chrząkali, pluli i wymiotowali, narzekając na koje. Sander Kers i jego podopieczna Isabel stali pośrodku tej ciżby, uśmiechając się życzliwie i ze współczuciem, i rozdawali Boże błogosławieństwa.

– Do prochowni tędy – powiedział Vos, wskazując w kierunku rufy.

Zdążyli pokonać trzy stopnie, gdy natarł na nich tłum miotający skargi. Jakiś wzburzony mężczyzna próbował szturchnąć Arenta w pierś, ale zorientowawszy się, jak daleko musiałby sięgnąć, trącił Vosa – bo ten był bliżej.

– Sprzedałem wszystko, co miałem, żeby zapłacić za tę, jak ją nazywacie, koję. – Ze wstrętem machnął ręką w stronę hamaku. – Nie mam nawet miejsca na swoje rzeczy.

– Zajmujące – odparł Vos, pozbywając się oskarżycielskiego palucha, jakby strzepywał brud. – Niestety, nie ja decydowałem o doborze miejsc do spania. O swoim też bym nie powiedział, że jest szczególnie… – Urwał, bo coś odwróciło jego uwagę.

Podążając za wzrokiem szambelana, Arent zobaczył dwóch chłopców o rudawozłotych włosach i odstających uszach, którzy ganiali po przedziale, najwyraźniej grając w berka. Byli ubrani w identyczne żółte rajtuzy i brązowe pludry oraz wyprasowane tuniki i krótkie kubraki.

Strój szlachetnie urodzonych, wyraźnie rzucający się w oczy na tle zdartych butów i spłowiałej garderoby pozostałych pasażerów. Za jeden z perłowych guziczków na piersi chłopców któraś z tych rodzin mogłaby opłacić miejsce w przedziale poziom wyżej.

– Chłopcy! – krzyknął Vos i obaj stanęli w miejscu. – Wasza matka na pewno nawet nie wie, gdzie się podziewacie. I jestem przekonany, że nie będzie zadowolona, kiedy się dowie. Marsz do swojej kajuty!

Chłopcy bąknęli coś pod nosem, ale posłusznie zaczęli mozolnie wspinać się po schodach.

– Synowie Creesjie Jens – wyjaśnił Vos. Wypowiadając jej imię z tęsknotą w głosie, na moment odsłonił swe ludzkie uczucia.

Czyżby przy bliższym poznaniu to serce, które z daleka wydawało się kulą zmiętego pergaminu, miało się okazać ciepłe w środku? – zastanawiał się Arent.

Z tłumu wyłoniła się płacząca kobieta i chwyciła go za rękaw.

– Mam dwójkę dzieci – poskarżyła się, pociągając nosem w chusteczkę. – W kubryku brakuje światła i powietrza. Jak mają to wytrzymać przez osiem miesięcy?

– Porozmawiam z…

Vos strącił jej dłoń z ręki Arenta, za co ten skarcił go wzrokiem.

– Porucznik Hayes nie pomoże wam bardziej niż ja – oświadczył służbiście szambelan. – Jesteśmy takimi samymi pasażerami jak wy. Miejcie pretensje do pierwszego oficera. Albo do głównego kupca.

– Chcę rozmawiać z kapitanem – zażądał zagniewany mężczyzna, przeciskając się obok kobiety.

– Na pewno z chęcią zamieni z tobą słówko – odparł beznamiętnie Vos. – Może spróbuj go zawołać, gdy będzie na pokładzie.

Nie czekając na reakcję mężczyzny, z determinacją ruszył w stronę prochowni. Zapukał ze śmiałością kogoś, przed kim wszystkie drzwi stoją otworem. Po drugiej stronie ktoś podszedł, głośno tupiąc, odsunęła się zaślepka i spod gęstych siwych brwi ukazały się błękitne oczy o podejrzliwym spojrzeniu.

– Kto idzie? – wychrypiał stary głos.

– Szambelan Vos reprezentujący gubernatora generalnego Jana Haana oraz Arent Hayes, towarzysz Samuela Pippsa. – Vos wskazał metalowy krążek, który Arent otrzymał od Crauwelsa. Podetknął go pod sam otwór w drzwiach. – Przychodzimy z upoważnienia kapitana.

Coś zaskrzypiało i drzwi się otworzyły. Oczom Arenta i Vosa ukazał się jednoręki wysuszony marynarz, zgięty jak zbyt mocno naciągnięty łuk. Był bez koszuli, w samych tylko portkach sięgających kolan. Na szyi miał sznurek, na którym wisiał poskręcany pukiel blond włosów. Jego własne sterczały na wszystkie strony jak eksplozja iskier z szarego ogniska.

– W takim razie wchodźcie, panowie – powiedział, zapraszając ich gestem. – Tylko z łaski swojej zaryglujcie za sobą drzwi.

Prochownia była pomieszczeniem bez okien, z przybitymi do ścian cynowymi płytami i dziesiątkami beczułek z prochem ułożonych na stojakach. W rogu wisiał hamak, pod nim stało wiadro na odchody, na szczęście puste.

Nad pochyloną głową Arenta przesuwała się gruba drewniana belka.

– Łączy ster z rumplem w sterowni – wyjaśnił konstabl, widząc jego zaciekawione spojrzenie. – Idzie się przyzwyczaić do skrzypienia.

Pośrodku znajdowała się duża skrzynia zawierająca Kaprys. Konstabl używał jej jako stołu. Przysiadł na stołku i położył na niej nogi, strącając kości do gry, tak że potoczyły się po podłodze.

Był bosy, jak wszyscy pozostali marynarze.

Arent ze zdumieniem wpatrywał się w skrzynię i zastanawiał się, jak to możliwe, że coś tak cennego może być traktowane z taką beztroską. Kaprys był przecież powodem, dla którego kilka miesięcy wcześniej gubernator ściągnął Sammy'ego i Arenta do Batawii. Jedynie garstka ludzi wiedziała, czym tak naprawdę jest Kaprys. Nawet Sammy nie miał pojęcia. Rzecz tę stworzono w tajemnicy, również w tajemnicy ją przetestowano, skradziono, a następnie odzyskano. Po tym, jak znalazła się w ich rękach, spędzili z nią godzinę sam na sam i zbadali ją od góry do dołu.

Mimo to nie zdołali się domyślić jej przeznaczenia.

Składała się z trzech części, które łączyły się w jedną całość. Po zmontowaniu otrzymywało się mosiężną kulę w drewnianym okręgu, otoczoną pierścieniem gwiazd, księżyca i słońca. Gdy się ją przechyliło, mechanizm kółek zębatych wprawiał elementy w ruch, tak że po chwili śledzenie nawet jednego komponentu konstrukcji przyprawiało Arenta o ból głowy.

Czymkolwiek był ten przedmiot, musiał mieć wielką wartość dla Siedemnastu Panów, inaczej nie wysyłaliby po niego swego najlepszego agenta, wiedzieli bowiem, że może umrzeć w trakcie podróży, zanim w ogóle dotrze do Batawii.

Na szczęście Sammy nie tylko pomyślnie dopłynął do celu, ale też z dobrym skutkiem wykonał powierzone mu zadanie, demaskując czterech portugalskich szpiegów. Arent miał zaprowadzić wrogów przed surowe oblicze gubernatora generalnego, lecz dwóch odebrało sobie życie, zanim zdążył ich dopaść, a dwóch pozostałych zbiegło na jego widok.

Nadal czuł wstyd z powodu tej porażki.

– Cóż przywiodło szlachetnych panów tak głęboko w trzewia *Saardama*? – spytał konstabl, wkładając do ust kawałek suszonej ryby, na którą – o ile Arent zdążył zauważyć – nie czekał ani jeden ząb.

– Czy zwrócił się do ciebie ktoś w sprawie podpalenia prochowni? – odezwał się Arent, formułując pytanie najudolniej, jak potrafił.

Stare oblicze konstabla zapadło się jak pomarańcza, z której wyciśnięto cały sok.

– Czemu ktoś miałby to robić, panie?

– Grożono temu statkowi.

– Ja groziłem?

– Nie... – Arent zawahał się, zdając sobie sprawę, jak absurdalnie to zabrzmi. – Groził trędowaty.

– Trędowaty – powtórzył konstabl, szukając w spojrzeniu Vosa potwierdzenia tej niedorzeczności.

Szambelan ugryzł kawałek cytryny i nie odezwał się.

– Sugerujesz, panie, że jakiś trędowaty namówił mnie do udziału w zamachu, w wyniku którego utonąłbym razem z całą załogą? – Konstabl głośno przeżuwał rybę. – Niech się zastanowię. Przez prochownię przewija się tylu trędowatych, że czasem się w nich gubię.

Arent przestąpił z nogi na nogę.

Prowadzenie śledztwa zwykle nie należało do jego obowiązków, nie czuł się w tym pewnie. Przerabiali to. Sammy'emu wydawało się, że dostrzega drzemiący w nim dar – przy okazji sądził, że znalazł szybki sposób na przejście na emeryturę – a więc przeszkolił Arenta i powierzył mu sprawę. Wszystko szło z pozoru gładko, dopóki o mały włos nie powieszono niewłaściwego człowieka. Nie doszło do tragedii tylko dlatego, że Sammy w porę odstawił butelkę, trzeźwym okiem przyjrzał się faktom i zauważył szczegół, który Arent przeoczył.

Zanim to się wydarzyło, Arenta cechowała arogancja. Uważał talent Sammy'ego za niezwykły i wspaniały – tak jak niezwykłe i wspaniałe mogą być, na przykład, umiejętności jeździeckie. Rzecz godna podziwu, ale do wyuczenia.

Mylił się.

Zdolności takich jak te, które miał Sammy, nie dało się nauczyć ani wytrenować. Były przyrodzone.

Wyczuwając zakłopotanie Arenta, Vos zlitował się nad nim i zmierzył konstabla surowym spojrzeniem.

– Arent Hayes reprezentuje gubernatora generalnego Jana Haana – oznajmił. – Odpowiesz na każde jego pytanie grzecznie i wyczerpująco, inaczej każę cię wychłostać. Zrozumiano?

Starzec zbladł.

– Wybacz, panie – wybąkał. – Nie chciałem cię urazić, panie.

– Odpowiedz na pytanie.

– Nie, panie, nie rozmawiałem z żadnym trędowatym. I nie ma żadnego spisku, panie. I powiem ci jeszcze, panie, że gdybym chciał się zabić, poszedłbym do tamtych kanalii – machnął ręką w kierunku zamkniętych drzwi – i chędożył i chlał przez całą noc. Ale nie robię tego, bo mam nieco grosza i rodzinę, co na mnie czeka. To wystarczy, by chcieć wrócić do domu. Panie.

Arentowi brakowało zdolności Sammy'ego, ale za to dysponował własnym darem wykrywania kłamstw. Przez całe życie ktoś wiecznie próbował go oszukać, bądź to usiłując przekonać do niekorzystnej umowy – gdy jeszcze pracował u dziadka – bądź chcąc mu wmówić, że trzymany za plecami sztylet nie jest przeznaczony dla niego. W pomarszczonej twarzy starca ujrzał nadzieję, obawę i nie zobaczył niczego, co wskazywałoby na fałsz.

– Kto jeszcze ma dostęp do tego pomieszczenia? – spytał.

– Przez większość czasu nikt, ale kiedy pada wezwanie do broni, załoga kursuje w tę i we w tę, nosząc proch do dział. Jedynymi osobami, które mają klucze do prochowni, są kapitan Crauwels, pierwszy oficer i ja – powiedział konstabl, przebierając palcami u nóg.

– Znasz niejakiego Boseya? Cieślę? Kulał. Możliwe, że chował urazę do kogoś z załogi.

– Nikogo takiego nie kojarzę, ale jestem tu nowy. Dołączyłem dopiero w Batawii. – Konstabl urwał kolejny kawałek ryby, włożył do ust i żuł, aż ślina ciekła mu po brodzie. – Boisz się, panie, że ktoś może chcieć zatopić *Saardama*?

– Tak.

– Wobec tego źle kombinujesz – stwierdził konstabl. – Tu po obu stronach jest chleb. No i cyna na ścianach.

– Nie rozu...

– No, chleb. Upakowany w przedziałach po obu stronach – wyjaśnił. – Nawet gdyby poszła iskra, cyna i chleb stłumiłyby wybuch. Nie wywaliłoby dziury w kadłubie. Pożar wyrządziłby co prawda trochę więcej szkód, ale byłoby dość czasu, by go ugasić, zanim strawiłby statek. Specjalnie tak budują indiamany.

– Zdajesz sobie sprawę, że poprosimy kapitana Crauwelsa o potwierdzenie tego, co nam powiedziałeś? – odezwał się Vos surowym tonem.

– Nie usłyszycie od niego nic innego – odparł konstabl.

– Przychodzi ci do głowy inny sposób na zatopienie *Saardama*? – spytał Arent.

– Parę, owszem – przyznał konstabl, bawiąc się brudnym kosmykiem włosów, który nosił na sznurku. – Na przykład mógłby nas ostrzelać drugi statek i zatopić, jak to się zwykle odbywa, po Bożemu. – Zamyślił się nad własnymi słowami – Mógłby też zostawić nas na pastwę piratów, sztormów albo francy. To się w sumie często zdarza. Albo...

– Albo? – ponaglił go Vos.

– Albo… Gdybym ja chciał to zrobić… ale nie chcę… tak tylko mówię. – Konstabl spojrzał na nich, oczekując potwierdzenia, że mu wierzą.

– Mów, jaki masz pomysł – zażądał Vos.

– Gdybym ja chciał to zrobić, spróbowałbym wyeliminować kapitana.

– Crauwelsa? – zdumiał się Arent.

Starzec zaczął skubać wystającą ze stołu drzazgę.

– Jak wiele o nim wiecie, panie?

– Tylko tyle, że ubiera się jak dworzanin i nie cierpi głównego kupca – odparł Vos.

Rozbawiony konstabl klepnął się w udo, ale szybko spoważniał, bo zorientował się, że ocena szambelana nie była żartem.

– Dobrze mówisz, panie, ale kapitan Crauwels jest najlepszym marynarzem w całej flocie, o czym wie każdy, nawet ten kurwi syn, główny kupiec Reynier van Schooten. Kapitan dopłynąłby do Amsterdamu na byle barkasie, i to nie gubiąc towaru po drodze. – Z tonu konstabla przebijał podziw, który jednak zaraz zniknął. – Kompania marnie płaci, co oznacza, że załoga *Saardama* składa się z wichrzycieli, morderców i złodziei.

– Którym z nich jesteś ty? – spytał Vos.

– Złodziejem. – Konstabl poklepał się po kikucie. – Ale to nieważne. Liczy się, że choć wszyscy z nich to szumowiny, każdy szanuje kapitana Crauwelsa. Będą narzekać, będą się zmawiać, nigdy jednak nie wystąpią przeciwko niemu. Jest bezwzględny, ale rządzi sprawiedliwie. Wiemy, że dowiezie nas do domu, dlatego posłusznie pochylamy głowy i robimy, co nam każe.

– Co by się stało, gdyby umarł? – spytał Arent. – Pierwszy oficer nie utrzymałby załogi w ryzach?

– Karzeł? – prychnął pogardliwie konstabl. – Wątpię. Jeśli zabraknie kapitana, ta łódka spłonie. Wspomnicie moje słowa.

15

Sara i Lia stały na achterdeku i stamtąd, z samego końca statku, patrzyły na oddalającą się Batawię. Sara spodziewała się, że miasto będzie stopniowo maleć, blaknąć jak wywabiana plama na bawełnianej koszuli, ale nie – jego kominy i dachy po prostu zniknęły pomiędzy jednym mrugnięciem oka a drugim, nie zostawiając czasu na pożegnanie.

– Mamo, jak jest we Francji? – spytała Lia po raz setny w tym tygodniu.

Sara dostrzegała niepokój w spojrzeniu córki. Dotąd Batawia była całym jej światem, właściwie nawet nie tyle miasto, ile sam fort, za którego mury rzadko pozwalano jej się zapuszczać. Jako dziecko myślała o nim jak o labiryncie Dedala i potrafiła godzinami uciekać przed Minotaurem, potworem, w którego rolę znakomicie wcielał się jej ojciec.

Teraz, po trzynastu latach, opuściła znajome kamienne mury i pilnowane przez strażników przejścia, by popłynąć ku zupełnie nowemu życiu w wielkim domu z ogrodem.

Biedactwo od tygodni nie było w stanie spokojnie zasnąć.

– Nie znam jej zbyt dobrze – przyznała Sara. – Ostatni raz byłam tam za młodu, ale pamiętam, że jedzenie było wyborne, a muzyka zachwycająca.

Lia uśmiechnęła się pełna nadziei. Uwielbiała obie te rzeczy, o czym jej matka dobrze wiedziała.

– Francuzi to utalentowani wynalazcy, badacze i uzdrowiciele – ciągnęła tęsknie Sara. – I budowniczowie prawdziwych cudów: katedr o wieżach sięgających nieba.

Dziewczyna oparła głowę na matczynym ramieniu, jej ciemne włosy spłynęły jak czarna rzeka.

Zaczepiona na długiej tyczce latarnia pozycyjna skrzypiała przy każdym ruchu, bandera łopotała na wietrze. W przedziale dla zwierząt kury gdakały, a maciory chrząkały, dając wyraz swemu niezadowoleniu z tego, że grunt kołysze im się pod nogami.

– Polubią mnie tam? – spytała płaczliwie Lia.

– Och, pokochają cię! – zapewniła ją Sara. – Przecież właśnie dlatego się na to zdecydowałyśmy. Nie chcę, byś dłużej bała się tego, kim jesteś. Nie chcę, byś musiała ukrywać swój dar.

Lia przytuliła się mocno do matki, ale zanim zdążyła zadać kolejne pytanie, po schodach wbiegła na pokład Creesjie z rozwianymi włosami. Przebrała się z koszuli nocnej w luźną suknię zapiętą pod samą szyję, z czerwonymi rękawami przewiązanymi wstążkami, i założyła kapelusz z szerokim rondem, ozdobiony piórami. Buty trzymała w ręce. Na jej czole lśniły kropelki potu.

– Tu jesteście – wydyszała. – Wszędzie was szukałam.

– Co się stało? – spytała zaniepokojona Sara.

Creesjie przypłynęła do Batawii dwa lata wcześniej na prośbę gubernatora i okazała się niczym promień słońca w ich szarym życiu. Była zalotna, uwielbiała kokietować i miała naturalny dar do opowiadania niewiarygodnych historii, z którego na co dzień ochoczo korzystała. Sara nie przypominała sobie, by kiedykolwiek widziała ją w złym nastroju albo zatroskaną. Pierwotnym stanem duszy Creesjie był zachwyt, w który wprawiali ją nieustannie kręcący się wokół niej liczni adoratorzy.

– Wiem, co zagraża temu statkowi – powiedziała, łapiąc oddech. – Wiem, co miał na myśli Bosey, mówiąc o swoim mistrzu.

– Co?! – wykrzyknęła Sara i w jej ustach tłoczyły się już kolejne pytania.

Creesjie oparła się o reling, usiłując nabrać tchu. Poniżej znajdowały się kwadratowe iluminatory kajut pasażerskich. Z dołu dobiegały odgłosy sprzeczki o kabinę pomiędzy Crauwelsem a van Schootenem.

– Opowiadałam ci o Pieterze Fletcherze, moim drugim mężu?

– Wiem tylko tyle, że był ojcem Marcusa i Osberta – odparła ze zniecierpliwieniem Sara.

– Pieter był łowcą czarownic. – Wypowiadała jego imię z bólem serca. – Przed trzydziestoma laty, na długo, zanim zostaliśmy małżeństwem, przybył z Anglii do Zjednoczonych Prowincji Niderlandów, by zbadać przypadek pewnego osobliwego symbolu, który szerzył się na ziemiach arystokratów jak zaraza.

– Chodzi o symbol, który dziś rano pojawił się na żaglu? – spytała Lia.

– W rzeczy samej – przyznała Creesjie, zerkając nerwowo w stronę wydymającej się na wietrze białej płachty. – Prowadząc śledztwo w sprawie znaku, mój mąż uwolnił dusze setek trędowatych i wiedźm. Od wszystkich usłyszał tę samą historię: w chwili największego zwątpienia, gdy uchodziły z nich resztki nadziei, niejaki Stary Tom odzywał się w ciemności, szeptem proponując spełnienie największego pragnienia w zamian za przysługę.

– Jaką przysługę? – spytała rozgorączkowana Sara. Czuła się tak, jak wtedy, gdy do Batawii docierały nowe raporty ze spraw Pippsa. Odgrywała z Lią opisane w nich zdarzenia, ale z pominięciem końcówki, bo wolała wymyślić własną teorię, zanim poznała prawdziwe rozwiązanie. Z reguły prawidłowo odgadywała, co się stanie, lecz zwykle myliła się co do motywu. Nie rozumiała, czym jest zazdrość i poczucie odtrącenia, dlatego nawet nie przychodziło jej do głowy, że ktoś mógł zabić z ich powodu.

– Mąż nie chciał rozmawiać o szczegółach swojej misji – ciągnęła Creesjie. – Uważał, że to nie są rzeczy, o których powinna wiedzieć kobieta.

– I miał rację – odezwał się Vos, wchodząc po schodach. – Pan mój prosi cię, pani, o przybycie.

Creesjie skrzywiła się z niesmakiem na jego widok.

W ślad za Vosem na pokład wszedł Arent i lekko ukłonił się Sarze. Coś się zmieniło od chwili, kiedy po raz ostatni widziała go w porcie. Stąpał ciężko, jakby dźwigał na barkach nowy ciężar.

– Bądź posłuszna – przypomniała przyjaciółce Sara. – Poznałaś już porucznika Hayesa? Pomógł mi przy trędowatym w porcie.

– Arenta – poprawił ją mruknięciem i obdarzył uśmiechem, który odwzajemniła.

Creesjie przyjrzała mu się z błyskiem w oku.

– Nie, ale liczyłam na to, że go poznam. – Złożyła głęboki ukłon. – Opowieści o pańskich wymiarach najwyraźniej nie są wyolbrzymione, poruczniku. Jakby Bóg, tworząc pana, zagapił się i nie przestał tworzyć.

– Później go będziesz uwodziła, Creesjie – postrofowała ją łagodnie Sara, po czym zwróciła się do Arenta: – Podobno znak na żaglu należy do diabła znanego jako Stary Tom.

Nie wyglądał na zaskoczonego.

– Znasz to imię? – spytała, przechylając głowę.

– Gubernator opowiedział mi jego historię – odparł.

– Rozmawiałam dziś z młodym chłopcem, od którego dowiedziałam się, że trędowaty z portu był cieślą na *Saardamie*. Nazywał się Bosey – powiedziała Sara. – Przed śmiercią przechwalał się, że w Batawii zawarł z kimś umowę, w której myśl miał stać się bogaty w zamian za kilka przysług.

Creesjie ze smutkiem pokręciła głową.

– O jakąkolwiek przysługę Stary Tom poprosił Boseya, mogła się skończyć tylko cierpieniem. – Otarła policzki z morskiej mgiełki. – Wchodząc w układ ze Starym Tomem, człowiek staje się jego sługą. Nigdy się nie uwolni. Stary Tom posila się ludzkim bólem i jeśli ktoś nie jest w stanie go wykarmić, cierpi jeszcze bardziej. Pieter był człowiekiem niezwykłej woli, lecz nawet jego przechodził dreszcz na wspomnienie okropności, których był świadkiem.

Skoro Stary Tom łaknie żalu i rozgoryczenia, na statku będzie miał tego pod dostatkiem, bo każdy tutaj chowa jakąś urazę, pomyślała Sara. Każdy czuje, że został źle potraktowany. Każdy pragnie czegoś, co ma ktoś inny. Ludzie gotowi są zapłacić wysoką cenę za lepsze życie.

Sama była tego dobrym przykładem.

– *Saardam* jest pełen goryczy i pretensji – stwierdził Arent, jakby czytał w jej myślach, po czym zwrócił się do Creesjie: – Czy twój mąż, pani, zdradził, czym jest Stary Tom?

– Diabłem lub czymś na jego podobieństwo. Mąż nie miał z nim bezpośrednio do czynienia, dopiero kiedy... – Głos jej się załamał, łzy napłynęły do oczu. – Mieszkaliśmy w Amsterdamie, w wielkim domu pełnym służących. Pewnego dnia przed czterema laty Pieter wrócił do domu spanikowany. Bez słowa wyjaśnienia i nie pozwalając zabrać dobytku, kazał nam wsiąść do karety i odjechać w kierunku Lille...

– Lille? – zdziwił się Arent.

– Tak. – Zastanawiała się, dlaczego tak go to zdumiało. – Czy to miejsce jest panu bliskie?

– Nie... – Pokręcił głową z miną kogoś, komu za oknem mignęła czyjaś upiorna sylwetka. – Raz badaliśmy tam pewną sprawę. Mam wspomnienia z tego miasta. Wybacz, pani, że przerwałem twoją opowieść.

Sara znała wszystkie raporty na pamięć i wiedziała, że Arent nigdy nie pisał o Lille. Zastanawiała się, czego mogła dotyczyć owa dawna sprawa i dlaczego tak go to poruszyło, ale natłok innych myśli nie pozwolił jej się nad tym dłużej zatrzymać.

– Powiedział tylko tyle, że Stary Tom go odnalazł i że musimy uciekać. – Creesjie mówiła przez ściśnięte gardło. – Błagałam, by zdradził coś więcej, lecz milczał jak grób. Po trzech tygodniach podróży dotarliśmy do nowego domu, a dwa dni później Pieter już nie żył. – Przełknęła ślinę. – Stary Tom torturował go. Po wszystkim zostawił swój znak na ścianie, abyśmy wiedzieli, kogo obarczyć odpowiedzialnością.

Sara wzięła przyjaciółkę za rękę.

– Czujesz się na siłach opowiedzieć o tym Janowi? – spytała. – Być może to go przekona do zawrócenia do Batawii?

– Nie przekona – rzucił Arent. – Gubernator wie, co oznacza ten symbol. Poprosił mnie, bym zbadał tę sprawę, ale statku nie zawróci.

– Przeklęty, uparty głupiec – jęknęła Sara, spoglądając z przygnębieniem na Lię.

– Pani, nie wypada w ten sposób mówić o własnym mężu – zbeształ ją Vos, czym zasłużył sobie na pełne jadu spojrzenie Creesjie.

Szambelan załamał ręce i szybko dodał, by przykryć zakłopotanie:

– Skoro mamy do czynienia z diabłem, proponuję, byśmy zasięgnęli porady u pastora. To w końcu sprawa bliższa jemu niż nam.

– Wierzysz, panie, w demony? Ty? – zdziwiła się Lia. – Kto by przypuszczał! Pan, człowiek tak...

– Pozbawiony emocji? – podsunęła Creesjie.

– ...racjonalny – dokończyła dziewczyna.

– Widziałem demony na własne oczy – powiedział Vos. – Napadły na moją wieś, gdy byłem mały. Przetrwało jedynie kilka domów.

– Jeśli chcesz, panie, porozmawiam z pastorem – zwróciła się Sara do Arenta. – I tak zamierzałam umówić się na spowiedź.

– Dziękuję, to by mi bardzo pomogło. Nadal będę wypytywał o trędowatego. Jeżeli jego mistrzem jest rzeczywiście Stary Tom, to być może któryś z kolegów Boseya zapamiętał, jak się poznali.

– Mogę się podzielić pewnymi użytecznymi informacjami – powiedziała Sara, po czym zdała Arentowi relację z tego, czego udało jej się dowiedzieć na temat cieśli. Wspomniała również o ostatnim słowie, jakie wypowiedział.

– *Laxagarr*? – Arent się zamyślił. – Znam kilka języków, ale tego słowa nigdy wcześniej nie słyszałem.

– Ja też nie – przyznała Sara i chwyciła się relingu rufowego, bo nagle *Saardam* zakołysał się na dużej fali. – Chłopiec, z którym rozmawiałam, sądzi, że *laxagarr* pochodzi z języka norn, a jedyną osobą na pokładzie znającą go jest bosman Johannes Wyck. Tylko że to właśnie Wyck okaleczył Boseya, wątpię więc, czy zechce udzielić odpowiedzi na twoje pytania, panie.

– Istotnie, nie zechciał – potwierdził Arent. – Już go poznałem.

– Posłałam Dorotheę, by rozpytała wśród pasażerów w kubryku. A nuż ktoś coś wie.

Lekko speszony Arent popatrzył na nią z podziwem i półuśmiechem.

– Skoro Stary Tom żywi się cierpieniem, po co w ogóle opuszczał Batawię? – odezwał się Vos typowym dla siebie monotonnym głosem. – W mieście miał tysiące dusz, a na pokładzie *Saardama* raptem paręset. Po co zamieniać ucztę na przekąskę?

– Znalazł się tutaj z mojego powodu – odezwała się cicho Creesjie. – Nie rozumiecie? Pieter uwolnił jego wyznawców i wygnał go z Prowincji. Stary Tom zamordował go w akcie zemsty, a ja uciekłam, zanim zdążył dokończyć dzieła. Starałam się być w ciągłym ruchu, by nie zdołał wpaść na mój trop, i sądziłam, że tutaj, daleko od Niderlandów, będę w końcu bezpieczna. Lecz stałam się zbyt pewna siebie i oto diabeł przyszedł zabrać resztę rodziny. – Jej zrozpaczone spojrzenie odnalazło Sarę. – Przyszedł po mnie.

16

Dzień chylił się ku końcowi. Marynarze na szkafucie śpiewali, tańczyli i grali na skrzypcach, od czasu do czasu odrywając się od rozrywki, by wykonać wykrzyczane ze spardeku rozkazy. Ci, którzy siedzieli na takielunku, zaśmiewali się ze sprośnych żartów i wykrzykiwali obelgi do tych na dole. Byli tak hałaśliwi, że cisza, która nagle pośród nich zaległa, zabrzmiała głośniej niż trzask pioruna.

Arent przekroczył granicę grotmasztu.

Na spardeku kapitan Crauwels zaklął pod nosem i otworzył usta, by go głośno ostrzec, ale uświadomił sobie, że to na nic. Znali się krótko, lecz było dla niego jasne, że Arent Hayes chadza tam, gdzie chce.

Marynarze przerwali wykonywane czynności i śledzili intruza wzrokiem. Na morzu wszystko, co znajdowało się pomiędzy dziobem a grotmasztem, było ich terenem. Pasażer, który zapuszczał się na tę połowę *Saardama*, dobrowolnie zdawał się na łaskę marynarzy. Tak było od zawsze, lecz Arent to zlekceważył. Mimo to nikt się nie ruszył. Paru zmrużyło oczy, oceniając swoje szanse – może udałoby się go okraść albo zastraszyć? – ale rosłość Arenta szybko wybiła im te pomysły z głowy. Zniechęceni, powrócili do swych obowiązków, pozwalając mu wspiąć się na fordek.

Dziób tonął w cieniu postawionych na fokmaszcie żagli, wysunięte do przodu czoło statku wisiało kilka metrów nad wodą i gdy

Saardam płynął, wyglądało to tak, jakby złoty lew na galionie dawał susa z fali na falę.

Arenta na chwilę oślepiło chowające się w oceanie pomarańczowe słońce, w którego blasku białe żagle floty zdawały się płonąć żywym ogniem.

Zamrugał, by odzyskać ostrość widzenia, i usłyszał głośne okrzyki, jakby zagrzewano kogoś do walki, a potem odgłosy uderzeń: toczył się pojedynek na pięści. Przecisnął się wzrokiem przez tłum marynarzy i muszkieterów i zobaczył dwóch krążących wokół siebie półnagich mężczyzn. Byli zakrwawieni i posiniaczeni, bez siły wymierzali na oślep ciosy, z których trafiały tylko nieliczne. Przegra ten, który pierwszy padnie ze zmęczenia.

Powiódł wzrokiem ponad głowami gapiów i wypatrzył Isaacka Larme'a.

Pierwszy oficer siedział na relingu nad czołem statku i machał krótkimi nóżkami. Trzymał w ręce nóż, którym strugał kawałek drewna. Co pewien czas podnosił wzrok i zerkał na walkę z pogardliwą miną zawodowego boksera oglądającego amatorski pojedynek.

Kiedy zobaczył Arenta, pokręcił głową.

– Wynoś się stąd – rzucił, nie przerywając strugania.

– Kapitan powiedział mi, że możesz coś wiedzieć na temat niejakiego Boseya, cieśli. Z kim utrzymywał bliższe kontakty? Co robił, zanim się zatrudnił w Kompanii?

– Wynoś się stąd – powtórzył Larme.

– Widziałem twoją reakcję, gdy wypowiedziałem jego nazwisko. Wzdrygnąłeś się. Zatem coś wiesz.

– Wynoś się.

– *Saardamowi* grozi niebezpieczeństwo.

– Wynoś się, mówię.

Marynarska ciżba wybuchnęła śmiechem. Walka dobiegła końca i teraz wszyscy przyglądali się Arentowi i pierwszemu oficerowi.

Arent zacisnął pięści. Serce podskoczyło mu do gardła. Nigdy, nawet kiedy był dzieckiem, nie cierpiał znajdować się w centrum zainteresowania. Zwykle chodził przygarbiony, z opuszczonymi rękami, ale przy swoim wzroście i tak rzucał się w oczy. Lubił pracować z Sammym, bo kiedy Wróbel wchodził do pomieszczenia, nikt nie zwracał uwagi na Niedźwiedzia.

– Przychodzę z upoważnienia gubernatora generalnego – oznajmił, w duchu wyrzucając sobie, że musiał się powołać na stryja.

– A ja mam swoje własne upoważnienie jedynego człowieka, który potrafi powstrzymać tę hałastrę przed poderżnięciem ci w nocy gardła – odparował karzeł ze złośliwym uśmieszkiem.

Marynarze wznieśli okrzyki. To był najwyraźniej znacznie lepszy pojedynek niż ten, który chwilę wcześniej oglądali.

– Sądzimy, że mistrz Boseya, nazywany Starym Tomem, będzie próbował zatopić ten statek.

– Wydaje wam się, że potrzebuje do tego jakiegoś zmyślnego planu? Najlepszy sposób na zatopienie indiamana to pozostawienie go samemu sobie. Jeśli nie wykończy nas sztorm, zrobią to piraci. A jeśli nie piraci, to choroby. Statek i bez trędowatego jest przeklęty.

Załoga mruknięciami potwierdziła słowa pierwszego oficera i każdy odruchowo dotknął swego talizmanu. Nie było dwóch takich samych, tak jak dusze marynarzy nie były jednakowe. Arent rozejrzał się i zobaczył cały przekrój: nadpalony posążek i kawałek liny z nietypowym węzłem; pukiel zakrwawionych włosów i dziwną fiolkę z czarną substancją; stopiony odłamek żelaza i kolorowy kawałek miki o osmalonych krawędziach.

Amuletem Larme'a była wystrugana w drewnie upiorna połowa twarzy z chytrym spojrzeniem.

– Odpowiesz na moje pytania? – nie dawał za wygraną Arent.

– Nie.

– Dlaczego?

– Bo nie muszę. – Larme szybkim ruchem odciął spory kawałek od drewna, które strugał, i wrzucił go do wody. Odczekawszy, aż umilkną śmiechy, czubkiem noża wskazał zakrwawionych bokserów. – Powinieneś walczyć.

121

– Co?! – Ta nagła zmiana tematu zaskoczyła Arenta.

– Walcz – rzucił karzeł. Marynarze zaczęli szeptać między sobą. – To nasz sposób na rozwiązywanie sporów. Ale można przy okazji wygrać niezłą sumkę.

Załoga rozejrzała się po sobie, szukając tego, który okaże się na tyle głupi, by spróbować szczęścia przeciwko temu olbrzymowi. „Może Johannes Wyck?" – podsunął ktoś ku aprobacie ogółu.

– Nie walczę dla zabawy – oznajmił Arent. – Skończyłem z tym.

Larme wyszarpnął nóż z drewna.

– Oni nie walczą dla zabawy, tylko dla pieniędzy. To my czerpiemy z tego przyjemność.

– Tego też nie robię.

– No to zdaje się, że nie masz czego tu szukać.

Arent spojrzał na niego bezradnie. Nie wiedział, jak zareagować. Sammy na pewno poczyniłby jakąś uwagę albo przypomniał sobie jakiś istotny fakt. Znalazłby klucz do tego człowieka. On tymczasem mógł jedynie stać bez słowa, czując się jak głupiec.

– Skoro nie chcesz, panie, odpowiedzieć na moje pytania, przynajmniej zasugeruj, jak namówić do tego bosmana – podjął rozpaczliwą próbę.

Larme wybuchnął paskudnym śmiechem.

– Postaw mu coś do żarcia i szepnij czułe słówko do ucha – zadrwił. – A teraz wynoś się stąd, musimy dokończyć pojedynek.

Pokonany Arent odwrócił się i odszedł, odprowadzany szyderstwami marynarzy.

17

Zapadał zmierzch; niebo zabarwiły fioletowe i różowe smugi i pokazały się punkciki gwiazd. Dokoła ani śladu lądu. Tylko woda. Kapitan Crauwels nakazał zwinąć żagle i rzucić kotwice. Pierwszy dzień żeglugi dobiegł końca. Jan Haan chciał wiedzieć, dlaczego mają się zatrzymać, znał przecież kapitanów, którzy doskonale sobie radzili z nawigacją nocą.

– Nie dorównujesz im pan umiejętnościami, kapitanie? – spytał, próbując wbić Crauwelsowi szpilę.

– Umiejętności na nic się nie zdają, panie gubernatorze, kiedy zwyczajnie nie widać tego, co może cię zatopić – odparł spokojnie Crauwels, po czym dodał: – Proszę podać nazwiska tych kapitanów, a ja wymienię nazwy statków, które posłali na dno, i towarów, które stracili.

Ta odpowiedź szybko zamknęła temat. Isaack Larme zabił osiem razy w dzwon okrętowy, wzywając nową wachtę.

Crauwels uwielbiał tę porę dnia, gdy kończyły się już jego obowiązki wobec załogi, a te wobec przeklętych arystokratów jeszcze się nie zaczęły. To był jego czas. Godzina o zmierzchu, w której mógł poczuć zapach powietrza i sól na skórze i odnaleźć radość w tym, do czego był zmuszony.

Podszedł do relingu i przyjrzał się załodze. Marynarze przekazywali sobie nawzajem polecenia, dotykali talizmanów, odmawiali modlitwy i wychylali się za burtę, by postukać w kadłub, co ponoć przynosiło szczęście. Przesądy, pomyślał. Jedyna rzecz, która utrzymuje nas na powierzchni.

Sięgnął do kieszeni i wyjął metalowy krążek, który wcześniej dał Arentowi. Vos zwrócił mu go, wyraźnie rozeźlony tym, że kapitan tak beztrosko traktuje podarek od gubernatora generalnego. Crauwels potarł jego powierzchnię kciukiem i palcem wskazującym, a potem, marszcząc czoło, przeniósł spojrzenie na niebo.

Od kilku godzin czuł znajome mrowienie, niechybny znak, że za horyzontem kłębią się burzowe chmury; morze subtelnie zmieniało barwę, powietrze stawało się coraz bardziej drażniące. Crauwels otworzył usta, żeby poczuć jego smak – miał wrażenie, jakby dotknął językiem kawałka żelaza wyciągniętego z dna oceanu.

Sztorm nadciągnie jutro, może szybciej.

Chłopiec okrętowy z płonącą pochodnią minął kapitana i wspiął się na palce, by zapalić wiszącą na rufie wielką latarnię.

Jeden po drugim pozostałe okręty floty wzięły przykład z *Saardama* i wkrótce w nieskończonej ciemnej pustce zamigotało siedem ogników, niczym dryfujące po morzu gwiazdy, które spadły z nieba.

18

Kolacja okazała się udręką. Przepełniona niepokojem Sara nie potrafiła się zmusić do prowadzenia niezobowiązujących rozmów towarzyskich.

Wprawdzie komendant straży Drecht ustawił muszkietera przed wejściem do przedziału pasażerskiego, co nieco ją uspokoiło, ale na tym koniec dobrych wieści. Niestety, Dorothei nie udało się znaleźć nikogo, kto wiedział, co znaczy słowo *laxagarr*, więc jedyną osobą, która mogła je znać, nadal pozostawał Johannes Wyck. Sara najchętniej po prostu wezwałaby bosmana i przesłuchała go, ale mąż mógłby się o tym dowiedzieć, a nie mogła się narażać. Ściągnięcie do kajuty pomocnika cieśli było wystarczająco ryzykowne, mimo że wymyśliła pretekst.

Ta sytuacja doprowadzała ją do szału.

Była najwyżej postawioną kobietą na pokładzie, a miała mniej swobody niż byle chłopiec okrętowy.

Dobrze przynajmniej, że wreszcie kończyła się ta przeciągająca się niemiłosiernie kolacja.

Posiłek został zjedzony, naczynia i sztućce zabrano i na stole pozostał jedynie wielki srebrny kandelabr z kapiącymi woskiem świecami, w których świetle twarze nabierały złowieszczego blasku. Złożono opuszczany blat, aby goście mieli więcej miejsca, by chodzić po wielkiej kajucie i oddawać się przeważnie nudnym rozmowom.

Sara przysiadła na krześle w rogu, wymawiając się bólem głowy i potrzebą chwili odpoczynku. Przetestowała ten wybieg podczas różnych spotkań towarzyskich i z reguły zyskiwała dzięki temu co najmniej dwadzieścia minut świętego spokoju po tym, jak już wszyscy uprzejmie wyrazili troskę o jej samopoczucie.

Siedząc w półmroku, przypatrywała się zebranym. Cóż za osobliwe zgromadzenie. Nieznani jej starsi oficerowie, a wśród nich kapitan Crauwels, który wyglądał olśniewająco w czerwonym kaftanie z odbijającymi światło świec wypolerowanymi guzikami i w śnieżnobiałych marynarskich pludrach z nienagannie zawiązanymi jedwabnymi tasiemkami. Inny strój niż dzienny, ale równie doskonale dopasowany do jego sylwetki.

Kapitan rozmawiał z Lią, która zasypywała go pytaniami o tajniki żeglugi. Z początku Sara obawiała się, że córka zdradzi się ze swą inteligencją – jak nieraz się zdarzało, gdy zanadto się emocjonowała – ale dziewczyna przywdziała najlepszą maskę: bezmyślną minę głupawej, szlachetnie urodzonej panny, która chce zrobić wrażenie na zalotniku.

Crauwelsowi najwyraźniej się to podobało, bo przez cały wieczór nie wyglądał na tak odprężonego jak teraz.

Ciekawy człowiek, pomyślała Sara. Stojący na rozstajach własnych sprzeczności – pod wytwornymi szatami kryła się dzikość serca. Słodki jak miód dla arystokratów, dla wszystkich pozostałych – szorstki i surowy. Wydał sutą ucztę, lecz sam zjadł niewiele. Nie tknął wina, które serwowano, wolał pić piwo z własnej flaszki. Zachęcał do rozmów, jednocześnie przez większość czasu milcząc i reagując rozdrażnieniem, ilekroć ktoś go zagadywał. Bez wątpienia chciał zrobić dobre wrażenie – i zarazem czuł się skrępowany w towarzystwie ludzi, którym usiłował zaimponować.

Spojrzenie Sary przesunęło się na Sandera Kersa. Pastor stał przy iluminatorze razem z Isabel i badawczym wzrokiem przyglądał się gościom.

Przez cały wieczór unikał Sary.

Początkowo odczytała to jako skrępowanie – wolał śledzić konwersacje, niż się w nich udzielać – ale z upływem godzin zaczęła dostrzegać, że Kersa wcale nie interesują ludzie, lecz ich spory i polemiki. Na każdy podniesiony głos nadstawiał uszu i słuchał z rozchylonymi ustami, po czym lekko zapadał się w sobie, rozczarowany, gdy przedsmak sporu okazywał się jedynie okraszoną śmiechem kordialną wymianą zdań. Nachylał się wtedy do Isabel i szeptał jej coś do ucha. Dziewczyna odpowiadała kiwnięciem głową.

Przez cały wieczór podopieczna pastora nie odezwała się słowem, ale najwyraźniej czuła się z tym dobrze. W przypadku niektórych, na przykład Creesjie, milczenie było głośniejsze od krzyku. Ciekawa sprawa. Isabel była jednak zupełnie inna. W jej czujnym spojrzeniu kryła się szczerość. Oczy zastępowały usta w wyrażaniu zwątpienia, strachu, zaskoczenia.

Przy drzwiach nastąpiło jakieś poruszenie. Sarze mocniej zabiło serce na myśl, że może wreszcie zjawił się Arent. Ale to tylko sługa przyniósł więcej wina.

Pokręciła głową, zirytowana własnym przejęciem. Koniecznie chciała się dowiedzieć, co udało mu się odkryć, lecz jego krzesło pozostało puste, tak jak miejsce wicehrabiny Dalvhain, która z powodu niedyspozycji nie zjawiła się na kolacji.

Oczywiście dało to gościom asumpt do plotek.

Po godzinnej wymianie teorii na temat uwięzienia Samuela Pippsa rozmowa zeszła na bogactwo i rodowód Dalvhainów, ale opierała się na czystych spekulacjach. Nikt z obecnych nie miał okazji poznać wicehrabiny, nie licząc kapitana Crauwelsa, który w niewybredny sposób podsumował ją jako chorowitą kobietę z tak donośnym kaszlem, że gdyby na *Saardamie* rosły drzewa, pospadałyby z nich liście.

– Dalvhain – wyszeptała z niepokojem Sara. Gdy była mała, kazano jej się uczyć na pamięć herbarzy, by na przyjęciu nie zawstydziła ojca nieznajomością możnego towarzystwa. Nie kojarzyła nazwiska Dalvhain.

Ponad szum rozmów wzbił się śmiech Creesjie, która nie mogłaby siedzieć w kajucie i zamartwiać się. Urodziła się, żeby się cieszyć, i miała niesamowity dar: potrafiła przekonać innych, że zanim się zjawili, jej dzień upływał na żałosnej nudzie. Teraz rozmawiała z głównym kupcem Reynierem van Schootenem, czubkami palców lekko dotykając jego przedramienia. Sądząc po uniesieniu malującym się na twarzy kupca, jego serce wręcz rwało się z piersi.

Sara nie rozumiała, dlaczego Creesjie marnuje czas na tę irytującą kreaturę. Był wiecznie pijany, a w rozmowie nigdy nie potrafił obyć się bez złośliwości. Wszyscy unikali jego towarzystwa.

Cornelius Vos jak zwykle stał nieco z boku, z dłońmi splecionymi z tyłu, i – też jak zawsze – przyglądał się Creesjie ze zbolałą, pełną tęsknoty miną.

W piersi Sary współczucie mieszało się z frustracją.

Szambelan był przyzwoitym człowiekiem, do tego wpływowym i prawdopodobnie zamożnym. Na pewno wiele kobiet byłoby gotowych dzielić z nim życie, on jednak zafiksował się na tej jednej, niemożliwej do zdobycia.

Creesjie Jens była najbardziej pożądaną kobietą w Kompanii.

Oprócz tego, że czarowała urodą, miała zdolności muzyczne, była błyskotliwą rozmówczynią oraz, jak sama przyznawała, wyjątkowo utalentowaną kochanką. Kobiety takie jak ona rzadko się trafiały, więc miały tym większą wartość.

Pierwszy mąż Creesjie był oszałamiająco bogatym kupcem, drugi – najskuteczniejszym na świecie łowcą czarownic. Gubernator wezwał ją do Batawii, by została jego kochanką, po tym, jak się dowiedział o nierozwiązanej zagadce morderstwa Pietera. A teraz Creesjie płynęła do Europy, aby wyjść za mąż za księcia z francuskiego dworu.

Biedny, nudny Vos, wijący się w swym uwielbieniu, równie dobrze mógł się zakochać w księżycu. Byłoby mu łatwiej zwabić go do łóżka.

Creesjie zobaczyła Sarę siedzącą na krześle, przeprosiła swego rozmówcę i podbiegła do niej.

– Ależ wspaniałe towarzystwo! – zaćwierkała ze wzrokiem mętnym od wina. – Co się tak czaisz w kącie?
– Nie czaję się.
– Rozmyślasz?
– Creesjie...
– Idź, znajdź go.
– Kogo?
– Arenta Hayesa – rzuciła Creesjie z irytacją. – Przecież chcesz z nim porozmawiać, prawda? No więc idź, znajdź go. Patrząc sobie w oczy, możecie cnotliwie porozmawiać o trędowatych, demonach i innych przerażających rzeczach. Będę mogła spać spokojniej, wiedząc, że we dwoje walczycie ze złem.

Sara się zaczerwieniła, co Creesjie skwitowała śmiechem, po czym wzięła żonę swojego kochanka za ręce i pomogła jej wstać z krzesła.

– O ile wiem, ulokowano go w przedziale pod półpokładem – powiedziała. – To tylko dwa pomieszczenia stąd, po drugiej stronie sterowni.

– Nie mogę tam pójść – zaprotestowała bez przekonania Sara. – Jestem żoną gubernatora generalnego.

– Naturalnie, że możesz – zapewniła ją Creesjie i dodała celowo napuszonym tonem: – Jako żona gubernatora generalnego możesz robić, co ci się żywnie podoba. A Jan leży już w łóżku, więc to naprawdę nie ma znaczenia. Powiem wszystkim, że zrobiło ci się słabo.

Sara z wdzięcznością pogłaskała przyjaciółkę po policzku.
– Jesteś wspaniała.
– Wiem.
– Trzymaj van Schootena z dala od Lii – poprosiła Sara, odwracając się w stronę drzwi. – Robi mi się niedobrze na jego widok.
– Och, zostaw Reyniera w spokoju. Zasługuje na litość, nie na pogardę.
– Litość?!
– Nie dostrzegasz bólu, który pulsuje tam, gdzie powinno znajdować się jego serce? Zraniono go, dlatego rani innych. – Creesjie

chwilę się zastanawiała. – Poza tym jest zaprawiony jak król w noc poślubną. W takim stanie nie dotoczyłby się do swojej kajuty ani tym bardziej do łóżka, nie mówiąc już o zaciągnięciu tam Lii. Ale oczywiście zrobię, jak sobie życzysz. – I przewidując kolejne pytanie, zaznaczyła: – A także dopilnuję, aby jakiś szlachetny jegomość bezpiecznie odeskortował nas obie do przedziału dla pasażerów. A teraz idź, znajdź tego swojego brutala.

Opuściwszy rozświetloną blaskiem świec wielką kajutę, Sara znalazła się w mroku sterowni i usłyszała dobiegające z oddali dźwięki skrzypiec, którym towarzyszył zachrypły niski śpiew. Najpierw pomyślała, że muzyka dochodzi z dziobu, i dopiero po chwili zorientowała się, że powinna szukać jej źródła na spardeku.

Kapitan ostrzegał kobiety, by nocą unikały przemieszczania się po statku bez męskiego towarzystwa, ale ciekawość była silniejsza niż jego pouczenia.

Sara weszła po schodach, lekko unosząc suknię, i trafiła w sam środek pieśni.

W świetle stojącej na beczułce topniejącej świecy zobaczyła siedzącego z zamkniętymi oczami Arenta, który grubymi palcami zręcznie przebierał po gryfie skrzypiec. Po drugiej stronie baryłki komendant straży Jacobi Drecht, przygarbiony i ze zwisającymi między kolanami splecionymi dłońmi, wyśpiewywał rzewną melodię. Jego wspaniały rapier leżał przed nim na podłodze obok dwóch pustych dzbanów po winie; trzeci, do połowy pełny, stał obok świecy. Najwyraźniej ci dwaj spędzili tu już sporo czasu.

Na widok Sary Drecht zerwał się na nogi, przewracając stołek, na którym siedział.

Muzyka natychmiast ucichła. Arent spojrzał najpierw na komendanta straży, a potem powiódł wzrokiem ponad jego ramieniem – i zobaczył Sarę. Uśmiechnął się z niekłamaną radością. Odpowiedziała tym samym, dziwiąc się, jak bardzo się ucieszyła, że go odnalazła.

– Pani – wybąkał Drecht, wyraźnie pijany i wyraźnie usiłujący wyglądać na trzeźwego. – Potrzebujesz pomocy?

– Nie wiedziałam, że komendant straży potrafi śpiewać – powiedziała, z rozkoszą klaszcząc w dłonie. – Jak mogłam się nie zorientować? Przecież od tylu lat zapewnia bezpieczeństwo mojej rodzinie.
– Fort jest duży, pani – odparł. – A ja śpiewam po cichu.
Skwitowała jego żart śmiechem, po czym zwróciła się do Arenta:
– A pan, poruczniku Hayes...
– Arent – poprawił ją łagodnie.
– Pięknie grasz... Arencie.
– Jedyna pożyteczna rzecz, jaką przywiozłem z wojny. – Pogładził gryf skrzypiec. – Jeśli nie liczyć przepisu na wyśmienitą potrawkę z grzybami.
– Wracasz do swojej kajuty, pani? – spytał Drecht. – Czy mogę cię odprowadzić?
– Właściwie to przyszłam porozmawiać z porucznikiem.
– Wobec tego zechciej usiąść – powiedział Arent, stopą podsuwając stołek.
– Pomogę – zaoferował z troską Drecht.
– Bardzo to uprzejme z pańskiej strony, ale siadanie to jedna z nielicznych rzeczy, które nadal wolno mi robić samej, i muszę przyznać, że jestem w tym nadzwyczaj dobra.

Łypnęła na niski stołek i przeklęła swą dumę. Dół jej sukni był z czerwonego brokatu wyszywanego perłami, gorset oblewał koronkowy wodospad. Cały strój ważył niewiele mniej niż zbroja. Niezgrabnym ruchem powoli opadła na zydel i na jej twarz padła złocista poświata świecy. Tu, pośród fal i migających gwiazd, kurtuazyjny gwar wielkiej kajuty wydał jej się nagle czymś bardzo odległym.

– Wina? – zaproponował Arent.
– Znajdę kubek – powiedział Drecht.
– Nie trzeba – powstrzymała go. – Tylko nie mówcie mojemu mężowi.

Przejęła dzban od Arenta i podniosła go do ust, przygotowana na obrzydliwy smak wody z mułem, czy co tam pijają marynarze, ale wino okazało się zaskakująco dobre.

– Z zapasów Sammy'ego – wyjaśnił Arent, potrącając struny skrzypiec. – Jeśli chcesz spróbować prawdziwych żołnierskich pomyj, pani, musisz zaczekać do przyszłego tygodnia, aż skończy nam się wyborny trunek.

Znów ten uśmiech. Zaczynał się od oczu, zielonych ze złotymi środkami, przedziwnie delikatnych w zestawieniu z surową twarzą.

– Mówiłeś komendantowi o Starym Tomie? – spytała, oddając porucznikowi dzban.

– Nie musiał – wtrącił Drecht. – Gubernator generalny to zrobił. Wspomniał o symbolu na żaglu i o tym, jak diabeł pustoszył kraj przed trzydziestoma laty. Nie żebym w cokolwiek z tego wierzył, ale gubernator się boi. Chce, bym go osobiście eskortował, ilekroć opuszcza kajutę.

– Szczęściarz z ciebie, panie – skomentowała z przekąsem Sara.

– Nie wierzysz w diabły, Drecht? – spytał Arent. Zbliżył skrzypce do ucha i naciągnął jedną ze strun.

– Nie bardzo rozumiem, po co miałyby istnieć – odparł komendant straży, wyłuskując ćmę, która zaplątała się w jego brodę, i rozgniatając ją palcami. – Nigdy nie widziałem, żeby jakiś stał nad martwym dzieckiem. Nie widziałem, żeby gwałcił kobietę i podpalał chatę z rodziną w środku. Wiesz, jak jest na polu bitwy, Hayes. I rozumiesz, do czego są zdolni mężczyźni, gdy spuścić ich ze smyczy. Wcale nie potrzebują podszeptów jakiegoś Starego Toma. Zło bierze się stąd. – Uderzył się w pierś. – Rodzi się w nas. Jest tym, co pozostaje, gdy pozbędziesz się munduru, rangi i ładu.

Sara wiedziała o tym wszystkim, mimo że nigdy nie była na polu bitwy. Przez całe życie obserwowała mężczyzn. Nie robiła tego jednak z miłości czy podziwu, co byłoby zgodne z tym, czego oczekiwano od kobiety, lecz ze strachu. Mężczyźni byli niebezpieczni. Zmienni i nieprzewidywalni, skłonni do wybuchów gniewu w chwilach rozczarowania – a rozczarowani bywali często, przeważnie własnymi mankamentami. Ale nie była na tyle głupia, żeby im to powiedzieć.

– Skoro twoim zdaniem na okręcie nie grasuje diabeł, to kto albo co odpowiada za pojawienie się tego znaku na żaglu? – zwrócił się Arent do komendanta straży.

– Powiedziałbym, że ktoś z załogi zasłyszał historię o Starym Tomie i postanowił się zabawić kosztem wyżej urodzonych. – Drecht machnął ręką w kierunku szkafutu.

Na obrzeżach kręgu światła rzucanego przez coraz mniejszą świeczkę Sara widziała rozmazane sylwetki marynarzy, którzy śpiewali i tańczyli do melodii fletów i rytmu bębenków. Okrzyki, śmiechy i wybuchy agresji przyprawiały ją o dreszcze.

– Ot, połączenie nudy i złośliwości – dodał Drecht. – Zważcie moje słowa.

– Nie twierdzę, że tak nie jest, ale twoja teoria budzi sporo wątpliwości, które Sammy na pewno chciałby wyjaśnić. – Arent pociągnął z dzbana. – Na przykład to, w jaki sposób kulawy cieśla stał się ofiarą trądu i jak wdrapał się na stertę skrzyń, by przepowiedzieć stamtąd tragiczny koniec *Saardama*, będąc niemową bez języka.

– Nie był trędowaty – powiedziała Sara. – Przynajmniej nie w tradycyjnym pojmowaniu tej choroby. Trąd rozwija się i pogłębia przez lata. Gdyby był chory, kiedy służył na *Saardamie*, załoga na pewno by się zorientowała. A jeśli zaraził się dopiero w Batawii, nie byłby w aż tak zaawansowanym stadium.

– Sądzisz, pani, że to mogło być przebranie? – zaciekawił się Arent.

– Albo mundur – podsunął Drecht. – Każda armia ma swój mundur.

– Wie to zapewne Johannes Wyck – stwierdziła Sara, skubiąc odstającą perłę na sukni. – Uciął Boseyowi język, aby powstrzymać go przed wyjawieniem jakiejś informacji. I prawdopodobnie wie, jakie przysługi Bosey miał wyświadczyć w zamian za bogactwo, które mu obiecano. No i bez wątpienia zna słowo *laxagarr*.

– *Laxagarr*? – zdziwił się Drecht. – Czy to nazwisko?

– Niewykluczone. Albo nazwa miejsca. – Sara wzruszyła ramionami. Jej suknia zaszeleściła. – To podobno w języku norn.

– Zapytam moich muszkieterów. Ktoś może je znać. W końcu jesteśmy zbieraniną ludzi z różnych stron. – Dopił wino. – A ty, Arencie? Wierzysz, że płynie z nami diabeł?

– Zbyt wiele razy widziałem, jak Sammy demaskuje rzekome opowieści o duchach, by wierzyć, że tutaj też mamy z taką do czynienia – odparł Arent. W jego oczach zamigotał blask świecy.

Komendant straży ziewnął i wstał zdrętwiały.

– Lepiej zmienię muszkietera pilnującego kwatery gubernatora. – Zaoferował Sarze ramię. – Pozwolisz, pani, że odprowadzę cię do twojej kajuty?

– Wolałabym jeszcze trochę pozostać na świeżym powietrzu – uprzejmie odmówiła. – Pan porucznik z pewnością odeskortuje mnie, gdy będę gotowa.

Drecht posłał mu pytający uśmiech, a Arent skinął głową.

– Doskonale – powiedział jakby nie do końca przekonany. – Dobranoc, pani. Dobranoc, poruczniku.

Arent skinął głową, Sara pomachała dłonią, po czym oboje z rozbawieniem odprowadzili komendanta wzrokiem i zobaczyli, jak zatrzymuje się w połowie schodów i ogląda przez ramię.

– Komu z nas dwojga nie ufa? – spytała Sara. – Tobie czy mnie?

– Och, z pewnością tobie, pani. Jacobi Drecht i ja zostaliśmy najlepszymi kamratami.

– Właśnie widzę. Czy dziś rano nie przystawiał ci rapiera do piersi?

– Owszem. I zrobi to znowu, jeśli wejdę mu w drogę – odparł wesoło Arent. – Jeszcze nigdy nie widziałem równie bezwzględnego człowieka.

– Dziwna ta wasza kameraderia.

– Bo dziwny był to dzień. – Szarpnął za strunę. Wyraźnie miał ochotę zagrać. – Chciałabyś, pani, usłyszeć jakąś pieśń?

– Znasz *Nad cichą wodą*?

– Znam – potwierdził, przypomniawszy sobie początek utworu. Niektóre pieśni są czymś więcej niż tylko ładną melodią. Są ciasno splecionymi, niegasnącymi wspomnieniami. Wywołują chandrę. Właśnie taka była dla Sary *Nad cichą wodą*. Dźwięki przeniosły ją do czasów dzieciństwa, do okazałego domu rodziców i do sióstr. Gdy całą piątką wracały zmęczone i wytrzęsione po długich przejażdżkach konnych, szły do kuchni i wpełzały pod stół, by tam zjeść potrawkę razem z psami.

Jej córka nigdy nie zaznała takiej niewinności, skonstatowała ze smutkiem Sara. Ani takiego szczęścia. Ojciec uwięził ją za kamiennymi murami fortu i nie wypuszczał na świat, bojąc się, że może zostać oskarżona o czary. Sara obiecała sobie, że gdy tylko uwolnią się od Jana, zapewni córce przeżycia, jakich Lii nigdy nie było dane doświadczyć w dzieciństwie.

Arent cicho grał na skrzypcach.

– Dlaczego nie przyszedłeś na kolację? – zapytała, zaskoczona własną szczerością.

Rzucił jej spojrzenie.

– Chciałaś, pani, abym tam był? – odpowiedział pytaniem, skupiając się na grze.

Zagryzła wargę i tylko kiwnęła głową.

– Wobec tego jutro przyjdę – obiecał cicho.

Jej serce zabiło, jakby chciało wyrwać się z piersi. Próbując zająć czymś myśli i ręce, zaczęła wyjmować z włosów wysadzane klejnotami szpilki; stopniowo uwalniała rude loki, aż spłynęły na ramiona. Po rozpuszczeniu nareszcie przestały napinać skórę na głowie.

– To taką szpilkę oferowałaś mi, pani, w porcie? – spytał Arent.

– Miałam ich trzynaście – odparła, podsuwając jedną bliżej świecy. – Prezent ślubny od męża. – Uśmiechnęła się lekko. – Po piętnastu latach w końcu do czegoś mi się przydają.

– Każda musi być warta majątek. Mimo to zapłaciłaś nią za pogrzeb, który kosztowałby nie więcej niż trzy guldeny.

– Nie miałam przy sobie trzech guldenów.

– Ale...

– Nie nosiłam tych szpilek od dnia wesela – przerwała mu, nadal wpatrując się w tę trzymaną w dłoni. – Mąż poprosił, bym dziś je wpięła, więc rano wyjęłam ze skrzyni szkatułkę z kosztownościami, zdmuchnęłam kurz i wetknęłam szpilki we włosy. Zanim pójdę spać, wrócą na swoje miejsce i nie opuszczą go przez kolejne piętnaście lat. – Wzruszyła ramionami i położyła szpilkę obok świecy stojącej na beczułce. – Mogą się wydawać cenne, ale dla mnie takie nie są. Ich prawdziwą wartością jest to, że jedna z nich przydała się w chrześcijańskim celu. Dzięki niej mogłam się pochylić nad duszą nieszczęśnika i zapewnić mu godny pochówek.

Arent patrzył na nią z podziwem.

– Twe szlachectwo, pani, idzie w parze ze szlachetnością.

– Dziękuję, staram się. Ach, byłabym zapomniała. – Sięgnęła do rękawa i wyjęła fiolkę mikstury nasennej, którą podała trędowatemu w porcie. Kleisty brązowy płyn mienił się w blasku świecy. – Proszę. – Wręczyła naczynko Arentowi. – To dla Pippsa. Miałam ci ją dać podczas kolacji, ale równie dobrze mogę to zrobić teraz.

Spojrzał zaskoczony na fiolkę, która wydawała się maleńka na jego porysowanej szramami dłoni.

– Pomoże mu zasnąć – wyjaśniła. – Moja kajuta jest tak ciasna, że nawet nie potrafię sobie wyobrazić, jak przerażająca musi być jego cela. Wystarczy kropla tego specyfiku i prześpi całą noc albo dzień. Dwie krople i nie obudzi się jeszcze przez połowę następnego.

– A co się stanie, jeśli weźmie trzy?

– Narobi w portki.

– Zatem łyknie trzy.

Jej śmiech przeszedł w ziewnięcie, które szybko stłumiła, zasłaniając usta dłonią. Najchętniej przesiedziałaby tu całą noc, rozmawiając i słuchając gry Arenta – i właśnie to pragnienie było powodem, dla którego powinna już wrócić do kajuty.

– Pora na sen – rzuciła i od razu zirytowała się tym, jak oficjalnie to zabrzmiało.

Arent ostrożnie oparł skrzypce o beczułkę.
– Odprowadzę cię, pani.
– Nie ma takiej potrzeby.
– Obiecałem Drechtowi – nie ustępował. – Poza tym będę spokojniejszy. No i nie wydaje mi się, byś zdołała wstać bez pomocy. Ta suknia wygląda na ciężką.
– Bo jest ciężka! Czemu krawcy w ogóle nie myślą o takich rzeczach? Wyobrażasz sobie, że pośród całego tego brokatu nie znalazłam nawet jednej kieszeni? Ani jednej! – Pociągnęła za materiał w miejscu, w którym jej zdaniem powinny znajdować się kieszenie.
– Oburzające. – Arent ujął dłonie Sary, by pomóc jej wstać. Miał szorstką skórę.
Sara zaczerwieniła się pod wpływem jego dotyku i ruszyła przodem, by ukryć rumieniec.
Arent zabrał szpilki z beczułki i poszedł za nią.
Była piękna noc pełna gwiazd odbijających się w nieruchomej wodzie. Pośród nich sześć latarni pozostałych statków floty rzucało dziwnie podnoszący na duchu złoty blask.
Na schodach Sara i Arent zatrzymali się, by przez chwilę podziwiać widok.
– Nie odpowiedziałaś, pani, na pytanie Drechta o to, czy wierzysz w demony – odezwał się Arent.
– Gdybyś bacznie słuchał, zauważyłbyś, że pytanie nie było skierowane do mnie – odparła z lekkim uśmiechem.
– Wobec tego kieruję je do ciebie, pani, teraz. Czy uważasz, że płynie z nami demon?
Zacisnęła dłonie na relingu.
– Tak.
Kiedy była mała, uczono ją, że demony istnieją i chodzą po ziemi, by dręczyć grzeszników. Kuszą ludzi, mieląc rozwidlonymi ozorami, lecz ich obietnice są puste, a na końcu obiecanej przez nich drogi czeka piekło. Ten, kto ufa Bogu i Jego miłości, szybko zdemaskuje oszusta i znajdzie schronienie przed krzywdą. Wierzyła w to, tak jak

wierzyła, że ci, którzy padają ofiarą nikczemności diabła, są poniekąd sami sobie winni. Takie przeświadczenie nie uratowało jednak męża Creesjie. I jeśli Stary Tom rzeczywiście był gotów zatopić *Saardama*, by dopaść Creesjie, to nie uratuje się też nikt inny.

– Moja matka była uzdrowicielką, przez co często popadała w konflikty z diabłami – powiedziała. – Słyszałam od niej historie o dzieciach, które wiodły własnych rodziców do lasu na rzeź. O opętanych, którym pękała skóra, bo demon nie mieścił się w środku. Jesteśmy dla nich jak myszy dla kota, bawią się nami, by na koniec rozerwać nas na strzępy. Zaczyna się od takich rzeczy jak znak na żaglu. Miał nas wystraszyć, ponieważ zlęknieni ludzie zrobią wszystko, posuną się nawet do krzywdzenia innych, byle pozbyć się strachu.

Arent mruknął na znak, że się z nią zgadza, i zamyślił się. Obserwowała go kątem oka. Rzadko rozmawiała z kimś tak otwarcie jak z nim, chyba że z Creesjie albo Lią, toteż zaskoczył ją i zarazem ucieszył głęboki namysł, jaki poświęcił jej słowom. Stojąc tuż obok siebie, przez kilka minut w milczeniu podziwiali piękno nocy, a potem poszli dalej.

Wejścia do przedziału pasażerskiego strzegł Eggert, muszkieter, któremu kilka godzin wcześniej Arent groził nożem. Zmierzył porucznika gniewnym spojrzeniem i odruchowo dotknął szyi.

– Postąpiłem niewłaściwie, biorąc cię na zakładnika – odezwał się Arent, zatrzymując się przed strażnikiem. – Wybacz.

Zaskoczona jego słowami Sara przechyliła głowę. Nieczęsto słyszała przeprosiny, a już na pewno nie z ust ludzi, którzy tak naprawdę nie mieli powodu, by zabiegać o wybaczenie.

Jeśli sądzić po minie Eggerta, ten wietrzył jakiś podstęp.

– W porządku – burknął, nerwowo ściskając wyciągniętą dłoń.

Obawiając się ataku, lekko odwrócił głowę i przyjął pozycję obronną. Arent uśmiechnął się przyjaźnie i w ślad za Sarą przeszedł przez czerwone drzwi. Osłupiały Eggert powiódł za nimi wzrokiem.

Arent odprowadził Sarę jeszcze kilka kroków, ale zatrzymał się daleko od drzwi jej kajuty.

Była mu za to wdzięczna. Te ostatnie metry świadczyłyby o zażyłości, której wolała uniknąć. Wystarczył jeden wieczór w jego towarzystwie, by poczuła w sercu osobliwą plątaninę sprzecznych emocji.

Obiecała sobie, że rozwikła ją... albo przetnie jak nożem. Miała bowiem cel i zadanie, którego nie zamierzała narażać na szwank z powodu dziecinnego zauroczenia. Nieważne, jak dobrze się czuła przy tym mężczyźnie.

– Dobranoc – pożegnał się, oddając jej szpilki.
– Dobranoc.

Chciał powiedzieć coś więcej, ale w końcu tylko skłonił głowę, odwrócił się i ruszył do wyjścia z przedziału; gdy się w nim znalazł, wypełnił sobą czerwone przejście.

Sara odprowadziła go wzrokiem, a potem otworzyła drzwi do kajuty i wrzasnęła.

Z iluminatora patrzyła na nią owinięta zakrwawionymi bandażami twarz trędowatego mężczyzny z portu.

19

– Tylko nerwy? – powtórzyła Sara, piorunując van Schootena lodowatym wzrokiem.

Usłyszawszy krzyk gubernatorowej, główny kupiec i kapitan Crauwels natychmiast pospieszyli z pomocą. Kiedy stukając obcasami o drewnianą podłogę, wpadli do jej kajuty, Creesjie i Lia już tam były i starały się uspokoić Sarę. Pierwszy na miejscu zjawił się Arent. Wystawił głowę przez iluminator, po czym – zabierając ze sobą muszkietera, który pilnował kajuty – pobiegł na otwarty pokład, licząc, że uda mu się zobaczyć trędowatego.

Sara cała się trzęsła, najpierw ze strachu, a po komentarzu van Schootena – ze złości.

– To był wyczerpujący dzień – odezwał się Crauwels pojednawczym tonem. – Doprawdy trudno się dziwić, że spoglądasz, pani, na rzeczy zmęczonym wzrokiem.

– Myślicie, że mi się to przywidziało? – odparła z niedowierzaniem.

Nikt inny nie zauważył trędowatego. Nawet Arent zjawił się zbyt późno. Zjawa odpełzła, gdy Sara krzyknęła tak, że przestraszone zwierzęta w kojcach znajdujących się poziom wyżej podniosły nieziemski rwetes.

– Oczywiście, że nie, pani. Po prostu wydaje mi się, że mogłaś zobaczyć coś innego, na przykład… – Kapitan ugiął nogi w kolanach i kiedy jego głowa znalazła się na tym samym poziomie co twarz Sary, wbił spojrzenie w iluminator i ujrzał srebrny glob. – Księżyc! – oznajmił triumfalnie.

– Księżyc nosi zakrwawione bandaże? – spytała z nieskrywaną pogardą. – Ciekawe, że wcześniej tego nie zauważyłam.

– Pani...

– Potrafię odróżnić twarz od księżyca! – wrzasnęła, wściekła, że musi się bronić przed tak absurdalnymi zarzutami. Gdyby trędowaty ukazał się w iluminatorze kajuty gubernatora, *Saardam* natychmiast zawróciłby do Batawii.

– Po tej stronie burta jest całkiem gładka, a do wody daleko – burknął van Schooten, tchnąc oddechem, od którego Sarze łzy napłynęły do oczu. – Nie ma żadnego parapetu, na którym można by stanąć, a z achterdeku nie sposób się spuścić.

Creesjie objęła przyjaciółkę.

– No już, moja droga, spróbuj się uspokoić.

Sara wzięła głęboki oddech.

Kobiecie nie przystoi odpowiadać podniesionym głosem mężczyźnie, a już zwłaszcza wysoko postawionemu przedstawicielowi Kompanii. Powinna pamiętać o tym, by odnosić się do niego z szacunkiem, tak jak każdego ranka pamięta o włożeniu czepka i gorsetu.

– Proszę cię, pani, o zrozumienie – odezwał się przymilnie Crauwels. – Tym, co wprawia indiamany w ruch, są w równym stopniu fale i wiatr, jak i przesądy. Nie znajdziesz na pokładzie nikogo, kto nie nosiłby przy sobie kawałka kadłuba i nie całował go na szczęście albo nie przechowywałby jakiegoś przedmiotu, o którym nie mówiłby z przekonaniem, że pomógł mu przeżyć katastrofę. Jeśli rozniesie się wieść, że widziałaś, pani, trędowatego, to niezależnie od tego, czy ten rzeczywiście istnieje, marynarze sami go sobie stworzą. Każdego martwego ptaka, który uderzy w maszt, każdą złamaną rękę, każdą kroplę krwi rozlaną przez krzywy gwóźdź nazwą dziełem złego ducha. Zanim się obejrzysz, marynarze zaczną umierać z poderżniętymi gardłami tylko dlatego, że bełkotali przez sen i dla innych brzmiało to tak, jakby rzucali zaklęcie.

Do kajuty weszła Dorothea, niosąc kubek wina z przyprawami dla swojej pani. Poszła po nie aż do kambuza. Sara próbowała ją od tego odwieść, ale służąca nie dała się przekonać, bo wiedziała swoje: najlepszym lekarstwem na wstrząs jest wino z korzeniami. I już.

– Cokolwiek wydawało ci się, pani, że widziałaś, zachowaj to dla siebie – zażądał główny kupiec.

Dorothea wręczyła swojej pani kubek, po czym odwróciła głowę i przeszyła van Schootena gniewnym spojrzeniem.

– Znaj swe miejsce, kupcze – ostrzegła. – Zwracasz się do szlachetnie urodzonej damy. Moja pani doskonale wie, co widziała. Czemu sądzisz, że wiesz to lepiej od niej?

Van Schooten zrobił pełną oburzenia minę – nie dość, że musiał znosić absurdalne grymaszenie humorzastej gubernatorowej, to jeszcze drwiła z niego bezczelna służąca – i ruszył na Dorotheę.

– Słuchaj no...

– Nie, panie! To ty posłuchaj – weszła mu w słowo Sara, zasłaniając sobą służącą. Dźgnęła go palcem w pierś. – Najpierw w porcie Bosey grozi *Saardamowi*, potem na żaglu pojawia się dziwny znak, a teraz w iluminatorze ukazuje się trędowaty. Na tym statku dzieją się niewyjaśnione rzeczy i pora, byś potraktował to poważnie.

– Gdyby diabeł chciał się wybrać w podróż *Saardamem*, tak jak wszyscy musiałby zapłacić za rejs – wycedził van Schooten. – Porozmawiaj, pani, z mężem. Jeśli nakaże mi zbadanie tej sprawy, zrobię to. Tymczasem wybacz, ale muszę się zająć prawdziwymi problemami.

Rzekłszy to, wymaszerował z kajuty. Crauwels ukłonił się uprzejmie i podążył za nim.

Sara rzuciła się, by ich gonić, ale córka i przyjaciółka ją powstrzymały.

– To na nic – poradziła Creesjie. – Złość czyni dobrych mężczyzn upartymi, a upartych małostkowymi. Nie wysłuchają cię.

Sara zrobiła zbolałą minę i spojrzała w pełne niepokoju oczy Lii. Jedynym obowiązkiem, jaki miała na pokładzie statku, było czuwanie nad bezpieczeństwem córki, lecz nikt nie brał jej głosu pod uwagę.

Płynęli więc nadal ku mrocznym toniom, nie bacząc na to, co mogło się w nich kryć.

– Przepraszam – rzuciła Creesjie, opadając na krzesło. Schowała twarz w dłoniach.

– Przecież to nie twoja wina – powiedziała zdezorientowana Sara.

– Trędowaty szukał mnie. Nie rozumiesz? Na pewno wysłał go Stary Tom.

Rozległy się głośne stuknięcia o futrynę.

Sara nie musiała odwracać głowy, by wiedzieć, kto stoi przed drzwiami. Arent. Był na tym statku jedynym mężczyzną, którego dłonie można było pomylić z taranem.

– I co? – spytała.

– Ani śladu. – Nie przestąpił progu kajuty, jakby wstydził się to zrobić. – Przeczesałem wszystkie deki.

– Deki?

– Górne pokłady. Trędowaty nie zdążyłby umknąć do trzewi statku tak, bym go nie zauważył. – Wyciągnął rękę, w której trzymał sztylet w pochwie. – Jeśli znów się pojawi, wbij mu to, pani, w gębę.

Sara z wdzięcznością przyjęła broń i zważyła ją w dłoni.

– Przysięgam, że go widziałam.

– Dlatego oddaję ci mój sztylet.

– To był on. Bosey. Jestem pewna.

Arent pokiwał głową.

– Widzieliśmy, jak umiera – powiedziała, po raz pierwszy dopuszczając strach do głosu. – Jak to możliwe?

Wzruszył ramionami.

– Sammy rozwiązał kiedyś sprawę, w której zmarła żona kamieniarza domagała się, by ten wybudował dla niej kościół. Badał również przypadek dwóch braci, którzy w tej samej chwili padli trupem ze złamanym sercem, mimo że nie rozmawiali ze sobą od sześciu lat. Sammy specjalizuje się w tym, co wydaje się niewiarygodne. Na szczęście płynie z nami.

– Jest więźniem, Arencie. Cóż może poradzić?
– Może nas uratować.

W jego subtelnym, delikatnym spojrzeniu zapłonęła tak żarliwa wiara, że jej blask przyćmił wszelkie argumenty, których Sara mogła użyć. Widywała podobne uniesienie u pastorów i mistyków, zwykle gdy szli na zatracenie, za jedyną osłonę mając miłość Pana.

Arent Hayes był zelotą.

A jego religia nazywała się Samuel Pipps.

20

– Tylko nerwy – mruknął Arent, człapiąc z workiem na plecach przez szkafut. Van Schooten zbył przerażenie Sary, ale przecież nie widział, jak w porcie klęczała przy poparzonym ciele trędowatego. Nie słyszał jej głosu, gdy poprosiła Arenta, by ulitował się nad nieszczęsnym Boseyem.

Widok spalonego ludzkiego ciała nie wywołał w Sarze histerycznej reakcji. Nie odebrał jej rozsądku. Pozostała spokojna i opanowana, acz pełna żalu i współczucia.

Nie, Sara Wessel nie należała do nerwowych kobiet.

Arent popatrzył na swą bliznę. Dlaczego nie opowiedział Sarze o tym, co go łączyło ze Starym Tomem? Zamierzał to zrobić, ale słowa nie chciały mu przejść przez gardło. Sammy zawsze mawiał, że warto dzielić się wiedzą dopiero wówczas, gdy rozumie się, co ona oznacza. To był listek figowy dla dumy Arenta, lecz przyjął go z wdzięcznością.

Zabrzmiał dzwon okrętowy, wezwanie dla nocnej wachty. Z luków, klnąc pod nosem, wychynęli zerwani z koi zirytowani niewyspani marynarze. Zobaczywszy Arenta kręcącego się po zmroku na pokładzie, zmierzyli go gniewnym wzrokiem i dorzucili kilka inwektyw, ale – tak jak po południu – zostawili go w spokoju.

Gdy dotarł do przedziału pod fordekiem, gdzie odpoczywała załoga, usłyszał płaczliwy młody głos błagający o litość.

– W życiu, przysięgam, ja nic nie…

– Polazłeś do obcych spowiadać się z tajemnic statku – przerwał mu wyraźnie rozwścieczony mężczyzna. – Ile ci zapłaciła?

Rozległ się odgłos uderzenia i ktoś zawył z bólu.

Arent przecisnął się przez otwór drzwiowy i znalazł się w ponurym niskim pomieszczeniu z jedną rozhuśtaną latarnią dającą więcej dymu niż światła. Pod ścianami siedzieli marynarze, palili fajki i patrzyli, jak góra tłuszczu i mięśni, Johannes Wyck, tłucze do nieprzytomności młodego chłopca.

Chłopiec leżał na podłodze, a Wyck stał nad nim z zaciśniętymi pięściami, z których kapała krew.

– Nie, panie Wyck, nigdy bym...

– Przeklęty z ciebie kłamca, Henri – syknął bosman i kopnął chłopca w brzuch. – Mów, gdzie schowałeś monetę.

To chyba o nim mówiła Sara, pomyślał Arent. Zapłaciła mu trzy guldeny za informacje o tożsamości trędowatego.

– Wystarczy – zagrzmiał.

Johannes Wyck spojrzał przez ramię i zmrużył oczy na widok intruza.

– To sprawa załogi. – Uśmiechnął się szyderczo, ukazując zepsute zęby. – Wracaj, gdzie twoje miejsce.

– Co się z nim stanie?

Bosman sięgnął do buta i wyciągnął zardzewiały niewielki sztylet.

– Cokolwiek sobie zażyczę.

Arent nawet nie drgnął.

– Tym ostrzem pozbawiłeś Boseya języka?

Wyck zawahał się, ale tylko na chwilę.

– Owszem – potwierdził, dotykając palcem czubka. – Scyzoryk deczko tępy, więc bardziej piłowałem, niż kroiłem, i trochę się musiałem napocić, ale w końcu się udało.

– Czy to też była sprawa załogi?

Bosman rozłożył ręce, obejmując gestem całe swoje królestwo.

– Wszystko, co robię, jest sprawą załogi. I tego statku. Co nie, chłopaki?

Marynarze mruknęli na znak zgody, niektórzy niechętnie, inni z większym entuzjazmem. Najwyraźniej „sprawy załogi" nie zawsze cieszyły się powszechnym poparciem.

Wyck łypnął na Arenta.

– Wiesz, co jeszcze jest sprawą załogi? Zniknięcie pasażera, który zapuszcza się za grotmaszt i zostaje pocięty na plasterki.

Usłyszawszy kroki za plecami, Arent się odwrócił. Sześciu marynarzy wyszło z cienia i patrzyło wzrokiem pełnym żądzy mordu.

– Na takim statku to zwykły pech – rzucił Wyck.

Arent wbił spojrzenie w zdrowe oko bosmana. Zdawało się mienić wspomnieniami wszystkich okropności, które widziało.

– Co oznacza *laxagarr*? – spytał. – Słyszałem, że to słowo z języka norn, którym się podobno posługujesz.

– Znikaj, żołnierzyku.

– Zabieram ze sobą chłopca.

Bosman kucnął przy poobijanym młodzieńcu, zamachnął się i wbił sztylet w deskę tuż obok jego głowy.

– Słyszałeś, Henri? Ten miły żołnierz przejął się twym losem. Boi się, co cię może spotkać w towarzystwie paskudnego pana Wycka. Co mu odpowiesz?

Spojrzenie bosmana przez cały czas spoczywało na Arencie. Chłopiec powoli dźwignął zakrwawioną głowę z podłogi.

– Wynoś się stąd, żołnierzu – wydyszał przez czerwone zęby. – Wolę umrzeć... – z trudem przełknął ślinę – niż gdyby miał mi pomóc... ktoś taki jak ty. – Opadł bez sił.

Wyck poklepał go po policzku.

– Nie jesteś tu mile widziany, żołnierzu – powiedział niskim głosem, w którym czaiła się groźba. – Potraktuj to jak ostatnie ostrzeżenie.

– Nie – odparł Arent beznamiętnym tonem. – To ostrzeżenie dla was. Mam swoje sprawy w tej części statku, co oznacza, że będę tędy przechodził codziennie o tej porze. A jeśli któryś z was, kanalie, spróbuje mi w tym przeszkodzić, poderżnę mu gardło i wyrzucę go za burtę.

Dzikość, która na chwilę zawładnęła jego spojrzeniem, sprawiła, że marynarze cofnęli się o pół kroku. Arent podniósł właz i zaczął schodzić do kabiny żaglomistrza.

Starzec chrapał w hamaku i nawet się nie poruszył, kiedy Arent otworzył kolejny luk, żeby dostać się do przedziału, w którym znajdowała się cela Sammy'ego. Otwór, niestety, nie poszerzył się od rana, ale Arent jakoś dał sobie radę.

Zgodnie z danym słowem, Drecht wyznaczył muszkietera do pilnowania celi. Ku zaskoczeniu Arenta okazał się nim Thyman, którego Sammy oskarżył o nieuczciwość w stosunku do kolegi. Eggert miał oko na pasażerów, a Thyman na więźnia. Najwyraźniej Drechtowi zależało, by jeden pełnił służbę jak najdalej od drugiego.

Kiedy Arent schodził po drabinie, Thyman skoczył na równe nogi, ale zobaczywszy, kto idzie, wrócił na swoje miejsce.

Znajdujące się w jednej ze ścian niewielkie przejście prowadziło do ładowni, z której dolatywał drapiący w gardło zapach przypraw. Arent zaczął się mocować z kołkiem blokującym drzwi do celi Sammy'ego. Kiedy wreszcie ustąpił, ze środka buchnęła gryząca woń wymiocin i ekskrementów.

– Sammy? – odezwał się Arent, tłumiąc kaszel. Zasłonił usta i zajrzał do pomieszczenia, w którym przebywał jego przyjaciel.

W nielicznych smugach księżycowego światła, wpadających do przedziału przez luk w suficie, można było dostrzec trzy haki na ścianie i dolną część słupa fokmasztu, ale całą resztę spowijały ciemności.

Coś łupnęło i po chwili z mroku wyłonił się Sammy; panicznie machając rękami i nogami, rozpaczliwie łykał powietrze. Blask księżyca rozjaśnił mu twarz i Sammy zasyczał z bólu. Odruchowo zasłonił dłonią oczy przed światłem.

Arent ukląkł obok niego i w geście pocieszenia położył dłoń na jego ramieniu. Sammy cały się trząsł, był okropnie blady, a na wąsach miał zaschnięte wymiociny. Arent z wściekłości zacisnął dłonie w pięści. Nie mógł tak zostawić przyjaciela.

Sammy zmrużył oczy i popatrzył zaskoczony spomiędzy palców.
– Arent?
– Wybacz, nie mogłem przyjść wcześniej. – Arent wręczył mu dzban wina.
– Nie sądziłem, że w ogóle przyjdziesz – przyznał Sammy. Wyrwał korek, przechylił dzban i zaczął żłopać. Czerwony płyn ciekł mu po brodzie. – Myślałem, że utknąłem tu na wieki. – Nagle zamilkł i po chwili powiedział poruszony: – Lepiej już idź, bo jeśli gubernator dowie się, że...
– Gubernator wie – przerwał mu Arent. – Pozwolił mi zabierać cię na spacer o północy. Spróbuję go przekonać, żebyś mógł wychodzić również za dnia.
– Jak ci się udało... – zaczął zdziwiony Sammy. Ściągnął brwi. – Czego od ciebie zażądał? Co musiałeś zrobić w zamian za ten przywilej? – Podniósł głos. – Powiedz mu, że rezygnujesz. Nie chcę, byś był dłużnikiem kogoś takiego jak Jan Haan. Wolę gnić w ciemności.
– Nic nie musiałem zrobić – próbował go uspokoić Arent. – Nie ma żadnego długu. To była przysługa.
– Niby czemu miałby się zgadzać na coś takiego?
Arent łypnął na Thymana i zniżył głos.
– Czy to ważne?
Przyjaciel patrzył na niego podejrzliwie. Zmrużył oczy i zaczął wwiercać się swym bystrym wzrokiem w tajemnice Arenta.
Po chwili pokręcił głową i odwrócił spojrzenie. Przez grzeczność postanowił nie wykorzystywać swoich zdolności na przyjacielu.
Z sufitu posypał się kurz – najwyraźniej żaglomistrz postawił nogi na podłodze.
– Idźcie se gruchać gdzie indziej, gołąbeczki – warknął z góry. – Próbuję spać.
Sammy wspiął się po drabinach i nareszcie wydostał się na świeże powietrze. Arent dołączył do przyjaciela nie niepokojony przez marynarzy, którzy zdążyli się rozejść do swoich obowiązków. Sammy

podziwiał światło księżyca. Spływało po takielunku i żaglach niczym roztopione srebro.

– Pięknie – rzekł. Poświęcił jeszcze chwilę na napawanie się tym widokiem, po czym podszedł do relingu. – Odwróć się, proszę.

– Po co?

– Muszę się wypróżnić.

– No to się wypróżniaj, przecież...

– Arencie, proszę! – wykrzyknął Sammy. – Pozostało mi już naprawdę niewiele godności i chciałbym zachować tę odrobinę, którą jeszcze mam.

Arent westchnął, ale spełnił prośbę.

Sammy ściągnął pludry i wystawił tyłek za burtę.

– Gubernator to niebezpieczny człowiek. – Stęknął i po chwili odchody z pluskiem wpadły do wody. – Chciałem oszczędzić ci jego badawczego spojrzenia. Zaspokój moją ciekawość i powiedz, jakim cudem zgodził się, bym wychodził z celi.

– Ponieważ jest dla mnie jak rodzina – przyznał Arent, odsuwając się od smrodu. – Nazywam go stryjem, ale właściwie powinienem mówić „ojcze".

– Ojcze? – powtórzył Sammy zduszonym głosem.

– Jest najbliższym przyjacielem mojego dziadka – wyjaśnił Arent. – Ich posiadłości we Fryzji, gdzie się wychowałem, sąsiadują ze sobą. W dzieciństwie spędzałem dużo czasu w jego dworze. Nauczył mnie szermierki, jazdy konnej i mnóstwa innych rzeczy.

– Wybacz, Arencie... – Sammy podtarł się kawałkiem liny. Podciągnął pludry. – Wiem, że twoim manierom, mimo że jesteś żołnierzem, nie można niczego zarzucić, ale jak to możliwe, że twój dziadek przyjaźnił się z kimś tak wpływowym jak gubernator generalny Jan Haan?

Arent zwlekał z odpowiedzią, szukając odpowiednich słów. Tkwiła w nim tak głęboko, że zapuściła korzenie.

– Moim dziadkiem jest Casper van den Berg – odezwał się w końcu.

– Pochodzisz od Bergów?! – Sammy cofnął się o pół kroku, jakby ta informacja była jakimś przedmiotem, który przyjaciel rzucił mu bez ostrzeżenia. – Van den Bergowie to najbogatsza rodzina w Prowincjach Niderlandzkich. Casper van den Berg jest jednym z Siedemnastu Panów. Twoja rodzina praktycznie rządzi Kompanią.

– Ach, tak? Szkoda, że nikt mi o tym nie powiedział, zanim opuściłem dom – skomentował cierpko Arent.

Sammy otworzył i zamknął usta. Po czym ponownie otworzył je i zamknął.

– Co, u diabła, robisz na tym statku? – wypalił. – Rodzina mogłaby ci kupić własny. Mogłaby ci zafundować całą flotę!

– I cóż miałbym z nią uczynić?

– Co tylko miałbyś ochotę.

Arent nie mógł odmówić logiki jego rozumowaniu, ale nie przychodziła mu do głowy żadna odpowiedź, która nie wprawiłaby ich obu w zakłopotanie. Opuścił dom rodzinny w wieku dwudziestu lat, ponieważ po siedmiu latach nauki pod okiem Siedemnastu Panów dotarło do niego, jak niewiele takie życie ma do zaoferowania. Bogaci wychodzili z błędnego założenia, że majątek jest jak służący spełniający każdą ich zachciankę. Tymczasem to bogactwo nimi władało i było jedynym głosem, którego słuchali. Łamali zasady, byle chronić swe fortuny, i w imię majątku składali w ofierze przyjaźnie. Bez względu na to, jak bardzo byli zamożni, zawsze pragnęli więcej. Gromadzili dobra w szaleńczym tempie, by potem siedzieć na kupie pieniędzy, wzgardzeni i zdjęci ciągłym strachem, że mogą je stracić.

Arent pragnął czegoś innego. Odwróciwszy się plecami do władzy i bogactwa, odkrył, że jest nieczuły na ich powab, i wyruszył na poszukiwanie krainy, w której liczył się honor. Gdzie silni bronili słabszych, gdzie nie rządziła dynastia szaleńców.

Tyle że wszędzie było tak samo. Jedyną walutę stanowiła siła, a jedynym celem okazywała się władza. Życzliwość, współczucie i zrozumienie ginęły pod butami, bezwzględnie wykorzystywane, tak jak każda słabość.

Wtedy Arent poznał Sammy'ego.

Człowieka z gminu, urodzonego w biedzie, który inteligencją i sprytem podważał zastany porządek. Dążąc do obranego celu, oskarżał na równi szlachetnie urodzonych i chłopów. Utrwalone reguły nie miały dla niego żadnego znaczenia. Sammy pozwolił Arentowi ujrzeć wymarzony świat niczym odległy ląd obserwowany przez poplamioną szybę. Arent opuścił dom, by poznawać takich ludzi jak on, ale nie zamierzał się do tego przyznawać. Sammy nigdy się o tym nie dowie.

– Po prostu wybrałem takie życie – powiedział tonem kończącym rozmowę, wzruszając ramionami.

Sammy westchnął zrezygnowany i zdjął wiadro z kołka. Do pałąka była przywiązana długa lina. Cisnął je do oceanu, a potem wyciągnął, pełne przelewającej się przez krawędź wody. Wiader używano przeważnie do prania bądź schładzania desek, którym groziło wypaczenie pod wpływem wysokiej temperatury. Sammy uniósł je nad głowę i przechylił. Spod warstwy brudu ukazała się czysta różowa skóra.

Powtórzył tę operację jeszcze dwukrotnie, wykorzystując wodę do umycia rąk i nóg. Potem zdjął koszulę i wyszorował swe wychudłe ciało. Od tygodnia jego dieta składała się z porcji nie większych niż zaciśnięta pięść, o czym świadczyły wyraźnie widoczne linie żeber.

Kiedy już się umył, poprawił przemoczone ubranie, wygładził pludry, a nawet przeczesał palcami splątane tłuste włosy.

Arent przyglądał mu się bez słowa. W przypadku każdego innego mężczyzny wydawałoby się to bezsensowną próżnością, lecz Sammy słynął zarówno z inteligencji, jak i ogłady. Ubierał się, tańczył i jadał w sposób nienaganny; jego zachowanie było pod każdym względem doskonałe. Skoro nadal płonęła w nim ta duma, to znaczy, że jeszcze nie stracił nadziei.

– Jak wyglądam? – spytał, robiąc obrót w miejscu.

– Jakbyś spędził noc z wołem.

– Pozazdrościłem twojej matce.

Arent wybuchnął śmiechem. Sięgnął do woreczka, który nosił u pasa, i wyjął fiolkę z miksturą nasenną.

– To od Sary Wessel – powiedział. – Pomoże ci zasnąć. Przy odrobinie szczęścia uczyni twoje więzienie znośniejszym, kiedy ja będę szukał sposobu na to, by cię uwolnić.

– Wspaniały podarek – ucieszył się Sammy. Wyjął korek i powąchał. – Przekaż gubernatorowej moje podziękowania. Widziałem, co zrobiła w porcie, ale to... Nigdy wcześniej nie spotkałem takiej kobiety.

Arent przyznał mu rację, ale nie powiedział tego głośno, żeby się nie zdradzić. Dał przyjacielowi kawałek chleba, który ukradł z kambuza.

– Wiesz już, kto nas próbuje zatopić? – spytał.

– Twoja w tym głowa, Arencie, by się tego dowiedzieć. Ja przez cały dzień siedziałem zamknięty w ciemnej celi. – Sammy wgryzł się w chleb i przeżuwał, rozkoszując się smakiem. Arent spróbował odrobinę przy kolacji; był twardy jak serce lichwiarza. Mimo to Sammy wyglądał, jakby nigdy w życiu nie jadł nic lepszego.

– Jedyna różnica pomiędzy tym dniem a większością innych polega na tym, że nie miałeś pod ręką fajki i dobrego wina – zauważył Arent.

Skończywszy się posilać, Sammy wziął go pod rękę.

– Przyjmuję ten komplement ukryty w zniewadze – powiedział. – Przejdziemy się? Nogi mi zesztywniały.

I tak jak mieli w zwyczaju, Niedźwiedź i Wróbel wybrali się na przyjemny spacer wśród nocnej ciszy. Przecięli szkafut, minęli dwie zamocowane na pokładzie szalupy i weszli po schodkach na spardek. Dokoła nich przesuwały się cienie. Skuleni marynarze okazywali się zwojami lin, a czające się postacie – wiszącymi na żerdziach wiadrami.

W pewnym momencie Arent sam już nie wiedział, czy powinien śmiać się z własnej nerwowości, czy raczej na wszelki wypadek wymierzać ciosy w powietrze. Rozluźnił się dopiero wtedy, kiedy wspięli się na spardek, gdzie pierwszy oficer opatrywał pociągającego nosem młodego cieślę, który zebrał solidne cięgi od Wycka. Przemawiał do niego kojącym tonem, a jego słowa najwyraźniej podnosiły chłopaka na duchu.

Kolejne schodki zaprowadziły Sammy'ego i Arenta na znajdujący się tuż nad kojcami zwierząt achterdek. Słysząc odgłosy kroków, maciory zaczęły chrząkać i węszyć przy deskach zagrody w przekonaniu, że za chwilę zostaną wypuszczone. Zniecierpliwione kury drapały podłogę.

Arent wychylił się za reling i spojrzał w dół, na znajdujące się dwa poziomy niżej iluminatory kajut pasażerów. Tylko z dwóch nie sączył się blask świec – to Sara i Creesjie zamknęły osłony iluminatorów na wypadek, gdyby nocą trędowaty miał się ukazać powtórnie.

– Czym zaprzątasz sobie głowę? – spytał Sammy, obserwując przyjaciela.

– Wieczorem Sara Wessel zobaczyła trędowatego w iluminatorze.

– Tego, którego w porcie przebiłeś rapierem?

– Nazywał się Bosey – wyjaśnił Arent i opowiedział, czego dowiedziała się Sara: o tajemniczej umowie mężczyzny ze Starym Tomem i o odcięciu języka przez Johannesa Wycka.

– Udręczony powraca, by dręczyć? – skonstatował Sammy, klęcząc na kolanach i przesuwając palcami po nierównych deskach w poszukiwaniu śladów trędowatej zjawy. – Sądzisz, że gubernatorowej się przywidziało?

– Nie.

– Zatem musimy sobie odpowiedzieć na dość szczególne pytanie. – Przerwał tropienie. – Właściwie to dwa. – Zastanowił się. – Nie, raczej trzy.

– Kto udaje truposza? – podsunął Arent.

– To jedno z nich. – Sammy wyprostował się i wbił baczne spojrzenie w mroczną toń. – Wysoko i brak uchwytów dla dłoni. Jak mógł się tu dostać? I w jaki sposób umknął, gdy został zauważony?

– W każdym razie nie tędy – rzucił Arent. – Dotarłem tu w niespełna minutę po tym, jak Sara krzyknęła. Jeśliby uciekał, musiałby przebiec obok mnie.

– A może ukrył się w kojcach dla zwierząt?

– Zobaczyłbym go przez deski zagrody.

Sammy przesunął dłonią po relingu.

– Potrzebowałby liny, żeby się opuścić – zauważył. – I nie miałby dość czasu, by wspiąć się z powrotem i odwiązać ją.

– A gdyby wskoczył do wody, Sara usłyszałaby plusk.

Sammy podszedł do bezanmasztu, który sterczał pomiędzy achterdekiem a spardekiem, i pociągnął za jedną z lin takielunku, które zwieszały się za burtą. Były umocowane do grubej belki wystającej z kadłuba *Saardama*.

– To jedyne miejsce, na którym mógł znaleźć oparcie, ale znajduje się zdecydowanie za daleko od iluminatora. – Nagle wysunął język i polizał belkę. Z jego zawiedzionej miny można było wywnioskować, że badanie nie przyniosło oczekiwanego rezultatu. – Opowiedz mi o Starym Tomie.

– Ponoć jest demonem.

Miażdżące spojrzenia były jedną ze specjalności Sammy'ego. To, którym obdarzył przyjaciela, mogłoby powalić pół lasu.

– Nie twierdzę, że w to wierzę – zaznaczył Arent, który od małego wiedział, co czai się w ciemności. Raz ojciec przyłapał go na ziewaniu w trakcie kazania i za karę spuścił mu takie lanie, że chłopiec na długo stracił przytomność i bano się, czy w ogóle kiedykolwiek się ocknie. Matka przepłakała trzy dni, aż w końcu ojciec stracił cierpliwość, zebrał służących, zawlókł ją na dół, do wielkiej sali, i dając ujście swemu jakże słusznemu gniewowi, zaczął ją bić. „Twój żal świadczy o braku zaufania do Boga – powiedział. – Arent stanął przed obliczem Pańskim, aby osobiście przeprosić za swój czyn. Jeśli jego skrucha okaże się szczera, zostanie przywrócony do żywych. Natomiast jeżeli umrze, będzie to niezbity dowód na jego brak wiary. Jedynym balsamem na duszę winna być dla ciebie modlitwa, a nie łzy".

Dwa dni później Arent powrócił do żywych. Wiara i zaufanie do Boga nie miały z tym nic wspólnego.

Większość ludzi budzi się z dziurą w pamięci. Twierdzą, że czują się po prostu jak po długim śnie. Arent pamiętał wszystko.

Wyruszył w podróż w zaświaty, wzywając pomocy, lecz jego wołanie pozostało bez odpowiedzi. Wiedział, że tam, dokąd zmierza, nie czeka na niego żaden Bóg ani diabeł. Żadni święci ani grzesznicy. Byli jedynie ludzie i historie, które sobie opowiadali. Widział to na własne oczy. Niebo istniało po to, aby było dokąd zanosić prośby: o lepsze zbiory, o zdrowe dziecko, o łagodniejszą zimę. Bóg był nadzieją, której ludzkość potrzebowała tak bardzo jak ciepła, jedzenia i piwa.

Lecz nadziei często towarzyszyło rozczarowanie.

Uciskani łaknęli opowieści tłumaczących ich niedole, choć tak naprawdę zależało im po prostu na kimś, kogo mogliby obarczyć winą za swe nieszczęścia. Nie sposób wojować z plagą, która niszczy zbiory, ale nic nie stoi na przeszkodzie, by uznać, że plagę sprowadziła wiedźma. A do tej roli nada się przecież pierwsza z brzegu biedaczyna.

Stary Tom nie był diabłem ani demonem, pomyślał Arent, tylko starcem, który akurat znalazł się pod ręką.

– Stryj opowiadał, że przed trzydziestoma laty Stary Tom pustoszył Prowincje, obracał w perzynę całe wsie i niszczył szlacheckie rody – wyjaśnił Arent. – Ponoć oferował ludziom spełnienie najskrytszych pragnień w zamian za straszne przysługi. Wszędzie, gdzie grasował, znaczył teren swym znakiem, którym było oko z ogonem. Identyczny symbol pojawił się na żaglu, gdy wypływaliśmy z Batawii. Widnieje również na moim nadgarstku – przyznał.

– Słucham? – zdumiał się Sammy. – Jak się tam znalazł?

– Kiedy byłem małym chłopcem, ojciec zabrał mnie na polowanie. Trzy dni później wróciłem sam, bez ojca, który zaginął, za to z blizną. Do dziś nie wiem, co się wtedy wydarzyło.

Sammy patrzył na przyjaciela zaskoczony.

– Zatem blizna pojawiła się mniej więcej w tym samym czasie, kiedy Stary Tom rozsiewał swój znak po Prowincjach?

– Zdaje się, że byłem pierwszą osobą, która została nim napiętnowana. Albo jedną z pierwszych, stryj nie miał pewności.

– Pokaż. – Sammy pociągnął Arenta do latarni zawieszonej na bezanmaszcie. – I powiedz wszystko, co wiesz.

– Właściwie to nic nie wiem. Poza tym, że z czystej dziecięcej złośliwości wyryłem ten symbol na drzwiach kilku domów w pobliskiej wiosce, nie zdając sobie sprawy, do czego to doprowadzi – przyznał Arent, kiedy jego przyjaciel skupił się na oględzinach znamienia. – Doszło do tego, że tłum przerażonych mieszkańców miasteczka pobił na śmierć żebraka, którego nazywano Starym Tomem.

– Starym Tomem? – powtórzył Sammy. – A więc znak opuścił ciebie jako nosiciela, po czym zaczął rozprzestrzeniać się jak zaraza, przybrawszy imię martwego nędzarza. Na miłość boską, to nie jest pierwszy lepszy demon, tylko twój własny.

– Nie zrobiłem tego umyślnie.

– Najgorsze rzeczy rzadko czynimy z premedytacją.

Sammy obmacywał wielką dłoń Arenta drobnymi palcami, lecz nawet w świetle latarni nie był w stanie odkryć nic nowego. Minęło wiele lat, blizna zdążyła niemal całkiem wyblaknąć. Problemariusz nie krył rozczarowania.

– Niewiele z ciebie wyczytam – stwierdził, puszczając rękę przyjaciela. – Kto jeszcze wie o znaku i o tym, jak go wykorzystałeś?

– Dziadek i stryj. Matka też wiedziała, ale zmarła niedługo po tym, jak mnie wywieziono.

– Złamane serce?

– Ospa.

– A Sara Wessel?

– Nie wykluczam, że stryj o wszystkim jej opowiedział, ale to wątpliwe. W każdym razie nie wspominała o tym. Dziadek kazał mi trzymać język za zębami. Mówił, że przeszłość jest jak zatruta gleba i każdy, kto po niej stąpa, umiera. Sądziłem, że chodziło mu o to, bym nie wracał myślami do tamtych zdarzeń i nie zadręczał się nimi, ale od stryja dowiedziałem się, że pewien angielski łowca czarownic poluje na ludzi dotkniętych znakiem. Dziadek i stryj ukrywali mnie przed nim, choć wtedy jeszcze nie zdawałem sobie z tego sprawy.

– Twój dziadek ma głowę na karku – rzucił z podziwem Sammy. – Co zapamiętałeś z tamtego dnia, kiedy zniknął twój ojciec?

— Niewiele. Przez kilka godzin krążyliśmy po lesie, podchodząc dzika. Nie rozmawialiśmy, ojciec zabrał mnie ze sobą właściwie tylko dlatego, że ktoś musiał nosić torbę. W pewnej chwili usłyszeliśmy męski głos wzywający pomocy.

— To był ktoś, kogo znaliście?

— Nie sądzę.

— Co potem?

— Odpowiedzieliśmy na wołanie i ruszyliśmy w jego kierunku. Wtedy... — Arent wzruszył ramionami. To było jego ostatnie wspomnienie z tamtego dnia. Przez lata usiłował się przebić przez barierę w pamięci, broniącą dostępu do tamtych wydarzeń, ale czuł się tak, jakby próbował się wspinać po pionowym urwisku. — Ocknąłem się na trakcie. Byłem przemoczony, trząsłem się z zimna i miałem bliznę na nadgarstku.

— Czy odnaleziono ciało twojego ojca? — spytał Sammy z wahaniem.

Arent pokręcił głową.

— Zatem możliwe, że żyje.

— Jeśli demon był obdarzony poczuciem humoru, to owszem — mruknął Arent. — Mój ojciec był pastorem, który całą swą miłość skupiał na wiernych. Gdyby przeżył, bez wątpienia wróciłby do swego kościoła. Chyba nie sądzisz, że jest w to zamieszany? Przecież sam mówiłeś, żeby wykluczyć duchy.

— Duchami niech się zajmuje Bóg. Moją domeną są żywi — oznajmił Sammy. Przez jego oczy można było dojrzeć obracające się w głowie trybiki. — Tyle że nie mając ciała, nie mamy również pewności, że twój ojciec jest duchem. Widywaliśmy już takie rzeczy. Przypomnij sobie sprawę pustej wieży, w której...

— ...mieszkała dawno zmarła siostra — dokończył Arent z drżeniem. Osobiście ją stamtąd wyciągnął. Smród był taki, że potem przez tydzień nie mógł się doszorować.

— Co jeszcze wiesz o Starym Tomie? — spytał Sammy, myślami pozostając przy ojcu przyjaciela.

– Wygnał go z Prowincji angielski łowca czarownic, niejaki Pieter Fletcher, drugi mąż Creesjie Jens, jak się okazuje...
– Kochanki twego wuja?

Arent potwierdził skinieniem głowy.

– Przed czterema laty Stary Tom odnalazł go w Amsterdamie. Fletcher uciekł z rodziną do Lille, ale demon podążył za nim i zamordował go, zostawiając na jego trupie znak oka z ogonem. Creesjie Jens uważa, że wskrzesił Boseya z martwych, aby zabić pozostałych członków rodziny Fletchera podróżujących *Saardamem*.

Sammy przeciągnął dłonią po twarzy, starając się ukryć niepokój.

– Arencie, przed czterema laty byłeś w Lille.

Nie musiał mu tego przypominać. Arent nosił ten wstyd jak woskową pieczęć na czole.

To była pierwsza sprawa, którą Sammy powierzył mu do samodzielnego rozwiązania. Wysłał go z misją odzyskania klejnotu skradzionego Siedemnastu Panom. Po czterech dniach śledztwa Arent postawił zarzut urzędnikowi Edwardowi Coilowi. Kat już zakładał nieszczęśnikowi pętlę na szyję, gdy nadjechał Sammy na wycieńczonym koniu, dzierżąc garść metalowych opiłków świadczących o pomyłce Arenta, który przegapił je i w rezultacie niesłusznie oskarżył Coila.

Sammy okazywał mu znacznie większą życzliwość, niż Arent miał prawo oczekiwać. Od czasu do czasu proponował przyjacielowi przejęcie tej czy innej sprawy, dając mu sposobność do wykazania się, ale Arent znał własne ograniczenia. Dla każdego, kto miał okazję poznać Sammy'ego, szybko stawało się jasne, że on nigdy mu nie dorówna.

– Chyba nie podejrzewasz, że zamordowałem męża Creesjie Jens? – zaprotestował Arent. – Przecież nawet go nie znałem.

– Wiem, przeklęty głupcze, tyle że albo ktoś próbuje nam wmówić, że było inaczej, albo to po prostu zbieg okoliczności. Czy Creesjie zdradziła powód, dla którego demon tak długo zwlekał z zemstą?

– Wymknęła mu się w Prowincjach i od tamtej pory ucieka przed nim, przemieszczając się z kraju do kraju.

– Robi to z własnej woli czy wbrew sobie?
– Jak to?
– Na tym statku znajdują się trzy osoby, które coś łączy ze Starym Tomem. Los rzadko się objawia w tak wyraźny sposób.
– Trzy?
– Ty, Creesjie i twój stryj – wyjaśnił ze zniecierpliwieniem Sammy. – Jak tu trafiliście?
– Ja trafiłem z twojego powodu.
– A ja z rozkazu gubernatora generalnego.
– Tak jak Creesjie Jens. Mój stryj zmusił ją do opuszczenia Batawii wcześniej, niż zamierzała to zrobić.
– Z jakiego powodu?
– Bo jest piękna i lubi jej towarzystwo?
Sammy nie wydawał się przekonany.
– To samo można powiedzieć o mnie, a siedzę w celi – mruknął. – A twój stryj? Co tu robi?
– Płynie do Amsterdamu, aby dołączyć do Siedemnastu Panów i dostarczyć Kaprys.
– No tak, ale dlaczego akurat na pokładzie tego statku? Mógł wybrać dowolny z siedmiu. Czemu zdecydował się na *Saardama*?
– Ponieważ kapitan Crauwels jest najlepszym żeglarzem w całej Kompanii. Pływali razem i stryj mu ufa.
Sammy westchnął ciężko.
– Wszystko sprowadza się do twego stryja. Jest niczym przeklęty wir wciągający nas w skłębioną wodę. – Chwilę się zastanawiał, po czym spojrzał na przyjaciela. – Gdyby stryj nakazał ci popłynąć razem z nim, posłuchałbyś?
– Nie zrobiłbym tego bez ciebie.
– Jeśli wydałby mi taki rozkaz, zapytałbym, dlaczego tak bardzo mu zależy na mojej obecności.
– Co masz na myśli?
– To, że uwięzienie mnie było najpewniejszą gwarancją twojego udziału w podróży *Saardamem*.

Arent się obruszył.

— Stryj bywa szorstki, a nawet okrutny, ale kocha mnie. Nie naraziłby mnie na niebezpieczeństwo — oświadczył.

Sammy wpatrywał się w jasne latarnie statków floty.

— Tracimy z oczu ofiarę — zbeształ sam siebie. — Przy całej osobliwości wydarzeń rozgrywających się na pokładzie, tak naprawdę mamy do czynienia tylko z jedną zbrodnią. Bosey nie podpalił swych szat ani nie groził temu statkowi własnym głosem. Dopóki nie dowiemy się czegoś więcej, będę traktował śmierć cieśli jak morderstwo. Rozmawiałeś z jego kolegami?

— Próbowałem, ale to jak otwieranie sideł.

— Musisz się bardziej postarać. Na pewno komuś opowiedział o umowie. Trzeba się dowiedzieć, co was łączy. Może miał coś wspólnego z twoją rodziną? Ciekawe, skąd pochodził. Niewykluczone, że ucierpiał w miasteczku, w którym zmarł Stary Tom.

Arent pokiwał głową, ale Sammy jeszcze nie skończył.

— Dobrze by było również poznać znaczenie słowa *laxagarr*.

— Sara już próbowała — powiedział Arent. — Sądzimy, że *laxagarr* pochodzi z języka norn, a jedyną osobą na pokładzie, która się nim posługuje, jest bosman, a więc człowiek, który okaleczył Boseya.

— To przydatna informacja. I zarazem kolejna rzecz do wyjaśnienia.

— Dobrze — zgodził się Arent. Przypomniał sobie ostatnie spotkanie z Wyckiem i pomyślał, że nie będzie to proste. — Co jeszcze?

— Łachmany i bandaże łatwo znaleźć. Jeśli zdołasz, przekonaj kapitana Crauwelsa, żeby pozwolił ci przeszukać statek. Gdyby nie chciał, powołaj się na stryja. Przy odrobinie szczęścia kostium trędowatego ukaże nam się wraz z człowiekiem, który go nosi.

Sammy ponownie wbił spojrzenie w latarnie na wodzie i ściągnął brwi.

— Druga nitka tego śledztwa jest prostsza. Jeżeli to trędowaty stanowi zagrożenie dla statku, to w jaki sposób zamierza przypuścić atak na tak dużą jednostkę? Rozmawiałeś z konstablem w prochowni?

— Twierdzi, że wybuch prochu nie zdołałby zatopić *Saardama*. Uważa, że najłatwiej posłać go na dno, zabijając kapitana, ponieważ Crauwels jest jedyną osobą, która powstrzymuje załogę przed buntem.

— Ma głowę nie od parady ten nasz konstabl — skomentował z podziwem Sammy. — Co jeszcze powiedział?

— Że zagrożenie może nadejść ze strony floty.

Sammy rozważył tę ewentualność.

— Inny statek mógłby skierować działa przeciwko nam.

— To też jakaś myśl.

— Dosyć odważna — zgodził się Sammy. — I niepokojąca.

— Czemu?

Sammy zatoczył ręką łuk, wskazując światła na wodzie.

— Pamiętasz, ile statków wypłynęło z Batawii?

Arent wzruszył ramionami. Nie zawracał sobie głowy liczeniem.

— Siedem — podsunął Sammy.

— Niech będzie siedem. — Arent nie bardzo rozumiał, o co chodzi. — I co z tego?

— Dlaczego zatem widzę osiem latarni?

*

Przy relingu stało czterech mężczyzn. Trzech z nich wpatrywało się w świecącą w oddali ósmą latarnię, natomiast Sammy nie mógł oderwać wzroku od pierwszego oficera. Czując na sobie jego świdrujące spojrzenie, Isaack Larme podniósł głowę i wykrzywił twarz w znajomym grymasie niezadowolenia.

— Na co się gapisz, więźniu?

— Na karła — odparł wprost Sammy. — Nigdy wcześniej nie widziałem kogoś takiego w służbie Kompanii. Większość takich jak ty to…

— …dworskie błazny — dokończył za niego Larme. — Naszą powinnością jest wyzywanie typów twojego pokroju od piz…

— Isaacku — upomniał go Crauwels.

Arent powiadomił pierwszego oficera o tajemniczym świetle, ten zaś przyprowadził kapitana. Crauwelsowi nadal szumiało w głowie od alkoholu wypitego do kolacji, był rozdrażniony i najchętniej wróciłby do koi, ale ostatnią rzeczą, jakiej pragnął, była krew Sammy'ego na sztylecie Larme'a – a właśnie tak się najczęściej kończyły sprzeczki z tym małym człowieczkiem: rozlewem krwi.

– Jestem pierwszym oficerem – wycedził Isaack Larme. – Nie dam sobą pomiatać byle więźniowi.

– Ależ nie miałem takiego zamiaru. – Sammy był zaskoczony tym, że Larme mógł się poczuć urażony.

– Isaack jest najlepszym pierwszym oficerem, z jakim pływałem – powiedział kapitan ze wzrokiem utkwionym w latarniach. – A także jedyną osobą poza mną, która potrafi utrzymać w ryzach tego kanalię bosmana – dodał ponuro.

– Co pan sądzi o tych latarniach, kapitanie? – spytał Arent, próbując zmienić temat, zanim Sammy jeszcze bardziej rozdrażni karła.

– No cóż, na pewno to nie piraci – stwierdził Crauwels, drapiąc się po rudych wąsach. – Ktokolwiek to jest, chce, byśmy o nim wiedzieli. Piraci zbliżają się po cichu i nie napadają na konwoje. Wybierają samotne statki.

– Może jakiś maruder z Batawii? – podsunął Larme, obracając w palcach swój amulet.

– Niewykluczone – przyznał kapitan. Przeciągnął dłonią po włosach, eksponując mięśnie ramion.

Zachwyca się sobą i chce, by inni też go podziwiali, pomyślał Arent.

– Obserwuj flotę, Isaacku – polecił Crauwels. – Ale tylko ty. Nie chcę, żeby to się rozniosło po pokładzie i wystraszyło załogę. Być może to nic takiego, ale jeśli coś się wydarzy w nocy, natychmiast mnie informuj.

– Tak jest.

– Jutro z samego rana trzeba spróbować wypatrzyć z oka banderę. Przekonamy się, z kim mamy do czynienia.

– Rozkaz, kapitanie.

Rozeszli się. Arent z Sammym ruszyli na dziób drogą przez szkafut.

Kiedy znaleźli się wystarczająco daleko, by kapitan i pierwszy oficer nie mogli ich usłyszeć, Sammy szturchnął przyjaciela i spytał:

– Zauważyłeś amulet na szyi Larme'a?

– Tak, zwróciłem na niego uwagę dziś po południu – odparł Arent. – Nic nadzwyczajnego, kawałek pękniętego drewienka na sznurku.

– To pół twarzy, Arencie. Druga część talizmanu, który Bosey przyciskał do piersi, kiedy umierał w porcie. Jak na moje oko, brzegi idealnie do siebie pasują.

Amulet Boseya ledwie mignął Sammy'emu przed oczami, a jednak Arent nie wątpił w dokładność jego obserwacji. Jednym z darów Sammy'ego była umiejętność zapamiętywania wszystkiego w najdrobniejszych szczegółach. Niewykluczone zresztą, że był to najbardziej niefortunny spośród jego talentów. Sammy potrafił bowiem przywołać każdą rozmowę, jaką kiedykolwiek odbył, każdą rozwiązaną zagadkę, każdy spożyty posiłek.

Arent zazdrościłby mu, gdyby nie to, że przyjaciel wcale nie pragnął, by mu zazdroszczono.

Przeszłość jest wypełniona ostrymi rzeczami, mawiał.

Ból, który czuł, gdy raniły go ciernie, kiedy był mały, umiał odtworzyć z pamięci z całą jego przenikliwością i dokuczliwością. Każde wspomnienie otwierało zabliźnioną ranę. Nic dziwnego, że nigdy nie oglądał się za siebie, tylko nieustająco parł do przodu.

Nagle za ich plecami rozległ się piskliwy wrzask. Odwrócili się i zobaczyli, jak Larme usiłuje wywlec z cienia młodą kobietę. Była dobrze zbudowana, silna i zdecydowanie wyższa od karła, który uczepił się jej i nie chciał puścić.

Warknął ze złości i zdzielił dziewczynę w brzuch, chwilowo gasząc jej opór, a potem, kiedy z trudem łapała powietrze, popchnął ją na deski. Upadła przed Crauwelsem.

Arent chciał ruszyć jej na pomoc, ale Sammy chwycił go za rękę i pokręcił głową.

– Jesteś podopieczną pastora, tak? – odezwał się zaskoczony kapitan. – Co tu robisz o takiej porze? To niebezpieczne.

– Nazywam się Isabel – odburknęła, patrząc spode łba na krewkiego karła.

– Imię jak imię, niczego nie wyjaśnia – zauważył Crauwels, kucając przy niej. – Co robiłaś, czając się w mroku, Isabel?

– Poszłam się przejść i przestraszyłam się was – wydyszała, rozmasowując brzuch. – To wszystko.

– Na pewno podsłuchiwała – warknął Larme, na co spojrzała na niego ze złością.

Crauwels westchnął, wypuszczając powietrze nosem.

– Zasady panujące na statku służą waszemu i naszemu bezpieczeństwu. – Posłał jej promienny, lecz groźny uśmiech. – Głównie waszemu – dodał z naciskiem. – Rozmowa, którą usłyszałaś, musi pozostać między nami. Jeżeli komukolwiek piśniesz choć słowo, będę wiedział, z kim się rozmówić. Zrozumiałaś?

Pokiwała głową w taki sposób, że w jednym geście udało jej się zawrzeć prostą akceptację z płomienną wściekłością.

– A teraz znikaj. I żebym cię tu więcej nie widział po zmroku.

Isabel rzuciła pełne obaw spojrzenie w stronę fordeku, wstała i skierowała się do przedziału pod półpokładem.

W ciemności niepostrzeżenie przemknęła jakaś postać.

21

Ósma latarnia zgasła kilka godzin przed świtem.

Wyczuwając nieuchronnie zbliżający się atak, Isaack Larme wezwał kapitana Crauwelsa, a ten zarządził gotowość bojową. Przekazano sygnały świetlne pozostałym statkom floty. Johannes Wyck zerwał marynarzy z hamaków i pogonił ich na górę w tym, w czym spali.

Podniesiono kotwice i obniżono żagle dla lepszej manewrowości. Z luf dział wyciągnięto konopie, a spod kół usunięto kliny. Otworzono drzwi prochowni. Marynarze przystąpili do operacji przetaczania dziesiątek beczułek. Wsypywali ich zawartość do dział i mocno ubijali.

Nie mogąc się do niczego przydać podczas całego tego zamieszania, pasażerowie z kubryku zbili się w gromadkę i czekali na pierwszą salwę. W kajucie Sara tuliła roztrzęsioną Lię i szeptem dodawała jej odwagi. Creesjie obejmowała Marcusa i Osberta, kojąc ich łagodnymi pieśniami.

Pastor i Isabel modlili się razem. Arent obserwował rozwój sytuacji, stojąc na spardeku. Nie zwykł odwracać się plecami do wroga.

Jan Haan, jak zawsze, obudził się wcześnie, zasiadł do pracy przy sekretarzyku i zaczął najzupełniej normalnie wydawać polecenia szambelanowi Vosowi. Jedynie lekkie drżenie dłoni gubernatora generalnego zdradzało, że coś może być nie w porządku.

W ciemności *Saardam* zjeżył się jak kot. Pogotowie trwało dwie godziny, strach stopniowo przeszedł w konsternację, a potem w znużenie. Noc stopniowo przeszła w szarówkę, a potem zajaśniał świt.

Marynarz wspiął się po takielunku, zajął miejsce na oku, osłonił oczy przed słońcem i rozejrzał się we wszystkie strony świata.

– Nie ma go! – zawołał do stojących na dole Crauwelsa i Larme'a. – Zniknął, kapitanie.

22

Pukanie do drzwi gwałtownie wyrwało Sarę ze snu. Odruchowo zacisnęła palce na rękojeści sztyletu. W koszuli nocnej usiadła na krześle przy sekretarzyku i wpatrywała się w iluminator, oczekując ponownego pojawienia się trędowatego – i wtedy ją zmorzyło. Teraz jej nieupięte rude loki spływały na ramiona. Przesunęła dłonią po usianych piegami policzkach i nosie.

Lia spała na swojej koi, oddychając z cichym pogwizdywaniem.

Ponownie rozległo się pukanie.

– Proszę – powiedziała Sara.

Do kajuty weszła Dorothea, niosąc owocową herbatę. Powiodła pełnym dezaprobaty wzrokiem po wnętrzu.

– Dziś rano z kabiny wicehrabiny Dalvhain dobiegały dziwne odgłosy – poinformowała swoją panią, stawiając przed nią filiżankę. Na powierzchni napoju unosiły się czerwone i fioletowe jagody. Sara, jej córka i mąż je uwielbiali, dlatego poprosiła służącą, aby zrobiła zapas na drogę.

– Dziwne? – spytała Sara, wciąż w półśnie.

Dorothea często rozpoczynała rozmowę od plotek, ale rzadko o tak wczesnej porze. W normalnych okolicznościach nawet sam diabeł nie ściągnąłby jej z łóżka o takiej godzinie. Batawia leżała w gorącym klimacie, jakakolwiek aktywność w ciągu dnia wydawała się niemożliwością, dlatego wszelkie bankiety i bale dla miejscowych zlanych potem prominentów Sara organizowała dopiero o północy. Od trzynastu lat późno kładła się spać i późno wstawała i uważała, że świt to okrutna pora zarezerwowana dla prawdziwych nieszczęśników.

Niestety, pastor uznał, że musi wygłosić kazanie bez akompaniamentu przekrzykujących się i miotających przekleństwa marynarzy.

– Coś jak skrobanie – wyjaśniła Dorothea. – Trwało przez kilka sekund, potem cisza i znów. Nie wiem, co to było, ale brzmiało jakoś znajomo… – Zamilkła.

Sara wypiła łyk słodkiej herbaty; to była jedna z wielu rzeczy, których będzie jej brakowało we Francji.

– Udało ci się przespać? – spytała służącą.

– Powiedzmy – odparła Dorothea, nadal zaniepokojona dziwnymi odgłosami. Miała ciemne worki pod piekącymi oczami. Wyglądała, jakby czuwała przez całą noc. – A tobie, pani?

– Trochę. – Sara wpatrywała się w iluminator.

– Obudzić Lię? – spytała służąca, zerkając na śpiącą gubernatorównę.

– Nie ma potrzeby. Zostało jeszcze sporo czasu do kazania. – Spojrzała z czułością na córkę. Nagle coś sobie przypomniała. – Rozmawiałaś z pasażerami? Ktoś coś wie o pochodzeniu tego osobliwego słowa?

Dorothea wysunęła szufladę i zaczęła dobierać strój dla swej pani. Sara była pewna, że robi to, aby ukryć pełną dezaprobaty minę. Wiedziała, że służąca ma bardzo jasno określone poglądy na temat tego, co wypada, a czego nie wypada robić damie. Pierwsza lista była bardzo krótka, druga – wyjątkowo długa.

Jej zdaniem kobieta o tak wysokiej pozycji nie powinna się bawić w łowczynię przestępców. Cóż, Sara i tak zrobi po swojemu, jak zawsze. A jej mąż – też jak zawsze – w końcu położy temu kres. Prawdopodobnie w dosyć brutalny sposób.

Sara wyobraziła to sobie i zadrżała. Dorothea ma rację. Jeśli tak dalej pójdzie, Jan srogo ją ukarze. Lecz jak miała się powstrzymać od działania, skoro życie Lii było w niebezpieczeństwie?

– Pytałam prawie wszystkich, ale nikt nic nie wie – odparła Dorothea. – Nie udało mi się dotrzeć do kilkorga pasażerów, ale porozmawiam z nimi przed południem na pokładzie.

– Będę wdzięczna.

Gdy Sara dopiła herbatę, służąca pomogła jej się ubrać. Po jakimś czasie obudziła się Lia i przystąpiła do toalety, która zabrała jej dwa razy mniej czasu niż matce. Miała nieskazitelną bladą cerę, niewymagającą pudru, a szczotka sunęła przez jej ciemne włosy jak karp w górę strumienia.

Kiedy były gotowe, Sara i Lia w asyście Dorothei wyszły na wilgotne powietrze wczesnego poranka. Dziwna to pora dnia, gdy gwiazdy i słońce walczą o prymat na niebie; one wciąż migają, ono już rozlewa się blaskiem po wodzie. Nie zabrzmiał jeszcze dzwon, którego cztery uderzenia oznaczały świt. *Saardam* stał na kotwicy, ocean był spokojny i wyglądał jak tafla szkła.

Na pokładzie kręciło się zaskakująco dużo ludzi jak na tę godzinę.

Pastor ogłosił, że przed wyruszeniem w dalszą drogę odprawi mszę pod grotmasztem. Jakimś sposobem udało mu się uzyskać pozwolenie na to, by wzięli w niej udział również pasażerowie podróżujący w kubryku. Zjawili się sporą grupą.

Kapitan Crauwels i oficerowie rozmawiali przyciszonymi głosami o tajemniczym świetle, które zauważono w nocy.

– To była latarnia indiamana – orzekł Isaack Larme. – Wszędzie bym ją rozpoznał.

– Skoro tak, to jakim cudem tak szybko zniknęła? – spytał van Schooten. – Kilka godzin przed świtem już jej nie było. Nawet indiaman bez ładunku nie mógłby się oddalić poza zasięg naszego wzroku w tak krótkim czasie. A przecież nawet nie wiało. Mówię wam, to przeklęty statek widmo.

Kiedy Sara z Lią podeszły bliżej, oficerowie zamilkli i rozsunęli się, by mogły dołączyć do gubernatora generalnego i szambelana stojących z przodu tłumu wiernych. Tak jak w Amsterdamie, miejsca najbliżej pastora były zarezerwowane dla arystokracji, aby chwytając powłóczyste spojrzenia duchownego, mogła za jego pośrednictwem poczuć na sobie wzrok samego Boga.

Dorothea została z tyłu razem z pozostałymi służącymi.

Sara uklękła obok męża, lecz ten nie pozdrowił jej i chyba nawet nie zauważył. Jak zawsze poczuła przy nim lekki niepokój.

Wyciągnęła szyję i u drugiego boku Jana zobaczyła Creesjie z wiecznie dokazującymi, wiercącymi się synami. Marcusowi i Osbertowi przyglądała się dziewczyna z ludu Mardijker – Isabel, o ile Sara dobrze zapamiętała – z lekkim uśmiechem na twarzy.

Po drugiej stronie masztu kłębiła się mniej więcej dwudziestka marynarzy. Czekali niecierpliwie na kazanie. Sara nie spodziewała się ich tu ujrzeć, słyszała bowiem ich słowa i widziała drapieżne spojrzenia, jakimi raczyli każdą mijającą ich kobietę. Jeżeli Bóg do nich przemawiał, Jego głos musiał brzmieć jak szept pośród bezwstydnych gwizdów i zdrożnych okrzyków.

– Zgromadziliśmy się dziś, aby uczcić szczęście, które się do nas uśmiechnęło – zaczął Sander Kers tubalnym głosem. – Albowiem tu, na pokładzie tego statku, możemy na własne oczy zobaczyć przejawy Bożej chwały. Spójrzcie, przyjaciele, na żagle. Spójrzcie na deski. Spójrzcie na morze. Żeglowanie to nie takielunek ani nawigacja. Żeglowanie to boskość sama w sobie, to błogosławieństwa będące dowodem przychylności Pana. To coś, co On umożliwia. Wiatr jest Jego oddechem, a fale Jego dłońmi. Nie dajcie się zwieść, ponieważ to Pan jest tym, który prowadzi nas przez morze.

Sara poczuła, jak rośnie jej serce. Z początku uznała pastora za słabowitego starca, który wygłosi sztampowe, ciężkie od kurzu kazanie. Lecz jako głosiciel słowa Bożego Kers był zupełnie odmieniony. Wyprostował przygarbione plecy i palcem energicznie rysował kształty w powietrzu, wzywając Pana i chwaląc Go.

– Która łajza zwędziła trzonek od kabestanu?!

Kazanie ucichło, osiadło na mieliźnie pełnego wściekłości głosu Johannesa Wycka. Sara zobaczyła bosmana po raz pierwszy i musiała przyznać, że Arent dobrze go opisał, nie pominąwszy takich szczegółów jak wgłębienie w łysej czaszce i przepaska na oko wraz z otaczającą oczodół siateczką zmarszczek, a także szerokie ramiona i wydatny brzuch nad łukowatymi nogami, jakby z trudem dźwigającymi ciężar.

Ruszył przez cuchnącą marynarską ciżbę, która zebrała się wokół grotmasztu, by wysłuchać pastora. Chwytał każdego członka załogi za ramiona i piorunował go wzrokiem.

– W nocy, kiedy ogłoszono gotowość bojową, były jeszcze cztery! – wrzasnął. – Teraz zostały tylko trzy. Kabestan i jego części to własność statku. Pytam: który z was zabrał trzonek?!

Na twarzach marynarzy malowały się strach i konsternacja.

– Dobrze wiecie, że kabestan ułatwia podnoszenie kotwicy. Jeśli trzonek się nie znajdzie, codziennie będę wyznaczał dziesięciu z was do dźwignięcia jej gołymi rękami.

Rozszedł się pomruk niezadowolenia, ale nikt z załogi nie ośmielił się głośno zaprotestować.

– Mówcie, bo…

Nagle urwał i wbił zdumione spojrzenie w zgromadzonych.

Sara próbowała podążyć za jego wzrokiem, ale Wyck zaczął się cofać. Zauważył, że mu się przygląda, i skupił się na niej; świdrował ją obrzydliwym, skrzącym się od groźby okiem. Z dziwnym uśmieszkiem na ustach posłał jej drwiące pozdrowienie – i zniknął.

Pastor odchrząknął i uwaga wiernych ponownie skoncentrowała się na nim.

– Nie oskarżajcie, gdyż osąd winien być dziełem Pana. – Ironia tych słów zdawała się mu umykać. – Służcie Mu ze współczuciem. Służcie Mu z wielkodusznością i wiedzcie, iż w miłości Jego znajdziecie ocalenie! Bo pewne jest, że tak jak złączone gwoździami deski utrzymują statek na wodzie, tak więzi braterstwa pozwolą nam bez szwanku przejść próby, na które zostaniemy wystawieni.

Sarę przeszedł dreszcz. Ten fragment kazania zabrzmiał dziwnie groźnie. Inni chyba też to wyczuli, bo spojrzeli po sobie niepewnie.

Kers przemawiał jeszcze przez godzinę, a kiedy zamilkł, wierni rozdzielili się jak oka w rosole. Sara chciała z nim porozmawiać, ale zanim zdążyła podejść, Reynier van Schooten odciągnął go na bok.

– Chciałbym porozmawiać w cztery oczy – wymamrotał.

– Oczywiście, oczywiście – odparł pastor. – A o czym, synu?

Główny kupiec rozejrzał się ukradkiem. Jego wzrok przesunął się po Sarze, jakby w ogóle jej tam nie było, po czym zatrzymał się na Drechcie i napełnił niepokojem.

– Możemy przejść do mojej kajuty?

– Wpierw muszę wyspowiadać pasażerów i załogę. Zapukam do ciebie, synu, gdy spełnię swój obowiązek.

– Ależ ja właśnie chcę się wyspowiadać.

– Z jakiego grzechu?

Van Schooten nachylił się i wyszeptał odpowiedź.

– Jak mogłeś nie wiedzieć? – zdziwił się pastor i na jego obliczu pojawił się wyraz trwogi.

– Przyjdź do mnie. Najprędzej, jak będziesz mógł. – Główny kupiec odwrócił się na pięcie i odszedł szybkim krokiem, zanim Kers zdążył zadać kolejne pytanie.

Z tłumu wyłoniła się Isabel i podała pastorowi jego laskę. Rękawem obszarpanej szaty otarł pot z czoła. Był czerwony na twarzy i zasapany, jakby wystąpienie całkowicie pozbawiło go sił.

– Wspaniałe kazanie, pastorze – pochwaliła go Sara.

Zatopieni w rozmowie gubernator i Vos ruszyli do wielkiej kajuty.

– Niewystarczająco. – Kers był wyraźnie na siebie zły. – Wiele jest dusz do ocalenia na pokładzie statku takiego jak ten, obawiam się więc, że konieczne będą mocniejsze słowa.

Sara posłała Dorothei wymowne spojrzenie, na co służąca zabrała Marcusa i Osberta na achterdek, by pokazać im chrumkające maciory.

Kiedy nie mogli ich już słyszeć, Sara zapytała pastora wprost:

– Znasz się, ojcze, na diabłach?

Kers zerknął zaniepokojony na Isabel, która zacisnęła dłonie na pasku torby.

– Co konkretnego masz na myśli, pani? – spytał pastor.

– W porcie w Batawii pewien trędowaty rzucił klątwę na *Saardama*, twierdząc, że jego mistrz doprowadzi nas do zguby. Zeszłej nocy zobaczyłam w iluminatorze twarz tego samego trędowatego. Sądzimy, że ma on związek ze znakiem, który wczoraj namalowano na żaglu. Ten symbol po raz pierwszy pojawił się przed trzydziestoma laty, trupami i krwią znacząc swój marsz przez Prowincje. Ponoć zwiastuje przybycie demona zwanego Starym Tomem.

– Nic mi o tym nie wiadomo – odparł Kers, zbywając Sarę machnięciem dłonią, jakby była plamą, którą próbował zetrzeć.

Usiłowała sobie przypomnieć, czy kiedykolwiek spotkała na swej drodze gorszego kłamcę.

– Pastorze, bardzo proszę – odezwała się Creesjie. – Mój mąż walczył z tą istotą i stracił przez nią życie. Boję się, że demon przyszedł po mnie i moich synów.

Pastor miał taką minę, jakby dopiero teraz zaczęło do niego docierać to, co usłyszał. Podszedł bliżej, krzywiąc się z bólu przy każdym kroku.

– Jak się nazywał twój mąż, pani?

– Pieter Fletcher.

Zasłonił usta dłonią, a do oczu napłynęły mu łzy. Zamrugał, by się ich pozbyć, na chwilę wzniósł spojrzenie ku niebu, a potem popatrzył na Isabel.

– Mówiłem, że nasza cierpliwość zostanie nagrodzona – rzekł z radością. – Mówiłem, że nasza misja jest święta.

Creesjie wpatrywała się w niego zaskoczona.

– Znałeś mojego męża, pastorze?

– O tak. Dawniej byliśmy serdecznymi przyjaciółmi. Znalazłem się tu z jego powodu. – Nagle zrobił się niespokojny i powiódł wokół podejrzliwym wzrokiem. – Czy możemy porozmawiać w kajucie?

Miałbym wam, moje panie, wiele do opowiedzenia, ale nie chciałbym tego robić tutaj.

– Powinnam się udać na śniadanie z mężem – powiedziała Sara. – Jeśli tego nie zrobię, przyśle po mnie komendanta Drechta. Może gdybyś zechciał, ojcze, opowiedzieć wszystko mojej przyjaciółce...

– Nie zrobię tego bez ciebie – zaznaczyła Creesjie, biorąc ją za rękę.

Sara spojrzała na przyjaciółkę: ta była śmiertelnie przerażona.

– No dobrze – zgodziła się z wahaniem Sara. – Ale musimy się pospieszyć. – Zwróciła się do Dorothei: – Zanieś, proszę, wiadomość Arentowi Hayesowi...

– Nie! – wykrzyknął pastor. Poczerwieniał, speszony swym wybuchem, i ściszył głos do konspiracyjnego szeptu. – Są pewne sprawy, moje panie, których nie pojmujecie. Pozwólcie, że najpierw je wyjaśnię, a dopiero potem zdecydujecie, czy chcecie przekazać te informacje porucznikowi Hayesowi.

23

– Skąd znałeś mojego męża, ojcze? – spytała Creesjie, zamykając drzwi za pastorem. – Powiedziałeś, że byliście serdecznymi przyjaciółmi.

Dorothea została na pokładzie z chłopcami, a Sara, jej przyjaciółka i pastor ze swoją podopieczną udali się do kajuty Creesjie, która była takiej samej wielkości jak ta Sary i tak samo wyposażona, z tą różnicą, że w rogu nie stała duża harfa, przez co pomieszczenie wydawało się większe i przestronniejsze. Podłogę przykrywał miękki dywan, a na nim leżały porozrzucane drewniane zabawki. Na ścianach wisiały obrazy, w tym jeden przedstawiający Pietera.

Drugi mąż Creesjie pozował z psami na tle wspaniałej rezydencji w Amsterdamie. Obaj chłopcy wyglądali jak skóra zdjęta z ojca, mieli tak samo odstające uszy, szelmowskie spojrzenia i psotne półuśmieszki.

Było w tym portrecie coś, co nie dawało Sarze spokoju, choć nie potrafiła sprecyzować, co konkretnie. Być może chodziło o rażący kontrast pomiędzy dwoma łowcami czarownic: tym spoglądającym z płótna i tym, który teraz zadzierał głowę, by przyjrzeć się obrazowi. Składająca się z kilku kawałków lichej tkaniny szata Kersa wyglądała jak zwykły łachman. Pastor miał powykrzywiane ze starości chude kończyny i każdy ruch sprawiał mu ból.

— Pastorze! — ponagliła go Creesjie.
— Tak, tak... — Oderwał smutny wzrok od obrazu. — Proszę o wybaczenie. Bardzo długo nie widziałem twarzy mojego przyjaciela. Wiem, że to tylko portret, ale... powracają wspomnienia.
— Jakie? — spytała Lia, która odziedziczyła po ojcu brak cierpliwości dla sentymentów.
— Przez pewien czas Pieter był moim uczniem — odparł Kers. — Choć przyznaję, że mówiąc o nim jako o uczniu, ujmuję jego znakomitości. — Pokręcił głową i znów spojrzał na obraz. — Był wspaniałym człowiekiem. Bohaterem.

Creesjie wzięła dzban i drżącą ręką nalała sobie wino.

Rzadko opowiadała o Pieterze, ale Sara zorientowała się, że tych dwoje łączyło bardzo głębokie uczucie. Creesjie urodziła się w rodzinie zamożnych gospodarzy, którzy zamiast córki potrzebowali synów do pracy w polu, dlatego wydali ją młodo za mąż i rychło o niej zapomnieli. Wybranek okazał się potworem, lecz z czasem uroda Creesjie rozkwitła i wtedy dziewczyna zrozumiała swoją siłę, a także uświadomiła sobie, że wcale nie musi się męczyć w małżeństwie.

Spakowała się, wyjechała do Rotterdamu i została kurtyzaną.

Oficjalnie ich znajomość rozpoczęła się na balu. Nieoficjalnie — spotkała Pietera w burdelu i z miejsca ją urzekł, a ona jego. Na tej nietypowej glebie wyrosło nietypowe życie. Sara nie miała okazji poznać osobiście Pietera, ale z opowieści wyłaniał się obraz szlachetnej, przyjaznej duszy, nieskąpiącej ni monety, ni śmiechu, pochłoniętej misją tępienia *maleficium* pod każdą postacią.

Kers westchnął i przeciągnął szarą pomarszczoną dłonią po swej równie szarej twarzy.

— Tym, co sprowadziło mnie na pokład *Saardama*, jest podziw dla twojego męża, pani — powiedział. Creesjie wypiła spory łyk wina, żeby zapanować nad nerwami. — Dwa lata temu odebrałem skreślony jego ręką list z prośbą... nie, z błaganiem o pomoc. Pisał, że ściga go demon nazywany Starym Tomem, z którym walczył w Prowincjach.

Wyznał, że planuje ucieczkę do Batawii, i załączył fundusze, abym mógł opłacić podróż statkiem i do niego dołączyć. Wierzył, że wspólnymi siłami w końcu uda nam się zniszczyć diabła.

Zaskoczona Creesjie powoli odstawiła wino.

– To nie było tak – zaprzeczyła. – Demon nas odnalazł, to prawda. Uciekliśmy jednak do Lille. I nie dwa, ale cztery lata temu. Kiedy otrzymałeś list, mój mąż już dawno nie żył.

Kers był wyraźnie zakłopotany.

– Być może planował, że później udacie się do Batawii – zasugerował.

– Nawet nie wiedzieliśmy o istnieniu takiego miejsca. Jedynym powodem, dla którego się tu znalazłam, jest to, że zostałam wezwana przez gubernatora generalnego po tym, jak dowiedział się o śmierci mojego męża.

Pastor zmarszczył czoło, jego myśli wpłynęły na nieznane wody.

– Ale przecież twój mąż, pani, posłał po mnie – powtórzył z uporem.

– Jesteś, ojcze, pewien szczegółów? – podsunęła Sara.

– Naturalnie – prychnął, zirytowany tym pytaniem. – Przeczytałem ten list ze sto razy. – Spojrzał na Isabel. – Mogłabyś go przynieść, moja droga? Jest w kufrze. – Gdy ruszyła do drzwi, zatrzymał ją. – Zostaw, proszę, księgę. Będzie nam potrzebna.

Dziewczyna popatrzyła na niego z obawą, ale zgromił ją wzrokiem, więc posłusznie zdjęła ciężką torbę z ramienia, przekładając pasek nad głową, i ostrożnie położyła ją na sekretarzyku Creesjie, po czym wyszła.

– Otrzymawszy list od Pietera, opłaciłem miejsce na statku płynącym do Batawii – ciągnął Kers, kuśtykając do sekretarzyka. – Po dotarciu do celu dowiedziałem się, że, niestety, zostałaś, pani, wdową. Uznałem, że straciłaś męża tutaj, w mieście, i próbowałem cię odwiedzić, ale mieszkałaś w forcie, a strażnicy okazali się nieczuli na moje prośby i odprawiali mnie. Nie chcieli nawet przekazać ci wiadomości.

Założyłem więc niewielki kościółek i poprosiłem wiernych, by donosili mi o wszystkim, co pachnie siarką. Z czasem moje śledztwo znalazło się w impasie i wtedy przyszedł do mnie pewien cieśla, by się wyspowiadać. Powiedział, że usłyszał szept w ciemności. Ktoś przedstawił się jako Stary Tom i złożył mu propozycję: „Uczynię cię bogatym w zamian za kilka drobnych przysług". Cieśla chciał wiedzieć, czy Bóg mu wybaczy.

Pastor był tak zniesmaczony, że aż dziwne, iż nie udławił się własnymi słowami.

– Czy ten cieśla nazywał się Bosey? – spytała Sara.

– Coś w tym rodzaju – odparł wymijająco Kers, machając dłonią. – Kulał.

– Tak, to Bosey – potwierdziła Sara. – Czy miał trąd?

– Nie, ale to bez wątpienia sprawka Starego Toma. – W jego oczach zalśniło coś nieludzkiego. – Na tych, co się z nim układają, demon rzuca urok. Jeżeli opierają się jego woli, ich ciała zaczynają gnić. Powrót do zdrowia jest możliwy jedynie poprzez ślepe podporządkowanie się jego poleceniom. Wykorzystuje trawionych chorobą ludzi jako swych heroldów. Stają się jego żołnierzami.

Lia wierciła się na krześle.

– Mamo, nie możemy się spóźnić na śniadanie – przypomniała matce. – Ojciec nam…

– Czy Bosey zdradził, o jaką przysługę chodziło? – spytała Sara, gestem nakazując córce milczenie.

– Podobno Stary Tom chciał się zabrać na *Saardama*, lecz najpierw musiał przygotować okręt.

– W jaki sposób? – wtrąciła się Creesjie.

– Tego nie powiedział. Wyjawił tylko, że Stary Tom zamierza pożywić się cierpieniem tak wielkim, że wystarczy mu na wiele lat. Cieśla nie wiedział nic więcej. – Kers otworzył torbę i wyjął z niej grubą księgę zawiniętą w płachtę z owczej skóry.

– *Daemonologica*. – Creesjie otworzyła szeroko oczy.

– Co to takiego? – Lia podeszła bliżej.

– Księga o demonach – wyjaśnił Kers, usuwając kilka pyłków kurzu ze skórzanej oprawy. – Wykaz ich metod, piekielnych hierarchii oraz sposobów przepędzania. Najważniejsza broń każdego łowcy czarownic. Dla kogoś takiego jak ja rzecz nieodzowna.

– Podobno król Jakub sporządził własny zbiór mający służyć podobnym celom – włączyła się do rozmowy Lia, nerwowo zaglądając pastorowi przez ramię.

Sara uśmiechnęła się pod nosem. Nawet zlękniona, jej córka nie była w stanie oprzeć się nowej wiedzy.

– Niekompletny i oparty na przypuszczeniach, a właściwie na pogłoskach – skonstatował pogardliwie pastor. Z czułością pogładził grzbiet księgi. – Członkowie mego zakonu spotykają się regularnie, by wymieniać się informacjami zdobytymi w toku swych śledztw. Uzupełniamy własne egzemplarze o odkrycia innych. Każda *Daemonologica* zawiera wiadomości pozyskiwane od wszystkich łowców czarownic, zbierane przez stulecia studiowania i zwalczania *maleficium*. Jeśli chodzi o bogactwo wiedzy, równać się z nią może jedynie Biblia.

Kers otworzył księgę i drżącymi palcami zaczął przewracać welinowe stronice. Na każdej znajdował się bogato zdobiony tekst po łacinie i misternie wykonane rysunki. Znalazłszy to, czego szukał, pastor odsunął się, żeby wszystkie mogły zobaczyć.

Spojrzały i natychmiast się cofnęły. Lia żachnęła się ze wstrętem, Creesjie odruchowo zrobiła znak krzyża i nawet Sara odwróciła oczy.

Obrazek był przerażający.

Przedstawiał nagiego starca ze skrzydłami nietoperza, który dosiadał wilka o nietoperzowym łbie. Wilk przytrzymywał młodego chłopca, a starzec szponiastą dłonią głaskał nieszczęśnika po policzku. Otaczał ich krąg zakapturzonych trędowatych.

– Czy to Stary Tom? – spytała Sara, wzdrygając się z obrzydzenia.

– Tak.

– Na pewno byśmy się zorientowały, gdyby taki potwór znajdował się na *Saardamie* – zauważyła z niedowierzaniem Creesjie.

– To tylko jedna z wielu postaci tego demona. Obecnie przybrał zupełnie inną formę – powiedział Kers. – Wszedł na pokład, wyglądając jak jedno z nas.

– Chcesz, ojcze, powiedzieć, że…

– Opętał któregoś z pasażerów.

Zaległa pełna zdumienia cisza.

– Kogo? – wydusiła wreszcie Sara.

Pastor pokręcił głową.

– Popłynąłem w ten rejs, by to ustalić.

24

Rozległo się pukanie do drzwi. To Isabel wróciła z listem. Wręczyła pismo Kersowi, a ten od razu przekazał je Creesjie, która w zamyśleniu patrzyła przez iluminator. Sara pochylała się nad księgą i uważnie studiowała wizerunek Starego Toma.

Creesjie starannie i z wielką ostrożnością rozwinęła list, jakby się bała, że ze środka wypadnie coś ostrego.

Zaczęła czytać i z każdą chwilą jej twarz coraz bardziej tężała.

– Rozpoznaję pieczęć Pietera, ale nie charakter pisma – powiedziała nagle. – Mój mąż nie był autorem tego listu.

– Co to znaczy? – zdumiał się Kers.

– Zostałeś, ojcze, zwabiony do Batawii. – Sara głośno zamknęła księgę. – Ktoś chciał, abyś się tu znalazł i wsiadł na pokład *Saardama*. Przychodzi ci do głowy jakiś powód?

Pod Kersem ugięły się nogi. Isabel pospieszyła uchronić go przed upadkiem.

– Zostałem tylko ja – powiedział, przeciągając dłonią po twarzy.

– Nie rozumiem.

– Jestem ostatnim żyjącym członkiem zakonu łowców czarownic – wyjaśnił. – Po śmierci Pietera zaczęło się... Pozostali łowcy ginęli w wypadkach albo byli mordowani. Niektórzy znikali, ale... Zostałem już tylko ja. Od lat się ukrywam. Zmieniłem nazwisko, porzuciłem powołanie i zostałem pastorem.

– Skoro się, ojcze, ukrywałeś, to w jaki sposób dotarł do ciebie ten list? – zdziwiła się Creesjie.

– Dużo podróżowaliśmy, wykonując swoją misję, dlatego ustaliliśmy, że wszelką korespondencję będziemy kierowali do kościoła w Axel. Raz na kilka miesięcy odwiedzaliśmy tę świątynię i sprawdzaliśmy wiadomości. Podczas jednej z takich wizyt okazało się, że czeka na mnie list od Pietera. O tym, że należało go tam zostawić, wiedzieli jedynie członkowie zakonu.

– Mój mąż był torturowany przed śmiercią – powiedziała Creesjie z bólem w głosie. – Nie można wykluczyć, że podał oprawcy nazwę kościoła.

– W takim razie poluje na mnie Stary Tom – stwierdził Kers. Jego oczy zapłonęły. Spojrzał na Isabel. – Demon poważnie się przeliczył, poddając się pod Boży osąd.

– Najpierw trzeba go znaleźć – mruknęła Sara, nieco wytrącona z równowagi żarliwością pastora. – Skoro Stary Tom mógł opętać każdego na okręcie, czemu nam, ojcze, zaufałeś?

Kers posłał jej badawcze spojrzenie.

– Bo jesteście nieistotne – przyznał otwarcie. – Stary Tom to dumna istota. Opętuje potężnych, wpływowych ludzi, których dzięki wysokiej pozycji nic nie ogranicza. Im dłużej ich kontroluje, tym ów wpływ staje się silniejszy. Miazmaty rozkładu i zła ciągną się za Starym Tomem, tak jak cienie podążają za nami, gdy przemierzamy pokład. Krążą o tobie opowieści, pani. Mąż cię bije, prawda?

Zaczerwieniła się.

– Stary Tom ukróciłby to – powiedział, nie zważając na jej reakcję. – Panią Jens uwalniam od podejrzeń przez wzgląd na jej męża. Pieter był wytrawnym znawcą zwyczajów Starego Toma. Nie dałby się oszukać.

– Trzeba uwzględnić ewentualność, że Stary Tom przejął kontrolę nad Creesjie po tym, jak zamordował Pietera – zauważyła Lia, siadając na koi.

Creesjie posłała jej wymowne spojrzenie, na co dziewczyna tylko wzruszyła ramionami.

– Nie uważam cię za demona, ale ktoś musiał to powiedzieć – wyjaśniła poważnym tonem.

– Stary Tom może opętać wyłącznie duszę, która zawarła z nim układ. Twoja sytuacja osobista, pani, w żaden sposób nie wskazuje na to, iż mogłaś uzyskać taką moc. Z tego samego powodu wyłączam z kręgu podejrzanych Isabel, która była żebraczką, zanim przysposobiłem ją do mego zakonu.

– A ojciec, pastorze? – odezwała się Sara. – Dlaczego miałybyśmy ojcu zaufać?

Spodziewała się, że Kers wybuchnie gniewem, ale zaskoczył ją i parsknął śmiechem.

– Dociekasz, pani, jak wytrawny łowca czarownic – skomentował. – Gdybym był Starym Tomem, dzielenie się z wami wiedzą nie byłoby w moim interesie, poza tym – pokazał palcem swoje łachmany – jak widzicie, tropienie zła raczej nie należy do najbardziej intratnych zajęć. Musiałem wybłagać u swych batawskich wiernych jałmużnę, by mieć na koje na *Saardamie*.

Lia znów zaczęła się wiercić.

– Mamo, musimy już iść. Spóźnimy się na śniadanie.

– Mamy jeszcze kilka minut – uciszyła ją Sara i zwróciła się do pastora. – Skoro nie wiesz, ojcze, kogo Stary Tom opętał, to skąd twoja reakcja, kiedy zasugerowałam, żeby towarzyszył nam Arent Hayes? Jest silny, to prawda, ale to tylko sługa, do tego honorowy, odważny i życzliwy człowiek.

Tą żarliwą obroną Arenta zasłużyła na zaintrygowane spojrzenie przyjaciółki. Zresztą sama była zaskoczona własnymi słowami. Przecież znali się raptem jeden dzień. Połączyło ich to, że oboje pochylili się nad ciałem poparzonego człowieka. Arent był ukochanym bratankiem najokropniejszego człowieka, z jakim miała do czynienia. Prawdę mówiąc, poza tym, że wiernie strzegł Samuela Pippsa, potrafił zagrać na skrzypcach melodię, którą lubiła, gdy była mała, a w porcie nie zgodził się przyjąć zapłaty za pomoc, właściwie nic o nim nie wiedziała.

– Niech cię, pani, nie zwiedzie zachowanie porucznika – przestrzegł ją Kers. – Demony przyjmują najróżniejsze postacie, o czym się wielokrotnie przekonałem. Rzucają na nas swój urok, byśmy dobrowolnie podążyli za nimi ku potępieniu. – Ścisnął palcami nasadę nosa. – Nie wiem, czy Arent jest demonem, ale wiem, że to prawdopodobne. Może nim być każdy z zamożniejszych pasażerów i znaczniejszych członków załogi. Każda dusza, która układa się ze Starym Tomem, może przyjąć go do siebie. Przed trzydziestoma laty w Prowincjach Pieter tropił diabła od jednego arystokraty do drugiego i wciąż zaskakiwało go to, jak tanio ci ludzie potrafili sprzedawać duszę. Arent Hayes zjadł zęby na wojaczce, a poprzez kontakty Samuela Pippsa ma dostęp do najmożniejszych. Nie można go wykluczyć.

– W jaki sposób my, trzy bezsilne stworzenia, niegodne uwagi Starego Toma, miałybyśmy pomóc? – spytała drwiąco Creesjie.

– Musimy odkryć tożsamość demona.

– Jak?

– Przez indagację. Ten konkretny demon ma kapryśną naturę, jest istotą złośliwą i mściwą, lubiącą rozsiewać wokół siebie cierpienie. Nawet gdy się ukrywa, nie zdoła zbyt długo tłumić swego prawdziwego charakteru. Naciskany, ujawni swe oblicze.

– I co wtedy?

– Zabiję go – oświadczyła Isabel.

– Stary Tom nie oddaje opętanego ciała nawet po śmierci – zaznaczył Kers. – Przypomnijcie sobie Boseya, jeśli mi nie wierzycie. Aby uratować duszę nieszczęśnika, musimy zabić ciało, a następnie odprawić rytuał wygnania, który opisano w *Daemonologice*. Stary Tom powróci do piekła i pozostanie w nim do czasu, aż zechce go przywać kolejny głupiec.

Kers przewrócił kilka kart w księdze i poprosił Sarę, by podeszła.

Rysunek, który znajdował się na wskazanej stronie, był tryptykiem jak z koszmaru. Pierwszy obraz przedstawiał wioskę pełną matek rozpaczających nad pustymi kołyskami, podczas gdy trędowaci wynosili dzieci do lasu, gdzie czekał na nie Stary Tom. Na drugim płonęła rzeka, a na trzecim mężczyźni pracowali na polu, na którym zboże zmieniło się w węże.

– Błagam cię, panie, zamknij to! – jęknęła wstrząśnięta Creesjie, ze wstrętem odwracając głowę.

Kers zignorował jej prośbę.

– Po tym, jak herold Starego Toma oznajmi jego przybycie... a zrobił to, jak widzieliśmy, na żaglu... zdarzą się trzy potworne rzeczy, każda opatrzona symbolem demona, mające ukazać nam jego potęgę.

– Coś jak płonący krzew, który objawił się Mojżeszowi – podsunęła Isabel.

– Gdy zaczną się dziać straszne rzeczy, usłyszymy głos Starego Toma oferujący spełnienie najskrytszych pragnień w zamian za jakiś okropny uczynek.

Przewrócił stronę.

Spalone wsie, stosy trupów na ziemi. Ludzie napadający na siebie z motykami i widłami, podpalający własne domy. Krążący dokoła nich trędowaci, trzymający się za dłonie, z rozkoszą przyglądający się rzezi. A za nimi demon, kroczący z dumą i wywieszonym jęzorem.

– Po trzecim potwornym zdarzeniu każdy, kto nie ułoży się ze Starym Tomem, zostanie zabity przez tych, którzy to zrobili – powiedział pastor. – Kto przeżyje, ten wyruszy dalej, by rozsiewać ziarno diablego zła. Taki los czeka *Saardama*, jeśli nie zaczniemy działać.

Sara wyciągnęła dłoń i dotknęła rysunku. Mimo woli wyobraziła sobie swoich najbliższych pośród trupów leżących na ulicach. Oczy zapiekły ją od łez.

– Kiedy zaczną się dziać te potworne rzeczy? – spytała, ukradkiem przecierając oczy.

– Nie mam pewności – przyznał pastor. – Dlatego nie wolno nam marnować czasu. Stary Tom płynie z nami. Im dłużej pozostaje niezdemaskowany, tym pewniejsza nasza zguba.

25

– Mów! – Jan Haan uderzył pięścią w stół, aż podskoczył talerz.
– Stryju... – zaprotestował Arent.
– Powiedz to – zażądał ze śmiechem gubernator. – Powiedz, że się myliłem.

Siedząca obok matki Lia pochyliła się do przodu, by spojrzeć na ojca. Na jej twarzy malowała się konsternacja. Jak zwykle zasiedli całą rodziną do porannego posiłku, jedynego, który spożywali razem. Przeważnie tylko one się odzywały, Jan zaś w milczeniu szuflował jedzenie, byle szybciej – w granicach dobrego obyczaju – żeby się od nich uwolnić.

Tego ranka było inaczej. Obie sprawiały wrażenie nieobecnych, ponieważ nadal starały się zrozumieć sens tego, co usłyszały od Sandera Kersa. Za to gubernator był nadzwyczaj wesół.

Wielka kajuta na *Saardamie*, w której zastawiono stół, znacząco różniła się od przesyconej zapachem kamienia i kurzu jadalni w forcie. Przez cztery iluminatory z ołowianymi szprosami wpadało dużo słońca. Kilwater statku pozostawiał na turkusowej wodzie spienioną smugę, ciągnącą się, jak wyobraziła sobie Sara, aż do samej Batawii.

Przyczyną radości jej męża nie była ona, lecz jego bratanek. Siedział po drugiej stronie stołu, zajmując przestrzeń, której wystarczyłoby dla dwóch mężczyzn przeciętnych rozmiarów.

Nie bacząc na rodzinną etykietę, Arent z miejsca zaczął żartować z Janem; rozmawiał z nim w taki sposób, w jaki nikt nigdy nie ośmielał się zwracać do gubernatora. Na co dzień zdystansowany i przy śniadaniu bardzo oficjalny, Jan odpowiadał mu donośnym głosem, co rusz wybuchając gromkim śmiechem, i wspominał Fryzję, w której obaj się wychowali. Sypał opowieściami z wojny o niepodległość z Hiszpanami i historiami o tym, jak został kupcem, a potem gubernatorem generalnym Batawii.

W obecności Arenta stał się zupełnie innym człowiekiem.

– Wiem, że rozwiązałbyś ten spór w inny sposób. Jak? – naciskał. – Nie każ się prosić, Arencie. Masz reputację człowieka honoru. A twój dziadek uważał cię za wyjątkowo bystrego. Powiedz, co byś zrobił.

– Nie chciałbym…

– Mężu – wtrąciła ostrożnie Sara.

– Nie obawiaj się, mój drogi. – Gubernator posłał żonie spojrzenie pełne irytacji. – To przyjacielska rozmowa, pytam szczerze, bez ukrytych zamiarów.

– Przelewanie krwi wydaje mi się kiepskim sposobem na rozwiązywanie sporów – odezwał się cicho Arent. – Każdy człowiek ma prawo do tego, co sam wyhoduje, i do uczciwej zapłaty, jeśli zechce sprzedać nadwyżkę zbiorów. Nie rozumiem, dlaczego Kompania nie może tego uszanować.

Gubernator napił się wina. Tak jak obiecał, nie wyglądał na urażonego; wydawał się raczej zamyślony.

– Ale przecież w przeszłości zabijałeś – przypomniał bratankowi. – Odbierałeś życie na rozkaz.

– Owszem, pozbawiałem go żołnierzy maszerujących pod obcymi sztandarami – przyznał Arent, wyraźnie nieswój. – Tych, którzy chcieli mnie zabić.

– Płacono ci za to. Na tym przecież polega praca najemnika, nieprawdaż? Zapłata i umowa.

– Owszem.

– Lud zamieszkujący wyspy Banda nie dotrzymał warunków umowy – powiedział gubernator, kładąc łokcie na stole i splatając dłonie. – Płaciliśmy im za uprawę i zbiór gałki muszkatołowej. Kiedy przypłynęła łódź po kolejną dostawę, tamci przepędzili ją, wcześniej zabijając dwóch naszych.

Sara poruszyła ustami w niemym proteście. Wiedziała, że jeśli głośno wyrazi oburzenie, może się to dla niej źle skończyć. Mąż często przywoływał przykład wysp Banda, po czym zmuszał rozmówców do potwierdzenia słuszności jego przerażającej decyzji.

Z jakiegoś powodu lubił patrzeć, jak załamują się pod ciężarem argumentów.

– Ponieważ umowa była niesprawiedliwa – odparł Arent. – Ci ludzie dostawali psie pieniądze i bali się o swoją przyszłość. Wasi próbowali im odebrać zbiory siłą.

Gubernator wzruszył ramionami.

– Podpisali umowę. Znali warunki.

– Mogliście płacić uczciwie – zaryzykowała Sara, zdumiona własną śmiałością.

– Wyspy Banda to żałosna dziura – rzucił wzgardliwie jej mąż. – Po co im pieniądze, skoro roztrwoniliby je na paciorki od Anglików? Nie znają sztuki ani kultury, nie umieją dyskutować. Żyją jak my przed tysiącem lat. – Pokręcił smutno głową, nie odwracając wzroku od Arenta, zupełnie jakby to ten poczynił tę uwagę. – Czy mamy ich takimi pozostawić? Kompania nie tylko pozwala się wzbogacić, lecz również spełnia misję cywilizacyjną. Jest światłem w ciemności. Społeczeństwo buduje się na fundamencie umów, wzajemnych zobowiązań i uczciwej zapłaty. Z każdego, nawet niekorzystnego kontraktu, bo takie oczywiście też się zdarzają, należy się odpowiednio wywiązać i wyciągnąć naukę. Robiliśmy tak ja i twój dziadek. Lud wysp Banda postanowił odpowiedzieć krwią na inkaust. Nie mogłem na to pozwolić. Gdybym puścił im to płazem, za ich przykładem poszłyby inne plemiona. Wówczas umowa, a więc słowo Kompanii, straciłaby znaczenie i jej przyszłość byłaby zagrożona.

– Zamordowałeś wszystkich mieszkańców. – Arent nie potrafił zrozumieć cynizmu wuja.

– Tak, każdego mężczyznę, kobietę i dziecko. – Gubernator podkreślał słowa, uderzając pięścią w stół. – Jedna rzeź, aby położyć kres wielu rzeziom. Udało się.

Arent nic nie odpowiedział.

Przy stole zapadło dobrze znane milczenie i Sara skupiła się na talerzu. Zaserwowano soloną rybę, ser, chleb i niesmaczne wino; wolałaby się napić soku z czapetki, którym zachwycała się w Batawii.

Jan pokręcił głową i spojrzał na Sarę.

– Miałaś rację, żono – przyznał łaskawie. – To rzeczywiście zbyt ponury temat na tak radosne spotkanie, ale cóż, rzadko mam okazję porozmawiać z kimś, kogo zdanie cenię. – Skłonił głowę. – Bratanku, przyjmij przeprosiny i podziękowania.

Sara o mało nie zakrztusiła się winem. Jej mąż nigdy nie przepraszał. Nie chwalił. Nie składał wyrazów uznania, nie przyznawał się do porażki.

Pod stołem ścisnęła dłoń córki. Uczuciami, których Lia tak bardzo łaknęła od maleńkości, ojciec najwyraźniej darzył Arenta.

– Jak śledztwo? – spytał gubernator, odrywając kawałek kurczaka od kości. – Dowiedziałeś się, czemu demon prześladuje okręt?

– Jeszcze nie – przyznał Arent, odruchowo zerkając na Sarę. – Wiemy, że trędowaty nazywał się Bosey, służył na *Saardamie* i stracił język na pokładzie. Odciął mu go bosman Johannes Wyck. Wiemy również, że Bosey miał do czynienia ze Starym Tomem, który zaoferował mu bogactwo w zamian za przysługę. Sammy uważa, że jeśli zrozumiemy tę śmierć, cała reszta stanie się jasna.

– Uważajcie na tego potwora, bo w niczym nie przypomina waszych zwyczajowych wrogów – przestrzegł Jan, wpatrując się w bochen chleba, który położono na stole razem z długim nożem. – Kiedy atakował w Prowincjach, wykorzystywał pragnienia ludzi, aby ich od siebie uzależniać. Wypatrywał takich, którzy chowali urazę bądź patrzyli z zazdrością na rzeczy należące do innych. Takich, którzy uważali się za pokrzywdzonych lub pomijanych. Stary Tom żeruje na poczuciu krzywdy, co oznacza, że na tym statku musi się czuć jak na wystawnej uczcie – ciągnął, przeżuwając kurczaka. – Wierz mi, Arencie, to istota znacznie bardziej subtelna i przebiegła niż wszystko, z czym dotąd mieliście do czynienia.

Sara wymieniła ostrożne spojrzenia z Lią. Czy to słowa Starego Toma? Czy demon pogrywa sobie z nimi?

– Wobec tego raz jeszcze muszę cię prosić o uwolnienie Sammy'ego z celi – powiedział Arent, akurat kiedy wylądowała przed nim misa pełna batawskich owoców. – Nie poradzę sobie z tym zagrożeniem w pojedynkę.

Jego stryj przełknął jedzenie.

– Wczoraj usłyszałeś ode mnie wszystko, co mam do powiedzenia na ten temat – oświadczył.

Reszta śniadania upłynęła w nieprzyjemnej, pełnej napięcia atmosferze. Arent niechętnie zgodził się towarzyszyć rodzinie przy porannym posiłku następnego dnia, po czym gubernator udał się do siebie, wyraźnie niezadowolony ze sposobu, w jaki się rozstali.

Jak tylko wyszedł z wielkiej kajuty, Sara wstała od stołu, by porozmawiać z Arentem, który wpatrywał się w krzesło stryja, jakby było jakąś niemożliwą do rozwiązania zagadką.

– Jego to naprawdę nie obchodzi – powiedział, gdy stanęła przy nim. – Wymordował tylu ludzi i uważa, że postąpił słusznie.

Sara i Lia wymieniły spojrzenia. Nie znały nikogo, kogo bezduszność gubernatora generalnego mogłaby zaskoczyć.

– Kwestie sumienia nigdy zbytnio nie trapiły mego męża – odważyła się powiedzieć Sara.

– Kiedyś był inny – odparł zatopiony we wspomnieniach Arent. – Był najżyczliwszym człowiekiem, jakiego znałem. Kiedy się tak zmienił?

– W dniu, w którym się poznaliśmy przed piętnastoma laty.

– To nie jest Jan, jakiego pamiętam z dzieciństwa – stwierdził Arent nieobecnym głosem.

26

Arent, Sara i Lia przecięli przedział pod półpokładem i wyszli na słońce. Lejący się z błękitnego, bezchmurnego nieba żar był jak ciepły, wilgotny koc. Silny wiatr ochoczo dął w żagle i *Saardam* płynął raźno przed siebie.

Komendant straży Drecht ustawił swoich muszkieterów w szeregu na szkafucie i przystąpił do wydawania broni z wypełnionych słomą skrzyń. Zamierzał urządzać codzienne ćwiczenia, przede wszystkim po to, by zapewnić żołnierzom zajęcie. Nuda w ciasnych pomieszczeniach pod pokładem szybko staje się iskrą, od której może zapłonąć cały statek.

– Co się wydarzyło w nocy? – spytała Lia. – Nikt nie chce nam powiedzieć.

– Pojawił się nieznany statek – odparł Arent, myślami wyraźnie wciąż przy stryju. – Zniknął przed świtem.

– Stary Tom?

– Nie wiadomo. Nie udało nam się zobaczyć bandery, bo statek znajdował się zbyt daleko.

– Na pewno Stary Tom – wymamrotała, ściągając brwi. – W nocy wiało z południa, a przy pełnym obciążeniu indiaman waży...

– Lio! – ostrzegła ją Sara.

– Chodzi mi tylko o to, że nie mógł w tak krótkim czasie zniknąć nam z oczu – wyjaśniła speszona dziewczyna.

Arent spojrzał na jedną i drugą, zauważył ich zmieszanie, ale z grzeczności tego nie skomentował. Sara usiłowała zapanować nad strachem, który zaczynał malować się na jej twarzy. Właśnie przez takie mruczane pod nosem, zdradzające nieprzeciętną inteligencję uwagi Jan uwięził córkę w forcie. Kiedy była mała, kilka razy oskarżono ją o czary i gdyby to się rozniosło, splamiłoby dobre imię rodziny.

Sara skorzystała z okazji do zmiany tematu.

– Opowiedziałeś Pippsowi o tym, co odkryłeś?

– Co razem odkryliśmy, pani – poprawił ją. – Sammy zasugerował pytania, na które powinniśmy znaleźć odpowiedzi.

– My? – zdziwiła się.

Zmieszał się.

– Wybacz, pani, założyłem, że chcesz... – Urwał niepewnie.

– Chcę – prędko zapewniła, dotykając jego ręki w uspokajającym geście. – Oczywiście, że tak. Po prostu nie przywykłam... – Jej zielone oczy wpatrywały się badawczo w jego oblicze, szukając oznak nieszczerości. – Nikt dotąd nie powierzył mi niczego bardziej odpowiedzialnego niż zabawianie gości rozmową.

– Sam nie podołam – przyznał, nie potrafiąc spojrzeć jej w oczy. – W odróżnieniu od ciebie, pani, nie mam drygu do zadawania właściwych pytań. Potrzebuję twojej pomocy, jeśli jesteś skłonna mi jej udzielić.

– Większość mężczyzn powiedziałaby, że to nie jest zajęcie dla kobiety – odparła wyzywająco.

– Wśród nich na pewno byłby mój ojciec. Wpajał mi przekonanie, że kobiety są ułomnymi istotami, celowo stworzonymi w ten sposób przez Boga, aby służąc im ochroną, mężczyźni mogli dowodzić swych cnót. Brzmiało to przekonująco, dopóki nie poszedłem na wojnę i nie ujrzałem mężczyzn, dumnych rycerzy, błagających o litość, gdy w obronie swej ziemi kobiety zamierzały się na nich motykami. – Ton jego głosu stężał. – Silny człowiek to silny człowiek. A gdy jest słaby... życie ciężko go doświadczy bez względu na to, czy nosi pludry, czy spódnice.

Chłonęła słowa Arenta jak roślina promienie słońca po długiej zimie. Ściągnęła łopatki i uniosła brodę, jej oczy zalśniły, a twarz lekko się zaczerwieniła. Jakże często budziła się z poczuciem pustki, gdy mieszkała w forcie. W takie dni snuła się bez końca korytarzami, mając wrażenie, że pozostawiła duszę w pościeli. Zaglądała do pokoi, wychylała się przez okno, rozpaczliwie pragnęła kontaktu ze światem za kamiennymi murami.

Zwykle udawało jej się przemknąć obok strażników i pójść do miasta, zawsze ze świadomością, że zostanie ukarana, gdy wróci po zmroku. Teraz, rozmawiając z Arentem, czuła przeciwieństwo tamtej pustki. Wypełniała ją euforia. Sara miała wrażenie, że nagle odżyła.

– Jak mogę pomóc? – spytała.

– Na kilka sposobów. Musimy się dowiedzieć czegoś więcej na temat Boseya. Skąd pochodził, kim była jego rodzina, kogo znał i o jaką przysługę poprosił go Stary Tom. Sammy uważa, że Bosey był ofiarą demona.

– Przy kolacji postaram się porozmawiać z oficerami – obiecała. – Wino rozwiąże im języki. Co jeszcze?

– Sammy'ego zastanawia to, dlaczego na pokładzie jednego statku znalazło się tak wiele osób związanych ze Starym Tomem, począwszy od mojego stryja. Wiesz, pani, z jakiego powodu zdecydował się na podróż akurat *Saardamem*?

– Ponieważ podziwia kapitana Crauwelsa. – Przytrzymała czepek, bo wiatr próbował zerwać go z jej głowy. – W rozmowie z van Schootenem wspomniał, że przewozi jakiś ładunek. Jak tylko weszliśmy na pokład, od razu poszedł go sprawdzić.

– Kaprys?

– Nie, coś innego. Coś większego.

– Słyszałem, jak Crauwels narzekał, że przez ten ładunek zabraliśmy mniej żywności. Wiesz, pani, o co może chodzić?

– Nie, ale spróbuję się dowiedzieć. A ty co będziesz robił?

– Wybadam, czy Bosey miał przyjaciół wśród załogi. Może ktoś nam powie, co obejmowała umowa i z kim ją zawarł. Potem będę musiał wymyślić, jak nakłonić Johannesa Wycka, by rozszyfrował dla nas znaczenie słowa *laxagarr*.

— Może łapówką? Oprócz szpilek do włosów mam mnóstwo biżuterii, którą mogłabym przeznaczyć na ten cel.

Uśmiechnęła się porozumiewawczo, na co Arent roześmiał się wbrew sobie.

— Nie omieszkam mu tego zaproponować. Czy możemy dziś wieczorem spotkać się na spardeku? — zapytał, a kiedy dotarło do niego, jak to zabrzmiało, zakasłał nerwowo. — Oczywiście po to, żeby się wymienić informacjami.

— Zrozumiałam — odparła. — Tak, przyjdę.

Arent pożegnał się i odszedł krokiem mężczyzny umykającego przed własnym zażenowaniem.

— Jak dla mnie nie wygląda na diabła — orzekła Lia, odprowadzając go wzrokiem. Pochylił głowę, zanim przeszedł przez drzwi, i zniknął na schodach prowadzących do kubryku.

— Dla mnie też nie.

— W sumie nawet go lubię.

— Ja też.

— Sądzisz, że powinnyśmy mu powiedzieć o planie...

— Nie! — ucięła Sara i szybko dodała łagodniej: — Nie, niech to zostanie między nami i Creesjie. — Jej ostry ton zagęścił atmosferę. — Wybacz, kochanie — powiedziała, opierając głowę na ramieniu Lii. — Niepotrzebnie na ciebie warknęłam.

— Weszłaś w buty ojca.

Sara uśmiechnęła się smutno.

— Już niedługo. — Uśmiech zniknął z jej twarzy. — Masz wszystko, czego potrzebujesz?

— Tak. To proste zadanie.

— Tylko dla ciebie. — Sara pogładziła ją po czarnych włosach. Wilgotne powietrze sprawiało, że miała dziwnie chłodne dłonie. — Zaczniemy dziś wieczorem.

Weszły na spardek, gdzie Eggert, muszkieter pilnujący przedziału pasażerskiego, w skupieniu zeskubywał strupy z głowy. Zauważył Sarę i Lię dopiero w ostatniej chwili i z wrażenia o mało nie wypuścił piki. W pośpiechu niezdarnie zasalutował, jednocześnie usiłując utrzymać broń w ręce, i niewiele brakowało, a zrobiłby sobie krzywdę.

Z achterdeku usłyszały rozmowę Creesjie z Dorotheą. Zeszły poziom niżej i odnalazły je przy kojcach dla zwierząt. Siedziały oparte o deski, Creesjie z robótką ręczną na kolanach i parasolem nad głową, Dorothea z wymagającym zacerowania kaftanem Osberta.

– Czy to Arent jest naszym demonem? – spytała Creesjie.

– Jeśli tak, to doskonale się z tym kryje – odparła Sara. – Gdzie chłopcy?

– Poszli z Vosem obejrzeć ładownię – poinformowała ją przyjaciółka lekceważącym tonem, którego używała zawsze wtedy, kiedy mówiła o szambelanie.

– Z Vosem? On w ogóle lubi dzieci?

– Nie sądzę. Ale próbuje mi zaimponować. W każdym razie sami chcieli pójść, poza tym zabawnie się słucha, kiedy Vos wykrzykuje do nich polecenia, jakby byli psami.

– Myślę, że to ojciec jest demonem – zdecydowała Lia, która najwyraźniej wciąż mieliła w głowie wcześniejszą rozmowę.

– Jan? – zdumiała się Creesjie, acz jej zdziwienie było dość krótkotrwałe.

– Nie, to nie on – wtrąciła Dorothea, wkładając do ust kciuk, w który ukłuła się igłą. – Od lat muszę znosić jego złośliwość i wierzcie mi, nie przejął jej od żadnego demona.

– Arent twierdzi, że się zmienił – zauważyła w zamyśleniu Sara. – Przypomnij sobie, Dorotheo. Czy kiedykolwiek był inny?

– Inny?

– Bardziej... życzliwy.

– Trafiłam do niego na służbę już po tym, jak Arent wybrał się na wojnę. Nawet jeśli była w nim jakakolwiek życzliwość, odeszła wraz z chłopakiem.

– Dlaczego ojciec nie może być demonem? – spytała z rozdrażnieniem Lia. – Pastor twierdzi, że Starym Tomem powodują złośliwość i wrogość i że nie jest w stanie tego ukryć.

– Szczerze mówiąc, to może być każdy. – Sara wpatrywała się w morze. – Albo nikt. Bo przecież równie dobrze Sander Kers mógł nas okłamać. Gdybym to ja była Starym Tomem, starałabym się przerzucić podejrzenie na kogoś innego. Albo to wszystko jest jednym wielkim oszustwem w imię jakiegoś wyższego zła.

Po falach sunęło odbicie *Saardama*, statek zjawa z widmowymi marynarzami i widmową Sarą. Widziany pod tym kątem, robił imponujące wrażenie; zielona i czerwona farba wyglądały tak świeżo i soczyście, jakby nałożono je dosłownie przed chwilą. Siła złudzenia sprawiała, że to prawdziwego *Saardama* – tego z wypaczonymi deskami i łuszczącą się farbą – można było pomylić z widmem.

– Mogę poręczyć za księgę Kersa, *Daemonologicę* – powiedziała Creesjie, delikatnie opierając się o Sarę. – Pieter miał taką samą. Poza tym, gdyby pastor chciał nas okłamać, nie pokazywałby nam listu, który go tu zwabił. Wiedziałby, że się zorientuję.

– Nie, on nie kłamie – orzekła zdecydowanym tonem Dorothea. – Kłamstwa wypowiada się albo zbyt ostro, albo zbyt łagodnie. Kers natomiast przemawiał pewnie i stanowczo. Mówił uczciwie. No i jest pastorem – przytoczyła na koniec argument, który według niej przesądzał o wszystkim.

– Przynajmniej tak twierdzi – mruknęła Sara.

– Teraz brzmisz zupełnie jak Pipps. – Lia się roześmiała. – On też stale powtarza takie rzeczy w swoich historiach.

Creesjie dotknęła ramienia przyjaciółki.

– Czego od nas oczekujesz? – spytała.

Sara odwróciła się i zobaczyła przed sobą ochocze, przejęte oblicza. Jak świece czekające na płomień, pomyślała. Niech Bóg mi wybaczy, ale to takie ekscytujące. Oto życie, o jakim zawsze marzyła, a które nigdy nie było jej dane – ponieważ była kobietą.

Przeszedł ją dreszcz strachu. Uświadomiła sobie bowiem, że Stary Tom nie musiałby się szczególnie wysilać, gdyby zechciał ją zwerbować. Oddałaby niemal wszystko za takie życie.

– To może być niebezpieczne – ostrzegła.

– Płyniemy na statku pełnym niegodziwców – prychnęła Creesjie, szukając potwierdzenia u trójki kobiet. – Byłoby niebezpiecznie nawet bez grasującego demona. Jeśli nic nie zrobimy, czeka nas nieszczęście. Od czego zaczniemy, Saro?

27

Sara i Lia szły do swych kajut korytarzem, na którego końcu żałośnie migotała samotna świeca. Sara nie cierpiała mroku *Saardama*; był dla niej zbyt gęsty i obskurny, tak jakby tysiące brudnych ciał, które przewinęły się przez okręt, splamiły go i skaziły.

Już miała podzielić się tą myślą z córką, gdy nagle usłyszała dobiegający z kajuty suchy kaszel tajemniczej wicehrabiny Dalvhain.

– Myślisz, że to ona może być Starym Tomem? – spytała z zaciekawieniem Lia.

Sara wbiła spojrzenie w drzwi. Dorothea twierdziła, że tego ranka słyszała dziwne odgłosy. Poza tym od dwóch dni nikt nie widział wicehrabiny. Podobno cierpiała na jakąś wycieńczającą dolegliwość, lecz nikt na pokładzie nie miał pojęcia jaką. Rozpalona ciekawością Creesjie próbowała wypytywać kapitana Crauwelsa przy kolacji, ale gdy padło nazwisko Dalvhain, nastrój diametralnie się zmienił. Usłyszawszy numer kajuty, pozostali oficerowie złapali się za amulety i zgodnym chórem stwierdzili, że to pomieszczenie jest nawiedzone. Ponoć zmarły w niej już dwie osoby. Na każdym statku istnieje taka kajuta, mówili. Ludzie łamią sobie kończyny, doznają poparzeń albo gorzej; służące dostają pomieszania zmysłów i podrzynają gardła swoim paniom.

Jedyne, co można zrobić, to zabić taką deskami i zostawić w spokoju, niech zło tam sobie siedzi, skoro chce, jak pies na ulubionym fotelu.

Pod wpływem nagłego impulsu Sara zapukała do drzwi.

– Wicehrabino? Nazywam się Sara Wessel, jestem uzdrowicielką. Może mogłabym jakoś...

– Nie! – padła odpowiedź. Wicehrabina miała łamiący się głos starej kobiety. – Proszę mnie więcej nie niepokoić.

Sara wymieniła z córką zaskoczone spojrzenia i cofnęła się spod drzwi.

– Masz jakiś pomysł?

– Sander Kers spowiada ją codziennie wieczorem. Może będzie coś wiedział?

– Porozmawiam z nim o tym.

Lia weszła do swojej kajuty, a Sara zatrzymała się przed drzwiami własnej. Jej dłoń zawisła nad zasuwką. Powróciło okropne wspomnienie trędowatego w iluminatorze.

– Och, na litość boską – warknęła do siebie, po czym śmiało otworzyła drzwi.

Przez iluminator wlewało się światło słoneczne, w którego promieniach lśniły unoszące się w powietrzu drobinki kurzu. Sara próbowała się wychylić, ale przeszkadzał jej sekretarzyk. Uniosła więc ciężkie fałdy sukni aż po uda, niezdarnie wdrapała się na jego blat i wystawiła głowę na zewnątrz, szukając czegoś, co potwierdziłoby, że trędowaty jej się nie przywidział.

Tuż pod iluminatorem pomalowane na zielono deski skręcały łukiem w stronę kajuty Jana, która wydawała się przyklejona do kadłuba jak kokon ćmy. Sara słyszała rozmowę trzech kobiet na pokładzie wyżej. Przywoływały swoje dzieci do porządku i zastanawiały się, jak to jest, kiedy ma się do dyspozycji osobną kajutę, i czy od wypłynięcia z Batawii ktoś w ogóle widział gubernatora i jego żonę.

Rozhukana kobieta, powiedziała jedna z nich. Utrapienie dla biednego męża.

Biedny mąż, prychnęła druga. Słyszała od jednej ze służących w forcie, że ma charakterek i ciężką rękę i kiedy jest nie w sosie, poniewiera żoną jak burą suką. Nieraz mało brakowało, a zabiłby ją.

Tacy już są mężowe, odparła trzecia. Czy można współczuć żonie bogacza? Większość ludzi musi znosić znacznie gorsze rzeczy w zamian za wątpliwy przywilej mieszkania pod cieknącym dachem i pożywiania się zepsutym mięsem.

Sara czuła, że powoli traci panowanie nad sobą; już miała pójść zrugać kobiety, kiedy nagle zauważyła brudny odcisk dłoni tuż pod otworem iluminatora.

Wychyliła się jeszcze bardziej i ujrzała kolejny, nieco niżej, a potem trzeci i czwarty.

Zbadawszy jeden ze śladów, uświadomiła sobie, że to nie brud, lecz popiół. Kadłub był nadpalony, jakby dłoń trędowatego płonęła żywym ogniem. Tam gdzie wbił palce w deski, wspinając się do iluminatora, widniały dziury.

Wzrok Sary podążył za nimi w dół, aż do daszku kajuty Jana, gdzie znikały za załomem.

Czy to możliwe, że trędowaty wyszedł z morza i wspiął się po kadłubie prosto do iluminatora w jej kajucie?

28

Schodząc do wilgotnego kubryku, Arent wciąż wracał myślami do rozmowy przy śniadaniu. Przez lata stryj darzył go niezwykłym uczuciem. Nauczył go polować, jeździć konno, a nawet się targować. Łatwo wpadał w złość, to prawda, ale też szybko odzyskiwał panowanie nad sobą i rzadko podnosił rękę na bratanka.

Stryj, którego Arent zapamiętał z dzieciństwa, nie wymordowałby całej wyspy i nie chełpiłby się płynącym z tego urojonym pożytkiem. Arent niejednokrotnie był świadkiem okrucieństwa na wojnie. Znał ludzi, którzy dopuszczali się strasznych czynów; wiedział, co nimi owładnęło i kim się stali. To było jak trucizna dla duszy, która wyżerała od środka, pozostawiając pustą skorupę.

Niemożliwe, żeby właśnie to toczyło stryja. Jego mądrego, dobrego stryja. Człowieka, który opowiadał mu o Karolu Wielkim i do którego uciekał przed surowością dziadka.

Puste hamaki kołysały się w rytm statku. Na podłodze walały się buty, igły z nićmi, rozdarte ubrania, dzbany, drewniane zabawki. Większość pasażerów wyszła na pokład, by zażyć porannego ruchu. Pod ich nieobecność dwie zabawkowe tancerki, nie większe od palca dorosłego człowieka, wirowały tam i z powrotem, kręcąc drewnianymi spódnicami. Niezwykłe małe dzieła, doskonale wyważone, nadal się poruszały, mimo że Marcus i Osbert porzucili je w połowie zabawy.

Marcus miał drzazgę w palcu, którą jego brat nieudolnie usiłował usunąć.

Młodszy chłopiec pojękiwał i był bliski płaczu, a starszy uciszał go, żeby Vos się nie dowiedział, dokąd tym razem ich zaniosło.

Arent zauważył braci stojących przy skrzyniach i przywołał ich. Osbert przybiegł w podskokach, Marcus przywlókł się, wystawiając zraniony palec. Niesamowite, jak bardzo są do siebie podobni, pomyślał Arent. Rudawozłote włosy opadające na duże, kształtne uszy, oczy niebieskie niczym ocean za burtą. Jak dwie krople wody.

– Pokaż – powiedział Arent, klękając przed Marcusem.

Delikatnie obmacał skórę, razem z chłopcem krzywiąc się, gdy Marcusa zabolało.

– Myślę, że dłoń jest do uratowania – oznajmił poważnym tonem. – Ale przez chwilę musisz być bardzo dzielny. Dasz radę?

Chłopiec pokiwał głową. Jego brat przysunął się bliżej, żeby lepiej widzieć mrożącą krew w żyłach operację.

Arent bardzo ostrożnie ścisnął drzazgę swymi grubymi palcami, zmuszając ją do wysunięcia się ze skóry. Najtrudniejsze dla niego było zapanowanie nad własną siłą, tak by nie skrzywdzić malca. Wkrótce drzazga znalazła się na zewnątrz i Arent wręczył ją Marcusowi jak trofeum.

– Myślałem, że będzie krew – prychnął Osbert.

– Jeżeli będę usuwał drzazgę z twojego palca, postaram się, by nie obyło się bez krwi – obiecał mu Arent i podniósł się ze stęknięciem. – To wasze? – spytał, pokazując wirujące po podłodze tancerki. – Zmyślne zabaweczki.

– Lia je zrobi... – Marcus nie dokończył, bo brat wymierzył mu kuksańca w żebra. – Nie wolno nam mówić.

– Czemu?

– Bo to tajemnica.

– W takim razie uważajcie, żeby nie wypaplać – poradził im Arent, na razie nie chcąc dodawać kolejnych pytań do sterty tych, na które musiał znaleźć odpowiedzi. – Zmykajcie stąd, chłopcy. Zamierzam zrobić coś niemądrego i może być nieprzyjemnie.

Buzie chłopców zalśniły na perspektywę przygody, lecz groźna mina Arenta wystarczyła, by nie próbowali mu się sprzeciwiać.

Garbiąc się pod niskim sufitem, Arent podszedł do składanego drewnianego parawanu dzielącego pomieszczenie na dwie części, odsunął go i wkroczył na teren zarezerwowany dla załogi. Po jednej stronie biegnącej wzdłuż środka zasłony z płótna żaglowego stacjonowali muszkieterowie, a po drugiej marynarze. Pod hamaki wsunięto maty, tworząc dodatkowe miejsca do spania. Dobytek trzymano w workach, które wisiały u sufitu jak pajęcze gniazda.

Część należąca do muszkieterów była pusta. Żołnierze ćwiczyli na szkafucie pod okiem Drechta. Cięli i walili w powietrze. Większość marynarzy przebywała na pokładach albo w warsztatach, nieliczni, którzy pozostali w swojej kwaterze, grali w kości albo rozmawiali, inni spali, pochrapując. W pomieszczeniu panował zaduch gęsty od smrodu niemytych ciał. Ktoś próbował wydobyć melodię z wybrakowanych skrzypiec z trzema strunami.

Kiedy Arent podszedł do marynarzy, odłożyli wszystko, czym się zajmowali, i spojrzeli na niego, mrużąc oczy.

Uniósł sakiewkę i odezwał się mocnym, pewny głosem:

– Któryś zna Boseya? Jest możliwe, że on albo ktoś, kogo znał, biega po statku przebrany za trędowatego. Podobno w Batawii zawarł układ z niejakim Starym Tomem. Miał mu wyświadczyć kilka usług. – Potrząsnął sakiewką. – Ktoś słyszał, jak o tym wspominał? Kto się z nim przyjaźnił?

Marynarze patrzyli w milczeniu.

W palenisku w kambuzie trzaskały drwa. Przedział wyżej dudniły kroki, na głowy marynarzy sypał się kurz.

W oddali rytmiczne uderzenia bębna odmierzały czas.

– Czy ktoś wie, skąd pochodził albo co go sprowadziło na *Saardama*? – nie ustępował Arent, patrząc od jednego kamiennego oblicza do drugiego. – Dobrze zapłacę za pogłoski.

Jeden z marynarzy wstał i fuknął:
– Ani nam się śni gadać z zasranym żołdakiem.
Pozostali poparli go mruknięciami.
Od strony bakburty ktoś cisnął dzbanem. Arent zdążył się uchylić, ale drugi chybił o włos i rozbił się o ścianę.
Czyjeś silne palce zacisnęły się na ramieniu Arenta. Ten obrócił się, by zdzielić odważnego, ale zorientował się, że to jednoręki konstabl z prochowni. Zgięty wpół i z nogami prostowanymi na beczce, wyglądał jak ożywione działo.
Uniósł kikut w błagalnym geście.
– Chodź stąd, panie, zanim poleje się krew – powiedział, ciągnąc Arenta za rękaw.
Marynarze postąpili za nimi z zaciśniętymi pięściami.
Zrozumiawszy daremność swej próby, Arent pozwolił się wyprowadzić za drewniane przepierzenie, które trzęsło się pod gradem ciosów miotających obelgi marynarzy.
– Głupiec z ciebie, panie, bez dwóch zdań – skonstatował konstabl takim tonem, że zabrzmiało to niemal jak komplement. Podszedł do drzwi prochowni i otworzył je kluczem, który nosił na szyi.
Na podłodze stały tuziny beczułek z prochem, zajmowały niemal całą wolną przestrzeń. Stary konstabl prychnął na nie z obrzydzeniem.
– Setka ludzi powynosiła je stąd, kiedy kapitan ogłosił gotowość bojową, a teraz oczekują ode mnie, że sam je będę ustawiał. – Machnął kikutem w stronę pustych stojaków na ścianach. – Rozsądku na tym statku to ze świecą szukać.
Odczekał chwilę, a kiedy Arent nie zrozumiał aluzji, westchnął znacząco i powiedział przebiegle:
– Dużo pracy dla jednorękiego starca.
Arent bez wysiłku podniósł dwie beczułki i umieścił je na stojaku.
– Dlatego mnie stamtąd wyciągnąłeś? – spytał.
– Po części – przyznał konstabl, siadając na stołku. – W nocy widziałem coś, co powinno cię, panie, zainteresować, skoro, jak mówisz,

statek jest w niebezpieczeństwie. Nie chodzi o trędowatego, więc nie myśl, że...

– Mów – wszedł mu w słowo Arent, układając kolejne dwie beczułki.

– No więc było to po drugiej szklance, zanim kapitan wezwał ludzi na stanowiska bojowe. Zszedłem do ładowni, żeby się wyszczać. Zatrzymałem się na dole schodów, zawsze tak robię, bo tam jest jeszcze trochę światła, a nie lubię chodzić...

– Do rzeczy, konstablu! – popędził go Arent. – Co widziałeś?

– Dobrze, już dobrze, chciałem, żeby było deczko ciekawiej. Przyszła jakaś kobieta. Szerokie barki, kręcone włosy. W ciemności musiała mnie z kimś pomylić, bo zbiegła na dół i powiedziała, że o mało ich nie przyłapali. – Konstabl w zamyśleniu zagryzł wargę. – Trochę mnie przestraszyła. Prędko schowałem marcheweczkę do worka i odwróciłem się do światła. I tyle. Czmychnęła jak zając, co zobaczył lisa.

Barczysta kobieta z kręconymi włosami – opis pasował do podopiecznej pastora, Isabel. Widocznie zeszła do ładowni po tym, jak Larme nakrył ją na podsłuchiwaniu rozmowy. Najwyraźniej miała talent do zjawiania się tam, gdzie nie powinno jej być.

– Dowiem się, o co chodziło – powiedział Arent, przesuwając kilka beczułek, żeby zrobić miejsce. – Dziękuję, konstablu.

Starzec pokiwał głową zadowolony, że przerzucił problem na cudze barki.

Arent poczuł ukłucie w plecach, ale sięgnął po kolejną beczułkę. Dźwignął ją bez najmniejszego wysiłku.

– Ta jest pusta – zauważył.

– Rzuć ją razem z innymi – odparł konstabl, pokazując stertę w kącie. – Pewnie któryś z chłopców spanikował i załadował działo, zanim wydano rozkaz. – Zarechotał. – Wstanie o brzasku i będzie próbował wysypać proch do morza, zanim ktoś się zorientuje. W razie wpadki czeka go chłosta.

Arent cisnął beczkę we wskazane miejsce. Konstabl położył bose stopy na skrzyni zawierającej Kaprys; leżące na niej dwie kości do gry aż podskoczyły.

– Wiesz, panie, co to takiego? – spytał. – Wczoraj, przy Vosie, jakoś wolałem nie pytać. Kiedy go widzę, mam wrażenie, jakbym patrzył na odkopanego trupa.

Arent obejrzał rzecz ze wszystkich stron, po czym pokiwał głową i skonstatował ze znajomością tematu:

– Skrzynia.

– Skrzynia, którą szambelan sprawdzał już dwukrotnie – zauważył przenikliwie konstabl. – Zdaje się, że w środku jest coś ważnego. – Oczy mu zalśniły. – I wartościowego.

– Chcesz powiedzieć, że nie próbowałeś jej otworzyć? – Statek lekko się przechylił, zmieniając kurs.

– Jest zamknięta na kłódkę, a ja mam nieco ograniczone możliwości posługiwania się wytrychem. – Konstabl podrapał się po kikucie.

Arent wzruszył ramionami.

– Pytasz niewłaściwą osobę. Nikt mi nie powiedział, co jest w środku, a ja nie pytałem. Ale wiedz, że gdy zawartość skrzyni została skradziona, gubernator generalny wezwał Sammy'ego Pippsa aż z Amsterdamu, by ją odzyskał.

– Nie jesteś, panie, ciekaw?

– Ciekawość to poletko Sammy'ego – odparł Arent. – Ja do wczoraj jedynie traktowałem pięścią to, co go zaciekawiło... A właśnie! Obiło ci się o uszy słowo *laxagarr*?

– Nie.

– A może wiesz, co to znaczy, kiedy dwóch marynarzy nosi dwie połówki tego samego amuletu? – spytał Arent, przypominając sobie uwagę Sammy'ego o tym, że przedstawiający pół twarzy talizman Isaacka Larme'a pasował do talizmanu Boseya.

– Wiem. To znaczy, że łączy ich ślub.

– Ślub? – zdziwił się Arent, unosząc brwi.

– Nie w tym sensie, co na lądzie, panie. Marynarski ślub. Jeśli jeden zginie w trakcie podróży, drugiemu przypadnie jego zarobek, wszelkie łupy i dobytek. Nie dzielą hamaka, nic z tych rzeczy, ale skłamałbym, gdybym powiedział, że to się nie zdarza.

– Zatem muszą się dobrze znać.

– Raczej tak – przyznał konstabl. – Nie ślubuje się, nie mając pewności co do drugiego człowieka. Dokonasz, panie, złego wyboru i ani chybi skończysz w kałuży krwi, a twoja sakiewka trafi do kieszeni tego drugiego.

Arent przerwał układanie beczułek, by otrzeć pot z czoła.

– Czemu tak chętnie ze mną rozmawiasz? – zainteresował się. – Reszta załogi wolałaby mi napluć w twarz, niż zamienić ze mną choćby słowo.

– Dobre pytanie. – Konstabl wykrzywił usta w bezzębnym uśmiechu. – Zdaje się, że zaczynasz, panie, pojmować, jak wygląda życie na indiamanie. Żołnierze i marynarze są jak ogień i lont. Tak jest od zawsze, od pierwszej łodzi, i na pewno ta podróż tego nie zmieni. Oni cię nienawidzą, panie. – Dotknął pukla na sznurku, który nosił na szyi. – Ja to co innego, ja jestem stary. Za stary, by ktokolwiek mówił mi, kogo mam nienawidzić. Chcę po prostu wrócić do domu, do córek, pobawić się z wnukami i przez jakiś czas poczuć grunt pod nogami. Kiedy jakiś łachudra próbuje zatopić statek, którym płynę, staję po stronie tego, kto chce go powstrzymać. I nie dbam o to, czy jest marynarzem, czy cholernym żołnierzem.

– Wobec tego powiedz mi, jak zmusić Wycka do mówienia. Bosman wie, co znaczy *laxagarr*, i to on z jakiegoś powodu pozbawił Boseya języka.

– Wyck. – Konstabl w zamyśleniu pokiwał głową. – Tak się składa, że akurat z nim będę mógł ci pomóc, panie. Otwórz drzwi.

Arent zrobił, o co poprosił starzec. Konstabl wystawił głowę na zewnątrz.

– Jest tu jakiś chłopiec okrętowy?! – krzyknął i nadstawił ucha. Ale nie usłyszał odpowiedzi. – Wiem, że jest. Zawsze któryś z was, małe bękarty, miga się od służby, chowając się w ciemności. Wyłazić, ale już!

Dało się słyszeć ciche, niepewne stąpanie i po chwili w drzwiach ukazała się zlękniona młoda twarz.

– Przyprowadź no tu Wycka – rozkazał starzec. – Na pewno jest u siebie. Powiedz mu, że konstabl wzywa i że to pilne.

– Co chcesz zrobić? – spytał Arent, kiedy chłopiec pobiegł wykonać zadanie.

Konstabl jednak tylko pokręcił głową. Układał w myśli rozmowę z bosmanem.

Nie musieli długo czekać.

– Jak śmiesz! – wrzasnął Wyck w połowie drogi przez kubryk. Głośno tupiąc, zmierzał do prochowni. – Mnie się nie wzywa! Co ty sobie...?

Wpadł do środka z zaciśniętymi pięściami, czerwony ze złości. Kiedy w nocy stanął naprzeciwko Arenta, mrok ukrył jego prawdziwe rozmiary, a teraz, w świetle, okazało się, że jest olbrzymem. Wprawdzie nie dorównywał Arentowi wzrostem, ale pod względem szerokości barków owszem. Do tego miał grube ręce i nogi, łysą głowę i zaokrąglone ciało. Wyglądał jak wielki głaz w poplamionych szczynami marynarskich spodniach.

Przerażony konstabl zerwał się ze stołka i czmychnął pod ścianę, unosząc dłoń.

Zanim bosman zdążył chwycić biedaka za gardło i skręcić mu kark, Arent zamknął z trzaskiem drzwi.

– Nie on cię wezwał, lecz ja – powiedział.

Wyck obrócił się na pięcie, wyciągając sztylet szybciej, niż wilk obnaża kły.

– Zachowaj spokój, Johannesie – rzucił błagalnie konstabl, odsuwając się od rozwścieczonego bosmana.

Spojrzenie Arenta przesunęło się w dół, ku sztyletowi, a po chwili się uniosło i zatrzymało na dziobatej twarzy Wycka.

– Co znaczy *laxagarr*? – spytał. – I dlaczego uciąłeś Boseyowi język?

Zaskoczony bosman zamrugał. Popatrzył na Arenta, potem na konstabla.

– Po to mnie obudziłeś?

– Obudziłem cię, bo mam pomysł – rzekł stary.

– Marnujesz mój czas.

– Będziecie walczyli i pan Hayes przegra.

Arent zmrużył oczy. Konstabl wreszcie odkleił się od ściany i nadal starając się obłaskawić Wycka, jakby ten był wściekłym bykiem na łące, powiedział:

– Stanowiska bosmana nie przejmuje się awansem, lecz siłą. Słyszałem, że ten i ów zasadza się na twoje gardło. – Nerwowo oblizał usta. – Musisz pokazać, kto tu rządzi. Połóż pana Hayesa w walce, a załoga ci się podporządkuje.

Przez oblicze Wycka przemknął cień zainteresowania. Kusiło go, to oczywiste.

– To twój ostatni rejs, przecież sam mówiłeś – nie ustępował konstabl. – Masz rodzinę na utrzymaniu i za mało pieniędzy.

– Piśnij jeszcze słówko o moich prywatnych sprawach, a upuszczę ci krwi – warknął bosman, ale było jasne, że waży za i przeciw.

Arent zdawał sobie sprawę z wrażenia, jakie jego postura robi na ludziach, i z czasem nauczył się rozpoznawać tych, których był w stanie zastraszyć samym wyglądem, oraz tych, którzy na jego widok reagowali agresją, jakby mierziło ich to, że nie kuli się i nie cofa w ich obecności.

Wyck oceniał potencjalnego przeciwnika, bacznie mu się przyglądając. Zwrócił uwagę na to, że Arent musiał się zgarbić, żeby w ogóle zmieścić się pod sufitem, i że swym szerokim ciałem przesłaniał drzwi.

– Domyślam się, panie, że w zamian za swą porażkę domagasz się odpowiedzi na pytania – powiedział, drapiąc się brudnym palcem po uchu.

Arent skinął głową.

– I czego jeszcze?

– Niczego więcej. Zapłacę za odpowiedzi upokorzeniem.

Bosman przeniósł gniewne spojrzenie na konstabla.

– A ty co z tego będziesz miał, zachłanny sukinsynu?

– Obstawię twoją wygraną. – Stary zarechotał. – Gwarantuję ci, że będę jedynym, który to zrobi.

Wyck odchrząknął i uśmiechnął się chytrze.

– Na tym statku bójki bez konkretnego powodu są zakazane i karane chłostą. Dajcie mi kilka godzin, wymyślę coś, z czym będzie można pójść do Larme'a. – Wyciągnął wosk z ucha i strzepnął go z palców. – Jeśli któryś z was mnie zdradzi, to go wypatroszę.

Wyszedł, głośno tupiąc, i w drzwiach niemal zderzył się z Doroteą. Służąca rozglądała się gorączkowo. Zobaczywszy Arenta w prochowni, odetchnęła z ulgą.

– Szukałam pana, poruczniku. Moja pani ma wieści na temat trędowatego.

29

Dłonie Crauwelsa dotknęły daszku kajuty gubernatora generalnego. W dole kłębiła się spieniona woda. Kapitan wisiał na linie i badał dolną część kadłuba, tropiąc ślady wspinaczki trędowatego.

– Znalazł pan coś, kapitanie?! – zawołała do niego Sara, stojąc na achterdeku.

– Ciągną się od relingu aż do linii wody – odpowiedział, wtykając palce w dziury w deskach. – Miałaś rację, pani. Zechciej wybaczyć, że jeszcze wczoraj miałem wątpliwości.

Sara nie była mściwa, ale nadal ją piekło po szyderstwie, jakim uraczył ją główny kupiec. Odwróciła się i rzuciła:

– A pan, panie van Schooten? Nadal pan sądzi, że trędowaty w iluminatorze był wytworem mojej wyobraźni?

– Nie – bąknął van Schooten. Zataczał się od nadmiaru wina i choć wszystkie elementy jego garderoby znajdowały się na odpowiednim miejscu, to poza tym nie można było powiedzieć o nich nic więcej dobrego.

Podobno w nocy strasznie cierpiał, przynajmniej tak twierdziła Creesjie. Sara zastanawiała się, co takiego mogło wywołać ból.

Dosłownie rozłaził się w szwach.

– Oskarżyłeś moją żonę o histerię, van Schooten – odezwał się surowym tonem gubernator, czym zasłużył na wymowne spojrzenie

Sary, która doskonale pamiętała, że wcześniej zgadzał się z opinią kupca. – A teraz w dodatku przychodzisz tu pijany. Przeproś.

Van Schooten niezgrabnie przestąpił z nogi na nogę i bąknął:
– Wybacz, pani.

Pełna wstydu z powodu własnej małostkowości, Sara spojrzała w stronę relingu rufowego, gdzie Arent pomagał Crauwelsowi wspiąć się z powrotem na pokład. Przelazłszy przez barierkę, kapitan natychmiast przystąpił do inspekcji swego nienagannego stroju; na koszuli znalazł kleks ze smoły i cmoknął z niezadowoleniem.

– Przyjmuję pańskie przeprosiny, panie van Schooten – powiedziała Sara. – Ale bardziej mnie interesuje to, jakie działania zamierza pan podjąć.

– Nie zajmuj się tą sprawą, Saro – przerwał jej gubernator, machając lekceważąco ręką. – Na pewno masz inne obowiązki.

– Mężu...

Przywołał komendanta straży.

– Odprowadź moją żonę do kajuty – polecił.

– Chodźmy, pani – powiedział Drecht, poprawiając rapier.

Ruszyła za nim, poirytowana. Wezwała pozostałych na pokład wyłącznie dlatego, że chciała zobaczyć ich reakcję na odciski dłoni na kadłubie.

Jej mąż był zupełnie zaskoczony. Vos czekał w milczeniu przy kojcach dla zwierząt, wyraźnie rozdrażniony tym, że odciągnięto go od pracy. Nawet jeśli odciski go zaniepokoiły, nie dał tego po sobie poznać. Drecht, który wcześniej głośno i wyraźnie deklarował, że nie wierzy w demony, zbladł, lecz zachował swoje zdanie dla siebie.

Arent stał za nimi i słuchał opowieści Sary tak, jak góra słucha wycia wiatru. Nie potrafiła odczytać jego reakcji. Nie przestępował z nogi na nogę, nie chodził tam i z powrotem, w ogóle się nie ruszał. Z jego twarzy można było wyczytać tyle, ile z metalowej zbroi. Tak to jest, pomyślała, kiedy ma się do czynienia z człowiekiem, który odgaduje twoje myśli na podstawie drgnięcia ust.

Drecht niespiesznie schodził po schodach prowadzących na spardek. Sara zwalczyła pokusę przepchnięcia się obok niego i pójścia przodem i wpatrzyła się w jego muszkieterów, którzy w ramach ćwiczeń dźgali rapierami powietrze. Osobliwy to był widok; wyglądali, jakby walczyli z niewidzialną armią.

– To twoje śledztwo, Arencie – usłyszała za plecami głos męża. – Co teraz? Jaki będzie nasz kolejny krok?

– Powinniśmy przeszukać statek i znaleźć łachmany trędowatego.

– Przecież widziałeś, panie, odciski dłoni – powiedział Vos. – Ten ktoś wyszedł z wody i wspiął się po kadłubie prosto do iluminatora. Przypuszczalnie wrócił tą samą drogą. Dlatego go nie zauważyliśmy.

– Niewykluczone, ale Sammy Pipps uważa, że powinniśmy przeszukać statek. A on znacznie częściej ma rację, niż się myli.

Drecht otworzył czerwone drzwi do przedziału z kajutami dla pasażerów i uprzejmym gestem zaprosił Sarę do środka.

Uniosła brzeg sukni i wstąpiła w mrok.

Nagle wśród muszkieterów wybuchło zamieszanie, które zagłuszyło toczącą się wyżej rozmowę. Dwóch żołnierzy rzuciło się na siebie, a pozostali wśród gwizdów i drwin natychmiast otoczyli ich ciasnym kręgiem.

– Thyman – warknął Drecht i ruszył w ich stronę. – Ostatnio wciąż pakuje się w kłopoty. Pozwolisz, pani?

– Ależ naturalnie – odparła, z ulgą odprowadzając go wzrokiem.

Wśliznęła się do swojej kajuty, zamknęła drzwi na zasuwkę i podbiegła do iluminatora. Achterdek znajdował się bezpośrednio nad jej kajutą. Wystawiła głowę na zewnątrz i było tak, jak przypuszczała: wyraźnie słyszała wszystko, o czym Jan rozmawiał z pozostałymi.

– Kapitanie, proszę zorganizować poszukiwania szmat trędowatego – nakazał gubernator. – Niech załoga przetrząśnie statek.

– Tak jest, panie.

Z góry dobiegły odgłosy kroków, a po chwili głos nawołujący Isaacka Larme'a.

– Naprawdę uważacie, że ktoś na tym statku udaje nieżyjącego trędowatego? – spytał z powątpiewaniem Reynier van Schooten.

– Sammy tak uważa – uściślił Arent. – Ktokolwiek to jest, bardzo się przykłada do swej roli.

– Skąd Pipps może mieć pewność, że nie chodzi o prawdziwego Boseya, który powstał z martwych? – zastanawiał się głośno van Schooten; z jego głosu przebijał niepokój. – Kiedy byłem mały, pewna wiedźma rzuciła klątwę na naszą wieś. Każdego wieczoru dzieci zbierały się w lesie i wykrzykiwały jej imię. Oswojone zwierzęta dostawały wścieklizny. Mleko kwaśniało, a zbiory były niszczone przez plagi.

Zapadło pełne namysłu milczenie. Potem rozległ się głos gubernatora:

– A ty co o tym myślisz, Vos?

– Istnieją na ziemi siły, z którymi Samuel Pipps nijak nie może się równać. I muszę przyznać, że przekonują mnie bardziej niż jego niezborna teoria. – Do spokojnego, monotonnego głosu szambelana wkradło się drżenie. – Wypalone w drewnie odciski dłoni... Silne palce, które zdołały przebić kadłub... Bez względu na to, kogo skrywało przebranie i czy w ogóle nim było, nie dokonał tego człowiek.

Arent chciał zaprotestować, ale Vos jeszcze nie skończył.

– Jeśli rzeczywiście mamy do czynienia z kostiumem, to raczej kiepsko dobranym. Trędowaty wszędzie budzi trwogę i niechęć. Czy istnieje jakakolwiek korzyść z tego, że ktoś ubiera się jak człowiek toczony chorobą?

– Takie pytania zadaje Sammy. I zwykle na nie odpowiada – zauważył Arent. – Obojętnie, jakiego przestępstwa dopuścił się w Batawii, teraz nie ma ono żadnego znaczenia.

– Łatwo mówić komuś, kto nie wie, o jaką przewinę chodzi – rzekł gubernator.

Sara dobrze znała ten zamyślony ton. Jan zapewne stoi z zamkniętymi oczami i masuje czoło, zmuszając umysł do wytężonej pracy.

Kiedy ponownie się odezwał, zrobił to z absolutną pewnością siebie człowieka, któremu Bóg szepcze do ucha.

– Zarządzam postój floty – oznajmił. – Niech wszyscy kapitanowie wydadzą rozkaz przeszukania na swoich jednostkach. Mają wypatrywać wszelkich śladów obecności trędowatego. Być może uda im się odnaleźć jego strój. Z wybiciem ósmej szklanki mają się osobiście zgłosić do raportu. Zrozumiano?

Pozostali potwierdzili.

– Wobec tego jesteście wolni. Vos, zaczekaj chwilę, musimy porozmawiać.

Do kajuty Sary wpadł podmuch wiatru. Był tak silny, że poruszył strunami harfy. Na pokładzie nad sufitem zadudniły kroki. Zwierzęta w kojcach zrobiły harmider. Zatrzeszczały stopnie schodów i głosy poczęły się oddalać.

Sara stała z walącym sercem i patrzyła wyczekująco na drzwi. Nawet nie potrafiła sobie wyobrazić, co zrobiłby Jan, gdyby nakrył ją na podsłuchiwaniu, ale musiała przyznać sama przed sobą, że wszystko to było coraz bardziej pasjonujące. Istniało tak mało sposobów na to, by przeciwstawić się mężowi bez konsekwencji, a jednak tego dnia udało jej się to już dwukrotnie.

– Dobrze się spisałeś – pochwalił Vosa.

– Dziękuję, panie.

Zapadło milczenie. Przeciągało się. Trwało, zdawałoby się, bez końca. Sara już dawno uwierzyłaby, że odeszli, gdyby nie to, że słyszała drapanie długich paznokci męża, które było oznaką zaniepokojenia.

– Wiesz, Vos, co szczególnie należy mieć na względzie, kiedy się przywołuje demony? – odezwał się w końcu.

Wytrzymała oddech.

– Przychodzą mi do głowy różne rzeczy, panie – odparł sucho Vos.

– To, że zrywają się z uwięzi. – Zatroskany gubernator westchnął. – To Stary Tom uczynił mnie człowiekiem, jakim dziś jestem. – Sara musiała zasłonić usta dłonią, żeby nie krzyknąć ze zdumienia. – A teraz okazuje się, że ktoś wprowadził demona na pokład statku, którym płynę. Pytanie brzmi: kto za tym stoi i czego chce?

– Wydarzenia przebiegają dokładnie tak samo jak przed trzydziestoma laty, panie. Sądzę, że wkrótce zostanie przedstawiona propozycja umowy. Z naszej strony musimy spróbować przewidzieć, czego będzie dotyczyła, i ustalić, jaką cenę jesteśmy w stanie zapłacić.

– Wolałbym w ogóle nie płacić. Dawno nikt mnie do niczego nie zmuszał. Sporządziłeś listę nazwisk, o którą prosiłem?

– Na tyle, na ile zdołałem sobie przypomnieć. Minęło sporo czasu, od kiedy wypuściliśmy Starego Toma na wolność. Zostawiłem listę na twoim sekretarzyku, panie, ale… jeśli mi wolno…

– O co chodzi, Vos?

– Myślę, że mamy jednego dość oczywistego kandydata.

– Arenta – podsunął gubernator.

– To nie może być przypadek, że znak pojawił się akurat wtedy, kiedy Arent powrócił.

– Rozumiem konsekwencje, choć nie pojmuję przyczyny.

– Być może w końcu przypomni sobie, co się wydarzyło w lesie i dlaczego nosi na nadgarstku znamię Starego Toma. Być może, panie, uświadomi sobie, jaką cenę musiałeś zapłacić za przyzwanie demona.

30

Saardam rozbrzmiewał odgłosami krzątaniny towarzyszącej poszukiwaniom łachmanów trędowatego. Rozbebeszano skrzynie i wśród narzekań załogi przewracano na nice każdą sztukę bagażu i dobytku. Zwinięto żagle, rzucono kotwice. Na wysokości szkafutu unosiły się na wodzie szalupy i kapitanowie pozostałych statków floty – z kwaśnymi minami i wyrzutem w spojrzeniach – jeden po drugim wspinali się po sznurowych drabinkach.

Larme wolał trzymać się na uboczu, dopóki sobie nie pójdą. Naburmuszony, jak zwykle strugał nożem drewienko.

Siedział na galionie w kształcie lwa, najdalej wysuniętej części dziobu, machając krótkimi nóżkami. Nikt prócz pierwszego oficera nie zapuszczał się tak daleko, bo brakowało im jego zręczności.

Poza tym wszystkim przeszkadzał im smród. Za plecami Larme'a znajdowało się bowiem czoło statku – niewielki pokład z licznymi kwadratowymi dziurami, nad którymi marynarze kucali, by załatwiać potrzeby. Ekskrementy wpadały do wody, ale część, zanim doleciała, rozmazywała się na deskach dziobu. Cuchnęło tak, że pierwszemu oficerowi łzy napływały do oczu, uznał jednak, że to niewielka cena za święty spokój.

Obrócił ostrze, usiłując wydłubać oporną drzazgę. Był w paskudnym nastroju. Właściwie nic nowego, ale tym razem miał powód. Postój statku, gdy warunki sprzyjają żegludze, przynosił pecha. Wiatr mógł dojść do wniosku, że nie jest już potrzebny. Gorzej – mogli nadpłynąć piraci, którzy grasowali na tych wodach. Mieliby używanie, gdyby natrafili na stojącą na kotwicach ciężką od towarów kupiecką flotę.

– Trędowaci – prychnął, wyłuskując drzazgę. – Jakby nie dość było problemów. – Poklepał kadłub, tak jak się klepie ulubione zwierzę.

Saardam to nie tylko deski i gwoździe, tak jak wół jest czymś więcej niż tylko mięśniami i ścięgnami. Statek miał brzuch pełen przypraw, wielkie białe skrzydła na plecach i róg wskazujący kurs na dom. Każdego dnia wygładzali mu sierść słomą i naprawiali rozdartą skórę. Zakładali szwy na jego delikatne konopne skrzydła i ostrożnie prowadzili go przez niebezpieczeństwa, których sam nie był w stanie dostrzec.

Kochali go wszyscy na pokładzie. Jakże mogło być inaczej? Przecież był ich domem, utrzymaniem i obrońcą. Dawał im więcej niż ktokolwiek inny.

Larme nienawidził wszystkiego, co istniało poza *Saardamem*. Na ulicach Amsterdamu był popychadłem, można go było bezkarnie pobić, okraść, wyśmiać. Odsyłano go od drzwi do drzwi, kazano fikać kozły ku uciesze gawiedzi.

Na indiamanie wiedział, że jest u siebie.

Tutaj żył w świecie dopasowanym do jego rozmiarów. Czy to ważne, że sięgał innym najwyżej do pasa, skoro potrafił halsować jak nikt? Prawda, załoga śmiała się z Larme'a za jego plecami, ale przecież śmiała się ze wszystkich. Rechot był sposobem na to, by nie zwariować w połowie wielomiesięcznego rejsu.

Wiedział, że jeśli podczas sztormu wypadnie za burtę, chłopcy pomogą mu wydostać się z wody. Wiedział też, że jeśli w Amsterdamie ktoś zacznie go kopać, nikt nie pospieszy na ratunek i zaraz dołączy pięciu kolejnych.

Strużyna spadła do wody. Larme jeszcze nie wiedział, co mu wyjdzie. Nie miał wystarczająco dużo umiejętności, by z góry zaplanować, co chce wyrzeźbić. W każdym razie będzie to miało nogi, cztery nogi; nigdy nie zabrnął tak daleko.

Usłyszał kroki za plecami, odwrócił się i zobaczył komendanta straży Drechta prowadzącego muszkietera i marynarza po schodkach na fordek.

Marynarzem był Henri, jeden z pomocników cieśli. Johannes Wyck sprał go jak psa, gdy się dowiedział, że chłopak naopowiadał Sarze Wessel różnych historii. Dzieciak miał gębę opuchniętą jak stara rzepa.

Muszkieter nazywał się Thyman. Zraził do siebie Arenta Hayesa tym, że podczas zaokrętowania źle potraktował łowcę przestępców. Tamtego ranka wywinął się od kary, ale tym razem się nie udało – miał podbite oko. Pewnie Henri i Thyman rzucili się sobie do gardeł.

Larme zsunął się z galionu, potem ostrożnie pokonał czoło pokładu, uważając, żeby w nic nie wdepnąć, i przeskoczył przez reling na fordeku.

Drecht zmrużył oczy pod rondem kapelusza i poprawił rapier.

Isaack Larme, który nie był strachajłem – niemała część obowiązków pierwszego oficera polegała na przyjmowaniu na siebie nienawiści przeznaczonej dla kapitana – odrobinę mocniej ścisnął rękojeść noża. Minęło sporo czasu, od kiedy komendant straży i pierwszy oficer spotkali się po raz ostatni, ale większość ludzi zapamiętuje karła.

– To ty, Larme.

– Ano ja – odparł pierwszy oficer, nie próbując ukryć pogardy.

– Jakżebym mógł zapomnieć ten grymas? – Nieodwzajemniony uśmiech zaraz zniknął z twarzy Drechta.

– Pobili się? – spytał Larme, pocierając amulet, choć to chyba niewiele pomagało. W każdym razie nie pomogło Boseyowi, który nosił na szyi drugą połówkę drewnianego lica. Zawsze miał mało rozumu, ale zasługiwał na lepszą śmierć niż spalenie żywcem.

– Podobno macie na *Saardamie* specjalny sposób radzenia sobie w takich sytuacjach.

– Wszelkie spory rozstrzygamy na fordeku za pomocą pięści – wyjaśnił Larme. – O co poszło?

– Ukradł mi hebel. – Henri kipiał gniewem na Thymana.

Larme zmierzył obu okiem zawodowca i westchnął. Lubił dobre walki, lecz ta nie zapowiadała się ciekawie. Spory tego rodzaju niemal zawsze kończyły się miękkimi klepnięciami i poszturchiwaniami, w dodatku ci dwaj wyglądali jak para kapcanów.

– Masz dowód? – spytał Larme.

– Mam świadków. – Henri pociągnął nosem.

Pierwszy oficer spojrzał na Thymana.

– Zaprzeczasz? – rzucił.

– Nie. – Thyman kopnął w deskę pokładu. – Ukradłem i zostałem nakryty. Sprawa jest jasna.

– Oddasz hebel?

– Nie. Cisnąłem go za burtę.

– Na litość boską, człowieku – odezwał się Drecht. – Po co to zrobiłeś?

– Bo ten – Thyman wskazał brodą Henriego – gadał na muszkieterów, panie komendancie. Chciałem go zepchnąć z pokładu, ale pomyślałem, że wolałby pan, żebym zamiast cieśli pozbył się hebla.

Drecht uśmiechnął się pod wąsem.

– Wróćcie, kiedy rzucimy kotwicę – zarządził Larme głosem cierpiącego w milczeniu oficera, który widział w swoim życiu wielu Thymanów i wiele hebli. – Thyman, przyznałeś się do winy, zatem poniesiesz karę. Unieruchomimy ci jedną rękę na plecach.

Thyman aż podskoczył.

– Ależ to...

– Takie są zasady – warknął Larme. – Oszukałeś, więc musisz zapłacić. Będziecie walczyli, dopóki jeden z was nie padnie ze zmęczenia. Pozostali będą się przyglądali i robili zakłady, więc radzę wam, żebyście dali dobre przedstawienie.

– Doskonale – orzekł Drecht i położył dłonie na ramionach mężczyzn. – Zmiatajcie.

Kiedy sarkając pod nosem, odeszli, sięgnął do pasa i wyjął szczyptę czegoś śmierdzącego. Już miał zbliżyć palce do nozdrza, gdy przypomniał sobie o manierach i zaproponował pierwszego niucha Larme'owi.

Karzeł podziękował machnięciem dłonią.

– Czy to prawda, że Crauwels wyczuwa, kiedy zbliża się sztorm? – spytał Drecht, wciągając proszek. Łzy napłynęły mu do oczu.

– Owszem.

– I twierdzi, że właśnie nadciąga?

Larme pokiwał głową.

– Tym razem chyba jednak się myli – prychnął Drecht, spojrzawszy w błękitne niebo.

– Jak dotąd nigdy mu się to nie zdarzyło. – Pierwszy oficer skierował się w stronę schodów. – Muszę pomóc w poszukiwaniach.

– Ty też tam byłeś, Larme, więc możesz sobie darować tę wzgardę – rzucił oskarżenie Drecht. – Przed nami długa droga. Jesteśmy na siebie skazani, ale nie musimy być dla siebie nieuprzejmi.

– Trzymaj się swojej strony statku, a będę tak uprzejmy, jak tylko sobie życzysz – odparł karzeł, który dotarł już do schodów. – Być może nawet na tyle, że nie wbiję ci noża w plecy.

Drecht odprowadził go wzrokiem, a potem schylił się po kawałek drewienka, który Larme w pośpiechu upuścił. Obrócił go w dłoni, marszcząc brwi. Nie potrafił powiedzieć, co przedstawia rzeźba, ale chyba jakąś istotę. W każdym razie na pewno miała skrzydło.

Kształtem przypominające nietoperzowe.

31

Słysząc zbliżające się kroki, Sara szarpnięciem otworzyła drzwi, zanim Isabel zdążyła zapukać.

– Dorothea powiedziała, że chcesz mnie, pani, widzieć – odezwała się dziewczyna, ogarniając wzrokiem przepych kajuty.

– Czy w *Daemonologice* jest fragment opisujący sposób przywołania Starego Toma? – spytała Sara bez zbędnych wstępów.

Isabel wyjęła księgę i szybko znalazła właściwą stronę.

– Tutaj – oznajmiła, stukając palcem w blok zdobnego tekstu.

Sara przeczytała głośno wskazany fragment:

– *Do przyzwania Starego Toma wymagane są trzy rzeczy: krew ukochanej osoby wylana na ostrze. Ostrze wykorzystane do złożenia w ofierze kogoś znienawidzonego. Oraz mroczna modlitwa ku jego czci, odczytana na głos przed ostygnięciem ciała.*

Wypuściła ze świstem powietrze.

Tą znienawidzoną osobą musiał być ojciec Arenta, pomyślała. Bo tylko on zginął w lesie. Ukochaną osobą był Arent. Czytała dalej:

– *Przyzwany i spętany Stary Tom musi zaoferować jakiś uczynek w zamian za wolność. Będzie się targował, próbował oszukiwać i naciągać, lecz ci, którzy przejrzą wszystkie jego podstępy, będą mogli poprosić o wszystko. Ceną jest świadomość, iż wypuszczają na świat potworne zło, gotowe siać spustoszenie wedle własnego życzenia; spłata nastąpi w dniu Sądu Ostatecznego. Po spełnieniu przez Starego Toma pierwszego uczyn-*

ku, za każdy kolejny przyzywający musi wnosić opłatę, z reguły nie niską. Stary Tom nie lubi bowiem, gdy ktoś robi z niego głupca.

Sara w podzięce chwyciła dłoń Isabel.

– Wyświadczyłaś mi ogromną przysługę. Widziałaś Arenta Hayesa?

– Przed kilkoma minutami schodził do kubryku.

Sara wypadła z kajuty i popędziła schodkami na otwarty pokład, gdzie o mało nie zderzyła się z kapitanem Crauwelsem, który obserwował dużą klepsydrę, podczas gdy Larme spuszczał do wody linę z zawiązanymi na niej w równych odstępach węzłami. Do liny przymocowana była podskakująca na wodzie deszczułka. Kiedy piasek w klepsydrze się przesypał, pierwszy oficer oznajmił:

– Dziesięć i jedna piąta węzła, kapitanie.

– Oby to wystarczyło, by umknąć burzy.

Wyminęła obu i skierowała się ku schodom do kubryku, na których tłoczyli się pasażerowie wracający z porannego wyjścia na pokład. Przeciskając się między nimi, dostrzegła Arenta znikającego w luku prowadzącym do ładowni. Nie zważając na zdziwione spojrzenia, podeszła do schodów, po których zszedł, lecz fala smrodu sprawiła, że Sara się cofnęła. Przemogła się jednak, zajrzała do środka i zobaczyła, że stopni jest znacznie więcej, niż przypuszczała; tak dużo, że nie było widać końca. Arent już zapewne dotarł na sam dół, pomyślała.

– Arencie – odezwała się, nie podnosząc zbytnio głosu, żeby nie usłyszał jej nikt postronny.

Nie było odpowiedzi. Wytężyła słuch. Wychwyciła dźwięki towarzyszące poszukiwaniom: wywracane kufry, wybebeszane baryłki. Przetrząsnąwszy rufę i niczego tam nie znalazłszy, marynarze przenieśli się do przedziałów dziobowych.

Postawiła stopę na pierwszym schodku i zawahała się. Jak zareagowałby jej mąż, gdyby ją teraz zobaczył? Sama nie wiedziała, co ją opętało zeszłego wieczoru, że postanowiła usiąść i napić się z Arentem i Drechtem. To było nierozsądne. Drecht na pewno by jej nie zdradził celowo, ale plotka mogła bez trudu dotrzeć do uszu gubernatora. Każdy chciał się przypochlebić wpływowemu panu.

Gdyby Jan się dowiedział... Zadrżała na samą myśl. Z drugiej strony, nie mogła nie podzielić się tym, co usłyszała. Miała zbyt wiele pytań.

Zstąpiła w gęstą, oleistą ciemność ładowni, cuchnącej wodą zęzową, przyprawami i butwą. Z sufitu kapały grube krople i bębniły o skrzynie. Jakby wszystkie zrodzone na pokładzie nędzne myśli wsiąkały w deski, przesączały się do wnętrza statku i zbierały tutaj, w tym miejscu.

Arent badał wyżłobienie w najniższym schodku, przyświecając sobie mosiężną latarnią. Sara rozpoznała tę technikę z raportów, które czytała. Według Pippsa, każdy przedmiot może opowiedzieć nam swą historię, jeśli zrozumiemy jego język. Zerwana pajęczyna oznacza, że ktoś tędy przechodził. Lepka nić na ramionach wskazuje winnego.

– Arencie.

Podniósł głowę i spojrzał na Sarę, mrużąc oczy przez dym wydobywający się z latarni, w której palił się olej z ryb, o czym dobitnie świadczył zapach.

– Pani? Co tu robisz?

– Usłyszałam, jak w rozmowie z Vosem mój mąż przyznał, że to on przyzwał Starego Toma – wypaliła. – Zamordował twojego ojca, bo tego wymagał rytuał. Stąd blizna na twoim nadgarstku.

Dopiero po kilku sekundach dotarło do niego, co powiedziała. Zdumienie ustąpiło miejsca najpierw niedowierzaniu, a potem złości.

– Mój stryj... – Nie był w stanie dokończyć. – Po co miałby to robić?

– Dla władzy, bogactwa... Osoba, która przywoła Starego Toma, może prosić o wszystko, pod warunkiem że zgodzi się wypuścić demona w świat.

– Gdzie jest mój stryj?

– W wielkiej kajucie.

Arent postawił nogę na schodku, ale zatrzymał się, bo nagle wychwycił dobiegające z głębi ładowni warknięcie. Błyskawicznie zwrócił latarnię w stronę labiryntu skrzyń, które ułożone w stosy, wyglądały jak drewniane ściany. Światło latarni daremnie usiłowało się wcisnąć pomiędzy nie.

– Co to było? – spytała nerwowo Sara.
– Wilk? – podsunął Arent.
– Na indiamanie?
– Zabrałaś, pani, sztylet?

Pociągnęła za materiał sukni.

– Uprzedzałam, że mój krawiec nie przepada za kieszeniami.
– Wracaj więc do kubryku.
– A co z tobą?
– Pójdę sprawdzić, co to za dźwięk. – Zrobił kilka kroków w kierunku skrzyń. W mroku wielkiej ładowni jego latarnia wydawała się maleńka.

Szkolona w posłuszeństwie Sara obróciła się do wyjścia. Przez całe życie mówiono jej, co ma robić, a ona pokornie słuchała. Subordynacja stanowiła element jej wychowania. Mimo to z jakiegoś powodu poczuła, że postąpiłaby niewłaściwie, zostawiając Arenta samego w ładowni.

Porzuciłaby go.

Zamiast więc odejść, jak polecił, zeszła ze schodów i zanurzyła stopę w lodowatej wodzie zęzowej, która sięgała do kostek i przelewając się do rytmu statku, z prawa na lewo i z powrotem, wsiąkała w dół sukni.

– Arencie! – zawołała Sara. – Zaczekaj.
– Idź stąd – syknął.
– Nigdzie nie pójdę. – Jej ton wykluczał jakikolwiek sprzeciw.

Pomiędzy stosami skrzyń pozostawiono wąskie przejścia, by umożliwić marynarzom poruszanie się po ładowni, ale o ich układzie decydował sposób rozmieszczenia ładunku i w rezultacie nie były to proste linie ani oczywiste trasy. Alejki zwężały się bądź rozszerzały i jedyną metodą rozeznania się w ich plątaninie była nawigacja na węch. Skrzynie grupowano bowiem według rodzaju przewożonego towaru, przez co w jednej chwili powietrze wypełniała drapiąca w nos woń pieprzu, a w drugiej – gęsta, krztusząca chmura aromatu papryki.

Idąc za Arentem, Sara nie mogła oderwać wzroku od jego lekko pochylonych szerokich ramion, oblanych światłem latarni.

Na chwilę opuściła ją odwaga.

Tutaj mógł z nią zrobić wszystko, na co przyszłaby mu ochota, a ona nawet nie zdołałaby mu się przeciwstawić. Jeśli się myliła, a Kers miał rację, to właśnie z własnej woli i nikomu nic nie mówiąc, weszła prosto do legowiska Starego Toma. Uczyniła to bezmyślnie i zuchwale, wykazując się tymi cechami swego charakteru, którymi Jan tak pogardzał.

– Nie oddalaj się, pani – powiedział Arent.

Jak mogła być taka głupia? Przecież nawet nie zna tego człowieka. Wtedy, w porcie, okazał dobroć cierpiącemu i założyła, że po prostu taki jest. I przez to z własnej woli i winy znalazła się w niebezpiecznej sytuacji.

Zacisnęła zęby i zaryglowała myśli.

To nie mój strach, uświadomiła sobie ze złością. Należy do Sandera Kersa, a ja się nim zaraziłam jak chorobą.

Bo przecież znała Arenta. I doskonale rozumiała, jakim jest człowiekiem. Dowiedziała się wszystkiego, czego potrzebowała, kiedy rzucił się na pomoc trędowatemu, podczas gdy inni stali i gapili się. I kiedy grał na skrzypcach, i gdy widziała, jak wielką czerpał z tego przyjemność. I kiedy podarował jej sztylet po tym, jak trędowaty ukazał się w iluminatorze. I kiedy dawał wyraz swej lojalności wobec Samuela Pippsa, i kiedy o nim mówił z żarem w oczach. I kiedy z zapałem przystąpił do wykonywania rozkazu przeszukania statku. Jeśli Arent Hayes był demonem, to zakamuflował się tak doskonale, że niechcący stał się dobrym człowiekiem.

– Arencie, czy nosisz znamię Starego Toma? – spytała.

Wzdrygnął się jak pod ciosem. Latarnia zadrżała w jego ręce. Odwrócił się do Sary i skinął głową.

– Pojawiło się po tym, jak zniknął mój ojciec. Ale nie potrafię powiedzieć, skąd się wzięło. Chciałbym to wiedzieć.

– Coś cię zatem łączy z naszym wrogiem – zauważyła ze zranioną dumą. – Czemu to przede mną ukryłeś?

– Nie wiedziałem, jak to wyznać, pani. – Wpatrywał się w swój nadgarstek. – Kiedy byłem mały, dziadek nalegał, bym nikomu nie mówił o bliźnie. Trzymam ją w tajemnicy, od kiedy sięgam pamięcią. Rozmowa o niej, nawet z tobą, pani, wydaje mi się krępująca.

Pomiędzy skrzyniami poniósł się kolejny pomruk. Oboje zastygli i wypuścili powietrze dopiero po pełnej ciszy i napięcia minucie.

– Dobry Boże, chciałabym być tak wielka jak ty – odezwała się Sara. Krew huczała jej w uszach.

– W większości przypadków takie rozmiary bardziej przeszkadzają, niż pomagają. – Arent ruszył przed siebie; świecił latarnią na prawo i lewo, wypatrując zagrożenia. – Wierz mi, pani, nie warto być najroślejszym żołnierzem na polu bitwy. Wtedy każdy łucznik w szeregach wroga traktuje cię jak tarczę strzelniczą.

– Tęsknisz za tym?

– Za byciem łatwym celem?

– Za wojną.

Pokręcił głową, nie odrywając wzroku od ciemności.

– Nikt nie tęskni za wojną, Saro. To tak, jakbym wzdychał za tryprem.

– A chwała? A honor? Twoje czyny w bitwie pod Bredą...

– ...to głównie kłamstwa – dokończył niemal ze złością. – Na polu bitwy nie ma mowy o chwale, chyba że masz, pani, na myśli tę, o której śpiewają minstrele dla uspokojenia sumień arystokratów, bo to przecież oni płacą za tę rzeź. Zadaniem żołnierza jest umrzeć daleko od domu, walcząc za króla, który poskąpiłby mu nawet okruchów ze swego stołu.

– Więc po co to robić?

– Potrzebowałem zajęcia – odparł. – Opuściłem dom, nie zastanawiając się, co dalej. Koniec końców wylądowałem w błocie i krwi. Próbowałem pracować jako zwykły urzędnik, ale wciąż padał na mnie cień dziadka, dlatego postanowiłem poszukać czegoś, co nie miałoby z nim żadnego związku. Cóż mogłem wiedzieć o świecie? Pierwszej zimy poza domem poznałem, czym jest chłód, gdy nie można się ogrzać. Przedtem nigdy nie bywałem głodny i nawet nie musiałem się martwić, skąd wezmę jedzenie. Przyjąłem więc pierwszą robotę, za którą ktoś był gotów mi zapłacić, i zostałem łowcą przestępców.

Brnęli coraz głębiej w labirynt. Suknia Sary coraz bardziej nasiąkała wodą i zaczynała ciążyć.

– Czym się zajmowałeś jako łowca przestępców? W raportach nigdy nie wspominałeś, jak wyglądało twoje życie, zanim poznałeś Sammy'ego.

– Przeważnie rozstrzygałem drobne spory. – W jego głosie pojawiła się nutka tęsknoty. – Moje pierwsze zlecenie polegało na wyciągnięciu szewca ze spelunki, aby wywiązał się ze słowa danego kobiecie, w której zostawił swe nasienie. Spędziłem z nim godzinę na rozmowie, zanim do mnie dotarło, że miałem po prostu zdzielić go w łeb i zawlec nieprzytomnego przed oblicze pastora.

– Jak to się stało, że zacząłeś służyć Pippsowi?

– Długa historia.

– I długi labirynt.

Roześmiał się, przyznając jej rację. Niezwykłe, pomyślała Sara, że w takich okolicznościach stać go na wesołość. Było dla niej oczywiste, że oboje zupełnie inaczej reagują na poczucie zagrożenia. Ona starała się zająć myśli rozmową, bo wiedziała, że gdyby zamilkła, odwróciłaby się na pięcie i przerażona uciekła z powrotem na otwarty pokład. On natomiast wydawał się opanowany i mówił pewnym, mocnym głosem. Gdyby ktoś się teraz na nich natknął, uznałby, że olbrzym wyszedł na przyjemny spacer.

– Miałem za sobą mniej więcej rok doświadczenia jako łowca przestępców, gdy pewnego dnia dostałem zlecenie na odebranie długu od Anglika, niejakiego Patricka Hayesa – powiedział. – Urządził na mnie zasadzkę. Walczyliśmy i zabiłem go. Nie chciałem, ale – spojrzał na swe poznaczone bliznami wielkie dłonie – kiedy tracę nad sobą panowanie, czasem przestaję kontrolować własną siłę.

– Dlatego nigdy nie wpadasz w złość?

– Nigdy, pani, nie widziałaś, jak próbuję zagrać na skrzypcach *Balladę o Samuelu Pippsie*. Bard, który wymyślił tę melodię, musiał mieć dziewiętnaście palców.

– Czemu przejąłeś jego nazwisko?

– Barda?

– Hayesa. – Westchnęła. – Mężczyzny, którego zabiłeś.

– Ze wstydu. – Zerknął na nią przez ramię. – Żebym nie zapomniał, co czułem, zabijając człowieka.

– Spełniło swoje zadanie?

– Nadal o nim myślę. – Z wysokiego sufitu skapywała oleista woda i uderzała o pokrywę latarni. – Sądziłem, że to wystarczy. Myślałem, że poczucie winy i obietnica, że już nigdy więcej nikomu nie odbiorę życia, załatwią sprawę. Niestety, Hayes miał braci, którzy zapałali żądzą zemsty. Mieli przyjaciół, a ci przyjaciele swoich braci. Nikt mnie nie uprzedzał, że jeśli zabiję jednego człowieka, będę musiał się zmierzyć z całym tłumem, który przyjdzie wziąć na mnie odwet.

W jego słowach kryło się tyle przygnębienia, że Sarze zrobiło się głupio. Jak mogła go podejrzewać?

– Żal ma to do siebie, że z każdą śmiercią staje się coraz lżejszy – dodał, zaglądając za róg. – Jedna śmierć waży więcej niż dziesięć, lecz setna jest niczym piórko. Kiedy pozabijałem wszystkich, którzy pragnęli pozbawić mnie życia, droga najemnika wydała mi się oczywistym i naturalnym sposobem na zarabianie pieniędzy. Po tym, jak uratowałem stryja pod Bredą, kupił mi patent na oficera, żebym nie musiał walczyć w szeregu ze zwykłymi piechurami. Wtedy na horyzoncie pojawił się Sammy. – Uśmiechnął się. – Sammy nie dba o to, dokąd umknie pająk, jeśli sieć pozostanie nietknięta. Pechowo dla niego, klienci rzadko podzielają takie podejście. Wynajął mnie do pościgów i bijatyk, bo sam nie czuł się do nich stworzony.

Sarę zamurowało. W raportach Arenta Sammy Pipps co rusz skakał na grzbiet czekającego pod oknem rumaka, by pognać za uciekającym winowajcą. Był odważny i dzielny, raził nieprawych niczym grom z jasnego nieba. Nieraz wyobrażała sobie, że sama wyrusza na nową przygodę u boku Niedźwiedzia i Wróbla. Tymczasem okazało się, że Pipps jest zupełnie inny. Zrobiło jej się smutno i znów poczuła się głupio.

– Właściwie czemu to robisz?
– Ponieważ trud Sammy'ego jest słuszny – odparł Arent, zbity z tropu tym pytaniem. – Sammy naprawia krzywdy, które innych nie obchodzą albo na które ludzie przymykają oczy. Nieważne, czy jesteś nędzarzem i straciłeś dwie monety, czy szlachetnie urodzonym człowiekiem i twoje dzieci zniknęły w środku nocy. Jeśli sprawa jest interesująca, Sammy ją przyjmuje. Szkoda, że nie ma więcej takich osób. Szkoda, że nie każdy może liczyć na pomoc, gdy przytrafia mu się coś złego.

Smutkiem i tęsknotą w głosie Arent zaklinał cały świat.

– Mój dziadek nie przywiązywał wagi do ludzi, wykorzystywał ich i porzucał w swym dążeniu do jeszcze większego bogactwa i jeszcze większej władzy. Nikt się za nimi nie ujmował, nikt ich nie chronił. Dziadek uważał, że kto nie jest zamożny i silny, ten musi brać na swe barki każdą niesprawiedliwość, którą życie go doświadcza. Nienawidziłem, gdy tak mówił. A jeszcze bardziej bolało mnie to, że miał rację.

Kolejny raz rozległo się warknięcie, tym razem na tyle blisko, że Sarze włosy zjeżyły się ze strachu. Latarnia podskoczyła w ręce Arenta i jej światło na ułamek sekundy padło na coś wydrapanego w desce. Ujęła go za przedramię i pokierowała ku najbliższej skrzyni. Gdy blask migotliwego płomienia padł na skrzynię, Sara poczuła, jak przechodzi ją dreszcz.

W drewnie ktoś wyżłobił wyraźny kształt oka z ogonem.

– Znak Starego Toma – powiedział Arent z odrazą.

Mimowolnie zrobiła krok do tyłu, ale blask latarni omiótł sąsiednią skrzynię, a na niej symbol. A potem następną i kolejne.

Z końca przejścia, w którym się znajdowali, dobiegł pomruk.

Obrócili się w tamtą stronę i ujrzeli trędowatego. Czekał na nich, trzymając w dłoniach niewielką świeczkę.

Przyglądał im się.

Dał im czas, by go zobaczyli, po czym niespiesznie się oddalił. Sara złapała Arenta za rękę, popatrzyła na niego i z ulgą stwierdziła, że nareszcie on też ma nietęgą minę.

– Chce, byśmy za nim poszli – powiedziała.
– Zapewne prosto w pułapkę.
– Po co tyle zachodu? Przecież mógł nas zaatakować od tyłu.

Przywarli do siebie, ruszyli na przód i dotarli do miejsca, w którym jeszcze przed chwilą stał trędowaty. Skręcili za róg i ponownie go ujrzeli. Znów na nich czekał. Tym razem znajdował się bliżej. Miał pochyloną głowę, jakby w nabożnym skupieniu kontemplował trzymaną w ręce świeczkę.

– Czego chcesz?! – zawołał Arent.

Trędowaty odwrócił się i odszedł. Przestali się wahać, przyspieszyli kroku i zaczęli go gonić. Z wody, którą rozchlapywali, pryskały szczury. Zapach przypraw stawał się coraz bardziej drażniący.

Symbol znaczył tutaj każdą skrzynię; oko i ogon zdawały się poruszać, pełzać jak tysiące przemykających po ścianach pająków.

Sara zacisnęła zęby. Śmiertelnie się bała, ale przecież tak naprawdę czuła lęk przez większość swego życia. Teraz przynajmniej widziała cel. Ten strach dokądś prowadził.

Nagle rozbłysło światło, jakby ktoś zdjął pokrywę ze świecy.

Arent cały się spiął i powoli, ostrożnie ruszył w stronę źródła blasku. Sara szła pół kroku za nim.

Spodziewając się ataku, podniósł ręce, by w razie czego osłonić twarz, i jednym zwinnym ruchem znalazł się za rogiem. Zobaczył osiem świec zapalonych na prowizorycznym ołtarzu, na którym widniał znak Starego Toma. Setki kolejnych pokrywały ściany.

– To świątynia – powiedziała zdjęta przerażeniem Sara. – Stary Tom zbudował sobie świątynię.

– Co oznacza, że przypuszczalnie ma już wyznawców wśród członków załogi – zauważył Arent.

32

Oszołomieni tym, co ujrzeli, Arent i Sara wracali przez labirynt, rozchlapując wodę. W ładowni nadal było ciemno choć oko wykol, powietrze nadal cuchnęło, a gryząca woń przypraw drażniła węch, lecz oboje wiedzieli, że wszystkie te rzeczy na razie straciły swój groźny aspekt.

Trędowaty wypełnił swą zagadkową misję.

– Czego chce Stary Tom? – odezwał się Arent.

– Oddania. Poświęcenia – powiedziała Sara. – Do czegóż innego miałby służyć ołtarz?

– Może do składania ofiar?

Zastanawiali się nad tym przez chwilę, a potem zatopiony w myślach Arent dodał:

– Ciekawe, czy to ołtarz był powodem, dla którego Isabel zeszła do ładowni.

– Isabel?

Arent opowiedział jej o nocnym spotkaniu konstabla z Isabel.

– „Marcheweczkę do worka"? – powtórzyła ze śmiechem. – Tak się wyraził?

– O mało nie zwróciłem śniadania, kiedy to usłyszałem – odparł Arent, szczerząc zęby. – Ale dzięki niemu wiemy, że po zmroku Isabel myszkuje po statku. Być może przychodzi do świątyni. Nie możemy wykluczyć, że Staremu Tomowi udało się pozyskać podopieczną pastora.

– Miałoby to sens – przyznała Sara. – Kers poluje na Starego Toma. Jest przekonany, że demon opętał kogoś, kto płynie tym statkiem. Powiedział mi to dziś rano.

– Kogo mianowicie?

– Ciebie.

– Mnie?

– Podobno. Bo szukamy kogoś o krwawej przeszłości.

– No tak, to zawęża krąg podejrzanych – skomentował sarkastycznie Arent, dmuchając w latarnię, by ożywić płomień. – Kers nie chce przypadkiem zabić tego demona? Może znalazł dobry pretekst do popełnienia morderstwa?

– Owszem, chce, ale nie wydaje mi się, żeby kłamał. – Wysoko nad ich głowami przez ażurowe luki służące do opuszczania towarów do ładowni przeświecały promienie słońca. Było widać marynarzy uwijających się na pokładzie. Zamiast wracać do schodów, Arentowi i Sarze byłoby szybciej wspiąć się na skrzynie i wyjść, wypychając luk do góry.

To się nie uda, uświadomiła sobie, biorąc pod uwagę ciężar swojej sukni.

– Kersa też zwabiono – powiedziała. – Dostał list od męża Creesjie, w którym Pieter poprosił go o przybycie do Batawii i pomoc w walce ze Starym Tomem. Tyle że kiedy ktoś pisał ten list za niego, Pieter już nie żył.

– Zdecydowanie musimy się dowiedzieć więcej na temat Kersa i Isabel – stwierdził Arent.

– Zostaw to mnie. Popytam…

Gdzieś w niewielkiej odległości usłyszeli drapanie, a potem głuchy odgłos. Ktoś zaklął.

– Brzmi jak Isaack Larme. – Sara uniosła brew.

– Larme, to ty?! – zawołał Arent.

– Tutaj! – usłyszał w odpowiedzi.

Poszli za głosem i znaleźli pierwszego oficera przed jedną ze skrzyń. Wpatrywał się w znak Starego Toma, przyświecając sobie świeczką na tacce. Trzymał w ręce sztylet z wyszczerbionym od rdzy ostrzem. Lekko dyszał, jakby wykonał jakąś ciężką pracę. Kiedy ich zobaczył, podniósł sztylet i postukał nim w oko z ogonem.

– Widzieliście? Taki sam symbol jak na żaglu.

Sara zwróciła uwagę na tkwiący na ostrzu kawałeczek drewna.

– Znak Starego Toma – wyjaśnił Arent. – Sprowadza nieszczęście tam, gdzie się pojawia. Próbowałem was przed tym przestrzec.

– Jest wszędzie – dodała Sara. Wskazała dłonią w kierunku środka labiryntu. – Trędowaty zbudował ołtarz. Stary Tom zaczyna przejmować statek.

Larme ponownie zerknął na symbol i wsunął nóż do buta.

– Albo załoga stroi sobie żarty – skonstatował. Zmierzył Sarę wzrokiem, zupełnie nie przejmując się jej pozycją. – Nie powinnaś tu przychodzić, pani. To nie jest miejsce dla dam.

– Usłyszeliśmy drapanie i jakiś łomot – wyjaśnił Arent.

W oczach pierwszego oficera błysnęło poczucie winy.

– Trwa przeszukanie... – podsunął nieprzekonująco.

– To był bliższy odgłos – rzuciła Sara.

– Nic nie słyszałem.

Rozejrzała się, próbując zrozumieć, co się dzieje, ale w ładowni było zbyt ciemno, a świeca wydobywała z ciemności sylwetkę Larme'a, pogrążając w mroku całą resztę.

– Dlaczego nie powiedziałeś, że przyjaźniłeś się z Boseyem? – spytał Arent.

– Bo się nie przyjaźniłem.

– Nosicie połówki tego samego amuletu. Podobno po zakończonym rejsie zapłata, która mu się należała, przypadnie tobie. Musieliście być sobie bliscy.

– Nie twoja sprawa – mruknął karzeł, unosząc tackę ze świecą. Płomień zamigotał.

– Nie chcesz wiedzieć, kto go zabił? – spytała Sara. – Kto go wciągnął na skrzynie, a potem podpalił?

Pierwszy oficer nerwowo przejechał językiem po ustach.

– Chyba że już wiesz – powiedział powoli Arent. – I zależy ci, byśmy tego nie odkryli.

– Nie macie pojęcia, o czym mówicie – warknął Larme.

– No to nam powiedz.

– Myślisz, że nie chcę? Że skaczę z radości, ponieważ ktoś albo coś chce nas posłać na dno? Ale nie mogę ci powiedzieć, bo jesteś żołnierzem.

– Ja nim nie jestem – odezwała się Sara.

– Ale jesteś, pani, kobietą. Niewiele lepiej…

– Och, na litość boską – prychnęła, rozdrażniona jego uporem. – Przecież nikogo poza nami nie ma w tej ciemnicy. Jakie to ma znaczenie?

Pokręcił gniewnie głową i wycelował w nich palec.

– Wszystkim się wydaje, że do żeglowania wystarczą fale i wiatr. Nieprawda. Liczy się załoga wraz z jej przesądami i uprzedzeniami. Ci ludzie, bez których pomocy nie dopłyniecie do domu, są mordercami, kieszonkowcami i wichrzycielami niezdolnymi do żadnej innej pracy. Służą na statku, bo gdzie indziej czekałby ich stryczek. Łatwo wpadają w gniew, a w pasji bywają brutalni. Zamknęliśmy ich w ciasnej przestrzeni, stłoczyliśmy bardziej niż bydło. Zadaniem kapitana Crauwelsa jest prowadzenie statku, a moim czuwanie nad tym, by załoga nie wszczęła buntu. Jeśli któryś z nas popełni błąd, wszyscy zginiemy. – Zadarł wojowniczo brodę jak chojrak w tawernie, gotów wytrącić komuś kufel z piwem. – Wiecie, czemu marynarze nienawidzą żołnierzy? Bo im tak każemy. Gdyby przestali, dotarłoby do nich, jak bardzo nie cierpią siebie nawzajem, a wtedy już na pewno nie dopłynęlibyśmy do domu. – Opuścił świecę. – Jeżeli odpowiem na wasze pytania albo w jakikolwiek sposób wam pomogę, stanę po waszej stronie. No więc mam do wyboru: Bosey albo statek. Na co byście się zdecydowali?

Nie otrzymawszy odpowiedzi, prychnął i odszedł.

Sara i Arent jeszcze przez chwilę słuchali jego cichnących kroków. Potem Arent podszedł tam, gdzie wcześniej stał Larme.

– Co mogło być źródłem tego drapania i hurkotu? Co on tu robił?

– Może przesuwał skrzynie? – zasugerowała Sara.

Arent naparł na kilka pierwszych z brzegu, ale były nie do ruszenia, bo utrzymywał je w miejscu ciężar tych stojących wyżej.

– Nic z tego.

– Może któryś z boków się otwiera?

Ostukał pięścią kilka najbliższych skrzyń. Wszystkie wydawały się solidnie zamknięte.

Sara mocno tupnęła nogą, aż woda ochlapała jej łydki. W raportach Arenta zawsze lubiła te fragmenty, w których Pipps odnajdywał klapę ukrytą w podłodze. Zawiedziona, musiała skonstatować, że tu, niestety, takiej nie ma, a jeśli deski podłogowe kryją jakieś tajemnice, to są one dobrze schowane.

Arent wpatrywał się w łukowate grube żebra kadłuba. Przesuwał palcami po szorstkich deskach.

– Czego szukasz? – spytała Sara, dołączając do niego.

– Czegoś, co mogłem przegapić. Sammy na pewno by... – Klasnął w dłonie. – Przecież Larme jest karłem! Nie sięgnąłby tak wysoko.

Klęknął na podłodze, nie zważając na wilgoć i smród.

Sara skrzywiła się z obrzydzeniem, ale cóż, i tak już była brudna. Wzruszyła ramionami i też uklękła w wodzie.

Jej drobne dłonie po chwili natrafiły na kołeczek.

– Jest! – wykrzyknęła triumfalnie.

Musiała przyznać, że mechanizm nie został ukryty z jakąś szczególną starannością. Ten, kto go zbudował, oszczędził sobie pracy, wierząc w działanie ciemności. Gdy Sara pociągnęła za kołeczek, jedna z desek wyskoczyła ze swojego miejsca i spadła na podłogę, wydając głuchy odgłos.

Za nią znajdowała się przegródka.

Arent przysunął latarnię, by oboje mogli zajrzeć do środka.

– Och! – jęknęła zawiedziona Sara. Skrytka była pusta. W opowieściach o Pippsie zwykle bywały pełne, znajdowały się w nich głównie klejnoty, a w jednej wyjątkowo drastycznej historii nawet odcięta głowa. – Cokolwiek tu było, Larme musiał to zabrać, żeby przenieść w inne miejsce.

33

Kiedy Arent wszedł do wielkiej kajuty, kapitanowie floty siedzieli przy stole, uderzali pięściami o blat, krzyczeli jeden na drugiego i rugali Adriana Crauwelsa za to, że zarządził gotowość bojową. Odosobniony przypadek samotnego światła nocą mógł oznaczać cokolwiek, naprawdę nie musiano ich z tego powodu wyciągać z łóżek.

Jedyną osobą, która zachowywała spokój, był Crauwels. Palił fajkę i obracał w palcach metalowy krążek, przesuwając paznokciami po obrysie herbu z dwugłowym ptakiem.

Arent zdawał sobie sprawę, że milczenie kapitana *Saardama* wynika z rozsądku. Jana Haana znacznie łatwiej rozdrażnić, niż zrobić na nim dobre wrażenie. Za rok połowa tych mężczyzn będzie woziła torf na zdezelowanych barkach, zachodząc w głowę, w którym momencie los się od nich odwrócił.

– Panowie! – ryknął w końcu gubernator generalny. – Panowie! – W wielkiej kajucie zaległa cisza. – Dziś wieczorem wygasimy latarnie, by utrudnić pościg naszemu tajemniczemu towarzyszowi. Jeżeli znów się pokaże, *Saardam* spuści na wodę szalupę, która popłynie zbadać sprawę. Wracajcie teraz na swoje statki i rozpocznijcie przygotowania. Żegnam panów!

Arent zaczekał, aż sarkający kapitanowie wysypią się z salonu. Jego stryj siedział na swoim miejscu, pochłonięty rozmową z Vosem, który stał nad nim z dłońmi złożonymi na plecach. Komendant straży

Drecht zajmował pozycję przy drzwiach. Powitał Arenta przyjaznym skinieniem głową.

Pan i jego dwa kundle, przemknęła Arentowi przez głowę nieżyczliwa myśl.

Słysząc kroki, gubernator odwrócił głowę i natychmiast rozpromienił się na widok bratanka.

– Ach, Arencie...

– Skąd wzięła się ta blizna, stryju? – odezwał się Arent, pokazując nadgarstek. – Co się stało z moim ojcem?

Zadał pytanie tak ostrym tonem, że Drecht odruchowo położył dłoń na rękojeści rapiera, a Vos posłał Arentowi gniewne spojrzenie w imieniu swego pana. Tymczasem gubernator spokojnie odchylił się na oparcie krzesła i złożył dłonie w piramidkę.

– Powiedziałbym ci, gdybym wiedział.

– Słyszałem twoją rozmowę z Vosem – oznajmił Arent, licząc na to, że uda mu się oddalić podejrzenie od Sary. – Wiem, że to ty przyzwałeś Starego Toma i zapłaciłeś za to życiem mojego ojca.

Gubernatorowi zrzedła mina. Spiorunował wzrokiem szambelana, a ten wzdrygnął się i spłoszył. Jastrząb, który wypatrzył polną mysz.

– Czy to prawda? – naciskał Arent. – Czy poświęciłeś mojego ojca, aby móc sprowadzić Starego Toma na ten świat?

Gubernator patrzył na bratanka, zastanawiając się, jak zareagować. Z jego czarnych jak plama inkaustu oczu nie dało się niczego wyczytać.

– To się stało na prośbę twojego dziadka – odezwał się w końcu. – Twój ojciec, Arencie, był fanatykiem i szaleńcem. Od początku, jak tylko się urodziłeś, uważał cię za dzieło szatana. Kiedy pewnego razu stłukł cię do nieprzytomności, Casper uzmysłowił sobie, że prędzej czy później ojciec cię zabije. Nie zamierzał do tego dopuścić, bo zbyt mocno cię kochał. Poprosił mnie, bym... rozwiązał ten problem. A ja go posłuchałem.

Arentowi zakręciło się w głowie. Zagadka zniknięcia ojca dręczyła go przez całe dzieciństwo. Była dla niego impulsem do opuszczenia rodzinnego domu. Służący dziadka rozmawiali między sobą o tamtych wydarzeniach, kiedy wydawało im się, że Arent nie słyszy. Ich dzieci wymyślały zabawy, by go dręczyć: szeptały przez dziurkę od klucza, udając ducha jego ojca, który przybył zabrać syna ze sobą. Stale powracało pytanie o to, kto wypuścił strzałę, która ugodziła ojca w plecy. Czy Arent? A jeśli tak, to jakim musiał być człowiekiem, by zrobić coś takiego?

Nie potrafił sobie wyobrazić większej zdrady niż to, że dziadek i stryj przez cały ten czas znali odpowiedzi na pytania, które bez przerwy sobie zadawał.

– Cz... czemu mi nie powiedziałeś? – wyjąkał, nie mogąc się pozbierać.

– Ponieważ zlecenie zabicia własnego dziecka nie jest błahostką, Arencie – odparł gubernator ze współczuciem, może dla siebie, a może dla Caspera van den Berga. – Twój dziadek wstydził się człowieka, jakim stał się jego syn. Wstydził się również decyzji, którą był zmuszony podjąć, i faktu, że nie potrafił zrobić tego, co musiało być zrobione, własnymi rękami. Twój dziadek pogardza słabością, zwłaszcza tą, którą znajduje w sobie.

Gubernator pochylił się ku grubemu snopowi światła słonecznego i wziął głęboki oddech, jakby sądził, że może wciągnąć je do płuc.

– Przeszłość to trucizna, Arencie. Twój dziadek chciał o niej zapomnieć, a ja przyrzekłem dotrzymać tajemnicy.

– A blizna?

– Niepokojące dzieło zabójcy, zresztą jedno z wielu. – Jan Haan ściągnął usta. – Miał zabić twego ojca blisko domu, nie było mowy o tym, żebyś przez trzy dni błąkał się po lesie. Nie wiemy, co się wtedy z tobą działo. Naprawdę.

– A zabójca? Co się z nim stało?

– Zniknął. – Gubernator zacisnął pięść i po chwili rozprostował palce. – Zapadł się pod ziemię. Dostarczył Casperowi różaniec twojego ojca, wziął zapłatę i tyle o nim słyszeliśmy.

– Różaniec miał być dowodem na to, że ojciec nie żyje?

– Tak. To była dla niego najcenniejsza rzecz, jaką posiadał. Casper wiedział, że jego syn nigdy dobrowolnie nie rozstałby się z różańcem.

– Ale przyzwałeś Starego Toma, prawda? Słyszałem, jak o tym mówiłeś.

Vos odchrząknął ostrzegawczo. Pochłonięty rozmową ze stryjem, Arent zupełnie zapomniał o szambelanie. Gubernator zignorował Vosa i obdarzył bratanka przenikliwym spojrzeniem.

– Wierzysz w demony? – spytał.

– Nie – padła stanowcza odpowiedź.

– Jak zatem mogłem przyzwać coś, w co nie wierzysz? Zadajesz mi te pytania, ponieważ wtedy, w lesie, twoje życie zupełnie się odmieniło i chciałbyś poznać przyczynę. Powiem tak: o tym, że dziś znajdujesz się w tym, a nie innym miejscu, zdecydowałeś ty sam, nikt inny. Nie ja, nie dziadek. Nie Bóg, nie Stary Tom. Wierz mi, obaj pragnęliśmy, byś poszedł wybraną przez nas drogą, lecz ty zawsze chadzałeś własnymi ścieżkami.

– Nie odpowiedziałeś na moje pytanie.

– Ale odpowiedziałem na jakieś pytanie. – Gubernator przetarł oko nasadą kciuka. – Czasami to jedyne, na co możesz liczyć.

– Cytujesz jeden z moich raportów.

– Sądzisz, że straciłem cię z oczu na te wszystkie lata? – Jan Haan zastukał w stół, jakby rysował niewidzialną linię, której nie wolno mu było przekroczyć. – Jest wiele rzeczy, o których nie mogę ci powiedzieć.

– Stryju...

– To, że szczerze odpowiadam na takie pytania, świadczy o mojej miłości do twojej rodziny. Nikt inny nie mógłby tego ode mnie żądać.

Arent wyczuł przyganę w jego głosie. Niechybny znak, że wyrozumiałość stryja jest na wyczerpaniu.

– Czy dziadek wiedział o Starym Tomie? – postanowił zaryzykować.

– Nie miałem żadnych tajemnic przed Casperem.

– Dlaczego to się dzieje? Kto za tym stoi? Czemu symbol demona znalazł się na żaglu?

– Ponieważ zapragnąłem więcej, niż zostało zaoferowane. Całą resztę musisz odkryć sam w moim imieniu. – Gubernator zamilkł. – Czy wierzysz w moją miłość do ciebie?

– Tak – odpowiedział bez wahania Arent.

Jego stryj odrobinę wypiął pierś.

– Zatem wiedz, iż trzymam pewne rzeczy w tajemnicy po to, aby cię chronić. Nie dlatego, że mam wątpliwości albo się boję. Nikomu na *Saardamie* nie ufam bardziej niż tobie. Jestem dumny z tego, jakim człowiekiem się stałeś.

Wstał i czułym gestem położył Arentowi dłonie na ramionach. Uśmiechnął się z przelotnym smutkiem, po czym bez słowa udał się do swojej kajuty. Vos podążył za nim i cicho zamknął drzwi.

Zdumiony Drecht wpatrywał się w Arenta, ale nic nie mówił.

Zanim Arent wyszedł, wściekłość, która w nim buzowała, wypaliła się. Okłamywano go przez całe życie, mimo że w najlepszej wierze. Stryj miał rację. Ojciec był potworem zdolnym do zabicia własnego dziecka. Casper i Jan Haan zamordowali go, by chronić Arenta, a potem ubrali tę zbrodnię w kłamstwo, by chronić siebie.

Pod drzwiami czekała zdenerwowana Sara.

– Wszystko słyszałam. – Podeszła do niego. – Tak bardzo mi przykro, Arencie.

– Nie mnie powinnaś, pani, żałować, lecz *Saardama* – ostrzegł, rzucając za siebie gniewne spojrzenie. – Jeżeli Stary Tom trzyma mego stryja w garści, to ten statek już należy do demona. Możliwe, że przegraliśmy tę bitwę, zanim tak naprawdę się zaczęła.

34

– Pusta? – spytał Drecht. Siedział na stołku i wyrównywał ostrzałką drobne wyszczerbienia w ostrzu rapiera. Był bez koszuli, gęste blond loki spływały mu na pierś, ale jak zawsze miał na głowie kapelusz z szerokim rondem i czerwonym piórkiem.

Przed godziną wszedł do przedziału pod półpokładem i zastał w nim Arenta w samotności gapiącego się tępo przed siebie. Ani słowem nie wspomniał o tym, co usłyszał w wielkiej kajucie, za to znalazł dzban wina, postawił go na beczułce, której używali jako stołu, i zapytał głosem na pozór pozbawionym ironii, jak Arentowi minął dzień. Ten opowiedział o ołtarzu trędowatego – który Crauwels nakazał zniszczyć – oraz o skrytce znalezionej przez Sarę.

– Zupełnie pusta – powiedział Arent, odkorkowując drugi dzban. Popołudniowe słońce prażyło bez litości, toteż większość marynarzy schowała się pod pokładem albo w pierwszym lepszym żałosnym skrawku cienia, jaki udało im się znaleźć. W rezultacie na *Saardamie*, zwykle rojnym jak ul, panowała upiorna cisza, którą mącił jedynie chlupot fal.

– Jak duża była ta skrytka?
– Pomieściłaby worek zboża.
– Należy do szmuglerów – orzekł Drecht ze znajomością tematu, przeciągając kamieniem po ostrzu. – Pełno takich na *Saardamie*,

jak zresztą na każdym indiamanie. Starsi oficerowie korzystają z nich, żeby nie płacić Kompanii za fracht.

Arent pociągnął z dzbana i od razu wypluł. Wyciągnięte z kufra wino było ciepłe jak zupa.

– Co takiego przewożą? – spytał, wycierając usta.

– Wszystko, na czym mogą zarobić.

– Bosey i Larme byli przyjaciółmi – rzucił Arent w zamyśleniu. – Bosey pracował jako cieśla. Jeśli to on zbudował tę skrytkę, być może Larme wykorzystywał ją do nielegalnego przewozu towarów, które później sprzedawał i dzielił się zyskami z kompanem. Ale co takiego wyjął z niej dziś rano?

Komendant straży odchrząknął, jakby stracił zainteresowanie tym tematem.

– Wiesz, dlaczego mój stryj uwięził Sammy'ego Pippsa? – spytał nagle Arent.

– Z tego, co zrozumiałem, chodziło o jakąś przysługę. Ale jaką i dla kogo, tego nie wiem. Gubernator generalny nie zwierza mi się z takich spraw – mruknął Drecht, skupiając się na szczerbie na ostrzu. – To Vos jest strażnikiem jego sekretów. Ja tylko zabijam tych, którzy je kradną.

Przysługa... – pomyślał Arent. Kto, u licha, mógł poprosić jego stryja o coś takiego? Ktokolwiek to był, na pewno miał nikczemne zamiary.

– Pytanie za pytanie – powiedział komendant straży. – Wiesz, co to za ładunek, który gubernator kazał wnieść na statek?

– Kaprys?

– Nie, coś innego. Znacznie większego.

– Pierwsze słyszę.

Drecht przerwał ostrzenie i spojrzał na niego rozdrażniony.

– Cokolwiek to jest, użeraliśmy się z tym trzy dni. Gubernator kazał to wywieźć z fortu w środku nocy, a teraz to cholerstwo zajmuje połowę ładowni.

– Czemu się tym przejmujesz?

– Jak mam bronić gubernatora, skoro nie wiem, dlaczego ktoś może próbować go zabić? Ten ładunek musi być ważny, czymkolwiek jest. – Drecht ze złością pokręcił głową. – Za dużo przeklętych tajemnic na tym statku i Bóg mi świadkiem, że wszystkie z rapierami w ręce zasadzają się na gubernatora.

– Od jak dawna go ochraniasz?

– Straciłem rachubę – odparł kwaśno Drecht. – Kiedy zajęliśmy Bahię?

– Chyba z siedemnaście lat temu.

– No, to wtedy zacząłem. – Na samo wspomnienie na jego twarzy pojawił się wyraz niezadowolenia. – Twój stryj szukał kogoś, kto wywiezie go z Hiszpanii, a że w odróżnieniu od większości tych, którzy przeżyli bitwę, nadal miałem wszystkie członki... Powiedziałem żonie, że wrócę za pół roku, ale od tamtej pory stale jestem przy nim. A ty? Jak długo służysz Pippsowi?

– Pięć lat. – Arent łyknął paskudnego wina. – Znał legendy o mnie i doszedł do wniosku, że potrzebuje kogoś takiego jak ja, kto będzie stał za nim, gdy on będzie oskarżał ludzi o morderstwo.

Drecht się roześmiał.

– Nie pisałeś o tym w raportach.

– Na papierze zdrowy rozsądek zbyt często sprawia wrażenie tchórzostwa. – Arent wzruszył wielkimi ramionami.

– Jaki on jest naprawdę? – spytał Drecht, wracając do przerwanej czynności.

– To zależy od dnia – odparł ostrożnie Arent. – Urodził się bez grosza przy duszy i przeraża go myśl, że znów mógłby być biedny. Opisuję tylko najciekawsze sprawy, ale Sammy przyjąłby każdą, byle była dobrze płatna. Większość rozwiązuje w kilka minut, a potem dąsa się, bo dopada go nuda, i zaczyna wydawać zarobione pieniądze na zachcianki, do których akurat mu najbliżej.

Komendant straży wydawał się odrobinę zawiedziony.

– W opowieściach zawsze występuje jako bardzo szlachetny człowiek.

– Potrafi taki być, owszem. Kiedy słońce świeci pod odpowiednim kątem, a wiatr wieje w plecy. – Arent westchnął głęboko. W rzeczywistości Sammy rzadko bywał życzliwy, a jeśli mu się to zdarzało, to zwykle nie zdawał sobie z tego sprawy. Jego dobroć miała jednak taką moc, że odmieniała życie. Kiedyś usłyszał zawodzenie starej kobiety lamentującej nad śmiercią męża, którego napadnięto na ulicy, by skraść mu sakiewkę. Sammy rozwiązał zagadkę w niespełna godzinę, odnalazł pieniądze i zwrócił je biedaczce, dorzucając sto monet z własnej kieszeni. Twierdził, że sprawa okazała się miłą igraszką wartą swej ceny, ale Arent widział minę staruszki. Sammy prostym gestem odmienił jej świat.

W tym właśnie sęk, że na pytanie Drechta o to, jaki był Sammy, nie istniała jedna prosta odpowiedź. Arent mógł powiedzieć, że Sammy to człek niezwykle inteligentny, wyjątkowy, niepowszedni; ale równie dobrze mógł rzec: jest próżny, zachłanny, leniwy, czasem nawet okrutny. Wszystko to było prawdą i zarazem nie w pełni oddawało jego charakter.

Bo przecież niebo nie jest tylko niebieskie. Ocean nie jest tylko mokry. A Sammy nie przypomina żadnego innego człowieka. Bogactwo, władza, przywileje nic dla niego nie znaczą. Jeżeli uznał kogoś za winnego przestępstwa, którego okoliczności badał, to go oskarżał i już.

Sammy był taki, jaki zdaniem Arenta powinien być cały świat. W takim świecie starszej kobiecie, która została skrzywdzona, należałaby się rekompensata bez względu na to, czy była bogata czy biedna, silna czy wątła. Słabi nie obawialiby się możnych, możni zaś nie braliby tego, co im się podoba, bez ponoszenia konsekwencji. Władza byłaby brzemieniem, a nie wymówką; wykorzystywano by ją do poprawy jakości życia wszystkich, nie tylko tego, kto ją dzierży.

Arent pokręcił głową. Nie cierpiał, kiedy jego myśli płynęły tym nurtem, bo łatwo się wtedy rozklejał. Żył zbyt długo i widział zbyt dużo świata, by wierzyć w opowieści snute przy kominku, ale pocieszało go to, że dopóki żył Sammy, dopóty królowie i arystokraci mieli się kogo obawiać.

Podał Drechtowi dzban z winem.

– Jak trafiłeś do Batawii?

– Miałem do wyboru to albo cholerne pole bitwy – odparł komendant straży, zapijając gorycz winem. – Widziałem ich tyle, że perspektywa powrotu na kolejne bynajmniej nie napawała mnie entuzjazmem. Poza tym gubernator obiecał, że uczyni mnie majętnym, jeśli dotrze do Amsterdamu w jednym kawałku. Będzie mnie stać na własną służbę, a moja żona w końcu przestanie chodzić w pole. Moje dzieci będą mogły liczyć na lepszy los niż ten, który stał się udziałem ich ojca. Ech, dobrze by było!

Uniósł rapier i powiódł wzrokiem wzdłuż ostrza, na którym zatańczyły promienie słońca.

– Mój stryj ci go dał? – spytał Arent.

– Nagroda za lata wiernej służby. – Drecht zmrużył oczy, nareszcie dochodząc do prawdziwego celu wizyty. – Twój stryj jest potężnym człowiekiem. Tacy jak on mają więcej wrogów niż przyjaciół. Zwłaszcza jednego, jak sądzę.

– Kogo?

– Nie wiem, ale kimkolwiek jest, gubernator obawia się go już od dłuższego czasu. Do tego stopnia, że w Batawii nie wychodził z fortu. Dlatego zamiast garstki strażników, która wygodnie zmieściłaby się na pokładzie, zabrał na *Saardama* całą swoją straż przyboczną. On się czegoś bardzo boi. To strach, przed którym nie chronią nawet wysokie ściany i oddział wojska. Powiedz mi, co może być tego przyczyną?

– Stary Tom? – spróbował odgadnąć Arent.

Drecht mruknął i powrócił do ostrzenia broni.

35

Po tym, jak kapitanowie floty popłynęli szalupami do swych statków, Sara zasiadła do harfy. Tylko przy niej mogła znaleźć ukojenie. Trącała struny instynktownie i bez najmniejszego wysiłku, nie myśląc o muzyce, ta bowiem po prostu wypełniała kajutę i otaczała Sarę, tak jak morze oblewało *Saardama*. Wkrótce w ogóle zapomni, że ma cokolwiek wspólnego z tym, co działo się na pokładzie.

Na tle muzyki myśli Sary wybrzmiewały w ponurych, przerażających tonacjach.

Jan sam przyznał, że przywołał Starego Toma – istotę, która zadawała nieopisane cierpienie w Prowincjach, a teraz zbudowała sobie własny ołtarz na *Saardamie*. Jaką umowę zawarł z demonem i do jakiego stopnia okropności, jakich dopuszczał się w ostatnich latach, stanowiły spłatę długu, który zaciągnął?

Spojrzała przez struny harfy na Creesjie i Lię. Przyjaciółka przymierzała adamaszkową suknię, w której pójdzie na kolację, a córka klęczała u jej stóp ze szpilkami w ustach i kawałkiem materiału w dłoni. Obok niej leżał pusty futerał na zwój.

– Możesz się jeszcze raz przejść po kabinie? – poprosiła Lia.

– Chodziłam już pięć razy – zauważyła cierpko Creesjie. – Wszystko jest w porządku.

– A jeśli futerał zmieni twój chód i ludzie zauważą? – przejęła się Lia.

– Akurat mój chód nie należy do rzeczy, na które mężczyźni zwracają uwagę.

– Proszę.

– Lio! – ostrzegła zirytowana Creesjie.

– Mamo...

– Creesjie, przejdźże się po kabinie jeszcze ten jeden raz – poprosiła Sara. – Niech Lia cię obejrzy.

Lia i Creesjie kontynuowały przygotowania, a myśli Sary ponownie pobiegły ku mężowi. Od dawna był bogatym i wpływowym człowiekiem. Jeżeli jedno i drugie uzyskał dzięki Staremu Tomowi, to jaką cenę musiał zapłacić?

Zaczęła przesiewać pamięć pod kątem wszelkiego zła, jakiego dopuścił się w tym czasie, gdy byli małżeństwem. Wyrżnął w pień mieszkańców wysp Banda z powodu rzekomego niewywiązania się z umowy. Czy zrobił to wskutek nalegań Starego Toma? Czy ocalenie pod Bredą było zasługą demona? A te trzy przypadki, gdy pobił ją niemal na śmierć? Czy były ochłapami, które rzucił bestii, by zaspokoić jej głód?

Palce nie trafiły w struny, melodia zapadła się jak niewprawnie wzniesiony dom. Sara zaczęła od początku.

– Wydaje mi się, że powinnam zrobić większą szlufkę – mruknęła Lia, wpatrując się w adamaszkowy strój.

– Jest wystarczająco duża – orzekła Creesjie, wyszarpując brzeg sukni z ręki dziewczyny.

– Dasz radę podnieść? Nie jest za ciężka?

– Dość tego jęczenia – zażądała Creesjie. – Saro, czy możesz powiedzieć swej piekielnej córce, że wszystko jest w najlepszym porządku i ma przestać się martwić?

Sara nie usłyszała, bo sama pogrążyła się we własnych zmartwieniach.

Znała mentalność męża i wiedziała, że wroga, którego nie mógł zniszczyć w inny sposób, zabijał. Jeśli nie mógł zabić, starał się go kupić. A jeśli nie mógł kupić, szedł na układ. Jeżeli Stary Tom płynął na *Saardamie* i naprawdę zagrażał Janowi, ten w pierwszym odruchu będzie próbował coś mu zaoferować.

A miał co.

Płynął do Amsterdamu, aby zostać członkiem rady Siedemnastu Panów, najpotężniejszego gremium na świecie. Dzięki temu zyska kontrolę nad flotą i armiami Kompanii. Tam gdzie dotknie palcem mapy, tam na jego rozkaz dokona się spustoszenie. Jeżeli Stary Tom celował w zadawaniu cierpienia, nie mógł sobie znaleźć lepszego namiestnika.

Muzyka brzmiała fałszywie. Sarze trzęsły się dłonie.

W forcie wcielała się w Samuela Pippsa, ale zawsze ze świadomością, że bez względu na to, czy uda jej się rozwiązać zagadkę, czy nie, żadne pytanie nie pozostanie bez odpowiedzi, sprawiedliwi odniosą triumf i nikomu, kto jest jej bliski, nie stanie się krzywda.

Teraz nie miała tej gwarancji. Stary Tom ukrył się w jednym z pasażerów i jeżeli ona nie dowie się w kim, wszyscy najbliżsi jej sercu mogą zginąć.

– Lio?

– Tak, mamo?

– Jak dobrze rozumiesz prawa pozwalające statkowi unosić się na wodzie?

– To wyłącznie kwestia balastu i...

– Doskonale – przerwała Sara córce; nie miała czasu na zgłębianie jej wiedzy. – Czy byłabyś w stanie ustalić, w którym miejscu najlepiej zbudować tajne skrytki w kadłubie?

– Musiałabym skonstruować model. – Oczy Lii zalśniły.

– Znajdę deski. Ile czasu potrzebujesz?

– Tydzień albo więcej – odparła radośnie Lia. – Do czego ci to potrzebne?

– Skoro Bosey zbudował jedną skrytkę, równie dobrze mógł zrobić ich więcej. Niewykluczone więc, że Larme po prostu przeniósł tę swoją rzecz, czymkolwiek jest, z jednego schowka do drugiego.

– Cudownie, masz nowe zadanie – zwróciła się Creesjie do Lii. – Może wreszcie teraz dasz mi spokój.

36

Pozostała część dnia upłynęła na bezczynności w ciężkim upale, który spływał na *Saardama*.

Przeszukanie statku nic nie dało. Nie odnaleziono stroju trędowatego. Załoga chodziła niespokojna i rozdrażniona.

Kiedy tarcza słoneczna zaczęła się chować za horyzontem, Crauwels wydał rozkaz rzucenia kotwicy i zwinięcia żagli. Dwa statki floty popłynęły dalej pomimo zapadającego zmierzchu. Morze było spokojne, zapewne dlatego postanowiły kontynuować rejs nocą, aby nadrobić czas stracony na poszukiwania trędowatego.

Crauwels patrzył, jak znikają na tle czerwonego słońca.

– Przeklęci głupcy – mruknął. – Lekkomyślni, przeklęci głupcy.

37

Kiedy Sara weszła do wielkiej kajuty, sługa właśnie nakrywał do stołu przed kolacją. Zapukała do drzwi męża z niepokojem, jaki zawsze odczuwała o tej porze dnia.

Nie odpowiedział.

Spróbowała jeszcze raz – z identycznym skutkiem.

– Jest u siebie? – spytała Drechta, który stał na warcie, ćmiąc fajkę. Mało kto potrafił trzymać straż tak jak on: w pełnym bezruchu, jakby na wstrzymanym oddechu.

– Skoro tutaj jestem, to tak – odparł.

Zapukała po raz trzeci i delikatnie pchnęła drzwi. Uchyliwszy je, zajrzała do środka i zobaczyła Jana siedzącego sztywno przy migoczącej świecy i wpatrującego się w listę pasażerów.

– Mężu – odezwała się.

Zawsze się go bała, ale tym razem strach miał inny charakter. Z tego, co wiedziała, Jan zawarł umowę z demonem i oddał swe ciało do dyspozycji Starego Toma. Wiele by dała, by nie musieć tu wchodzić.

– Hm. – Ocknął się, mrugnięciem przegnał troski z myśli, na chwilę skupił się na żonie, a potem przeniósł spojrzenie na fioletowe niebo za iluminatorem. Na jego twarzy malowało się zaskoczenie. – Godziny minęły tak szybko – powiedział nieobecnym głosem. – Nie zdawałem sobie sprawy, że już pora na nasze obowiązki.

Wstając, zaczął rozsznurowywać pludry.
- Czy mogę cię prosić o chwilę zwłoki? – Podeszła do półki z winem i zdjęła butelkę jego ulubionego portugalskiego trunku. – Może najpierw się napijemy? – zaproponowała.
Skrzywił się z niezadowoleniem.
- Naprawdę uważasz mnie za aż tak odrażającego, że musisz się znieczulić, zanim przystąpisz do swej powinności?
Tak... Natychmiast odsunęła od siebie tę myśl.
- Po prostu zaschło mi w gardle – skłamała. – Na statku panuje okropny zaduch.

Odwrócona do niego plecami, ukradkiem wyjęła fiolkę z miksturą na sen, którą trzymała w schowanym w rękawie niewielkim woreczku, odkorkowała ją i przechyliła nad jego kubkiem. Była to ta sama substancja, którą skróciła cierpienia Boseya w porcie – i z tą samą nieznośną powolnością samotna kropla płynu poczęła zbierać się na krawędzi naczynka.

Zerknąwszy na sekretarzyk, Sara zobaczyła wystający spod listy pasażerów kawałek pergaminu. Przeczytała trzy widoczne nazwiska, ale niżej musiało być ich więcej.

Bastiaan Bos – 1604
Tukihiri – 1605
Gillis van de Ceulen – 1607

Ściągnęła brwi. Pierwsze dwa nic jej nie mówiły, ale van de Ceulena kojarzyła – należał do możnego rodu, dopóki nie okrył się hańbą.

Próbowała sobie przypomnieć, o co chodziło, ale chyba po prostu od początku nie wiedziała. Była jeszcze mała, kiedy to się stało, a gdy chciała się czegoś dowiedzieć, udzielano jej mętnych odpowiedzi, opartych raczej na pogłoskach niż na faktach. Typowe. Możni żerowali na skandalach, lecz szybko zapominali, co trafiało do ich żołądka. W końcu zawsze pojawiała się kolejna strawa.

– Czyżby korek się zaklinował? – spytał Jan. Podłoga zatrzeszczała; gubernator podnosił się z krzesła.

– Nie – zapewniła prędko. – Znalazłam pająka w swoim kubku. Próbuję go wyjąć.

– Rozgnieć toto i tyle.

– Nie ma potrzeby go krzywdzić.

Skwitował jej słowa śmiechem.

– Och, jak łatwo rani się kobiece serce. Nic dziwnego, że większość waszego gatunku woli ognisko domowe.

Większość... To słowo było niczym okno jego duszy. Widziała przez nie dotknięty zarazą krajobraz ich wspólnego życia.

Spojrzała na fiolkę. Arent chciał wiedzieć, jaki jest efekt działania jednej kropli specyfiku. A także dwóch i trzech kropli. Nie pytał o pięć, ale ona wiedziała.

Pięć kropli zabija.

To byłoby takie proste: nieco bardziej przechylić naczynko, odrobinę mocniej potrząsnąć i płyn skapnąłby do kubka. Za kilka godzin Jan byłby martwy.

Biła się z kuszącą myślą.

Jeżeli Stary Tom rzeczywiście opętał jej męża, Kers odprawi rytuał wygnania i niebezpieczeństwo zostanie zażegnane. Zresztą, nawet jeśli Jan nie nosi w sobie demona, to przecież sprowadził go na ten świat. Śmierć to najłagodniejsza kara, jaka powinna go spotkać.

Dłoń jej zadrżała. Tak bardzo pragnęła to zrobić. Jedno nieczyste istnienie w zamian za życie Lii, powiedziała sobie. Jedno istnienie, aby wreszcie skończyła się ta zgroza, która towarzyszy jej od piętnastu lat.

A jednak nie znalazła w sobie dość odwagi. Co będzie, jeśli on nabierze podejrzeń i wezwie Drechta? Co się stanie, jeśli specyfik nie zadziała? A jeśli zadziała? Stary Tom zostanie wprawdzie wygnany, lecz kto potem uwierzy, że Sara zabiła męża, aby pozbyć się diabła? Zgodnie z prawem Kompanii, van Schooten będzie mógł rzucić ją załodze, a później, gdy już dotrą do Amsterdamu – zakładając, że przeżyje do tego czasu – zostanie stracona.

Lia zostanie sama.

Zawstydzona Sara zrezygnowała.

– O czym myślałeś, kiedy weszłam? – spytała, chcąc zyskać na czasie, zanim gęsta mikstura wreszcie odklei się od brzegu fiolki.

– Dlaczego cię to interesuje?

– Pukałam trzy razy, ale nie odpowiadałeś. – Zniecierpliwiona, lekko potrząsnęła naczynkiem i wtedy razem z pierwszą skapnęła druga kropla.

Serce jej zamarło.

Po jednej zapadnie w głęboki sen, który jednak nie będzie trwał dłużej niż zwykle. Po dwóch pozostanie w objęciach Morfeusza prawie do południa. Przeważnie wstawał przed świtem, dlatego z pewnością pojawią się pytania. Przeszło jej przez głowę, że mogłaby coś wymyślić, wziąć nowy kubek, ale nie – zorientowałby się, że zaczęła grać na zwłokę. Wlała więc wino i pomodliła się, by złożył zmęczenie na karb morskiego powietrza.

– Wydajesz się strapiony – powiedziała, przynosząc kubek do stołu. – To u ciebie rzadkie.

– Mój stan ducha nigdy wcześniej nie był przedmiotem twej troski – zauważył podejrzliwie, stukając w kubek długim, ostrym paznokciem.

Czując pierwsze ukłucie paniki, Sara zdała sobie sprawę, że popełniła błąd. Od lat nie wcielała się w rolę oddanej żony, a jeśli już, to z czystej złośliwości.

– To był dziwny dzień – odparła cicho, nie będąc w stanie wymyślić lepszego kłamstwa.

– Słyszałem. – Zmrużył oczy. – A może myślałaś, że twoja wyprawa do ładowni z Arentem przejdzie niezauważona? – Huknął kubkiem o stół i wstał. – Po co to zrobiłaś, Saro? Chciałaś mnie upokorzyć? Na co liczyłaś?

Zaczęła wpadać w popłoch. Wzdrygnęła się, sądząc, że mąż ją uderzy, ale on tylko patrzył.

– Wydawało ci się, że nie wiem o twojej wczorajszej hulance? – Wykrzywił usta w lubieżnym uśmiechu. – Jak ci się podobał jego smyczek, hm?

– Mężu...

– Dosyć tego – warknął, podkreślając słowa ruchem dłoni. – Nie będziesz się z nim widywała. Arent jest dla ciebie za dobry, a ja nie zamierzam świecić oczami z powodu twojego zadurzenia. Koniec ze śniadaniami, koniec z pytaniami. – Machnął ręką. – Odbieram ci swobodę poruszania się po pokładzie. Od tej pory nie wolno ci opuszczać kajuty, chyba że w celu wypełnienia obowiązku małżeńskiego.

Odzyskał swą hardość, sięgnął po kubek, opróżnił go i odstawił.

– Rozbieraj się – zakomenderował. Cała wściekłość jakby nagle z niego wyparowała.

Zniechęcona Sara spuściła wzrok i zaczęła rozwiązywać supły na ramionach. Suknia zsunęła się na podłogę, po niej gorset i koszula. Po chwili Sara stała przed mężem naga. Spojrzał na nią pogardliwym wzrokiem. Rozpiął sześć skórzanych pasków napierśnika, zdjął go i powiesił w rogu, na stojaku do zbroi. Kątem oka Sara zauważyła wystający zza klamerki kawałek pergaminu.

Następnie ściągnął pludry, odsłaniając blade kościste nogi i wzwiedzionego penisa.

Nakazał jej gestem położyć się na koi, a kiedy to zrobiła, wlazł na nią.

Spełnienie małżeńskiego obowiązku zajęło mu raptem chwilę.

Po kilku stęknięciach przez zaciśnięte zęby wypchnął z siebie nasienie i zaczął dyszeć, owiewając twarz Sary kwaśnym odorem.

Upokorzona, rozwarła dłonie, które zacisnęła na prześcieradle. Patrzyła na chudą szyję męża, zastanawiając się, co by poczuła, gdyby nagle zaczął się dusić.

Ujął ją za brodę i wbił w nią spojrzenie czarnych oczu.

– Uródź mi syna, a nie będziesz musiała dłużej wypełniać obowiązków.

– Nienawidzę cię – syknęła.

To było lekkomyślne, niemądre. Nie powinna była tego mówić, ale nienawiść wezbrała w niej, domagając się ujścia, jak zawartość żołądka w chorobie. Nie potrafiła tego powstrzymać.

– Wiem. Myślisz, że dlaczego wybrałem akurat ciebie, a nie którąś z twoich sióstr? – Zsunął się z niej i podszedł do sekretarzyka nalać sobie więcej wina. – Twój ojciec uczynił ze mnie swego wroga, Saro. Nasyłałem piratów na jego składy i statki. A potem, gdy już go zniszczyłem, wziąłem sobie w nagrodę jedną z drogich jego sercu córeczek. Tę, o której wiedziałem, że nigdy mnie nie pokocha, i która będzie pałała do mnie największą nienawiścią.

Dopił wino jednym haustem i beknął.

– Jak się czujesz ze świadomością, że twoje cierpienie jest wtórne i ta udręka nawet nie jest twoją własną? – Wpatrywał się w nią, czekając na reakcję.

– Wiem, że zawarłeś układ ze Starym Tomem – wyrzuciła z siebie, przepełniona odrazą. – Wiem, że go przyzwałeś.

Jego oczy zalśniły czymś, co nie było złością, smutkiem ani nawet zaskoczeniem, lecz…

…dumą.

– Urodziłem się jako czwarty syn w nękanej kłopotami rodzinie, stojącej na krawędzi ruiny z powodu nieudolności ojca – powiedział. – Bóg nie miał co do mnie żadnych wielkich planów, toteż musiałem sam je nakreślić. Zrobiłem to z pomocą diabła. Nie sprawisz, że zacznę się tego wstydzić albo żałować, Saro. Kiedy dostarczę Kaprys, trafię na karty historii, ty zaś, nudna i nijaka, zostaniesz zapomniana.

Machnął dłonią.

– Odejdź. Nie jesteś mi już do niczego potrzebna.

38

Arent siedział za zasłonką na wąskiej koi i z trudem wciskał się w swój stary mundur wojskowy. Pludry okazały się ciasne w talii, a spłowiały zielony kaftan nie zapinał się tak łatwo jak kiedyś.

Ogarnął go lekki niepokój, ale Arent nie poczuł się jakoś szczególnie zaskoczony.

Mimo że zdarzało mu się uganiać za przestępcami, ogólnie wiódł teraz spokojniejsze życie. Jadał pożywne posiłki, pijał dobre wino, znacznie rzadziej się denerwował i nieczęsto podejmował forsowny wysiłek. W wojsku było zupełnie inaczej, tam niemal codziennie maszerowało się albo walczyło. A kiedy brakowało wroga, mierzyło się z innymi żołnierzami. Przygnębiający, ciężki los, za którym rzadko tęsknił.

Nareszcie udało mu się zapiąć wszystkie guziki kaftana. Wpuścił postrzępiony brzeg koszuli w spodnie, po czym sprawdził, czy nie jest brudna, i znalazł kilka zaschniętych kropel krwi przy kołnierzyku.

Trudno, ujdzie. Mundur, choć sfatygowany, był najelegantszym strojem, jakim Arent dysponował, i jedynym nadającym się na kolację u gubernatora. Stryj kupił mu go razem z patentem na oficera. Pomimo wszystkich swych wad Jan jako jedyny rozumiał, dlaczego Arent postanowił opuścić dom dziadka. Jako jedyny nie krzyczał ani nie zakazywał. Jako jedyny zajrzał Arentowi w oczy i zobaczył czający się w nich strach. Poczucie lojalności wobec Caspera kazało mu spróbować odwieść bratanka od pomysłu, ale kiedy się zorientował, że to na nic, zrobił wszystko, co mógł, by zapewnić mu dobry start na nowej drodze.

Arent znów poczuł ukłucie tęsknoty za tamtym Janem – i jednocześnie wciąż świeże zdumienie tym, jakim człowiekiem stał się stryj. Arent wprawdzie nie potrafił uwierzyć w demony, ale rozumiał tę pokusę znalezienia czegoś nadnaturalnego, na co dałoby się zrzucić winę, co można by wypędzić i w ten sposób w cudowny sposób odzyskać stryja, który go wychował – jakież to wygodne.

Potarł bliznę. Wedle słów stryja, symbol na nadgarstku wyciął mu zabójca ojca. Ale dlaczego to zrobił? I kto jeszcze o tym wiedział? Ktoś, kto umieścił znak Starego Toma na żaglu *Saardama*, musiał znać przeszłość Arenta. W jakimś celu pozyskał Boseya, odział go w szaty trędowatego i umieścił na stercie skrzyń, aby udzielił ostrzeżenia.

Wszystko to wymagało zachodu, planowania i organizacji i wydawało się Arentowi zbędnym trudem, niewartym pośledniego najemnika, za jakiego się uważał.

Poprawił kurtę i ruszył przez pustą sterownię do wielkiej komnaty. Gburowaci słudzy podawali napoje, pasażerowie i oficerowie mieszali się jak ciepła i zimna woda w bali. Figlarność sąsiadowała z niezręczną ciszą; konwersacje prowadzone na siłę w końcu musiały się zakończyć milczeniem.

Sara i Lia rozmawiały z Kersem i Isabel. Sara miała szkliste oczy, co mogło oznaczać, że niedawno płakała. Kiedy zobaczyła Arenta w drzwiach, posłała mu zapraszający uśmiech.

Poczuł, jak serce w nim rośnie.

W polu widzenia pojawił się Vos. Z wyrazem cierpienia na twarzy patrzył na coś znajdującego się w drugim końcu pomieszczenia. Arent podążył za jego wzrokiem i zobaczył Creesjie. Jako bodaj jedyna sprawiała wrażenie, że świetnie się bawi. Gawędziła z kapitanem Crauwelsem. Arent przyjrzał się tym dwojgu i uznał, że gdyby ktoś go zapytał, które z nich jest lepiej ubrane, nie umiałby odpowiedzieć. Creesjie miała na sobie wyszywaną paciorkami adamaszkową suknię z koronką na piersi. Jej lśniące blond włosy spływały po ramionach i plecach. Crauwels włożył jedwabną koszulę, na nią skórzaną kamizelkę. Jego pomarańczowe pludry i dopasowany do nich kubrak w tym samym kolorze zdobiło obszycie z gęstych piór.

Creesjie zaśmiała się, pokazując ładne, zdrowe zęby, po czym swawolnie pociągnęła za szarfę kapitana.

– Niech pan mi powie, kapitanie, ale tak szczerze: jesteś pan nieokrzesanym kapitanem floty handlowej czy dżentelmenem?

– Nie mogę być jednym i drugim?

– Niemożliwe – odparła, odrzucając głowę do tyłu. – Jeden zarabia pieniądze, więc interesuje go wyłącznie gromadzenie majątku. Drugi pieniądze wydaje i nie dba o to, skąd się biorą, byle ich nie zabrakło. To zupełnie rozbieżne dążenia, a jednak proszę! W panu się spotkały.

Wypiął dumnie pierś. Komplement z ust Creesjie Jens to nie byle co.

– Jak to się stało, kapitanie, że jest pan człowiekiem tak fascynujących sprzeczności?

Arent od razu to zauważył: Crauwels był tak oczarowany Creesjie, że pozwolił, by owinęła go sobie wokół palca. Urabiała go, a on nawet się nie zorientował. Najtrudniejsze pytania najlepiej opleść najłagodniejszymi słowami, powiedział kiedyś Sammy. Był w tym mistrzem, ale czy dorównywał Creesjie?

Ciekawe, do czego ona dąży? – zastanawiał się Arent.

– Chętnie opowiem, pani, bo sądzę, że spodoba ci się ta historia – odparł Crauwels, przysuwając się zuchwale blisko. – Otóż wywodzę się ze szlacheckiej rodziny, która, niestety, utraciła tytuł po tym, jak mój dziadek, niech przeklęta będzie jego dusza, roztrwonił majątek. Zmieniliśmy miejsce zamieszkania, mimo to dorastałem pośród okruchów naszej minionej świetności, w otoczeniu starych mebli, matka bowiem uparła się wypełnić nimi małe izby nowego domu. Zachowała również sposób bycia właściwy warstwie, z którą się rozstaliśmy, ponadto od czasu do czasu zwracała się z prośbą o zwrot starych długów bądź korzystała z dawnych znajomości, dopóki i te nie zostały zerwane. Dzięki temu, w ramach ostatniej przysługi byłego przyjaciela rodziny, który odsunął się od nas, jako że nie mogliśmy zaoferować niczego w zamian, otrzymałem patent kapitana floty.

Creesjie ze zdziwieniem zasłoniła usta dłonią.

– Okazało się, że jestem urodzonym żeglarzem – pochwalił się, z zadowoleniem obserwując jej reakcję. – Nie mam sobie równych, jeśli chodzi o umiejętność nawigowania i orientowania się w znakach na morzu i niebie. Spytaj, pani, kogokolwiek z załogi, a to potwierdzi. Nikomu nie pozwalam tknąć map na *Saardamie* z obawy, że mógłby nas błędnie pokierować. Zdolności te wydają mi się wszakże marnym substytutem tego, co straciłem, staram się zatem trzymać wszystkiego, co jeszcze mi zostało: manier, stroju, wykształcenia. Trwam przy nich, aby pewnego dnia, gdy uda mi się odbudować fortunę mej rodziny, móc powrócić do tamtego życia.

Creesjie obdarzyła go spojrzeniem pełnym tak głębokiej nadziei, że Arent odwrócił wzrok, jakby bał się im przeszkodzić.

– Jest pan niezwykłym człowiekiem, kapitanie – powiedziała. – W jaki sposób zamierza pan odbudować tę fortunę, jeśli można wiedzieć? I kiedy?

Crauwels ściszył głos.

– Czuję, że już niedługo. Na statku takim jak ten zawsze znajdzie się jakaś sposobność. – Zerknął znacząco w stronę kajuty gubernatora generalnego.

Creesjie starała się dzielnie, lecz nie zdołała wyciągnąć z kapitana już nic więcej i wkrótce ich rozmowa zeszła na zwyczajowe puste żarty.

Arent uznał, że pora przekroczyć próg wielkiej komnaty. Nabrał tchu na pokrzepienie.

– Ja zrobiłem to samo – usłyszał za plecami czyjś bełkoczący głos.

Odwrócił się i zobaczył Reyniera van Schootena rozwalonego w rogu sterowni. Siedział z rozsuniętymi nogami, tuląc do krocza butelkę. Było widać, że podjął próbę ubrania się stosownie do okazji, ale wysiłki poszły w złą stronę. Rozlawszy wino na koszulę, włożył kaftan, by przykryć plamę, tyle że nie udało mu się dopasować guzików do dziurek. Niezawiązane tasiemki na wysokości kolan ciągnęły się aż do kostek, a rajtuzy były żółte od zaschłego moczu. Biła od niego woń alkoholu wymieszanego z potem, zapachem żalu i długich nieprzespanych nocy.

– Cóż się z tobą stało, panie? – spytał Arent.

– Popełniłem błąd – odparł kupiec, przełykając ślinę. Było w jego zachowaniu coś rozpaczliwego. Coś okropnie beznadziejnego i smutnego. – Tak bardzo chciałem być taki jak oni.

– Jak kto?

– Oni! – wykrzyknął van Schooten, machnięciem dłoni wskazując wielką kajutę. – Po trzykroć przeklęta arystokracja. Chciałem mieć to samo co oni. I już prawie to miałem. – Jego głowa opadła na pierś. – Tylko nie zdawałem sobie sprawy, co musieli oddać w zamian. Jak wiele od ciebie żądają. Ile to kosztuje.

Pamiętając, że Stary Tom proponuje swym ofiarom spełnienie pragnień w zamian za przysługę, Arent zbliżył się do van Schootena. Bosey ostrzegał w porcie, że jego mistrz sprowadzi zgubę na *Saardama*; trudno o lepszego sprzymierzeńca w tym dziele niż główny kupiec, który miał na statku dużą władzę.

– Jaką cenę zapłaciłeś? – spytał Arent.

Van Schooten podniósł głowę.

– A co cię to obchodzi? Odrzuciłeś nazwisko Bergów, aby zostać... kim? Kim teraz jesteś? Fagasem Pippsa.

– Jaką cenę zapłaciłeś? – powtórzył Arent.

Główny kupiec wybuchnął śmiechem, chwycił się za koszulę i spojrzał na nią, jakby widział ją pierwszy raz w życiu.

– Nienawidzę Kompanii, wiesz? Zawsze jej nie cierpiałem. Liczą się tylko zyski, do diabła z zasadami, honorem i ludźmi. Moja matka umarłaby ze wstydu, gdyby mnie teraz zobaczyła. Albo gdyby się dowiedziała, co zrobiłem.

Zaskakujące, że jednak coś ich łączyło. Mój ojciec był taki sam, pomyślał Arent. W każdą niedzielę na mszy pomstował na Holenderską Kompanię Wschodnioindyjską, nazywając ją „kompanią zachcianek". Zgodnie z jego przekonaniem, wszystko, czego potrzebuje ludzkość, zostało jej dane za darmo przez Boga. Pożywienie rośnie na drzewach bądź w glebie lub skacze po lesie. To Boża szczodrość, dar dostępny człowiekowi na mocy prawa przysługującego z urodzenia. Diabeł, prawił ojciec, zaszczepił w nas zachcianki. Kusi nas zbędnymi dodatkami: cukrem, tytoniem, alkoholem – rzeczami, które nas rozpraszają, kończą się zbyt szybko i wymagają nieustannego uzupełniania; dobrami, w pogoni za którymi tracimy rozum. Postrzegał Kompanię jako ucieleśnienie dążeń szatana do uwięzienia ludzi w kajdanach zachcianek i zmuszenia ich do tego, by sami na nowo je sobie wykuwali.

Arent nienawidził ojca, tego szalonego starego capa, lecz do pewnego stopnia zgadzał się z jego poglądami. Widział zaharowujących się na śmierć chłopów, zarabiających psie pieniądze. Kto odmawiał posłuszeństwa, tego do niego zmuszano. Kto się sprzeciwiał, tego zabijano – ponieważ rozwój wymaga poświęceń.

Van Schooten miał rację: Kompania nie dbała o ludzi, traktowała ich jak towar. Wyprodukowanie robotnika nic nie kosztowało, zastąpienie go nowym też nie wymagało dużych nakładów. Wartość miało jedynie to, co wykopywał z ziemi.

– Wiesz co – wybełkotał główny kupiec. – Szczerze mówiąc, nawet się ucieszę, kiedy Stary Tom pośle ten statek na dno oceanu. Nie ma tu nikogo, kogo warto by ocalić.

– Nie dojdzie do tego – zapowiedział Arent.

– Bo co? Przeszkodzisz mu? Ty?! – rzucił niemal ze wzgardą van Schooten. – Tańczącemu misiowi Pippsa wydaje się, że trzyma łańcuch w garści. Oj, bo pęknę! – Zmrużył oczy i dodał przenikliwym tonem: – Słyszałem o tobie. Wiem co nieco o twojej ostatniej sprawie, o niejakim Edwardzie Coilu i zaginionym diamencie.

Arent zesztywniał.

– To było dawno.
– Klejnotu nie odnaleziono. Ty go zabrałeś? Tak mówią.
– Przybyłem do Lille trzy miesiące po tym, jak go ukradziono. Sammy zjawił się miesiąc później. Coil miał tysiące guldenów w kasetce pod łóżkiem.
– Majątek rodzinny.
– Tak, Sammy to odkrył – wycedził Arent. – Popełniłem błąd.
– Co się stało z Coilem?
– Nie wiem.
– Zniszczyłeś jego dobre imię i nie wiesz? – zagrzmiał kupiec.
– Uciekł, zanim Sammy dowiódł jego niewinności. Nie wiemy, dokąd się udał.

Ktoś podszedł do Arenta, roztaczając nieznośną woń pomandera. No tak, Crauwels.

– Na Boga, Reynier – odezwał się kapitan, spoglądając na kupca z mieszaniną współczucia i pogardy. – Coś ty ze sobą zrobił? Od dwóch tygodni zachowujesz się jak ośla pyta.

Van Schooten spojrzał na niego błagalnym wzrokiem. Łzy napłynęły mu do oczu.

– Ja...

Nie zdążył nic więcej powiedzieć, bo przerwał mu stukot butów o deski. Drzwi otworzyły się z hukiem i stanął w nich Isaack Larme.

– Powróciła, kapitanie – wydyszał. – Ósma latarnia powróciła.

39

Jak tylko otworzyły się drzwi, Sammy wygramolił się z celi, łapczywie łykając powietrze. Jego skóra kleiła się od potu, miał oczy wielkie jak spodki, sklejone sztywne włosy i paskudny oddech. Ściskał w dłoni fiolkę z miksturą nasenną od Sary.

– Na Boga, jak dobrze poczuć przestrzeń – wydyszał, wspierając się na wyciągniętej ręce Arenta.

Ten usiłował zetrzeć ze swojej twarzy zrozpaczoną minę.

Miał jedno zadanie: pilnować, by Sammy'emu Pippsowi nie działa się krzywda. Tymczasem każda godzina, którą jego przyjaciel spędzał zamknięty w celi, była kolejną godziną porażki. Arent nie wywiązywał się z obowiązku. Jeszcze wczoraj był przekonany, że sympatia, jaką darzy go stryj, wystarczy, by wytargować wolność dla Sammy'ego. Dziś wiedział, że nie ugrałby nawet kajuty.

Kiedy znaleźli się na pokładzie, Sammy tak jak poprzedniej nocy poprosił Arenta, by się odwrócił, po czym ściągnął pludry i ulżył sobie za burtę.

– Widzę, że powróciła ósma latarnia – zauważył, licząc widoczne w oddali ogniki.

– Właśnie spuszczają szalupę. Chcą zbadać to światło – powiedział Arent. – Jeśli się szybko uwiniesz, będziemy mogli pójść popatrzeć.

– Nie popędza się człowieka w takiej sytuacji – zrugał go Sammy i puścił gruby strumień moczu. – Mów, czego się dowiedziałeś.

– Natknąłem się na trędowatego. Zaprowadził mnie do ołtarza, który wzniósł w ładowni *Saardama*.
– Mogę obejrzeć?
– Kapitan Crauwels kazał go zniszczyć.
– No tak. Oczywiście. – Sammy wetchnął. – Co jeszcze?
– Wydaje nam się, że Bosey skonstruował wiele skrytek w kadłubie statku i współpracował z Isaackiem Larme'em, pierwszym oficerem. Odkryliśmy...
– My, czyli kto?
– Ja i Sara Wessel.
– Ach, Sara Wessel. – Pokiwał znacząco głową.
– Właśnie. Sara Wessel.
– Bardzo dobrze.
Zaskoczony Arent zamrugał.
– Co bardzo dobrze?
Sammy rozłożył ręce.
– Jesteś tępy jak dłuto, którym cię wyciosano. – Patrzył na przyjaciela, lamentując nad przegraną sprawą. – Co się znajdowało w schowku Larme'a?
– Był pusty. Zdążył go opróżnić, zanim nadeszliśmy. Ale wydawał się zaskoczony znakiem Starego Toma na skrzyniach.
– Być może Stary Tom wykorzystał Boseya do przeszmuglowania czegoś na statek bez wiedzy pierwszego oficera.
– A potem zabił go, by tego nie wypaplał – zgodził się Arent. – Aha, Reynier van Schooten skrywa jakąś tajemnicę, która nie daje mu spokoju. Prawie udało mi się ją z niego wyciągnąć. Byłem blisko, ale... – Pokazał na ósmą latarnię.
Sammy podciągnął pludry i dołączył do przyjaciela. Arent dał mu udko pieczonego kurczaka, które ukradł ze stołu podczas kolacji, do tego kawałek chleba i dzban wina.
– Chyba znalazłem sposób na to, jak sprawić, by Johannes Wyck powiedział mi, dlaczego uciął Boseyowi język. – Ruszyli spacerem po szkafucie.

– Jaki?

– Muszę przegrać walkę.

Sammy przełknął chleb, który przeżuwał.

– Robiłeś to już kiedyś?

– Myślę, że przegrywanie różni się od wygrywania tym, że na końcu się przewracasz.

Zdążyli na spuszczanie szalupy. Okazała się znacznie większa, niż można było przypuszczać, gdy stała przykryta płótnem. Miała trzy ławki po trzy miejsca oraz dodatkową przestrzeń na dziobie, gdzie mógł przykucnąć jeszcze jeden marynarz. Oczywiście Crauwels nie zamierzał ryzykować życia aż tylu swoich ludzi, więc po sznurowej drabince schodziło zaledwie trzech członków załogi.

Nie wyglądali na zadowolonych z tej wyprawy.

Isaack Larme gdakał jak kwoka.

– Tylko nie podpływajcie zbyt blisko – zaznaczył z autentyczną troską w głosie. – Zwróćcie uwagę na banderę i to, jakim językiem mówią na pokładzie tego czegoś.

Arent zauważył, że Larme zrezygnował ze zwyczajowej czułości, jaką marynarze darzą swoje jednostki, nadając im niemal ludzkie cechy, i nazwał nieznany statek „tym czymś". Tajemnicza ósma latarnia przejawiła w ten sposób swoją moc.

Z przedziału pod półpokładem wyszedł Vos. W blasku księżyca wyglądał wręcz upiornie, jakby miał zbyt dużo skóry na zbyt małej czaszce.

– Gdzie gubernator generalny? – spytał Crauwels.

– Nie mogłem go dobudzić – odparł Vos.

Sammy szturchnął Arenta w ramię, pokazując brodą na spardek, gdzie stały Lia, Sara i Creesjie i przyglądały się opuszczaniu szalupy. Najwyraźniej wyszły z kolacji.

Szalupa spadła na wodę z cichym pluskiem.

– Kapitanie! – krzyknął Isaack Larme. – Tam!

Wskazywał w kierunku ósmej latarni. Pomarańczowe światło zmieniło kolor na krwistoczerwony.

Sekundę później powietrze przeszył przejmujący krzyk, który ucichł równie nagle, jak się rozległ.

Wszyscy zasłonili uszy, lecz Arent wiedział, że to bezcelowe. Krzyk był ostrzeżeniem.

Należało podążać ku niemu albo przed nim uciekać. Udawanie, że się go nie słyszy, skończy się źle.

– Arencie! – zawołała Sara ze spardeku. – Ten krzyk doleciał zza naszych pleców!

Pokonał schody kilkoma susami. Sammy biegł tuż za nim. Sara ruszyła za nimi, nie zważając na suknię, która krępowała jej ruchy. Lia i Creesjie pognały za nią, głośno tupiąc na drewnianym pokładzie.

Coś zachlupotało pod butami Arenta. Schylił się, by tego dotknąć, ale powstrzymały go słowa Sammy'ego:

– Krew. Czuję to.

Zawsze miał delikatny żołądek.

Arent otworzył drzwi do kojców i zobaczył zwierzęta. Wszystkie martwe. Flaki z ich rozciętych brzuchów wylewały się na podściółkę. Najgorzej wyglądała maciora. Zapewne to ona wydała z siebie ten przejmujący krzyk.

Creesjie podbiegła do relingu i zaczęła wymiotować. Sara cofnęła się przerażona.

– Arencie...

Odwrócił się, sądząc, że będzie potrzebowała pociechy, ale ona wskazywała na podłogę. Na namalowane krwią oko z ogonem.

– Znak Starego Toma – wyszeptała blada Lia.

– Przecież stałyśmy raptem dwadzieścia kroków stąd – zdumiała się Sara, spoglądając w stronę spardeku. – Jak to możliwe, że ktoś zaszlachtował zwierzęta i narysował symbol tak, że tego nie usłyszałyśmy? – Wpatrywała się w Arenta, jakby szukała w nim odpowiedzi na te pytania.

Nie miał ich. Był tak samo wytrącony z równowagi jak ona. Przez lata pracy z Sammym oglądał mnóstwo niewiarygodnych, nieprawdopodobnych zjawisk, lecz nigdy nie widział czegoś zakrojonego na taką skalę, czegoś tak dziwnego i dziejącego się bez wyraźnego powodu. Martwe ciało oznaczało, że ktoś chciał odebrać ofierze życie. Kradzież oznaczała, że ktoś pożądał rzeczy, która należała do kogoś innego. Mógł zaskakiwać sposób, w jaki dokonano jakiegoś czynu, ale Arent zawsze rozumiał przyczynę, dla której to się wydarzyło.

Tym razem było inaczej.

Mieli do czynienia z bezładną brutalnością. Osobliwe znaki i zarżnięte zwierzęta nie były tropami ani wskazówkami, lecz wiadomościami. Ktokolwiek za tym stał – demon czy nie demon – chciał, by Arent i pozostali mieli świadomość tego, jak bardzo są bezsilni. I że znajdują się w pułapce. Chciał również, by wiedzieli, jak łatwo może ich zaatakować. Starał się ich przestraszyć.

I robił to skutecznie. Arenta przeszedł dreszcz. Miał ochotę wskoczyć do morza i popłynąć z powrotem do Batawii. Zastanawiał się, ile osób zdołałby udźwignąć na plecach.

– Zaczyna się, prawda? – powiedziała Lia, tuląc się do matki. – To pierwsza z tych potwornych rzeczy, o których mówił pastor.

– Jakich potwornych rzeczy? – spytał Arent.

– Kers ostrzegł, że dojdzie do trzech potworności – odparła Sara. – Stary Tom objawi w ten sposób swoją moc, aby więcej ludzi przyjęło jego propozycję. Przy każdym takim zdarzeniu ma się pojawić jego znak.

– Czemu tylko trzy? – wtrącił Sammy.

– Ponieważ wtedy ten, kto nie zawarł umowy z demonem, zostanie zabity przez tych, którzy się z nim ułożyli.

Kapitan Crauwels nareszcie otrząsnął się z szoku i zawołał do załogi szalupy:

– Płyńcie do ósmej latarni! Tylko piorunem! Chcę…

– Za późno, kapitanie – ostudził go Vos. – Zniknęła.

Crauwels spojrzał w stronę światła.

Tam gdzie jeszcze przed chwilą jarzyła się czerwień, można było dostrzec już tylko czerń.

40

Zabrawszy niezapaloną latarnię ze szkafutu, Sammy wrócił do kojców i niecierpliwym gestem poprosił Arenta o sakiewkę z krzemieniem. Kiedy zajął się krzesaniem iskry, kapitan Crauwels położył dłoń na ramieniu Isaacka Larme'a.

– Skrzyknij parę chłopców okrętowych, niech przyjdą posprzątać ten bałagan – powiedział. Jego opanowanie wydawało się wręcz szokujące w obliczu tego, co zastali w kojcach.

– Chwileczkę – powstrzymał go van Schooten, który przeżył otrzeźwiający wstrząs. – Nie możemy pozwolić, by ktokolwiek to zobaczył. Ludzie zaczną panikować.

– Na indiamanie nie ma tajemnic – skontrował Crauwels, wznosząc wzrok ku takielunkowi. – Wierz mi, obserwuje nas niejedna para oczu, a wieść o tym, co się stało, zapewne niesie się już po pokładzie.

– Być może te oczy widziały, co tu się wydarzyło – podsunął Sammy, któremu nareszcie udało się zapalić knot. Blask latarni rozlał się po pokładzie.

– Przecież wiemy, co się wydarzyło! – zagrzmiał bliski histerii główny kupiec. – To widać gołym okiem. Zwierzęta zabił ten przeklęty ósmy statek. Rozjarzył się na czerwono i zarżnął je. A my będziemy następni.

– Larme, wskakuj na górę – zarządził Crauwels. – Ściągnij tego, kto tam siedzi. Trzeba go wypytać. – Szturchnął butem truchło maciory. – Kiedy skończysz, przyprowadź pastora i kuka. Niech jeden pobłogosławi mięso, a drugi oporządzi je i osoli. – Widząc pełne niedowierzania spojrzenie van Schootena, wzruszył ramionami i wyjaśnił: – Ciemne siły czy nie ciemne siły, nie zmarnuję dobrego mięsa. I tak nie mamy za dużo prowiantu.

Arent poczuł czyjąś dłoń na ramieniu, odwrócił się i zobaczył Sarę tulącą do piersi córkę. Dziewczyna zanosiła się płaczem, drżąc na całym ciele. Creesjie i Vos gdzieś zniknęli. Widocznie zapodziali się wśród zamieszania, uznał Arent.

– Zabieram Lię do kajuty – odezwała się Sara. – Możemy później porozmawiać?

Arent potwierdził ruchem głowy i ponownie skupił się na Sammym, który wgramolił się tak głęboko do kojca, że wystawał tylko jego tyłek.

– Co o tym wszystkim sądzisz, łowco przestępców? – zwrócił się do niego Crauwels.

– Wydaje mi się zastanawiające, że iluminator, w którym po raz pierwszy ukazał się trędowaty, znajduje się dokładnie pod nami – odparł Sammy z kojca. – Znaleźliście jego łachmany, kapitanie?

– Wywróciliśmy statek do góry nogami, ale niczego nie znaleźliśmy.

– Nadal uważacie, że to sprawka jakiegoś niegodziwca? – wtrącił główny kupiec. – Ósma latarnia zaświeciła na czerwono w chwili, gdy szalupa uderzyła o wodę. Kilka sekund później coś rozpruło brzuchy zwierzętom. – Pokazał palcem na maciorę. – Słyszeliśmy wrzask tego biednego stworzenia. Nie ma mowy, żeby ktoś zrobił coś takiego i uciekł niezauważony. Chyba że wyskoczył za burtę, ale wtedy rozległby się plusk.

Sammy wyłonił się z kojca, dzierżąc dwa przedmioty na końcu kija.

– Co to takiego? – spytał Crauwels, mrużąc oczy.

Problemariusz podniósł kij do światła, ukazując kawałek zakrwawionego bandaża i różaniec.

– A więc to jednak sprawka trędowatego – orzekł van Schooten. – Pewnie zgubił różaniec, kiedy szlachtował zwierzęta.

– Hm... – mruknął z powątpiewaniem Sammy, z uwagą oglądając różaniec. – Własność bogatego człeka, który popadł w nędzę. Pobożnego obieżyświata. Może... pastora?

– Skąd...? – zdumiał się główny kupiec.

– Dziurki w drewnianych koralikach są o wiele za duże dla zwykłego sznurka, na którym się trzymają. Zajrzyj, panie, do środka, a zobaczysz zadrapania. To znaczy, że dawniej koraliki wisiały na łańcuszku. Metalowe różańce z metalowymi elementami wysadzanymi klejnotami należą z reguły do ludzi zamożnych. Staczający się w ubóstwo właściciel takiego przedmiotu prawdopodobnie sprzedał oryginalne koraliki i zastąpił je tańszymi odpowiednikami, a na następnym etapie spieniężył łańcuszek i zamiast niego użył po prostu sznurka. Biedak, któremu wpadłoby w ręce coś tak cennego, zapewne sprzedałby metalowy różaniec od razu w całości. Tymczasem w przypadku tej osoby proces ubożenia postępował. Proszę spojrzeć, jak gładka jest powierzchnia koralików. Starła się od nieustannego pocierania podczas modlitwy, co świadczy o pobożności właściciela. Dodajmy, że koraliki są zrobione z różnych rodzajów drewna. Na pierwszy rzut oka poznaję twarde i miękkie gatunki z różnych części Prowincji, Niemiec i Francji. Tak jak mówiłem: osoba, do której należał ten różaniec, dużo podróżowała. – Sammy ocknął się ze swego dedukcyjnego transu i zobaczył zdumione twarze van Schootena i pozostałych. – Drewno, kamień i metal są budulcami całej naszej cywilizacji – wyjaśnił. – Jeśli umiemy je rozpoznawać, wiele rzeczy staje się zaskakująco oczywiste. Kapitanie, kto na co dzień zajmuje się zwierzętami?

– Przeważnie chłopcy okrętowi – wybąkał Crauwels, będąc wyraźnie pod wrażeniem pokazu Sammy'ego. – Poza tym słudzy przychodzą wieczorami i rzucają zwierzętom resztki z kolacji.

– Możesz się, panie, dowiedzieć, czy któryś z nich nosi bandaż albo zgubił różaniec?

– To jakiś absurd! – wykrzyknął główny kupiec, wyrzucając ręce do góry. – Macie prawdę przed oczami, a zachowujecie się, jakbyście jej nie widzieli.

Sammy zignorował go i kontynuował rozmowę z kapitanem.

– Kto zna przebieg trasy *Saardama* do Amsterdamu?

– Wyznaczam ją osobiście na podstawie układu gwiazd – odparł z dumą Crauwels. – Pozostałe statki po prostu płyną w obranym przez nas kierunku.

– Nie boisz się, panie, że flota się rozproszy?

– Nie ma możliwości, by przez osiem miesięcy utrzymać konwój w zwartym szyku, nie pozwolą na to wiatr i fale. Nawet kiedy morze jest spokojne, musimy dbać o zachowanie bezpiecznej odległości pomiędzy jednostkami. Dziś wieczorem dwa statki popłynęły dalej, nie czekając na nas. Wkrótce stracimy z oczu również pozostałe, nie ma na to rady.

– Mimo to nasz tajemniczy prześladowca wciąż nas odnajduje – zauważył Sammy, wpatrując się tam, gdzie jeszcze niedawno lśniła ósma latarnia. – Godne podziwu.

– Dzieło szatana – upierał się główny kupiec. – Nie zamierzam czekać, aż demon pośle nas na dno. O brzasku zawracamy do Batawii. To rozkaz, kapitanie.

Crauwels otworzył usta, by zaprotestować, ale zrobił to bardziej z przyzwyczajenia niż zdrowego rozsądku.

– Tak chyba będzie najlepiej – przyznał z westchnieniem. – O świcie wyślę wiadomość do floty. Ale będziemy potrzebowali zgody gubernatora generalnego.

– Załatwię to – obiecał van Schooten, odchodząc.

Arent odciągnął Sammy'ego na bok.

– Nie musimy szukać właściciela różańca – bąknął. – Wiem, do kogo należał.

– Doskonale – ucieszył się Sammy. – Widziałeś, jak ktoś trzymał go w dłoni?

– Owszem. Mój ojciec. Tego dnia, gdy zniknął.

41

Creesjie co rusz przykładała do nosa pomander, przyjemną wonią usiłując osłabić wspomnienie zarżniętych zwierząt. Prześladowała ją krew, lecz nie jej widok, tylko zapach. We włosach i na skórze. Czuła, jak spływa po jej sukni, mimo że niczego nie dotykała. Miała wrażenie, jakby zanurzyła całe ciało w lepkiej czerwieni.

– Trzęsiesz się, pani – zauważył z troską Vos.

– To tylko wzburzenie – wyjaśniła, schodząc na spardek. – Nigdy wcześniej nie byłam tak blisko śmierci.

Poszła, aby zgodnie z obowiązkiem zająć się potrzebami gubernatora generalnego, i nie od razu zorientowała się, że Vos niepostrzeżenie ruszył za nią. Dopiero teraz się odezwał i jak zwykle odebrała jego towarzystwo jako mocno krępujące.

– Czy możemy porozmawiać o pewnej sprawie osobistej? – spytał takim samym bezbarwnym tonem jak przy każdej innej okazji.

Jakby zamiast duszy miał zimny mechanizm, pomyślała Creesjie. Po tym wszystkim, co przed chwilą widzieliśmy, zachowuje się jak na niewinnej przechadzce. Czy on nie rozumie, że jestem wstrząśnięta i chcę zostać sama?

– To nie może zaczekać do jutra? Jestem…

– Wkrótce wejdę w posiadanie sumy – wszedł jej w słowo – która w znacznym stopniu zmieni moją pozycję. – Zamilkł w oczekiwaniu na reakcję Creesjie.

– Jak? – spytała, nie bardzo wiedząc, co powiedzieć.

– Od pewnego czasu czynię pewne przygotowania. Sprawa zakończy się, gdy dotrzemy do Amsterdamu. Zamierzam wtedy wykorzystać nowo uzyskane bogactwo, by przedstawić Siedemnastu Panom swą kandydaturę na gubernatora generalnego Batawii. Oczywiście liczę na wstawiennictwo Jana Haana.

Patrzyła na niego zaskoczona nieoczekiwanym obrotem spraw.

– Dlaczego mi to mówisz, panie?

– Ponieważ chciałbym cię, pani, prosić o rękę.

Otworzyła usta ze zdumienia.

– Zdaję sobie sprawę, że jesteś, pani, przyobiecana księciu Astoru, lecz z moich informacji wynika, iż książęce finanse są w opłakanym stanie. Wystarczy jeden konflikt, by popadł w ruinę, a musisz wiedzieć, że twój wybranek jest skory do wojaczki.

Creesjie nie była w stanie wydusić słowa. Oświadczył się jej buchalter. Nie zważając na jej konsternację, szambelan brnął dalej:

– Książę Astoru to dobra partia, owszem, ale co zrobisz, pani, gdy za trzy lata zginie na polu bitwy? Jesteś piękna, lecz piękno przemija. Jak wówczas będziesz żyła, co jadła, skąd brała pieniądze? Proponuję ci związek wzajemnych korzyści. Podziwiam cię i popuszczę ci cugli, jeśli pomożesz mi w karierze, która jest mi pisana.

– Ja... – Machnęła dłonią. Nie potrafiła znaleźć odpowiednich słów, zresztą i tak była zbyt zszokowana. – Sądziłam, że on jest hrabią? – wybąkała nieprzekonująco.

– Zwykły hrabia nie byłby ciebie godzien, pani.

Błądziła wzrokiem po obojętnej twarzy Vosa, jakby widziała ją po raz pierwszy.

– Nie zdawałam sobie sprawy z twych ambicji, panie – przyznała wreszcie z pewnym zainteresowaniem.

– Gubernator generalny ich nie toleruje, a mam dość oleju w głowie, by go nie drażnić.

– Ten majątek, którego będziesz potrzebował...

– Wykonałem niezbędne kalkulacje. Wiem, o co proszę i co mogę uzyskać. Jeśli chcesz, pani, mogę ci pokazać moje wyliczenia.

Przeszli przez sterownię i znaleźli się w wielkiej kajucie. Ucichł gwar rozmów, sprzątnięto naczynia i krzesła, zdmuchnięto świece na kandelabrze i zestawiono go ze stołu. Jedynym źródłem światła w pomieszczeniu był teraz blask księżyca, który przesączając się przez szybki między ołowianymi szprosami, rzucał na podłogę szachownicę cieni.

– Rozumiesz, panie, jak bardzo niebezpieczna jest twoja propozycja, prawda? – odezwała się Creesjie przyciszonym głosem. Spod drzwi kajuty gubernatora wypływało nikłe światło świecy. – Znalazłam się na pokładzie *Saardama* wyłącznie dlatego, że gubernator sobie tego zażyczył. Opłacił moją podróż, daje mi pieniądze na życie. Jestem jego kochanką. – Vos zmarszczył czoło, a palce jego dłoni, które trzymał wzdłuż boków, zaczęły wykonywać osobliwy taniec; sprawiał wrażenie, jakby wcześniej w ogóle nie wziął pod uwagę tego, o czym mówiła Creesjie. – Jeśli się dowie, że zabiegasz, panie, o moje względy…

– Nie domagam się ostatecznej odpowiedzi tu i teraz, pani. Ale obietnica, że przynajmniej weźmiesz moją propozycję pod rozwagę, na pewno pozwoliłaby mi łatwiej zasnąć.

– Zatem obiecuję. – Creesjie dygnęła w ukłonie.

Vos rozpromienił się, odwzajemnił ukłon, po czym zniknął za drzwiami do sterowni.

Odetchnęła z ulgą. Nie mogła się uwolnić od dopiero co zakończonej rozmowy. To nie była zła propozycja, uznała. Szambelan sam ubrał w słowa wszystkie jej wątpliwości, a potem je rozwiał. Po raz pierwszy, od kiedy go poznała, uśmiechnęła się na myśl o nim.

Podeszła do drzwi do kajuty gubernatora.

– Dobry wieczór, pani – odezwał się Jacobi Drecht lekko ganiącym tonem, jakim zawsze się do niej zwracał.

Jedną z jej szczególnych zdolności było to, że budziła pożądanie w każdym mężczyźnie, którego spotkała na swej drodze, dlatego gdy komendant straży okazał jej wzgardę, potraktowała to jak wyzwanie.

Flirtowała z nim, przynosiła mu jedzenie, zapraszała go na przyjęcia, lecz wszystko na próżno.

Jedyną rzeczą, jakiej od niej oczekiwał, było to, by nie mieć z nią nic wspólnego.

Z rozmowy z pewnym muszkieterem dowiedziała się, że Drecht ma żonę i córkę w Drenthe i obie kocha bez pamięci. Nie widział się z małżonką od czterech lat, a mimo to nie szukał przyjemności u żadnej innej. Żołnierz dodał pełnym niedowierzania tonem, że Drecht nigdy się tym nie chwalił – tak jak nie chełpił się tym, że potrafi oddychać albo mówić. Złożył ślub i tyle.

Bogatsza o tę wiedzę Creesjie dała komendantowi straży spokój. Tacy ludzie jak on trafiają się rzadko i są niebezpieczni. Wypełniają bowiem swój obowiązek niezależnie od tego, jak bardzo uprzykrza życie – zarówno im, jak i innym. Postanowiła zostawić go żonie.

Drecht odsunął się i pozwolił Creesjie wejść do kajuty.

Zamknąwszy za sobą drzwi, od razu pozbyła się ujmującego uśmiechu. Jej oczy rozżarzyły się jak węgielki.

Zgodnie z tym, co obiecała Sara, mikstura skutecznie uśpiła Jana. Jego chuda klatka, w której znać było każde żebro, podnosiła się i opadała.

Creesjie popatrzyła na niego nieobecnym wzrokiem, jakby był dogorywającą na parapecie muchą. Niegdyś potężny, dziś cień dawnej świetności. Tuszował swą słabość minionymi osiągnięciami, szorstkością i obcesowością, a także uniżonością swych sługusów, Drechta i Vosa, gotowych spełniać wszelkie jego zachcianki. Ciekawe, co by pomyśleli, gdyby się dowiedzieli, po co naprawdę Jan wzywa ją do siebie każdego wieczoru. Nie z powodu swej wyjątkowej jurności ani niezaspokojonego apetytu. Nie.

Gubernator generalny po prostu bał się ciemności.

Creesjie rozbierała się i kładła przy nim, tak by w każdej chwili, gdy obudzi się przerażony, mógł ją objąć chudym ramieniem.

Od czasu do czasu współżyli, owszem, ale Creesjie była przekonana, że wzywa ją wyłącznie dlatego, że Sara nie chciała spędzić z nim nawet jednej nocy.

Myśl o uporze przyjaciółki rozniecała w niej silny płomień dumy. Każda inna kobieta bez słowa skargi spełniałaby jego żądania, uznając poświęcenie za warte życia, które w zamian oferował.

Każda, ale nie Sara.

Przetrwała bicie, ruganie, upokarzanie i napady złości, silna i niewzruszona jak kamienny blok niepoddający się dłutu rzeźbiarza. Wiele razy, gdy Creesjie przychodziła do niego wieczorem, Jan pomstował na zawziętą żonę i robił to z taką zajadłością, jakiej na pewno powstydziłby się publicznie. Przez te długie lata arogancja kazała mu wierzyć, że okrutnie dręczy żonę, lecz Creesjie wiedziała, że jest odwrotnie. Sara była jedynym wrogiem, którego nigdy nie zdołał pokonać.

Zamruczał przez sen, wyrywając Creesjie z zamyślenia.

Szybko podeszła do sekretarzyka i znalazła na nim wykaz nazwisk, o którym wspomniała Sara; poprosiła, by go przepisała, co Creesjie zamierzała posłusznie zrobić, ponieważ zwykle bez zbędnych ceregieli wykonywała wszystkie polecenia przyjaciółki. Bo tak naprawdę Sara bardzo przypominała swego męża – choć na pewno obruszyłaby się na takie porównanie – i właściwie jedyna różnica polegała na tym, że zamiast na chciwości zbudowała swój autorytet na fundamencie dobroci.

Creesjie sięgnęła po pióro i wtedy jej wzrok zatrzymał się na stojaku na zbroję. Zza jednego z pasków napierśnika wystawał złożony kawałek pergaminu.

– A to co takiego?

42

Początkowo Sara nawet go nie usłyszała.

Już prawie świtało, ale jej umysł nadal znajdował się pod wpływem mikstury nasennej. Łykała tylko kroplę, choć w niektóre dni w Batawii kusiło ją, by wziąć więcej. Złe dni, mroczne dni, kiedy czuła się przygnieciona ciężarem nudy i spoglądała tęsknie w stronę horyzontu, żałując, że nie było jej dane wybrać sobie innego życia niż to, które ją wybrało.

W takich chwilach długo, zdawałoby się, godzinami, wpatrywała się w zawartość fiolki, aż w końcu kazała Dorothei ukryć ją przed sobą – i przed pokusą.

– *Saro...*

Szept wspiął się po ścianach i rozpełzł na suficie, przebiegł po jej ciele tysiącem drobnych odnóży.

Poderwała się ze snu i zamrugała, nie wiedząc, co ją zbudziło.

W zupełnie ciemnej kajucie trudno było określić porę. Nie umiała powiedzieć, czy minęła godzina, czy może siedem od momentu, w którym zasnęła.

W pomieszczeniu było duszno. Zaschło jej w ustach, więc sięgnęła po stojący na szafce nocnej dzban.

– *Saro...*

Zamarła. Po jej skórze przeszły ciarki.

– Kim jesteś? – zapytała. Huczało jej w uszach od krwi burzącej się w żyłach.

– *Tym, czego pożąda twoje serce, w zamian za przysługę...*
Od ostrego, przenikliwego głosu zbierało jej się na mdłości. Powoli przesunęła dłonią po szafce, szukając sztyletu; natrafiła na niego i zacisnęła palce na rękojeści.
Zeszłej nocy wydawał jej się krzepiąco ciężki, a teraz... nieporęczny i lichy.
Zebrawszy się w sobie, wyskoczyła z łóżka i zaczęła zaglądać we wszystkie kąty. Nie znalazła niczego podejrzanego. Jedynym jej towarzyszem był księżyc, groźnie wyłaniający się zza poszarpanych obłoków.
– *Czego pragniesz?*
Podbiegła do drzwi i otworzyła je szarpnięciem.
Świeca zamigotała we wnęce. Korytarz był pusty.
– *Czego pragniesz?*
Zasłoniła uszy.
– Przepadnij! – zażądała.
– *Czego pragniesz?*
Wolności. Omal nie powiedziała tego na głos. Omal nie wykrzyczała. Pragnęła móc chodzić tam, gdzie ma ochotę, nie pytając nikogo o pozwolenie. Pragnęła sama decydować o tym, jak będzie przeżywała każdy dzień. Pragnęła niezniechęcana rozwijać swoje talenty. Pragnęła być taką matką, jaką chciała, a nie taką, jaką być musiała.
– *Czego pragniesz? Powiedz mi, a odejdę...*
– Pragnę wolności – odezwała się cicho.
– *Co byłabyś gotowa dać w zamian?*
Sara otworzyła usta i zaraz je zamknęła. Nawet w ciemności, nawet przerażona, nadal była żoną kupca. I potrafiła rozpoznać, kiedy ktoś próbuje się targować.
– Ile by to kosztowało?

*

Vos siedział na łóżku w koszuli nocnej i mocno przyciskał dłonie do uszu, usiłując zagłuszyć szept.
– *Odrzuci cię...*

– Nie zrobi tego – wycedził przez zaciśnięte zęby.
– *Śmieje się z ciebie...*
– Nie.
– *Przypieczętujmy umowę krwią, a będzie twoja...*

*

– *Umieszczę sztylet pod koją...*
Lia stała z szeroko otwartymi oczami i trzymała w rękach swój model *Saardama*, przypatrując mu się w świetle świecy. Taka prosta propozycja, pomyślała. Niewielki wysiłek, a jaka nagroda.

*

– *Czego pragniesz?*
Johannes Wyck zsunął się z maty i błyskawicznym ruchem dobywszy sztyletu, obrócił się twarzą do drzwi.
Bosman nie mógł sobie pozwolić na głęboki sen. Ci, którzy popełniali ten błąd, rozstawali się z życiem pomiędzy jednym chrapnięciem a drugim.
Przedział Wycka znajdował się pod fordekiem, gdzie bawiła się załoga. Słyszał nad głową dźwięki skrzypiec i stukot toczących się po deskach kości do gry.
– *Czego pragniesz?*
– Kto to? Kto mówi? – odezwał się, szarpnięciem otwierając drzwi do kajuty żaglomistrza. Żałosny sukinsyn jak zwykle chrapał na hamaku.
– *Stary Tom...*
– Stary Tom – powtórzył Wyck już innym tonem.
Wrócił do siebie. Było ciemno choć oko wykol, ale nie przeszkadzało mu to. Jego i ciemność łączyło porozumienie.
– Znamy się z dawnych czasów, prawda? – Postukał palcem w przepaskę na oko. – Ciekaw byłem, kiedy mnie odnajdziesz, choć nie sądziłem, że to będzie tak wyglądało.
Odpowiedziało mu milczenie.

– Myślałeś, że cię nie rozpoznałem na pokładzie? – powiedział chełpliwie bosman. – Wtedy nie zdradziłem twojej tajemnicy i straciłem przez to oko. To była ostatnia honorowa rzecz, jaką zrobiłem. Wiem, co i dlaczego próbujesz osiągnąć na *Saardamie*.

Rozglądał się po kajucie, wodząc chytrym wzrokiem. Diabeł nie budził w nim lęku i nie mógł go skusić niczym nowym. Wyck przeżył swoje, widział swoje, zgrzeszył na wszelkie możliwe sposoby, popełnił każdą okropność, jaka tylko przyszła mu do głowy. Doskonale wiedział, że po śmierci, kiedykolwiek nastąpi, trafi prosto do piekła. Dziś kroczył inną ścieżką.

Milczenie tężało, jakby zbierało się w sobie.

– *Czego pragniesz?*

– Tego, co mi dasz. – Ponownie dotknął przepaski na oko. – Co mi się należy.

*

W kubryku Isabel przewróciła się na drugi bok, otworzyła oczy i zobaczyła, że patrzy prosto w twarz Dorothei, której blask księżyca przydawał niemal magicznego wyglądu. Isabel nie zdziwiłaby się, gdyby służąca nagle wstała i niczym wróżka z bajki zaproponowała, że spełni każde jej życzenie.

Wieczorem podsunęła swoją matę do posłania Isabel, twierdząc, że poczuje się pewniej, śpiąc obok życzliwej duszy. Dziewczyna natychmiast wyczuła fałsz. Dorothea sama powiedziała, że kłamstwa wypowiada się albo zbyt ostro, albo zbyt łagodnie. To jej należało do pierwszej kategorii.

Widocznie przysłała ją Sara.

Wybito drugą szklankę. Za drewnianą zasłoną nastąpiło poruszenie – marynarze budzili się i zrzędząc, gramolili się z posłań, by objąć kolejną wachtę. Ze schodów dobiegły kroki – to ich koledzy schodzili z pokładu.

Nie odrywając oczu od Dorothei, Isabel po cichu wstała z maty. Śpiący dokoła ludzie posapywali i pochrapywali, ten czy ów mówił przez sen. Jedynym źródłem światła była szczelina pod drzwiami prowadzącymi do prochowni, w której konstabl podśpiewywał pod nosem.

Natknęła się na niego zeszłej nocy i od tamtej pory nie przestawała przeklinać własnej nieuwagi. Zapewne właśnie dlatego służąca położyła się obok niej – żeby jej pilnować. Tym razem Isabel obiecała sobie, że będzie ostrożniejsza. Nie miała wyboru, jeśli nadal chciała tam chodzić.

Na wszelki wypadek jeszcze raz spojrzała na Dorotheę, po czym zniknęła na schodach do ładowni.

*

Sara wyszła na korytarz i ruszyła do kajuty córki, żeby sprawdzić, czy wszystko u niej w porządku, kiedy nagle Creesjie wybiegła ze swojej kabiny i szlochając, rzuciła się Sarze na szyję.

– Słyszałam szept Starego Toma – powiedziała przerażona i płacząc, przytuliła się do przyjaciółki.

– Ja też – przyznała się nadal roztrzęsiona Sara. – Co ci obiecał?

– Że oszczędzi chłopców, jeżeli zabiję twojego męża! – wydyszała spazmatycznie Creesjie, usiłując złapać oddech. – A od ciebie czego chciał?

– Tego samego. Nawet powiedział mi, jak to zrobić.

– Sztylet pod koją – powtórzyła ze strachem Creesjie. – Skoro to Jan przyzwał Starego Toma, to dlaczego demon pragnie jego śmierci?

43

Świtało już, kiedy Arent wreszcie wrócił do swojego hamaka, ściskając w dłoni owinięty wokół nadgarstka różaniec ojca. Reynier van Schooten chciał go cisnąć za burtę, twierdząc, że jest przeklęty, ale Sammy ostudził zapędy głównego kupca, wyjaśniając, że nie należy pozbywać się przedmiotów mogących mieć istotne znaczenie dla śledztwa. Nie próbował wytłumaczyć, jakim sposobem różaniec znalazł się na pokładzie *Saardama*. Ze słów gubernatora wynikało, że zabójca zabrał go jako dowód, że spełnił warunek umowy i pozbawił ojca Arenta życia. To by oznaczało, że trafił do rąk Caspera van den Berga. Ale skąd się wziął w kojcu dla zwierząt na statku?

Zagadki tego rodzaju fascynowały Sammy'ego, lecz Arentowi kojarzyły się z wielokrotnym podnoszeniem tego samego głazu z nadzieją, że może tym razem znajdzie się pod nim coś nowego.

Poczuł ciepło na karku – samotny promień słońca. Spuszczano szalupę. Van Schooten zarządził, że kiedy tylko gubernator generalny wyrazi zgodę na zawrócenie konwoju, załoga łodzi ma dopłynąć do najbliższego statku floty i przekazać rozkaz o powrocie do Batawii. Wówczas tamten statek wyśle własną szalupę do kolejnego, kolejny do następnego i tak dalej, aż wszystkie jednostki zostaną powiadomione.

Odwiązując liny mocujące szalupę, marynarze plotkowali o statku widmie, który zaatakował w nocy, i o tym, że naznaczył *Saardama* diabelskim symbolem. Historia, jak Arent zdążył się zorientować, rosła w opowiadaniu. Ósma latarnia ze zwykłego odległego statku stała się czymś eterycznym, mglistym i nieokreślonym; jego załoga składała się z dusz zagubionych na morzu. Znak Starego Toma został, jak się okazało, wypalony w kadłubie *Saardama*, w dodatku przed zniknięciem mrugał okiem i machał ogonem.

Plotki towarzyszyły Arentowi, dopóki nie dotarł do swojego hamaka. Odsunął zasłonkę i popatrzył z niedowierzaniem.

Zaskoczenie szybko przeszło we wściekłość. Ktoś ulżył sobie na jego posłanie.

Po pokładzie rozszedł się śmiech. Na takielunku siedział Wyck i paru innych uśmiechniętych od ucha do ucha. Arent uświadomił sobie, że to jest właśnie pretekst, który miał doprowadzić do bójki z bosmanem.

– Można było wymyślić coś mniej śmierdzącego – mruknął pod nosem.

Wyszedł na zewnątrz i zagadnął Larme'a na spardeku.

– Mam pretensję – oznajmił bez zbędnych wstępów.

Pierwszy oficer wypuścił powietrze z płuc.

– Skąd, do stu diabłów, wiesz o prawie pretensji?

– Czy to ważne?

– W zasadzie nie, ale każdy na tym statku ma jakieś pretensje. Niby dlaczego uważasz, że twoja jest wyjątkowa?

– Słyszałem, że wcale nie musi taka być. Wystarczy zwykła.

– To prawo dotyczy wyłącznie marynarzy – zaznaczył rozpaczliwym tonem Larme, rozglądając się, by sprawdzić, kto mógł ich usłyszeć.

– Wczoraj marynarz walczył z muszkieterem – odparł Arent.

– O cholerny hebel, a walka była farsą – powiedział pierwszy oficer, powoli ustępując. – Do kogo masz tę swoją pretensję?

– Do Johannesa Wycka.

Larme patrzył na niego z niedowierzaniem.

– Tylu ludzi na pokładzie, a ty chcesz walczyć akurat z nim?

– Raczej on ze mną.

– Czy masz jakiś dowód na to, że Wyck cię obraził?
– Tylko jego śmiech.
Pierwszy oficer zagwizdał i machnął na bosmana. Wyck zaskakująco prędko i zwinnie zszedł z takielunku i stanął przed nimi z typową dla siebie nachmurzoną miną.
– Nasrałeś na hamak tego olbrzyma? – spytał wprost Larme.
– Nie zrobiłem tego.
– Doskonale. Wobec tego podajcie sobie ręce i zapomnijmy o wszystkim – zażądał Larme.
– Mam pretensję – powtórzył z uporem Arent. – Zgodnie z prawem obowiązującym na pokładzie, domagam się pojedynku na pięści na fordeku.
– Nie będzie żadnych forów – ostrzegł Larme. – Nie masz dowodów, więc nie mogę...
– Żadnych forów! – wykrzyknął z niedowierzaniem Wyck. – A jego rozmiary to co?
– Daj spokój, sam też nie jesteś konusem – odparł pierwszy oficer. – Wyobraź sobie grotmaszt i bezanmaszt okładające się pięściami.
Bosman cofnął się o krok, unosząc dłonie, jakby bronił się przed atakiem.
– Słyszałeś, co o nim mówią – rzucił. – To bohater spod cholernej Bredy. W pojedynkę odparł napaść całej hiszpańskiej armii.
– Trzeba było o tym myśleć, kiedy wypróżniałeś się na jego hamak. Może dostałbyś zatwardzenia.
– Domagam się wyrównania szans – oznajmił stanowczo Wyck. – W przeciwnym razie odmawiam.
Larme spiorunował go wzrokiem.
– Powołał się na prawo pretensji.
– A ja ci mówię, że nic nie zrobiłem. Każesz mi walczyć z Niedźwiedziem, nie mając żadnych dowodów mojej winy. To nie w porządku.
Pierwszy oficer podrapał się pod pachą, wyraźnie poirytowany tym, że traci czas i dał się wciągnąć w tę historię.
– Co proponujesz?

– Sztylety.

Arenta zmroziło. Czemu Wyck zmienia ustalenia? O niebo trudniej przegrać w przekonujący sposób, kiedy w ruch idą ostrza. Choćby dlatego, że wtedy zwykle leje się krew.

Bosman świdrował go swym okiem koloru sadzy.

– Co ty na to, żołnierzu?

– Może być – zgodził się Arent, nie bardzo wiedząc, co innego mógłby zrobić. – Kiedy?

– O zmierzchu, po rzuceniu kotwicy. – Larme pokręcił głową. – Durnie z was obu, słowo daję. Ulży mi, kiedy jeden z was wyzionie ducha.

44

Zdezorientowani wierni szeptali między sobą. Zebrali się pod grotmasztem, by wysłuchać kazania, lecz pastor się nie zjawił. Isabel poszła wybudzić go ze snu, ale jego hamak był pusty.

Zaczął padać zimny deszcz. Tu i tam przebijały pojedyncze promienie słońca, jego blask nie był jednak w stanie pokonać ciemnej zasłony chmur.

Zły znak, mówiono.

Sara stała z Lią i Creesjie, obserwując coraz bardziej zniecierpliwiony, burzący się tłum. W nocy do wszystkich tych ludzi bez wątpienia odezwał się diabeł – tak jak do niej, Lii i Creesjie. Przyglądała się tym pełnym poczucia winy minom i było dla niej oczywiste, że demon próbował ich skusić.

Zastanawiała się, czy zaoferował im to samo co jej, Lii i Creesjie.

Umieszczę sztylet pod koją.

Popatrzyła dalej, za grotmaszt. Zobaczyła marynarzy łypiących na pasażerów drapieżnym wzrokiem. Ilu z nich wyszło dziś rano na pokład, spodziewając się ujrzeć wśród wiernych gubernatora generalnego? Ilu z nich myślało o zabiciu go? Co zaproponowano im w zamian? Widząc pożądliwe spojrzenia skierowane na Lię i Creesjie, Sara domyślała się odpowiedzi.

Johannes Wyck stał na fordeku. Nie wiedziała, dlaczego wybrał akurat to miejsce, do którego słowa pastora raczej nie docierały. Za to miał stamtąd niezły widok na pasażerów.

Czy bosman należał do tych, którzy tej nocy rozmawiali ze Starym Tomem? Coś jej podpowiadało, że kontakty Wycka z diabłem wykraczały poza okazjonalne spotkania.

Isabel przecisnęła się przez tłum i podeszła do Sary.

– Przeszukałam cały kubryk, ale nigdzie nie mogę znaleźć Sandera – powiedziała zdenerwowana. – Nikt go nie widział.

– Arent zajmuje sąsiedni hamak – przypomniała sobie Sara. – Może będzie coś wiedział?

Creesjie odchrząknęła i pokazała Sarze, by się wstrzymała.

– Zanim porozmawiasz z Arentem, musisz coś zobaczyć. Kiedy wczoraj wieczorem byłam w kajucie twojego męża, zauważyłam wystający z napierśnika złożony kawałek pergaminu i... cóż... Wiesz, jak bardzo mnie ciekawiło, dlaczego Pipps został uwięziony. – Wręczyła przyjaciółce kartkę papieru welinowego. – Przepisałam to, kiedy Jan spał.

Gdy Sara czytała, krople deszczu rozmywały słowa.

Każ zakuć Pippsa w kajdany. Doszły mnie słuchy, iż jest angielskim szpiegiem, co oznacza, że zdradził nie tylko naszą szlachetną Kompanię, lecz również kraj. Nie jest to jeszcze rzecz powszechnie znana, ale udało mi się potwierdzić doniesienia i wkrótce przedstawię je radzie. Pippsa czeka egzekucja. Jeśli przywiedziesz go przed oblicze Siedemnastu Panów, znacząco poprawisz swe notowania. Postaraj się zrobić to jak najszybciej.

Z niecierpliwością oczekujący Twego przybycia
Casper van den Berg

– Pipps jest szpiegiem? – wykrztusiła Sara.

– Nie pokazuj tego Arentowi – ostrzegła ją Creesjie. – Jeżeli Jan dowie się, że zaglądam do jego dokumentów, wyrzuci mnie za burtę.

– Nie, Creesjie. Arent musi to zobaczyć. On ubóstwia Pippsa. Wymyślę przekonujące kłamstwo, by wyjaśnić, skąd mam ten list.

We cztery poszły do przedziału pod półpokładem. Sara zawahała się w progu. Mąż surowo zabronił jej spotykania się z Arentem, a nawet rozmawiania z nim. Zaaplikowała mu podwójną dawkę mikstury nasennej, co oznaczało, że wedle wszelkiego prawdopodobieństwa nadal chrapał w swojej kajucie, mimo to czuła opór przed lekceważeniem jego poleceń.

Vos prawdopodobnie znajdował się wśród wiernych na pokładzie, a jego oczy były oczami gubernatora.

Serce popychało ją do przodu, strach nakazywał zatrzymać się w miejscu. Jeżeli miała nadal badać sprawę Starego Toma, musiała znaleźć sposób robienia tego dyskretnie. Spojrzała na Lię.

– Skarbie, idź, proszę, do sterowni i wypatruj swego ojca, Vosa albo Drechta.

Dziewczyna uśmiechnęła się szeroko.

– Czuję się jak w opowieściach o Pippsie.

Zasłona była odsunięta, Arent leżał na macie i spał, pochrapując. Podłoga wokół niego była świeżo umyta, ale w powietrzu nadal unosił się nieprzyjemny zapach.

– Och, wyobraź sobie te igraszki – zachwyciła się Creesjie, wodząc wzrokiem po szerokiej piersi Arenta i jego umięśnionych ramionach. Sara oblała się rumieńcem.

– Arencie – powiedziała cicho, próbując go zbudzić.

Nie zareagował.

– Arencie! – Zniecierpliwiona, kopnęła go w podeszwę. – Pobudka.

– Jeszszsze wszszsześnie – wybełkotał, odsuwając nogę. – Spać mi się chce...

– Sander Kers zaginął. Potrzebujemy twojej pomocy.

Arent w końcu się ocknął, przetarł zaspane oczy i spojrzał na Sarę i jej towarzyszki. Powietrze było przesycone wonią papryki; ktoś musiał otworzyć skrzynię w ładowni.

– Kers zwlókł się z hamaka o świcie – powiedział Arent, wspierając się na łokciach. – Słyszałem, jak schodził do kubryku.

– Przeszukałam cały – rzuciła oskarżycielskim tonem Isabel.

Arent usiadł i podtrzymał zmęczoną głowę na dłoniach.

– Może udał się do ładowni? Albo zawędrował na drugi koniec statku? Szukałaś za grotmasztem?

– Nie wolno mi tam chodzić – odparła rozpaczliwie Isabel.

– No to ja pójdę i o niego rozpytam. Jak tylko przypomnę sobie, jak się zakłada buty.

Sara wręczyła mu list, który przepisała Creesjie.

– Najpierw przeczytaj to – powiedziała. – Wiadomość od twojego dziadka do mojego męża. Wyjaśnia, dlaczego Sammy został uwięziony.

Całkiem już przytomny, wziął pismo i przeczytał je dwukrotnie. Nagle wybuchnął śmiechem.

– Nie wiem, od kogo dziadek się tego dowiedział, ale to kłamstwo. Sammy nie jest szpiegiem – zapewnił rozbawionym tonem. – Jako szpieg obcego kraju byłby bezużyteczny, bo nie interesują go ani państwa, ani królowie. Sammy dba wyłącznie o pełną kiesę, nie obchodzi go nic poza interesującymi zagadkami.

– Zapytaj go o to – poprosiła Sara. – I nie mów mojemu mężowi, co wiesz. Wykradłam ten list z jego kajuty.

Arent wystawił rękę za bulaj i pozwolił, by wiatr uwolnił go od pisma.

– Oczywiście, pani. Dziękuję.

Sara, Lia, Isabel i Creesjie wróciły na otwarty pokład, z którego uporczywy deszcz zmył zawiedzionych wiernych.

– Nadal nie mamy stuprocentowej pewności, że Arent nie jest demonem – zauważyła Isabel.

– Nie jest – orzekła Sara tonem ucinającym wszelką dyskusję.

Zaskoczyła tym swoje towarzyszki, ale nie przejmowała się ich powątpiewaniem. Po dwóch dniach z Arentem czuła, że zna go lepiej niż własnego męża po piętnastu latach wspólnego życia.

– Zaufajcie mi. Arent znajdzie Kersa, jeśli w ogóle jest to możliwe. My natomiast powinnyśmy pomówić z van Schootenem. Nalegał na spowiedź u pastora, być może wie, dokąd ten się udał.

– Czy możemy najpierw odprowadzić chłopców do kajuty? – spytała Creesjie w strugach deszczu. – Tutaj zrobiło się nieprzyjemnie.

Marcus i Osbert ganiali się po spardeku, grając w sobie tylko znaną odmianę berka. Dorothea przyglądała im się z duszą na ramieniu, przekonana, że jest tylko kwestią czasu, kiedy któryś z nich nie zatrzyma się w porę, trafi na przerwę w relingu i wyląduje za burtą.

Nie była to na pewno obawa bezpodstawna, jeśli wziąć pod uwagę inklinacje chłopców do niefortunnych wypadków.

Zdążyły dotrzeć do podnóża schodów, kiedy zbiegli na dół, poganiani przez Dorotheę.

– Lepiej się schrońmy, pani – powiedziała służąca, przytrzymując biały czepek, żeby wiatr nie zerwał go z jej głowy.

Sara chwyciła Dorotheę za rękę.

– Znajdziesz czas, by mi uszyć bardziej praktyczne ubranie? – Pokazała na luźną bawełnianą koszulę i konopną spódnicę Isabel. – Coś takiego. I będzie mi potrzebny kapelusz albo budka, w każdym razie coś z rondem, które zasłoni twarz i włosy.

– Chodzi o przebranie? – upewniła się doświadczona w tych sprawach służąca; nieraz pomagała swej pani wymknąć się z fortu w Batawii.

– Właśnie.

– Będę musiała poświęcić jedną albo dwie suknie – ostrzegła Dorothea.

– Pruj, co potrzebujesz.

Kiedy służąca zapędziła chłopców do kajuty, Creesjie odchrząknęła z zakłopotaniem.

– Saro...

– Tak?

– Arent Hayes...

– Tak? – powtórzyła Sara, tym razem wolniej, i nie zabrzmiało to jak zaproszenie do dalszej rozmowy, lecz ostrzeżenie.

– Broniłaś go z wielkim... – Jej przyjaciółce zabrakło słowa.

– ...zapałem – podsunęła usłużnie Lia.

– Właśnie tak, z zapałem – zgodziła się Creesjie, odgarniając włosy z oczu.

– Ach, tak?

– Ostatnio spędzasz z nim dużo czasu.

– Ale nie przesadnie dużo – skontrowała Sara.

– Zależy ci na nim?

Chciała zaprotestować, ale zanim to zrobiła, uświadomiła sobie, że nie rozmawia z obcą osobą, lecz z najserdeczniejszą przyjaciółką.

– Tak – przyznała z lekkim grymasem. Po raz pierwszy powiedziała to głośno i poczuła się tak, jakby próbowała zaciągnąć wyjątkowo szpetną krowę na sam środek rynku.

Lia tylko się uśmiechnęła, pozostawiając taktowne dociekania Creesjie.

– Te uczucia i pragnienia... Zdajesz sobie sprawę, że są niemożliwe do spełnienia, prawda?

– Oczywiście, że tak – odparła Sara, z rozdrażnieniem poprawiając dekolt sukni. Dorothea musiała wszystko prać w morskiej wodzie, przez co ubrania były sztywne i drapiące. To i tak lepiej niż marynarze, którzy pranie robili bardzo rzadko, a jeśli już, to zamiast wody używali własnego moczu. Za pięć miesięcy statek będzie cuchnął jak latryna. – Po prostu... dobrze się czuję w jego towarzystwie – powiedziała. – Pozwala mi być sobą, zamiast zmuszać mnie do odgrywania roli, która mi nie odpowiada. To wszystko. Bez trudu mogłabym o nim zapomnieć.

– Ale czy na pewno musisz? – spytała ostrożnie Lia. – Przy nim stajesz się radośniejsza. To widać.

– Pomiędzy mną a nim nic nie będzie. – Sara ściszyła głos. – Jeżeli nasz plan się powiedzie, zniknę, a Arent... – Urwała. Co się z nim stanie po tym, jak Samuel Pipps zostanie stracony? Wróci do wojaczki? Ujrzała iskierkę nadziei.

Był najemnikiem, a także, co ważniejsze, mężczyzną. Nie ciążyły na nim żadne zobowiązania. Niczego od niego nie oczekiwano. Mógł się udać dokądkolwiek. Kto wie, może nawet zgodziłby się pojechać za nią i zacząć nowe życie z dala od wszystkiego. Mogłaby spróbować skontaktować się z nim, gdy już osiądzie na miejscu, przekazać mu, gdzie ma jej szukać.

Ze złością pokręciła głową. Po co w ogóle myśli o takich rzeczach? Jest tak blisko celu, już wkrótce może odzyskać wolność dla siebie i Lii. Nie powinna narażać planu na szwank dla jakiegoś niedojrzałego zauroczenia.

Eggert zasalutował i otworzył im drzwi.

Sara zatrzymała się pod drzwiami kajuty Reyniera van Schootena i zapukała.

Główny kupiec otworzył ubrany tylko w cienkie spodnie marynarskie. Wszystkie trzy jak na zawołanie ze wstrętem odwróciły wzrok. Kabina głównego kupca wyglądała jak wnętrze tawerny; na podłodze i sekretarzyku walały się tuziny pustych dzbanów po winie.

Zachowanie desperata, pomyślała Sara.

– No proszę, więc jednak Stary Tom mnie wysłuchał – skomentował, taksując wzrokiem stojące przed nim kobiety.

Creesjie prychnęła z rozbawieniem, na co Sara uśmiechnęła się wbrew sobie.

– Czy wczoraj poszedłeś, panie, wyspowiadać się u Sandera Kersa? – spytała.

Zatoczył ręką łuk, wskazując swoją kajutę.

– A po co? Skoro teraz zarządzającym tym statkiem mianował się sam gubernator generalny, ja zostałem po prostu bogatym pasażerem ze skrzynią pełną wina.

– Pomogłeś, panie, memu mężowi w przemyceniu czegoś na pokład – powiedziała Sara, przyglądając się jego zmieniającemu się obliczu. – Nikt nie wie, czym jest ten ładunek, ale z tego, co ludzie mówią, od tamtej pory nie przestajesz, panie, pić.

Zrobił zbolałą minę; jego twarz wykrzywił strach pomieszany ze zwątpieniem i poczuciem winy. Przez chwilę Sarze wydawało się, że dowiedzą się tego, po co przyszły, ale van Schooten wolał splunąć żółcią.

– Czy twój mąż, pani, wie, że bawisz się w łowcę przestępców z Arentem Hayesem? – zapytał, przechylając głowę. – I że wciągasz w te sprawy własną córkę? – Łypnął na nią. – Może powinienem mu powiedzieć?

– Sander Kers zaginął – weszła mu w słowo Isabel. – Jeżeli przyszedł, panie, by cię wyspowiadać, jesteś ostatnią osobą, która…

– Nic nie wiem, a zresztą nawet gdybym wiedział, to na pewno nie zdradziłbym tego przeklętej Mardijker – warknął i trzasnął drzwiami.

45

– I co teraz? – odezwała się Isabel, kiedy van Schooten odesłał je z kwitkiem.

Sara przez chwilę zastanawiała się nad odpowiedzią, a potem zwróciła się do idącej z tyłu Lii:

– Jak ci idzie praca nad modelem statku ze skrytkami?
– Dopiero zaczęłam. Dlaczego pytasz, mamo?
– Twój ojciec sprowadził na pokład coś, czego istnienie pragnie zachować w sekrecie, a Reynier van Schooten mu w tym pomógł. Jeżeli główny kupiec wyspowiadał się pastorowi ze swego uczynku i gubernator się o tym dowiedział, być może właśnie to jest przyczyną, dla której Kers zniknął. W każdym razie tajemniczy ładunek znajduje się gdzieś na statku i wydaje mi się, że równie dobrze możemy zacząć go szukać od przetrząśnięcia skrytek przemytników. Tyle że musimy znać ich rozkład.

– I nie zapominajmy o liście – przypomniała Creesjie. – Ktoś zwabił Kersa na *Saardama*. Jeżeli stoi za tym Stary Tom, być może to on jest odpowiedzialny za zaginięcie pastora.

– Tak czy owak, na razie niewiele więcej jesteśmy w stanie zrobić – powiedziała Sara. – Pozostaje nam jedynie zaczekać, aż Arent zakończy poszukiwania.

Było wyraźnie widać, że takie rozwiązanie nie satysfakcjonuje Isabel, ale musiała się pogodzić z tym, że jak wszyscy zwykli pasażerowie miała, niestety, ograniczone pole manewru.

Creesjie sięgnęła do rękawa, wyjęła kolejny pergaminowy świstek i podała go Sarze.

– Mam coś na pocieszenie. Oto lista nazwisk, którą zobaczyłaś w kajucie męża.

Bastiaan Bos – 1604
Tukihiri – 1605
Gillis van de Ceulen – 1607
Hector Dijksma – 1609
Emily de Haviland – 1610

– Kojarzę niektóre z *Daemonologiki* – rzuciła Isabel, zaglądając Sarze przez ramię. – To rodziny, które zniewolił Stary Tom. Pieter Fletcher prowadził śledztwa w ich sprawach.

Dziewczyna pachniała delikatnie papryką, ale nie było to nieprzyjemne, przeciwnie – sprawiło, że Sara poczuła lekki głód. Ciekawe, że wcześniej nie zwróciła uwagi na tę woń. W ładowni znajdowały się całe skrzynie papryki; widocznie stały w takim miejscu, że uwalniający się z nich zapach przenikał do posłania Isabel.

– Wiesz, dlaczego Jana mogą interesować te nazwiska? – spytała Creesjie.

– Wczoraj usłyszałam fragment jego rozmowy z Vosem – powiedziała powoli Sara. Odpowiadając na pytanie, jednocześnie starała się poukładać to sobie w głowie. – Przyznał się, że przed trzydziestoma laty wypuścił Starego Toma na wolność w zamian za władzę i przywileje, którymi się obecnie cieszy. Jest przekonany, że teraz ktoś inny przyzwał demona i nasłał go na niego. Arent rozmawiał z nim o tym i bezskutecznie próbował dowiedzieć się czegoś więcej.

Creesjie zbladła i chwyciła przyjaciółkę za rękę.

– Jan wywołał diabła?

– Tak powiedział – odparła Sara i zwróciła się do Isabel: – Wiesz, co się stało z tymi ludźmi z listy?

— Pieter Fletcher prowadził obszerne zapiski, pani. — Dziewczyna oklepała torbę, którą dźwigała na ramieniu. — W *Daemonologice* znajdziemy wszystkie odpowiedzi.

— W takim razie chodźmy do mojej kajuty i czym prędzej zajrzyjmy do tej księgi. — Sara zerknęła na przyjaciółkę. — Udało ci się wczoraj dowiedzieć czegoś o kapitanie Crauwelsie?

— Nie wydaje mi się, aby to on był naszym demonem, jeśli o to pytasz — powiedziała Creesjie. — Pochodzi ze szlacheckiej rodziny, która utraciła swoją pozycję, a on stara się ją odzyskać. Z jakiegoś powodu sądzi, iż Jan mu w tym pomoże.

— Powiedział jak?

— Nie, ale dziś ponownie spróbuję go przycisnąć. Aha, i niewykluczone, że zdołam uzyskać więcej informacji na temat powiązań twojego męża ze Starym Tomem. Od Vosa.

— Szambelan jest bezwzględnie lojalny wobec gubernatora — zauważyła sceptycznie Sara. — Nie wątpię w twój legendarny urok, bynajmniej, ale...

— Poprosił mnie o rękę — oznajmiła z błyskiem w oku Creesjie.

— Vos ci się oświadczył?! — wykrzyknęła zdumiona Lia.

— Tak, zrobił to wczoraj wieczorem po ataku ósmej latarni.

— Ale przecież jesteś... — Sara szukała właściwego słowa — no, jaka jesteś — poddała się. — A on...

— ...jest, jaki jest — dokończyła za nią w zamyśleniu Creesjie. — To prawda, ale podobno wkrótce wejdzie w posiadanie znacznego majątku. Wtedy zamierza ubiegać się o stanowisko gubernatora generalnego Batawii.

— Majątku? — Sara była wyraźnie przejęta. — Jakiego? Skąd?

— Tego nie wiem. Powiedział tylko, że planuje to od pewnego czasu... O nie... — Nareszcie to do niej dotarło. — Nie, na pewno nie Vos. Jest zbyt... — zabrakło jej słowa — nijaki.

— Jest również wpływowy. A jego sytuacja materialna wkrótce ma się zmienić. Jeżeli Stary Tom rzeczywiście opętuje ludzi, Vos jest równie dobrym kandydatem na nosiciela demona jak wszyscy pozostali. Przez ostatnie lata mój mąż dawał mu całkiem dużo swobody. Vos był drugim najpotężniejszym człowiekiem w Batawii i wygląda na to, że zapragnął więcej. Musimy się dowiedzieć, co to za majątek, o którym mówił.

– No tak, oczywiście – przyznała Creesjie. – I tak miałam go o to zapytać. Muszę mieć jasność, zanim potraktuję jego oświadczyny poważnie.

– Chyba nie zamierzasz ich przyjąć? – zdumiała się Lia.

– Czemu nie? – odparła Creesjie lekkim tonem. – Jest zadurzony, słaby i brak mu wyobraźni. Ale dzięki jego pieniądzom mogłabym zapewnić chłopcom godne życie. Poza tym nie zawsze będę piękna. Muszę sprzedać swą urodę za jak najlepszą cenę.

Sara posłała spojrzenie Isabel, która szła nieco z tyłu.

– Zanieś *Daemonologicę* do mojej kabiny – poprosiła. – Muszę jeszcze porozmawiać z przyjaciółką.

Isabel skinęła głową. Kiedy się oddaliła, Sara złapała Creesjie za rękę.

– Co z naszym planem, jeśli wyjdziesz za Vosa? Co z Francją? Co z Lią i ze mną?

– Och, nie przejmuj się tak, moja droga – odparła spokojnie Creesjie. – Wszystko da się załatwić. Kaprys jest zdecydowanie zbyt cenny, aby moje plany matrymonialne mogły mieć z nim coś wspólnego. Poza tym nigdy bym nie porzuciła ciebie i Lii.

Sara utkwiła spojrzenie w przyjaciółce. Była piękna i lojalna, ale szła przez życie tak, jak akurat zawiał wiatr. Rozważając propozycję zamążpójścia, nie uwzględniłaby jej i Lii w swych planach, ale nie zrobiłaby tego z egoizmu czy złośliwości, tylko dlatego, że uznałaby, iż wszystko i tak rozstrzygnie się na jej korzyść. Pragnęła, by odzyskały wolność – i tak by się stało. Po prostu. Sara musiała oddać sprawiedliwość Creesjie, że zwykle wszystko szło po jej myśli.

– Udało ci się zdobyć plany? – spytała, zmieniając temat.

Upewniwszy się, że nikogo nie ma w pobliżu, Creesjie uniosła spódnicę i pokazała Sarze futerał ze zwojem, przymocowany do wewnętrznej strony sukni za pomocą trzech tasiemek.

– Naturalnie – powiedziała, wyciągając zdobycz. – Jan spał jak zabity. Muszę ci pogratulować skuteczności mikstury.

– Na Boga, Creesjie! Czemu nie zostawiłaś tego zwoju w kajucie Lii?

– A gdyby zobaczył go któryś z chłopców pokładowych? Albo twój mąż postanowił złożyć wizytę córce? Nie, nie. Uznałam, że przy mnie będzie bezpieczny.

– To nie jest suknia, którą przerobiłam – zauważyła Lia, przejmując zwój.

– Nie, sama ją przeszyłam – odparła z dumą Creesjie.

– I przez cały ranek chodziłaś z tym zwojem?

– Czekałam na odpowiedni moment, żeby wam to przekazać.

Sara pokręciła głową, uśmiechając się pod nosem.

– Od razu zabiorę się do pracy – zadeklarowała Lia. – Ale będę potrzebowała więcej świec.

– Poproszę sługę, żeby ci przyniósł.

– Może zamów je do innej kajuty – ostrzegła Lia. – Model i te plany wymagają sporo pracy, często będę musiała siedzieć do późna. Lepiej, żeby ktoś nie zaczął się zastanawiać, dlaczego zużywam tyle świec. – Schowała zwój pod pachą i zniknęła za drzwiami.

Kiedy Sara wraz z przyjaciółką weszła do swojej kajuty, na sekretarzyku leżała już otwarta *Daemonologica*.

Isabel stała przy harfie i przyglądała się jej z przechyloną głową. W tawernach Batawii królowały flety, skrzypce i bębenki, a grający na nich muzycy zamiast biegłością, mogli się pochwalić tyko bezgranicznym entuzjazmem.

Zachwyt na twarzy dziewczyny świadczył o tym, że nigdy nie widziała tak wytwornego instrumentu. Struny przypominały cienkie pręciki światła, a drewniana rama była tak doskonale wypolerowana, że Isabel zobaczyła w niej swoje odbicie, które zafalowało na powierzchni jak dusza uwięziona pod skórą.

Wyciągnęła brudny palec, by trącić jedną ze strun, ale gdy skrzypnęły drzwi, cofnęła go odruchowo i schowała dłonie za plecami. Po raz pierwszy, od kiedy się poznały, Sara ujrzała w niej dziewczynkę, którą przecież w istocie była.

– Śmiało, zagraj – powiedziała zachęcająco. – Nauczę cię, jeśli chcesz.

Isabel zbladła, zawstydzona tą propozycją.

– Z całym szacunkiem, pani – wybąkała, nie patrząc Sarze w oczy – ale znam swoje miejsce. Twoje palce są długie i miękkie, od razu widać, że Bóg ulepił je z myślą o grze na harfie. – Wyciągnęła ręce i pokazała swoje: zrogowaciałe, twarde i brudne. – To dłonie stworzone do pracy w polu, do harówki i bójki. Kiedy pierwszy raz zobaczyłam Sandera, dwóch zbójów okładało go w jednej z uliczek w Batawii. Zorientowałam się, że jest pastorem, więc wyjęłam nóż i zanim się obejrzeli, obu poderżnęłam gardło. Nie zrobiłam tego dla nagrody, lecz Sander uznał, iż przywiodła mnie do niego opatrzność. Zaopiekował się mną i wyszkolił na łowczynię czarownic. – Z jej głosu przebijała duma. – Mam świętą misję: unicestwić Starego Toma. Właśnie do tego służą moje dłonie, a nie do brzdąkania na instrumencie, który pewnie widzę pierwszy i ostatni raz w życiu.

Sara otworzyła usta, nie bardzo wiedząc, czy powinna zaprotestować, czy może przeprosić, ale Isabel oszczędziła jej wyboru, stukając palcem w okładkę *Daemonologiki* i mówiąc:

– Przyniosłam księgę, tak jak prosiłaś, pani.

Sara nie mogła oderwać oczu od dziewczyny.

– Creesjie, sprawdź, proszę, czy w tej księdze padają nazwiska, które przepisałaś z listy mojego męża, dobrze? Ja chciałabym zbadać Isabel i jej dziecko... jeśli mi pozwoli?

Dziewczyna gwałtownie nabrała powietrza i odruchowo położyła dłoń na brzuchu.

– Skąd wiesz, pani?

– Zwróciłam uwagę na czułość, z jaką patrzyłaś na Marcusa i Osberta podczas wczorajszego kazania – odparła przyjaźnie Sara. – Myślałaś o tym, jakie będzie twoje dziecko w ich wieku. Urodziłam trójkę, znam to spojrzenie. Poza tym wciąż dotykasz brzucha.

Kiedy Sara, co jakiś czas szepcząc słowa pocieszenia, delikatnie badała łono Isabel, Creesjie, która zajęła się przeglądaniem księgi, mruczała pod nosem słowa przepełnione wstrętem.

– Nazwiska ludzi, których mój mąż podejrzewał o to, że zostali opętani przez Starego Toma. – Odchrząknęła i zaczęła czytać na głos: – *Bastiaan Bos, bogaty kupiec. Śledztwo wykazało, iż źródłem jego majątku były liczne przypadki niezwykle rzadkiego powodzenia, każdy zbieżny z okropnymi wydarzeniami w wioskach leżących po sąsiedzku z jego włościami. Wniosek nasuwał się sam. Porwaliśmy go z drogi któregoś wieczoru i po trzech dniach przesłuchań Stary Tom nareszcie ukazał nam swe oblicze. Przeprowadziliśmy egzorcyzmy, lecz Bosa nie udało się uratować. Oczyściliśmy go...* – Creesjie przełknęła ślinę – *ogniem* – dokończyła cicho.

– Creesjie?

– Pieter mówił, że nigdy... – Głos jej się załamał. – Mówił, że nigdy nikogo nie zabił. Twierdził, że wystarczył rytuał, po którym Stary Tom sam opuszczał opętanego.

Nabrała głęboko powietrza, żeby się uspokoić, i przeszła do kolejnego nazwiska.

– *Tukihiri był pochodzącym z obcego kraju konstruktorem statków. Jego statki były lżejsze i zwrotniejsze, a przy tym znacznie odporniejsze od naszych indiamanów. Inspekcja, którą przeprowadziła komisja chrześcijańskich cieśli, wykazała, iż łodzie te nie utrzymałyby się na wodzie, gdyby nie magia. I rzeczywiście, na kadłubie znaleziono ohydne magiczne inskrypcje. Tukihiri nie przyznawał się do zarzutów i zmarł w trakcie przesłuchania. Jego dusza nie mogła zostać zbawiona.*

Creesjie poderwała się z krzesła i zasłaniając dłonią usta, podeszła do iluminatora.

Sara zakończyła badanie Isabel.

— To dziecko ma szczęście, że będziesz jego matką — powiedziała z uśmiechem. — Wygląda na to, że wszystko jest w porządku. Będziemy cię doglądały przez dalszą część podróży. Jeżeli poczujesz przykre dolegliwości, zwróć się do mnie, mam specjalne mikstury, które mogą pomóc.

Podeszła do sekretarzyka i zajrzała do *Daemonologiki*.

Pieter spisywał swe obserwacje angielszczyzną, tym niezgrabnym, topornym językiem, skleconym ze zbyt wielu nieprzystających elementów, by nosić choć pozór elegancji. Sara umiała się nim posługiwać, ale robiła to niechętnie. Zaczęła czytać, bezgłośnie poruszając ustami.

Śledziła wzrokiem opisy przesłuchań i wyznań winy, suche wyliczenia okropności, których łowca czarownic był świadkiem, oraz potworności, których dopuszczał się w odpowiedzi na uczynki demona. Z coraz większym trudem udawało jej się nad sobą panować.

— Nie był zbyt dociekliwy, prawda? — odezwała się Creesjie, stojąc ze skrzyżowanymi na piersi rękami przy iluminatorze. — Dotarłaś do relacji, w której pisze, że skazał Emily de Haviland na śmierć tylko dlatego, że zaprzeczyła, iż jest wiedźmą? Przecież to było jeszcze dziecko!

Sara odnalazła właściwy fragment.

— *Zeznanie było czystą obłudą, kłamstwem na kłamstwie, marną zasłoną dla sączącego się ze słów dziewczynki diabła* — przeczytała na głos. — *Nakazano egzorcyzmy, Emily uwolniła się od demona, lecz było za późno. Dowiedziawszy się o mrocznych postępkach de Havilandów, motłoch wdarł się do ich domu, zabił wszystkich i spalił dobytek, kładąc kres temu niegdyś zacnemu rodowi.*

Pozostali dwaj mężczyźni, Hector Dijksma i Gillis van de Ceulen, którzy przetrwali mękę zadaną im przez Pietera i wiedli szczęśliwe życie.

Creesjie cała się trzęsła. Po policzkach płynęły jej łzy.

— Nie poznaję swego męża, Saro — powiedziała. — To nie jest ten sam człowiek, który do mnie wracał. Mój Pieter nigdy nie zrobiłby czegoś takiego. Ani Bastiaanowi Bosowi, ani Tukihiriemu, ani Emily de Haviland, ani wszystkim pozostałym. Mój mąż nie był mordercą.

46

Kapitan Crauwels stał przed jednym z iluminatorów w wielkiej kajucie i wpatrywał się w horyzont, trzymając ręce założone z tyłu i niecierpliwie przebierając palcami. Zbliżało się południe, lecz *Saardam* wraz z pozostałymi statkami floty nadal stał na kotwicy.

Z każdą minutą morze stawało się coraz bardziej niespokojne. Deszcz bił o szyby, w oddali złowrogo tańczyły błyskawice. Nie można było dopuścić do tego, by sztorm uderzył w statek na kotwicy, rozdarłby go bowiem na strzępy, zanim postawiliby żagle.

Już dawno powinni płynąć dalej, próbując prześcignąć nadciągającą burzę, ale van Schooten uparł się na powrót do Batawii. Aby móc wydać rozkaz, kapitan potrzebował błogosławieństwa gubernatora generalnego, ten jednak najwyraźniej postanowił wyspać się za wszystkie czasy. Akurat teraz! Sytuacja była na tyle nietypowa, że szambelan Vos kilka razy zajrzał do gubernatorskiej kajuty, chcąc się upewnić, że jego pan oddycha.

Pozostali kapitanowie zareagowali z łatwą do przewidzenia wściekłością. Owszem, widzieli ósmą latarnię, ale poza tym na pokładach ich jednostek nie doszło do żadnych niecodziennych zdarzeń i najchętniej po prostu kontynuowaliby rejs. Wieźli do Amsterdamu towary, które się zepsują, jeżeli trzeba będzie zawrócić do Batawii.

Crauwels usłyszał czyjeś kroki. Odwrócił się i zobaczył Vosa. Szambelan wszedł do wielkiej kajuty i ruszył prosto do drzwi gubernatora; w połowie drogi uniósł dłoń, by zapukać do drzwi, te jednak otworzyły się, zanim zdążył to zrobić. Stanął w nich Jan Haan, mrużąc oczy przed światłem. Wyglądał okropnie. Miał na sobie niewpuszczoną w pludry koszulę, na którą założył napierśnik, zapinając go krzywo na cztery z sześciu skórzanych pasków. Do tego rajtuzy, które podjechały zbyt wysoko, nierówno zawiązane tasiemki i zaczerwienione od nadmiaru snu oczy.

– Panie.

– Gubernatorze generalny...

– Panie, musimy...

Jan Haan uniósł dłoń i półprzytomny, wskazał palcem Vosa.

– Krótko – zażądał głosem człowieka, który jeszcze nie wstał z łóżka.

– Kapitan Crauwels i główny kupiec van Schooten chcą zawrócić do Batawii, panie.

– Nie. – Gubernator ziewnął. – Każ przynieść śniadanie.

Vos skłonił się i wyszedł.

– Panie – odezwał się van Schooten. – Kiedy próbowaliśmy spuścić szalupę na wodę, tak jak rozkazałeś, demon dokonał masakry zwierząt na pokładzie *Saardama*. – Mówił szybko, lecz wyraźnie.

O dziwo, trzeźwy, pomyślał Crauwels. Nie potrafił sobie przypomnieć, kiedy ostatnio widział van Schootena bez dzbana wina w ręce. Może tydzień przed wypłynięciem, kiedy komendant straży Drecht, przybył na inspekcję statku. Van Schooten był na co dzień człowiekiem pełnym życia, wprawdzie chwilami irytującym, ale czasami nawet ujmującym. Cóż się stało, że tak zgorzkniał?

Gubernator opadł na krzesło i – nadal w półśnie – zaczął pocierać łysinę na czubku głowy.

– Jak zginęły zwierzęta? – zapytał.

– Zrobił to trędowaty, panie – powiedział Crauwels. – Porozcinał im brzuchy. Wczoraj porucznik Hayes odnalazł ołtarz, który trędowaty zbudował w ładowni. Wiemy też, że zaczął rekrutować zwolenników wśród załogi.

– W jaki sposób powrót do Batawii pomoże nam się uporać z problemem?
– Musimy opróżnić statek, a następnie przeszukać każdy...
– Jeśli tak postąpimy, towary się zepsują i cały rejs będzie na nic – przerwał mu Jan Haan. – Wracam do Amsterdamu, by dołączyć do Siedemnastu Panów, i zamierzam to zrobić tryumfalnie, a nie z pustą ładownią i nadwyżką wymówek.
– Z całym szacunkiem, panie, ale w pewnych sytuacjach...
– Parę martwych kur, a wy od razu chcecie lecieć do gniazda? – przerwał mu pogardliwym tonem gubernator. – Coś pan taki strachajło, kapitanie Crauwels? Nie takim pana zapamiętałem z poprzednich rejsów.

Kapitan się żachnął, ale Jan Haan go zignorował. Zaczął stukać zaostrzonym paznokciem o blat.

– Jeżeli na pokładzie grasuje demon, Arent go znajdzie.

Statkiem nagle szarpnęło. Gubernator spadł z krzesła, a Crauwelsa i van Schootena rzuciło na stół. Zdążyli stanąć na nogi, gdy wstrząs się powtórzył. Zataczając się, kapitan podszedł do iluminatora.

Zobaczył wzburzony ocean i białe grzywy fal. Po niebie sunęły ciężkie chmury.

– Co się dzieje? – spytał takim tonem, jakby ktoś nie okazał mu należnego szacunku.

– Nadciąga sztorm, przed którym cię ostrzegałem, panie – warknął Crauwels. – Uderzy lada moment.

– W takim razie proszę podnieść żagle, kapitanie, i skierować nas w przeciwną stronę – odparł gubernator.

Wiedząc, że nic nie wskóra, Crauwels wymaszerował z wielkiej kajuty, wszedł do sterowni i kciukiem i palcem wskazującym zgasił palącą się we wnęce świecę.

– Zgasić wszystkie światła – zarządził, gdy pierwszy oficer wpadł do sterowni przez drugie drzwi. – Ostatnie, czego nam trzeba podczas sztormu, to pożar.

– Co rozkażesz, kapitanie?
– Pełne żagle. Spróbujemy uciec przed burzą.

*

Ścigała ich jak głodny wilk.

Przez cały dzień *Saardam* wykonywał szaleńcze zwroty przez sztag i rufę, by w końcu postawić pełne żagle i pomknąć zuchwale przed siebie. Płynął tak chaotycznie, że Isaack Larme porównał jego kurs do rzuconego na mapę splątanego sznurka. Pomimo wysiłków załogi burza wciąż deptała im po piętach, rozdziawiając swą rozświetlaną błyskawicami czarną gardziel.

Morze było niespokojne, a pogoda obrzydliwa i nawet marynarze mieli kłopoty z utrzymaniem równowagi. Prominentnym pasażerom nakazano pozostanie w kajutach, dopóki statek nie znajdzie się poza strefą zagrożenia. Tym z kubryku zakazano wychodzenia na pokład, ponieważ przelewające się fale mogłyby ich zmyć.

Skończył się jeden dzień i zaczął następny, po nim kolejny i dalsze. Dzięki swym zdolnościom Crauwels umiejętnie prowadził *Saardama* o krok przed burzą, lecz wciąż nie udawało mu się odstawić jej na bezpieczną odległość.

Przez dwa tygodnie goniła ich z tak zaciekłą nieustępliwością, że załoga poczęła dostrzegać w tym działanie złego. Na koniec wachty wykończeni trudem służby marynarze osuwali się na liny i dotykali amuletów z nadzieją, że może dziś jest ten dzień, kiedy stracą z oczu burzę, tak jak stracili pozostałe statki floty.

Ich nerwowość dało się wyczuć w każdym zakątku *Saardama*. W kubryku, w którym pozasłaniano wszystkie iluminatory, pasażerowie zbijali się w gromadki i cicho modlili. Ci prominentni posłusznie siedzieli w kajutach, a niepokój rozsadzał im piersi.

Na spardeku kapitan Crauwels, którego wściekłość rosła proporcjonalnie do strachu, miotał przekleństwa na wiatr. Bez względu na to, jak zuchwale prowadził statek, jak brawurowo wyznaczał kurs, prześladowczyni nieustannie siedziała im na ogonie.

Była jak głodny drapieżnik, który zwęszył trop i nie odpuszcza.

Starzy marynarze przebąkiwali, że ktoś musiał ją nasłać – że jest klątwą i zniknie dopiero wówczas, gdy Szept nasyci się ciałem. Nic dziwnego, że Sander Kers przepadł, mówili. Nie płakali po pastorze, ale to chyba nie przypadek, że zaginął tuż przed tym, jak rozpętała się burza. Arent Hayes szukał go przez trzy dni, nawet kiedy rozkołysany statek zwalał z nóg i rzucał o ściany.

Nie udało mu się odnaleźć ani śladu pastora. Słuch po Kersie zaginął.

Marynarze byli przekonani, że Szept obiecał komuś fortunę za pokrojenie pastora na plasterki i wrzucenie go do morza. Już niemal wszyscy słyszeli ów szorstki głos, który mamił nocą. Spełnienie największego pragnienia w zamian za przysługę, obiecywał. U jednych chodziło o coś banalnie prostego; od innych wymagał czegoś bardziej niebezpiecznego. Nie wyglądało na to, aby tym, czego chciał i co dawał, rządziła jakakolwiek prawidłowość.

Rano, opowiadając o Szepcie, marynarze ściskali amulety mające odstraszać zło. Niektórzy jednak zamyślali się i patrzyli rozmarzonym wzrokiem. Czemu nie? – zastanawiali się cicho. Czy może istnieć cena wyższa od tej, jakiej każdego dnia żąda od nich życie? Ze swych stanowisk zerkali w stronę rufy, ku kajutom, w których spali możni. Czym sobie zasłużyli na przywileje? Nie mieli pojęcia, jak zszyć żagiel ani zrobić zwrot przez sztag. Byli bogaci, bo pochodzili z bogatych rodzin. Ich dzieci też będą bogate i dzieci tych dzieci, i tak dalej, i tak dalej w niekończącym się cyklu.

O sobie zaś myśleli, że przyczyną ich biedy jest to, że zawsze tacy byli. Nie mogli liczyć na uśmiech losu, nie mieli nic, co mogliby przekazać swym potomkom. Zamożność to klucz, ubóstwo – więzienie. Nie z własnej winy urodzili się skuci w kajdany.

Bezsensowne to było i niesprawiedliwe. Człowiek wszystko potrafi znieść, z wyjątkiem niesprawiedliwości.

Przerzucali się skargami i utyskiwaniami, wzajemnie podsycając swój gniew.

Skoro tak ma wyglądać Boży plan, to może jednak warto wysłuchać Starego Toma, bo żąda niewiele, dając w zamian całkiem sporo. Poza tym niewykluczone, że ostatecznie nie będzie innego wyjścia.

Demon wezwał ósmą latarnię, by ich dręczyła, a potem rozpętał burzę, od której nie sposób się uwolnić. Zresztą nawet gdyby jej umknęli, na pokładzie grasował trędowaty, nawiedzał ładownię, zostawiał swój znak na skrzyniach. Widywali go w różnych miejscach, tę zjawę w łachmanach i zakrwawionych bandażach. Samotną świeczkę, która prowadziła marynarzy przez labirynt, wiodła ich ku ołtarzowi w trzewiach statku. Po wielokroć kapitan nakazywał niszczenie ołtarza i po wielokroć trędowaty go odbudowywał.

To Bosey, mówili jedni. Bzdura, prychali na to drudzy. Bosey nie żyje. Przecież widzieli w porcie. Zapłonął żywym ogniem, a potem Arent Hayes przeszył mu pierś rapierem. Ale czy nie powłóczył nogą i nie cuchnął kubłem z gównem? Czy nie miał pretensji do załogi po tym, co mu zrobili? Po tym, co mu zrobił Johannes Wyck?

Nieważne: Bosey czy nie Bosey, trędowaty przynosił pecha i już. Chłopiec okrętowy, pomocnik żaglomistrza i sygnałowy – wszyscy zginęli w ciemnościach. Chłopiec spadł z drabiny i skręcił kark. Pomocnik żaglomistrza i sygnałowy rzucili się na siebie ze sztyletami i zakłuli na śmierć. Ich wzajemna niechęć wzbierała od pewnego czasu i teraz znalazła ujście.

Marynarze, którzy długo przebywali w ładowni, ponoć wychodzili z niej odmienieni. Stawali się nieobecni. Dziwni.

Jasne, że niektórzy już wcześniej tacy byli, ale to nieważne. Oplatały ich macki plotek. Mówiono o nich, że klękają przed ołtarzem i odprawiają modły.

Omijano ich z daleka.

Coś się kłębi w mrocznej toni, powiadali starzy marynarze. To coś zwie się Starym Tomem.

47

– Dwa tygodnie szarpiemy się jak przeklęta ryba na haczyku i wszystko jak krew w piach! – wrzasnął Crauwels, gdy sztorm ostatecznie dopadł *Saardama*.

Załoga padała z wycieńczenia. Pomimo wysiłku i trudu, pomimo wszelkich podstępów i wybiegów kapitan musiał uznać walkę za zakończoną. Burza okazała się nie do przechytrzenia. Był dumny ze swych ludzi, nie mógł żądać od nich niczego ponad to, co z siebie dali. Chciał im to powiedzieć, ale nie był w stanie przekrzyczeć wichury.

Wyszedł na spardek i spojrzał w niebo. Było czarne jak w środku nocy. Wiał porywisty wiatr i padał silny zacinający deszcz, którego krople odbijały się od pokładu.

– Nic nie widzę, do cholery – poskarżył się Larme'owi, mrużąc oczy i próbując wypatrzeć rozmazane żagle pozostałych jednostek floty. Jedynie trzem udało się nie zgubić, kiedy *Saardam* za wszelką cenę usiłował uniknąć burzy. Teraz Crauwels żałował, że nie zostały z tyłu. – Zejdź do sterowni i skieruj statek jak najdalej od nich! – krzyknął. – Jeśli się zanadto zbliżymy podczas sztormu, wiatr rzuci nas o siebie i roztrzaskamy się.

Pierwszy oficer pognał jak lis, a kiedy kapitan ruszył za nim, statek przechylił się gwałtownie i Crauwelsa ścięło z nóg. Poleciał na reling i natychmiast chwycił się poręczy. Siła żywiołu wyrzuciła dwóch marynarzy do góry i cisnęła nimi o pokład.

Na śródokręciu rozległo się rozpaczliwe bicie dzwonu.

Z trudem posuwając się do przodu, Crauwels złapał przerażonego chłopca okrętowego za koszulę, wyciągnął go z wnęki, w której ten się skrył, i przekrzykując huczące fale, rozkazał mu uciszyć dzwon. Bijący sam z siebie przynosi pecha, każdy to wie. Powinni byli go unieruchomić, jak tylko rozpętała się burza.

– Bosman! – wrzasnął kapitan na tle wyjącego wiatru.

Johannes Wyck wtoczył się na szkafut, kurczowo trzymając się liny.

– Słucham, kapitanie?!

– Marynarze, którzy nie mają wachty, niech nie opuszczają kubryku! – wrzasnął Crauwels bosmanowi do ucha, ocierając twarz z deszczu.

Wyck kiwnął głową, złapał dwóch najbliższych za wszarz, zrugał ich i pchnął w stronę luku.

Brnąc przez zalewającą pokład spienioną wodę, Crauwels dotarł do drzwi, przeciął sterownię i znalazł się w wielkiej kajucie, gdzie Arent usiłował naprawić obluzowaną osłonę iluminatora, bo kłębiąca się kipiel sięgała jego poziomu. Od dwóch tygodni wszyscy pasażerowie siedzieli zamknięci w kajutach, ale Arenta to nie dotyczyło. Chodził, gdzie chciał, lekceważąc rozkazy. Crauwels wiedział, że porucznik regularnie odwiedza celę Sammy'ego, a także kajutę Sary Wessel, ale powstrzymywał się od komentarza.

Statek przechylił się ostro i naczynia gruchnęły o podłogę.

– Hayes, przydasz się – powiedział kapitan, łapiąc się ściany. – Potrzebuję silnej pary rąk do pompy zęzowej. Nie nadążamy z pozbywaniem się wody.

– Najpierw pójdę po Sammy'ego! – odkrzyknął Arent.

– Gubernator powiedział…

– Dobrze wiesz, panie, że jeśli tam zostanie, sztorm zetrze go na proch.

Crauwels spróbował zgromić go wzrokiem i zmusić do posłuszeństwa, ale nic to nie dało.

– Może przeczekać w kubryku – zgodził się niechętnie. – Tylko żeby gubernator go nie zobaczył. Potem pójdziesz pompować.

Razem wyszli z wielkiej kajuty i zdołali szybko dotrzeć do przedziału pod półpokładem, zanim *Saardamem* kolejny raz rzuciło jak liściem na wietrze, tak że o mały włos całkiem straciliby równowagę. Crauwels wsparł się na stole warsztatowym, spojrzał w stronę drzwi prowadzących na zewnątrz i zobaczył Sarę Wessel, która weszła przez nie, zataczając się. Tuż za nią pojawiła się Lia.

Zamrugał zdziwiony, bo zabrakło mu słów. Gubernatorowa, zamiast eleganckiej sukni, miała na sobie przyodziewek zwykłej chłopki: prostą brązową spódnicę, fartuch, lnianą koszulę i kamizelkę. Na głowę włożyła bawełniany czepek, a u pasa przyczepiła sztylet. Lia była ubrana bardzo podobnie.

Obie przemokły do suchej nitki.

Crauwels, zapalony pasjonat wytwornych strojów, uważał, iż największą krzywdą, jaką człowiek może sobie zrobić, jest noszenie się jak byle wieśniak.

– Dla własnego bezpieczeństwa powinnaś była, pani, zostać w swojej kajucie – odezwał się, ale nie usłyszała go przez fale tłukące w iluminator. Powtórzył więc głośniej i krócej: – W kajucie bezpieczniej, pani.

– Wszędzie jest tak samo, kapitanie – odparła, łapiąc się futryny. – Jestem uzdrowicielką, moje zdolności mogą się przydać. Idę do izby chorych.

Arent podszedł niepewnym krokiem do Sary i wręczył jej klucz do swojego kufra.

– W środku są rzeczy Sammy'ego, w tym balsam, który cuchnie szczynami. Dobry na rany.

Położyła mu czule dłoń na ramieniu i przysunęła usta do jego ucha.

– Umieść Pippsa w mojej kajucie, jeśli chcesz – szepnęła.

Zajrzał w jej zielone oczy.

– Skąd wiesz, pani, że wybieram się po Pippsa?

– Grozi mu niebezpieczeństwo – odparła rzeczowo. – To zrozumiałe, że chcesz go chronić.

– Nie wypuszczaj sztyletu z rąk – ostrzegł ją Arent, nie odrywając od niej wzroku. – Zawsze znajdzie się ktoś gotów wykorzystać zamieszanie.

– Nic mi nie będzie – zapewniła. – Stosuj się do własnej rady.

Kiedy Sara udała się do kubryku, by znaleźć kufer Arenta, a on zszedł na dół, żeby wypuścić Sammy'ego z celi, Crauwels pospieszył z powrotem na otwarty pokład, akurat kiedy nadciągała potężna fala, która sekundę później z hukiem zwaliła się na *Saardama*.

Marynarze krzyknęli i kilku z nich zniknęło w odmętach.

Niebo miało barwę popiołu i ognia, reje i maszty zaskrzyły się zielonymi płomieniami, macki błyskawicy oplotły niebo i z sykiem zanurkowały w oceanie. Załoga rzuciła się, by chwycić się masztów, szykując się na uderzenie kolejnej fali.

Crauwels mocno złapał się relingu, wdrapał się po schodkach na swe stanowisko na achterdeku i zastał tam gubernatora generalnego. Haan zjawił się krótko po pierwszej wielkiej fali i od tej pory po prostu stał w milczeniu, bez słowa komentarza bądź wyjaśnienia.

Woda spływała mu po twarzy, ściekała z długiego nosa i wystającego podbródka. Mrugając szaleńczo, z półuśmiechem na ustach wpatrywał się w skłębione czarno-sine chmury burzowe.

Kapitan dobrze znał to spojrzenie. Dowód upojenia morzem.

Przelewało się z pluskiem w oczach gubernatora, odbijało goryczą w jego ustach. Każdy marynarz wiedział, jakie to uczucie, gdy wypełnia cię lodowata pustka oceanu. Nie ma spoczynku, nie ma wytchnienia, gdy żywioł bierze cię we władanie.

Możesz utonąć na stojąco.

Jeden ze statków przewrócił się na lewą burtę i załoga wysypała się do wody. Ludzie machali rękami, wzywali pomocy, ale Crauwels nie mógł ich usłyszeć wśród wycia i zawodzenia wiatru.

Nawet nie brał pod uwagę ewentualności wysłania do nich szalupy; w tych warunkach łódź nie przetrwałaby nawet minuty. Wiedział, że ci chłopcy są już martwi, ale zanim umrą, morze jeszcze się nimi zabawi.

Gubernator poklepał go po ramieniu i pokazał do góry. Crauwels powiódł wzrokiem za jego spojrzeniem i zobaczył kolejny statek floty na grzbiecie rosnącej ogromnej fali, która niosła go prosto na uszkodzoną jednostkę.

Odwrócił głowę, bo nie mógł na to patrzeć, ale po minie gubernatora domyślił się, co się stało. Porwany przez ocean statek z impetem uderzył w ten wcześniej wywrócony, rozpruwając jego kadłub i przełamując go na pół.

Dlaczego chce to oglądać? – zastanawiał się Crauwels. Jakby sztorm był wrogiem, przed którym gubernator mógł uciec.

Kapitan szacował, że z floty, która wyruszyła z Batawii, ostały się tylko dwa statki, w tym *Saardam*. Rozejrzał się w poszukiwaniu drugiego z nadzieją, że jest cały i bezpieczny. Dostrzegł go w oddali – po banderze rozpoznał, że to *Leeuwarden* – ale nie wyglądało na to, by radził sobie o wiele lepiej niż *Saardam*. Crauwels zdawał sobie sprawę, że szanse obu na przetrwanie są niewielkie.

W obliczu fal wysokich jak maszt zarządził, by płynąć prosto na nie. Statek mozolnie wspinał się na niemal pionowe zbocza wody, by po chwili gwałtownie spadać w strome doliny po drugiej stronie.

Marynarzami rzucało po pokładzie. Z każdego starcia wychodzili opici słoną wodą, na chwiejnych nogach i coraz bardziej przekonani, że burza jest dziełem Starego Toma.

Crauwels zrezygnował z wydawania dalszych rozkazów. Zrobił wszystko, co mógł. Jeżeli konstrukcja *Saardama* była wystarczająco mocna, mogli to przeżyć. Jeżeli któreś z żeber było spaczone albo kadłub przegnił i nikt tego nie zauważył, statek mógł w następnej chwili pęknąć jak skorupka jajka. Wraz z każdą burzą powtarzała się ta sama historia: twoje życie lub śmierć zależały od tego, na ile anonimowy amsterdamski budowniczy statków przyłożył się do swej pracy.

Kiedy piorun uderzył w pokład, Crauwels pomodlił się do Boga o ocalenie. Nie doczekawszy się odpowiedzi, zaniósł to samo wołanie do Starego Toma.

A więc dlatego ludzie zwracają się do szatana, pomyślał z goryczą. Przychodzą do niego po prośbie, gdy tracą nadzieję, a ich modlitwy pozostają niewysłuchane.

48

Odbijając się od ściany do ściany, Arent powoli schodził do kubryku. Fale porozrywały osłony i przez rozbite iluminatory wlewała się woda. Poobijani, zakrwawieni i brudni od wymiocin marynarze lgnęli do słupów, które zapewniały namiastkę stabilności, gdy świat stawał na głowie.

Pasażerowie tłoczyli się razem, tulili dzieci albo krzyczeli ze strachu. W kącie siedziała przerażona Isabel i ciężko dyszała. Sara klęczała obok niej i próbowała ją uspokoić.

Sztorm uniemożliwił dalsze, dokładniejsze, poszukiwania Kersa. Arent wiedział, że od zaginięcia pastora Sara stała się dla Isabel pocieszycielką, a jednak zaskoczyło go to, jak bardzo są sobie bliskie.

– Nosisz słowo Boże, Isabel – powiedziała Sara. – Ci ludzie go potrzebują. Bądź im pokrzepieniem, jakim byłby Sander Kers.

Dziewczyna chciała, naprawdę chciała, ale za każdym razem, gdy rozwścieczony ocean rzucał *Saardamem*, krzyczała i podciągała kolana pod brodę.

– Odwaga nie polega na wyzbyciu się lęku – przekonywała ją Sara. – To światło, które znajdujemy w sobie, gdy nie istnieje nic poza strachem. Poszukaj go, bo jesteś potrzebna.

Isabel wstała z wahaniem, niepewnym krokiem podeszła do grupki pasażerów i uklękła między nimi. Rozłożyła ręce i objęła ich.

Kiedy Sara poszła do izby chorych w drugiej części przedziału, Arent zatoczył się i poleciał przed siebie w kierunku, w którym i tak zmierzał. Zanurkował za drewniane przepierzenie dzielące pomieszczenie na dwie części; chwiejąc się na nogach, przeciął kwaterę marynarzy i wpadł do kajuty żaglomistrza. Bele płótna pospadały ze stojaków i porozwijały się, wypełniając pomieszczenie konopną bielą. Arent schylił się, dźwignął właz, po czym zszedł po drabinie do schowka i zastukał pięścią do drzwi celi.

Brak reakcji.

– Sammy!

Spanikowany, usiłował wyrwać kołek z dziury, ale śliskie dłonie i nieustanne kołysanie statku utrudniały mu zadanie.

– Sammy! – wrzasnął. Odpowiedzią była przerażająca cisza.

Kiedy w końcu zdołał otworzyć celę, ukazała mu się tonąca w ciemności jama.

Spróbował wgramolić się do środka, lecz przejście było tak wąskie, że zdołał wcisnąć tylko głowę i ramiona.

– Sammy!

Nadal nic.

– Sammy!

Nabrał powietrza i postarał się uspokoić myśli. Przepełniał go strach przed stratą. Nie miał pojęcia, co by zrobił, gdyby się okazało, że Sammy nie żyje; to go przerastało. Chronienie przyjaciela było jedynym wartym zachodu zajęciem, jakiego imał się przez całe swoje życie. Napełniało go dumą to, iż wiązano go z uczynkami Sammy'ego. Po raz pierwszy, od kiedy opuścił dom dziadka, czuł, że robi coś dobrego; już nie zabijał za pieniądze, już nie maszerował do obcego kraju, by zginąć za podłe ideały. Dlatego oskarżenia o to, że jego przyjaciel jest szpiegiem, wydały mu się zupełnie puste. Sammy wiedział, ile kosztuje władza, i traktował ją podejrzliwie. Był zdumiony zarzutami, kiedy usłyszał je od Arenta, lecz w przeciwieństwie do niego, nie uznał ich za zabawne. Jako Anglik pracujący dla Kompanii zawsze miał pod górkę, nigdy jednak się nie spodziewał, że trafi przez to za kratki.

– Arencie – jęknął, wyciągając dłoń w stronę światła.

Niewiele brakowało, a Arent rozpłakałby się z radości. Chwycił przyjaciela i wyciągnął go na zewnątrz. Zobaczył krew płynącą z rozcięcia na czole.

– Jesteś cały?

– Kręci mi się w głowie, ale przynajmniej oddycham – odparł półprzytomny Sammy. – Ten sztorm to sprawka Starego Toma?

– Sądziłem, że nie wierzysz w demony – rzucił Arent, opierając jego dłonie na drabinie.

– Szeptał do mnie zeszłej nocy – wyznał Sammy zlęknionym głosem. – Wiedział o różnych rzeczach, o których nie wie nikt poza mną. Chciał, żebym...

– ...zabił gubernatora generalnego? – dokończył Arent, pomagając przyjacielowi wspiąć się po drabinie. – Tego samego zażądał od Sary i Creesjie.

– Obiecał, że uwolni mnie i oczyści moje imię. A tobie co obiecał?

– Nic. Wygląda na to, że jako jedyny go nie słyszałem.

Sammy zdobył się na niewyraźny uśmiech.

– Zatem bycie nudnym rozmówcą jednak ma swoje zalety.

Kiedy wyłonili się z luku, do ich uszu doleciał skowyt bólu. Chirurg-golibroda właśnie odcinał Henriemu, pomocnikowi cieśli, złamaną nogę, a Sara i Lia zajmowały się pacjentami w izbie chorych. Gdyby nie dwa stoły operacyjne oraz wiszące na kołkach wiertła i piły o dziwnych kształtach, w zasadzie nic by nie odróżniało tego wydzielonego zasłoną przedziału od pozostałych na tym poziomie.

– Saro! – zawołał Arent.

Podbiegła do Sammy'ego.

– To nic takiego – orzekła, oglądając ranę. – Po prostu uderzył się mocno w głowę. Połóż go tutaj, zajmę się nim.

– Nie ma potrzeby – zaprotestował Sammy, próbując utrzymać się w pionie. – Dysponuję pewnymi umiejętnościami, jeśli chodzi o leczenie ludzi. Proponuję pomoc, jeśli zechcesz ją przyjąć, pani.

– Pan Pipps! – zawołała podnieconym głosem Lia. – Jestem wielbicielką...

Sammy zignorował ją i wbił spojrzenie w stojący na stole kuferek z jego rzeczami. Był otwarty.

– To mój ekwipunek alchemiczny – zauważył z lekką irytacją.

– Chętnie skorzystamy z pańskiej pomocy – pospieszyła z odpowiedzią Sara. – Nie mam pojęcia, do czego służy połowa tych substancji.

Sammy nie odrywał oczu od kuferka.

– Nie miałam zamiaru cię urazić, panie – zaznaczyła skonsternowana. – Arent zasugerował, że twoje mikstury mogą się przydać do pomocy rannym, więc...

– Tak, oczywiście – przerwał jej speszony. – Wybacz, pani. To po prostu dzieło mojego życia. Nawet nie umiem zliczyć spraw, które te mikstury pomogły mi rozwiązać. Staram się pilnie strzec sekretów ich składu i przyznaję, że przez chwilę poczułem się przytłoczony własnym samolubnym pragnieniem zachowania tych tajemnic wyłącznie dla siebie. Już tłumaczę, jak możesz je, pani, wykorzystać.

Arent wymienił z Sarą rozbawione spojrzenia, po czym zszedł do ładowni, gdzie pomiędzy skrzyniami płynęła przelewająca się i chlupocząca, głęboka na dobre cztery stopy rzeka, na której powierzchni unosiły się truchła szczurów. Cieśle uwijali się przy kadłubie, gorączkowo łatając przecieki deskami, a marynarze i muszkieterzy obsługiwali pompę zęzową, choć przy wciąż podnoszącym się poziomie wody ich katorżniczy trud na niewiele się zdawał. Był wśród nich spocony półnagi Drecht.

Gdy statek raptownie się przechylił, skrzynie wysunęły się z zabezpieczającej je sieci i spadły na pracujących poniżej marynarzy.

Okrzyki bólu utonęły w łoskocie fal rozbijających się o kadłub.

Woda zabarwiła się na czerwono.

– Drecht! – krzyknął Arent, brnąc w stronę pompy. Komendant straży podniósł głowę i odetchnął z ulgą. – Zajmij się nimi. – Arent wskazał ciała marynarzy. – Ja będę pompował.

Do obsługi długich dźwigni potrzeba było z reguły trzech ludzi, lecz Arent zwolnił wszystkich, wysyłając ich do innych zajęć.

W oddali gruchnęły działa – sygnał, że któryś ze statków floty znalazł się w jeszcze większych opałach niż *Saardam*. Daremny trud; statkowi nie można było pomóc, nie w tych warunkach. I tamci na pewno o tym wiedzieli.

Arent zaczął pompować, coraz szybciej i szybciej, zatracając się w rytmicznych ruchach.

Mijały godziny, a on wciąż poruszał pompą, wypruwając sobie żyły i zdzierając skórę z dłoni. Drecht próbował namówić go na odpoczynek, lecz Arent wiedział, że jeśli się zatrzyma, nie da rady zacząć od nowa.

Zmęczenie pokonało go dopiero o zmierzchu. Puścił dźwignię i osunął się na kolana.

Saardam przestał się kołysać. Przez szczeliny w kadłubie nie wlewała się już woda. Cieśle siedzieli zgarbieni pod ścianą, ściskając młotki szponiastymi palcami, których nie byli w stanie rozprostować.

Arentowi udało się wypompować tyle wody, że zamiast do pasa, sięgała już tylko do kostek.

Czyjaś dłoń dotknęła jego ramienia. Przed zmęczonymi oczami pojawił się kubek krupniku z mięsem i gruba pajda chleba. Podniósł ciężką głowę i zobaczył Sarę.

– Zagrożenie minęło – powiedziała. Przewidując jego kolejne pytanie, dodała: – Wszyscy przyjaciele są bezpieczni. Sammy, Lia, Creesjie, Dorothea i Isabel.

Jej kręcone rude włosy uwolniły się z wysadzanych klejnotami szpilek i luźno opadały na ramiona i twarz. Na czole wykwitł spory guz. Miała podwinięte rękawy, a całe ręce i suknię umazane krwią.

– Czy to twoja krew, pani? – spytał, ujmując jej dłonie, zbyt wykończony, by przejmować się konwenansami.

– Tylko odrobina – przyznała, z uśmiechem przyjmując jego troskę.

– Zyskujesz w moich oczach.

Roześmiała się i dopiero wtedy zobaczyła, jak wyglądają jego ręce po kilku godzinach pracy przy pompie zęzowej.

– Przyjdź do izby, opatrzę je.

– Nie jest aż tak źle.

Drecht usiadł obok Arenta i poklepał go po ramieniu.

– Trzeba było zobaczyć, jak przez cały dzień w pojedynkę i bez odpoczynku machał pompą – skomentował z podziwem. – W życiu czegoś takiego nie widziałem. Dar od niebios.

Arent był zbyt zajęty wdychaniem kwaśnego aromatu krupniku, by zwrócić uwagę na pochwałę.

– Co to w ogóle za specjał? – zainteresowała się Sara. – Przyniosłam go od kuka.

– Krupnik – powiedział Drecht, marszcząc nos. – Najobrzydliwsza rzecz, jaką można zjeść.

– Pokarm żywych – poprawił go Arent, uśmiechając się od ucha do ucha.

Kiedy człowiek wracał z bitwy, trzęsąc się z zimna, oblepiony błotem i krwią, uboższy o paru przyjaciół, kucharz wręczał mu miskę krupniku, który był słony, rozgrzewający, podnoszący na duchu i przede wszystkim tani. W każdej polowej garkuchni, wszędzie tam, gdzie sięgały wpływy Kompanii, bulgotały wielkie sagany tej wojskowej strawy. Kucharze mieszali w nich dniami i nocami, dorzucając kawałki starego mięsa, ogryzki rzepy, kurze kości, słowem wszystko, co zepsute bądź niepotrzebne. Potrawa szybko przechodziła zgnilizną i równie prędko budziła smoka w jelitach tych, którzy ośmielili się jej skosztować.

Arent posłał obojgu promienny uśmiech, po czym przechylił kubek, wypił spory haust i wytarł usta z tłustego płynu.

– Chcesz spróbować, pani?

Sara przyłożyła naczynie do ust i ostrożnie upiła łyczek. Wzdrygnęła się z odrazą i natychmiast wypluła. Szybko wyrwała mu z ręki dzban wina, żeby spłukać ohydny smak.

– Paskudztwo – orzekła.

– Owszem – przyznał rozkosznie Arent. – Ale można się o tym przekonać, tylko będąc żywym.

49

Morze się uspokoiło, a niebo rozpękło na dwie nierówne części o postrzępionych krawędziach, czarną za rufą i niebieską przed dziobem. Wciąż padał targany wiatrem deszcz, ale jego krople nie były już lodowato zimne, lecz miękkie i ciepłe. Pozrywany takielunek zwisał jak przerośnięte pnącza i bił o podarte niemal na strzępy żagle. W pokładzie ziały dziury, ale nikt ich nie naprawiał. Wszyscy leżeli wymęczeni, patrząc przed siebie pustym wzrokiem.

Nikt się nie odzywał.

Crauwels przechylał się przez reling i oglądał uszkodzenia. Przez dziury w jego drogiej koszuli było widać ciemne włosy na klatce piersiowej. Trząsł się z zimna i krwawił z rozcięcia na ramieniu. Ledwo stał na nogach.

– Raportuj – powiedział gubernator generalny, podchodząc do kapitana. Jakimś sposobem udało mu się przetrwać cały sztorm niemal bez zadrapania. Obok Haana wyrósł nieodłączny szambelan Vos.

– Póki co dryfujemy – odparł Crauwels, wskazując bezużyteczne żagle. – Załatanie ich zajmie ze dwa dni. Tyle samo naprawa wypaczonego odeskowania. Na szczęście kadłub wydaje się nietknięty.

– Ale przeżyliśmy.

– To prawda, tyle że burza zepchnęła nas ze szlaku. – Kapitan dotknął rany i skrzywił się z bólu. – Nie mam zielonego pojęcia, gdzie się znajdujemy. Pozostałe statki zniknęły. Zostaliśmy sami.

– Kiedy ostatnio sprawdzałem, *Leeuwarden* wciąż utrzymywał się na powierzchni – powiedział gubernator, wpatrując się w puste morze. – Jeśli go znajdziemy, być może wspólnymi siłami coś zaradzimy.

– Oko niczego nie zauważyło – zaznaczył kapitan, rozdrażniony bezpodstawnym optymizmem Haana. – Niektórzy twierdzą, że widzieli, jak *Leeuwarden* się przewraca. Zresztą, nawet jeśli wyszedł z tego cało, na pewno ma uszkodzenia nie mniejsze od naszych i prawdopodobnie też się zgubił. Nie znajdziemy go, znając nasze szczęście.

Gubernator spojrzał na niego wyczekująco.

– Czuję, że chcesz mnie o coś poprosić – powiedział.

– Potrzebujemy Kaprysu.

– To więcej niż zwykła prośba, kapitanie.

– Znam jego moc, gubernatorze. Testowałem go dla pana – odparł Crauwels. – Bez Kaprysu pozostaną mi wyłącznie gwiazdy. Będziemy kręcili się w kółko, szukając lądu, który umożliwiłby nam określenie położenia. Obaj wiemy, że nie mamy wystarczająco dużo prowiantu, by móc sobie pozwolić na takie manewry, zwłaszcza teraz, gdy straciliśmy z oczu pozostałą część floty.

Z nosa gubernatora pociekła strużka krwi. Vos błyskawicznie wręczył mu chusteczkę.

– Pójdziemy tam razem – oświadczył w końcu Haan.

Wszyscy trzej skierowali się do prochowni. Na schodach spotkali komendanta straży Drechta.

– Jak wygląda sytuacja? – spytał gubernator.

– Straciliśmy czterech muszkieterów.

Weszli do kubryku i stanęli jak wryci, zdumieni ogromem zniszczeń. Kapiące z góry krople wody zbierały się w kałużach pełnych krwi i wymiocin. Działa leżały na boku, a całą podłogę zaścielały porozrzucane rzeczy osobiste pasażerów; tylko mały bucik wisiał na kołku u sufitu – zupełnie jakby burza natknęła się na niego podczas swego szaleńczego rajdu po pokładzie i postanowiła go oszczędzić.

Brudni i przemoczeni marynarze oraz pasażerowie kasłali i krztusili się, plując morską wodą. Leżeli na podłodze, trzymając się za złamane kończyny, i czekali, aż ktoś się nimi zajmie – chirurg-golibroda, Sara, Lia lub Sammy. Arent rozmawiał z przyjaciółmi.

Crauwels zauważył, że kiedy razem z Haanem i Vosem schodził do kubryku, dwie kobiety i więzień szybko schowali się za zasłoną oddzielającą izbę chorych od pozostałej części przedziału. Zapewne obawiali się reakcji gubernatora – który jednak na szczęście dla nich skupił się na zmęczonym chłopcu okrętowym nakrywającym konopną tkaniną ciała zmarłych. Crauwels zastanawiał się, czy robił to z własnej inicjatywy, czy dlatego, że mu kazano. Tak czy inaczej, zasłużył na dodatkową porcję piwa do wieczornego posiłku.

U podnóża schodów leżał trup. Drecht przestąpił nad nim i energicznie zastukał do drzwi prochowni.

– Żyjesz, konstablu?

Odsunęła się zaślepka i pokazały się krzaczaste białe brwi.

– Żyję, ale co to za życie? – poskarżył się starzec. – Kim jesteś, panie? – spytał, gdy miejsce Drechta zajął gubernator.

– To ja, gubernator generalny. Otwieraj. Przyszliśmy po Kaprys.

Konstabl lekko zbladł ze strachu, ale posłusznie wykonał polecenie. Niespiesznie odciągnął bolec i usunął się z drogi.

– Nie rozumiem, w jaki sposób ta cholerna skrzynia miałaby nam pomóc? – odezwał się Drecht.

– Kaprys umożliwia precyzyjne określenie pozycji statku na morzu – wyjaśnił Crauwels. – Dzięki niemu dowiem się, gdzie znajduje się Batawia i jaki kurs musimy obrać, by do niej dotrzeć.

– Myślałem, że to broń. – Komendant straży westchnął. Możliwości Kaprysu najwyraźniej nie zrobiły na nim wrażenia.

– Dzięki Kaprysowi statki Kompanii będą mogły bez obaw pływać poza wytyczonymi szlakami – uściślił Vos.

Mina Drechta świadczyła o tym, że nadal nie czuł się przekonany.

– Nie rozumie pan? – zdziwił się Vos. – Dzięki Kaprysowi nasze floty z łatwością wyprowadzą wroga w pole. Będzie można sporządzić szczegółowe mapy niezbadanych wód. Będziemy odkrywali miejsca i ludy, o których dotąd nie mieliśmy pojęcia. Dla Siedemnastu Panów Kaprys jest kluczem do panowania nad światem.

Gubernator ze zniecierpliwieniem machnął dłonią.

– Vos, złap z jednej strony. Drecht, ty weźmiesz z drugiej. Musimy zanieść skrzynię na pokład.

Zdążyli dźwignąć ją ze stęknięciem i zrobić krok w stronę drzwi, gdy nagle gubernator wykrzyknął:

– Postawcie!

Podążyli wzrokiem za jego przerażonym spojrzeniem. Na deskach, na których stał Kaprys, widniał wypalony znak Starego Toma. Komendant straży przeżegnał się odruchowo, a szambelan zaklął i natychmiast się wycofał.

Prosty, surowy symbol, wybałuszone oko i skręcony ogon, ożywał w świetle rozkołysanej latarni. Wyglądał, jakby miał się odkleić od deski i umknąć z prochowni.

– Otwórzcie skrzynię – zażądał gubernator, zdejmując z szyi duży żelazny klucz. Rzucił go Drechtowi. – Natychmiast!

Zamek w kłódce zardzewiał od wilgoci, dlatego trzeba było kilku prób, zanim się poddał. Kłódka gruchnęła o podłogę.

Komendant straży uniósł wieko i głośno wypuścił powietrze.

– Nic tu nie ma – powiedział, obracając skrzynię, by gubernator sam mógł się przekonać. Trzy puste komory, w których powinny się znajdować trzy elementy Kaprysu.

Haan chwycił konstabla za gardło i podniósł go na wysokość oczu.

– Gdzie jest Kaprys? – wysyczał.

– Nie wiem – jęknął starzec.

– Myślałeś, że się nie zorientujemy?! – Głos gubernatora przeszedł w przenikliwy wrzask. – Coś z nim zrobił?!

– Nie wiem, panie. Naprawdę. Nie miałem pojęcia, co jest w środku. To była zwykła skrzynia, panie, zwykła skrzynia.

Gubernator warknął, puścił konstabla i ten zwalił się na podłogę.

325

– Dwadzieścia batów odświeży ci pamięć.
– Nie, proszę, panie, litości! – zawył starzec, nadaremno wyciągając rękę w błagalnym geście. Drecht chwycił go za kołnierz i wyprowadził z prochowni.

*

Arent przyjemnie spędzał czas w towarzystwie Sammy'ego, Sary i Lii – dopóki nie przyszedł stryj.

Sara opowiedziała Sammy'emu wszystko, czego zdołała się dowiedzieć na temat Starego Toma; wspomniała też o tym, że Sander Kers był przeświadczony, iż demonem może być Arent. Sammy zareagował niedowierzaniem, następnie z rozkoszą wymienił kilka diabelnie nudnych, a przez to zupełnie niediabolicznych skłonności przyjaciela, wywołując tym salwy śmiechu.

Kiedy gubernator wrócił z prochowni, wesołość całej czwórki ustąpiła ciszy w obawie przed przyłapaniem ich na gorącym uczynku. W ślad za nim z przejścia wyłonił się Drecht, ciągnąc konstabla za jedyne ramię.

– Co się dzieje, stryju? – spytał Arent, wychodząc z izby chorych.
– Ten człowiek ukradł Kaprys – odparł gubernator, nie zatrzymując się.
– Nie zrobiłem tego, panie. To demon, o którym wszyscy mówią! – wykrzyknął starzec. – Widziałem znak. To demon! Hayes, pomóż mi – zwrócił się do Arenta z rozpaczą w głosie. – Błagam.
– Stryju, znam tego człowieka. On nie mógłby...
Gubernator posłał mu wzgardliwe spojrzenie.
– Dałem ci szansę na powstrzymanie Starego Toma, Arencie. Twierdziłeś, że nie nadajesz się do tego zadania, a ja cię nie posłuchałem, czego teraz żałuję. To nie twoja wina, lecz moja. Nie martw się jednak, załatwię tę sprawę po swojemu.

Arent chciał zaprotestować, ale Drecht położył przyjazną dłoń na jego ramieniu i pokręcił głową. Popchnął konstabla w górę po schodach.

– Sammy, ten człowiek jest niewinny – powiedział Arent, kiedy gubernator zniknął z pola widzenia. – Musisz rozwiązać zagadkę kradzieży Kaprysu, zanim ukarzą konstabla.

– Już raz odnalazłem tę przeklętą rzecz – mruknął Sammy, gdy przyjaciel pociągnął go w stronę prochowni. Niby sarkał, a jednak w jego oczach pojawiło się to niezwykłe rozemocjonowanie, jak zawsze, gdy zaczynał nową sprawę. – Ile mamy czasu?

– To zależy, jak długo im zajmie odnalezienie bata w tym bałaganie.

Arent wepchnął Sammy'ego do prochowni jak więźnia do celi, sam zaś ustawił się przy drzwiach i skrzyżował ręce na piersi. Sara i Lia zajrzały do środka.

– Cuchnie piwem, bąkami i kwaśnymi szczynami – poskarżył się Sammy, pociągając nosem. – Nie macie przypadkiem pomandera?

Sara wręczyła mu swój, który nosiła na sznureczku u pasa. Przyjął go z wdzięcznością i zabrał się do rzeczy.

– Co mamy robić? – spytała Sara.

– Obserwować – odparł z uśmiechem Arent. Przyglądanie się, jak Sammy pracuje nad pozornie nierozwiązywalnym problemem, było dla niego jedną z największych przyjemności.

Problemariusz położył się na brzuchu i dokładnie obejrzał najpierw podłogę, potem skrzynię, powoli przesuwając dłonią po deskach. Niezadowolony z rezultatu, błyskawicznie stanął na nogach i podszedł do baryłek z prochem. Zbadał każdą z osobna, lekko je przetaczając. Usatysfakcjonowany, pokiwał głową. Znak, że w jego umyśle zaczął się wykluwać pomysł.

Wskoczył na skrzynię i poklepał belkę łączącą rumpel z płetwą sterową, po czym prześwidrował obity cyną sufit.

Wybąkał coś pod nosem i zeskoczył.

– Arencie, kto dysponuje kluczami do tego pomieszczenia i do skrzyni?

Arent musiał się zastanowić. Zadał to pytanie, kiedy próbował znaleźć słabe punkty statku, ale od tamtej pory wiele się wydarzyło, poza tym ostatnio doskwierał mu brak snu...

– Prędzej – ponaglił go przyjaciel. – Twojemu konstablowi kończy się czas. – Niecierpliwie pstryknął palcami.

– Klucze do skrzyni mają mój stryj i Vos, a do prochowni Crauwels i Larme. Żaden z nich nie ma obu kluczy.

– Łatwiej byłoby zdobyć klucz do prochowni niż do skrzyni.

Dopiero teraz Sammy zwrócił uwagę na tłumek gapiów, który zebrał się za plecami Arenta.

– Panie i panowie, wprawdzie cieszy mnie i zaszczyca wasze zainteresowanie moją pracą, lecz sprawy, o których tutaj rozmawiamy, wymagają największej dyskrecji. Lio, bardzo cię proszę, zamknij drzwi.

Jego oświadczenie spotkało się z jękiem zawodu, który nagle utonął w dudnieniu bębna na jednym z otwartych pokładów. Rytm był miarowy i niespieszny. Brzmiał jak bicie serca *Saardama*.

– Wkrótce wyprowadzą konstabla – powiedział Arent. – Czego się dowiedziałeś?

– Mam dwie teorie, obie pozostawiają wiele do życzenia. – Sammy zatarł dłonie.

Arent zauważył pełne radosnego podniecenia spojrzenia, które Lia i Sara wymieniły między sobą. Wiedział, że przepadały za jego raportami, i potrafił sobie wyobrazić, jak wiele przyjemności czerpią z obserwowania Sammy'ego w akcji.

– Pierwsza brzmi następująco: Kaprys został skradziony w porcie w Batawii, a na pokład wniesiono pustą skrzynię. Po tym, jak z Arentem odzyskaliśmy Kaprys, umieszczono go w skarbcu w forcie, a więc tam, gdzie pod ścisłą strażą przechowywano najcenniejszy dobytek gubernatora. Dostęp do niego mieli wyłącznie Jan Haan, Vos oraz...

Sara, pomyślał Arent, zerkając w jej stronę.

Wyznała mu, że trzymała wysadzane klejnotami szpile w skarbcu i że poszła po nie rano tego samego dnia, gdy flota opuszczała Batawię. Mogła podkraść mężowi klucz, otworzyć skrzynię z Kaprysem, wyjąć elementy urządzenia i na powrót ją zamknąć, tak że nikt się nie zorientował.

Teoria nie wyjaśniała, co zrobiła z Kaprysem. Sara musiałaby w jakiś sposób wynieść go ze skarbca. Czy miała wspólnika?

– Byłam w skarbcu tego dnia, gdy wypływaliśmy z Batawii – odezwała się, jakby czytała mu w myślach. – Skrzynia została otworzona przez... – Zamilkła, nie zdradzając imienia. – Przez eksperta, który upewnił się, że Kaprys jest nieuszkodzony. Kaprys na pewno znajdował się w skrzyni, kiedy wnoszono ją na pokład.

– Moja druga teoria również zawiera luki, acz jest, muszę przyznać, dość pomysłowa jak na te kilka krótkich chwil, które mi dałeś – powiedział Sammy. Zatopiony we własnych myślach, Arent słuchał go jednym uchem. – Prochownia jest solidnym pomieszczeniem, bardzo szczelnym, nie ma w nim żadnych klap, luków i tym podobnych. Cóż więc powiecie na to? Szambelan dostał się tutaj dzięki kluczowi, który ukradł kapitanowi albo pierwszemu oficerowi.

– Vos? – zdziwiła się Sara. – Dlaczego akurat on? Nie przypuszczam, aby było go stać na coś takiego. Poza tym on wie, jak wiele szkody wyrządziłby mojemu mężowi. Od tego, czy Jan dostarczy Kaprys do Amsterdamu, zależy to, czy zostanie przyjęty do grona Siedemnastu Panów.

– Kiedy pracowałem nad odzyskaniem Kaprysu w Batawii, zauważyłem, że gubernator i szambelan nigdy nie rozstawali się ze swymi kluczami. Obaj nosili je na szyi. Przed chwilą, gdy gubernator wychodził z kubryku, zobaczyłem, że nadal to robią. Wątpię, aby można było łatwo wejść w posiadanie któregoś z tych dwóch kluczy. Co innego klucze do prochowni, tym nie poświęca się aż tyle troski. Podczas zaokrętowania Larme na pewno nie miał swojego przy sobie. Jego spodnie nie mają kieszeni, poza tym był bez koszuli.

Sammy przysiadł na stołku konstabla.

– Jeśli założymy – ciągnął – a nie mamy innego wyjścia, biorąc pod uwagę, jak niewiele czasu nam zostało, że przedmiotem, który skradziono, był klucz do prochowni, wówczas nasze podejrzenie musi paść na gubernatora albo szambelana. Tyle że gubernator nie miałby nic do zyskania. Kaprys znajduje się przecież pod jego opieką i przyniesie pożytek Kompanii, na której czele Haan ma stanąć.

– A Vos? Jaki mógł mieć motyw? Jest wierny jak pies – powiedział Arent.

Dudnienie bębna narastało.

– Kaprys jest bezcenny – zauważył Sammy. – Słyszałem, co mówił o nim szambelan. Naród, który będzie dysponować Kaprysem, będzie rozdawał karty. Odkrywał niezbadane wody i lądy, wytyczał nowe szlaki handlowe. Będzie mógł znienacka atakować wroga, gdy ten najmniej się tego będzie spodziewać. Każdy król byłby gotów opróżnić skarbiec dla przedmiotu dającego mu taką władzę.

Sara skinęła głową na znak zgody.

– Oświadczając się Creesjie, Vos powiedział, że wkrótce wejdzie w posiadanie znacznej sumy pieniędzy – oznajmiła. – Jeżeli ukradł Kaprys, to by wyjaśniało, dlaczego nagle, po tylu latach, znalazł w sobie dość odwagi, by poprosić ją o rękę.

– Mój stryj zniszczył jego firmę – dodał Arent. – Vos zaprzecza, jakoby chował urazę, ale może kłamie.

– Wobec tego roboczo przypiszmy odpowiedzialność za kradzież szambelanowi – uznał Sammy. – Nasze kolejne pytanie powinno brzmieć: w jaki sposób na oczach pasażerów wyniósł Kaprys z zamkniętego i strzeżonego pomieszczenia?

– Konstabl mówił, że codziennie wieczorem mniej więcej o tej samej porze wychodzi za potrzebą. Vos mógł go obserwować i zapamiętać godzinę.

Problemariusz zerwał się ze stołka, otworzył drzwi i zwrócił się do tłumku:

– Czy ktoś z was widział mężczyznę, który taszczył coś ciężkiego z prochowni o… – Zerknął na przyjaciela. – O której konstabl chodzi się wyszczać?

– O drugiej szklance – podsunął Arent.

– O drugiej szklance. Dowolnego dnia po tym, jak wypłynęliśmy z Batawii.

Pasażerowie spojrzeli po sobie, ale żaden się nie odezwał. Sammy zamknął drzwi.

– Znamy okienko czasowe, ale nie wiemy, jak doszło do kradzieży. Czy Vos przyjaźni się z kimś z załogi? Z oficerami? Z kimkolwiek na statku?

– Nic mi o tym nie wiadomo – odparła Sara.

Sammy chodził tam i z powrotem, główkując.

– Trzy baryłki są puste – mruknął.

– Podobno dlatego, że marynarze załadowali działa, nie czekając na rozkazy. Tak twierdzi konstabl – powiedział Arent.

– Trzy baryłki. Kaprys składa się z trzech części. – Sammy podszedł do stojaka i spróbował zdjąć jedną z pustych baryłek. Nie udało mu się, więc gestem poprosił Arenta o pomoc. Potem razem otworzyli wieko i przyjrzeli się wnętrzu. – Tutaj. – Sammy wskazał coś w środku, po czym zajrzał do kolejnej. – I tutaj. Widzisz? Ślady jak po ugryzieniu, tam gdzie kółka zębate wbiły się w drewno, gdy wciskano je do środka.

Wyprostował się, zadowolony z odkrycia.

– Vos ukradł klucz do prochowni, a kiedy konstabl wyszedł sobie ulżyć, wślizgnął się, otworzył skrzynię własnym kluczem, ukradł trzy elementy Kaprysu i schował je w baryłkach, które jednak wcześniej musiał opróżnić z prochu... – Oczy zaszły mu mgłą i po chwili znów pojaśniały. Pstryknął palcami. – Ach, cóż za skrupulatny człowiek! – orzekł z podziwem.

– Sammy?

– Gotowość bojowa! – zakrzyknął Sammy. – Podczas ośmiomiesięcznej podróży typowym indiamanem gotowość bojową ogłasza się najmniej pół tuzina razy. Vos wiedział o tym i odpowiednio się przygotował. Nie miało dla niego znaczenia, kiedy odzyska Kaprys, byle stało się to przed przybiciem do Amsterdamu. Ukrył więc elementy w baryłkach i spokojnie czekał. Gdy po raz pierwszy ogłoszono gotowość bojową, przebrał się w strój marynarza, dobrał sobie dwóch wspólników i razem udali się do prochowni. Zdawał sobie sprawę, że w zamieszaniu prawdopodobnie nikt go nie rozpozna.

– Dlaczego dwóch wspólników? – zdziwiła się Sara. – Czemu sam nie mógł zabrać wszystkich trzech baryłek?

– Ponieważ to by się wiązało z ryzykiem, że ktoś inny zabierze którąś z „jego" baryłek zamiast zwyczajnej, zawierającej proch.

Arent ruszył w stronę drzwi.

– A ty dokąd? – spytał Sammy.

– Opowiedzieć o tym stryjowi.

– Nie wysłucha cię. – Sammy pobiegł za nim. – Arencie, zatrzymaj się! Gubernator nie potraktuje twoich słów poważnie. Vos jest jego najbardziej zaufanym sługą. Jan Haan nie uwierzy, że szambelan ukradł Kaprys, tak jak nie dałby wiary komuś, kto twierdziłby, że *Saardamowi* wyrosną skrzydła. Potrzebujemy dowodów.

– Chcą wychłostać niewinnego – rzucił Arent, wchodząc na schody. – Konstabl jest dobrym człowiekiem.

– Nie będzie pierwszy ani ostatni – skonstatował ze smutkiem Sammy. – Poza tym nasza teoria wcale nie oczyszcza go z zarzutów. Raczej dodatkowo pogrąża. Vos miałby ułatwione zadanie, gdyby zapłacił konstablowi za odłożenie wskazanych baryłek. Jeśli powiesz o wszystkim gubernatorowi, szambelan stanie się ostrożniejszy. Jeśli zmilkniesz i będziesz obserwował, sprawca w końcu popełni błąd. I wtedy będziesz miał go na tacy.

– Skąd możesz to wiedzieć, panie? – spytała Sara.

– Stąd, że mordercy nie potrafią się powstrzymać przed mordowaniem, szantażyści przed szantażowaniem, a złodzieje przed kradzieżą. Ciągnie ich, korci i kusi. To pragnienie w końcu staje się ich zgubą.

Z Arenta jakby uszło powietrze.

Sammy jak zwykle miał rację.

Poczucie winy jest jak dokuczliwy brud. Wnika w skórę i nie daje się zmyć. Każe ludziom kwestionować wszystko, co się wydarzyło, znajdować wady tam, gdzie ich nie ma, i roić sobie błędy, których nie popełniono. Z poczucia winy rodzi się niepokój, który tuczy się na wątpliwościach. Wracają więc na miejsce zbrodni i na czworakach szukają śladów, których nie pozostawili.

Sammy schwytał niejednego przestępcę dzięki temu, że ten nie potrafił usiedzieć na miejscu.

– No to co mam zrobić, do cholery? – odezwał się Arent.

– To, w czym jesteś naprawdę kiepski – odparł Sammy. – Nic. Miej oko na Vosa. Jeżeli tak jak podejrzewamy, miał wspólników, to na wieść o zaginięciu Kaprysu niemal na pewno on pójdzie do nich albo oni przyjdą do niego. Kiedy to się stanie, zdobędziesz wszystko, czego potrzebujesz.

– Również Starego Toma – zauważyła Sara, a widząc ich zaskoczone spojrzenia, dodała: – Kers powiedział, że dojdzie do trzech potwornych zdarzeń, którym będą towarzyszyły znaki Starego Toma. Kiedy ósma latarnia zabiła zwierzęta, zobaczyliśmy symbol narysowany krwią na podłodze. Tutaj został wypalony w drewnie. Jeżeli to wszystko rzeczywiście jest dziełem Vosa, być może właśnie znaleźliśmy naszego opętanego pasażera.

– Albo wysłuchał szeptu w ciemności – podsunął Arent. – To mogła być cena, jakiej…

Bęben ucichł.

50

Arent wyjął flaszkę wina ze swojego kufra i ruszył przez przedział pod półpokładem, osłaniając oczy przed oślepiającym blaskiem słońca.

Lia i Sara nadal zajmowały się rannymi w kubryku, a Sammy wrócił do celi z obawy, że skoro zamieszanie wokół burzy dobiegało końca, ktoś może go zauważyć i zostanie ukarany. Arent z jednej strony chciał go odprowadzić, z drugiej – nie mógł pozwolić, by konstabl cierpiał w samotności. Z jakiegoś powodu czuł się odpowiedzialny za to, co miało spotkać starca.

Załoga tłoczyła się na szkafucie i czekała w milczeniu. Większość marynarzy miała gołe torsy i proste portki, tak że niemal nie sposób było odróżnić jednego od drugiego. Jedni byli wyżsi, drudzy niżsi, ale życie na morzu każdemu z nich nadało podobny wygląd niedożywionego mężczyzny o silnych ramionach i pałąkowatych nogach, nawykłych tylko do jednej pracy.

Konstablowi zdarto koszulę z pleców. Obok niego stał Drecht, ściskając w dłoni zwinięty bat. Gubernator postanowił obarczyć tym zadaniem kogoś, komu ufał.

– Panowie, błagam! – wykrzyknął konstabl. – Przysięgam na życie mych pięciu córek, że tego nie zrobiłem. Jestem niewinny...

Ktoś próbował go uciszyć, przekonując, że mieląc jęzorem, może zarobić kolejny tuzin batów.

Arent zaczął się przepychać przez zgromadzonych. Odezwały się wrogie szepty.

To nie ja, chciał powiedzieć. Sprzeciwiałem się temu. Ale wiedział, że to nie zrobi żadnej różnicy. Dla tych ludzi podział był jasny – istnieli wyłącznie „tamci" i „my". Pasażerowie i załoga. Bogaci i biedni. Oficerowie i zwykli marynarze.

Nieważne, jak się ubierał ani jak wypowiadał, Arent zawsze należał do „tamtych".

„Tamci" zgromadzili się na spardeku i oglądali przedstawienie jak z loży w przeklętym teatrze.

Jan Haan stał obok Vosa, który śledził przebieg zdarzeń, nie okazując żadnych emocji. Byłoby lepiej, gdyby tchnął wrogością, pomyślał Arent. Gdyby biła od niego radość. Albo nienawiść, albo złośliwość, cokolwiek. Tymczasem nic. Zupełnie obojętna mina. Lśniące zielone oczy pozbawione jakichkolwiek uczuć.

Kapitan Crauwels i pozostali oficerowie zajęli miejsca z tyłu, swoją postawą najwyraźniej, jak to tylko możliwe, dając do zrozumienia, że nie mają z tym wszystkim nic wspólnego.

Brakowało jedynie van Schootena. Widocznie główny kupiec wolał zamknąć się w kajucie z flaszką wina i tam zaczekać na koniec spektaklu.

Isaack Larme oderwał się od tłumu i szepnął do konstabla:

– Odwagi. Dopilnuję, żebyś po wszystkim dostał podwójne racje.

Starzec zauważył zbliżającego się Arenta i nagle wpadł w popłoch.

– Hayes! – zawołał błagalnie. Po jego porośniętych siwą szczeciną policzkach płynęły łzy. – Panie, proszę, nie pozwól im tego zrobić. Nie przeżyję tego.

– Nie mogę nic poradzić – odparł łagodnie Arent. Odwrócił się i podciągnął koszulę, żeby konstabl mógł zobaczyć blizny na jego plecach. – Pięćdziesiąt batów. Krzyczałem od pierwszego do ostatniego. Ty też krzycz. Najgłośniej, jak potrafisz. Inaczej ból nie znajdzie ujścia.

Odkorkował flaszkę, przyłożył ją do jego ust i zabrał, dopiero kiedy konstabl zaczął się krztusić.

– Przyjdzie dzień sądu na kanalie pokroju gubernatora generalnego i szambelana – powiedział. – Ale jeszcze nie teraz. Dziś musisz przetrzymać. Masz siłę i pięć córek, które czekają na ciebie w domu.

Konstabl pokiwał głową. Myśli o rodzinie wyraźnie dodawały mu odwagi.

Brak ręki uniemożliwił przywiązanie go za nadgarstki do masztu, postanowiono więc opleść go liną w pasie. Z każdym okrążeniem jego brzuch zwieszał się coraz niżej, a krępujący konstabla marynarze cicho przepraszali bezbronnego starca za to, co muszą robić.

Arent postawił wino w zasięgu wzroku starca.

– Możesz wypić do końca, kiedy będzie po wszystkim.

Cofnął się o kilka kroków, a wtedy Drecht wziął kawałek brudnej szmaty konopnej i wetknął ją konstablowi do ust. Bez względu na to, co myślał o całym zajściu, nie dał tego po sobie poznać. Był żołnierzem wykonującym rozkazy.

Wiatr szarpał żaglami. Fale obijały się o kadłub. Marynarze wpatrywali się w gubernatora generalnego i czekali, aż ten bezwzględny chudy człowiek wyda wyrok.

– Popełniono ohydną zbrodnię – powiedział, kiedy Drecht zakneblował starca. – Skradziono przedmiot o wielkiej wartości. – Zaczekał, aż wszyscy poczują wagę oskarżenia. – Uważam konstabla za winowajcę, lecz nie sądzę, by działał w pojedynkę. Dopóki nie odnajdzie się ukradziona rzecz, codziennie rano jeden z was, wybrany na chybił trafił, będzie poddawany karze chłosty.

Załoga wyraziła oburzenie głośnym wyciem.

Gubernator właśnie podpalił *Saardama*, pomyślał Arent.

– Skazuję konstabla na dwadzieścia batów. Komendancie straży, czyń swoją powinność – zarządził Jan Haan, dając znak bębniarzowi.

Drecht rozwinął bat i odwiódł rękę, w której go trzymał.

Zsynchronizował razy z uderzeniami bębna. Niewielka to łaska, ale zawsze, wiedząc bowiem, kiedy nadejdzie ból, konstabl mógł się na niego przygotować.

Bat trzasnął i wgryzł się w ciało starca. Rozległ się przeszywający okrzyk bólu, a po nim jęk pełen obrzydzenia, gdy krew z rany ochlapała twarze tych, którzy stali najbliżej.

– Czy ktoś chce się przyznać albo udzielić informacji na temat losów skradzionego przedmiotu? – zapytał gubernator i przez chwilę wizja bolesnej długiej śmierci zabrzmiała w jego ustach niemal litościwie.

Wobec braku reakcji ze strony tłumu Drecht ponownie uniósł bat. Dwadzieścia zarządzono i dwadzieścia wymierzono mimo tego, że po dwunastym konstabl stracił przytomność.

To było dla niego jak wybawienie.

Po wszystkim komendant straży rzucił bat na deski.

Zimny wiatr wywołał gęsią skórkę na lśniącej od potu skórze starca.

Arent wyjął sztylet i przeciął linę, którą konstabl był przywiązany do masztu. Chwycił jego bezwładne ciało, zanim osunęło się na pokład. Najostrożniej, jak potrafił, przecisnął się przez tłum i zaniósł wychłostanego do izby chorych.

Bęben ucichł i załoga rozeszła się do swych zajęć, zabierając ze sobą nienawiść.

Wysoko na spardeku stał Vos z dłońmi założonymi z tyłu i przyglądał się poczynaniom marynarzy. Jego twarz była jak zasłona, za którą kłębiły się mroczne myśli.

51

Lia siedziała zgarbiona nad sekretarzykiem i nucąc pod nosem, kopiowała instrukcje rzemieślnika z jednego kawałka pergaminu na drugi. Po lewej stronie położyła oryginał zawierający opisane po łacinie szkice kół zębatych i innych elementów mechanicznych w otoczeniu słońca, księżyca i gwiazd. Większość ludzi uznałaby je zapewne za równie diabelskie jak ilustracje w *Daemonologice*.

Dziewczyny nie rozpraszały takie myśli. Skupiła się na tym, co miała przed sobą, albowiem był to niezwykle wymagający dokument, doskonały w każdym detalu. Sporządzenie oryginału w Batawii zajęło jej trzy długie tygodnie; każdy kleks, każda kropla potu, która wsiąkła w pergamin, przypominała jej o tamtych koszmarnych dniach. Mimo okropnego upału ojciec zamknął ją w komnacie i nie wypuścił, dopóki nie skończyła.

Zakazał wszelkich wizyt, obawiając się, że córka się rozkojarzy i popełni błąd, jeśli choć na chwilę oderwie się od pracy. Ale matka i tak ją odwiedzała, śpiewała cicho, tuliła, gdy Lia była zmęczona, i chowała się pod łóżkiem, kiedy ojciec przychodził obejrzeć postępy. Wciąż jeszcze wspomnienie brudnej od kurzu matki gramolącej się spod łóżka wypełniało ją miłością tak wszechogarniającą, że niemal rozsadzała jej drobne ciało.

Rozległo się natarczywe pukanie do drzwi.

Lia zaczęła w pośpiechu chować pergaminy, ale okazało się, że niepotrzebnie.

– To ja, kochanie – powiedziała Creesjie, delikatnie uchylając drzwi i pospiesznie wślizgując się do środka.

Marcus i Osbert zostali w korytarzu. Bawili się wirującymi tancerkami, które Lia skonstruowała dla nich w Batawii; puszczali je pod czujnym okiem Dorothei. Mówili, że są magiczne; dla Lii były po prostu zmyślnymi drewnianymi figurkami. Czasem żałowała, że wyrosła z dziecięcej radości. Matka robiła, co mogła, by zapewnić jej rozrywkę, ale dla dziewczynki fort to naprawdę bardzo puste i samotne miejsce.

Niemniej dzięki temu miała sporo czasu na budowanie.

Creesjie podeszła do sekretarzyka i wzięła do ręki prawie ukończony model *Saardama*. Obróciła go w dłoniach. Doskonały w najmniejszych szczegółach. Zgadzał się nawet takielunek zrobiony ze sznurka.

– To ten model, który Sara kazała ci zbudować? – spytała zdumiona.

– Tak – potwierdziła Lia. Wyciągnęła rękę i odpięła ukryty zameczek, dzięki któremu statek rozkładał się na dwie części, tak że można było zobaczyć przekrój wnętrza. Otworzyła maleńkie drzwiczki. – Obliczyłam, gdzie mogą się znajdować skrytki i ile towaru można w nich przewieźć tak, by nie zaburzyło to balastu.

– Są ich tuziny.

– Owszem.

Creesjie odłożyła model i przeniosła uwagę na rozłożone na sekretarzyku plany. Z czułością pogłaskała dziewczynkę po długich, czarnych włosach.

– Jesteś prawdziwym cudem – powiedziała. – Spod twoich palców wychodzą niezwykłe rzeczy.

Lia zaczerwieniła się, słysząc komplement.

Wygładziwszy suknię, Creesjie przysiadła na koi.

– Chciałam... – Zebrała myśli. – Dziś wieczorem odwiedzam twojego ojca. Czy chcesz, bym przyniosła więcej planów?

– Poproszę – rzuciła Lia, przekładając dokumenty. – Potrzebuję jeszcze godziny, może trochę więcej, na przepisanie tych tutaj.

Creesjie odchrząknęła.

– Nie rozmawiałyśmy o tym, ale czy... Nie krępuje cię to, czym się tu zajmujesz?

– Krępuje? – zdziwiła się dziewczyna, przechylając głowę niemal identycznie, jak robiła to Sara, kiedy nie była pewna, czego od niej oczekiwano.

– Czy ty też tego chcesz? – spytała otwarcie Creesjie. – Twoja matka była bardzo stanowcza, ale pomyślałam, że może... no wiesz... masz inny pomysł.

– Mama mówi, że jeśli wrócę do Amsterdamu, ojciec prędzej czy później każe mi wyjść za mąż wbrew mej woli – odparła Lia, nie bardzo wiedząc, do czego zmierza przyjaciółka matki.

– Tak, to jej słowa. Ale co ty o tym sądzisz? Czy uważasz, że kobieta nie powinna się wiązać z kimś, kogo sama nie wybrała?

– Nie wiem – przyznała ostrożnie Lia. Czuła się w tej rozmowie zagubiona jak w labiryncie. – Twoje małżeństwa były aranżowane, prawda?

– Pierwsze. Drugiego męża wybrałam sama. I może trzeciego też wybiorę, jeśli przedłożę Vosa nad hrabiego Astoru.

– On jest księciem, ciociu.

– Vos twierdzi, że hrabią.

– Wątpię, by się pomylił. Zwykle można polegać na jego wiedzy.

– Wobec tego odrzucę księcia. – Creesjie machnęła ręką.

– Myślałam, że nie cierpisz szambelana.

– Jakaś część mnie rzeczywiście czuje do niego niechęć – przyznała tonem sugerującym, że ma na myśli niezbyt istotną część. – Zawsze wydawał się wyjątkowo małostkowy, ale muszę przyznać, że jego propozycja brzmi bardzo interesująco. Okazuje się, że Vos ma ambicje, o które go nie podejrzewałam i których brak najbardziej mi się w nim nie podobał.

– Ale nie kochasz go? – upewniła się zaintrygowana Lia.

– Och, naprawdę jesteś córką swojej matki. – Creesjie popatrzyła na nią z czułością. – Miłość można udawać, kochanie. Przy odrobinie wysiłku można ją sobie nawet przekonująco wmówić. Lecz nie sposób wydawać wyimaginowanego majątku. Małżeństwo jest niewygodnym udogodnieniem. Kajdanami, w które pozwalamy się zakuwać w zamian za poczucie bezpieczeństwa.

– Mama mówi, że woli wolność niż zamknięcie w klatce, nawet za cenę bogactwa.

– Tak, często się o to sprzeczamy. – Creesjie parsknęła śmiechem. – W przeciwieństwie do twojej matki uważam, że kobiety nie mogą być wolne, dopóki mężczyźni są od nich silniejsi. Co nam po wolności, skoro zostaniemy napadnięte w pierwszej lepszej ciemnej uliczce? Nie potrafimy walczyć, więc śpiewamy, tańczymy... i jakoś sobie radzimy. Cornelius Vos mnie uwielbia, a jeżeli wejdzie w posiadanie znacznego majątku, wówczas małżeństwo z nim może się okazać niezłą inwestycją. Moi synowie zdobędą dobre wykształcenie i protekcję, a także zostaną spadkobiercami fortuny, której są warci. Co się z nimi stanie, jeśli odrzucę taką ochronę w imię umownej wolności? Gdzie będą mieszkali i co jedli? Jak będzie wyglądała ich przyszłość? A ja? Będę zdana na łaskę każdego pożądliwego mężczyzny gotowego wziąć mnie siłą. Nie, nie, nie... Małżeństwo jest ceną, jaką zapłacę za przywilej szlachectwa, i uważam, że to uczciwa transakcja. Najgroźniejsze dla kobiety jest ubóstwo. Nie nadajemy się do życia na ulicy.

– No dobrze, ale czy podoba ci się bycie żoną?

– Nie zawsze – przyznała Creesjie.

W jej jasnych włosach odbijało się światło. Lia patrzyła na nie z zazdrością. Były jak złote nici.

– Mój pierwszy mąż okazał się nędznikiem – stwierdziła krótko i beznamiętnie. – Za to drugi, Pieter, był miłością mojego życia. – Ożywiła się, tak jak krzew nagle rozbrzmiewa ptasią pieśnią. – Był czarujący i elokwentny. Potrafił tańczyć i śpiewać. Rozśmieszał mnie.

– Rzadko o nim opowiadasz – powiedziała Lia, zasmucona tęsknotą Creesjie.

– Bo to zbyt bolesne. Każdego ranka budzę się z nadzieją, że ujrzę go obok siebie. Słyszę, jak otwierają się drzwi na dole, i wydaje mi się, że to on wrócił z jednej ze swych wypraw. Bardzo za nim tęsknię.

– Sądzisz, że zdołałby powstrzymać Starego Toma?

– Kiedy kazał nam uciekać z Amsterdamu, był przekonany, że nie jest w stanie tego zrobić, ale popełnił wtedy wiele błędów. – W głosie Creesjie pobrzmiewała gorycz. – I przy całym moim podziwie dla niego muszę przyznać, że Pieter nigdy nie był tak bystry jak twoja mama. Niemniej nawet dla niej odnalezienie demona pośród tych wszystkich mężczyzn to niełatwe zadanie. Na *Saardamie* jest tyle zła, że doprowadziłoby do zguby niebo.

Nagle z hukiem otworzyły się drzwi i wpadła zziajana Sara.

– Witaj, Creesjie – rzuciła do przyjaciółki i złapała stojący na sekretarzyku model statku. – Nie przejmujcie się mną. Przyszedł mi do głowy pewien pomysł.

– Saro! – dobiegł z korytarza głos Arenta. – Co chciałaś, żebym...

Sara pocałowała córkę w czoło.

– Dziękuję ci za ten model, kochanie. Jest piękny.

Obróciła się na pięcie i pognała z powrotem, trzaskając za sobą drzwiami.

Lia uśmiechnęła się pod nosem.

– Jeszcze nigdy nie widziałam mamy tak szczęśliwej.

– Uroczo, prawda? – Creesjie była wyraźnie zadowolona ze zmiany tematu. – I zarazem szkoda. Sara jest cudowną osobą, ale zupełnie nie pasuje do twojego ojca.

– Czemu?

Creesjie zastanowiła się, jak to ująć.

– Ponieważ Jan nie potrzebuje partnerki, lecz żony – powiedziała w końcu. – Natomiast Sarze potrzebny jest partner, nie mąż.

– Dlatego ją bije?

– Tak mi się wydaje – odparła Creesjie, której zrobiło się zimno od chłodu w głosie dziewczyny.

– Dlatego skrzywdził ją tak bardzo, że nie mogła chodzić? – naciskała Lia, wykrzywiając usta w pełnym wrogości grymasie.

– Nie próbuję cię do niczego przekonać ani od niczego odwieść – zaznaczyła Creesjie, czując się nieswojo. – Chcę tylko, byś podejmowała decyzje z pełną świadomością i znajomością wszystkich faktów. Zdradzenie rodziny jest czymś okropnym, zwłaszcza jeśli nie zdajemy sobie sprawy z ceny, jaką przyjdzie nam za to zapłacić. Żal to najgorsze, co fundujemy samym sobie.

– Rozumiem. – Lia pokiwała głową.

I rzeczywiście nareszcie rozumiała. Creesjie sądziła, że Lia robi to wszystko, ponieważ nie chce zostać zmuszona do małżeństwa, gdy powrócą do Amsterdamu. Myślała, że działanie dziewczyny na szkodę jej ojca to po prostu niefortunny etap tej drogi. Bardziej nie mogła się mylić.

Wstała, poprawiła suknię i ruszyła w stronę drzwi.

– Czy według ciebie wszystko można wybaczyć? – odezwała się Lia.

Creesjie zamrugała, jakby usiłowała zrozumieć sens pytania.

– Nie – odparła głucho.

– Też tak myślę – zgodziła się dziewczyna i powróciła do przerwanej pracy nad planami.

52

Sara weszła na spardek i wręczyła Arentowi drewniany model *Saardama*. Popatrzył najpierw ze zdumieniem, a potem z rosnącym zachwytem. Zakręcił miniaturowym kabestanem. Akurat ten szczegół nie był niezbędny, lecz Lia wplatała przyjemność we wszystko, co robiła. To była jedna z tych rzeczy, które Sara najbardziej uwielbiała w córce.

Arent otworzył szeroko oczy i uśmiechnął się głupkowato. Przez chwilę zobaczyła w nim chłopca, jakim kiedyś musiał być.

– Wspaniały – powiedział. – Skąd go masz, pani?

Zawahała się. Ufała mu, lecz sekrety jej córki były groźne. Chowała je przed ludźmi, jak daleko sięgała pamięcią; być może od tamtego dnia, kiedy pewien starzec usłyszał, jak Lia mruczy pod nosem, że aby zwiększyć zasięg działa, należałoby wydłużyć lufę.

Zanim się zorientowała, co się dzieje, otoczył ich tłum. Ludzie nigdy wcześniej nie słyszeli takich słów z ust ośmiolatki. Sarze udało się ją stamtąd zabrać, ale sytuacja powtórzyła się kilka dni później – Lia od niechcenia podsunęła kamieniarzowi sugestię sposobu wzmocnienia muru fortu.

Mężczyzna natychmiast zorientował się w słuszności tej uwagi, jednakże zdumiał się, że poczyniła ją mała dziewczynka.

Wystraszony, zaprowadził ją do gubernatora generalnego. Od tamtej pory Lii nie wolno było opuszczać fortu.

– Twoja córka go zbudowała – powiedział cicho Arent, widząc niepokój Sary. – Bardzo się staracie ukryć wyjątkowy talent Lii. Bądź spokojna, pani, zachowam to dla siebie. Widziałem, jak wiele kłopotów potrafi przysporzyć Sammy'emu jego nieprzeciętna inteligencja. – Wciągnął powietrze przez zęby. – Czy to ona wynalazła Kaprys?

Sara otworzyła usta, żeby skłamać, ale skapitulowała w obliczu jego szczerego spojrzenia.

– Skąd wiedziałeś?

– Widziałem Kaprys po tym, jak go odzyskaliśmy. To bardzo zmyślny przedmiot, ale też piękny i elegancki. Jest w nim pewna... figlarność, która skojarzyła mi się z zabawką. Ten model budzi we mnie podobne odczucia.

Obejrzał statek z każdej strony.

– Skoro Lia wynalazła Kaprys, czyni ją to najcenniejszą osobą na *Saardamie* – mruknął. – Jeśli Stary Tom się o tym dowie, twojej córce może grozić niebezpieczeństwo.

– Zastanawiałam się nad tym. Jestem przekonana, że gdyby Stary Tom wyciągnął ręce po mojego męża, Jan oddałby mu Lię, byle uratować własną skórę.

Arent popatrzył na nią z niedowierzaniem. Stryj i dziadek tak bardzo obawiali się, że ojciec Arenta może pozbawić go życia, że wynajęli zamachowca, by zamordował niedoszłego synobójcę w lesie. To wstrząsające poświęcenie zrodziło się z podłej miłości, która wszakże nadal była miłością. Jak to możliwe, że Jan odmawiał podobnej ofiarności własnej córce? Jak próżne musiało być jego serce, skoro postrzegał Lię jako swą żywą tarczę?

– Nie wierzę, że rozmawiamy o tym samym człowieku, który mnie wychował.

– Władza zmienia ludzi, Arencie.

Powiódł wzrokiem ku pustemu oceanowi. Nie mógł się przyzwyczaić do braku podnoszącej na duchu obecności pozostałych statków floty. Bez nich morze wydawało się niezmierzone, niebo groźne, a *Saardam* – bardzo kruchy.

Zmienił temat. Postanowił skupić się na lęku, któremu mógł zaradzić.

– Do czego ma służyć ten model? Powiedziałaś, pani, że może nam pomóc.

– Poprosiłam Lię, by spróbowała określić, które części statku najlepiej nadają się do tego, by zbudować w nich tajne skrytki. – Sięgnęła do ukrytego zameczka i otworzyła miniaturowe drzwi. – Pomyślałam, że moglibyśmy je sprawdzić. Są dziełem Boseya, zatem jeśli Stary Tom miał swój udział w kradzieży Kaprysu, być może właśnie tam ukrył elementy urządzenia.

– Jeżeli zwrócimy twojemu mężowi Kaprys, oszczędzimy załodze niepotrzebnych razów.

– I zdołamy zapobiec buntowi.

Docierali właśnie do przedziału pod półpokładem, kiedy usłyszeli za plecami krótkie, szybkie kroki Larme'a.

– Arencie! – zawołał karzeł.

Arent wyszedł mu na spotkanie.

– Załoga suszy mi głowę w sprawie twojej walki z Wyckiem. Burza minęła i marynarze są spragnieni krwi, którą im obiecano. – Zanim Arent odpowiedział, pierwszy oficer pogroził palcem. – Proszę cię, żebyś to przemyślał. Minęły dwa tygodnie. Myślę, że to dość czasu, by zagoiła się twoja zraniona duma. Bosman zapaskudził ci hamak, ale poza tym nie wyrządził ci żadnej krzywdy, czego nie może powiedzieć większość tych, którzy mieli z nim do czynienia. Zapomnij o wszystkim. Do tej pory Wyck znalazł sobie nową ofiarę. Wierz mi, znam go.

– Chcę z nim walczyć – odparł spokojnie Arent.

– Jesteś uparty jak osioł. To cię zgubi. Nie znam nikogo równie biegłego w posługiwaniu się sztyletem jak on. I nikogo tak wybuchowego. Jeśli zadasz pierwszą ranę, Wyck cię za to zabije.

– Zależy mi, by odpowiedział na moje pytania – przypomniał mu Arent. – Znasz inny sposób na to, by wyciągnąć z niego informacje, o które mi chodzi?

Larme spiorunował go wzrokiem.
– Nie – przyznał niechętnie.
– Zatem widzimy się o zmierzchu.
Sara popatrzyła na Arenta z niepokojem, ale nic nie powiedziała. Nie było sensu. Każde z nich prowadziło śledztwo na własny sposób, wykorzystując takie narzędzia, jakimi obdarzył ich Bóg. Sammy obserwował, Creesjie flirtowała, a Lia budowała wynalazki. Sara zadawała pytania, Arent zaś wprawiał pięści w ruch – jak zawsze.

Wiedziała, że stać go na więcej, o czym świadczyło choćby to, jak łatwo i szybko domyślił się, kto stworzył Kaprys. Niemniej z jakiegoś powodu nie wierzył we własne zdolności. Zastanawiało ją, co takiego sprawiło, że do tego stopnia wątpił w siebie.

Pozostałą część popołudnia spędzili na krążeniu po ładowni ze świecą i próbach umiejscowienia w konstrukcji prawdziwego statku skrytek zaznaczonych na modelu. Szło im powoli, a efekty były rozczarowujące. Bosey i Larme wyraźnie ustępowali wyobraźnią Lii i zbudowali schowki tylko w kilku dość oczywistych miejscach.

W żadnym z nich nie było Kaprysu. Wszystkie okazały się puste.

– To chyba ostatni – powiedział Arent, kiedy podeszli do sporego fragmentu odsłoniętej ściany. – Wkrótce czeka mnie walka na fordeku.

Każda ze skrytek była zamknięta na kołek. Sara z łatwością go zlokalizowała i wyciągnęła, po czym Arent podważył pokrywę.

Z ciemnej wnęki buchnął duszący smród. Oboje odskoczyli i zasłonili dłońmi usta.

– Co tam jest? – wycharczał Arent, któremu zaczęły łzawić oczy.

Sara powoli podeszła bliżej, trzymając przed sobą świecę. W skrytce leżały zwłoki Sandera Kersa z poderżniętym gardłem.

53

Zmierzch przyniósł zmianę wachty, którą ogłosił drugi oficer, bijąc w dzwon na śródokręciu. Prace nad usuwaniem uszkodzeń trwały przez cały dzień i statek, choć jeszcze nie nadawał się do żeglugi, powoli zaczynał odzyskiwać dawny wygląd. Pod purpurowo-pomarańczowym wieczornym niebem Arent – a kilka kroków za nim Sara – szedł na fordek za gęstniejącym tłumem marynarzy i muszkieterów.

Powiedzieli Crauwelsowi o zwłokach Kersa. Kapitan wysłał marynarzy, by wynieśli je na górę i pozbyli się ich z pokładu. Arent poprosił o kilka godzin zwłoki, żeby Sammy mógł w nocy obejrzeć ciało, ale Crauwels odmówił. Wiadomo, że ze szczątków, które gniją, bierze się zaraza. Każdy statek podejrzewany o to, że na jego pokładzie są chorzy, musi przejść sześćdziesięciodniową kwarantannę w porcie. Pasażerom i załodze nie wolno schodzić na ląd; muszą zaczekać, aż zaraza minie... albo ich zabije.

Kapitan nie zamierzał podejmować ryzyka.

Sara oszacowała, że ciało pastora leżało w skrytce mniej więcej od dwóch tygodni, co oznaczało, że zginął prawdopodobnie tego samego wieczoru, kiedy przepadł bez wieści. Wtedy też zaatakowała ósma latarnia.

Powiedzieli o znalezieniu zwłok Isabel, która przyjęła to lepiej, niż się spodziewali. Łzy napłynęły jej do oczu, ale się nie załamała. Spytała, dokąd zabrano ciało, i poszła pomodlić się przy nim.

– Nie pozwól, żeby Wyck trafił cię tutaj albo tutaj – powiedziała Sara, pokazując miejsca na nogach i piersi Arenta. – Zaczniesz obficie krwawić i nie będę mogła nic dla ciebie zrobić.
– Saro...
Zignorowała go. Mówiła szybko i nerwowo; nie potrafiła ukryć tego, że się o niego boi.

Na szkafucie zebrał się tłum; ludzie wykrzykiwali obelgi albo słowa zachęty, w zależności od tego, na kogo postawili. Lekceważąc zakaz, pasażerowie z kubryku zgromadzili się przy grotmaszcie; niektórzy stawali na relingu, inni wyciągali szyje, żeby lepiej widzieć. Creesjie przyprowadziła synów i szybko znalazły się dobre dusze, które wzięły obu na barana.

Poszła plotka, że walkę będzie oglądał sam gubernator generalny. Sara miała na sobie chłopskie przebranie, ale Arent i tak obawiał się, że może zostać rozpoznana. Błagał ją, by została w kajucie, lecz nawet nie chciała o tym słyszeć.

Arent wszedł na fordek i zobaczył Wycka. Bosman przygotowywał się, ćwicząc ciosy sztyletem.
– Dobry jest – powiedziała Sara.
– Bardzo dobry – poprawił ją Arent.

Ruchy dłoni Wycka były nieuchwytne, kierunek ataku zmieniał się z każdym zamachnięciem i pchnięciem. Pamiętał też o pracy nóg.

Arent poczuł, że traci zimną krew. Pomimo swych rozmiarów bosman był szybki i zwinny. Będzie bardzo trudno go trafić, a Arenta – chybić. Nieważne, czy walczyli na poważnie, czy dla uciechy gapiów, jeśli ostrze bosmana przypadkowo wbije się w niewłaściwy punkt, Arent umrze.

Wyrósł przed nim Drecht w kapeluszu naciągniętym nisko na czoło i z fajką sterczącą w gąszczu zarostu. Spojrzał wzburzony na Sarę, ale dobrze wiedział, że nie warto się z nią kłócić. Wręczył Arentowi własny sztylet.

– Chroń tułów, a jeśli nadarzy się okazja, przyłóż Wyckowi ostrze do gardła – poradził, lekko unosząc rondo kapelusza, by po-

patrzeć na Arenta bezlitosnymi błękitnymi oczami. – Pamiętaj, że im dłużej będzie trwała walka, tym mniejsze masz szanse na wygraną.
– Przecież mówiłem ci, że przegram – przypomniał mu Arent. – Nikt nie musi zginąć.
– Takie masz intencje. Tymczasem jego plan to okłamać cię i szybko zabić, a jeśli to nie wyjdzie, zabijać cię powoli. Znam takich jak on. Nie można im ufać.

Arent przyjął broń od komendanta straży, a potem dał Sarze różaniec po ojcu.
– Zechcesz to dla mnie przechować, pani?
– Będzie u mnie bezpieczny.

Jego wzrok błądził po jej twarzy. Jednocześnie Arent czuł na sobie spojrzenie Wycka. Dotknął ramienia Sary, odwrócił się i wszedł na ring, na którym bosman przeskakiwał z nogi na nogę.

Krzykami i wyciem tłum domagał się walki. Nareszcie zaczęli. Arent ugiął nogi w kolanach i wyciągnął ręce przed siebie, starając się chronić tułów. Bycie wysokim i barczystym ma swoje zalety, ale akurat nie w walce na noże, gdzie trzeba robić wszystko, by utrudnić przeciwnikowi trafienie.

Bosman krążył wokół niego, starając się znaleźć odpowiedni kąt.

Szybko zadał pierwszy cios, który Arent sparował, po czym błyskawicznie poprawił chwyt na rękojeści i zrewanżował się.

Wyck odskoczył i skwitował tę próbę śmiechem.

Równie irytujący na ringu, jak poza nim, uświadomił sobie Arent.

Marynarze krzykami i pohukiwaniami nakłaniali bosmana do ataku, a muszkieterzy dopingowali Arenta.

Kiedy Wyck próbował zadać dwa ciosy, jeden po drugim, Arent uniknął obu, a przy drugim zablokował sztyletem ostrze przeciwnika i starał się go odepchnąć, ale bosman okazał się zbyt silny.

– Stary Tom przesyła pozdrowienia. – Uśmiechnął się szyderczo.

Wykorzystując zaskoczenie Arenta, zadał mu cios pięścią w bok i wycelował nożem w brzuch. Arent zatoczył się do tyłu i Wyck musiał się zadowolić draśnięciem.

Tłum ryknął zachwycony.
Drecht miał rację. To nie był pojedynek ku uciesze załogi. Nie będzie zmiłowania. Nie będzie wahania. Wyck chciał poderżnąć Arentowi gardło i zamierzał to zrobić na polecenie Starego Toma.
– Wycofaj się! – krzyknęła Sara. – On walczy naprawdę. Zabije cię.
Arent chciał ją zapewnić, że wszystko będzie dobrze, ale nie odważył się oderwać oczu od przeciwnika. Wszystkim się wydawało, że broni się rozpaczliwie i gra na przetrzymanie, licząc, że Wyck się zmęczy, ale nie na tym polegał plan. Arent się nie bronił – obserwował i uczył się stylu przeciwnika, szacował zasięg jego ramion, szukał krytycznego momentu, w którym bosman atakuje, jednocześnie się odsłaniając.
Wyck walczył, Arent – planował.
Widząc jego rozkojarzenie, bosman warknął i rzucił się do przodu. Tym razem Arent nie uskoczył i nie sparował ciosu. Nieznacznie obrócił tułów, pozwalając, by ostrze przemknęło tuż obok jego korpusu, i wycelował w twarz.
Wyck przyjął uderzenie na przedramię. Na ubranie Arenta trysnęła czerwień.
Zamiast się wycofać, bosman machnął zranioną ręką na wysokości oczu i na chwilę oślepił Arenta własną krwią.
Ten wymierzył rozpaczliwego kopniaka i trafił Wycka w brzuch. Z bosmana uszło powietrze i kiedy usiłował złapać oddech, Arent podniósł dłoń, by wytrzeć twarz. Kątem oka i jak przez mgłę zauważył, że Isaack Larme daje komuś znak głową. Podążył za jego spojrzeniem i dostrzegł błysk ostrza wyłaniającego się z rękawa koszuli jednego z marynarzy.
Krążąc wokół Arenta, Wyck starał się go naprowadzić na zamachowca, by ten mógł wbić mu nóż w plecy.
Arent pozwolił się nakierować, ale zachował kilka kroków odstępu od marynarza.
Kiedy bosman znowu naparł, był przygotowany. Zamiast sparować cios, przyjął go na ramię. Zignorował piekący ból, szarpnął Wycka za

rękę, przyciągnął go do siebie i chwycił za nadgarstek. Potem zaryczał z wściekłością, jednocześnie z całej siły popychając przeciwnika na marynarza z nożem.

Kiedy obaj się przewrócili, Arent błyskawicznie dopadł do nich, podniósł ostrze, które wypadło zamachowcy z ręki, i wbił mu je w dłoń, przyszpilając ją do pokładu. Mocno zdzielił Wycka, po czym przysunął twarz do jego twarzy. Poczuł ostry, nieprzyjemny zapach papryki.

– Co oznacza *laxagarr*? – syknął.

Bosman wyrwał nóż z dłoni marynarza i wraził go w biodro Arenta.

Ten warknął, złapał Wycka za rękę i uderzył nią o pokład, żeby pozbyć się broni. Zanim tamten zdążył zareagować, Arent rąbnął bosmana łokciem w twarz, niemal go ogłuszając.

– Co oznacza *laxagarr*? – powtórzył.

Wyck splunął krwią. Stracił ostrość widzenia.

– Niech cię Stary Tom.

Arent uderzył jeszcze raz, i jeszcze. Walił jak taran o bramę. Coś trzasnęło w twarzy bosmana.

Sara krzyczała, żeby przestał.

– Co oznacza *laxagarr*? – powtórzył.

– Idź do… – Arent poprawił kolejny raz i głowa Wycka opadła na deski. Jakaś ponura, haniebna część jego jestestwa upajała się tą sceną. Bardzo długo tłumił w sobie siłę, nie angażował się w walkę, bo wiedział, czym się skończy. Głęboko w jego wnętrzu tkwiła twarda kula wściekłości; była tam, od kiedy pamiętał. Każdą zniewagę, każde szyderstwo, każdy afront brał do siebie i magazynował w tym miejscu. Były paliwem pieca, który miał już pozostać wygaszony.

Ponownie uniósł pięść.

– Co oznacza…

– Pułapka – wycharczał Wyck. – *Laxagarr* znaczy pułapka – powiedział, kaszląc krwią.

Tłum zamilkł.

Dysząc jak miech, Arent rozejrzał się dokoła. Załoga i pasażerowie przyglądali mu się z podziwem i trwogą, jak młodzi żołnierze, którzy po raz pierwszy widzą kanonadę.

Nie licząc Starego Toma, Wyck był najgroźniejszą, najbardziej przerażającą istotą na statku. Wszyscy, którzy nadepnęli mu na odcisk, gorzko tego żałowali.

Boseya spotkał okrutny los, ale nie tylko jego. Każdy z marynarzy na *Saardamie* nosił własne blizny.

Bosman był koszmarem dla tej zbieraniny morderców, wichrzycieli i gwałcicieli. A Arent powalił go na deski.

Coś się nieodwołalnie zmieniło.

Kiedy marynarze zastanawiali się nad konsekwencjami pojedynku, Sara oderwała się od tłumu, podbiegła do Arenta i objęła go.

– Saro, co ro...

– Milcz – rzuciła, przytulając twarz do jego piersi. W końcu otarła łzy i dodała: – Myślałam, że go zabijesz.

Uniósł przedramię i obejrzał rozcięcie. Było płytkie, ale wiedział, że ból będzie mu towarzyszył jeszcze przez kilka dni.

– *Laxagarr* oznacza pułapkę w języku norn – powiedział. – Kiedy marynarze pytali Boseya, nad czym pracuje, odpowiadał, że nad pułapką.

Drecht przecisnął się przez tłum.

– Czemuś go nie zabił, przeklęty idioto?

– Martwy człowiek nie odpowie na pytania – odparł Arent, oddając sztylet właścicielowi.

– Ani ich nie zada – skomentował Drecht. – Siła podąża za siłą. Upokorzyłeś go na oczach jego ludzi. Okazał słabość. Dobierze ci się do skóry. Nie ma wyjścia.

– Wiecznie ktoś mi się dobiera do skóry – stwierdził Arent, wpatrując się w Isaacka Larme'a. – Niech lepiej zrobi to szybko, bo pierwszy się po niego zgłoszę.

54

Z palców Arenta skapywała krew. Słaniając się na nogach, wszedł do przedziału pod półpokładem. Na jednej z beczułek paliła się dymiąca świeca.

Z ciemnego kąta w drugim końcu pomieszczenia dolatywał śmiech Isabel. Siedziała na stołku i rozmawiała z Dorotheą. Zamilkły, jak tylko go zobaczyły, i szeroko otworzyły oczy.

– Wygrałeś, panie? – spytała służąca.

– Wygrał – potwierdziła Sara, otwierając pudełko z leczniczymi różnościami, które wcześniej tu zostawiła. W środku znajdował się zestaw bandaży i maści, zakorkowanych fiolek i torebek z proszkiem. Sara wyjęła spod spodu zakrzywioną igłę i kawałek katgutu. Przysunęła świecę nieco bliżej i przyjrzała się ranie Arenta. – Przeszkadza mi koszula. Musisz ją zdjąć – powiedziała.

Posłusznie ściągnął koszulę przez głowę, odsłaniając mozaikę blizn, oparzelin, ran po nożu i kiepsko zaleczonych dziur po kulach z muszkietu.

Isabel wyszeptała modlitwę.

– Płacisz Bogu wysoką cenę za swe życie, panie.

– To nie on wkłada mi do ręki broń – skomentował kwaśno.

Sara miała śliskie palce od krwi, poprosiła więc Isabel, by nawlekła za nią katgut.

– Nauczysz mnie, pani, leczyć ludzi? – spytała dziewczyna, mrużąc oko i usiłując trafić nicią w ucho igielne.
– Jeżeli będziesz miała smykałkę, to czemu nie? – odparła Sara i wzięła od niej igłę. – Mamy tu gdzieś nieotwarty dzban wina?
– Poszukam, pani – zaoferowała dziewczyna.
– Jeśli się nie znajdzie, poproś ochmistrza. Powołaj się na mnie.

Sara ścisnęła zębami koniec nici, wbiła igłę w postrzępioną skórę, zrobiła pętelkę i znów wbiła. Szczypało tak, że Arent zatęsknił za czasami, kiedy zostawiał ranę w świętym spokoju, kładł się na tydzień albo dwa i liczył, że przez ten czas nie umrze.

Nauczył go tego śmierdzący, stary wojskowy chirurg-golibroda, który powtarzał, że trzeba pozwolić złym humorom wysączyć się z ciała. Gdy organizm się ich pozbędzie, uleczy się sam.

Sammy nie podzielał tego przekonania. Kiedy po raz pierwszy zobaczył Arenta poranionego, załatał go jak rozdartą kapotę. Arent próbował oponować, przywoływał słowa chirurga o humorach, ale przyjaciel nie okazał zrozumienia i aby podkreślić swoje niezadowolenie, zaaplikował mu kilka nadprogramowych ukłuć.

Sara zaskoczyła go znajomością techniki zszywania ran.
– Gdzie się tego nauczyłaś, pani? – spytał, obserwując jej poczynania.
– Od mojej matki – odparła w roztargnieniu. – Mój dziadek był znanym uzdrowicielem. Nauczył ją tego, a ona mnie.
– A ojciec?

Pokręciła głową.
– Był kupcem. Matka wykorzystała swoje zdolności do tego, by uratować mu życie, gdy zapadł na zdrowiu podczas wizyty w naszym miasteczku. Zakochał się w niej. Była prostą dziewczyną, właściwie chłopką, ale mojemu ojcu szlachcicowi to nie przeszkadzało. Pobrali się i żyli długo i szczęśliwie. Ojciec potracił przyjaciół, bo wzgardził ich dobrze urodzonymi córkami.

Zamknęła kolejną pętelkę.

– Miłość o mało nie zniszczyła mojej rodziny – skwitowała sucho. – No, ale przynajmniej urodziło im się pięć córek, dzięki czemu ojciec miał wiele okazji, by zrekompensować sobie błąd przeszłości.

Zamilkła i uciszyła Arenta, gdy próbował wrócić do tematu.

Kiedy Isabel przyszła z winem, Sara przemyła ranę, a resztę wręczyła Arentowi, by napił się dla uśmierzenia bólu.

Nawet nie tknął trunku.

Sara klęczała przed nim w takiej pozycji, że nawet w tych okolicznościach ból był jedyną rzeczą tłumiącą naturalne reakcje organizmu.

Do przedziału wszedł, głośno tupiąc, Isaack Larme i cisnął Arentowi pod nogi sakwę pełną pieniędzy.

– Twoja wygrana – rzucił. – Ale widzę, że już się urządziłeś – dodał, łypiąc pożądliwie na Sarę.

– Więcej szacunku, pierwszy oficerze. Mówisz o damie, która ma bogatego, wpływowego męża i bardzo ostry nóż pod ręką – ostrzegła go Sara, oglądając swe dzieło jak dobra krawcowa.

– Wybacz, pani – odparł Larme, spuszczając wzrok.

– Nastawiłeś marynarzy przeciwko mnie – odezwał się spokojnym głosem Arent. – Dałeś im znak.

– Znalazłoby się więcej chętnych, gdybym nie szczędził kosztów – przyznał niespeszony Larme.

– Dlaczego to zrobiłeś?

– Wyck sprawuje kontrolę nad załogą w moim imieniu, co oznacza, że potrzebuję go bardziej niż ciebie. Domagałeś się walki. Próbowałem cię ostrzec, ale nie chciałeś mnie słuchać. – Karzeł odchrząknął. – Dlatego przychodzę. Chcę wiedzieć, jakie masz plany wobec mnie.

– Plany? – zdziwił się Arent.

– Nie zamierzam do końca podróży zastanawiać się, w którym momencie wbijesz mi nóż w plecy. Zrób, co masz zrobić. – Pierwszy oficer wypiął pierś, jakby oczekiwał, że Arent przedziurawi ją sztyletem.

Sara przewróciła oczami.

– Nie zabiję cię, Larme – powiedział ze znużeniem Arent. – Gdybyś ułożył stos z tych, którym odebrałem życie, to wspiąwszy się na niego, mógłbyś napluć Bogu w twarz. Nie zamierzam dopisywać sobie kolejnych trupów do rachunku. Marynarz, którego na mnie nasłałeś, nie musiał zginąć, więc go oszczędziłem. To samo dotyczy Wycka, a także ciebie. Odpowiedz na moje pytania i rozstaniemy się w zgodzie.

Larme wpatrywał się w niego, najwyraźniej szukając haczyka ukrytego w nieoczekiwanej życzliwości. Identycznym spojrzeniem obdarzył Arenta Eggert w reakcji na przeprosiny za to, że Arent przyłożył mu sztylet do gardła. Wyglądało na to, że wyrozumiałość jest na *Saardamie* dobrem tak rzadkim, iż każdy się jej dziwi.

– Nie przeżyłbyś nawet godziny jako marynarz – podsumował w końcu Larme.

– To najmilsza rzecz, jaką kiedykolwiek usłyszałem. – Arent podsunął mu stołek.

Pierwszy oficer zawahał się, ale dał się skusić winu, którym poczęstował go porucznik.

– Co było w skrytce w ładowni? – spytał Arent, krzywiąc się z bólu, kiedy Sara zamknęła kolejną pętelkę. – Opróżniłeś ją, zanim przyszliśmy.

– Element Kaprysu. Nie ukradłem go – zaznaczył, widząc ich zdumione spojrzenia. – Szukałem szmat Boseya, jak kazał kapitan. Pomyślałem, że może ukrył je w którejś ze skrytek, ale zamiast nich znalazłem tamtą część.

– Nie całość?

– Niestety, nie. – Larme brzmiał jak człowiek, który zbyt często wyrzucał reszkę, gdy to orzeł dawał wygraną. – Za jeden element mógłbym dostać niezłą cenę, ale gdyby mi się udało sprzedać całość, kupiłbym sobie własny statek.

– „Mógłbyś"? To znaczy, że już go nie masz. Co się z nim stało? Karzeł łypnął podejrzliwie.

– A co?
– Tracę cierpliwość, jak słowo daję. – Sara westchnęła. – Jeśli nie udzielisz wyczerpujących odpowiedzi na pytania Arenta, powiem mężowi, że to ty ukradłeś Kaprys, a potem będę patrzyła, jak tnie cię na kawałeczki.
– Dobrze, już dobrze. Zniszczyłem go po tym, jak mnie o mały włos nie nakryliście. Rozwaliłem na kawałki, a potem wyrzuciłem przez otwór w komorze łańcuchowej. Uznałem, że nie zatrzymam tego, bo to zbyt niebezpieczne.
Arent wymienił spojrzenia z Sarą. Lekko pochyliła głowę, co miało sugerować, że pierwszy oficer prawdopodobnie mówi prawdę.
– Skąd wiedziałeś, że to element Kaprysu? – spytała.
– Gubernator generalny testował Kaprys na *Saardamie*. Oczywiście mnie nie wolno było go używać. Nawigacją zajmuje się kapitan Crauwels, a my po prostu płyniemy w kierunku, który wskaże.
– Sander Kers został zamordowany, a jego ciało ukryto w jednym z waszych schowków – powiedział otwarcie Arent. – Co wiesz na ten temat?
– Nic. Nie mam powodu nikogo krzywdzić.
– Z wyjątkiem Boseya – zauważyła Sara. – Kazałeś Johannesowi Wyckowi odciąć mu język, prawda?
Dzban wina zawisł w połowie drogi do ust Larme'a. Sara nawet na niego nie patrzyła; nadal zszywała ranę Arenta.
– Na tym polega twoja metoda, prawda? – W skupieniu lekko wysunęła język i przycisnęła go do górnej wargi. – Wyck robi okropne rzeczy tym, których wskażesz, a potem ty otaczasz ich ramieniem. Podstęp z nożem w tłumie to przykład takiego działania. Co takiego mówił Bosey, że chciałeś go uciszyć?
Larme pochylił się i ściszył głos:
– *Saardam* jest moim domem, pani. Jedynym miejscem, w którym nikt mną nie pomiata. Moim zadaniem jest dbanie o jego bezpieczeństwo, a Bosey mu zagrażał.
– Jak?

– Przekabacał moich ludzi. Mamił ich.
– W jaki sposób? – wypytywała z uporem.
– Miał pieniądze, zbyt dużo jak na zwykłego marynarza. Płacił im, by wykonywali dla niego różne dziwne zadania na pokładzie.
– Mętność twych odpowiedzi budzi zarówno mój podziw, jak i rozdrażnienie – powiedziała Sara.
– Nie wiem, o co dokładnie chodziło, ale po przybiciu do portu w Batawii kilka razy nakryliśmy go wraz z innymi w tych częściach okrętu, do których normalnie nie powinni mieć wstępu. Podejrzewam, że czegoś szukali. Opukiwali ściany i deski podłogowe. Cokolwiek to było, musiało mieć znaczne rozmiary, jeśli sądzić po narzędziach, które przynieśli. Raz nawet przyłapałem ich na mierzeniu rufy, ale nie udało mi się z nich wycisnąć, dlaczego to robili.
– Co się stało z tamtymi marynarzami? – spytał z przejęciem Arent. – Możemy z nimi porozmawiać?
– Zniknęli – odparł smutno Larme. – Pewnego ranka po prostu zeszli z pokładu, jakby usłyszeli jakiś diabelski zew, i nie powrócili. To na pewno sprawka Boseya. Nie znałem drugiego takiego, który wyrzekłby się wszelkich zasad, gdy potrząsnąć mu sakiewką przed nosem. Zabił tamtych chłopców. Wiem to. Dlatego kazałem Wyckowi urżnąć mu język. Żeby już żaden z moich nie zniknął z monetą tego łajdaka w dłoni.
– Sądziłem, że był twoim przyjacielem – powiedział Arent. – Razem zbudowaliście te skrytki, prawda?
Pierwszy oficer zagwizdał z wrażenia.
– Zgadza się. I całkiem nieźle na nich zarabialiśmy, ale na tym się kończyła nasza przyjaźń. – Podrapał się po brzuchu i zeskoczył ze stołka. Zerknął w stronę drzwi prowadzących na szkafut, a potem westchnął, jakby przegrał zawody w przeciąganie liny z własnym sumieniem. – Uważaj na swojego nowego przyjaciela, Jacobiego Drechta – ostrzegł Arenta.
– A to czemu?
– Słyszałeś o wyspach Banda?

Arent łypnął na Sarę, przypominając sobie rozmowę przy śniadaniu. Stryj kazał zmasakrować mieszkańców wysp, bo ci nie dotrzymali warunków niesprawiedliwej umowy na przyprawy.

– Co to ma wspólnego z Drechtem?

– Kiedy wybuchła rewolta, wysłano *Saardama* z misją zaprowadzenia spokoju. Na pokładzie płynął sam gubernator generalny. Stąd zna kapitana. Wydał rozkaz zabicia wszystkich mieszkańców wysp i powierzył to zadanie Drechtowi i jego muszkieterom. Twój druh wyciął wszystkich w pień, a potem przez całą noc pił i śpiewał ze swymi ludźmi. Gubernator wręczył mu rapier jako nagrodę za lojalność i obiecał więcej.

– To znaczy?

– Królewską fortunę. Bogactwo, jakiego Drecht nie widział w całym swoim życiu. Jeśli bezpiecznie dowiezie gubernatora do domu. Tyle kosztuje nakłonienie żołnierza do tego, by poszedł mordować dzieci śpiące w łóżeczkach – wycedził ze złością karzeł. – Do stu Starych Tomów z nim.

55

Arent, Sara i Sammy klęczeli na szkafucie i wpatrywali się w zwłoki Sandera Kersa. Ciało pastora ułożono w kokonie z płótna konopnego, który o brzasku miał zostać zaszyty i zsunięty za burtę. Na pokładzie leżały tuziny podobnych i cały czas donoszono kolejne. Większość tych ludzi straciła życie podczas sztormu. Sara wyobraziła ich sobie na dnie morza, jednego za drugim, wyglądających jak przerywana linia, którą Crauwels zaznaczał kurs na mapie.

– Jesteś pewien, że mogę bezpiecznie przebywać poza celą? – spytał Sammy, zerkając nerwowo na tłumek marynarzy, którzy przyszli zobaczyć, jak pracuje. Słońce właśnie chowało się za horyzontem. Nie widział go od tak dawna, że gdy znalazł się na pokładzie, wybuchnął płaczem. – Jeśli twój mąż, pani, dowie się, że lekceważę jego polecenia, wtrąci mnie do celi bez nadziei na to, że kiedykolwiek ujrzę światło dnia – zakończył.

– Mój mąż zamknął się w swojej kajucie i rozmyśla – powiedziała Sara. – Uważa, że kradzież Kaprysu jest częścią jakiejś wielkiej kampanii, którą Stary Tom toczy przeciwko niemu. – Nie potrafiła ukryć radości z zaniepokojenia męża. – Nie masz się czego obawiać, panie, jeszcze co najmniej przez godzinę. Drzwi do kajuty gubernatora pilnuje Drecht, a Vos jest przy swym panu i wysłuchuje jego złorzeczeń. Będziesz musiał wrócić do celi, gdy zakończy się ich spotkanie, ale na razie nic ci nie grozi. To samo dotyczy mnie.

Sammy obrzucił spojrzeniem jej strój chłopki.

– Ta podróż bardzo panią odmieniła, Saro Wessel – zauważył i powrócił do oględzin zwłok. Podniósł ramię Kersa, przyjrzał mu się i opuścił je. – To ciało nic więcej nam nie powie. Podcięto mu gardło przed mniej więcej dwoma tygodniami, a trupa wepchnięto do tajnego schowka.

– Ale dlaczego go ukryto? – mruknęła Sara. Częściowo zagłuszyło ją stukanie młotków i dłut. Hałas, jaki robiły, sugerował prace naprawcze zakrojone na dużą skalę, tymczasem na pokładzie kręciło się raptem dziesięciu marynarzy. Po ogromnym wysiłku, jakim była walka z żywiołem, większości z nich kapitan pozwolił się wyspać.

– Musi być coś, co sprawca przed nami ukrywa – powiedział Sammy. Wstał i otrzepał dłonie. Nadaremno. Były pokryte warstwą brudu i pomyj, nieczystości nagromadzonych przez dwa tygodnie spędzone przez niego w celi. – Czy Sander Kers miał wrogów?

– Uważamy, że Stary Tom zwabił go do Batawii. Widziałam list na własne oczy. Demonowi z jakiegoś powodu zależało, by Kers znalazł się na pokładzie *Saardama*. Wydaje mi się, że od początku zamierzał go zabić – podzieliła się swoimi wnioskami Sara.

Problemariusz z rozdrażnieniem przeczesał palcami włosy, pozbywając się części wszy, które się w nich zalęgły.

– Nijak nie umiem znaleźć logicznego związku pomiędzy faktami w tej sprawie. – Strapiony, chodził tam i z powrotem po pokładzie. Szkoda, że Lia tego nie widzi, pomyślała Sara. Arent wielokrotnie i ze szczegółami opisywał w swych raportach ów drobny, lecz energiczny chód i kiedy Sara odgrywała z córką sceny z jego akcji, Lia zawsze robiła to z taką werwą, że w końcu przewracała się ze śmiechem.

– Od początku zastanawiała mnie kwestia śmierci Boseya, cieśli, który przyjął obietnicę wielkiego bogactwa od Szeptu zasłyszanego w ciemności i w zamian zgodził się przygotować statek do podróży dla swego mistrza – powiedział Sammy. – Nie bardzo wiadomo, na czym te przygotowania miały polegać, niemniej Isaack Larme wspomniał, że napotykał Boseya i jego akolitów w różnych częściach statku

i odniósł wrażenie, jakby czegoś szukali. Zapytany o to, co robi, Bosey użył słowa „pułapka".
– Może ją konstruował – podsunęła Sara.
– Albo próbował odnaleźć – rzucił Sammy.
– Albo chciał rozbroić – wtrącił Arent.
Problemariusz spojrzał na jedno, potem na drugie.
– Oba pomysły są dobre – mruknął. – Tak czy owak, wykonywał to zadanie na polecenie kogoś lub czegoś nazywanego Starym Tomem. Tak samo nazywał się żebrak, do którego śmierci przez pobicie nieumyślnie doprowadził Arent, kiedy był mały. Po tym, jak Arent zamieszkał w posiadłości swego dziadka, demon rzekomo zaczął grasować po Prowincjach. Opętał wielu bogatych kupców i arystokratów i zniszczył ich życie, najpierw kążąc im dokonywać niewysłowionych czynów. Podpisywał się symbolem podobnym do oka z ogonem. Identyczny znak pojawił się przed trzydziestoma laty na nadgarstku Arenta po zniknięciu jego ojca. Różaniec należący niegdyś do rodziciela Arenta znaleziono w kojcach dla zwierząt po tym, jak objawiła się nam ósma latarnia. Zwierzęta spotkał okrutny los, mimo że ponoć nikt się nawet do nich nie zbliżył.

Sara była pod wrażeniem tego, jak w pełnym skupieniu Sammy odtwarza w wyobraźni przeszłe zdarzenia.

– Rzeź zwierząt była pierwszym z potwornych zdarzeń zapowiedzianych przez pastora, którego ciało tu widzimy. Drugim było zniknięcie Kaprysu z zamkniętego i strzeżonego pomieszczenia. Wiele wskazuje na udział Corneliusa Vosa w kradzieży, jak choćby jego chęć zaimponowania majątkiem Creesjie Jens, której się oświadczył. Spodziewamy się trzeciego zdarzenia. Gdy do niego dojdzie, każdy, kto dotąd nie ułożył się ze Starym Tomem, straci życie. Czy jest coś, o czym zapomniałem?

– Stary Tom opętał jednego z pasażerów – dodał Arent.
– Demona przyzwał mój mąż – wtrąciła Sara. – Zrobił to przed wieloma laty, a teraz demon pragnie jego śmierci. Zwrócił się do mnie

i do Creesjie, byśmy zabiły Jana sztyletem, który ukryje w szufladzie pod koją.

– Ach, tak – zareagował radośnie Sammy. – Zaglądałaś do tej szuflady, pani?

– Komendant straży Drecht robi to co wieczór. Zarzeka się, że nie ma w niej nic oprócz ubrań. – Spojrzała na problemariusza. – Niech pan powie, panie Pipps...

– Wystarczy Sammy.

– Sammy. – Dygnęła, zaszczycona propozycją poufałości. – Czy twoim zdaniem to, co się dzieje na *Saardamie*, jest dziełem diabła?

– Dzieło to iście diabelskie. – Uśmiechnął się ponuro. – Prawda jest taka, że mam do czynienia z przeciwnikiem, z jakim jeszcze nigdy się nie spotkałem, i z pewnością pochlebiłbym sobie, gdybym wierzył, iż jest on wrogiem nadprzyrodzonym. Nie obraź się, pani, lecz twoje pytanie jest nieistotne. Niezależnie od tego, czy mierzymy się z demonem przebranym za człowieka, czy człowiekiem pozującym na demona, nasz sposób postępowania pozostaje niezmieniony. Badamy każde zdarzenie po to, aby trop doprowadził nas do prawdy.

Sara zachwyciła się pewnością siebie w głosie Sammy'ego. Słuchając go, nabrała przekonania, że im się uda. Po raz pierwszy przyszło jej do głowy, że być może oskarżenie o zdradę, które wytoczył przeciwko niemu Casper van den Berg, było częścią planu. Niewykluczone, że chodziło o usunięcie Pippsa z drogi, aby Stary Tom mógł nie niepokojony robić swoje. Jeśli tak, to by oznaczało, że dziadek Arenta jest w jakiś sposób zamieszany w całą sprawę.

– Co zrobimy, jeżeli Stary Tom naprawdę okaże się diabłem? – spytała.

– Nie wiem, demony wykraczają poza moje kompetencje. Ale przynajmniej wiedzielibyśmy, dlaczego zginął jedyny człowiek znający się na wypędzaniu ich z człowieka.

– Nadal mamy Isabel – zauważyła. – Studiowała *Daemonologicę* i jest równie żarliwa w swej misji jak Kers, jeśli nie bardziej.

– Miejmy nadzieję, że jej pomoc wystarczy.

– Co dalej, Sammy? – spytał Arent.

Zaskoczyła ją niezwykła rewerencja w jego głosie. Na co dzień był bardzo bezpośredni. Parł przed siebie bez względu na to, czy w ogóle wiedział, dokąd idzie. Podziwiała to w nim. Ale kiedy rozmawiał z Sammym, sprawiał wrażenie człowieka niepotrafiącego samodzielnie myśleć i niebędącego w stanie zrobić kroku bez podpowiedzi przyjaciela.

Przecież nie miał ku temu żadnego powodu. Całą wiedzę na temat Starego Toma zdobyli, kiedy Pipps siedział w celi. Jej mąż szanował swojego bratanka, a nigdy nie darzył poważaniem głupców. Arent był spadkobiercą fortuny dziadka – właśnie on, a nie pięciu synów Caspera.

Przyjrzała się drobnemu człowieczkowi u boku Arenta. Mówił tak szybko, że słowa wręcz wysypywały się z jego ust. Pracowali ze sobą pięć lat i przez ten czas Arent widział niejeden wyczyn przyjaciela. To musi być onieśmielające, doszła do wniosku. Przy kimś takim trudno dostrzec własną inteligencję i łatwo niesłusznie uznać się za głupca.

– Obserwujcie Vosa. Oby pokazał nam kolejny element swej dziwnej układanki, zanim dojdzie do trzeciego potwornego zdarzenia. W tej chwili naszym jedynym celem jest zapobieżenie rzezi.

56

Przy świetle gwiazd marynarze przenieśli ostatnie ciała w konopnych workach na szkafut i ułożyli je jedno obok drugiego. Niewiele osób żegnało zmarłych, ponieważ ci przynosili pecha. Załoga na wachcie odwróciła oczy. Żaglomistrz zaszył kokony z zamkniętymi oczami i nawet kapitan Crauwels i pierwszy oficer Isaack Larme starali się raczej prześlizgiwać wzrokiem po zwłokach, niż patrzeć bezpośrednio na nie.

Po śmierci Kersa Isabel przejęła wiele jego obowiązków, w tym modlitwę za stracone dusze. Sara, Creesjie i Lia przyglądały się ceremonii z pochylonymi głowami na znak szacunku dla ofiar żywiołu.

Na koniec Crauwels dał znak marynarzom i ci zaczęli po kolei podnosić ciała i wrzucać je z pluskiem do morza.

Cała uroczystość pogrzebowa trwała pięć minut.

Nie było sensu jej przedłużać. Wszyscy zdawali sobie sprawę, że zanim podróż się zakończy, trzeba będzie odprawić jeszcze wiele takich rytuałów.

57

Kiedy Vos jadł kolację z pasażerami, Arent zakradł się do jego kajuty. Ascetyczna, pozbawiona wszelkich ozdób i drobiazgów kabina szambelana stanowiła idealne odzwierciedlenie charakteru jej lokatora. Na sekretarzyku stała świeca na tacce i kałamarz, a obok leżało gęsie pióro oraz woreczek proszku z kości mątwia. Półki na ścianach uginały się od zwojów.

Czy Vos był demonem, tak jak prawdopodobnie był złodziejem Kaprysu? Tego Arent nie wiedział, ale ład panujący w jego kajucie świadczył o odrzuceniu wszelkich słabostek. Ukazywał szambelana jako człowieka owładniętego obsesją i ambicją, którą mógł zrealizować wyłącznie dzięki ciężkiej pracy. Gdyby Sammy zobaczył to wnętrze, skoczyłby za burtę, trudno bowiem o coś bardziej sprzecznego z jego gustem, który skłaniał się ku wszystkiemu, co działa na zmysły i odwraca uwagę.

Na sekretarzyku leżało niewiele dokumentów: tylko księga główna i trzy rachunki. Arent rozwinął je i zobaczył, że są to pokwitowania uiszczenia opłaty za podróż Sary, Lii i Jana wraz z przydziałami kajut. Początkowo Sara miała zająć tę, która ostatecznie, wskutek zamiany, przypadła wicehrabinie Dalvhain. Księga zawierała uporządkowany, starannie prowadzony wykaz dochodów i wydatków – Arent domyślił się, że cyfry dotyczą interesów gubernatora.

Odłożył dokumenty i skupił się na ścianach i podłodze. Zaczął je opukiwać, szukając tajnych schowków – tak jak uczył go Sammy. Przesunął kilka futerałów ze zwojami, ale nagle wszystko to wydało mu się bezcelowe. Pozostałe elementy Kaprysu nie mogły być tu ukryte. Nie było odpowiedniego miejsca.

Wychodząc z kajuty szambelana, usłyszał dziwny odgłos dobiegający z przeciwnej strony korytarza. Brzmiał jak... syknięcie. Długi syk, potem cisza i znów.

Zapukał do drzwi.

– Wicehrabino Dalvhain.

– Ile razy mam wam mówić, żebyście zostawili mnie w spokoju? – odezwał się słaby głos.

– Słyszę jakieś syczenie.

– To proszę przestać podsłuchiwać – prychnęła.

Pomyślał, że może nie powinien tak tego zostawiać, bo przecież na tym etapie należało badać każde nietypowe zdarzenie na pokładzie, ale nie chciał wpaść na Vosa. Poszedł na spardek, skrył się w cieniu nieopodal grotmasztu i tam przyczaił się na szambelana wracającego z kolacji.

Był dobry w czekaniu. Połowa zadań, które wyznaczał mu Sammy, opierała się na czuwaniu. Wsunął dłonie do kieszeni i poczuł pod palcami znajome drewniane koraliki różańca. Spróbował sobie wyobrazić, jakim sposobem ten przedmiot mógł trafić do kojca dla zwierząt, ale nie przychodziło mu do głowy nic poza absurdalnym pomysłem, że dziadek wślizgnął się niezauważony na pokład *Saardama*.

Poczuł stare znajome ciepło w żołądku.

Wiele by dał za jedną z szorstkich rad gburowatego starca.

Po porzuceniu firmy dziadka wyjechał z Fryzji i wrócił dopiero na krótko przed zaokrętowaniem na *Saardama*. Caspar był już wtedy posunięty w latach, ale też bardziej skłonny wybaczyć wnukowi wybór, którego dokonał.

Przegadali dwa dni i rozstali się w przyjaźni.

Teraz Arent po raz pierwszy od lat poczuł, jak bardzo brakuje mu dziadka.

Kolacja dobiegła końca i pasażerowie w posępnych nastrojach zaczęli wychodzić na ciemny pokład, rozmawiając przyciszonymi głosami. Sara i Lia szły przytulone. Za nimi Creesjie pod rękę z Vosem. Śmiała się radośnie, całą sobą pokazując, jak doskonale się bawi w jego towarzystwie.

Zamieniwszy z nią kilka słów przy drzwiach do kajut pasażerów, odmieniony Vos wrócił na dół po schodkach i powiódł badawczym wzrokiem po pokładzie, chcąc upewnić się, że nikt go nie obserwuje. Arent trwał w bezruchu, licząc, że ciemności go ukryją.

Szambelan zniknął w przejściu.

Arent ruszył za nim. Stąpając najostrożniej, jak potrafił, zszedł po schodkach prowadzących do ładowni.

Usłyszał chlupot wody w zęzie i zatrzymał się w połowie schodów. Spojrzawszy w dół, zobaczył, że Vos wyjmuje z kieszeni świeczkę i krzesiwo. Udało mu się uzyskać płomień za czwartą próbą. No jasne, że przyszedł przygotowany, pomyślał Arent niemal z podziwem. Sam musiał zrezygnować ze światła, by nie spłoszyć zwierzyny, którą tropił.

Kiedy dotarł do podnóża schodów, zorientował się, że uszkodzenia w ładowni zostały naprawione, a labirynt skrzyń odbudowany. Większość wody z zęzy wprawdzie wypompowano, ale nadal sięgała wyżej niż przed sztormem. Pływały w niej martwe szczury.

Na szczęście Vos poruszał się ostrożnie. Było widać, że nie cierpi tego miejsca. Przy każdym plusku i poruszeniu zatrzymywał się i rozglądał.

Dla Arenta wszystkie przejścia pomiędzy skrzyniami wyglądały tak samo, lecz szambelan wkrótce odnalazł to, którego szukał. Ukląkł w wodzie i nasłuchując, zaczął głowicą sztyletu ostukiwać jedną ze skrzyń.

Kiedy rozległ się pusty dźwięk, głośno odetchnął z ulgą i natychmiast sam siebie uciszył, zasłaniając usta dłonią.

Wsunął ostrze sztyletu pod pokrywę skrzyni. Arent pokradł się bliżej, licząc na lepszy widok.

Vos zastygł. Ściągnął brwi.

Przechylił głowę, nadstawiając ucha. Nagle schował sztylet do pochwy, podniósł się i zniknął za zakrętem.

Arent zrezygnował z pościgu. Miał już to, na czym mu zależało.

Dotarł po omacku do skrzyni, którą zaczął otwierać Vos. Wystarczyło dokończyć dzieła, a następnie wyjąć ze skrytki elementy Kaprysu i postarać się odnaleźć wyjście, zanim szambelan powróci.

Dysponując dowodami, będzie miał dla stryja argument za uwolnieniem konstabla i uwięzieniem szambelana.

Wyczuł pod palcami wystrzępiony brzeg skrzyni.

Wsunął dłoń do środka i po chwili usłyszał szuranie za plecami. Wtedy dotarło do niego, że został oszukany.

Zaczął się odwracać, ale na jego głowę spadło uderzenie, po którym osunął się do wody.

58

Arent ocknął się przy wtórze bólu towarzyszącego nawet najmniejszemu ruchowi głową. Rozejrzał się półprzytomny. Nadal znajdował się w ładowni. Został przywiązany do belki i zakneblowany.

Szarpnął, ale węzeł mocno trzymał.

Obok stał Vos. Wycinał znak Starego Toma w filarze, czwarty z rzędu, znacznie zgrabniejszy od trzech już wyrytych, które wyszły topornie.

Arent zaczął się wiercić, usiłując poluzować linę. Nie udało się, więc pomyślał, że mógłby wyciągnąć szyję i spróbować odgryźć Vosowi ucho.

Słysząc szamotaninę, szambelan spojrzał na niego z lekkim popłochem i przyłożył mu sztylet do szyi.

– Wyjmę knebel, byśmy mogli porozmawiać – powiedział, cedząc słowa. – Jeżeli zaczniesz wzywać pomocy, nie zawaham się. Zrozumiałeś?

Przy całym strachu, który wyraźnie odczuwał, ta groźba dość gładko przeszła mu przez gardło.

Arent pokiwał głową i Vos ostrożnie wysunął knebel z jego ust.

– Niewielu ludzi zdołałoby się podkraść do mnie od tyłu – przyznał Arent. – Jestem pod wrażeniem.

– Lata służby u gubernatora generalnego nauczyły mnie sztuki nierzucania się w oczy.

– Taka umiejętność na pewno przydaje się złodziejowi.

Vos otworzył szerzej oczy, a potem je zmrużył. Rozluźnił się.

– Zatem wiesz – powiedział. – Świetnie, to sporo ułatwia. Kto jeszcze wie? Kto czeka na mnie na górze?

– Wszyscy – odparł Arent. – Wszyscy wiedzą.

– A jednak przyszedłeś sam – zauważył szambelan i zaczął nasłuchiwać. – Nie słyszę kroków ani głosów, nic, co wskazywałoby na to, że jest tu ktoś jeszcze. – Wyszczerzył zęby w ohydnym uśmiechu. – Nie, jesteś sam. Pewnie zobaczyłeś żałosnego Vosa i błędnie uznałeś, że bez trudu dasz sobie z nim radę. – Pogroził Arentowi sztyletem. – Nie ty pierwszy. Nie zostaje się szambelanem gubernatora generalnego tak po prostu, będąc nikim. Najpierw trzeba usunąć z drogi rywali.

– A teraz masz Kaprys i już nie musisz być niczyim szambelanem.

Vos zrobił osłupiałą minę.

– Kaprys? To dlatego... – Wybuchnął śmiechem, co w jego przypadku zabrzmiało nienaturalnie. – Och, drogi Arencie. Pomieszało ci się. Nie ukradłem Kaprysu, acz schlebia mi twe przypuszczenie, że mógłbym to zrobić. Obawiam się, że choć przyłapałeś przestępcę, przypisałeś mu niewłaściwą przewinę. – Najwyraźniej bardzo go to rozbawiło. Rechocząc, ponownie zakneblował Arentowi usta i powrócił do przerwanej czynności. – Dziwnie to zabrzmi, ale nawet się cieszę. Moje stanowisko wymaga ode mnie pozostawania w cieniu i ukrywania własnych ambicji. Co jednak nie przeszkadza mi stale myśleć o przyszłości. Nigdy mi się nie uśmiechało bycie kundlem gubernatora do końca moim dni. Dobrze wreszcie zostać zauważonym, nawet jeśli to się stało przypadkiem.

W oddali pojawił się punkcik światła. Płomień świecy. Powoli się przybliżał.

Vos przesunął czubkiem ostrza po obrysie znaku Starego Toma.

– Nie obawiaj się, nie uległem podszeptom demona, jeśli tak ci się wydawało. Strach tak wielki jak ten ma to do siebie, że nikt nie myśli sprawdzać, co się za nim kryje. Można nim wytłumaczyć niemal wszystko. Wytnę symbol oka z ogonem na twojej piersi i ludzie uwierzą, że zabił cię demon. Nikomu nie przyjdzie do głowy, że mogło być inaczej. Będą chcieli uwierzyć, bo zamiast prawdy wolą zmyślone opowieści.

Światło świecy jaśniało z każdą chwilą, aż wreszcie jej płomień wydobył z ciemności najpierw sploty brudnych łachmanów, a potem zakrwawione bandaże skrywające twarz trędowatego. Vos stał plecami do niego. Zafascynowany własnymi słowami, nie zwrócił uwagi na stłumione przez knebel ostrzeżenie Arenta.

– Stary Tom szepnął mi do ucha. Zaproponował rękę Creesjie w zamian za życie gubernatora. Powiedział, że ukryje pod jego koją sztylet, którego będę mógł użyć. – Szambelan się zamyślił. – Przyznaję, że oferta była kusząca, ale na szczęście mam własne plany. – Westchnął i zaczął z entuzjazmem stukać ostrzem o deskę. – Wiedziałem, że Creesjie w końcu mnie zechce. Wystarczyło cierpliwie zaczekać.

Kiedy trędowaty był zaledwie dwa kroki od Vosa, Arent szarpnął za linę, rozpaczliwie pokazując głową w stronę zagrożenia, i mimo knebla w ustach zaczął krzyczeć.

Szambelan ściągnął brwi, jakby zdziwiony tym, że ktoś w takiej sytuacji może robić tyle zamieszania.

– Uspokój się, to może pozwolę ci powiedzieć ostatnie słowo przed śmiercią.

Trędowaty był tuż-tuż. Arent przestał krzyczeć i Vos zgodnie z obietnicą wyjął mu knebel.

– No dobrze, słuch...

– Za tobą, durniu! – wrzasnął Arent.

Zaskoczony przerażeniem w jego głosie, szambelan odwrócił się na pięcie i stanął twarzą w twarz z trędowatym, który syknął, wraził sztylet w pierś Vosa, jakby wkładał klucz do zamka, i go przekręcił.

Vos krzyknął z bólu. Jego głos rozniósł się echem po ładowni, a ciało zwiotczało. Trędowaty powoli wysunął sztylet i ciało szambelana wpadło z pluskiem do wody.

Następnie przestąpił zwłoki i zbliżył swe zakrwawione bandaże do Arenta. Śmierdziały łajnem.

Sztylet, z którego ostrza kapała krew Vosa, znalazł się na wysokości twarzy Arenta. Miał prostą, z grubsza ociosaną rękojeść i nietypowo cienkie ostrze – wyglądało, jakby mogło się złamać przy pierwszym użyciu.

Zimny czubek ostrza dotknął policzka Arenta.

Ten wiercił się, próbując odchylić głowę.

Ostrze przesunęło się w dół, po szyi, i zaczęło wędrować w poprzek brzucha. Spod plugawych bandaży dobywał się chrypiący oddech trędowatego. Martwi nie oddychają, pomyślał triumfalnie Arent.

Sztylet nagle zatrzymał się na brzuchu. Trędowaty pociągnął nosem. Zaczął węszyć, jakby coś go zaskoczyło. Jego dłoń wsunęła się do kieszeni Arenta i powoli wyciągnęła różaniec. Trędowaty przechylił głowę i przez chwilę z zafascynowaniem wpatrywał się w koraliki, wydając ten dziwny zwierzęcy pomruk, który poprzednim razem słyszeli z Sarą.

Spojrzał na Arenta i jakby się zamyślił.

A potem syknął, zdmuchnął świeczkę… i zniknął.

59

Sara od razu wiedziała, kto nadchodzi korytarzem. Drewniane ściany niosły echo jego chwiejnych ciężkich kroków, przebijało się nawet przez dźwięki harfy, na której grała dla przyjemności Lii, Dorothei, Creesjie i Isabel.

Otworzyła drzwi i zobaczyła, że dźwiga na ramieniu duży worek, a wraz z nim cały ogromny mozół ostatnich dni. Z rozcięcia na czole i z rany na przedramieniu, którą mu zszyła, sączyła się krew. Miał otarte nadgarstki, był cały mokry od cuchnącej wody zęzowej, a na jego twarzy gościł wyraz takiego umęczenia, że Sara doprawdy nie potrafiła sobie wyobrazić, jakim sposobem dowlókł się aż tutaj.

Pozostałe cztery kobiety dołączyły do niej na korytarzu, nadal trzymając kielichy z winem, które piły, słuchając muzyki.

Arent stanął przed nimi i położył worek na podłodze.

– Sammy miał rację co do Vosa – powiedział schrypniętym głosem.

– Okazał się złodziejem? – spytała Sara.

– Tak.

– Czy to Kaprys? – Creesjie zaciekawiła się zawartością worka.

– Nie. Tu Sammy się pomylił. Vos nie ukradł Kaprysu, tylko to. – Pchnął worek i wysypały się z niego srebrne talerze i kielichy, tiary, złote łańcuchy, diamenty i inne piękne klejnoty.

Creesjie z niedowierzaniem wpatrywała się w łup.

– Twierdził, że wejdzie w posiadanie znacznego majątku – powiedziała, uklękła i zaczęła pożądliwie przetrząsać stos kosztowności. – Sądziłam, że miał na myśli co innego.

– To jest rzeczywiście warte fortunę – przyznała zaskoczona Sara. Spojrzała na Arenta. Był blady i miał mętny wzrok. – Skąd Vos wziął te rzeczy?

– Trędowaty zabił go, zanim zdążyłem zapytać.

– Trędowaty? Widziałeś go?

– Uratował mi życie. – Arent oparł się o ścianę. – Chciał mnie zabić, ale zmienił zdanie, kiedy wyczuł przy mnie różaniec mojego ojca. Zabrał mi go i zniknął. Na szczęście udało mi się w końcu oswobodzić.

– Vos nie żyje? – dotarło do Creesjie. – Och, co za głupiec!

Lia zaczęła ją pocieszać, a Sara dotknęła piersi Arenta przez cienki materiał koszuli. Był rozpalony.

– Musisz się położyć – powiedziała. – Masz gorączkę.

– Niektóre są starsze ode mnie – odezwała się Dorothea, ochoczo wsuwając pierścienie na palce. – Pasują mi, nie sądzicie?

Pokazała upierścienioną dłoń swojej pani.

– Chwileczkę – mruknęła Sara, ściągając jeden z jej palca. – Poznaję ten symbol. Kiedy byłam mała, ojciec kazał mi się uczyć na pamięć herbarzy. Musiałam opanować nazwiska rodów, herby, szczegóły genealogii... wszystko. To są barwy rodu Dijksma.

– Hector Dijksma był jednym z opętanych przez Starego Toma – dopowiedziała zaskoczona Creesjie. – Figurował na liście, którą wyniosłam z kajuty Jana.

– Tak, czytałyśmy opis jego przypadku w *Daemonologice*... – Sara usiłowała przywołać go w pamięci.

– Dijksma był drugim synem bogatego kupca z Prowincji – podsunęła Isabel. – Sander kazał mi studiować *Daemonologicę* tak długo, aż będę umiała powtórzyć każde słowo – wyjaśniła. – Stary

Tom opętał Dijksmę w tysiąc sześćset dziewiątym roku i wykorzystywał go do odprawiania mrocznych rytuałów. Przez wiele miesięcy w okolicznych wioskach ginęły dziewczęta. Pieter odkrył, że demon wzywał je do domu Dijksmy. Wyruszył, by je uwolnić, lecz okazało się, że wszystkie nie żyją. Starł się z demonem i zdołał wypędzić go z Hectora, który uciekł z Prowincji, zanim rozwścieczony tłum spalił go na stosie.

– Czy *Daemonologica* wspomina o jego dalszych losach?

– Nie. Ale jeśli mamy przed sobą skarb Dijksmy, to być może Vos tak naprawdę jest Hectorem? Zrzekł się splamionego nazwiska i umknął z tym, co mu zostało z rodzinnego majątku.

– Albo jest Starym Tomem – wtrąciła Creesjie. – Też możliwe, prawda?

– Przyłapałem go na wycinaniu znaku na skrzyniach – wybełkotał Arent. Jego słowa zlewały się w jeden dźwięk. – Zaprzeczył, że jest demonem. Powiedział, że strach jest dobrą przykrywką dla zbrodni.

– Chodźmy, Arencie – rzuciła strapiona Sara. – Zaprowadzę cię do twojego hamaka.

– Najpierw pójdę do Sammy'ego. Czy któraś z was może powiedzieć mojemu stryjowi o Vosie? Niech myśli, że to on ukradł Kaprys. Inaczej każe wychłostać kolejnego niewinnego człowieka.

Arent ruszył chwiejnym krokiem, przytrzymując się ściany, żeby nie stracić równowagi. Sara pobiegła za nim.

– Na pewno sobie poradzisz?

Roześmiał się ponuro.

– To był długi dzień. Wielu ludzi próbowało mnie dziś zabić. – Zamyślił się. – Vos był albo nie był Starym Tomem, demonem, o którym nie wiadomo, czy w ogóle istnieje. Jeżeli istnieje, został przyzwany przez mojego stryja, którego niegdyś darzyłem miłością, lecz teraz widzę w nim jedynie mściwego, bezdusznego zbrodniarza. W posiadaniu Vosa znajdował się skarb, który przed niemal trzydziestoma laty należał do rodu zniszczonego przez Starego Toma. Okazuje się, że mój nowy przyjaciel Drecht wyciął w pień mieszkańców wysp Banda. W dodatku według przepowiedni zamordowanego pastora tylko jedno potworne zdarzenie dzieli nas od wielkiej rzezi na pokładzie *Saardama*. A najgorsze w tym wszystkim jest to, że jedyny człowiek mogący powstrzymać ten obłęd został zamknięty w cuchnącej celi na podstawie fałszywego oskarżenia mojego dziadka, ja zaś nie jestem w stanie mu pomóc.

Powiedziawszy to, osunął się na podłogę.

60

Spokój gubernatora generalnego zakłóciło dyskretne pukanie do drzwi. Rozpoznał gościa po liczbie i szybkości stuknięć.

– Wejdź, Drecht – powiedział.

Przez dwa tygodnie wypełnione dręczącymi myślami gubernator zmizerniał, zarósł i dorobił się ciemnych sińców pod oczami. Po tej niewielkiej ilości tłuszczu, którym obrósł w Batawii, nie pozostał nawet ślad. Jego ciało wyglądało, jakby składało się z kości poruszanych siłą woli.

Pracował przy świetle samotnej świecy. Zestawiał wykaz osób opętanych przez Starego Toma z listą pasażerów. Zażądano zwrotu dawnego długu. Odpowiedzialna za to była jedna z osób podróżujących na pokładzie *Saardama*. Namazano znak Starego Toma na żaglu, aby gubernator wiedział, że przeszłość połknęła teraźniejszość i zasadza się na przyszłość. Liczył, że zanim do tego dojdzie, Arent przeszyje Starego Toma rapierem, ale, niestety, nie zdradził bratankowi wszystkiego. Arent był silny i bystry, lecz jak miał walczyć po omacku?

Jan Haan żałował niewielu rzeczy. Jedną z nich było kłamstwo, którym przed laty uraczył Arenta. Przeszłość to zatruta ziemia, mawiał Casper van den Berg. Bóg każdemu wskazuje jego drogę, po cóż więc się martwić, jeśli ktoś schodzi na manowce? Nie ma sensu zaprzątać sobie głowy tymi, którym dzieje się krzywda z twojego powodu, ani tymi, którzy muszą upaść, abyś ty mógł wspiąć się wyżej.

Gubernator wierzył w to, lecz zarazem pragnął wyznać Arentowi prawdę na temat tego, co się wydarzyło w lesie. Prawdę o jego ojcu i zawartej umowie. Bogatszy o tę wiedzę, Arent z pewnością szybko odkryłby, kto zagraża statkowi. Tyle że sekret tkwił głęboko, jak ząb o długich korzeniach, i choć Jan bardzo się starał, nie był w stanie go wyrwać.

A teraz jeszcze Stary Tom ukradł Kaprys.

Warunkiem wyniesienia Jana Haana do zaszczytnej rangi jednego z Siedemnastu Panów – przymknięcia przez radę oczu na obrzydzenie, jakie budził w jej członkach – było dostarczenie im urządzenia.

Nie mógł wrócić do Amsterdamu z pustymi rękami.

Nie wiedział, czy konstabl ułożył się z diabłem, czy też jest niewinny, jak twierdził Arent, i nie miało to znaczenia. Strach jest zaraźliwy. Załoga widziała, jak ukarał konstabla, i miała świadomość, że jutro to samo czeka jednego z nich. Jakiś marynarz na pewno przechowywał w swym nikczemnym sercu informacje, na których zależało gubernatorowi. Wystarczy puścić nieco krwi, a sam przyjdzie je wyjawić.

Jan Haan popatrzył na listę pasażerów i wykaz opętanych. Stary Tom płynął *Saardamem*. Stary Tom zawsze się targował. Tylko czym go skusić?

Do kajuty wszedł Drecht, taszcząc wielki i ciężki wór z pobrzękującą zawartością. W pewnej chwili wór się przechylił, wypadł z niego kielich, potoczył się po podłodze i zatrzymał przy bucie gubernatora. Ten schylił się i podniósł przedmiot do światła. Kiedy go obrócił, zobaczył herb.

– Dijksma – bąknął.

– Rozpoznajesz ten kielich, panie?

– Kojarzę herb z dawnych czasów. Skąd to masz?

Komendant straży wyprostował plecy i położył dłoń na rękojeści rapiera. Przybierał tę pozę zawsze wtedy, gdy miał do przekazania złe wiadomości.

– Twój bratanek, panie, odebrał te przedmioty Corneliusowi Vosowi. Zidentyfikował go jako złodzieja Kaprysu, a w odwecie szambelan próbował go zabić. – Wypiął pierś. – Vos nie żyje, panie. Zginął z ręki trędowatego.

– A Arent? – spytał z troską w głosie gubernator.

– Dostał gorączki. – Drechtowi drgnął mięsień twarzy. – Jest pod dobrą opieką.

Gubernator odchylił się na oparcie krzesła.

– Biedny Vos. Ambicja to ciężar, który niewielu jest w stanie unieść. Jego to brzemię przygniotło, jak się okazuje. – Pokręcił głową. – Był znakomitym zarządcą – dodał cicho i na tym zakończył tę osobliwą mowę pożegnalną dla szambelana, ponieważ myślami był już gdzie indziej. – Czy odzyskano Kaprys?

– Nie, panie.

Jan zaklął pod nosem.

– Jak dokonał kradzieży?

– Podobno w taki sposób, że ukrył trzy elementy Kaprysu w trzech beczułkach, a kiedy ogłoszono gotowość bojową, jego wspólnicy wytoczyli je z prochowni.

– Trzy? – Przed laty we trzech przyzwali Starego Toma. To nie mógł być przypadek. – Pozostali musieli się zmówić przeciwko niemu. Czy udało się schwytać wspólników?

– Jeszcze nie, panie.

– Zatem od dziś codziennie będziesz chłostał dwóch marynarzy. Wspólnicy mają się znaleźć. – Gubernator zastukał paznokciami o blat.

Vos go zdradził. Czy sprawa mogła być aż tak prosta? Zawsze mu się wydawało, że zabijanie pokonanego przeciwnika mija się z celem, zwyciężony musi bowiem zrozumieć rozmiary swej porażki. Okazana litość jest najdotkliwszą raną, jaką można zadać, ponieważ nigdy się nie zagoi. Czy to, co się teraz działo, było zatem skutkiem litości, którą okazał przed laty w Prowincjach? Czy mogło wskazać mu rozwiązanie?

Podszedł do iluminatora i spojrzał na księżyc w pełni, powoli wędrujący po niebie za postrzępionymi białymi chmurami.

– Stary Tom – mruknął, jakby ujrzał unoszącą się nad wodą twarz demona. – Powinniśmy byli zachować większą ostrożność – powiedział, nie kierując tych słów do komendanta straży. – Mogliśmy przewidzieć, że coś tak potężnego prędzej czy później wymknie się spod kontroli. Problem z przyzywaniem demonów polega na tym, że w końcu znajdzie się ktoś, kto rzuci je przeciwko tobie.

Konsternacja na twarzy Drechta ustąpiła niepokojowi. Spojrzenie gubernatora spoczęło na liście osób, które Stary Tom opętał przed laty.

Bastiaan Bos
Tukihiri
Gillis van den Ceulen
Hector Dijksma
Emily de Haviland

– Kim byli jego wspólnicy? – zastanawiał się głośno, porównując oba wykazy. – Gdzieżeś się ukrył, mój diable?

Kiedy nagle odpowiednie litery wskoczyły na odpowiednie miejsca, zdumiony otworzył szeroko oczy. Od dwóch tygodni wpatrywał się w nazwiska, usiłując wypatrzyć coś, co przecież od samego początku miał jak na dłoni. Jak mógł nie dostrzec czegoś tak oczywistego?

– Tu nie chodzi o Kaprys – powiedział omdlewającym głosem. Zbladł. Przeciągnął drżącymi dłońmi po twarzy i podniósł wzrok na zaniepokojonego komendanta straży. – Idziemy, Drecht. Musimy złożyć wizytę w przedziale pasażerskim.

Deszcz stukał o drzwi, jakby prosił, by wpuszczono go do środka. Statek irytująco jęczał i stękał. Burza zupełnie go odmieniła. Każde skrzypnięcie brzmiało teraz jak krzyk bólu, takielunek wisiał splątany i zaniedbany jak zerwana pajęcza sieć.

Tak jak wszystko na *Saardamie*, również trwałość okazała się złudzeniem. Wsiedli do skrzyni z desek zbitych gwoździami i porwali się na podróż przez oceany, wierząc, że tylko odwaga zapewni im bezpieczeństwo. Wróg jednak podniósł rękę i pokazał im, jak bardzo byli naiwni.

Krople deszczu spływały po długim nosie gubernatora i skapywały z jego wystającego podbródka. Strzepywał je z rzęs przy każdym mrugnięciu. Szedł tak szybko, że komendant straży ledwo za nim nadążał.

– Zaczekaj tutaj – zażądał Jan Haan, gdy dotarli do wejścia.

– Ależ, panie...

– Zaczekaj! Zawołam cię, jeśli będziesz potrzebny.

Drecht zacisnął usta, wymienił niepewne spojrzenia z Eggertem, po czym zajął miejsce po drugiej stronie czerwonych drzwi. Gubernator poprawił napierśnik i zniknął za nimi, na co Drecht szybko wsunął pochwę rapiera w szczelinę, zapobiegając ich zamknięciu. Nie zobaczy, co się będzie działo w środku, ale przynajmniej usłyszy.

Gubernator zapukał do drzwi.

Odpowiedziała mu cisza.

Spróbował jeszcze raz i odchrząknął.

– Mówi Jan Haan – odezwał się pełnym rewerencji tonem obwoźnego sprzedawcy dywanów. – Oczekujesz mnie, prawda?

Zaskrzypiały zawiasy i drzwi zaczęły się otwierać, ukazując postać siedzącą w rogu kajuty. Kiedy gubernator wszedł do środka, postać wyciągnęła długi palec i odsunęła świecę, za której intensywnym płomieniem dotąd skrywała twarz.

– Ach – zareagował ze smutkiem gubernator. – Zatem nie myliłem się.

Drzwi zamknęły się za jego plecami.

Pośród mroku oceanu ósma latarnia otworzyła swe oko.

61

Ze swego posterunku przy drzwiach do przedziału pasażerskiego Drecht wpatrywał się w ósmą latarnię, która zaświeciła w oddali za prawą burtą. Rosła w nim desperacja. W przeszłości przegrywał bitwy, bywał przytłoczony przeważającymi siłami przeciwnika i musiał salwować się ucieczką, ale jeszcze nigdy nie zdarzyło mu się nie podołać próbie zrozumienia skali wroga, jego zamiarów i warunków kapitulacji.

Jak miał bronić gubernatora generalnego przed czymś, co pojawiało się i znikało, kiedy chciało, przemawiało bez głosu, zabijało na odległość i bez najmniejszego śladu usuwało przedmioty z zamkniętych pomieszczeń?

Isaack Larme wbiegł ze stukotem po schodach, pchnął czerwone drzwi i kilka minut później wrócił z Crauwelsem. Musiał wyrwać kapitana ze snu, bo ten był rozmamłany i miał na sobie jedynie pludry. Drecht nigdy wcześniej nie widział go w takim stanie.

Obaj podeszli do relingu na rufie, który znajdował się kilka kroków dalej.

– Jak to możliwe, że udało im się nas odszukać, do ciężkiej cholery?! – zaklął Crauwels, patrząc w stronę latarni. – Przecież nawet sami nie wiemy, gdzie jesteśmy.

– Gubernator kazał wymierzyć do niej z działa, jeśli znów się pojawi.

– Jest za daleko, poza tym ma korzystny wiatr – odparł z rozdrażnieniem kapitan, zerkając na powiewającą nad ich głowami flagę. – Zresztą nawet gdyby było inaczej, nasze żagle wciąż do niczego się nie nadają. Nie możemy manewrować, co oznacza, że jesteśmy wyłączeni z walki. Czymkolwiek jest to, z czym mielibyśmy walczyć.
– Co zatem rozkażesz, kapitanie?
– Na wszelki wypadek wszyscy na pokład i do broni. Będziemy obserwowali rozwój sytuacji.

Gubernator generalny Jan Haan wyszedł z przedziału pasażerskiego po dwóch godzinach i w milczeniu wrócił do własnej kajuty. Komendant straży Jacobi Drecht zajął zwyczajową pozycję przy drzwiach, zapalił fajkę i czekał. Kilka minut później usłyszał dobiegający z kajuty gubernatora płacz.

62

Nie zaatakowano ich ani tej, ani następnej nocy, mimo że ósma latarnia znów zaświeciła. Za każdym razem gasła przed świtem.

Żaglomistrz zdołał naprawić żagle w dwa dni i *Saardam* ponownie stał się zdatny do żeglugi. Licząc, że prędzej czy później uda się dostrzec z którejś strony ląd i na jego podstawie określić położenie statku, Crauwels kazał sternikowi płynąć jak największymi zakosami.

To, że nareszcie ruszyli z miejsca, powinno tchnąć w nich nową nadzieję, lecz przyniosło jedynie świeżą porcję obaw.

Od momentu opuszczenia portu w Batawii dotykało ich jedno przekleństwo za drugim, dlatego teraz wszyscy czekali, co złego zdarzy się tym razem. Gubernator zamknął się w kajucie i odmawiał wyjścia. Arent leżał z gorączką. Vos i pastor nie żyli. Trędowaty, nie niepokojony, nawiedzał ładownię, a statek z trudem unosił się na wodzie. Co noc Stary Tom szeptał marynarzom o potwornych zdarzeniach. Doszło już do dwóch, pozostało jeszcze jedno. Każdy, kto do tego czasu nie ułoży się z demonem, zostanie zabity przez jego wyznawców.

Dla większości pokusa była trudna do odparcia. Bezpieczna podróż w zamian za przelanie cudzej krwi – propozycja zbyt dobra, by ją odrzucić, a już na pewno lepsza od tego, co oferowała Kompania.

Każdego ranka takielunek zdobiły nowe amulety. Porzucone przez marynarzy, kołysały się i stukały o siebie na wietrze. Nie były już potrzebne. Załoga uścisnęła prawicę demona.

63

Arent wił się i skręcał w hamaku, mamrocząc w malignie. Sara położyła dłoń na jego piersi i wyczuła wściekłe bicie serca. Wróciła od męża i z przerażeniem stwierdziła, że stan Arenta ani trochę się nie poprawił.

Nie było jasne, co wywołało gorączkę: rana, którą odniósł w trakcie pojedynku z Wyckiem, czy może wyczerpanie po kilku godzinach pompowania wody z zęzy w czasie sztormu. W każdym razie jego życie było zagrożone. Słyszała, że marynarze i muszkieterzy przyjmują zakłady o to, czy przeżyje. Większość nie dawała mu szans. Arent był silny, ale wielokrotnie widywali mężczyzn złożonych chorobą po bitwie i doskonale wiedzieli, co to oznacza. Pogruchotaną kończynę można uciąć, zła krew w końcu sama się oczyści, lecz jak uleczyć to, co niewidoczne? Ludzie częściej umierali, majacząc, niż krzycząc.

Od trzech dni Sara próbowała na wszystkie sposoby, bezskutecznie, zbić gorączkę i w końcu nie pozostało jej nic poza cierpliwym czekaniem i modlitwą.

– Kazałam zanieść Sammy'emu twoje racje – powiedziała, wiedząc, że byłby z tego zadowolony. – Pilnuje go muszkieter, zdaje się, że nazywa się Thyman. Zaoferował się, że będzie go zabierał na nocny spacer, więc Sammy przynajmniej rozprostuje kości. Wczoraj z nim rozmawiałam. Tęskni za tobą. Chciał tu przyjść i osobiście się tobą zająć, pal licho Jana, ale wybiłam mu to z głowy. Powiedziałam, że chyba mnie przeklniesz, jeśli go zabiją, gdy ty jesteś przykuty do łóżka. Protestował, ale w końcu przyznał mi rację. Bardzo cię kocha. – Przełknęła ślinę, rozdrażniona tym, jak trudne to było. – Myślę, że nie on jeden.

Wpatrywała się w twarz Arenta, czekając na skurcz mięśni, grymas, jakikolwiek znak, że docierają do niego jej słowa.

– Próbował mnie pocieszać – ciągnęła. – Powiedział, że już nieraz wracałeś z wizyty po tamtej stronie. – Zbliżyła usta do jego ucha. – Ponoć wołałeś Boga, lecz nie przyszedł. Podobno wierzysz, że nikt tam na ciebie nie czeka. Ani Bóg, ani Szatan, ani święci, ani grzesznicy. Podziwia cię. Mówi, że jesteś wyjątkowym człowiekiem, ponieważ w przeciwieństwie do większości ludzi, czynisz dobro nie dlatego, że boisz się, co się z tobą stanie, jeśli nie będziesz tego robił. – Zastanawiała się, jak najlepiej ująć to, co chciała powiedzieć. – Nie wierzę, że niebo jest puste. Myślę, że Bóg cię oczekuje, Arencie. Ja też. – Pełna trwogi, przycisnęła dłoń do jego piersi. – Jestem tutaj, czekam na ciebie. Na tym przeklętym statku nawiedzonym przez demona, którego sama nie powstrzymam. Obudź się, Arencie, i pomóż mi. Potrzebuję cię.

Za burtą rozległ się głośny plusk, jakby coś dużego i ciężkiego wpadło do wody. Wystraszona Sara oderwała dłoń od piersi Arenta.

Podeszła do iluminatora i wyjrzała na zewnątrz. Na powierzchni wody widać było tylko zmarszczki.

Morze jak zwykle nie ujawniało swych tajemnic.

– Czy ci ludzie nie wiedzą, że próbuję się wyspać? – odezwał się ochryple Arent.

64

W rozkołysanym świetle latarni goście zaproszeni na kolację u gubernatora bez entuzjazmu przesuwali jedzenie na talerzach.
Było sporo pustych krzeseł. Od śmierci Vosa Jan Haan prawie nie wychodził ze swojej kajuty. Kiedy zajmowali miejsca, słyszeli, jak głośno wzywa Drechta, ale potem zamilkł.
Komendant straży jak zwykle o tej porze pilnował drzwi. Stał, ćmiąc fajkę, której dym zasnuwał mu twarz.
W przedziale poziom niżej Arent Hayes przewracał się z boku na bok na hamaku. Sara Wessel spędzała przy nim każdą wolną chwilę; wychodziła tylko po to, by spełnić swój obowiązek wobec męża. Leczyła Arenta dziwnymi specyfikami, które podgrzewała na tackach.
Wicehrabina Dalvhain nadal nie wyściubiała nosa poza kajutę. Kapitan Crauwels chciał sprawdzić, czy wszystko u niej w porządku, ale zbyła go równie grubiańsko jak Sarę i Arenta.
W rezultacie jedynymi gośćmi przy coraz skromniejszym gubernatorskim stole byli Crauwels, van Schooten, Lia, Creesjie oraz Isabel. *Saardam* wyruszył z Batawii z zamiarem ponownego zaprowiantowania na Przylądku Dobrej Nadziei i założeniem, że w razie potrzeby będzie mógł skorzystać z zapasów zgromadzonych na pozostałych statkach floty. Tyle że zmiotła je burza.
Van Schooten rozkazał zmniejszyć racje o jedną czwartą. Wskutek tej decyzji zawartość talerza skurczyła się do kilku sucharów i wąskiego paska mięsa, które goście mogli popić paroma łykami wina.

Jak można było przewidzieć, po tym, co się ostatnio wydarzyło, rozmowy przy stole się nie kleiły. Ktoś rzucił jakąś uwagę, ktoś inny zareagował, po czym szybko zatapiał się we własnych myślach. Milczała nawet Creesjie, a w jej zmęczonych oczach próżno było szukać iskierek szelmowskiego humoru. Cisza była tak dojmująca, że wszyscy nagle podskoczyli przestraszeni, kiedy Isabel odchrząknęła przed zadaniem pytania.

Zasadniczo w ogóle nie powinna siedzieć przy stole, ale po śmierci Kersa przejęła znaczną część jego obowiązków, w tym nawet poranne kazania przy grotmaszcie. Wprawdzie stawiało się na nich coraz mniej ludzi, lecz nie z powodu braku żarliwości Isabel. Bóg gorzał w niej płomieniem jaśniejszym niż kiedykolwiek w starym Sanderze Kersie.

– Kapitanie, czy mogłabym pana o coś zapytać?

Crauwels właśnie przeżuwał kawałek chleba, kiedy oczy wszystkich zwróciły się w jego stronę. Z nieskrywanym rozdrażnieniem wytarł usta z okruszków i sięgnął po wino.

– Słucham.

– Czym jest mroczna toń? – spytała. – Słyszałam, jak opowiadał o niej pewien marynarz.

Kapitan stęknął i odstawił wino.

– Co konkretnie mówił?

– Twierdził, że w mrocznej toni pływa Stary Tom.

Crauwels podniósł metalowy krążek, który leżał na stole obok jego talerza, i zaczął przetaczać go po blacie.

– Czy ten marynarz wspomniał o nocnych podszeptach Starego Toma?

Pasażerowie nabrali powietrza i wymienili trwożliwe spojrzenia. Do tej pory wszyscy zachowywali tajemnicę Szeptu dla siebie. Niezależnie od tego, czy celowo go przywabili, czy też przyszedł bez pytania, Stary Tom był demonem i wydawało im się, że sama jego obecność sugeruje jakąś skazę, jakąś ich skłonność do niemoralności. Szept obnażał grzeszność, którą w sobie czuli.

Kapitan powiódł wzrokiem po ich twarzach i pokiwał głową z zadowoleniem.

– Tak myślałem. Zatem odwiedził nas wszystkich. Być może nawet nie pominął nikogo na statku.

– Czego pragniesz? – powtórzył Drecht, nie opuszczając posterunku.

– Tak, to te słowa – potwierdził van Schooten takim głosem, jakby zbierało mu się na wymioty. Od kiedy kapitan zmniejszył racje, głównemu kupcowi udawało się zachowywać jaką taką trzeźwość, ale nadal wyglądał na udręczonego życiem. Miał puste oczy, zaczerwienione z braku snu.

– Kapitanie – odezwała się z naciskiem Isabel. – Czym jest mroczna toń?

– Mroczną tonią starzy marynarze nazywają ludzką duszę – odpowiedział za niego van Schooten. – Wierzą, że nasze grzechy spoczywają w niej jak wraki statków na dnie oceanu. Stary Tom nurkuje w naszych duszach.

Jak na zawołanie, nagle ożyła ósma latarnia. Jej blask wdarł się do salonu i padł na przerażone twarze gości.

Znajdowała się o wiele bliżej niż do tej pory.

I paliła się czerwonym światłem.

65

Johannes Wyck siedział na jednym ze stołów operacyjnych w izbie chorych. Chirurg-golibroda wyłuskiwał czerwie z truchła szczura, wkładał je do miski, a następnie umieszczał w ranie bosmana. Czekał, aż wijąc się, wnikną do środka.

Żołądek Wycka też się wił i skręcał, i zachowywał tak, jakby zamierzał pozbyć się swojej zawartości. Bosman odwrócił głowę i wessał powietrze przez zaciśnięte zęby. Usłyszał rozmowę kilku marynarzy o swoim pojedynku z Hayesem.

Śmiali się z niego. Zapowiadał, że upokorzy porucznika, a potem zafunduje mu powolną śmierć, a w rzeczywistości dał się sromotnie pokonać. Nie pomógł mu nawet wspólnik z nożem.

W normalnych okolicznościach Wyck wzbudzałby w marynarzach grozę samym swym spojrzeniem, ale teraz poczuli się ośmieleni jego słabością. Było kwestią czasu, aż ktoś zechce poderżnąć mu gardło. Tak się zdobywało tę robotę. W taki sposób sam został bosmanem.

Pokręcił głową. Pragnął się ustatkować, trwać w znoju i spokoju, ale w głębi duszy czuł, że gdziekolwiek pójdzie i cokolwiek zrobi, zawsze i wszędzie będzie dla niego tak jak teraz i tutaj. Łatwo zdobywał wrogów. Był porywczy, żył w poczuciu doznanej krzywdy, bez ustanku dręczył się rzekomymi zniewagami i chował urazy. Zarazem cechowała go pewnego rodzaju szlachetność. Będąc otoczony przez wrogów, dbał o każdego, na kim mu zależało.

Codziennie rano chodził na achterdek wysłuchać kazania i gdy pozostali wznosili modły, on tylko odnawiał obietnice złożone jedynej osobie, dla której je dotrzymywał.

Właśnie tam rozpoznał tę kłamliwą osobę.

Nie zdziwił się, kiedy odwiedził go Stary Tom, tak jak przed laty, gdy Wyck służył w okazałej posiadłości w Prowincjach. Wtedy odmówił współpracy i stracił oko na torturach u przeklętego łowcy czarownic. Dlatego teraz, gdy demon zaczął szeptać do niego nocą, zgodził się, lecz postawił jasne warunki. Wiedział, kogo Stary Tom chroni. Wiedział, po co znalazł się na *Saardamie*. W zamian za dochowanie tajemnicy Wyck zażądał nowego życia dla swej rodziny. Domu. Porządnej pracy. Obietnicy, że wyjdzie z tego żywy.

Stary Tom poszedł krok dalej. Szeptał o bogactwie, o jakim jemu się nie śniło – Wyck miał tylko zabić Arenta Hayesa podczas walki. Demon zapomniał nadmienić, że nikt nie posługuje się sztyletem lepiej niż porucznik i że jest szybszy i zwinniejszy, niż mogłoby się wydawać, biorąc pod uwagę jego wymiary, a do tego potrafi przewidywać ruchy przeciwnika.

Nie układać się z cholernym diabłem! Kiedy to wreszcie do niego dotrze?

Nagle za zasłoną rozległy się krzyki.

Bosman zeskoczył ze stołu, odepchnął chirurga, tak że czerwie rozsypały się na podłogę, i wybiegł z izby chorych. Trafił w sam środek chaosu. Spanikowani oficerowie biegali w tę i we w tę, wywrzaskując rozkazy, których i tak nikt nie słuchał. Zaczęto zakładać osłony na iluminatory i usunięto drewnianą ściankę działową, aby nie przeszkadzała podczas przetaczania beczułek z prochem do dział.

Ogłoszono gotowość bojową. Powróciła ósma latarnia i płonęła krwistoczerwonym światłem. Poprzednim razem dokonała rzezi zwierząt bez jednego wystrzału.

Wyck wszedł prosto w zamieszanie; rozglądał się po pasażerach, wypatrując jej. Bo często tu bywała.

– Ogień! – ryknął ktoś.

Jego spojrzenie podążyło za dźwiękiem. Ujrzał biały dym wydobywający się spomiędzy desek w podłodze. Ludzie ruszyli biegiem w stronę schodów, przepychając się i tratując nawzajem.

– Stać, do cholery! – krzyknął. – Wracać tu i dawać wodę!

Nie posłuchali. Głos, który jeszcze niedawno mroził krew każdego bydlaka na pokładzie, utonął pośród wołań o pomoc.

Szybko gęstniejący dym nie pochodził od ognia. To oczywiste. Rozprzestrzeniał się w inny sposób, a kiedy osadzał się na skórze, nie sprawiał wrażenia oleistego. Bardziej przypominał mgłę.

Nagle wśród kłębów ukazała się postać trędowatego.

Dym zawirował, zakotłował się i połknął zjawę.

Bosman wrócił na chwiejnych nogach do izby chorych i złapał wiszącą na ścianie piłę. Chciał się puścić biegiem, ale zrezygnował, bo nie widział dalej niż na dwa kroki. Zaczął wymachiwać piłą, ostrzegając przeciwnika, by nie ważył się do niego zbliżyć.

Naraz zakrztusił się smrodem jak z czoła okrętu.

Coś chlasnęło go w dłoń. Zabolało tak, że musiał wypuścić piłę. W tej samej chwili z mgły wyłoniły się zakrwawione bandaże trędowatego.

Wyck zobaczył uniesiony sztylet.

66

Krzyki na dole i panika na górze.
Creesjie zatrzymała się w drzwiach do wielkiej kajuty. Włosy jeżyły jej się na głowie. Czerwone światło ósmej latarni wpadało przez okna i wypełniało przestrzeń tak szczelnie, że wszystko tonęło w piekielnej mrocznej poświacie.
– Stary Tom – wybąkała.
Zapragnęła pobiec z powrotem na górę i przytulić swych śpiących synów, ale nagle w ciemności zabłysnął ognik i ruszył ku niej jak iskra, która uciekła z latarni.
Serce waliło jej w piersi.
– Powinnaś wrócić do kajuty, pani – odezwał się Drecht z zapaloną fajką w zębach. – Coś wisi w powietrzu.
– Muszę się zobaczyć z gubernatorem – odparła niepewnie. – To rozkaz.
Komendant straży, spoglądając na Creesjie spod ronda kapelusza, zastanawiał się. Jest coś dziwnego w jego oczach, pomyślała. Coś nowego i osobliwego, czego nie potrafiła nazwać.
Nie dawał po sobie poznać, czy w ogóle zamierza ją przepuścić. Zignorowała go więc, zwyczajnie wyminęła i otworzyła drzwi do kajuty gubernatora.
Wnętrze było nieoświetlone, jeśli nie liczyć przesączającego się przez iluminator czerwonego lśnienia. Dziwne. Przecież strach przed ciemnością sprawiał, że Jan nie potrafił zasnąć bez zapalonej świeczki.

– Janie?

W tej piekielnej łunie jej wyobraźnia natychmiast powołała do życia cały wachlarz potworów o rozmaitych kształtach. Zgarbiona bestia okazała się sekretarzykiem, a kolce na jej grzbiecie niczym więcej jak flaszkami wina.

Zbroja gubernatora czaiła się w kącie jak rabuś w ciemnym zaułku.

Rzucone byle jak na półkę zwoje wcale nie były stertą ludzkich kości.

Creesjie podeszła do koi, wyciągnęła dłoń i wyczuła zimne ciało pod palcami.

– Drecht! – zawołała przerażona. – Drecht, prędko! Coś jest nie w porządku!

Kapitan straży wpadł do kajuty i podbiegł do gubernatora. Było zbyt ciemno, by mógł się przyjrzeć, więc ujął go za rękę. Gdy ją puścił, zsunęła się bezwładnie za brzeg koi.

– Zimny – orzekł. – Przynieś światło, pani.

Creesjie zadrżała, nie mogąc oderwać oczu od martwej dłoni.

– Światło! – wrzasnął na nią, lecz nic to nie dało. Stała jak sparaliżowana. Wybiegł więc z kajuty, zabrał świecę ze stołu i przyniósł ją razem z tacką.

Płomień jedynie potwierdził to, czego się obawiali. Gubernator nie żył. W jego piersi tkwił sztylet.

67

Kapitan Crauwels sadził po dwa stopnie naraz, biegnąc na dół, skąd wylewała się panika.

Nikt nie słuchał rozkazów. Ósma latarnia podpłynęła na tyle blisko, że bez trudu mogła ich zaatakować, ale nie musiała tego robić. Udało jej się sparaliżować *Saardama* bez jednego wystrzału, po czym, dokonawszy diabelskiego dzieła, oddaliła się.

Dotarłszy do przedziału pod półpokładem, Crauwels ruszył do schodów prowadzących do kubryku i natknął się na tłum walczący o prawo do pierwszeństwa w ewakuacji.

Z dołu buchały kłęby dymu.

Ci, którzy zdołali się przedrzeć, padali na kolana i wypluwali płuca.

Isaack Larme pomagał załodze w drugiej części statku, a Arent Hayes wyciągał pasażerów z tłoku. Jego bladą skórę powlekał niezdrowy poblask potu, ale nie wyglądało na to, aby odbierał porucznikowi siły.

– Musimy tam zejść i ugasić pożar! – zawołał Crauwels, przekrzykując wrzawę. Pasażerowie pierzchali z kubryku jak mrówki z rozkopanego gniazda.

– To nie pożar! – odkrzyknął Arent. – Nie ma płomieni ani żaru. W tej chwili najgorsze, co nam zagraża, to panika.

Zauważył małe dziecko w tłumie, wyciągnął rękę, złapał je, wydobył ze ścisku i postawił bezpiecznie na pokładzie. Zapłakana matka malca podbiegła i wzięła go w ramiona.

– Jeśli to nie pożar, to co? – spytał kapitan.

– Trędowaty – wycharczał konstabl, walcząc o miejsce na schodach. Oczy miał czerwone od dymu, a po jego policzkach płynęły łzy. Mimo że nadal był osłabiony po chłoście, powrócił do swych obowiązków w prochowni.

– Widziałem go na dole… Zabił Wycka i… – Podbiegł do relingu i zwymiotował za burtę.

Arent rzucił się na dół, torując sobie drogę w tłoczącej się w przeciwnym kierunku ciżbie.

Crauwels wykorzystał przecinkę i ruszył za nim. Na dole dym uciekał przez iluminatory i powoli zaczynał się przerzedzać.

Na podłodze leżało kilka ciał. Niektóre ofiary były nieprzytomne, inne jęczały, trzymając się za zakrwawione kończyny.

– Mamy rannych! – wrzasnął Crauwels, odwracając głowę i jednocześnie coraz bardziej zagłębiając się w chaos.

Szybko natrafili na zwłoki Johannesa Wycka. Leżał na plecach na stole operacyjnym. Jego twarz wykrzywiał ostatni spazm bólu. Został wypatroszony jak zwierzęta w kojcu.

– Na Boga, co ten demon robi z moim statkiem? – bąknął kapitan, czując, jak zawartość żołądka podchodzi mu do gardła.

Widział niejednego trupa, ale jeszcze nigdy nie spotkał się z mordercą czerpiącym tyle zadowolenia ze swego dzieła.

Arent ukląkł przy ciele i obejrzał je ze wszystkich stron. Mruknął usatysfakcjonowany oględzinami i podniósł się.

– Niech ktoś sprowadzi Isabel – zarządził.

– Dlaczego?

– Bo Wyck śmierdzi papryką.

Crauwels nie potrafił sobie wyobrazić bardziej bezsensownej odpowiedzi, ale Arent najwyraźniej nie był w nastroju do wyjaśnień. Nie czekając na reakcję kapitana, ruszył do drzwi w drugim końcu pomieszczenia.

– Dokąd idziesz?! – zawołał za nim Crauwels.

– Muszę wypuścić Sammy'ego z celi. To już zaszło za daleko. Nie obejdzie się bez jego pomocy.

68

Kiedy Sara znalazła się w wielkiej kajucie, w kandelabrze paliła się samotna świeca, której ponury blask spływał ze stołu. Lia była kilka kroków za nią. Przybiegły ściągnięte krzykiem Creesjie, lecz teraz podążały za jej płaczem – prosto do kajuty gubernatora.

Ich wzrok spoczął na zwłokach.

Jan Haan miał na sobie koszulę nocną, w której Sara widziała go, gdy od niego wychodziła, tyle że teraz materiał był czerwony od krwi, a z piersi wystawała drewniana rękojeść sztyletu.

Nic nie czuła. Nawet radości. Jest w tym coś żałosnego, uświadomiła sobie. Po śmierci, pozbawiony otaczającego go nimbu władzy, sprawiał wrażenie obnażonego; był po prostu chudym, słabym starcem. Całe jego bogactwo, wpływy, machinacje, okrucieństwo – wszystko było nic niewarte.

Nagle zrobiła się bardzo zmęczona.

– W porządku, kochanie? – spytała córkę, ale wystarczyło spojrzeć na Lię. Promieniała poczuciem ulgi, świadomością, że okropna udręka naresczie dobiegła końca.

Oto jego spuścizna, pomyślała Sara. Nie władza. Nie Batawia. Nie miejsce u boku Siedemnastu Panów, którego już nigdy nie zajmie. Tylko to: rodzina, która cieszy się z jego śmierci. Współczuła mu... przez ułamek sekundy.

Poza ciałem gubernatora wszystko wyglądało dokładnie tak, jak Sara zapamiętała. Na stole stały dwa kubki na wino, jeden pełny, drugi pusty, a pomiędzy nimi dzban i migocząca świeczka. Na podłodze leżała szmatława flaga z godłem Kompanii, na którym ktoś namazał symbol Starego Toma.

Naraz dotarło do Sary, że śmierć jej męża jest trzecim potwornym zdarzeniem.

Na widok Sary Creesjie rzuciła się przyjaciółce na szyję i przez chwilę po prostu trwały w uścisku, bo żadna nie wiedziała, co powiedzieć. Nie musiały mówić, jak bardzo jest im przykro, nie musiały koić bólu ani ocierać łez. Dobre wychowanie wymagało od nich jedynie okazania chrześcijańskiego szacunku zmarłemu, choć pamięć o uczynkach zamordowanego sprawiała, że miały ochotę pić i tańczyć.

Dla Sary Jan był po prostu kolejną ofiarą istoty terroryzującej *Saardama*, niczym więcej jak zwłokami, które należało zbadać. Nie zamierzała go opłakiwać.

– Widziałaś sztylet? – spytała z odrazą Creesjie. – Założę się, że to ten, który demon ukrył pod koją dla tego, kto przyjmie jego ofertę.

Sara przyjrzała mu się: prosty, wręcz prymitywny, z drewnianą rękojeścią, wyglądał jak narzędzie pracy drobnego złodziejaszka. Wysoka pozycja społeczna gubernatora nie zapewniła mu, niestety, śmierci od zacniejszej broni.

Być może właśnie o to chodziło. W ten sposób Stary Tom pozbawił go resztek godności.

– Myślisz, że ktoś przystał na propozycję demona? – spytała Creesjie.

– Nie wiem. Ale jeśli za parę dni ktoś tu się obwoła królem, wszystko będzie jasne. – Uśmiechnęła się krzywo i zaraz poczuła się winna. – Czy ktoś już powiedział Arentowi? Byli sobie bardzo bliscy.

– Obudził się? – Creesjie ścisnęła jej dłoń.

– Przed godziną – potwierdziła z uśmiechem Sara.
– W kubryku wybuchł pożar – odezwała się Lia. – Arent podobno pobiegł pomagać.
– Ależ oczywiście – skwitowała Sara z nutą dumy w głosie. – Skoro zajął się tamtym problemem, ja będę musiała się skupić na tym.
– Co chcesz zrobić?
– W raportach Pipps zawsze powtarza, żeby szukać tego, czego nie ma, a być powinno, i na odwrót.
– To chyba mało przydatna rada – mruknęła Creesjie. – Bo jak odróżnić jedno od drugiego?
Sara wzruszyła ramionami.
– Akurat tego nie wyjaśnił.
– W każdym razie coś ci powiem. Kiedy weszłam do kajuty, ta świeczka – Creesjie pokazała palcem – była zgaszona.
Obie myślały o tym samym: Jan nigdy nie spał przy zgaszonym świetle, ponieważ bał się ciemności. Poza tym, co ważniejsze, Sara zaprawiła jego wino miksturą na sen.
Wypił je, sama widziała.
Miał się obudzić najwcześniej nad ranem. Nawet gdyby chciał, nie mógłby wstać, żeby zdmuchnąć świeczkę, co oznaczało, że musiał to zrobić jego morderca.
Odwróciła się do stojącego w drzwiach Drechta, komendanta straży, który nie miał już kogo strzec.
– Kto jako ostatni widział go żywego? Ja? – spytała.
Zamyślił się i nie odpowiedział od razu.
– Komendancie! – rzuciła ostrym tonem, wyrywając go z ponurej zadumy.
– Nie, pani. Wezwał mnie, gdy podawano kolację, i tak jak każdego wieczoru w ostatnich dniach poprosił, bym sprawdził, czy w kajucie nie ukryto sztyletu. Mówił, że Stary Tom mu groził.
– Sprawdziłeś?
– Oczywiście.

– Znalazłeś sztylet?
– Nie.
Nóż w piersi gubernatora sterczał jak oskarżycielski palec.
– Tego tu nie było, kiedy wychodziłem – zaprotestował Drecht, kiedy wszyscy łypnęli w stronę sztyletu. – Nikt nie wchodził do kajuty, zanim pani Creesjie zobaczyła ciało. Trzymałem wartę przez całą noc. Nie drzemałem, nie schodziłem z posterunku.
– Pamiętam, że wezwał kapitana podczas kolacji – mruknęła w zamyśleniu Creesjie. – Przyszło mi wtedy do głowy, że jego głos brzmi dziwnie.
– Gubernator zachowywał się nienormalnie od wizyty w przedziale dla pasażerów – zgodził się z nią Drecht.
– Kiedy tam był?
– Tej nocy, gdy zginął Vos. – Drapał się po brodzie, przypominając sobie szczegóły. – Całe popołudnie prześlęczał nad listą pasażerów i tą drugą, rozwodząc się nad utratą kontroli nad demonami. Musiał coś odkryć, bo nagle stwierdził, że tu wcale nie chodzi o Kaprys, zerwał się z krzesła i poszedł odwiedzić kogoś w przedziale pasażerskim. Wyglądał na zlęknionego.
– Z kim się zobaczył?
– Nie wiem, nie widziałem. Uchwyciłem tylko jego słowa, kiedy wchodził do jednej z kajut: „Oczekujesz mnie, prawda?". Był taki... uniżony. Nigdy wcześniej go takiego nie słyszałem.
– Co było potem?
Sara czuła, jak krew szybciej krąży jej w żyłach. Dla Pippsa to zapewne codzienność, pomyślała. Ten dreszcz emocji towarzyszący odkrywaniu nowych faktów; to wrażenie, że lada moment dopadnie się sprawcę. Ta podróż była najbardziej ożywczą przygodą, jaka kiedykolwiek jej się przytrafiła, niech Bóg ma ją w swojej opiece.
– Wyszedł po dwóch godzinach i poprosił, żeby odprowadzić go do kajuty. Nie odezwał się słowem, a kiedy znalazł się u siebie, zaczął płakać. Potem w ogóle przestał wychodzić.
– Ojciec płakał – powtórzyła z niedowierzaniem Lia.

Sara chodziła tam i z powrotem, usiłując zrozumieć zachowanie męża. Nie poznawała go. Człowiek na jego stanowisku nie odwiedza innych, tylko wzywa ich do siebie. Nazwisko, które zobaczył na liście pasażerów, sprawiło, że nabrał dziwnej rewerencji dla tej osoby. Ale o kogo mogło chodzić? Komu mógł złożyć wizytę?

Podeszła do sekretarzyka i przeczytała obie listy, ale nie zauważyła nic, co mogłoby wytrącić Jana z równowagi. Na blacie leżało gęsie pióro; w drewnie widniała zaschnięta plama inkaustu.

Dziwnie znajoma sytuacja. Raptem trzy dni wcześniej robiła to samo w kabinie Corneliusa Vosa, choć w sumie nie miała pojęcia po co. I tak nie dowiedziałaby się niczego ponad to, co zauważył Arent. Wszystko było uprzątnięte, jeśli nie liczyć kwitów za podróż rodziny gubernatora, co mogło oznaczać, że Vos zajmował się nimi przed śmiercią. Sara nie potrafiła tego sprecyzować, ale coś nie dawało jej spokoju. Szambelan był niezwykle metodycznym człowiekiem. Nie wyjąłby tych kwitów, gdyby nie chodziło o jakąś nieprawidłowość.

– Lio.

– Tak, mamo?

– Bądź tak dobra i porównaj listę pasażerów z wykazem osób, które opętał Stary Tom. Masz bystre oko i umysł, być może zauważysz coś, co mnie umknęło.

Dziewczyna rozpromieniła się na komplement i usiadła przy sekretarzyku.

Drugie pytanie brzmiało: o czym rozmawiali? Tematem było coś, co doprowadziło Jana do płaczu. Czy miało to związek z Arentem? Bratanek gubernatora był bodaj jedyną osobą, którą ten w oczywisty sposób darzył miłością.

Sara ponownie rozejrzała się po kajucie, szukając czegoś, jakiejkolwiek wskazówki, która pomogłaby jej zrozumieć. Jej spojrzenie padło na świeczkę. Morderca musiał ją zgasić... ale dlaczego? I jak mu się udało wejść i wyjść, nie będąc zauważonym przez Drechta? Jasne, ten mógł kłamać, ale ze słów Isaacka Larme'a wynikało, że komendant straży miał otrzymać sowitą nagrodę za bezpieczne przewiezienie gubernatora do Amsterdamu. Poza tym, gdyby rzeczywiście chciał go zabić, w przeszłości miał ku temu wiele okazji. Czemu miałby to robić akurat tu i teraz, narażając się na oczywiste podejrzenie, że to on jest mordercą?

Przesuwała wzrokiem po meblach, szukając innego rozwiązania. W Tajemnicy Krzyku o Północy Pipps wydedukował, że w podłodze znajdowała się zapadnia, w której sprawca ukrył się i zaczekał, aż śledztwo się zakończy i będzie mógł bezpiecznie czmychnąć.

Sara zaczęła głośno tupać, wywołując pełne zdumienia reakcje pozostałych.

Nic nie wskazywało na to, że pod deskami znajdowała się wolna przestrzeń.

– Drecht?
– Tak, pani?
– Niech pan wejdzie na krzesło i ostuka sufit, dobrze? Ja mam za ciężką suknię.

Uniósł krzaczastą brew.

– Pani, rozumiem, że cierpisz z powodu straty, ale...
– W suficie może być klapa – wyjaśniła, podchodząc do sekretarzyka. Zabrała się do przeglądania dokumentów męża. – Ktoś mógł się opuścić z góry.
– Ale wyżej znajduje się twoja kajuta, pani.
– Owszem, ale dziś wieczorem nie byłam u siebie, ponieważ zajmowałam się Arentem.

Nagle Lia pisnęła zaskoczona i roześmiała się.

– Bardzo sprytne – rzuciła z rozbawieniem. Ktoś, kto stałby pod drzwiami i podsłuchiwał, nie pomyślałby, że kilka kroków dalej leży na koi jej zamordowany ojciec. – Chyba już wiem, kogo odwiedził.

Gdy Sara i Creesjie podeszły do niej, dziewczyna wyjęła pióro z kałamarza i podkreśliła dwa nazwiska: Dalvhain na liście pasażerów oraz de Haviland na liście opętanych.

– Widzicie? – Nie widzieli. – Dalvhain składa się z tych samych liter co Haviland, tylko w innej kolejności.

Sara odwróciła się na pięcie i bez słowa wybiegła z kajuty tak szybko, jak pozwalała jej na to suknia. Nie bardzo wiedząc, co ze sobą począć po tej nagłej ewakuacji, Drecht, Creesjie i Lia pognali za nią. Pod rozgwieżdżonym niebem marynarze wynosili ciała z kubryku. Dzieci płakały, a dorośli w przygnębieniu obejmowali najbliższych. Sara zatrzymała się przed kajutą Dalvhain i energicznie zapukała do drzwi. Nikt nie zareagował.

– Wicehrabino Dalvhain!

Nadal cisza.

– Emily de Haviland?

Nadbiegli Creesjie, Lia i Drecht, ale nie zwróciła na nich uwagi. Nie doczekawszy się odpowiedzi, postanowiła spróbować podnieść zasuwkę. Udało się, drzwi otworzyły się ze skrzypnięciem. Do środka wpełzło blade światło świecy i od razu stało się dla Sary jasne, że kajuta jest pusta, choć „pusta" to mało powiedziane – wyglądała, jakby w ogóle nikt jej nigdy nie zajmował. Brakowało jakichkolwiek rzeczy osobistych, obrazów na ścianach, futer na koi. Nocnik był nieskazitelnie czysty. Jedyną oznaką bytności lokatorki był leżący na podłodze wielki czerwony dywan. Sara przypomniała sobie, jak marynarze pocili się, żeby zmieścił się w drzwiach. Rozwinięty, sprawiał wrażenie jeszcze większego, po bokach wręcz nachodził na ściany.

Podeszła do sekretarzyka, szukając świeczki.

Coś nieprzyjemnie zachrzęściło pod jej stopami.

– Mamo? – odezwała się Lia stojąca w drzwiach.

Sara dała jej znak, żeby się nie zbliżała. Drecht położył dłoń na rękojeści rapiera, osłaniając Creesjie i Lię własną piersią.

Sara uklękła i wymacała dłonią coś krętego i wijącego się. Wyniosła to na korytarz, by obejrzeć przy świecy. Strużyny z drewna. Takie jak te, które zostawił po sobie cieśla, kiedy wieszał u niej półki pierwszego poranka na statku. Czy wióry mogły mieć coś wspólnego z dźwiękami, które słyszała Dorothea? Czy Dalvhain coś budowała w swojej kajucie? Dalvhain... czy raczej Emily de Haviland.

– *Laxagarr* oznacza pułapkę w języku norn – mruknęła.

– Coś leży na sekretarzyku – powiedział Drecht, mrużąc oczy. Wyglądał na wytrąconego z równowagi i było jasne, że nie zamierza wchodzić do środka.

Sara poszła do siebie, zabrała świecę na tacce i szybko wróciła do kajuty wicehrabiny.

Na sekretarzyku znajdował się egzemplarz *Daemonologiki*.

Stanęła jak wryta.

Isabel nie rozstawała się z tą księgą. Czy zatem coś ją łączyło z Dalvhain? I dlaczego w kajucie nie było nic oprócz księgi? Sztuczka z anagramem była zmyślna, ale wszystko wskazywało na to, że Emily de Haviland chciała, by ktoś rozwiązał zagadkę, a więc zależało jej również na tym, aby ktoś tu przyszedł i odkrył księgę.

Sara ostrożnie podeszła do sekretarzyka, wyciągnęła rękę i powoli uniosła okładkę.

To nie była *Daemonologica*.

Miała identyczną okładkę i karty z papieru welinowego, a nawet ilustracje i pismo w tym samym stylu, lecz jej treść była zupełnie inna. Zamiast wersów po łacinie zawierała bowiem głównie ryciny.

Sara przewróciła pierwszą kartkę.

Zobaczyła nakreślony ciemną kreską pożar okazałej rezydencji oraz wzburzony tłum, który wyciągał ludzi z budynku i podrzynał im gardła. Nieco z boku stał niewzruszony Pieter Fletcher. Stary Tom chichotał mu do ucha.

Druga strona.

Bardziej szczegółowy wizerunek Pietera Fletchera, przykutego do ściany i wrzeszczącego z bólu. Stary Tom usuwał mu organy przez rozcięcie na piersi i rzucał na stertę na podłodze.

Sara poczuła, jak żołądek podchodzi jej do gardła. Przewróciła kartkę.

Kolejna rycina przedstawiała statek w porcie w Batawii. Sara, Lia i Jan stali na spardeku, a w tym czasie Drecht prowadził Samuela Pippsa i Arenta przez tłum gapiów. Podążał za nimi Stary Tom, jadąc na wilku o pysku nietoperza.

Zakręciło jej się w głowie, ale oglądała dalej.

Saardam na morzu w otoczeniu statków floty. W oddali ósma latarnia, która wcale nie była statkiem, lecz Starym Tomem trzymającym światło w dłoni.

Na piątej stronie trędowaty wyrżnął zwierzęta na pokładzie, a Stary Tom tańczył pośród truchcł.

Na szóstej trędowaty kroczył przez mgłę w kubryku, tuż za nim Stary Tom.

– Co to takiego, kochanie? – odezwała się Creesjie, podchodząc do niej.

– Kronika tego, co się wydarzyło – odparła ze wstrętem Sara, przewracając kolejną kartę. Widniał na niej martwy Jan ze sztyletem w piersi.

– Mamo! – zdumiała się Lia, która wyrosła u jej boku. – To przecież dokładnie tak wyglądało. Skąd ona mogła wiedzieć, co się wydarzy?

Sara odnosiła wrażenie, że ma dłoń z kamienia – ale musiała sprawdzić, co będzie dalej.

Saardam stał w ogniu. Pasażerowie kurczowo trzymali się ogromnego cielska Starego Toma, który zabierał ich na pobliską wyspę. Demon spoglądał ze strony prosto na Sarę. Uśmiechał się znacząco. Wiedział, że znalazła księgę i ją czyta.

Obok, na ostatniej stronie, na wodach oceanu unosił się wielki znak Starego Toma, przy którym *Saardam* wyglądał jak maleńka drobina.

Coś ją tknęło. Znak wyglądał dziwnie, znajome linie były rozbite na nierówne okręgi różnych rozmiarów, tak jakby zamiast narysować zwykłą kreskę, Emily uniosła pióro i pozwoliła inkaustowi skapywać na pergamin.

Sara wstrzymała oddech.

To nie był znak Starego Toma, uświadomiła sobie z rosnącym przerażeniem, lecz obraz wyspy, do której zmierzał *Saardam*.

Stąd pochodził symbol.

Zdarzyły się trzy potworne rzeczy i teraz Stary Tom zabierał ich do swego domu.

69

Arent wbijał spojrzenie w Isabel, a ona piorunowała go wzrokiem.
– Papryka? – odezwał się Crauwels zza jej pleców.
Sammy zareagował zduszonym śmiechem. Na więcej nie było go stać. Przez dwa dni, które Arent przespał, kompanem nocnych spacerów Sammy'ego był, na prośbę Sary, muszkieter Thyman. Wprawdzie okazał się zaskakująco wylewnym rozmówcą, lecz w przeciwieństwie do Arenta nie bardzo mu się uśmiechało dotrzymywanie Sammy'emu towarzystwa przez całą noc. W rezultacie problemariusz spędził niemal dwa pełne dni w swojej ciasnej, ciemnej celi, z której wyszedł poskręcany, osłabiony, blady jak trup, do tego z męczącym mokrym kaszlem. Teraz stał pochylony nad zwłokami Wycka i badał je, skacząc palcami to tu, to tam.
– Wyobraźcie sobie, jak się czuję – powiedział. – Cztery lata temu z marnym skutkiem próbowałem go nauczyć tego, co sam wiem, a teraz proszę: znikam na kilka tygodni, a on od razu dokonuje cudów.
– Konstabl przyłapał Isabel na krążeniu nocą – wyjaśnił Arent, puszczając kąśliwą uwagę przyjaciela mimo uszu. – Od pewnego czasu czułem od niej paprykę. Poczułem ją również od Wycka, kiedy walczyliśmy. Papryka jest przechowywana tylko w jednej części ładowni. Oboje nie mieli żadnego powodu, by tam chodzić. Chyba że to było miejsce ich potajemnych spotkań.
– Czy to prawda? – zapytał Crauwels.

– Idę o zakład, że nosisz jego dziecko. – Arent próbował spojrzeć jej w oczy. – Ułożyłaś się ze Starym Tomem, że zabije Wycka, bo ten zrobił ci brzuch?

– Zabije? – W oczach Isabel pojawił się ogień. – Wyck był moim przyjacielem i to nie jego dziecko, choć budziło w nim litość.

– Litość? – prychnął Crauwels.

– Znał mnie z dawnych czasów – odparła Isabel, przenosząc gniewne spojrzenie na kapitana. – Pływał do Batawii, kiedy byłam małą dziewczynką żebrzącą w porcie. Zawsze dawał mi monetę, żebym miała co zjeść i gdzie się przespać. Tym razem zastał mnie z dzieckiem w brzuchu i bez mężczyzny, który mógłby je wychować. Powiedział, że kończy z życiem marynarza i że może nas zabrać do Prowincji, jeśli jestem gotowa z nim zaryzykować. Odmówiłam, bo nie było mnie stać na opłacenie podróży, ale potem Sander wyjawił, że wyśledził Starego Toma. Demon urządził się na pokładzie *Saardama*, więc nie mieliśmy wyjścia, musieliśmy podążyć jego tropem. Myślałam, że nareszcie Bóg się do mnie uśmiechnął.

– W tym wszystkim, co mówisz, nie ma nic złego. Dlaczego spotykaliście się z Wyckiem w tajemnicy? – zapytał Sammy.

– Powiedział, że załoga musi się bać bosmana. Gdyby ktoś się dowiedział, że na pokładzie jest osoba, na której mu zależy, skrzywdziliby ją, żeby mu dopiec.

Crauwels potwierdził mruknięciem.

– Bosman musi trzymać załogę za gębę – wyjaśnił. – Gdy przestaje mu się to udawać, zwykle kończy marnie. Wyck był cholernie dobrym bosmanem, co oznaczało, że musiał być również cholernie złym człowiekiem.

– Mieliśmy utrzymać wszystko w tajemnicy aż do Amsterdamu, ale dał mi znać, że chce się spotkać na fordeku. Pech chciał, że kiedy tam szłam, przydybał mnie karzeł. – Głos Isabel był pełen urazy. – Wyck zaproponował ładownię. Mówił, że zauważył kogoś na pokładzie, jakąś osobę, która nie jest tym, za kogo się podaje. Podobno pamiętał ją z dworu, w którym kiedyś służył.

– O kogo chodziło? – spytał Arent.
– Tego mi nie zdradził, bo twierdził, że to niebezpieczne. Zarzekał się, że ten ktoś będzie skłonny sporo zapłacić za niezdradzenie jego tożsamości, co nam ułatwi rozpoczęcie nowego życia. – Popatrzyła z goryczą na zwłoki bosmana. – Ale cóż...
– W czyjej posiadłości służył?
– Nie powiedział.
– Zapewne de Havilandów – rzuciła Sara, schodząc po schodach. – Dalvhain to anagram od Haviland. Jedną z osób, które Stary Tom przed trzydziestoma laty opętał w Prowincjach, była Emily de Haviland. Przez cały ten czas przebywała na pokładzie. Lia dostrzegła związek pomiędzy tymi nazwiskami. Wcześniej zrobił to mój mąż, poszedł skonfrontować się z wicehrabiną i... – Spojrzała współczująco na Arenta. – On nie żyje. – Wzięła go za rękę.
– Przykro mi, przyjacielu – powiedział Sammy.
Arent przełknął ślinę i przysiadł na skrzyni.
– Wiem, że stryj był... – Słowa uwięzły mu w gardle. – To, co zrobił...
– Kochał cię – zapewniła go Sara. – Tylko to się liczy, wbrew wszystkiemu.
Kiedy pocieszała Arenta, Sammy wyciągnął rękę, żeby zapanować nad rozkołysaną latarnią.
– Złóżmy to w całość – zaproponował. – Wyck rozpoznał Emily de Haviland, prawdopodobnie podczas zaokrętowania. Przed laty służył w jej rodzinnym dworze, wiedział więc, że została oskarżona o opętanie i była przesłuchiwana przez Pietera Fletchera. Próbował ją szantażować, ale nasłała na niego swego trędowatego pupila...
– Mojego martwego cieślę – wtrącił ze złością Crauwels.
– ...by go zabił – dokończył Sammy.
– Tylko dlaczego Emily de Haviland ukryła swoje prawdziwe nazwisko, skoro wiedziała, że i tak je rozszyfrujemy? – zastanawiała się głośno Sara. – Zaokrętowała się pod pseudonimem będącym anagramem. Wszystko wskazuje, że chciała, byśmy ją odnaleźli.

– Być może miało znaczenie to, kiedy to zrobimy – podsunął Arent bez przekonania.
– Nic już nie ma znaczenia! – wykrzyknął Crauwels, kręcąc głową. – Stary Tom zapowiedział trzy potworne zdarzenia, po których zacznie zabijać każdego, kto się z nim nie ułożył. Już do nich doszło, więc myślę, że jeśli chcemy go powstrzymać, nie pozostaje nam nic innego, jak odnaleźć tę Emily de Haviland, związać jej ręce i nogi i wyrzucić ją za burtę.
– Topienie wiedźmy – skomentowała cierpko Sara. – Jak oryginalnie!

70

Na ścianach wielkiej kajuty w świetle kołyszącej się latarni tańczyły cienie osób o ponurych obliczach. Znaleziona w kajucie wicehrabiny Dalvhain księga leżała na stole. Wszyscy trzymali się od niej z daleka, bo widzieli, co zawiera, i woleliby usunąć to z pamięci.

Po śmierci gubernatora generalnego najważniejszą osobą na pokładzie stał się główny kupiec, który nie wydawał się z tego powodu szczęśliwy. Chodził tam i z powrotem, od jednego iluminatora do drugiego, nieustannie przeczesując rzednące włosy. Nie pozostała mu już ani kropla wina, z czym wyraźnie nie mogły się pogodzić rozbiegane palce.

Nawet jego wysadzane klejnotami pierścienie jakby straciły blask, pomyślał Arent.

– Mamy tuziny trupów, w tym samego gubernatora – odezwał się van Schooten. – Musimy powstrzymać kostuchę, zanim skosi cały statek. – Zwrócił się do Arenta, wytykając go oskarżycielskim palcem: – Stryj kazał ci odnaleźć demona po tym, jak jego znak ukazał się na żaglu, prawda? Jak mogłeś się nie zorientować, że wicehrabina Dalvhain to Emily de Haviland?

– Ach, bo resztę z was zapewne trawiły podejrzenia – skomentował sarkastycznie Sammy, opierając nogi na stole.

Pomimo ogólnego zamieszania znalazł czas na to, by się umyć w morskiej wodzie i przebrać w zapasowe ubranie, które zabrał dla niego Arent. Czysty, upudrowany i wyperfumowany, po raz pierwszy od wielu tygodni był niemal sobą; gdyby jeszcze udało się ukryć osłabienie ciała i lekkie drżenie głosu.

– Poza tym nie mamy pewności, że to rzeczywiście jedna i ta sama osoba – dodał. – Wiemy tylko tyle, że ktoś się zaokrętował, wykorzystując nazwisko będące anagramem Haviland. Równie dobrze mogła to być Emily, jak i ktoś, kto po prostu chciał nas wyprowadzić w pole. Proszę niczego z góry nie zakładać, panie van Schooten. – Zarechotał i zatarł dłonie. – Wspaniała sprawa, słowo daję. Gdyby w Amsterdamie ktoś przyszedł do mnie z czymś takim, skakałbym z radości.

– Kto cię wypuścił, do stu diabłów? – warknął główny kupiec, rozdrażniony nonszalancją Sammy'ego.

– Ja – odparł Arent, siedząc z rękami skrzyżowanymi na szerokiej piersi. – Wraz ze śmiercią mojego stryja przestał istnieć jedyny powód, dla którego Sammy przebywał w uwięzieniu. Teraz, skoro doszło już do trzech potwornych zdarzeń, potrzebujemy Sammy'ego tutaj, a nie w śmierdzącej, mokrej celi.

Pozostali mu przytaknęli. Van Schooten, chcąc nie chcąc, uznał swą porażkę.

– Co się zatem stało z pasażerką, która zajmowała tamtą kajutę? – zapytał.

– Nie wiemy – przyznał Sammy. – Czy ktokolwiek ją widział?

– Raz – powiedział Crauwels, który po raz pierwszy, od kiedy wyszli z kubryku, oderwał się od własnych myśli. Stał u szczytu stołu, opierając dłonie na blacie. – Miała długą szarą suknię i długie szare włosy. W dziwny sposób skojarzyła mi się z Vosem. Patrzyła obojętnym wzrokiem, zupełnie jak on. Usiadła w ciemności i zażądała, by zostawić ją w spokoju.

– A chłopcy okrętowi? Czy któryś zajmował się jej kajutą? – spytał Sammy.

– Mieli zakaz wstępu – odparł z żalem van Schooten.

– W takim razie kto opróżniał jej nocnik?

– Co wieczór wystawiała go przed drzwi – powiedziała Creesjie, marszcząc noc, jakby nadal czuła ten paskudny zapach.

– Po co w ogóle wykupiła kajutę, skoro tak bardzo zależało jej na byciu niewidoczną? – zastanawiała się Sara.

– Od kiedy to wpuszczamy kobiety na nasze narady? – wypalił oburzony van Schooten, jakby dopiero teraz zorientował się, że Sara, Lia i Creesjie zasiadły przy stole. – To nie są sprawy kobiet.

– A jeśli Stary Tom zatopi *Saardama*? To też nie będzie nasza sprawa? – odparowała Creesjie.

– Nieważne, kto jest, a kogo nie ma na naradzie – uciął beznamiętnym tonem Crauwels. – Liczy się wyłącznie to, jak teraz postąpimy. W jaki sposób ocalimy *Saardama*? Jak dotąd Stary Tom robił, co mu się żywnie podobało, i zabijał, kogo chciał. Słyszałem, co się o tobie mówi, Pipps. Chcę, żebyś pomógł mi wytropić Emily de Haviland, gdziekolwiek się ukryła.

– To niemożliwe, kapitanie – odparł Sammy. – Emily, Stary Tom czy ktokolwiek za tym stoi, zaplanowała wszystko z niezwykłą starannością. – Machnął ręką w kierunku nocnego nieba za oknem. – Gdzieś tam płynie statek, którym steruje Emily. Na pokładzie panoszy się nieuchwytny trędowaty wykonujący wszelkie jej polecenia. Ukradła Kaprys, tak że się nawet nie zorientowaliśmy, do tego zaszlachtowała zwierzęta niemal pod naszym nosem, a potem jeszcze zamordowała najważniejszą osobę na statku, nawet nie wchodząc do jej kajuty. Zniknęła, ponieważ przyszła na nią pora. Sądzi pan, kapitanie, że ukryła się w bocianim gnieździe?

– Ale przecież coś musimy zrobić! – krzyknął oburzony Crauwels.

– I zrobimy. – Sammy się roześmiał. – Lecz głupota nigdy nie jest taką prostą linią, jaką się z początku wydaje. Z mojego punktu widzenia istnieją w tej chwili trzy istotne kwestie, przy czym żadną z nich nie jest obecne miejsce pobytu Emily de Haviland. Po pierwsze: co łączy te trzy potworne zdarzenia? Innymi słowy, czemu wróg ukradł Kaprys, zabił zwierzęta i zamordował gubernatora generalnego?

– Wydawało mi się, że to przypadkowe działania – odezwała się Creesjie, wachlując sobie twarz.

Sammy spojrzał na nią, po czym zdjął nogi ze stołu, wstał i złożył jej elegancki ukłon.

– Nie mieliśmy jeszcze przyjemności, pani. Nazywam się Samuel Pipps.

Uśmiechnęła się uroczo i skłoniła głowę.

– Creesjie Jens – przedstawiła się. – Jesteś, panie, w każdym calu taki, jak opisuje cię Arent w swych raportach.

– Acz z każdą kolejną sprawą jest mi coraz trudniej sprostać oczekiwaniom. Jeszcze kilka lat pod Arentowym piórem, a stanę się czystą inteligencją i cnotą. – Uśmiechnęli się do siebie; przyjaźń została zawarta. – Odpowiadając na twoje pytanie, pani: potworne zdarzenia istotnie sprawiają wrażenie przypadkowych, ale zwróć uwagę, że w tej sprawie niemal wszystko zostało starannie zaplanowane. Wątpię, aby Stary Tom był skłonny pozostawić coś takiego ślepemu losowi. Nie, te zdarzenia były zamierzone i przemyślane.

Skoro już wstał, zaczął przemierzać salon tam i z powrotem. Mówiąc, żywo gestykulował.

– Drugie pytanie brzmi: w jaki sposób zamordowano gubernatora generalnego? A trzecie: dlaczego trędowaty zabił Corneliusa Vosa, lecz oszczędził Arenta? Jestem przekonany, że gdy poznam te ważkie odpowiedzi, wszystkie pozostałe elementy tej fascynującej układanki same znajdą właściwe miejsce.

– Tak po prostu?! – zagrzmiał Crauwels. – Sądzisz, że wystarczy rozwiązać zagadkę morderstwa, by zakończyła się nasza udręka? Za każdym razem, gdy płonie ta przeklęta ósma latarnia, mój statek rozpada się na części. Z morza wyszedł trędowaty i wspiął się do kajuty żony gubernatora. Na pokładzie grasuje Emily de Haviland. Posłanie Arenta do walki z demonem było jak wyprawienie dziecka na wojnę. Widzę, że wcale nie jesteś lepszy od gubernatora. – Popatrzył gniewnie na zebranych i wypadł z wielkiej kajuty jak burza.

– Do roboty, Pipps – polecił van Schooten, odprowadzając kapitana wzrokiem. – Uspokoję Crauwelsa. Larme, zależy nam, żeby chłopcy skupili się na żegludze i przestali się martwić demonem. Rozsądne byłoby również mianowanie nowego bosmana.

— Kandydaci zwykle kłują się sztyletami, dopóki nie zostanie tylko jeden na placu boju, ale postaram się to przyspieszyć — zobowiązał się burkliwie pierwszy oficer, który stał oparty o futrynę drzwi do sterowni.

Sammy dał znak Arentowi, żeby przenieść się do kajuty gubernatora. Wszedł tam od razu, natomiast Arent zatrzymał się w progu i nie był w stanie zrobić kroku. Dławił go strach. Kiedy obracał głowę, by popatrzeć na koję, oczy same uciekały w inną stronę.

Gdy w końcu zmusił je do posłuszeństwa i zobaczył stryja, poczuł taki ból, że zachciało mu się wyć.

Zacisnął zęby, przełknął łzy i spróbował pertraktacji z bólem.

Niemal pod każdym względem stryj przestał przypominać siebie sprzed lat. Dawną życzliwość zastąpiło okrucieństwo. Bił żonę, uwięził w forcie córkę, zawiązał pakt ze Starym Tomem. Odwrócił się plecami do ideałów, które wpajał Arentowi za młodu, a mimo to... Arent nadal go kochał.

To było silne uczucie. Zasłużone, godne, słuszne czy nie, zapuściło korzenie w jego sercu i nie zdołałby go wyplenić, choćby chciał.

Przez dobry kwadrans obserwował, jak Sammy bada pomieszczenie. Wszystko oglądał, wszystkiego dotykał, obracał w dłoniach, podnosił, zerkał pod spód, omiatał kajutę dociekliwym spojrzeniem, docierając w każdy zakątek, jak podmuch świeżego powietrza. Każdy sprawdzony przedmiot precyzyjnie odkładał na miejsce. Na koniec chwycił rękojeść sztyletu sterczącego z piersi gubernatora, wyciągnął go z przyprawiającym o mdłości plaśnięciem i przystąpił do oględzin rany.

— Drzazgi — powiedział, ostrożnie wyjmując niewielki kawałek drewna z ciała. — Prawdopodobnie odprysk z rękojeści narzędzia zbrodni. Przyjrzyj się temu, Arencie.

Pochłonięty badaniem zwłok, wręczył przyjacielowi sztylet i drzazgi. Zawsze prosił Arenta o pomoc przy broni, którą dokonano morderstwa, licząc, że ten wykorzysta swoją wiedzę i żołnierskie doświadczenie. Nie tym razem.

Ten sztylet nie był bowiem bronią, lecz wyrzutem sumienia.
Stryja zabito niemal pod nosem Arenta. Jak to możliwe? Lata temu uratował go przed całą hiszpańską armią, a teraz nie zdołał obronić przed Szeptem w ciemności?

W głębi duszy, tam gdzie żal przedzierzga się w poczucie winy, pojawiła się wątpliwość: a może w ogóle nie chciał go ocalić? Po śmierci Jana Sara nareszcie była wolna.

– Nie, przestań! – powiedział do siebie.

– Hm? – Sammy uniósł głowę. Klęczał na czworakach i z nosem przy deskach lustrował podłogę, szukając wskazówek.

– Nic takiego – bąknął Arent i postanowił skupić się na sztylecie. Był krótszy niż większość noży tego rodzaju i miał dużo cieńsze ostrze. Zdecydowanie zbyt cienkie, uświadomił sobie. Wręcz kruche. W żadnej kuźni nie wykuto by takiej broni, bo do niczego by się nie nadawała. Pękłaby przy pierwszym uderzeniu w zbroję. – Znam ten sztylet – powiedział, ważąc go w dłoni. – Trędowaty groził mi nim w ładowni.

– To ciekawe, ponieważ ślady dłoni trędowatego sięgają aż do iluminatora, nad którym znajduje się siedem szeroko rozstawionych haków. Nie wiem, do czego służą, ale będziemy się musieli dowiedzieć.

– Uważasz, że sprawcą jest trędowaty?

– Należy wziąć to pod uwagę. Sądząc po stopniu wychłodzenia ciała oraz skrzepnięcia krwi, powiedziałbym, że kiedy Creesjie weszła do kajuty, gubernator nie żył już od kilku godzin.

– Czyli według ciebie zabito go w czasie kolacji. To by uwalniało od podejrzeń wszystkich pasażerów. Bo jedli razem.

– Jeżeli potwierdzimy, że żadne z nich nie odeszło od stołu, to obawiam się, że postawi to w kiepskim położeniu żonę gubernatora.

Widząc oburzenie Arenta, uniósł dłoń w uspokajającym geście.

– Wiem, że bardzo ją lubisz, ale zastanów się. Przez większą część wieczoru byłeś nieprzytomny. Bez trudu mogła odejść od twego boku. Nie możemy wykluczyć, iż dostrzegła szansę pozbycia się jednego diabła przy jednoczesnym obarczeniu winą drugiego, i wykorzystała ją.

Arent wzruszył ramionami. Przypomniał sobie, że Vos planował to samo. Udałoby mu się, gdyby trędowaty nie pokrzyżował jego planów.

– Zajmijmy się teraz kwestią świeczki – powiedział Sammy, wyglądając przez iluminator. – Sara twierdzi, że jej mąż nie potrafił spać przy zgaszonej świecy i przez wszystkie lata małżeństwa nigdy tego nie robił. Creesjie to potwierdza. Najwyraźniej bał się ciemności, o czym mogło wiedzieć jedynie grono najbliższych mu osób. Czy w nocy mocno wiało?

– Nie.

Sammy stanął pomiędzy iluminatorem a sekretarzykiem, w równej odległości od obu, i rozłożył ramiona na boki. Nie był w stanie dosięgnąć do świeczki.

– Nie dałoby się jej zgasić, wychylając się z zewnątrz.

Sięgnął na półkę, wziął pierwszy z brzegu futerał ze zwojem i rzucił go Arentowi.

– Musimy dokładnie przeszukać wszystko, co znajduje się w tej kajucie. Zacznijmy od tego – zakomenderował.

Arent podszedł do sekretarzyka i opadł ciężko na krzesło. Zdjął zaślepkę, wysunął zwój i rozwinął go. Plan Kaprysu, a raczej drobnej jego części.

– Arencie? – odezwał się Sammy, który z policzkiem przy deskach wpatrywał się w iluminator z poziomu podłogi. – Co Isaack Larme sądził na temat twojego stryja?

– Na pewno miał mu za złe rzeź, której dokonano na wyspach Banda z jego rozkazu. Poza tym... nie wiem. Dlaczego pytasz?

– Ponieważ gdyby nasz karzeł się postarał, mógłby się przecisnąć przez iluminator.

Arent spojrzał na okienko, próbując sobie wyobrazić Larme'a sterczącego w niewielkim otworze.

– Nie zrobiłby tego bezgłośnie. Hałas zbudziłby stryja i zaalarmował Drechta – stwierdził, wyjmując kolejny zwój.

Najdroższy Janie!
Słabnę w oczach. Nie doczekam kolejnego lata.
Kiedy umrę, zwolni się moje miejsce w radzie Siedemnastu Panów. Zgodnie z obietnicą, którą Ci dałem, jak również w ramach rekompensaty za nasze wielkie przedsięwzięcie sprzed lat, wskazałem Cię jako swojego następcę i uzyskałem wstępną zgodę współradców.
Pamiętaj jednak, że każdy z nich ma swojego faworyta, którego kandydaturę będzie forsował. Po mojej śmierci gwarancja miejsca w radzie wygaśnie.
Dlatego posłuchaj mej rady i czym prędzej wróć do Amsterdamu. Koniecznie przywieź córkę. Jest na wydaniu, zatem będziesz mógł jej użyć jako karty przetargowej.
Każ zakuć Pippsa w kajdany. Doszły mnie słuchy, iż jest angielskim szpiegiem, co oznacza, że zdradził nie tylko naszą szlachetną Kompanię, lecz również kraj. Nie jest to jeszcze rzecz powszechnie znana, ale udało mi się potwierdzić doniesienia i wkrótce przedstawię je w radzie Siedemnastu Panów. Pippsa czeka egzekucja. Jeśli przywiedziesz go przed oblicze rady, znacząco poprawisz swe notowania. Postaraj się zrobić to jak najszybciej.

Z niecierpliwością oczekujący Twego przybycia
Casper van den Berg

Sammy przeczytał list, zaglądając ponad ramieniem Arenta. Zrobił się nieswój. Nie znał się zbyt dobrze na współczuciu – martwe ciało było dla niego jedynie źródłem informacji, morderstwo zaś fascynującą zagadką – mimo to niezgrabnie poklepał przyjaciela na znak, że łączy się z nim w bólu.

– Przykro mi – powiedział. – Wiem, że kochałeś dziadka. To, że dowiadujesz się o czymś takim tuż po tym, jak...

– On nie umiera – przerwał mu Arent.

Sammy zobaczył jego niewzruszoną minę.

– Bywa, że trudno nam...

– Spójrz na datę. – Arent pokazał palcem. – Tydzień przed tym, jak wypłynęliśmy. List dotarłby do Batawii razem z nami. Widziałem się z dziadkiem na kilka dni przed opuszczeniem Amsterdamu. Bałem się, że nie przeżyję podróży, i nie chciałem, by myślał, że... – Musiał przełknąć wzruszenie. – Był zdrowy, Sammy. Stary, ale nie umierający. Nie napisał tego. Nie oskarżył cię o szpiegostwo.

Sammy wyrwał mu list.

– Wobec tego zrobił to ktoś, kto dobrze znał jego myśli – powiedział. – Czy Jan Haan był blisko związany z Emily de Haviland?

– Nigdy o niej nie wspominał. Poza tym, o ile się orientuję, ród Havilandów upadł na długo przed tym, zanim notowania mojego stryja wzrosły na tyle, by mogli się spotkać. Co innego dziadek... on jest w odpowiednim wieku.

– W liście jest mowa o „wielkim przedsięwzięciu". Wiesz, o co może chodzić?

– Kiedy się urodziłem, dziadek i Jan Haan byli przyjaciółmi już od wielu lat. Kiedyś nawet prowadzili wspólne interesy, ale nie wiem, czym się zajmowali, nigdy mi nie powiedzieli. W każdym razie obaj się na tym wzbogacili.

Sammy zwinął zwój i złożył przełamaną pieczęć.

– Oficjalna pieczęć Siedemnastu Panów. Jej wzór jest znany jedynie najwyższym rangą urzędnikom Kompanii, jeszcze mniej osób wie, jak podrobić stempel, a i tak opatrzony nią list musi zostać dostarczony przez zaufanego przedstawiciela Kompanii.

– Kto mógł to zrobić?

Sammy ze świstem wypuścił powietrze, odłożył list na sekretarzyk i podszedł do dzbanów z winem.

– Na przykład Vos. Albo kapitan Crauwels. Reynier van Schooten. Ja. Możliwe, że tej osoby nie ma już na pokładzie.

– A może list dostarczyła wicehrabina Dalvhain? – zasugerował Arent. – Wiemy, że krótko przed swoją śmiercią mój stryj odwiedził ją w jej kajucie. Chciała, żeby cię uwięził, bo z celi nie mógłbyś poprowadzić śledztwa w sprawie jego śmierci.

– Słuszna uwaga – przyznał Sammy. – Jeżeli coś ją łączyło z Siedemnastoma Panami, mogła mieć dostęp do pieczęci.

– Stary Tom celowo zwabił stryja na *Saardama*, prawda? Podobnie jak Sandera Kersa. Chciał, by obaj znaleźli się na pokładzie.

Sammy zaczął wąchać kubki.

– Ty też jesteś tu nieprzypadkowo. Stary Tom jest częścią twojej przeszłości. Jego znak jest taki sam jak blizna na twoim nadgarstku. W kojcach dla zwierząt znajdował się różaniec twojego ojca. Oszczędził cię trędowaty w ładowni. Wszystko, co się dzieje na tym statku, w jakiś sposób się z tobą łączy.

– Ale przecież popłynąłem wyłącznie dlatego, że to ciebie zakuto w kajdany.

– Wracamy zatem do Dalvhain.

Sammy się zamyślił. Zaczął poruszać dzbanem, wsłuchując się w chlupot wina w środku. Następnie przelał je do pustego kubka, przypatrując się strumieniowi.

– Jest skażone – orzekł, zaglądając do kubka. – Spójrz.

Z początku Arent nie zauważył nic niezwykłego, dopiero kiedy przyjaciel podsunął świeczkę, w jej świetle ukazał się kleisty osad na dnie.

Sammy nabrał odrobinę na mały palec i posmakował.

– Wiesz, co to jest? – spytał Arent.

– To mikstura nasenna, którą dała dla mnie Sara.

– Może stryj też ją brał?

– Zdaje się, że powinniśmy pozwolić naszej pani gubernatorowej wytłumaczyć się z tego – powiedział Sammy i wrócił do wielkiej kajuty. Nikt nie zmienił miejsca, wszyscy stali albo siedzieli zamyśleni, patrząc mętnym wzrokiem, i bębnili palcami o stół albo nerwowo poruszali kolanami.

Sammy podszedł do Sary, Lii i Creesjie, po drodze dyskretnie obrzucając spojrzeniem ubranie Larme'a. Nagle stanął w miejscu.

– Masz płatki zielonej farby na spodniach – powiedział, czym zasłużył sobie na gniewną minę karła. – Skąd się tam wzięły?

– Nie twój in...

– Odpowiadaj – zażądał od pierwszego oficera van Schooten, który stał przy oknie z rękami założonymi z tyłu.

Larme przeszył głównego kupca wzrokiem.

– Łażę po całym statku.

– Kadłub w tej części, gdzie się znajduje kajuta gubernatora, jest pomalowany na zielono.

– Tak samo jak fordek, na którym spędzam większość czasu.

Sammy zajrzał mu w oczy i patrzył dotąd, aż karzeł zaklął i wyszedł szybkim krokiem z wielkiej kajuty. Następnie Sammy przeniósł uwagę na Sarę.

– Pani, czy twój mąż zażył miksturę nasenną?

– Tak – odparła, ściskając dłonie córki i przyjaciółki. – To ja mu ją podałam razem z winem, żeby Creesjie mogła wykraść plany Kaprysu.

Powiedziała to takim tonem, jakby nie chodziło o nic nadzwyczajnego.

– Co wieczór wkładałam jeden zwój do futerału przymocowanego do sukni od wewnątrz i dostarczałam Lii, która go kopiowała – oznajmiła Creesjie. – Następnego dnia odnosiłam zwój i brałam kolejny.

– Po co Lia…

– To ja wynalazłam Kaprys, panie Pipps – wyjaśniła dziewczyna i wstydliwie spuściła wzrok.

Van Schooten o mało nie stracił równowagi.

– Wynalazłam wiele rzeczy. – Lia wzruszyła ramionami, zerkając na Sammy'ego. – Kaprys nie jest moim faworytem, ale ojcu z jakiegoś powodu się spodobał.

– Zamierzałam sprzedać plany księciu, którego Creesjie ma poślubić, w zamian za schronienie we Francji, majątek i wolność – oświadczyła Sara niezachwianym tonem. – Myślę, że to niewysoka cena. Rozumiem, że jestem podejrzana, ale naprawdę nie miałam powodu, by zabijać męża. Wiązałoby się to dla mnie ze zbyt dużym ryzykiem.

Zaległa cisza.

– Myślałam, że wychodzę za hrabiego – mruknęła Creesjie.

71

Reynier van Schooten siedział u siebie przy samotnej świecy i obejmując głowę dłońmi, czytał zaktualizowany wykaz prowiantu w ładowni. Czuł bolesne pulsowanie w skroniach. Większość zapasów przepadła podczas burzy. Nawet jeśli *Saardamowi* uda się odnaleźć drogę na znane wody, i tak nie wystarczy jedzenia na dotarcie do Przylądka Dobrej Nadziei. Najlepszym rozwiązaniem byłby powrót do Batawii kosztem transportu przypraw.

Siedemnastu Panów nie obchodziły demony ani sztormy. Liczyły się jedynie właściwe liczby we właściwych rubrykach w księgach, a one nie wyglądały dobrze. Główny kupiec był odpowiedzialny za przewożony towar i gdy ten ginął bądź ulegał uszkodzeniu, na kupcu ciążył obowiązek odpracowania straty. Van Schooten bał się, że do końca życia pozostanie niewolnikiem kontraktowym Kompanii.

Lata doświadczenia nauczyły go szczególnej ostrożności podczas rejsu z Batawii do Amsterdamu. Zdawał sobie sprawę z niebezpieczeństw podróży, tak jak wiedział, że flota się rozproszy, utrudniając wymianę zapasów. Dlaczego więc, u diabła, nie oponował, kiedy gubernator generalny zażądał dodatkowej przestrzeni na swój ładunek?

Z powodu pieniędzy, pomyślał z odrazą. Obietnicy pieniędzy, o jakich nawet mu się nie śniło.

Piął się w górę drabiny, od zwykłego ekspedienta, po głównego kupca, bez mecenasa i nie korzystając z niczyjej przychylności; wyróżniał się kwalifikacjami. Przełożeni awansowali jego zamiast swoich dalszych krewnych, pozwalając mu wybić się ponad tych, którzy drwili z niego, gdy ślęczał wieczorami nad rachunkami, cyzelując księgi i wierząc, że pewnego dnia jego pracowitość zostanie nagrodzona.

Propozycja gubernatora generalnego wydawała się drogą na skróty. Jeszcze ta jedna podróż i już nigdy więcej nie musiałby się godzić na kolejne. Koniec z bezsennymi nocami pełnymi strachu przed piratami. Koniec z tropikalnymi chorobami. Koniec kłótni z chciwymi głupcami pokroju Crauwelsa.

Mógłby zakończyć karierę, zanim ta zakończy się na dnie oceanu.

Lecz gdy zgodził się na jedną rzecz, nietrudno było przystać na kolejne. Właśnie tak postępował gubernator. Wręczał monetę posmarowaną miodem i zanim człowiek się obejrzał, miał lepkie palce. Gubernator chował ją wtedy z powrotem do kieszeni, razem z dłonią zachłannego kupca, by jedno i drugie wykorzystać w dogodnym czasie.

Van Schooten zamknął księgę, brudząc sobie rękę inkaustem. Bardzo dobrze, że drań nie żyje. I że diabli wzięli Corneliusa Vosa. Szkoda tylko, że Emily de Haviland – kimkolwiek była – nie wykończyła Drechta, byłby komplet. *Saardam* zawdzięczał tej trójce wyłącznie pecha.

Rozległo się pukanie do drzwi.

– Wynocha! – zagrzmiał.

– Co się znajduje w tajnym ładunku, który gubernator kazał wnieść na pokład?! – zawołał Drecht.

Van Schooten powoli odłożył pióro. Nogi miał jak z waty.

– Jeśli zmusisz mnie do wyważenia drzwi, to się dla ciebie bardzo źle skończy – ostrzegł komendant straży.

Van Schooten odsunął się z krzesłem, wstał i ruszył w stronę drzwi jak skazaniec na egzekucję. Otworzył je tylko trochę, właściwie uchylił, ale dłoń Drechta wcisnęła się w szczelinę i chwyciła głównego kupca za gardło.

Ostre spojrzenie błękitnych oczu osadzonych w kipiącej wściekłością twarzy przewierciło van Schootena na wylot. Drecht wyglądał jak wilk, który dopadł zająca.

– Gadaj, co było w ładunku. Pomogłeś mu go wnieść i wiesz, gdzie został umieszczony. Co to takiego? Czy to jest na tyle ważne, że ktoś mógł chcieć dla tego zabić?

– To skarb – wycharczał van Schooten, bezskutecznie usiłując się wywinąć z miażdżącego uchwytu Drechta. – Wielki... W życiu takiego nie widziałem.

– Pokaż.

Poszli natychmiast. Zatrzymali się tylko po to, by Drecht mógł szepnąć słowo Eggertowi pilnującemu drzwi do przedziału pasażerskiego. Cokolwiek to było, Eggert błyskawicznie pognał w stronę dziobu.

Kiedy znaleźli się w ładowni, van Schooten zdjął z kołka latarnię wiszącą u podnóża schodów i ruszył labiryntem między skrzyniami, z których każda nosiła znak Starego Toma. Nie wyryła ich jedna ręka. Niektóre były koślawe, inne niedokończone. Jedne wielkie, drugie bardzo małe. Wycinanie znaku w drewnie najwyraźniej stało się rodzajem deklaracji lojalności.

Van Schootena, który od zaokrętowania nie zaglądał do ładowni, zaskoczyły zmiany, jakie tu zaszły. W normalnych okolicznościach była po prostu miejscem przechowywania skrzyń, a także domem szczurów i pasażerów na gapę. Nieprzyjemnym, lecz niegroźnym.

Teraz wyglądała jak świątynia potępienia.

Oleista ciemność i wszechogarniający ciężki odór przypraw czyniły panującą tu atmosferę iście piekielną.

– Ładownia zamieniła się w kościół Starego Toma – zauważył Drecht. – Cztery trupy i masz, demonie, własną religię.

Z tonu głosu komendanta straży van Schooten wnosił, że ten zabił w swoim życiu znacznie więcej niż cztery osoby i zastanawiał się, gdzie też się podziała należna mu nagroda.

Dotarli do środkowej części labiryntu. Główny kupiec zatrzymał się i wskazał sporej wielkości skrzynię.

– Tutaj – powiedział drżącym głosem.

Drecht wysunął sztylet z pochwy, wymacał krawędź deski i podważył ją. W środku znalazł tuziny worków.

– Przetnij któryś.

Komendant straży posłuchał. Ostrze przebiło się przez konopne płótno i natrafiło na coś metalowego. Drecht schował sztylet i pociągnął za rozcięcie, rozrywając pół worka, z którego zaczęły się wysypywać srebrne kielichy, złote talerze, wysadzane klejnotami naszyjniki i pierścienie.

– Takie rzeczy miał przy sobie Vos, kiedy trędowaty go zaszlachtował – powiedział. – Widocznie szambelan podkradał je z ładunku gubernatora. Nie sądziłem, że się odważy. Ile tego jest?

– Setki skrzyń. Zajmują połowę ładowni – odparł kupiec mdlącym tonem. – Większość dla niepoznaki ukryta w zwykłych workach. – Nagle coś sobie uświadomił. – Oto tajemnica, za którą zamordowałeś marynarzy.

Drecht posłał mu spojrzenie, rozbawiony odwagą, która nieoczekiwanie wychynęła spod tchórzostwa. Gubernator pragnął utrzymać istnienie frachtu w sekrecie, co oznaczało uciszenie każdego, kto o nim wiedział, łącznie z osobami odpowiedzialnymi za załadunek.

– Wykonywałem tylko rozkazy – powiedział komendant straży, obracając w dłoni jeden z kielichów. – Jak to żołnierz. To ty ich przysłałeś do magazynu, gdzie czekałem. To tobie zaufali. To ty przyjąłeś zapłatę. – Podniósł jeden z klejnotów. Blask kamienia odbił się w jego oczach. – Komuś, kto wszedłby w posiadanie takiego bogactwa, niczego by nie zabrakło – stwierdził w zamyśleniu. – Mógłby mieć wielki dom i służących. Zapewniłby godną przyszłość swoim dzieciom.

Powoli zaczął wysuwać rapier z pochwy.

– Rzecz w tym, van Schooten, że nie tylko tamci marynarze wiedzieli o ładunku. – Podszedł do kupca. – I nie byli jedynymi, których miałem zabić.

72

Dorothea szorowała ubrania w kubryku, słuchając śpiewu Isabel. Tak jak pozostali pasażerowie, była urzeczona jej głosem. Wcześniej Isabel nie chwaliła się, że potrafi śpiewać, i teraz też nie wydawała się jakoś szczególnie dumna ze swych umiejętności. Po prostu otworzyła usta i pieśń sama popłynęła. Przerwano gry i rozmowy. Rzucone kości odbiły się od ściany i zatrzymały. Ludzie leżący na hamakach i matach zamknęli oczy i rozkoszowali się jedyną przyjemnością, jakiej było im dane zaznać podczas tej podróży.

– Pani Dorotheo.

Odwróciła głowę i zobaczyła zmierzającego w jej stronę Eggerta. Obdarzyła go cieplejszym uśmiechem, niż obdarzała większość ludzi.

– Cieszę się, że pana widzę, Eggercie, ale jeszcze za wcześnie na naszą wieczorną herbatkę – zaznaczyła, zaskoczona jego obecnością.

– Coś się dzieje na statku, proszę pani – powiedział przyciszonym głosem. Jego strach ścisnął ją za serce. – Niech się pani lepiej schowa za solidnymi drzwiami.

– Co takiego się dzieje, Eggercie?

Przerażony, pokręcił pokrytą strupami głową.

– Nie ma czasu na wyjaśnienia. Czy gubernatorowa udzieli pani schronienia w swojej kajucie?

– Tak.

– Świetnie. – Złapał ją za rękę i pociągnął. – Proszę się trzymać blisko mnie.

– A ci ludzie? – spytała, zapierając się o podłogę i wskazując pozostałych pasażerów. – Gdzie mają się ukryć?

– Mam tylko jeden rapier, proszę pani – powiedział przepraszającym tonem.

– Nie zostawię ich w potrzebie.

Eggert rozejrzał się desperacko, po czym pobiegł do prochowni i zaczął walić w drzwi. Odsunęła się zaślepka i w szparze ukazały się siwe krzaczaste brwi.

– Czego? – rzucił konstabl. Po chłoście, którą wymierzył mu Drecht, zrobił się opryskliwy i drażliwy.

– Wybuchł bunt – oznajmił Eggert. – Możesz dać schronienie pasażerom?

Konstabl rozejrzał się podejrzliwie. Isabel nadal śpiewała dla oczarowanego tłumku. Nic nie wskazywało na to, by działo się coś niepokojącego.

– Mówi prawdę? – zwrócił się konstabl do Dorothei, która podeszła do drzwi za Eggertem.

– Nie widzę powodu, dla którego miałby kłamać.

– Komendant straży Drecht wydał rozkaz – sprecyzował Eggert. – Muszkieterzy już się szykują. Musimy zapewnić bezpieczeństwo tym ludziom.

Odsunęła się zasuwa i do ciemnego kubryku wlało się światło świecy.

– Wpuszczę matki i dzieci – zapowiedział konstabl. – Więcej się nie zmieści, ale reszta kobiet może się zabarykadować w spiżarni. Mężczyźni lepiej niech złapią za jakąś broń, bo będą musieli walczyć.

73

Wybrzmiało dwanaście uderzeń w dzwon – wezwanie dla całej załogi do stawienia się na pokładzie. Żałosny dźwięk, trafnie oddający nastroje. Podobnie jak uporczywy zimny deszcz.

Wiatr wydymał żagle, pchając *Saardama* z szaleńczą prędkością. W ciepłym świetle rozkołysanych latarni twarze stłoczonych na szkafucie marynarzy lśniły niemal anielską poświatą.

Kapitan Crauwels oparł dłonie o reling i spojrzał na swych ludzi z poziomu spardeku, nie bardzo wiedząc, od czego zacząć. Zdawał sobie sprawę, co należy powiedzieć, ale brakowało mu pomysłu, jak to zrobić. Zwracał się do załogi setki razy, ale zawsze tylko na początku podróży – powodzenia, niech Bóg nas prowadzi i tak dalej, najprostsze rzeczy. Tym razem było inaczej. Jego słowa były ostre i mogły zranić do krwi.

– Los *Saardama* jest przesądzony! – zagrzmiał. – Wiemy, co się dzieje na pokładzie. Wiemy, co się czai w mrocznej toni.

Rozszedł się pomruk niezadowolenia.

– Czy wszyscy słyszeliście Szept?

Odpowiedziały mu potakiwania i szmery. Paru miało zdziwione miny. Większość słyszała, kilka osób nie, ale to bez znaczenia. Każdy miał bowiem świadomość, co oferował demon.

Crauwels przeniósł ciężar ciała z jednej nogi na drugą. Czuł się nieswojo. Jakby próbował skleić wazon z fragmentów potłuczonej ceramiki.

– Pomyliłem się – przyznał. Twarze marynarzy zaczęły się rozmazywać. – Zaufałem niewłaściwym ludziom i wprowadziłem was w błąd. Teraz jednak musimy dokonać wyboru sami za siebie i odpowiedzieć na pytanie o to, czego chcemy. Nie arystokraci, którym użyczamy miejsca, nie ci przeklęci muszkieterzy, tylko my sami. My, marynarze, musimy wybrać.

Poparto go głośnymi okrzykami.

– Stary Tom jest wśród nas, nie można temu zaprzeczyć. Zapowiedział trzy potworne zdarzenia, które miały ukazać nam jego moc, i rzeczywiście nastąpiły. Dał nam trzy szanse, byśmy wywiesili jego banderę i oddali mu się pod opiekę. – Załoga słuchała z zapartym tchem. – Nie będzie już żadnych cudów. Kiedy zjawi się kolejny raz, zrobi to po to, aby odebrać życie tym, którzy nie przyjęli jego propozycji.

Rozległy się okrzyki pełne grozy.

– Pora dokonać wyboru! – huknął Crauwels, pokazując dziwny metalowy krążek, który tak lubił podrzucać. – Dostałem to od gubernatora generalnego w zamian za zabranie go na wyspy Banda. Wszyscy wiemy, co się tam wydarzyło.

Rzeź, masakra, jatka, dało się słyszeć głosy.

– Każdy z nas przyjął kiedyś zapłatę za coś, z czego bynajmniej nie jest dumny. Ale tak działa Kompania, prawda? Wymaga zbyt wiele, dając zbyt mało. Szlachetnie urodzeni bogacą się na naszej ciężkiej pracy, ale mówię: dość! Nie zdzierżę tego dłużej.

Ka-pi-tan! Ka-pi-tan, ka-pi-tan! – skandowali.

Cisnął krążek w tłum. Marynarze rzucili się, by go schwycić. Podniósł obie ręce, w jednej trzymał sztylet.

– Stary Tom żąda przysługi oraz krwi w dowód oddania – powiedział, przesuwając ostrzem po wewnętrznej stronie dłoni. – Przysługą jest nasza służba. Wznieście sztylety, chłopcy, jeśli jesteście gotowi zacząć służyć nowemu panu, który wybawi nas od złego. Który poprosi, byśmy robili okropne rzeczy, lecz później sowicie nas wynagrodzi.

Setki sztyletów wystrzeliły w górę, setki ostrzy rozcięły setki dłoni.

Pokład zalśnił czerwienią.

– Dokonało się – oświadczył Crauwels. – Od tej pory płyniemy pod banderą Starego Toma, słuchając wyłącznie jego rozkazów.

Nagle plecy kapitana wygięły się w łuk, a z ust trysnęła krew. Z piersi wysunęło się ostrze rapiera.

Załoga zawyła z wściekłości i ściskając sztylety, ruszyła na spardek. Ciało kapitana osunęło się na deski, odsłaniając stojącego za nim Drechta.

– Muszkieterzy, ognia! – rozkazał.

Wybuchł chaos. Rozszedł się huk wystrzałów. Marynarze padali na pokład, krzycząc z bólu.

Kątem oka komendant straży zauważył Larme'a, który rzucił się na niego z nożem w dłoni.

Drecht skierował rapier w jego stronę, ale zanim zdążył go nim przeszyć, Arent chwycił karła za koszulę i odciągnął. W potężnym cieniu Niedźwiedzia skrywał się drobny Wróbel, problemariusz Pipps.

– Co ty wyprawiasz, Drecht?! – wrzasnął Arent.

– Nie oddam statku Staremu Tomowi!

– Twoi muszkieterzy zajęli pozycje na długo, zanim kapitan zaczął przemawiać. Nie wiedziałeś, co powie i zrobi – fuknął z wściekłością Arent, po raz pierwszy widząc prawdziwe oblicze komendanta straży. – To bunt.

– Chcę fortuny, którą obiecał mi gubernator – powiedział Drecht. – Zabijałem obce dzieci we śnie po to, by moim własnym zapewnić lepszą przyszłość. Ja już nie sypiam, Arencie. Nie jestem w stanie. Domagam się tylko tego, za co zapłaciłem wysoką cenę.

– Kto poprowadzi statek, kiedy go przejmiesz? – spytał Sammy, zasłaniając uszy przed łoskotem stali.

– Pozostawimy przy życiu wystarczająco wielu marynarzy, by miał kto powieźć nas do domu.

– A czy twoi ludzie o tym wiedzą? – Sammy przyglądał się muszkieterom bez litości siekącym skłębiony tłum.

Drecht wbił spojrzenie w Arenta. Próbując wytrzeć krew Crauwelsa, jedynie rozmazał ją na twarzy.

– Jesteś z nami, Hayes? Muszę wiedzieć.

– Jestem z pasażerami! – krzyknął Arent. – Trzymaj swoich ludzi z dala od nich!

Uniósł Sammy'ego i spuścił go na pokład poziom niżej, a potem skoczył za nim, przesadzając reling. Muszkieterzy ustawili się u podnóża schodów i wywijali rapierami, odpierając fale rozwścieczonych marynarzy. Przez chwilę wydawało się, że ludzie Crauwelsa uzyskują przewagę, ale wrażenie było pozorne. Muszkieterowie potrafili walczyć z dwoma przeciwnikami naraz, a marynarze byli nadal wyczerpani po wielodniowych zmaganiach ze sztormem. Padliby ze zmęczenia na długo przed tym, nim skończyliby im się wrogowie.

Statkiem szarpnęło. Obie strony zachwiały się na nogach.

Saardam pruł fale, przez nikogo niesterowany. Arent i Sammy przemykali, wykorzystując puste przestrzenie pomiędzy zwartymi w potyczkach grupkami, aż natrafili na przypartego do relingu Larme'a, który ciął muszkieterów sztyletem po udach.

Arent kopnięciem wytrącił mu broń, chwycił karła za rękę i spojrzał na jego dłoń. Nie było na niej znaku.

– Nie jesteś po stronie Starego Toma?

– Jestem po stronie *Saardama*. Cała reszta może się chromolić.

Zaatakował ich muszkieter. Arent złapał go za koszulę i cisnął za burtę.

– Jeśli przejmiemy kontrolę nad statkiem, zdołasz przekonać załogę, żeby się opamiętała i zabrała nas z powrotem do Batawii? – spytał Sammy, kucając przed pierwszym oficerem.

– Zależy, ilu marynarzy pozostanie przy życiu. Ale to i tak najlepszy plan, jaki mamy. Gdzie są wasi?

– Nie jestem pewien – przyznał Arent. – Muszę się dostać do kubryku.

Nie dodał nic więcej, bo nie musiał. Każdy z nich doskonale wiedział, co oznacza bunt dla tych, którzy nie mają jak się bronić. Gdy dochodzi do rozlewu krwi, przestają obowiązywać wszelkie zasady. Niewykluczone, że część walczących już porzuciła plac boju i zeszła pod pokład w poszukiwaniu innej rozrywki.

Jakiś marynarz próbował przejść przez reling i dostać się na spardek, ale Drecht wbił mu rapier w oko i zepchnął go z powrotem w tłum.

– Nie przejmiecie okrętu, dopóki ten tam dycha – powiedział Larme, pokazując brodą na komendanta straży.

– Posłucha głosu rozsądku – zapewnił go Arent. – Ale...

Deski nagle zatrzeszczały, rozległ się przeraźliwy wrzask *Saardama* i pokład eksplodował. Z dołu wystrzeliła kamienna włócznia, łamiąc maszt i ścierając na proch wszystkich, którzy znajdowali się na jej drodze. Trysnęła fontanna diamentów, złotych łańcuchów i srebrnych kielichów.

Mroczna toń spiętrzyła się, uniosła jak wielka rozwarta pięść i pochłonęła Arenta, Sammy'ego i Larme'a.

74

Uszy Arenta wypełniał huk oceanu.
Coś go szturchnęło. Jęknął i powoli otworzył oczy. Świtało. Niebo wyglądało jak wielka szara kamienna płyta. Próbował się poruszyć, ale miał wrażenie, że jego ciało jest zrobione z dryfującego drewna. Był przemoczony i oblepiony solą.
Na tle wynurzającej się zza horyzontu tarczy słonecznej rozpoznał sylwetki Thymana i Eggerta. Pierwszy stał, drugi klęczał i szarpał go za ramię.
– I co? – spytał Thyman.
– Oddycha.
Arent obrócił się na bok i dotąd pozbywał się morskiej wody, aż zupełnie zdarł sobie gardło.
Wytarł dłonią usta i rozejrzał się zamglonym wzrokiem.
Wyrzuciło go na kamienistą plażę pełną wodorostów. Fale przyboju łagodnie obmywały mu stopy. Sterczące nad powierzchnią fioletowe i pomarańczowe koralowce ciągnęły się aż do skupiska postrzępionych skał, pomiędzy którymi miotała się woda, wyrzucając w górę wielkie obłoki mgiełki.
Saardam osiadł na mieliźnie przy niewielkiej wysepce po drugiej stronie skał. Od spodu wbiła się w niego zaostrzona skała przypominająca kamienny grot włóczni. Przeszyła wszystkie pokłady i wyszła na śródokręciu.

– Widzieliście Sarę Wessel? – spytał, pozbywając się wody z uszu. – Albo Sammy'ego Pippsa?

Rozejrzał się rozpaczliwie w prawo i w lewo. Na brzegu znajdowała się mniej więcej trzydziestka rozbitków rozrzuconych po całej plaży. Znacznie więcej ciał unosiło się w zabarwionej na czerwono płytkiej wodzie. Wielu straciło życie na ostrych skałach, które rozerwały ich na pół albo wypatroszyły.

Matki tuliły ocalałe dzieci i lamentowały po tych, które utraciły. Mężczyźni rzucali się po unoszące się na wodzie zapasy i przepychając się z innymi, łapali wszystko, co wpadło im w ręce.

Trzech muszkieterów przytrzymywało próbującego się wyrwać marynarza, a czwarty wbijał mu sztylet w brzuch. Ich koledzy krążyli po plaży, przeszywając rapierami wyrzuconych na brzeg marynarzy, zarówno żywych, jak i martwych.

Z prawej strony wznosił się klif, a po lewej łuk zatoki skręcał w lewo. Za plażą i pasem postrzępionych czerwonych krzewów rosła gęsta dżungla.

Arent bezskutecznie wypatrywał przyjaciół.

– Nie widzieliśmy Pippsa, ale jeśli żyje, pewnie jest w obozie z komendantem straży Drechtem – powiedział Thyman.

– A więc Drecht przeżył – mruknął Arent, ostrożnie dźwigając się na nogi. – No jasne.

– Dał rozkaz opuszczenia *Saardama* i wpuścił Sarę Wessel z całą resztą na pierwszą szalupę, która odpływała na wyspę – dodał Eggert. – Wszyscy są w obozie. Ale nie licz za bardzo na to, że zastaniesz tam Pippsa, panie – zaznaczył ponuro. – Stary Tom zmiażdżył nas swą pięścią. Większość zginęła.

To musi być wyspa, która widniała na karcie księgi Emily de Haviland, pomyślał Arent. Ta, od której kształtu wziął się znak Starego Toma wytrawiony na jego nadgarstku. Pasażerowie i załoga statku zostali wyrżnięci i doprowadzeni tutaj, dokładnie tak, jak stało w księdze.

Słaby jak stare kości, zatoczył się do przodu i do tyłu, usiłując na nowo przyzwyczaić się do stałego lądu po trzech tygodniach na morzu.

Do tej pory sądził, że życie dało mu łupnia już na wszystkie sposoby, lecz los znowu zrobił z niego głupca. Całe ciało miał poranione, a żebra bolały go tak, że nie był w stanie się wyprostować. Ruszało mu się kilka zębów.

Czuł się, jakby stratował go cały oddział żołnierzy.

Woda przelewała się między skałami, na zmianę zakrywając i odsłaniając ostre palce koralowca, a także martwych i umierających ludzi. Arent zawsze uważał, że cudem jest to, co się wydarza, gdy człowiek straci wszelką nadzieję. Odpryski szczęścia, wypolerowane do połysku, po które los sięga akurat wtedy, kiedy są potrzebne.

To nie był cud. Arent czuł się jak świnia, która uratowawszy się z rzeźni, pobiegła prosto do kuchni.

– Naprawdę jesteś niezniszczalny, panie – zauważył podejrzliwie Thyman. – Prawdę mówili w pieśniach.

– Gdzie obóz? – wychrypiał Arent.

Eggert pokazał palcem w lewo.

Trzymając się za pulsujące bólem żebra, Arent ruszył w tamtym kierunku. Szare niebo kleiło się do szarego oceanu, temperatura powoli rosła, ogrzewając wszechobecny deszcz, który siekł po twarzy jak rozwiewany przez wiatr strumień szczyn.

Arent zatrzymywał się przy każdym ciele leżącym twarzą do dołu i obracał je z obawą, że za którymś razem zobaczy rude loki Sary. Odnalazł Sammy'ego w cieniu klifu upstrzonego zaciekami z białych odchodów i pełnego gniazd, do których bezustannie kursowały morskie ptaki o długich dziobach. Leżał na boku, plecami do Arenta. Oddychał, wprawdzie chrapliwie, ale ważne, że w ogóle. Świeże ubranie, które zdążył włożyć raptem kilka godzin wcześniej, było w strzępach i odsłaniało partie bladego chudego ciała pokrytego tuzinami ran, z których sączyła się krew.

Stanęło nad nim dwóch muszkieterów i zaczęli wysuwać rapiery. Krzywiąc się z bólu, Arent wyprostował się i zawołał:

– Zostawcie go w spokoju!

Zawahali się, rozejrzeli za wsparciem i nie widząc żadnego, chyłkiem się wycofali. Arent odprowadził ich wzrokiem, aż zniknęli mu z oczu, i dopiero wtedy zgiął się niemal wpół, prędko podszedł do Sammy'ego i jęknął, kiedy zobaczył jego twarz.

Koral rozorał całą prawą stronę, pozbawiając Sammy'ego oka.

Arent pochylił się i z trudem podniósł przyjaciela; przeszył go przy tym taki ból, że nogi się pod nim ugięły. Dłuższą chwilę walczył o oddech, a potem zacisnął zęby i ruszył.

Każdy krok był okupiony cierpieniem, lecz Arent zdawał sobie sprawę, że bólem w żaden sposób nie przysłuży się tym, którzy potrzebowali jego pomocy. Trzeba było opatrzyć rany Sammy'ego i odnaleźć Sarę i Lię. Ledwo podnosił stopy, ale parł przed siebie.

Nagle z naprzeciwka nadbiegł z krzykiem marynarz ścigany przez dwóch muszkieterów, którzy rzucili się na niego jak wilki i zadźgali go na śmierć. Brudni od krwi, z uśmiechami na ustach, wstali znad ofiary, popatrzyli na Arenta wygłodniałym wzrokiem, po czym pognali dalej w poszukiwaniu kolejnej zwierzyny.

Bestie, pomyślał Arent. Brzeg był usłany zatłuczonymi, zakłutymi albo zarżniętymi marynarzami.

Sammy poruszył się i przełknął ślinę. Spojrzał na przyjaciela swym jedynym okiem.

– Wyglądasz, jakbyś spędził noc z wołem – wychrypiał słabo, wywołując u Arenta salwę bolesnego śmiechu.

– Pozazdrościłem twojej matce – odpowiedział Arent. – Znajdę kogoś, kto ci pomoże.

– Co... – Sammy odkasłał – co się stało?

– Kiedy na pokładzie trwała walka, wpadliśmy na skały u wybrzeży wyspy.

Chwycił Arenta za koszulę.

– Czy to... – z trudem cedził każde słowo – czy to chociaż ładna wyspa?
– Nieszczególnie – odparł Arent. – Poza tym zdaje się, że właśnie tu mieszka Stary Tom.
– Ach. – Sammy pokiwał głową usatysfakcjonowany. – Przynajmniej już nie będziemy musieli go szukać.
Zamknął oczy i jego głowa opadła bezwładnie. Arent przyłożył ucho do ust przyjaciela; Sammy nadal oddychał.
Arent dotarł do prowizorycznego obozu dosłownie ostatkiem sił. Nie czuł rąk i z coraz większą trudnością łapał powietrze.
Ulżyło mu, gdy pierwszymi osobami, które zobaczył, byli Marcus i Osbert ze zwichrzonymi włosami, puszczający kaczki na wodzie pod czujnym okiem Dorothei. Cali i zdrowi.
Isaack Larme siedział na beczułce i patrzył gniewnie na unoszące się na wodzie zapasy, jakby były zniewagą rzuconą przez jego własny zdradziecki statek. Jacobi Drecht obdzielał rozkazami muszkieterów, którzy brodzili w płytkiej wodzie, wyciągając skrzynie i beczułki, by następnie zanosić je pod rozłożyste, chroniące przed deszczem drzewa. W pobliżu znajdowały się całe tuziny skrzyń pełnych skarbów.
Widząc Arenta, karzeł zeskoczył z baryłki i podszedł do niego.
– Setki trupów, a ty proszę, nawet nie draśnięty. Widać Bóg jeszcze z tobą nie skończył.
– Sammy przyjął na siebie moje rany – odparł Arent.
Drecht uchylił kapelusza na powitanie. Nakrycie głowy przetrwało katastrofę, ale czerwone pióro przepadło, tak jak fragment prawego ucha komendanta straży. Poza tym jeden z jego palców sterczał pod nienaturalnym kątem, niestety, akurat u tej ręki, którą Drecht nie walczył.
– Cieszę się, że jesteś cały. Bałem się najgorszego – powiedział.
Arent spojrzał na jednego, potem na drugiego.
– Dziwię się, że jeszcze się nie pozabijaliście.

– Po tym, jak się rozbiliśmy, ogłosiłem rozejm, żeby jak najwięcej pasażerów mogło skorzystać z szalup – wyjaśnił Drecht.

– A marynarze, których twoi ludzie mordują na plaży? – warknął pierwszy oficer.

– Jedynie dobijają ciężko rannych – rzekł otwarcie Drecht. – Rozmawialiśmy o tym. Mamy zbyt mało zapasów dla żywych, żeby marnować je na bliskich śmierci. – Spojrzenie błękitnych oczu komendanta straży spoczęło na Sammym. – Oddycha?

– Tak. Nie dobijesz go, nie ma mowy – ostrzegł Arent. – Widziałeś Sarę?

– Osobiście pomogłem jej wejść do łodzi. Opatruje rannych. Chodź, zaprowadzę cię.

Poszli dalej kamienistą plażą, wzdłuż kolejnego łuku. Larme ruszył za nimi.

– Co się stało po tym, jak osiedliśmy na mieliźnie? – spytał Arent.

– Bóg wziął naszą stronę – powiedział Drecht i zacisnął usta. Odwrócił się w stronę nadzianego na skałę wraku *Saardama*. W środkowej części kadłuba było widać rozszerzające się ku dołowi wielkie pęknięcie. Żebra statku trzeszczały pod nieustającym naporem morza. Arent widywał ludzi w podobnym stanie: rozpłatanych, lecz wciąż oddychających, drżących z zimna, gdy z ich ciał ulatywały ostatki ciepła. Podły koniec, zwłaszcza w przypadku czegoś tak wspaniałego jak *Saardam*. – Większość marynarzy była na szkafucie i w kubryku – podjął Drecht. – Skała, która nas przedziurawiła, zabiła niemal całą załogę, oszczędzając moich. Apostołowie Starego Toma zostali zdziesiątkowani.

– Wraz z nimi zginęło wielu dobrych ludzi – zauważył Larme, oburzony triumfalnym tonem głosu komendanta straży.

Drecht zaprowadził ich do dużej jaskini pełnej jęczących z bólu, poranionych ciał. Pieczara okazała się przestronna i zaskakująco chłodna. Wiejąca z ciemności słona bryza była niczym oddech śpiącej bestii.

W środku znajdowało się około dwudziestu osób, wszystkie z mniejszymi lub większymi obrażeniami. Połamane ręce albo nogi, głębokie rozcięcia, wymizerowane sylwetki, blada skóra, twarze oblepione zaschniętą krwią, oczy spowite mgłą zmieszania i bólu.

Arent znalazł kawałek wolnego miejsca i ostrożnie, jakby wkładał dziecko do kołyski, ułożył Sammy'ego na ziemi, po czym rozejrzał się za Sarą. Krążyła wśród rannych, dzierżąc w dłoni scyzoryk, którym, nie cackając się, wydłubywała z ich ciał mniejsze i większe odłamki drewna, jakby oczyszczała buszel jabłek z robaków.

– Zorganizuję łódź ratunkową – powiedział Drecht. – Dzielą nas od Batawii raptem trzy tygodnie drogi. Burza zepchnęła nas z kursu, ale wierzę, że natkniemy się na jakiś statek pod przyjazną banderą.

Larme skwitował jego plan drwiącym prychnięciem, ale Drecht go zignorował.

– Powołam radę, która będzie podejmowała decyzje w sprawie naszego dalszego przetrwania – oświadczył. – Chciałbym, żebyście obaj się w niej znaleźli.

– Dobry pomysł – przyznał Arent.

– Znajdź mnie, jak już tutaj skończysz.

– Arencie!

Odwrócił się w samą porę, by ujrzeć burzę rudych włosów, która wpadła na niego, ujęła jego twarz w dłonie, przyciągnęła do swojej i pocałowała w usta. To było rozpaczliwe i zarazem namiętne, a także na tyle niezwykłe, że z miejsca zapomniał o wszystkich innych pocałunkach, jakimi do tej pory go obdarzano.

Sammy powiedział kiedyś, że miłość łatwo rozpoznać, bo nie ma drugiej takiej rzeczy jak ona. Nie może się ukryć ani ucharakteryzować, nie jest w stanie długo pozostawać niezauważona. Aż do teraz Arent nigdy tak naprawdę nie rozumiał, co dokładnie Sammy miał na myśli.

Pogładziła go po policzku.

– Myślałam, że zginąłeś.

Wziął ją w ramiona, pełen ulgi i uniesienia. Czuł ciepło jej ciała na swojej skórze. Żebra wyły z bólu, ale nie dbał o to.

– A Lia i Creesjie... Czy one... – zaczął ostrożnie, rozglądając się po jaskini.

– Obie przypłynęły szalupą. Zajmują się rannymi – powiedziała Sara, wskazując ciemny kąt, w którym razem z Isabel pruły ubrania na bandaże.

Przytuliła się do niego jeszcze mocniej.

Nie potrafiliby powiedzieć, jak długo tak stali, ale w końcu Sara położyła dłonie na jego piersi, odepchnęła się lekko, spojrzała mu w oczy z wielką czułością i uklękła, by pochylić się nad Sammym.

Obejrzała pusty oczodół i pozostałe rany.

– Wyjdzie z tego?

– Zrobię, co będę mogła, ale myślę, że największym problemem nie są obrażenia Sammy'ego, lecz Drecht. Zabija ciężko rannych, żeby oszczędzić na zapasach.

– Obiecał, że nie tknie Sammy'ego.

– Obiecywał też, że nie przebije Crauwelsa rapierem, a jednak to zrobił – zauważył Larme, łypiąc na stojącego w wejściu do jaskini komendanta straży. – Nie wydaje mi się, żeby poprzestał na rannych. Kiedy okaże się, że nie zdoła wyżywić wszystkich ocalałych, zacznie zabijać tych, których uzna za bezużytecznych. Wiem doskonale, jak nisko stoi karzeł w hierarchii przydatności.

Arent poczuł narastające zmęczenie. Czy to się nigdy nie skończy? Czy ci ludzie nigdy nie przestaną się nawzajem mordować? Drecht nawet nie przystanął, żeby zmyć krew z rąk po buncie. Pierwszej nocy na *Saardamie* powiedział, że nie wierzy w demony, bo człowiek wcale nie potrzebuje pretekstu do tego, by popełniać zło. Wtedy Arent uznał to za lament nad kondycją ludzkości, ale dziś już wiedział, że Drecht mu się zwierzył. Po prostu wejrzał w siebie i podzielił się tym, co odkrył.

Nagle zachciało mu się śmiać. Jeżeli Stary Tom sprowadził ich na tę wyspę, ponieważ pragnął, by cierpieli, musiał jedynie zostawić ich samych ze sobą. Wyręczą go; wykończą się nawzajem, robiąc to z większą satysfakcją niż niejeden demon, i nawet nie zażądają zapłaty.

Westchnął.

– Czego ode mnie oczekujesz, Larme?

– Chcę, żebyś zabił Drechta, tępaku. Byle prędko.

– To nic nie da – odparł Arent. – On trzyma muszkieterów za gębę. Jeśli zginie, nie będą mieli oporów i zacznie się jatka.

– W takim razie musimy przejąć kontrolę nad jego ludźmi – stwierdziła Sara.

– No tak – mruknął Arent, wpatrując się w muszkieterów gromadzących zapasy nad wodą. – Nic prostszego.

75

Arent opuścił jaskinię i wrócił do prowizorycznego obozu. Pod baldachimami liści rozpalono kilka niedużych ognisk, wokół których usiedli pasażerowie, by się osuszyć. Deszcz wprawdzie zelżał i przypominał drobną mgiełkę, ale wystarczyło spędzić kilka minut pod gołym niebem, by ubranie było całkiem przemoczone.

Część muszkieterów gromadziła trupy w jednym miejscu. Pozostali otwierali skrzynie i beczułki i sporządzali inwentarz zapasów. Wykrzykiwali nazwy produktów, które odnaleźli, a konstabl wprowadzał je do rejestru. Widząc Arenta, konstabl posłał mu pozdrowienie.

– Skrzynka suszonej jagnięciny.
– Dwie skrzynki sucharów.
– Trzy beczułki piwa.
– Cztery butelki brandy.
– Dwa dzbany wina.
– Łój i szpagat.
– Siekiery, młotki i długie gwoździe.

Nędzna rezerwa, pomyślał Arent. Wystarczy na kilka dni, na pewno nie na tygodnie.

Dwie szalupy właśnie pokonywały wzburzone wody wokół skał. Wracały z wyprawy do wraku *Saardama*. Widocznie Drecht wysłał ludzi po resztę zapasów i skarbu.

Arent i Larme znaleźli komendanta straży nieopodal. Siedział na kawałku drewna wyrzuconego na brzeg. Krople deszczu bębniły o rondo jego kapelusza.

– I gdzie ta twoja rada? – odezwał się Arent.

– Niniejszym się zebrała – odparł Drecht, przechylając kapelusz, żeby pozbyć się nagromadzonej wody.

– Powinniśmy zawołać pozostałych. – Arent ściągnął brwi. – Niewielu nas zostało, a sprawy, o których będziemy rozmawiać, dotyczą wszystkich.

Larme odchrząknął.

– Zanim to zrobisz, wysłuchaj, co Drecht ma do powiedzenia.

Komendant straży wbił spojrzenie swych lodowatych oczu w Arenta.

– Dzięki rzeczom, które udało nam się uratować, będziemy mieli ciepło i sucho – zaczął. – Ale ci z nas, którzy nie gustują w zapijanych smołą gwoździach na kolację, będą się kładli spać z pustymi żołądkami. – Przesunął różowym językiem po oblepionych solą ustach. – Przeżyło dziewiętnastu muszkieterów, dwudziestu dwóch marynarzy oraz czterdzieścioro pasażerów, wliczając ciebie. Nie zdołamy ich wszystkich wyżywić, co oznacza, że musimy podjąć trudne decyzje w sprawie zasobów.

Popatrzył znacząco i odczekał chwilę, żeby dotarł do nich sens jego słów.

– Muszkieterzy pod moją komendą to wprawdzie mordercy i złodzieje, ale też ludzie zaprawieni w sztuce przetrwania. Potrafią tropić i polować. Dzięki nim przeżyjemy. Nie mam nad nimi władzy absolutnej i nie zdołam nad nimi zapanować, kiedy zapasy zaczną się kurczyć. Prędzej czy później postanowią wziąć to, na co mają ochotę, zamiast czekać, aż będzie im dane. Najrozsądniej będzie zaproponować im to w zamian za posłuszeństwo.

Drecht łypnął w stronę kobiet, które na skraju dżungli zbierały drewno na opał.

– Chcesz płacić swoim ludziom, pozwalając im gwałcić? – warknął Arent.

– Wyłączając zamężne i przyobiecane – zapewnił prędko Drecht. – To nie byłoby po chrześcijańsku. Pomyśl rozsądnie, Arencie. Widać, że ciebie i Sarę coś łączy, dlatego zostanie oszczędzona, zresztą tak samo jak Lia. Ty, Isaacku, będziesz mógł kogoś wybrać.

Arentowi zakręciło się w głowie. Stary Tom wygrał. Na *Saardamie* usiłował wydobyć z ludzi to, co najgorsze, i tutaj, na wyspie, nareszcie mu się udało. Już nie musiał się z nimi układać ani targować, sami bowiem wymyślali sobie grzechy... i nagrody.

– Co z Creesjie Jens? – spytał z pogardą. – Pewnie się poświęcisz i weźmiesz ją za żonę?

– Mam już żonę w Drenthe. Nie potrzebuję drugiej – odparł w zamyśleniu Drecht.

– A ty, Larme? Co masz do powiedzenia? – zwrócił się Arent do karła.

– Czy to ważne? – Pierwszy oficer patrzył nienawistnie. – Została mi garstka marynarzy. Większość jest ranna, wszyscy są nieuzbrojeni. To jego muszkieterów powinniśmy się obawiać. Zaprosił mnie tu wyłącznie dla zachowania pozorów uczciwości.

– No dobrze, ale co o tym myślisz? – upierał się Arent.

– Myślę, że chyba nigdy nie słyszałem czegoś równie ohydnego – odparł pierwszy oficer, piorunując Drechta wzrokiem. – I myślę, że komendant straży zrealizuje swój plan niezależnie od tego, co powiemy.

– Ma rację – przyznał bezwstydnie Drecht. – Przewaga militarna daje mi władzę. I wiem, że to, co chcę zrobić, jest słuszne. Pasażerowie cię szanują, Arencie. Pójdzie nam znacznie łatwiej, jeżeli będziesz stał u mego boku, gdy będę ogłaszał swój zamiar.

– A jeśli się nie zgodzę? Gdzie wtedy będę stał?

– Jeśli masz choć odrobinę oleju w głowie, to jak najdalej od mojego rapiera.

Wrócili do punktu wyjścia. Znów mierzyli się wzrokiem jak tamtego pierwszego poranka na *Saardamie*, gdy się ważyło, kto pierwszy wykona ruch.

– Chcę Sarę i Lię – odezwał się Arent poważnym tonem. – Isaack musi się zgodzić wziąć Creesjie, ale nie wolno mu jej tknąć. Creesjie nie może przypaść twoim ludziom.

Komendant straży przyglądał mu się uważnie; szukał w jego twarzy czegoś, co sugerowałoby, że Arent próbuje go zwieść, lecz ten, nauczony doświadczeniem zdobytym u boku Sammy'ego, okazywał jedynie uległość.

– Na twój honor? – Drecht wyciągnął rękę.

– Zgoda.

Drecht nie potrafił ukryć zadowolenia. Odetchnął z ulgą.

– Obawiałem się tej rozmowy, Arencie, ale cieszę się, że zwyciężył rozsądek. W pierwszej kolejności musimy zabezpieczyć zapasy. Dopiero potem poinformujemy pasażerów o naszym planie. Proponuję zrobić to jutro rano po tym, jak ciężka noc o pustym żołądku uświadomi wszystkim, na czym stoimy.

– Jeszcze jedna rzecz – odezwał się Arent, zanim się rozeszli. – Chcę, żeby Sammy znalazł się na pokładzie łodzi ratunkowej.

Drecht zassał powietrze przez zęby.

– To straceńcza wyprawa – powiedział. – Brakuje nam nawigatorów z prawdziwego zdarzenia, a przecież nawet nie znamy swojego położenia. Załoga zabierze niewielkie zapasy i jedyne, na co będzie mogła liczyć, to dobra pogoda i szczęśliwy traf. Zdaje się, że nie zbywa nam na obu tych rzeczach.

– Sammy jest poważnie ranny. Może umrzeć tutaj, może umrzeć tam. Jeżeli istnieje choć cień szansy, że zostanie ocalony, to chcę, żeby popłynął.

– Dobrze, skoro tak sobie życzysz. Nie sądzę, by ktoś miał coś przeciwko – odparł Drecht, po czym zwrócił się do Larme'a: – Pozostawiam ci wybór załogi łodzi ratunkowej.

– Jasne – mruknął ponuro karzeł. – Sądzisz, że ludzie będą się bili o przywilej obsadzenia pływającej trumny?
 – Nie. Dlatego powinieneś się zastanowić, kogo chcesz posłać na pewną śmierć – powiedział komendant straży z poważną miną. – Teraz my tu rządzimy, panowie. Przed nami same trudne decyzje.

76

Sara wyszła zmęczona z jaskini i spojrzała na swoje dłonie z poczuciem głębokiej satysfakcji.

Trzy tygodnie wcześniej wsiadała na pokład *Saardama* obleczona grubą warstwą etykiety i nienawiści, tak że nawet nie pamiętała, kim naprawdę jest. Lecz pośród zgrozy burzy i udręki, jaką Stary Tom zafundował załodze i pasażerom statku, udało jej się odkryć siebie na nowo, tak jak odnajduje się schowane za kotarą zakurzone lustro. Pomimo otaczającego ją ludzkiego cierpienia przepełniało ją szczęście, jakiego dawno nie zaznała. Nareszcie mogła uzdrawiać i nikt jej nie wytykał, że nie przystoi to damie albo że przynosi ujmę godności arystokratki. W końcu pocałowała Arenta, i to przy wszystkich. Mogła chodzić, gdzie chciała, i mówić, co chciała. Lia nie musiała się kryć ze swoją inteligencją i pomysłowością, nikt jej nie udzielał reprymendy.

Wszystko to byłoby niemożliwe po powrocie do Amsterdamu.

Drecht przejął plany Kaprysu, co oznaczało, że Sara nie miałaby za co kupić sobie wolności. Lia prawdopodobnie zdołałaby je odtworzyć, ale zajęłoby jej to całe lata – a nie miała tyle czasu. Była panną na wydaniu, musiałaby się liczyć z tym, że ojciec Sary szybko znalazłby dla niej kandydata na męża.

Sarze byłoby wolno odwiedzać nie więcej niż trzy miejsca, oczywiście wyłącznie w towarzystwie przyzwoitki. W tym czasie ojciec wybierałby dla niej kolejnego małżonka spośród grona zalotników, których nawet nie miałaby okazji poznać. Myśl o tym sprawiała, że miała ochotę utopić się w morzu.

– Saro – szepnął Arent naglącym tonem, zbliżając się do niej od strony plaży.

Odwróciła się z uśmiechem radości na ustach, który jednak szybko zbladł w obliczu jego ponurej miny.

– Co się stało?

– Zawołaj Lię i Creesjie – poprosił. – Mam złe wieści.

– Nigdy innych nie przynosisz – złajała go łagodnie. – Creesjie usiłuje nakłonić chłopców do snu. Później jej wszystko przekażę. Ale chciałabym, żeby Isabel usłyszała to, co masz do powiedzenia.

– Ufasz jej?

– Tak. Ona jest w ciąży, Arencie. Cokolwiek się dzieje, powinna to usłyszeć.

Skinął głową. Sara szybko przyprowadziła Lię i Isabel. Upewniwszy się, że nikt ich nie obserwuje, Arent zaprowadził je nieco dalej od brzegu i zatrzymał się na skraju dżungli, w cieniu gęstych drzew. Dopiero tam wyłożył plan Drechta.

– Chce urządzić burdel? – wyszeptała z odrazą Sara.

Padał silny deszcz. Muszkieterzy uwijali się przy budowie szałasów mających osłonić skrzynie i beczki z zapasami, ostrzyli kije na polowanie i rzucali pożądliwe spojrzenia w kierunku grupy kobiet, które na plaży zaplatały sieci rybackie.

– Kiedy zamierza to zrobić? – spytała Lia, odgarniając włosy z czoła. Była przemoczona i cała się trzęsła, opatulona szalem, w którym opuściła pokład *Saardama*. Nie miały więcej ubrań. Sara otuliła ją swym ciałem jak kocem.

– Jutro powiedzą wszystkim o swoim planie. Podejrzewam, że od razu będą gotowi użyć siły.

Isabel z przerażeniem położyła dłoń na brzuchu.

– Wobec tego musimy uciec dzisiejszej nocy – powiedziała Lia. – Możemy się ukryć w lesie?

– Myślę, że tak – potwierdził Arent. – Po południu wybiorę się na rekonesans, poszukam jakiejś jaskini, którą dałoby się ufortyfikować. Liczę, że rozpuścicie wiadomość wśród pasażerów. Niech się przygotują. Drecht chce nagrodzić ciężką pracą swoich ludzi, wydzielając im część wina z zapasów. Wymkniemy się, kiedy będą pijani.

– I co potem? Drecht ma jedzenie i broń – zauważyła Sara. – W końcu nas odnajdzie. – W jej głosie tliła się niebezpieczna, zuchwała złość.

– Nie będziemy walczyli, Saro – uprzedził Arent. – To by było samobójstwo.

– Walczyć dziś albo umrzeć jutro... jaka to różnica?

– Taka, że jeśli dziś uciekniemy, być może uda nam się też jutro, pojutrze i każdego następnego dnia, dopóki nie nadejdzie ratunek. Przetrwanie nie polega na zwyciężaniu, lecz jest tym, do czego dążysz, gdy przegrywasz. Poza tym nie zapominaj, że znajdujemy się na wyspie Starego Toma, na którą demon sprowadził nas w sobie tylko znanym celu. Ósma latarnia musi by niedaleko.

Oczy Sary zalśniły.

– Myślisz, że zdołalibyśmy przejąć statek widmo?

– Po losie, jaki nam zgotował, mógłby nas przynajmniej odwieźć do Batawii.

Nagle oboje poczuli przyprawiające o zawrót głowy radosne podniecenie.

Gdzieś w oddali odezwał się głos Drechta. Komendant straży szedł brzegiem morza i nawoływał Arenta.

– Muszę iść.

– Miej świadomość, że nie wszyscy pasażerowie zdecydują się na ucieczkę – zastrzegła Sara.

Arent zrobił zdziwioną minę.

– Co? Czemu?

– Niektórzy uznają propozycję Drechta za uczciwą, ponieważ nie dotknie ich osobiście albo dlatego, że będą skłonni zapłacić taką cenę za przeżycie.

– Nie rozumiem.
– Bo nigdy nie byłeś w podobnej sytuacji. – Wiatr przyklejał włosy Sary do jej policzków. – Nie martw się, postaramy się rozpowiedzieć o ucieczce tylko wśród tych, którzy będą nam przychylni. Po prostu wiedz, że nie uratujemy wszystkich.

Popatrzyli na siebie szczerze. Byli przekonani, że umrą na statku. Teraz mieli pewność, że śmierć przyjdzie po nich tutaj, na wyspie. Zniknęły wszelkie bariery i tajemnice. *Saardam* zabrał je wraz z wieloma innymi rzeczami.

– Wobec tego ocalmy chociaż tylu, ilu zdołamy – powiedział.

77

Przedzierał się przez pradawną dżunglę. Była tak gęsta, że nawet wiatr znad morza nie był w stanie przedostać się przez zasłonę drzew i listowia. Powiedział Drechtowi, że wybiera się na polowanie, lecz tak naprawdę chciał zrobić rozpoznanie przed ucieczką. Jeśli wszystko pójdzie dobrze, wymkną się po cichu w czarną noc i oddalą. Ale wolał wiedzieć, czego mogą się spodziewać, w razie gdyby plan spalił na panewce. To była wyspa Starego Toma i cokolwiek demon zaplanował, znajdowało się tutaj, w dżungli. Arent nie chciałby się na to natknąć, biegnąc na ślepo w ciemności.

Zagłębiał się w osobliwą, splątaną gęstwinę. Pnie drzew rozdzielały się u dołu i wyciągały ku niebu jak paluchy gigantycznej bestii, a wielkie czerwone kwiaty o przyciągających muchy lepkich mięsistych pręcikach sięgały mu prawie do piersi. Motyle wielkości płatków unosiły się w powietrzu, niezgrabnie trzepocząc skrzydłami, a płatki wielkości półmisków dawały cieniste schronienie przed spiekotą.

Przez zarośla smyrgały niewidoczne stworzenia i wspinały się szybko na drzewa, drapiąc korę pazurami. Przez pierwszą godzinę wędrówki Arentowi wydawało się, że każda z tych istot czyha na niego i chce zapełnić żołądek jego mięsem. Niewiele brakowało, by obrócił się na pięcie i biegiem wrócił na plażę, ale samo to pragnienie było dla niego wystarczającym powodem, by iść dalej. Strach jest zbyt kruchą podstawą, by opierać na nim dobre decyzje.

Pot płynął Arentowi po twarzy. Panowała tak duża wilgoć, że powietrze zdawało się osiadać na gałęziach i z nich zwieszać. Każdy oddech był jak osadzająca się w gardle mokra gruda.

Sara nie chciała, żeby szedł sam. Ostrym tonem domagała się, by wziął ją ze sobą. Musiał wykorzystać całą swoją siłę perswazji, by przekonać ją, że w pojedynkę będzie się poruszał szybciej i ciszej, a więc będzie bezpieczniejszy.

Ostatnią osobą, która tak się o niego troszczyła, był stryj. Wypełniło go dojmujące poczucie straty.

To bez sensu, pomyślał. Już dawno nie był chłopcem. Mężczyzna, z którym spotkał się w Batawii i potem na statku, w niewielkim stopniu przypominał tego, który go wychował. Bił żonę. Kazał wymordować mieszkańców wysp Banda. Zawarł pakt z diabłem. Zamknął Sammy'ego w celi, co o mało biedaka nie wykończyło.

Potworne czyny. Mimo to, w głębi duszy, Arent nadal kochał tego człowieka. Opłakiwał jego śmierć. Dlaczego? Jak to w ogóle możliwe?

Otarł łzy i szedł dalej. W pewnej chwili zauważył szlak połamanych gałęzi. Ktoś się tędy przedzierał. Kilka kroków dalej ścieżka się poszerzała. To nie jest świeża przecinka, pomyślał. Rany po odrąbanych konarach zaczęły się już zabliźniać.

Szlak ciągnął się dalej. Powstał zapewne przed kilkoma miesiącami i był dziełem tuzina albo więcej ludzi.

Ruszył ostrożnie przed siebie, aż dotarł do sporej polany, na której wokół kamiennej studni stały trzy długie chaty z bali. Na ziemi leżało przewrócone wiadro. Trzymając się granicy lasu, rozejrzał się za mieszkańcami, ale nikogo nie zauważył. Jeśli sądzić po wielkich pajęczynach w drzwiach i na okiennicach, od wielu miesięcy nikt nie odwiedzał tego miejsca.

Odkleił się od ściany drzew, podbiegł do najbliższej chaty i przywarł do niej. Przemknął do okiennic. Próbował je otworzyć, ale były zamknięte na zasuwkę od środka.

Podszedł do drzwi, które znajdowały się tuż pod oknami sąsiedniej chaty. Wciąż nikogo. Powiódł wzrokiem po rozmiękłej błotnistej ziemi – żadnych śladów stóp.

Osada była opuszczona.

– Albo porzucona – mruknął. Otworzył pierwsze z brzegu drzwi i wszedł do ciemnego wnętrza, zakłócając spokój pająkom, które czmychnęły do kryjówek w strzesze. W środku stało trzydzieści piętrowych łóżek w równych rzędach. Wyglądały, jakby od jakiegoś czasu nikt w nich nie spał.

W drugim końcu chaty znajdowały się kolejne drzwi. Ruszył w ich stronę. W pewnej chwili jego uwagę przykuł leżący na podłodze niewielki przedmiot. Guzik z macicy perłowej z kawałkiem nitki w dziurce. Na pewno nie był tani. Od razu skojarzył się Arentowi z eleganckimi strojami Crauwelsa.

– Ktoś tu mieszkał – powiedział do siebie i zdmuchnął kurz z guzika. Rozejrzał się po łóżkach. – Sporo ludzi – dodał.

Serce waliło mu jak młotem.

Podszedł szybkim krokiem do drugich drzwi i otworzył je bez wahania. Spiżarnia. Pełne worki, skrzynie i gliniane dzbany.

Sięgnął na półkę, zdjął jeden z dzbanów, odkorkował i powąchał.

– Wino – mruknął.

Wieko skrzyni było przybite gwoździami. Nawet nie próbował go podważyć, tylko od razu rozbił deskę łokciem. Kiedy usunął kawałki drewna i drzazgi, okazało się, że w środku znajduje się solona wołowina. Druga skrzynia zawierała suchary.

Wbił sztylet w najbliższy worek i rozciął kawałek. Wysypał się jęczmień. Żywności było tyle, że wystarczyłaby rozbitkom z *Saardama* na wiele tygodni.

Przesypał ziarno przez palce.

Prawdopodobnie Stary Tom przygotował to miejsce dla swych nowych wyznawców. Mieliby jedzenie i ciepło, z pewnością byliby mu wdzięczni.

Arent zacisnął pięść na ziarnach jęczmienia. Nie, to nie tak.

Stary Tom nie zbudowałby tego. Co demonowi po wdzięczności? W *Daemonologice* opisywano go jako istotę żądną mordu i zniszczenia, pozbawioną wszelkiej moralności. Wysyłał swych wyznawców w świat, by czynili zło i przysparzali cierpienia. Nie było mowy o tym, że najpierw przysługują im dwa porządne posiłki i noc w wygodnym łóżku.

Żaden król, dla którego walczył Arent, nigdy nie traktował swych żołnierzy tak dobrze. Dostawali co najwyżej cuchnący krupnik i stary brudny koc, a za posłanie służyła im rozmiękła ziemia.

Arent nie wiedział, co o tym myśleć. Wyszedł z chaty i podniósł pokrywę studni. Poza kilkoma martwymi owadami, które pływały na powierzchni, woda wydawała się czysta. Złączył dłonie, nabrał odrobinę i wypił. Smaczna i odświeżająca. Ochlapał sobie twarz, żeby się schłodzić.

Potem zbadał pozostałe dwie chaty. Były tak samo dobrze zaopatrzone jak pierwsza.

W wiosce mogły znaleźć schronienie setki ludzi. Spiżarnie musiano zapełnić stosunkowo niedawno, ponieważ w tak parnym klimacie żywność szybko się psuje. Drecht niepotrzebnie wyrżnął rannych. Tutaj wszyscy, zdrowi i pokiereszowani, mogliby przeżyć wiele miesięcy.

Wrócił na zewnątrz i powoli obszedł budynki, nie mogąc pojąć, po co ktoś zadał sobie tyle trudu.

Pod drzewami zobaczył pozostałości połamanych skrzyń, kawałki belek i ścinki drewna. Zbliżył się do wysypiska i znalazł gwoździe, które wypadły z przewróconego pudełka, a także drewniane paliki oparte o pień grubego drzewa. Wszedł głębiej w dżunglę i natknął się na poszarpaną płachtę płótna żaglowego, a kawałek dalej na mocno uszkodzoną szalupę.

Stała schowana pod wielkimi liśćmi. Przegapiłby ją, gdyby nie to, że kilka liści się zsunęło, odsłaniając drewniany kadłub. Ściągnął pozostałe i obejrzał łódź. Ławki wymontowano, robiąc miejsce dla dużej trójkątnej ramy, która się przewróciła. Było widać gwoździe tam, gdzie oderwała się od kadłuba, niszcząc jeden bok.

Rama zajmowała całą łódź. Arent nie znalazł nic, co podpowiedziałoby mu, do czego służyła.

Wpatrywał się w nią przez kilka minut, a potem zawrócił do chat. Zachciało mu się pić. Kiedy pochylał się nad studnią, kątem oka zauważył wystającą z ziemi rękojeść rapiera. Broń wysunęła się z błota z głośnym plaśnięciem. Miała złamane ostrze. Umył ją w wiadrze. Nic ciekawego: ot zwykła stalowa głownia, rękojeść z koszem, dwie ostre krawędzie i szpiczasty czubek. Doskonała rzecz do zabijania, kiepska do tego, by się nią golić; nie powiedziała mu nic na temat ludzi, którzy zbudowali te chaty, może poza tym, że nie dbali o swoje uzbrojenie. Brzegi były wystrzępione, a ostrze nadżarte rdzą. Dlatego tak łatwo się złamało. Chcąc kogoś zabić tym rapierem, musiałby położyć go na ziemi i liczyć, że wróg potknie się o niego i rozbije sobie głowę o kamień.

Wsłuchał się w odgłosy dżungli. To już druga tak marnie wykonana broń, jaką widział w ciągu ostatnich kilku dni. W odróżnieniu od sztyletu trędowatego – kawałka cienkiego metalu złączonego z byle jaką drewnianą rękojeścią – ten rapier przynajmniej miał porządne ostrze. Niemniej oba te przedmioty obudziły w Arencie skojarzenie.

– Rekwizyty – powiedział powoli, gdy jego myśli skumulowały się w koncepcję.

Stary Tom powiedział Sarze, Creesjie i Lii, że zostawi pod koją gubernatora sztylet, którym miały go zabić. Trędowaty dopilnował, by Arent wyraźnie zobaczył trzymane przez niego ostrze. Dlaczego?

Strach tak wielki jak ten ma to do siebie, że nikt nie myśli sprawdzać, co się za nim kryje, brzmiały słowa Vosa, gdy próbował zabić Arenta. Szambelan wycinał znak Starego Toma w drewnie, wiedząc, że kiedy symbol zostanie odkryty, nikt nie będzie zadawał pytań. Co by było, gdyby ktoś wyszedł z podobnego założenia, chcąc zatuszować prawdziwą naturę sztyletu? „No tak – powiedziałby – marna to była broń, ale nie przejmuj się tym, wszak należała do demona. Przecież widziałeś, że dzierżył ją jego sługa".

A jeśli sztylet wcale nie był narzędziem zbrodni?

Realnie rzecz biorąc, nie mógł nim być. Kajuta była zamknięta. Po tym, jak Jan położył się do łóżka, nikt już nie wchodził do środka. Jedyną osobą, która mogła tam wejść, był Jacobi Drecht, ale ten był zawodowym żołnierzem i gdyby miał zabić gubernatora, użyłby prawdziwej broni. Nie zaufałby czemuś tak lichemu jak sztylet trędowatego. Nikt by tego nie zrobił.

Bo sztylet był jedynie rekwizytem.

Arentowi przyszła do głowy nowa myśl, a za nią następna i kolejne. Jak zabić człowieka, nie wchodząc do jego kajuty? Jakiej broni użyć? Kto mógłby się nią posłużyć?

– Niemożliwe... – powiedział na głos, gdy nagle odpowiedzi spłynęły wartkim strumieniem do jego umysłu. – Niemożliwe...

78

Sara położyła dłoń Henriego na jego martwej piersi.

Pomocnik cieśli, który pierwszego dnia podróży opowiedział Sarze o Boseyu, został ciężko ranny podczas zderzenia *Saardama* ze skałą. Fragment pękającego kadłuba uderzył go w żebra i zmiażdżył wszystko, co znajdowało się pod nimi. Chłopak jeszcze oddychał, więc jego druhowie położyli go w szalupie i zawieźli na wyspę, ale przy takich obrażeniach nie było dla niego ratunku. Sara mogła jedynie ulżyć mu w cierpieniu w ostatnich chwilach, tak jak Boseyowi w porcie w Batawii.

Wstała, strzepnęła kamyki, które przykleiły się do jej sukni, i z kłującym bólem w sercu rozejrzała się po jaskini. Zmarli prawie wszyscy, których udało się tu sprowadzić. Pozostali jęczeli w agonii, wzywając swoich bliskich. Jedni wytrzymają dłużej, drudzy krócej, ale wszystkich czekał taki sam los. Nie było w tym winy Sary, przecież dysponując ograniczonymi środkami, zrobiła, co mogła.

Bóg miał własne zamiary co do tych ludzi. Mogła się jedynie modlić, aby okazał się dla nich litościwy. Po wszystkim, co przeszli, zasługiwali choć na to.

Potrzebowała wytchnienia od udręki. Wyszła na szary deszcz, przecięła plażę i znalazła się nad samą wodą. Za jej plecami, nad granią, wiatr złowieszczo zaszeleścił liśćmi. Przeszedł ją dreszcz.

Z jakiegoś przerażającego powodu Stary Tom sprowadził ich na swoją wyspę, której tajemnica zapewne kryła się gdzieś głęboko w dżungli. Tymczasem Arent wybrał się tam tak po prostu, bez przygotowania.

Wyznała mu, że nie zna nikogo dzielniejszego niż on. On oczywiście nie przyjął komplementu. Robienie tego, co konieczne, powiedział, nie jest żadną odwagą.

Westchnęła. Nie będzie łatwo kochać takiego mężczyznę.

Uklękła, żeby umyć ręce w morzu, i wpatrzyła się we wrak *Saardama*. Wielkie pęknięcie w środkowej części statku powiększyło się, odsłaniając ładownię. Od kadłuba odpadały deski i lądowały w morzu. Nad trupem statku krążyły morskie ptaki, tak jak wrony nad truchłem krowy.

Powracała szalupa wyładowana skrzyniami pełnymi skarbów. Muszkieterzy zwozili je od wielu godzin i składowali na kupie pod drzewami, w pewnym oddaleniu od zapasów. Nawet z tej odległości Sara widziała kielichy, łańcuchy, złote półmiski, klejnoty i biżuterię. A więc to był ten tajny ładunek, który Jan kazał Reynierowi van Schootenowi wnieść na pokład pod osłoną nocy.

Van Schooten, przypomniała sobie nagle.

Nie widziała głównego kupca, od kiedy na pokładzie wybuchł bunt. Nie było go w jaskini ani na szalupie. Powiodła spojrzeniem wzdłuż plaży, ale muszkieterzy zdążyli zgromadzić wszystkie ciała w jednym miejscu. Leżały pod płachtą żagla i czekały na pochówek. Co jakiś czas ocean wyrzucał kolejne zwłoki; fale ożywiały je, wprawiając członki w niespokojny szarpany ruch. Van Schooten też na pewno wkrótce wypłynie.

Szalupa przybiła do brzegu, muszkieterzy wciągnęli ją na kamienie i zaczęli niedbale rozładowywać, rozsypując złote monety, zdobne talerze, naszyjniki, diamenty i rubiny. Machnęli ręką i zostawili wszystko tam, gdzie upadło. Niby kto miałby to ukraść? – mówili, śmiejąc się.

Ze stęknięciem dźwignęli pierwszą skrzynię i ruszyli z nią do obozu, pozostawiając resztę bez nadzoru.

Sara nie mogła oderwać oczu od skarbu.

Przedmioty podobne do tych, które próbował ukryć Vos, kiedy Arent go przydybał. Widocznie szambelan podkradał je gubernatorowi – dlatego przyznał, że owszem, jest złodziejem, ale zniknięcie Kaprysu to nie jego sprawka.

No dobrze, ale skąd Jan wziął ten skarb? Był kupcem. Handlował przyprawami, za które dostawał zapłatę w złocie. Nie prowadził wymiany za kielichy i półmiski, niezależnie od ich wartości.

Sara podeszła bliżej, żeby przyjrzeć się zawartości skrzyń. Sięgała po talerze i puchary, szukając oznaczeń – i znajdowała je: był wśród nich herb rodu Dijksma, tak jak na przedmiotach skradzionych przez Vosa, ale nie tylko.

Wysunęła z pochwy bogato zdobioną szpadę i odkryła herb przedstawiający lwa trzymającego miecz i strzały. Nad głową zwierzęcia powiewał sztandar z hasłem: *Honor et Ars*.

– Honor i przebiegłość – mruknęła. Herb rodu de Havilandów. Obecność Emily de Haviland na pokładzie *Saardama* nie mogła być przypadkowa.

Grzebiąc dalej, znalazła herby van de Ceulenów i Bosów. Kolejne rodziny, które Pieter Fletcher wybawił od nikczemności Starego Toma.

Co te przedmioty robiły u jej męża? Czy trafiły do niego, bo przyzwał Starego Toma? Czy ograbił te rody?

Nie, uzmysłowiła sobie. Nie ograbił. To nie było w jego stylu. Zrobił im to samo co jej ojcu, Corneliusowi Vosowi i dziesiątkom innych przez całe swoje życie. Zniszczył ich i zdeprecjonował, a następnie pozostawił przy życiu, aby cierpieli swój upadek.

Z informacji w *Daemonologice* wynikało, że wszystkie te familie były rodami handlarzy, kupców i budowniczych statków. Z pewnością potrzebował takich ludzi, kiedy przed trzydziestoma laty budował swoją firmę – i z pewnością tacy ludzie stanowili dla niego konkurencję. Czy przyzwał Starego Toma po to, by go na nich napuścić?

Pieter Fletcher udaremnił jego plan, więc w zemście Jan kazał Staremu Tomowi zabić łowcę czarownic.

Tyle że...

Wspomnienie obnażyło szpony i zaczęło drapać ją od środka. Kiedy pierwszy raz zobaczyła portret Pietera Fletchera w kajucie Creesjie, coś jej w nim nie pasowało. Pieter wyglądał olśniewająco w swym pięknym stroju, stojąc przed okazałą rezydencją. Było go stać na kobietę pokroju Creesjie, naturalną kandydatkę na królewską małżonkę.

Z kolei Sander Kers nosił łachmany i jak sam przyznał, musiał błagać swych wiernych o jałmużnę, inaczej nie mógłby sobie pozwolić na podróż *Saardamem*.

Polowanie na czarownice to mało intratna profesja. Trudno się na niej wzbogacić. A jednak Pieterowi się udało.

Znalazła Creesjie, gdy ta pomagała Isabel zbierać drewno na opał. Sara dostała takiej zadyszki, że musiała odczekać dobrą minutę, zanim udało jej się wysapać pytanie.

– Czy Pieter... był szlachcicem? Czy... pochodził z bogatego rodu?

Jej przyjaciółka roześmiała się ponuro.

– Łowcy czarownic nie pochodzą z bogatych rodów. Rodziny, którym Pieter pomógł pozbyć się demona, sowicie go za to wynagradzały.

Nieprawda, pomyślała Sara. Wynagradza się dobrowolnie. Tymczasem w przypadku Pietera wyglądało to tak, że Jan niszczył reputację swoich konkurentów, nasyłając na nich Starego Toma, i szantażował tych, którzy mogli mu się przydać. Kiedy przystawali na jego warunki, ekspediował Pietera Fletchera, by ten „wygnał" Starego Toma, i przekonywał wszystkich, że demon naprawdę odszedł.

Lecz pozostawiał swych wrogów przy życiu. Zawsze to robił. Lubił napawać się ich cierpieniem.

I oto jedna z ofiar go odnalazła.

Kiedy Sara natknęła się na księgę w kajucie wicehrabiny Dalvhain, była przekonana, że ma do czynienia z parodią *Daemonologiki*. Ale może opisano w niej to, co naprawdę wydarzyło się przed laty?

Stary Tom zniszczył de Havilandów, oszczędzając jedynie Emily. Dziewczyna dorastała, marząc o zemście. Widziała na własne oczy poczynania Pietera Fletchera i poświęciła całe życie na wytropienie go. Natrafiła na niego w Amsterdamie, gdy był mężem Creesjie i ojcem dwóch chłopców. Pieter rozpoznał ją i uciekł, ale podążyła za nim do Lille. Torturami wydobyła z niego nazwiska wspólników. I tak dotarła do Sandera Kersa i Jana Haana.

Nic dziwnego, że jej mąż nigdy nie zdejmował tego przeklętego napierśnika. Nic dziwnego, że skrył się w Batawii, otaczając się wysokimi murami i strażnikami.

Jak zabić kogoś, kto korzysta z tak daleko posuniętej ochrony? Trzeba go wywabić, pomyślała Sara.

Przed dwoma laty pastor otrzymał fałszywy list, w którym Pieter Fletcher błagał go o przyjazd do Batawii. Miesiąc przed podróżą na pokładzie *Saardama* Jan otrzymał fałszywy list od Caspera van den Berga, w którym ten dawał mu złudną nadzieję na przyjęcie do grona Siedemnastu Panów.

– *Laxagarr* w języku norn oznacza pułapkę – mruknęła, zerkając w stronę wraku.

Emily umieściła na żaglu symbol Starego Toma po to, by Jan zdał sobie sprawę, że przeszłość go odnalazła. Anagram i księga były wskazówkami – by wiedział, czyje to dzieło. Stary Tom sprowadzał cierpienie, dlatego Emily dopilnowała, by Jan Haan cierpiał za swe czyny.

Sara pobiegła nad wodę, rozpaczliwie szukając Arenta. W jej głowie kłębiły się setki myśli, którym musiała dać ujście. Musiała się podzielić tym, co podejrzewała.

Szedł plażą, rzucając gorączkowe spojrzenia. Na jej widok aż przystanął z ulgą. Podbiegła do niego i chwyciła go za rękę.

– Wiem, co jest przyczyną tego wszystkiego – wysapała.

Otworzył szeroko oczy.

– Dobrze się składa, bo ja z kolei wiem, kto za tym stoi.

79

– To jest bardzo zły plan – stwierdził Arent. Ich szalupa zbliżała się do *Saardama*, którego wrak wisiał nad nimi jak widmo, strasząc kadłubem obrośniętym pąklami i wodorostami. Przez pęknięcia w ładowni przeciskały się grube promienie słońca, oświetlając gniazda, które morskie ptaki zdążyły uwić w żebrach statku. Z tej perspektywy *Saardam* robił porażające wrażenie, wyglądał jak konająca potworna bestia.

– Bo nie miałeś czasu obmyślić takiego, który byłby tylko zły – skomentowała Sara, siedząc na dziobie i wypatrując płycizn. – Poza tym musimy się upewnić, że mamy rację. Tylko tutaj możemy to zrobić.

Morze było niespokojne i znacząco utrudniało wiosłowanie, wciąż spychając łódź na postrzępione skały. Powiedzieli Drechtowi, że chcą przewieźć harfę Sary i wolą to zrobić sami, bo muszkieterzy mogliby uszkodzić instrument. Służąc gubernatorowi w forcie, Drecht często miał okazję słuchać gry jego żony, toteż zgodził się bez wahania.

Arent ustabilizował łódź, żeby Sara mogła wysiąść, potem złożył wiosła do środka, wygramolił się na kamienie i wyciągnął szalupę z wody. Ze szkafutu nadal zwieszała się sznurowa drabinka, po której pasażerowie ewakuowali się ze statku.

Ochlapywani przez nieustannie rozbijające się o głazy fale, Arent i Sara ruszyli w stronę rufy, tam gdzie z kadłuba wystawała częściowo kajuta gubernatora.

Odciski dłoni trędowatego były tak małe, że na pierwszy rzut oka wyglądały jak plamy brudu. Biegły od wodnicy do kajuty Jana i wyżej, obok iluminatora Sary, aż na achterdek.

– Założyliśmy, że trędowaty zrobił te dziury dopiero podczas wspinaczki po kadłubie, ale nie możemy wykluczyć, że były tam już wtedy, gdy się okrętowaliśmy – powiedział Arent. – Wszyscy wchodzili na pokład od drugiej strony, więc w porcie nikt by ich nie zauważył.

– Myślisz, że to coś w rodzaju drabiny? I że to Bosey ją zbudował?

– Owszem – przyznał Arent. – Jeszcze w Batawii powiedział Kersowi, że przygotowuje statek dla swego mistrza. Moim zdaniem chodziło mu również o to.

Przez pęknięcie w kadłubie weszli do ładowni przesiąkniętej mdląco słodkim zapachem zgnilizny. Skalna włócznia, która przeszywając okręt, gwałtownie zakończyła bunt na korzyść Drechta, była pokryta warstwą przypraw.

Tu i tam lśniły przeoczone przez muszkieterów klejnoty.

– Po co stryj przywiózł cały ten skarb do Batawii? – zastanawiał się Arent. Podniósł leżący w wodzie zęzowej ametyst.

– Wolał mieć go przy sobie, niż zostawić w kraju, gdzie mógł paść łupem złodziei. Albo wzbudzić podejrzenia. Poza klejnotami niemal każdy z tych przedmiotów nosi herb jakiegoś możnego rodu doprowadzonego do ruiny.

– Mógł sprzedać kamienie, a resztę przetopić.

– Naprawdę nie wiesz, jakim człowiekiem Jan stał się pod sam koniec, prawda? – odparła współczująco. – Zapewne korzystał z tych rzeczy, kiedy akurat potrzebował pieniędzy na nowe przedsięwzięcie, ale poza tym nie wydaje mi się, żeby postrzegał je w kategoriach skarbu. Raczej widział w nich trofea. Pamiątki triumfu. Ja i Vos też do nich należeliśmy. Lubił kolekcjonować ofiary i wystawiać je na pokaz.

Arent wypuścił ametyst z ręki, jakby ten nagle zaczął parzyć. Klejnot wpadł z pluskiem do brudnej wody.

W milczeniu weszli po schodach do kubryku. Podłoga lepiła się od krwi i była zasłana trupami, na których żerowały morskie ptaki.

Sara spodziewała się, że udadzą się prosto do przedziału pasażerskiego. Tymczasem Arent otworzył drzwi do prochowni. Duża część prochu wysypała się na podłogę, ale na szczęście zamoknięty był niegroźny. Pośród połamanych desek leżał amulet, który konstabl musiał zgubić w zamieszaniu towarzyszącym buntowi.
– Czego szukasz? – spytała Sara.
– Podczas tego rejsu nic nie działo się przypadkowo. – Oczyścił amulet z mokrego prochu i schował do kieszeni. Później odda go konstablowi. – Okręt był pułapką zastawioną na mojego stryja. Wszystko zaplanowano z wieloletnim wyprzedzeniem.
– Dotyczy to również trzech potwornych zdarzeń.
– Jedynymi osobami, które mogły wynieść stąd beczułki zawierające elementy Kaprysu, byli członkowie załogi.
– Zatem musimy znaleźć trzech ludzi.
– Dwóch – sprecyzował. – Z pewnością był w to zamieszany kapitan Crauwels. Jeżeli Emily de Haviland od początku zamierzała sprowadzić nas na tę wyspę, kapitan jako jedyny nawigator musiał dopilnować, by tak się stało.
– Być może Kaprys miał być zapłatą dla niego – zauważyła Sara. – To cenny przedmiot, mógł kupić mnie i Lii zupełnie nowe życie. Crauwels obsesyjnie dążył do przywrócenia świetności swej rodzinie. Gdyby sprzedał Kaprys, zyskałby potrzebne fundusze.
– Wiedział, kiedy się pojawi ósma latarnia jako pretekst do ogłoszenia gotowości bojowej. Potrzebował jedynie zaufanych ludzi, którzy zabiorą z prochowni beczułki z Kaprysem, zaniosą je do ładowni i ukryją w schowkach zbudowanych przez Boseya. Jeśli nie mylimy się co do tożsamości Emily, mogła z łatwością wykraść klucz do skrzyni z Kaprysem.
Patrzyli na siebie z przejęciem, jak ludzie dokonujący ważnego odkrycia.
– Sądzisz, że Isaack Larme też maczał w tym palce? – spytał nagle Arent.
– Dlaczego pytasz?

– Bo mam plan, w którym mógłbym go wykorzystać, ale obawiam się, że skoro łączyła go z Crauwelsem bliska znajomość, mogli ze sobą współpracować.

– Nie wydaje mi się – odparła Sara. – Przyznał się do odnalezienia fragmentu Kaprysu w jednej ze skrytek, ale podobno pozostałych nie udało mu się odszukać. Przypomnij sobie rozczarowanie w jego głosie, gdy nam o tym opowiadał. Czy podzieliłby się z nami takimi informacjami, gdyby współpracował z Crauwelsem?

Ostrożnie weszli na górę po uszkodzonych schodach. Przedział pod półpokładem był przechylony w stronę sterowni i ciała zmarłych zsunęły się na stertę pod ścianą. Oprócz tego wszędzie było widać ślady walki, cięcia w drewnie, wbite w deski i sterczące z nich sztylety.

Skała przebiła środkową część statku, niszcząc wszystko na swej drodze, łącznie z grotmasztem, który leżał w wodzie, połączony z *Saardamem* jedynie takielunkiem.

– Kojarzy mi się z uciętą ręką – rzuciła z odrazą Sara.

Arent nie odpowiedział. Czuł się, jakby znów był na polu bitwy.

– Może zaczniemy od kajut pasażerów? – zasugerowała. Żołądek powoli podjeżdżał jej do gardła. – Jeżeli mamy rację i...

– Tak – wszedł jej w słowo. – Słusznie.

Ruszyli na górę w milczeniu i bez entuzjazmu. Walki nie dotarły do tej części statku. Drecht ustawił swoich ludzi przed wejściem do przedziału, ponieważ honor nakazywał mu bronić Sary i Lii; zarazem ten sam honor, a raczej jego brak, zmusił go do wywołania buntu, który zagroził bezpieczeństwu obu kobiet.

Arent nie pojmował, jak można rozumować w taki sposób. Umysł komendanta straży musiał być wypaczony jak stara deska.

W pierwszej kolejności weszli do kabiny Vosa. Arent zatrzymał się w progu i z założonymi rękami patrzył, jak Sara przeszukuje leżące na sekretarzyku kwity za podróż i podnosi z podłogi księgę wydatków. Przerzuciła kilka stron, po czym przesunęła dłonią w dół kolumny.

Wreszcie ze złością zatrzasnęła rejestr. Spojrzenie, które posłała Arentowi, potwierdziło ich przypuszczenia.

Serce zaciążyło mu w piersi.

Przeszli na drugą stronę korytarza, do kajuty wicehrabiny Dalvhain. Wchodząc, Sara zaczepiła stopą o zaściełający podłogę wielki dywan.

Arent natychmiast klęknął i zaczął wodzić palcami po splotach tkaniny.

– A więc tak to wnieśli na pokład – mruknął.

– Drewniany pręt?

Popatrzył na nią zdziwiony.

– Słucham?

– Byłam w korytarzu, kiedy marynarze próbowali wmanewrować dywan przez drzwi do kajuty. Złamali długi drewniany kołek, który był w środku.

– Nie. – Ściągnął brwi. – Miałem na myśli coś innego. Spójrz.

Przesunął dłonią. Zobaczyła, o co mu chodziło, dopiero kiedy się przyjrzała, mrużąc oczy. Dywan był rozcięty, jakby ktoś potraktował go nożem.

– Uszkodzenie ciągnie się przez całą długość – powiedział.

– Co mogło je spowodować?

– Narzędzie zbrodni – odparł, próbując zrównoważyć satysfakcję z tego, że miał rację, z odrazą, jaką budziło w nim samo odkrycie.

– To musiało być spore ostrze – zauważyła oględnie.

– Owszem. Stryj znajdował się daleko.

Nagle kadłub stęknął, drewno jęknęło, a podłoga uciekła im spod nóg.

– Statek się rozpada! – krzyknęła Sara, chwytając się ściany.

Pognali do jej kajuty. Arent zerwał materac z koi. Sama obecność Arenta w pobliżu łóżka, na którym do tej pory sypiała, sprawiła, że pomimo okoliczności Sara się zaczerwieniła.

– Użycie sztyletu trędowatego jako narzędzia zbrodni nie miało sensu – powiedział, obmacując podłogę pod koją. – Coś tak cienkiego i łamliwego nie może być dobrą bronią. Ale u boku Sammy'ego przekonałem się, że najlepszym narzędziem zbrodni często bywa to, które uważa się za kiepską broń. Żaden żołnierz nie pójdzie na wojnę uzbrojony w jad węża albo ostry kawałek potłuczonego garnka. Mordercy tworzą własną broń, dostosowując ją do swoich potrzeb.

– A nasz morderca potrzebował takiej, której mógłby użyć bez wchodzenia do kajuty ofiary.

– Zgadza się. Stryj zginął, leżąc na koi. Zacząłem się więc zastanawiać, jaka broń mogłaby go dosięgnąć we śnie. I skąd.

Odsunął się i pokazał Sarze, co znalazł.

– Popatrz.

W ciemnym drewnie widniała ledwo widoczna wąska szpara długości małego palca.

– Sammy znalazł drzazgi w ranie stryja – przypomniał jej Arent. – Myślał, że pochodziły z rękojeści sztyletu trędowatego, ale nie. Ich źródłem była ta szczelina. Kajuta stryja znajduje się bezpośrednio pod nami. Założę się, że szpara wypada dokładnie nad jego koją. Musiała być bardzo wąska, inaczej by ją wypatrzył. Zresztą nawet gdyby, i tak zapewne uznałby ją za zwykłe pęknięcie. Emily de Haviland dysponowała długim, wąskim ostrzem, które idealnie mieściło się w otworze. Ukryła je w dywanie, bo tylko w taki sposób mogła wnieść na pokład coś tak nietypowego bez wzbudzania podejrzeń. Wyjęła ostrze ze zwoju, wyciągnęła szuflady spod koi, wsunęła broń przez szczelinę i zadała nią śmiertelny cios. Potem podniosła ostrze, włożyła szuflady na miejsce, a narzędzie zbrodni wyrzuciła przez iluminator do morza.

– To musiało być to! – rzuciła Sara. – Tamtej nocy, gdy mój mąż… gdy Jan został zamordowany, a ja opiekowałam się tobą, usłyszałam plusk na zewnątrz.

– Było jej na rękę, że nie nocowałaś u siebie. Pamiętaj, że kajuta, którą zajęłaś, miała początkowo należeć do niej, ale Reynier van Schooten zamienił was miejscami, bo był przekonany, że na tej, która miała być twoja, ciąży klątwa.

– Skoro wszyscy pasażerowie znajdowali się w wielkiej kajucie i jedli kolację, kiedy Jan został zabity, a jedynego wejścia do przedziału pasażerskiego pilnował Eggert, to jakim sposobem morderca w ogóle mógł się tu dostać?

Ostatnie drzwi prowadziły do kajuty Crauwelsa. Eleganckie stroje kapitana leżały rozrzucone na podłodze, nasiąknięte wodą, która wlała się do środka przez iluminator. Arent przedarł się przez plątaninę tasiemek, a potem naparł na sufit. Posypała się słoma i otworzył się właz umożliwiający przejście do kojców dla zwierząt.

– Oto jak ósma latarnia zabiła zwierzęta. Tą samą drogą uciekł trędowaty, kiedy ścigałem go po tym, jak ukazał ci się w iluminatorze. Tamtej nocy, gdy zginął stryj, trędowaty wyszedł z wody i wspiął się po kadłubie prosto na achterdek. Skorzystał z włazu, żeby dostać się tutaj. Osuszył się i zmienił ubranie, żeby nie zostawić śladów, po czym wziął ostrze i poszedł do twojej kajuty.

Na koniec dotarli do wielkiej kajuty. Szeroki stół, przy którym jadano posiłki, leżał na boku. Za wybitymi iluminatorami kipiało niebieskoszare morze.

Kajuta gubernatora generalnego nadal wydawała się najwytworniejszym pomieszczeniem na statku, mimo że zwoje pospadały z półek i rozsypały się na podłodze, a kałamarz przewrócił się, rozlewając swoją zawartość na sekretarzyk i ścianę.

Sara przyłożyła palec do wąskiej szczeliny w suficie nad łóżkiem Jana.

– Rękojeść sztyletu by nie przeszła – mruknęła.

– No właśnie – zgodził się Arent. – Właśnie to jest najbardziej zagadkowe. I zapewne łączy się z tym, że świeca była zgaszona. Tylko jeszcze nie wiem, w jaki sposób. Nie dałoby się tego zrobić bez wchodzenia do kajuty. Przez iluminator też nie, bo sekretarzyk stał zbyt daleko.

– Ale ja wiem – rzuciła z uśmiechem. – Widziałam tę rzecz. A potem słyszałam, jak powstawała.

– Nie rozu...

– Arencie, kiedy ostatnio byłeś w kościele?

– Dawno, przyznaję.

– A widziałeś gasidła na długich kijkach, których używa się do gaszenia świeczek na żyrandolach?

Nareszcie do niego dotarło.

– Drewniany pręt, który wypadł z dywanu wicehrabiny, był gasidłem – powiedziała Sara. Podeszła do iluminatora, zadarła głowę i zobaczyła trzy szeroko rozstawione haki, które Sammy zauważył podczas oględzin miejsca zbrodni. – Podejrzewam, że trędowaty miał zabrać gasidło z kajuty wicehrabiny i umieścić je tutaj do czasu, aż będzie potrzebne. Ale nie wiedział, że zamieniono nam kwatery. To dlatego pojawił się w moim iluminatorze.

– Ale powiedziałaś, że drążek się złamał. Naprawili go?

– Nie, ukradli jeden z trzonków kabestanu. Słyszałam, jak podczas pierwszego kazania Kersa Wyck wściekał się na złodzieja. Potem zwędzili hebel cieśli, żeby zestrugać trzonek do pożądanej grubości. Dorothea mówiła, że przechodząc pod drzwiami Dalvhain, słyszała hałasy, ale nie umiała określić, co je powodowało. Ten element kabestanu był po prostu odpowiednio długi, dlatego go wzięli.

– Pomyśleć, że gdyby nie znaleźli nic, czym zdołaliby zastąpić kijek gasidła, być może wszystko to w ogóle by się nie wydarzyło – skomentował ponuro Arent.

80

Arent i Sara spędzili popołudnie razem. Spacerowali plażą, trzymając się za ręce, i układali plan działania, rozmawiając przyciszonymi głosami i często zerkając w stronę *Saardama*.
Pozostali zostawili ich w spokoju.
Zresztą z początku uznali tę ich wspólną przechadzkę za gruchanie dwojga zakochanych, a potem, widząc pełne wściekłości miny obojga, wycofywali się rakiem z tego pomysłu.
Arent i Sara rozdzielili się, każde pod ciężarem własnej misji, dopiero kiedy Drecht poinformował, że łódź ratunkowa jest gotowa do drogi. Arent odnalazł Larme'a, który siedział samotnie w pewnym oddaleniu od obozu. Znalazł sobie świeży kawałek drewna i rozpoczął struganie od nowa; od lat próbował wyrzeźbić Pegaza, ale nigdy mu się nie udawało.
Widząc zbliżającego się Arenta, zrobił grymas niezadowolenia, bo przypomniał sobie, jak ten łatwo przystał na propozycję Drechta, by utworzyć burdel dla muszkieterów. Zmienił nastawienie po wysłuchaniu planu. Kiedy Arent skończył opowiadać, zaskoczony pierwszy oficer otworzył szeroko usta i usiłując zrozumieć, wybąkał:
– Musiałbym mieć nie po kolei w głowie, żeby zrobić to, o co mnie prosisz.
– Jeśli się nie zgodzisz, wszyscy zginą – zaznaczył Arent. Łypnął na Drechta, który czekał na niego przy łodzi, coraz bardziej zniecierpliwiony.

– A jeśli się zgodzę, najpewniej sam stracę życie. – Karzeł też zerknął na komendanta straży, który napawał go obrzydzeniem. – Ale co tam. Z rozkoszą naszczam mu do kapelusza. – Pokiwał głową. – To chyba wystarczający powód. Gdzie mam szukać?

– Po lewej stronie – odparł Arent. Widząc niezrozumienie na twarzy pierwszego oficera, poklepał go po lewej ręce. – Na bakburcie.

Rozstawszy się z Larme'em, poszedł do jaskini. Sammy leżał na macie i mamrotał do siebie. Sara przyłożyła mu kataplazm do twarzy i nasmarowała rany cuchnącym szczynami balsamem z jego własnego zestawu.

Arent wziął przyjaciela na ręce i poszedł z nim do łodzi ratunkowej, przy której Drecht wydawał Thymanowi i Eggertowi ostatnie rozkazy.

– Kojarzysz moich ochotników? – rzucił Drecht, gdy Arent dotarł nad wodę.

– Owszem. – Arent przywitał się z nimi. – Przywiedli Sammy'ego na pokład *Saardama*, gdzie odrobinę się posprzeczaliśmy o to, jak go potraktowali. Wydaje się właściwe, że to z nimi wyruszy w podróż do domu.

Położył przyjaciela na ławce w tylnej części szalupy. Sammy się nie ocknął. Nawet lepiej, pomyślał Arent. I tak nie wiedziałby, co powiedzieć. Miał go chronić, ale chyba już nie potrafił. Czuł, że go zawiódł.

– Znalazłem w lesie chaty, a w nich spiżarnie pełne jedzenia – powiedział, zwracając się do Drechta. – Solone mięso, suchary, wino. Zapasy na kilka miesięcy.

– No proszę! – Komendantowi straży rozbłysły oczy. – To dopiero fart, przyjacielu. Zapewne trafiłeś na skład piratów. Nie wzgardzę dodatkowym prowiantem.

Arent spojrzał na skromne racje w łodzi.

– Myślę, że możemy im dorzucić beczułkę piwa i nieco więcej chleba. Czeka ich trudna podróż.

Drecht zawahał się, ale po chwili skinął głową, zadowolony, że ma go po swojej stronie.

Z miejsca, gdzie zgromadzono wszystkie zapasy, Arent wziął na ramię antałek piwa, a drugą ręką złapał kosz z suszonym mięsem i sucharami. Wrócił do szalupy i włożył do niej wiktuały.

Zadowolony z tego, że choć odrobinę zwiększył szanse dwójki muszkieterów na przeżycie, położył swą wielką dłoń na chudej piersi problemariusza.

Tchórzliwe pożegnanie, ale na inne nie było go stać.

Życząc Eggertowi i Thymanowi powodzenia, złapał łódź za dziób i bez niczyjej pomocy wypchnął ją na niespokojny ocean.

*

Przytłoczona obawami Creesjie obserwowała oddalającą się szalupę, aż ta zniknęła za horyzontem.

Marcus i Osbert puszczali kaczki. Jak to mali chłopcy, szybko doszli do siebie po wstrząsie, jakim był dla wszystkich bunt na pokładzie i późniejsza katastrofa, i teraz wierzyli, że przeżywają wielką przygodę. Oby zawsze udawało jej się chronić ich przed strachem.

Zbliżała się Isabel, wodząc nieobecnym wzrokiem. Creesjie lubiła ją, mimo że słabo się znały. Po śmierci Kersa dziewczyna przejęła wiele spośród jego obowiązków i wykonywała je z żarliwością, która zawstydziłaby mistrza.

Ostrożnie stąpała po śliskich kamieniach. Wcześniej rozmawiała z Sarą i to, co powiedziała, sprawiło, że Sarę ogarnął wielki niepokój.

Dziewczyna zatrzymała się i bez słowa wbiła spojrzenie w *Saardama*.

– Dobrze się czujesz, Isabel? – spytała Creesjie po dłuższej chwili.

– Myślisz, że Emily de Haviland zginęła na statku?

– Nie wiem – przyznała Creesjie, wytrącona z równowagi beznamiętnością jej tonu.

– Sander przygarnął mnie, gdy nikt inny nie chciał tego zrobić – powiedziała Isabel. – Dał mi fach, nauczył, jak walczyć ze złem, a ja go zawiodłam. Pozwoliłam, by zginął. A potem Stary Tom wymordował pozostałych, dokładnie tak jak przewidział Sander.

– Większość pasażerów zginęła podczas katastrofy – przypomniała jej Creesjie, nie bardzo wiedząc, jak ją pocieszyć. – Jestem przekonana, że Emily była wśród nich. W każdym razie nie odnaleźliśmy żadnej ocalałej starszej kobiety o długich siwych włosach.

– To oznacza, że Stary Tom znalazł nowego nosiciela.

– Isabel...

– Kto wie, którzy z tych ludzi przyrzekli mu lojalność tuż przed tym, jak wpadliśmy na skały – powiedziała z zacięciem. – Siedzi skulony w jednej z tych zmurszałych dusz – dodała z dzikim, przerażającym błyskiem w oku. Jej głos trząsł się od słusznego gniewu.

Patrząc na nią, Creesjie zastanawiała się, czy dziewczyna nie zagubiła się po katastrofie.

– Zawiodłam Sandera na *Saardamie*, ponieważ nie chciałam zrobić tego, co było konieczne – dodała Isabel. – Drugi raz nie popełnię tego błędu.

– Co zamierzasz? – spytała niespokojnie Creesjie, rozglądając się za Sarą.

– Nie pozwolę nikogo więcej skrzywdzić. Zrobię wszystko, co będzie trzeba, żeby Stary Tom pozostał tu na zawsze.

81

Zanim zmierzch nakrył peleryną wyspę, powstały na niej dwa obozy. Jacobi Drecht i jego muszkieterzy rozsiedli się wokół wysokiego ogniska, wybuchali gromkim śmiechem i poili się winem, które przynieśli z odkrytych przez Arenta chat. Zaprosili do swego grona pasażerów, ale Sara zdążyła rozpuścić wieści o planie Arenta, dlatego większość patrzyła zimnym wzrokiem na poczynania żołnierzy. Tak jak przewidywała, niektórzy pasażerowie postanowili jednak dołączyć do Drechta i beztrosko oddawali się hulankom.

Pozostali wybudowali własne, dużo mniejsze, obozowisko bliżej drzew i rozpaliwszy ogień, posilali się pieczonymi rybami, które udało się złowić w ciągu dnia, i popijali je piwem. Postrzępiona płachta płótna żaglowego chroniła ich przed targanym wiatrem deszczem, ale nie przed dojmującym przygnębieniem. Rozmawiano po cichu i spoglądano bojaźliwie w stronę pijanych muszkieterów, których żądze stawały się coraz wyraźniejsze w świetle ognia.

Pasażerowie wiedzieli, co się stanie – co się dzieje zawsze, gdy silniejszym popuszcza się cugli w zetknięciu ze słabszymi.

Jedynie Isabel wydawała się niczego nieświadoma.

Ku wielkiemu rozczarowaniu Creesjie dziewczyna śpiewała, tańczyła i weseliła się w gronie muszkieterów, pośród wina i męskich pożądliwych spojrzeń.

Coś się w niej zmieniło od ich popołudniowej rozmowy. Jej zachowanie nabrało pewnej desperacji, która dla Creesjie była zwykłą lekkomyślnością, lecz Isabel nie chciała słuchać i nie pozwalała się odciągnąć od pijanych żołnierzy.

Odpowiadała, że świetnie się bawi. Lepiej niż kiedykolwiek w życiu.

Creesjie siedziała przy ognisku, tuląc Marcusa, Osberta i Lię, i modliła się o to, by Isabel jak najszybciej się opamiętała.

Kątem oka dostrzegła jakiś ruch. To Dorothea wstała, żeby pójść zapytać swoją panią, czy chce się czegoś napić albo coś zjeść. Sara stała nad wodą, opierając głowę na ramieniu Arenta. Wpatrywali się we wrak *Saardama*, trzymając się za ręce.

Jedyna dobra rzecz, jaka wyszła z tego wszystkiego, pomyślała Creesjie.

Nagle od strony obozu muszkieterów doleciał rwetes. Po chwili rozległy się jęki i okrzyki trwogi. Żołnierze chwiali się na nogach i usiłowali schwycić zwinnie uskakującą Isabel.

Jeden po drugim zaczęli padać.

Drecht wstał i zataczając się, spróbował dobyć rapiera, ale nie zdążył tego zrobić, bo nagle osunął się na kolana przed Isabel i poleciał twarzą do przodu.

Arent dotarł do obozu muszkieterów w tym samym czasie co Sara i pozostali. Dokoła huczącego ognia leżały tuziny nieprzytomnych ciał, a obok każdego przewrócony kubek i wino wsiąkające w piach.

– Nie żyją? – spytała Sara.

– Nic z tych rzeczy – odparła Isabel, szturchając Drechta stopą. – Wlałam im do wina całą fiolkę twojej mikstury nasennej. Czy ktoś mógłby przynieść linę i pomóc mi ich związać?

Creesjie zamknęła Isabel w uścisku.

– Już myślałam, że postradałaś zmysły! – zawołała. – Tymczasem ty... uratowałaś nas.

– Jeszcze nie – przyznała smutno Isabel. – Ale prawie.

Wyswobodziła się z objęć Creesjie i zwróciła do ocalałych pasażerów:

– Stary Tom przywiódł nas na tę wyspę ku naszej zgubie. Przynajmniej tak mu się wydawało. Bo o ile statek pokierowało na skały demoniczne zło, o tyle od śmierci uratowała nas dłoń Boga.

Arent zachwiał się i upadł. Pasażerom ziemia zaczęła umykać spod nóg.

– Coś ty zrobiła? – jęknęła Creesjie, kiedy Marcus i Osbert osunęli się na kamienie.

– Stary Tom może znaleźć schronienie w każdej duszy, która zechce się z nim ułożyć – powiedziała Isabel. W następnej chwili przewróciła się Sara. – Niestety, nie wiem, z kim z was zawarł umowę.

Creesjie zrobiło się ciemno przed oczami.

– Nauczyłam się z *Daemonologiki*, jak rozpalić święty ogień – ciągnęła Isabel z cierpiętniczym uśmiechem na ustach. – Będę po kolei oczyszczała wasze dusze, aż demonowi nie pozostanie żadna kryjówka. Raz na zawsze położę kres tyranii Starego Toma.

*

Creesjie ocknęła się ze stęknięciem.

Była przywiązana do leżącego blisko wody kawałka belki z kadłuba *Saardama*. Szarpnęła, ale węzeł okazał się zbyt ciasny, a belka zbyt ciężka, by ją podnieść. Nie mogło minąć więcej niż kilka godzin, bo niebo nadal było ciemne, a ognisko, które rozpalili, wciąż strzelało w górę jasnym płomieniem. Wszyscy pozostali, zarówno pasażerowie, jak i muszkieterzy, byli spętani.

– Marcusie! Osbercie! – zawołała.

Nigdzie nie mogła dojrzeć synów. Sara i Lia leżały niedaleko, więc krzyknęła do nich, a potem patrzyła, jak powoli dochodzą do siebie, potrząsając głowami, by pozbyć się otumanienia i zrozumieć, co się właściwie dzieje.

– Marcusie! Osbercie! – spróbowała ponownie. – Błagam, odezwijcie się!

Coraz więcej ludzi zaczęło się budzić. Nie wiedziała, ilu z nich wierzyło w Starego Toma, ale było dla niej oczywiste to, że potwornie się bali. Dwie godziny temu byli przekonani, że zostaną zgwałceni i zabici przez muszkieterów. Teraz groziło im spalenie żywcem przez fanatyczkę.

Układ godny samego Starego Toma.

– Isabel! – wrzasnęła Sara, która odwracała głowę w stronę czegoś, czego Creesjie nie mogła zobaczyć. – Isabel, nie rób tego!

Nagle za ich plecami buchnął ogień i po plaży poniósł się przejmujący krzyk. Creesjie wyciągała szyję, ale nie była w stanie wygiąć pleców tak, by sprawdzić, czyj to głos. Mogła jedynie słuchać monotonnego śpiewu Isabel.

– Mamo... – Przerażona Lia rozpłakała się. – Nie pozwól jej tego zrobić.

– Bądź dzielna, kochanie. – Sara napinała mięśnie, próbując uwolnić się z więzów. – Przypomnij sobie, jaka byłaś odważna w porcie, kiedy niosłaś pociechę trędowatemu. Zamknij oczy i módl się ze mną. Módl się!

Nagle krzyk ucichł i z ciemności wyłoniła się skąpana w blasku ognia Isabel. Trzymała w ręce zapaloną pochodnię, którą zrobiła z grubej gałęzi owiniętej kawałkiem płótna żaglowego.

– Isabel, nie musisz tego robić – odezwała się rozpaczliwym głosem zapłakana Creesjie. – Błagam cię, moi przyjaciele są niewinni, moi synowie są niewinni, wypuść ich!

– Stary Tom może się kryć wszędzie – odparła Isabel bezbarwnym, łamiącym się głosem. – Mamy jedyną szansę wygnać go na zawsze.

Podeszła do Lii i klęknęła przed nią.

– Być może jesteś niewinna. Jeżeli tak, wybacz mi to, co zrobię. – Miała puste spojrzenie. – Jeśli to dla ciebie pociecha, wiedz, że łaska, jaką Bóg okaże ci w niebie, będzie równa męczarniom, jakich doświadczę w piekle.

Wyciągnęła rękę i brudnym palcem narysowała znak na czole Lii.

– Isabel, to przecież jeszcze dziecko! – krzyknęła Sara ochrypłym głosem.

Isabel zignorowała ją i opuściła pochodnię, zbliżając ją do brzegu sukienki Lii.

– Jest mi naprawdę przykro.

Lia błagała o litość, a Sara nie przestawała krzyczeć.

– Zostaw ją! Zostaw ją!

– Nie ma żadnego Starego Toma! – wrzasnęła nagle Creesjie ile sił w płucach.

Zaległa cisza. Zwróciły się ku niej oczy wszystkich. Płonąca pochodnia zawisła w połowie drogi do sukienki Lii. Na twarzy Isabel malowało się zdumienie.

– Wymyśliłam go – przyznała Creesjie w akcie rozpaczy. – Wymyśliłam to wszystko od początku do końca. Chciałam zabić Jana i to był jedyny sposób. Lia nie jest demonem. Błagam, nie krzywdź jej.

Amok zniknął z oblicza Isabel. Podopieczna Kersa posłała Creesjie ujmujące spojrzenie.

– Jak było? – spytała.

– Doskonale – pochwaliła ją Sara. Wysunęła dłonie z luźnej liny i pomogła córce wstać.

Creesjie patrzyła na nią zdumiona.

– Saro, co się dzieje? Co to ma być?

– Farsa – wyjaśniła chłodno Sara. – Taka sama jak ta, którą nam zafundowałaś. Nie mogłam sobie pozwolić na żadne wątpliwości. Musiałam zyskać pewność, że jesteś winna.

82

Po zakończonym przedstawieniu Lia i Dorothea od razu zaczęły uwalniać pozostałych pasażerów, jednocześnie tłumacząc im, co zaszło. Słuchali z otwartymi ustami.

– Gdzie moi chłopcy? – spytała Creesjie, wytężając wzrok.

– Z Arentem – powiedziała Sara. – Nie chcieliśmy, żeby to oglądali. – Zwróciła się w stronę dżungli i zagwizdała. Ciemność odpowiedziała jej tym samym. – Zaraz tu będą.

Creesjie nagle jakby zapadła się w sobie.

– Dziękuję, Saro.

– Nie dziękuj. To jeszcze nie koniec.

– A kiedy nastąpi?

Światło ósmej latarni raptem ożyło – i równie nieoczekiwanie eksplodowało. Jego płonące fragmenty wpadły do oceanu.

– Teraz.

Nieco na lewo rozbłysła druga latarnia, a po niej tuzin kolejnych, oświetlając maszt, pokłady, czoło, a nawet sylwetki marynarzy na szkafucie. Z dręczącego koszmaru ósma latarnia zamieniła się w coś zupełnie zwyczajnego: statek. Identyczny jak *Saardam*. Miał takielunek i żagle, i z nim także sztorm obszedł się surowo.

– To indiaman – odezwał się ktoś zawiedzionym głosem.

– *Leeuwarden* – dodał ktoś inny. – Poznaję banderę. Należał do floty, która wypłynęła z Batawii. Myślałem, że straciliśmy go w czasie sztormu.

Pozostali przytaknęli głośno, a po chwili wydali stłumiony okrzyk zdumienia, gdy niespodziewanie ujrzeli drugą, mniejszą, łódź płynącą w stronę wyspy.

– To *Leeuwarden* od samego początku był ósmą latarnią – powiedział Arent, wychodząc z ciemności z Marcusem i Osbertem. Chłopcy ledwo nadążali za jego długimi krokami. Kiedy zobaczyli matkę, natychmiast do niej pobiegli. Zdumieli się, widząc, że jest przywiązana do kawałka belki.

– To taka gra – zapewniła ich Creesjie, starając się brzmieć przekonująco. Posłała Sarze błagalne spojrzenie, a ta dała znać Arentowi.

Najemnik wyciągnął sztylet z cholewy i przeciął więzy krępujące ręce Creesjie. Nareszcie mogła uściskać synów.

– Ale przecież widzieliśmy osiem latarni na wodzie – odezwała się Lia. – Jak to możliwe, skoro było tylko siedem statków?

– Ósma latarnia była światłem zamontowanym na specjalnie otaklowanej szalupie – wyjaśnił Arent. – W dżungli znalazłem jedną uszkodzoną. Ludzie Creesjie zapewne zbudowali kilka łodzi tu, na wyspie, zanim udało im się skonstruować taką, z której byli zadowoleni. Potem przetransportowali ją na *Leeuwardena* i kiedy trzeba było nas postraszyć, spuszczali szalupę na wodę i zapalali światło. Dlatego tak szybko pojawiała się i znikała, bo tylko na krótko oddalała się od statku i zaraz na niego wracała.

Łódź powoli się zbliżała. Coraz wyraźniej było słychać plusk wioseł. Ktoś stał na dziobie, trzymając latarnię. Arent obserwował ją z ponurą miną.

Tymczasem Sara sztyletowała Creesjie wzrokiem.

– Naraziłaś moją córkę na niebezpieczeństwo! – syknęła.

– Nie – odpowiedziała błagalnym tonem Creesjie. – Nie miałam takiego zamiaru. Sądzisz, że zabrałabym chłopców na pokład, gdybym naprawdę chciała zniszczyć statek? Stary Tom to był teatr cieni. Nie przewidziałam buntu ani katastrofy. Wszystko zaplanowałam w najdrobniejszym szczególe, Saro. Zapłaciłam Crauwelsowi, żeby przywiózł nas na tę wyspę, a potem wysadził na niej pasażerów pod pretekstem poszukiwań Emily de Haviland. Zakładałam, że wszyscy będą tak zlęknieni, że zrobią to dobrowolnie. Wyspa tak naprawdę jest przyjazna. I wcale nie przypomina znaku Starego Toma, chodziło mi tylko o przekonanie ostatnich niedowiarków, że demon istnieje i zabił Jana Haana. W dżungli są zapasy, zresztą za dzień czy dwa miał nas odnaleźć *Leeuwarden*. Zabrałby wszystkich do Amsterdamu, pozostawiając tu jedynie Crauwelsa i kilku członków załogi, którzy wyładowaliby skarb z potrąceniem zapłaty należnej kapitanowi. Później bezpiecznie popłynęliby dalej *Saardamem* i dostarczyli ładunek na obłaskawienie Siedemnastu Panów. Jedynymi, którym miała stać się krzywda, byli Jan Haan i Sander Kers. – Z jej ust wysączyła się nienawiść. – Nie wiedziałam, że na pokładzie będzie Johannes Wyck, i nie spodziewałam się, że Crauwels mnie zdradzi. Pragnął zatrzymać dla siebie zarówno skarb, jak i Kaprys, i ubzdurał sobie, że osiągnie swój cel, jeśli podjudzi załogę przeciwko arystokratom, a więc też mnie. Wierz mi, Saro, powołałam Starego Toma do życia wyłącznie z myślą o twoim mężu.

– A Bosey? Spali… – zaczęła z wściekłością Sara, ale nie dokończyła, bo nagle uświadomiła sobie, że Marcus i Osbert patrzą na nią szeroko otwartymi, pełnymi zdumienia oczami. Obaj kurczowo trzymali się matki. Na ich przestraszonych niewinnych buziach igrał blask płomieni. – Muszę omówić kilka spraw z waszą mamą – powiedziała z bolącym sercem. – Pójdźcie się pobawić z Dorotheą, dobrze?

Spojrzeli niepewnie na Creesjie, a ta odpowiedziała uśmiechem.

– Idźcie, chłopcy. Niedługo do was dołączę.

Dorothea wzięła obu za ręce. Nie wyglądała na zaniepokojoną ani zaskoczoną, ale Sara wiedziała, że później będzie miała mnóstwo pytań. W tej chwili jej najważniejszym zmartwieniem było dobro Marcusa i Osberta, zresztą jak zawsze.

Służąca przecisnęła się przez krąg pasażerów, którzy ich otoczył. Na razie wygrywały w nich ciekawość i oszołomienie po wszystkim, co się wydarzyło, ale wkrótce, gdy zorientują się, że mają przed sobą osobę, którą mogą winić za całą swą niedolę, dojdzie do głosu wściekłość.

Sara zerknęła na stojącego nad wodą Arenta. Był zaledwie kilka kroków od niej, ale wolałaby mieć go bliżej, bo czuła, że lada moment może się okazać potrzebny.

– Dlaczego zabiłaś Boseya? – spytała, gdy Creesjie zaczęła podnosić się z ziemi.

Widząc twarze dokoła siebie, Creesjie uniosła dumnie brodę i spojrzała na pasażerów tak, jak możni państwo patrzą na służących.

– Potrzebowałam kogoś, kto przedstawi naszego demona. Poprosiłam Crauwelsa, żeby podsunął mi najgorszego człowieka, jakiego znał. Zaproponował Boseya. Wierzcie mi, morderstwo było najlżejszym z jego grzechów. Nie podobało mi się to, co mu zrobiłam, ale przynajmniej zachowałam się miłosiernie, bo podałam mu specyfik, który otumanił go niemal do nieprzytomności.

– Patrzyłam mu w oczy, gdy umierał – odparła Sara, urażona jej lekceważącym tonem. – Cierpiał. Nie było w tym żadnego miłosierdzia.

– Jak to zrobiłaś? – wtrąciła Lia z przejęciem zdradzającym fascynację mechanizmem zbrodni. – Nikogo przy nim nie było. Jak to możliwe, że zapłonął sam z siebie?

– Stos skrzyń, na którym stał, był pusty w środku. Miejsce usuniętych skrzyń zajęła drabina. Wszedł na nią mój wspólnik, to on użyczył głosu trędowatemu. W odpowiednim momencie po prostu uchylił niewielki właz i podpalił szaty Boseya.

Tłum zaszemrał ze złością. Wielu spośród tych ludzi znajdowało się w porcie, kiedy Bosey zaczął się palić. Trudno zapomnieć obraz takiego cierpienia.

– Dlaczego ukryłaś zwłoki Kersa? – dopytywała się Lia.

W jej entuzjazmie jest coś niezdrowego, pomyślała Sara. Jej córka zachowywała się tak, jakby chodziło o kolejny raport ze sprawy Sammy'ego Pippsa, pozbawiony konsekwencji, istniejący wyłącznie dla rozrywki.

– Sander Kers był ostatnim przedstawicielem zakonu łowców czarownic – odparła Creesjie z miną świadczącą o tym, że tak jak

Sara, poczuła się zaniepokojona dociekliwością dziewczyny. – Torturowali i mordowali bez opamiętania. Uznałam, że nikt nie będzie po nich płakał. Starannie wyeliminowałam wszystkich pozostałych, zostawiając Kersa na koniec. Chciałam własnoręcznie odebrać mu życie. Nauczył Pietera wszystkich potwornych sztuczek w jego repertuarze. Zwabiłam go do Batawii i chciałam zabić tej samej nocy, kiedy wbiłam ostrze w pierś Jana, ale po wysłuchaniu spowiedzi van Schootena Kers zszedł do ładowni, żeby zbadać sprawę skarbu. Przypadkowo usłyszał moją rozmowę z... – zawahała się, mając nazwisko na końcu języka – ze wspólnikiem. Udało mi się zajść go od tyłu i podciąć mu gardło, ale zrobiłam to niechlujnie. W ciemności nie mogłam być pewna, czy nie zostawiłam żadnych obciążających mnie śladów, więc zawlekłam ciało do jednego ze schowków Boseya i ukryłam je tam, dopóki nie wymyślę, jak się go pozbyć.

Zza kręgu pasażerów doleciał stłumiony jęk bólu. Arent natychmiast pobiegł w jego stronę, a wzrok Sary podążył za nim.

Drecht krwawił z rany na głowie. Ktoś rzucił w niego kamieniem, który teraz leżał niewinnie u jego boku.

Arent powoli powiódł spojrzeniem po tłumie. Ludzie zaczęli się cofać.

– Macie prawo być na niego wściekli po tym, co zrobił – powiedział. – Tak samo jak możecie się gniewać na nią. – Wskazał Creesjie palcem. – Lecz przelano już wystarczająco dużo krwi. Trzeba naprawić wyrządzone krzywdy, dojdziemy do tego, ale nie w złości. Bo to właśnie ona sprawiła, że Stary Tom, prawdziwy czy nie, trafił na podatny grunt. Sami widzicie, do czego doprowadził. – Odczekał chwilę, żeby do wszystkich dotarło, a potem podszedł do Creesjie. Skuliła się pod ponurym spojrzeniem wielkoluda. – Masz różaniec mojego ojca? – zapytał.

– Wyrzuciłam go – odparła ze szczerą skruchą. – Był w rzeczach Pietera. Jan wynajął Pietera, żeby zabił twojego ojca, a twój dziadek poprosił o różaniec jako dowód wykonanego zlecenia. Potem nakazał

Pieterowi zniszczyć go, ale mój mąż z jakiegoś powodu postanowił zachować różaniec... nie wiem, może jako trofeum. Trafił do kojca dla zwierząt na *Saardamie* nie z twojego powodu, Arencie – zapewniła łamiącym się głosem. – Miał być znakiem dla Jana. Chciałam, żeby wiedział, dlaczego go to spotyka. Początkiem tej historii było zabicie twojego ojca. Kiedy Pieter wbił sztylet, rzuciłeś się na niego ze strzałą w dłoni. Musiał cię podtopić, żebyś go nie zabił. Był tak ciężko ranny, że ledwo uszedł z życiem. Bał się ciebie, dlatego zostawił cię w lesie. Blizna na twoim nadgarstku jest pozostałością po postrzępionym kamieniu, o który uderzyłeś, kiedy próbowałeś wypłynąć. Nic nie znaczyła, nic z niej nie wynikało. Ale nagle zacząłeś wycinać jej kształt na drzwiach w miasteczku i kiedy Jan zobaczył, ile zamieszania spowodował ten rzekomy znak diabła, wpadł na pomysł, jak się wzbogacić. Podzielił się nim z Casperem i Pieterem. Twój dziadek zapewnił niezbędne fundusze, a Pieter rozkręcił historię o opętaniach i rytuałach i wraz z innymi łowcami czarownic zaczął terroryzować ziemie należące do rodów, które wskazywał Jan. Działając w komitywie, eliminowali konkurencję i doprowadzali możnych do ruiny. Zrobili to również z moją rodziną.

– Z twoją rodziną? – zdziwił się Drecht. Nadal siedział związany.

– Creesjie Jens urodziła się jako Emily de Haviland – powiedziała Sara, bacznie obserwując jej twarz, szukając kobiety, którą znała. Przez dwa lata patrzyła na nią z miłością, sądząc, że zna wszystkie jej myśli. Dopiero teraz zdała sobie sprawę z własnej naiwności. Została wykorzystana i zdradzona.

Bardziej żałowała straty przyjaciółki niż męża.

Creesjie spojrzała na nią z podziwem.

– Wiedziałam, że jesteś bystra. Tamto imię niewinnej dziewczyny, niestety, nie przystaje do grzesznej kobiety, którą się stałam. Skąd wiedziałaś, że to wszystko jest moim dziełem?

– Z ksiąg Vosa. Po tym, jak zginął, poszłam do jego kajuty i znalazłam na sekretarzyku nasze kwity za podróż. Trzymał je na wierzchu,

485

jakby nie dawały mu spokoju. Rachunki za nasze kajuty: moją, Lii, a nawet Jana. Nie wiem czemu, ale kiedy Arent powiedział, że cię podejrzewa, naszła mnie myśl. Vos prowadził księgi Jana, więc dokładnie wiedział, co mój mąż kupował. I czego nie kupował. Wciąż powtarzałaś, że znalazłaś się na pokładzie wyłącznie dlatego, że Jan zażądał, byś z nami popłynęła, a nawet zapłacił za twoją podróż. Czemu więc wśród dokumentów szambelana nie było kwitu za twoją kajutę? Ponieważ Jan nie zażądał twojej obecności na statku i nie zapłacił za ciebie. Omyłkowo wygadałaś się z kłamstwa przed Vosem, prawda? Wszystkiego się domyślił. Dlatego trędowaty musiał go zabić.

Creesjie pokiwała głową.

– A gdyby tego nie zrobił, Arent prawdopodobnie zginąłby z rąk Vosa – powiedziała. – Niezwykłe są koleje losu, nieprawdaż? – Spojrzała na Arenta, który powrócił na swoje stanowisko nad wodą i z zaciśniętymi pięściami obserwował zbliżającą się łódź. – Dlaczego zacząłeś mnie podejrzewać? – zwróciła się do niego. – Sądziłam, że byłam bardzo ostrożna.

Arent tak bardzo skupił się na nadpływającej szalupie, że nie zwrócił uwagi na jej pytanie, dopóki Isabel nie pociągnęła go za rękaw.

– Chcą wiedzieć, jak zgadłeś, że to Creesjie odpowiada za śmierć gubernatora generalnego – powiedziała.

Powiódł wzrokiem po pełnych wyczekiwania twarzach. Myślami był wyraźnie gdzie indziej.

– Mojego stryja zabiło długie ostrze, które morderca wsunął przez szparę w podłodze pod koją Sary, a potem wyciągnął tą samą drogą. Zdałem sobie sprawę, że sztylet musiał zostać umieszczony w ranie już po tym, jak stryj zginął, i że można to było zrobić tylko w jednym momencie: kiedy Creesjie znalazła ciało. Dlatego świeca musiała zostać zgaszona. Gdyby się paliła, Drecht od razu zobaczyłby, że w piersi gubernatora nie tkwi sztylet. Wówczas Sammy w kilka minut rozwiązałby zagadkę tego, w jaki sposób popełniono morderstwo. Zabiwszy mojego stryja, trędowaty zszedł po burcie do jego iluminatora, wziął gasidło, które leżało na hakach wbitych nad otworem okiennym, i użył go do zduszenia płomienia świecy. Creesjie zmusiła Drechta do pójścia po kolejną, a gdy wyszedł, wraziła sztylet w już istniejącą ranę.

– Przyznaję, to był dość cudaczny plan. – Creesjie westchnęła, przecierając oczy. – Ale naprawdę nie widziałam innej możliwości zabicia go tak, by nie zostać przyłapaną. Za murami fortu Drecht nie odstępował go na krok. Jan wszędzie nosił ten przeklęty napierśnik, który zdejmował tylko wtedy, kiedy kładł się do łóżka.

– Skoro ciocia Creesjie nie była trędowatym, to kto? – odezwała się zdumiona Lia.

– Odpowiedź znajdziemy w tej łodzi – powiedziała Sara, mając na myśli zbliżającą się szalupę. – Odrobina cierpliwości nie zaszkodzi.

– Właśnie że zaszkodzi – rzuciła z rozdrażnieniem Lia. – Jakim sposobem zostałaś kochanką ojca? – zwróciła się do Creesjie. – Domyślam się, że to też nie był przypadek.

– Nie mając rodziny, zostałam bez pieniędzy i wpływów. Musiałam polegać wyłącznie na własnej urodzie. Mój pierwszy mąż był okrutnikiem, ale wykorzystałam jego majątek do wytropienia łowcy czarownic. Gdy już go znalazłam, odeszłam od męża i zostałam kurtyzaną. Uwiodłam Pietera z zamiarem zabicia go przy pierwszej okazji, ale... – Warknęła jak zwierzę w pułapce. – Zakochałam się w nim. Zrezygnował ze swego zajęcia, był dla mnie dobry i hojny... Poczułam się przy nim jak zupełnie nowa osoba. Do tego stopnia, że uwierzyłam, iż udało mu się zmienić. I że ja też się zmieniłam. Z czasem nasze fundusze stopniały i Pieter zaczął przebąkiwać o intrydze, dzięki której początkowo się wzbogacił. Napisał list do Caspera i wtedy już wiedziałam, że wróci do dawnych nawyków. Zamierzał niszczyć kolejne rodziny, tak jak zniszczył moją. Wezwałam... – znów o mały włos wypowiedziałaby nazwisko – starego przyjaciela, który torturami wymógł na Pieterze podanie nazwisk wspólników, i przystąpiliśmy do realizacji planu zemsty.

Łzy napłynęły jej do oczu. Jak za każdym razem, gdy opowiadała o Pieterze. Naprawdę go kochała, pomyślała zaszokowana Sara.

– I to cię doprowadziło do Jana?

– Poznałam twojego męża wiele lat wcześniej za pośrednictwem Pietera i wiedziałam, że wpadłam mu w oko. Po tym, jak pozbyłam się męża, napisałam do Jana odpowiednio sugestywny list, na co z miejsca zaprosił mnie do Batawii.

– Wobec tego po co czekałaś? Dlaczego nie zabiłaś go przed dwoma laty, jak tylko tu przybyłaś?

– Ponieważ na pewno by mnie schwytano. Za bardzo kochałam swoich chłopców, by się z nimi rozstawać. A potem pokochałam także ciebie i Lię... Musiałam zaczekać na odpowiedni moment.

Arent wszedł do wody, żeby pomóc wyciągnąć łódź na brzeg. Isaack Larme zeskoczył z dziobu, dzierżąc latarnię. Przy wiosłach siedzieli Eggert i Thyman.

– Miałeś całkowitą rację – odezwał się pierwszy oficer, ściskając dłoń Arenta. – Był dokładnie tam, gdzie mówiłeś. Chce się z tobą zobaczyć.

– Kto taki? – spytała zirytowana Lia. – Kto pomagał cioci Creesjie?

– Czytałaś moje raporty, Lio – odparł Arent. – Czy wiesz, ile szczegółów przeoczył Sammy Pipps przez te wszystkie lata, kiedy z nim pracowałem?

– Żadnego – powiedziała takim tonem, jakby poczuła się urażona podejrzeniem o zawodność pamięci.

– Zgadza się – przyznał smutno Arent. – A jednak jakimś cudem nie zauważył zwykłej klapy w kojcach dla zwierząt, prowadzącej do kajuty kapitana Crauwelsa.

– Do czego zmierzasz?

– Do tego, że pora poznać Starego Toma – wyjaśniła Sara.

83

Gdy szalupa uderzyła o kadłub *Leeuwardena*, Eggert i Thyman złożyli wiosła. Przez całą drogę nie odezwali się nawet słowem, a z ich zachowania jasno wynikało, że czują się niepewnie w obecności siedzącego nieruchomo na ławce na rufie Arenta, który w milczeniu patrzył spode łba na statek.

Thyman zagwizdał i z pokładu natychmiast zsunęła się winda z siedziskiem.

– Kto pierwszy? – spytała nerwowo Sara.

– Ja – zaproponowała Creesjie. – Przysięgam, że nic wam tu nie grozi. Wszyscy jesteście bezpieczni. Misja Starego Toma zakończona. Demon został wygnany.

Kiedy winda z Creesjie ruszyła do góry, Arent przysunął się do Eggerta i Thymana.

– Od jak dawna dla niej pracujecie?

Spojrzeli po sobie, nie bardzo wiedząc, czy powinni odpowiedzieć.

– Pomogliście jej ukraść *Kaprys* w Batawii, zgadza się? To wy byliście tymi portugalskimi złodziejami, którzy mi się wymknęli?

Eggert wyszczerzył zęby w uśmiechu, jakby rozbawił go stary dowcip opowiadany między przyjaciółmi.

– Tak, ale gdyby nas nie uprzedziła, że nadchodzisz...

Thyman wymierzył mu kuksańca w żebra. Arentowi to wystarczyło.

– Ty zabiłeś zwierzęta, Eggercie? – spytał. – Pilnowałeś wejścia do przedziału pasażerskiego. Bez trudu mogłeś wejść do kajuty kapitana i otworzyć właz w suficie.

– Miał to zrobić, ale w końcu padło na mnie. – Thyman pociągnął nosem. – Biedaczyna nie miał serca zabić świnki. Więc stał przy iluminatorze, wypatrując *Leeuwardena*, i dał mi znać, kiedy zapalili latarnię.

– Wcale tak nie było – zaprotestował gniewnie Eggert i popchnął kompana. – Pożałowałem tylko maciory. Chwilę wcześniej wykończyłem kury i namazałem symbol. Ty w życiu byś tego nie zrobił tak cicho jak ja. Sam odwaliłem większość roboty.

Sara wymieniła spojrzenia z Arentem. Myśleli o tym samym: jak można było polegać na tych dwóch durniach?

Winda wróciła na dół. Jako druga wjechała Sara, potem Lia i na końcu Arent, którego wciągało sześciu ludzi.

Leeuwarden wyglądał identycznie jak *Saardam*. Jedyną różnicą było zachowanie załogi, która wykonywała swoje obowiązki w ciszy i skupieniu. Kapitan i starsi oficerowie rozmawiali na spardeku. Ich wyważony ton stanowił ostry kontrast z szorstkimi sprzeczkami pomiędzy Crauwelsem, Larme'em i van Schootenem. W porównaniu z harmidrem na pokładzie *Saardama* panujący na *Leeuwardenie* zaskakujący spokój rzeczywiście przywodził na myśl statek widmo. Lia przywarła do boku matki.

Kiedy Arent wszedł na pokład i wyprostował się do pełnej wysokości, cała załoga zamarła. Wszyscy słyszeli opowieści o Niedźwiedziu, ale dotąd nikt nie wierzył w ich prawdziwość.

– Oczekiwałem, że spotkamy się w innych okolicznościach – odezwał się Sammy zza oślepiającego światła latarni.

Opuścił ją – i Lia wydała stłumiony okrzyk przerażenia. Miał na sobie elegancki strój, z krezą i tasiemkami, wspierał się na lasce, a jego głowę zdobił kapelusz z piórem. Przy tym wszystkim przez jego twarz biegła okropna rana, a przepaska skrywała pusty oczodół.

– Nie podoba ci się kapelusz? – skomentował cierpko Sammy.

– Za twoim pozwoleniem, Saro – odezwała się Creesjie – chciałabym, żeby Dorothea zabrała chłopców do mojej kajuty. To ta sama, którą miałam na *Saardamie*. Sporo przeszli, niech się wykąpią i odpoczną.

Sara się zgodziła. Creesjie pocałowała synów na dobranoc. Podeszli do Lii po zwyczajowe przytulenie przed snem, a potem pobiegli schodami na spardek; Dorothea ruszyła za nimi. Sarze nagle zakręciło się w głowie. Jakże łatwo było uwierzyć, że nic się tak naprawdę nie zmieniło.

Sammy podszedł do Creesjie i ujął ją za dłonie. Miał troskę wypisaną na twarzy.

– W porządku? Zacząłem się niepokoić, kiedy nie dałaś sygnału.

– Zainscenizowali polowanie na czarownice. Byłbyś z nich dumny, bracie.

– Bracie! – wykrzyknął Arent.

Sammy złożył przesadnie głęboki ukłon.

– Wybacz, przyjacielu, że tak długo zwlekałem z prezentacją. Nazywam się... czy też raczej nazywałem... Hugo de Haviland. – Jego akcent odrobinę się zmienił, a cała sylwetka zyskała na wyniosłości, tak jakby przez cały ten czas Hugo tylko nosił przebranie Sammy'ego. Nagle wyszczerzył zęby i spod wyszukanego stroju znów wychynął problemariusz. – Wykorzystanie karła było genialnym posunięciem, którego naprawdę się nie spodziewałem.

– Karła? – zdziwiła się Creesjie, spoglądając to na Arenta, to na Sammy'ego. – Jaką rolę odegrał Isaack Larme?

– Sara i ja założyliśmy, że skoro wyspa jest domem Starego Toma, to ósma latarnia prawdopodobnie grasuje gdzieś na pobliskich wodach – odparł Arent, nie odrywając oczu od Sammy'ego. – Wszystkim się wydawało, że wysłanie łodzi ratunkowej to misja samobójcza, dlatego pomyśleliśmy, że jeśli zaproponujemy, by załoga szalupy składała się z ochotników, zgłoszą się zapewne ci, którzy wiedzą, że nieopodal czeka przyjazny okręt. – Podrapał się pod okiem. – Ukryłem Larme'a w beczułce i umieściłem ją na łodzi razem z pozostałymi zapasami. Powiedziałem mu, żeby wyszedł z ukrycia, gdy znajdzie się na pokładzie statku, i spróbował odszukać Pippsa w kajucie kapitana.

– Skąd wiedziałeś, że tam będzie? – spytała Lia.

– Bo znam Sammy'ego.

Ten się speszył.

– Spędziłem trzy tygodnie w cuchnącej ciemnej norze. Uznałem, że zasłużyłem na odrobinę luksusu. Nawet sobie nie wyobrażasz mojego zaskoczenia, kiedy Larme zapukał do drzwi i oznajmił, że Arent wie o wszystkim i że jeżeli chcę, by nasza przyjaźń przetrwała, mam wysadzić ósmą latarnię w powietrze.

Problemariusz uśmiechnął się do Arenta jak dumny rodzic do dziecka.

– Wiedziałem, że rozgryziesz tę zagadkę.

– Większość zrobiłeś za mnie – bąknął Arent, zawstydzony pochwałą.

– Nie przesadzaj. Podsunąłem ci tylko kilka wskazówek. – Sammy machnął ręką. – To dopiero twoja druga sprawa. Chciałem, żebyś miał z tego nieco przyjemności.

– Pośród tej „przyjemności" ginęli ludzie – skomentowała ostro Sara, rozdrażniona jego nonszalancją.

– Większość naszych spraw zaczyna się od trupa i na nim kończy – zauważył Sammy, zdziwiony jej zastrzeżeniem. – Nie wiem, czy to cię pocieszy, pani, ale wszyscy, którzy stracili życie, zasłużyli na to. Nie licząc ofiar katastrofy, ale to już wina Crauwelsa i tego, że nie trzymał się planu. – Przesunął wierzchem dłoni po rozoranej twarzy. – I chyba zgodzicie się, że zostałem stosownie ukarany za błąd w ocenie.

Takielunek skrzypiał na wiejącym nad pokładem łagodnym wietrze.

– Nie stójmy tutaj – odezwała się Creesjie, zerkając na załogę, która próbowała udawać, że nie słucha. – Przenieśmy się do wielkiej kajuty.

– Ależ oczywiście – zgodził się Sammy. – Wszystko jest już gotowe.

Odruchowo ruszył u boku Arenta, lecz ten zgromił go wzrokiem i Sammy został z tyłu, przy Lii i Sarze.

– Czy to ty byłeś Szeptem? – spytała dziewczyna, nadal, na przekór wszystkiemu, pełna podziwu dla swego bohatera.

– Była nim po trochu cała nasza czwórka: ja, Creesjie, Eggert i Thyman – odparł Sammy. – To był chyba najłatwiejszy element całego przedsięwzięcia – dodał skromnie. Znaleźli się w przedziale pod półpokładem. Bez pasażerów była to czysta, schludna przestrzeń wykorzystywana jako skład na narzędzia. – Zapłaciliśmy Boseyowi za wywiercenie niewielkich otworów wysoko w ścianach kabin, tak by można było przez nie szeptać. Kiedy z nich nie korzystaliśmy, zatykaliśmy je szczeliwem, aby dźwięki nie przenosiły się pomiędzy kajutami.

Ich ubraniami szarpnął nagły powiew wiatru. Widoczne w oddali ogniska rozpalone nad brzegiem morza na ułamek sekundy zniknęły. Jakby cała wyspa mrugnęła okiem.

– A załoga? Jak do nich szeptaliście?

– Stos skrzyń w ładowni był tak wysoki, że sięgał niemal do kratownicy w podłodze kubryku. Bardzo blisko miejsca, w którym spali marynarze. Nocą, gdy nie pali się światło, szept może uchodzić za najstraszniejszą rzecz na świecie.

– Ale po co zadawać sobie tyle trudu, Creesjie? – zapytała Sara, nareszcie głośno mówiąc o tym, co nie dawało jej spokoju od momentu, w którym przyjaciółka ocknęła się na plaży i przyznała do wszystkiego. – Skoro tak bardzo nienawidziłaś Jana, mogłaś przecież znaleźć znacznie łatwiejszy sposób na zabicie go.

– Tylko czy byłaby w tym uciecha? – zdziwił się Sammy.

Creesjie posłała mu spojrzenie pełne irytacji.

– Nie wystarczyło go po prostu zabić, Saro – powiedziała. – Chcieliśmy, by zaznał choć trochę tego bólu, który był naszym udziałem, gdy w dzieciństwie byliśmy nękani i prześladowani, kiedy znak Starego Toma zaczął się pojawiać na naszych ziemiach, a obcy ludzie zastukali do drzwi naszego domu i oskarżyli nas o czary. Samuel i ja zawsze mieliśmy wrodzone zdolności, które nagle stały się przyczyną oskarżeń. Służący, których znaliśmy od maleńkości, przekradali się jak najdalej od naszych pokoi, bo bali się, że rzucimy na nich urok. Kiedy szliśmy do miasteczka, ciskano w nas kamieniami tylko dlatego, że Pieter Fletcher i jego łowcy wycięli parę symboli na drzewach w lesie i rozpuścili pogłoski. Chcieliśmy, by Jan zdawał sobie sprawę, że umrze, i nie był w stanie temu zapobiec. Tak jak my, gdy rozwścieczony motłoch w końcu wdarł się do naszego domu, zmasakrował naszych rodziców i spalił nasz świat do szczętu. Chcieliśmy, by poznał ten strach.

– Poza tym zależało wam, by wiedział, kto za tym stoi – dopowiedziała Sara, nagle wszystko pojmując. – Dlatego pierwszego dnia podróży umieściliście znak Starego Toma na żaglu. Dlatego wykupiliście kajutę, używając nazwiska, które było anagramem waszego. Chcieliście, by was odnalazł.

– Zamierzałem stawić mu czoło tuż przed końcem – potwierdził Sammy. – Żeby wiedział, kto mu to zrobił. Czekałem na niego w kabinie Dalvhain tamtej nocy, kiedy zabiłem Vosa.

– Zuchwały jak zawsze – skomentowała Creesjie, przewracając oczami. – Moim zdaniem akurat ta część planu była zbyt niebezpieczna, ale nie chciał mnie słuchać. Nic nowego. – Arent wbrew sobie mruknął ze zrozumieniem. – Co byś zrobił, gdyby Drecht cię pochwycił? – zwróciła się do brata coraz bardziej rozdrażniona jego lekkomyślnością.

– Obserwowaliśmy Jana Haana przez długie lata – odparł Sammy tonem sugerującym, że to nie pierwsza kłótnia na ten temat. – Wiele można było o nim powiedzieć, ale na pewno nie to, że był głupi. Zawsze oceniał siłę wroga i jeżeli wszystko wskazywało na to, że może przegrać, próbował negocjować. Wiedziałem, że przyjdzie się łasić, licząc, że zdoła nas ugłaskać i odwlec własną egzekucję. Oczywiście prędzej czy później by nas zdradził. Eggert pilnował wejścia do przedziału pasażerskiego. Gdyby Drecht próbował mnie złapać, dostałby sztylet pomiędzy łopatki. Panowałem nad sytuacją.

– Co mu zaproponowałeś? – zaciekawiła się Lia.

– Wielką słabością twojego ojca było przekonanie, że wszyscy pragną tego samego co on, lecz brakuje im przebiegłości i bezwzględności, by to zdobyć. Powiedziałem mu, że chcemy odzyskać majątek oraz oczyścić nazwisko naszego rodu. Obie te rzeczy byłyby w jego mocy, gdyby dołączył do grona Siedemnastu Panów. Uświadomiłem mu, że kontrolujemy *Saardama*, i dodałem, że jeżeli nas zdradzi, zabijemy go wraz z całą jego rodziną i Arentem.

– Nie baliście się, że postanowi jednak zawrócić do Batawii? – spytała Sara.

– Miał przy sobie list, z którego wynikało, że zwlekając z powrotem do Amsterdamu, istotnie zmniejszy swoje szanse na zasiadanie w radzie. Poza tym w ładowni znajdowały się przyprawy, które wiózł na sprzedaż, i nie mógł pozwolić, by się zepsuły. – Sammy uśmiechnął się ponuro. – Zachłanność gubi nawet najostrożniejszych ludzi.

– To było jedno z twoich dawnych pism, prawda? – odezwał się Arent.

– Owszem. Zachowałem pieczęć.

– Od jak dawna to planowaliście? – spytał zdumiony.

– Od dnia, w którym cię zatrudniłem. Wybrałem akurat ciebie, bo miałem nadzieję, że doprowadzisz mnie do swojego stryja i dziadka, tyle że ku memu zniesmaczeniu okazałeś się honorowym człowiekiem. Być może jedynym takim, jakiego spotkałem na swojej drodze. I wbrew sobie znalazłem w tobie przyjaciela. Zdaje się, że zakochiwanie się w tych, których, jak sądzimy, wykorzystujemy, jest u nas rodzinne.

Spojrzał porozumiewawczo na Creesjie.

– Ucisz się, bracie.

Weszli do spowitej w cienie i światło świec wielkiej kajuty. Przygotowano prawdziwą ucztę: ociekającą tłuszczem szynkę o chrupiącej skórce, wielką misę ziemniaków i kopiec cukru, którego kryształki mieniły się w ciepłym blasku kandelabru.

Słudzy odsunęli krzesła i nalali wino.

– Co to ma znaczyć? – odezwała się rozeźlona Sara, uderzając pięścią w stół. – Zostawiliśmy na wyspie tłum przerażonych ludzi, w tym małe dzieci, i mielibyśmy teraz spokojnie zasiąść do kolacji? Musimy ich tu sprowadzić. Muszą się dowiedzieć, że nic im nie grozi!

Creesjie popatrzyła na Sammy'ego, a potem spuściła wzrok.

– Masz rację, kochana Saro, ale musimy omówić kilka spraw. Proponuję wysłać szalupę z jedzeniem i winem. Potrzebujemy godziny, nie więcej. Kiedy skończymy, zaczniemy przewozić pasażerów na statek. Zgoda?

Sara niechętnie pokiwała głową, na co Sammy przywołał sługę i cicho przekazał mu polecenie.

– Skąd wzięliście pieniądze na to wszystko? – zastanawiał się Arent, dotykając malowanych belek na suficie. – Przekupiliście chyba całą załogę. Wiem, że słono sobie liczysz za swoje usługi, ale ta wasza intryga musiała kosztować majątek.

– Tak się składa, że za wszystko zapłacił Edward Coil – powiedział Sammy, dając znak, by usiedli.

– Coil? – Sara łypnęła na Arenta.

– Urzędnik oskarżony o to, że ukradł diament i uciekł do Francji – wyjaśnił Arent, siadając. – Uznałem go za winnego, lecz Sammy znalazł dowód na jego niewinność.

– Tyle że właśnie nie znalazłem – sprostował Sammy, rozkładając serwetkę na kolanach. – Coil oddał mi diament w zamian za znalezienie sposobu na uwolnienie go od odpowiedzialności. A ukradł kamień, ponieważ zadurzył się w... – Wskazał siedzącą obok niego kobietę.

– ...w Creesjie – dokończyła Lia.

– Tak jak Vos. – Sara pokręciła głową.

Creesjie uśmiechnęła się do niej z nadzieją, na próżno szukając resztek przyjaźni.

– Rozwiązałeś tamtą sprawę, Arencie – przyznał Sammy. – Wszystkiego słusznie się domyśliłeś, a ja pozbawiłem cię triumfu.

Przeprosiny. Lepiej późno niż wcale, pomyślał Arent. Wyrażone nie słowami, tych bowiem Sammy nie używał do zjednywania przebaczenia, lecz tonem głosu i smutkiem. Nie czuł się odpowiedzialny za katastrofę *Saardama* i strach pasażerów. Ale okłamał Arenta zamiast razem z nim świętować jego zwycięstwo – i to była jedyna rzecz, z powodu której było mu przykro.

Dopiero wtedy Arent po raz pierwszy ujrzał go takiego, jakim naprawdę był. Nie tego wielkiego człowieka, w którego wierzył, lecz cynicznego spryciarza. Chłodnego i bezwzględnego, takiego samego jak wszyscy inni. Arentowi wydawało się, że dostrzega w jego uczynkach przyszłość, w której inteligencja triumfuje nad siłą, a świat staje się bezpieczniejszy, zwłaszcza dla słabych. Tymczasem Sammy najwyraźniej uważał, że rzeź niewinnych ludzi to uczciwa cena za zabicie jednego potężnego człowieka. Niczym się nie różnił od królów, dla których Arent szedł na wojnę.

– Za pieniądze ze sprzedaży diamentu kupiliśmy lojalność załogi *Leeuwardena* – powiedziała Creesjie. – Podczas ostatniego rejsu z Amsterdamu zboczyliśmy ze szlaku, by dopłynąć na wyspę, wyładować zapasy i zbudować chaty oraz ósmą latarnię. *Leeuwarden* dotarł do Batawii z kilkutygodniowym opóźnieniem, ale nikt nie zakwestionował naszej opowieści o sztormie i zepchnięciu z kursu.

– Liczyliśmy, że uda nam się przekonać gubernatora generalnego do powrotu do Amsterdamu na pokładzie *Leeuwardena*, ale uparł się na *Saardama* – podjął Sammy. – Trudno. Zaoferowałem współpracę Crauwelsowi i Boseyowi i obaj chętnie się zgodzili, zwłaszcza że do propozycji dołączyłem niemałą sumkę. Eggert i Thyman są z nami od lat i wiedziałem, że mogę na nich liczyć.

– Po co siedziałeś w celi? – spytał Arent.

– Bo chciałem.

Creesjie odchrząknęła.

– Po tym, jak mój brat dostarczył Janowi fałszywy list, w którym Casper oskarżał Sammy'ego o szpiegostwo, wiedzieliśmy, że zadanie znalezienia celi dla więźnia przypadnie Crauwelsowi. Kazaliśmy kapitanowi zasugerować gubernatorowi, żeby uwięził Sammy'ego w przedniej części statku.

– Wolałem nie ryzykować prowadzenia śledztwa, ponieważ celowo robiłbym to nieudolnie i w rezultacie bardzo szybko byś mnie przejrzał. Natomiast skoro siedziałem zamknięty w najgorszej dziurze na statku, nikt nie mógł mieć do mnie pretensji, że nie jestem w stanie rozwikłać zagadki demona.

Sammy włożył do ust kawałek mięsa.

– Bosey zbudował klapę z wyjściem na czoło okrętu, dzięki czemu oczywiście bez przeszkód mogłem opuszczać celę. Zakładałem łachmany trędowatego, wchodziłem do wody i podpływałem do drabiny prowadzącej na achterdek. Zwykle robiłem to po rozstaniu z tobą. – Spojrzał na Arenta. – Wystarczyło opuścić się przez luk pomiędzy kojcami dla zwierząt a kajutą Crauwelsa i przebiec do kabiny Dalvhain, zanim ktoś się zorientuje. Spędzałem tam większość czasu.

– Dlatego kazaliście Eggertowi i Thymanowi zabić zwierzęta – oświeciło Lię. – Robiły straszny harmider za każdym razem, kiedy tamtędy przechodziłeś. Gdybyś kursował tam i z powrotem...

– ...na pewno ktoś by mnie zauważył – dokończył Sammy. – Tak jak tamtej pierwszej nocy, kiedy Sara ujrzała mnie w iluminatorze. Poszedłem zabrać gasidło od siostry, ale nie wiedziałem, że kajuty zostały zamienione. Niewiele brakowało, a Arent by mnie przyłapał. Na szczęście udało mi się w porę umknąć do kojców. Zeskoczyłem do kabiny Crauwelsa z kurą pod pachą. Dzięki Bogu nikt mnie nie usłyszał w tym zamieszaniu.

– Zamordowałeś gubernatora, kiedy wszyscy jedli kolację, prawda? – Arent odsunął od siebie talerz z kopą ziemniaków i oparł łokcie na stole.

– Tak.

– I to ty uratowałeś mnie przed Vosem?

– Nie należało to do planu, ale cieszę się, że akurat tam byłem.

– Zabiłeś Wycka? – spytała Sara.

Statek lekko się przechylił. Talerze zaczęły się przesuwać.

– Służył jako stajenny w naszym dworze, kiedy byliśmy mali – oznajmiła Creesjie, sięgając po wino. – Pieter próbował wymusić na służbie zeznania, że widzieli, jak odprawiamy diabelskie rytuały, ale Wyck stanął po naszej stronie. Zapłacił za to okiem. Te przeżycia go zmieniły. Potem zaczął pływać dla Kompanii.

Chcąc ukoić ból siostry, Sammy dotknął jej policzka.

– Kiedy do niego szeptałem, powiedział, że rozpoznał Creesjie na pokładzie – podjął Sammy. – I że domaga się zapłaty za milczenie. Nie mogliśmy na to pozwolić. Zaoferowałem mu majątek w zamian za twoją śmierć podczas pojedynku. – Widząc nienawistne spojrzenie Arenta, uniósł dłonie, jakby chciał się bronić. – Wiedziałem, że nie wygra. Miałem nadzieję, że zabijesz go w samoobronie i oszczędzisz mi trudu.

– W jaki sposób uzyskałeś tę gęstą białą mgłę, którą wszyscy błędnie wzięli za dym z pożaru? – zapytała Lia z typową dla siebie ciekawością.

– Robiło wrażenie, prawda? Natknąłem się na ten efekt przy okazji przygotowywania tlenku cynku, zwanego wełną filozofa – wyjaśnił ochoczo. – Pokryliśmy tą substancją szczeliwo w kubryku. Wystarczyło przyłożyć płomień do słomy i zaczynało się palić, wydzielając biały dym i nie uszkadzając drewna.

Słuchając tylko tonu jego głosu, Sara mogłaby pomyśleć, że Sammy opowiada o jakiejś wyjątkowo udanej sztuczce na dworze. Obserwując zachwyconą córkę, mogłaby odnieść identyczne wrażenie.

– Od jak dawna to robiliście? – zapytał Arent łamiącym się głosem. – Mam na myśli wasze przestępstwa. – Z trudem powstrzymywał wybuch złości. Sara próbowała wziąć go za rękę pod stołem, ale miał zaciśnięte pięści.

– Zajmowałem się planowaniem zbrodni na długo przed tym, nim zacząłem rozwiązywać zagadki kryminalne – przyznał się Sammy. – Nazwisko mojego rodu zostało splamione. Nie mieliśmy nikogo, kto pomógłby nam się utrzymać, dlatego musieliśmy radzić sobie na różne sposoby. Okazuje się, że więcej ludzi pragnie śmierci drugiego człowieka, niż dba o to, kto zabił. Mógłbym ci powiedzieć, że robiłem to, ponieważ byłem biedny i głodowałem, ale myślę, że dość już kłamstw jak na jeden dzień. Moje umiejętności wymagają nieustannego treningu, a uwierz mi, jedyną rzeczą bardziej fascynującą od odkrywania złożonej tajemnicy zbrodni jest zaplanowanie jej w sposób tak doskonały, że wygląda na zwykły wypadek. Król umiera spokojnie we śnie. Szlachcic spada z konia na polowaniu. Piękna spadkobierczyni popełnia samobójstwo podczas balu. Dobre zagadki to rzadkość, lecz jeśli masz choć trochę wyobraźni, możesz wymyślać, ile dusza zapragnie. Przy okazji to intratne zajęcie. Eksportuję swoje pomysły do Francji, Niemiec, na Przylądek Dobrej Nadziei. To moje przyprawy. Lecz o ile cukrem albo papryką w końcu możesz się znudzić, o tyle zabijaniem bliźnich nigdy... zwłaszcza jeśli jesteś arystokratą.

– A więc jednak jesteś Starym Tomem – powiedział głucho Arent.

– Demony nie istnieją, Arencie. – Sammy wypił łyk wina. Czerwony płyn został mu na ustach. – Za to okazji do układania się jest bez liku.

Może to wino, może tańczące cienie, a może zaczerwienione policzki, ale jest w nim coś naprawdę diabelskiego, doszła do wniosku Sara.

– Układania się – powtórzyła wolno. Będzie chciał im coś zaproponować.

Creesjie splotła dłonie i pochyliła się nad stołem.

– Powiedziałam wam wcześniej, że zrobiliśmy to wszystko, ponieważ chcieliśmy, by Jan poznał nasz strach. Chodziło nam również o to, by nie dać się złapać. Wszyscy na tej wyspie wierzą, że twojego męża zabił demon. Zależy nam, żeby tak pozostało. Niech ci ludzie wrócą z tą opowieścią do siebie. – Widząc pełną powątpiewania minę Sary, zatoczyła ręką łuk, wskazując wielką kajutę. – Wszystko to bez trudu da się wytłumaczyć, ale przesądy zapuszczają długie korzenie. Ci ludzie w to wierzą. Wierzą w Starego Toma. Do końca życia będą go przeklinali za swoje niepowodzenia i pocierali amulety mające uchronić ich od złego. Ich dzieci i wnuki też będą w to wierzyły. – Zamilkła, by zebrać się w sobie. – Kocham cię, Saro. – Popatrzyła na

Lię. – Kocham cię, Lio. Moi synowie was uwielbiają. Chciałabym, żebyście obie udały się ze mną do Francji, tak jak planowałyśmy. Mamy skarb Jana, co oznacza, że będziemy mogły żyć tak, jak zawsze pragnęłyśmy, wolne od obowiązku małżeństwa.

Lia zerknęła na matkę, lecz Sara uparcie wbijała spojrzenie w Creesjie. Lia była kochana i mądra, ale niewiele się przejmowała cierpieniem obcych. Łaknęła życia, jakie obiecywała Creesjie, i Sara wiedziała, że będzie ją błagała tymi swoimi ciemnymi oczami.

Nie wiedziała natomiast, czy ona zdoła się oprzeć. I czy w ogóle powinna. Przez piętnaście lat małżeństwa z Janem Haanem marzyła tylko o wolności. I teraz, gdy oferowano jej dokładnie to, czego tak bardzo pragnęła, jakaś jej część najchętniej zgodziłaby się tu i natychmiast, rzuciłaby się łapczywie na propozycję.

– Niezależnie od tego, jakie mieliście intencje, fakt pozostaje faktem, że zginęły setki osób – odezwał się poirytowany Arent. – Dzieci straciły rodziców. Mężowie żony. Nie można tego tak zostawić. Ktoś musi za to odpowiedzieć. – Świdrował Sammy'ego wzrokiem. – Tym się zajmowaliśmy, Sammy. Sprawialiśmy, że ludzie odpowiadali za swoje zbrodnie.

– Twój stryj odpowiedział za swoją – powiedziała Creesjie. – Kraje mi się serce na myśl o krzywdach, jakie wyrządziliśmy, dążąc do celu, ale mój ból łagodzi świadomość, że zapobiegliśmy przejęciu Kaprysu przez Siedemnastu Panów, a przez to opóźniliśmy rozwój imperium, w którego łonie potężnieją tak bezwzględni ludzie jak Jan Haan.

– Przynajmniej dopóki nie sprzedacie urządzenia komuś innemu – zauważył Arent.

– Zniszczyliśmy je – odparł beznamiętnie Sammy. – To znaczy te części, które udało nam się odnaleźć. Kaprys był zbyt potężnym narzędziem, by oddawać go w ręce królów albo Kompanii.

Sara była jedyną osobą, która usłyszała jęk zawodu córki. Lata pracy poszły na marne.

Creesjie zwiesiła głowę.

– Przykro nam z powodu lawiny śmierci, którą wywołaliśmy, ale gdyby nie Crauwels, ci ludzie nadal by żyli. Zamierzamy uratować rozbitków i zabrać ich do Amsterdamu.

Sammy pochylił się tak, by jego twarz była dobrze widoczna w świetle, i utkwił spojrzenie w Arencie. Patrzył czujnym i zarazem pełnym nadziei wzrokiem – jak dziecko, które chce poprosić o coś ojca. Przyglądając się siedzącym obok siebie Sammy'emu i Creesjie, Sara wyrzucała sobie, że wcześniej nie dostrzegła ewidentnego podobieństwa. Oboje mieli taki sam kształt oczu i podbródka. Cechowało ich takie samo naturalne piękno. Być może właśnie dlatego unikali przebywania w jednym pomieszczeniu.

– Znam twoją naturę, przyjacielu – odezwał się Sammy, kierując te słowa do Arenta. – Wiem, że narasta w tobie oburzenie na takie załatwienie sprawy. Wolałbyś, aby niesprawiedliwość została ukarana. Ale widzisz, rzecz w tym, że demon naprawdę istniał, a my naprawdę przegnaliśmy go z tego świata. Kaprys sprowadziłby nieopisane cierpienie na wielu ludzi, dlatego go zniszczyliśmy. Jest w tym dobro, jest w tym zło. Przyjmij naszą wersję tej historii, a podzielimy się skarbem Jana Haana z wami i z pasażerami. Zyskacie wolność wyboru takiego życia, na jakie macie ochotę. Kto wie, może któregoś dnia znów wspólnie rozwiążemy jakąś zagadkę?

Sara popatrzyła na Arenta. Próbowała odgadnąć jego nastrój. Na co dzień jego twarz była jak maska, za którą ukrywały się wszelkie emocje. Lecz nie tym razem. Dziś spod ściągniętych brwi i zmrużonych oczu wyzierała wściekłość. Krążyła w napiętych ramionach i zaciśniętych pięściach. Był gotów zatopić *Leeuwardena* gołymi rękami.

– Jaki mamy wybór? – spytała drżącym głosem Lia. – Co się stanie, jeśli odmówimy? Zabijecie nas?

– Nie! – wykrzyknęła z przerażeniem Creesjie. – Na miły Bóg, nie! Przecież gdybym miała taki zamiar, nie przyznałabym się do winy, kiedy Isabel chciała cię podpalić.

– Jeżeli nie przyjmiecie naszej propozycji, będziecie mogli zostać na wyspie i żyć tu nie niepokojeni – powiedział Sammy z autentycznym bólem, który zrodził się w nim na samą myśl, że mogłoby do tego dojść. – Żywności wystarczy wam na wiele lat. Jest też na co polować.

Skonsternowany gniewem Arenta, przeniósł spojrzenie na Sarę.

– Stary Tom zapytał, czego najbardziej pragniecie. Odpowiedzieliście, że wolności. Chcemy wam ją dać. Jaką cenę jesteście gotowi zapłacić?

Sara popatrzyła na córkę, potem na Arenta.

Lia wpatrywała się w matkę błagalnym wzrokiem. Niczego tak nie łaknęła jak wolności. Arent zareagował zupełnie inaczej. Jego potężna sylwetka zdawała się wypełniać pomieszczenie, szerokie ramiona podnosiły się i opadały; był jak byk grzebiący kopytem przed szarżą. Oto Arent, bohater pieśni, nieprzejednany i niepowstrzymany, zesłany przez niebiosa, by obalać królestwa. Lecz Bóg, któremu służył, zawiódł go. Nie było mowy o przebaczeniu.

Sara zdawała sobie sprawę, że to, co teraz powie, zdecyduje o życiu lub śmierci Arenta, jak również o tym, ilu ludzi zginie, próbując go powstrzymać.

Czego pragnęła? I jaką cenę była gotowa zapłacić?

Przez chwilę jedynym dźwiękiem, jaki docierał do ich uszu, było skrzypienie drewnianej konstrukcji statku. Wszyscy w milczeniu czekali na jej decyzję.

– Nie – powiedziała cicho. Pozostali wstrzymali oddech. Arent zastygł, gotów zerwać się z krzesła. – Nie. Nikt więcej nie będzie rządził moim losem. Istnieje inne rozwiązanie.

– Zapewniam cię, że pomyśleliśmy o wszystkim – zaznaczył Sammy, zerkając na Arenta.

– Ucisz się, Samuelu – zbeształa go Creesjie. – Jakie rozwiązanie, moja droga?

– Pokuta – rzuciła Sara. – Pasażerom należy się rekompensata za wszystko, co utracili. Za niewielką część skarbu, którym dysponujecie, możecie kupić im nowe życie. Ale nie wolno wam potem odejść, jakby nic się nie stało. Zginęło zbyt wielu niewinnych ludzi. Musicie to odpokutować.

– W jaki sposób mielibyśmy to zrobić? – spytała ostrożnie Creesjie.

– Nakazując Staremu Tomowi działać w szlachetnym celu – odparła z przejęciem Sara. – Upewniając się, że będzie szeptał do tych, którzy zasłużyli sobie, by usłyszeć jego głos. – Wyczuwając sprzeciw, prędko dodała: – Wszyscy doskonale wiemy, że istnieją setki ludzi takich jak mój mąż, którzy dopuszczają się okropnych czynów, lecz ich wpływy sięgają tak daleko, że uchodzi im to na sucho. A gdyby to zmienić? Powiedzmy, że gdy kolejny arystokrata zamorduje służącą, Stary Tom odnajdzie go i każe mu słono zapłacić za ciężki grzech. Albo gdy król powiedzie swą armię na rzeź, a potem tchórzliwie czmychnie z pola bitwy, Stary Tom będzie czekał na niego w zamku.

Sammy i Creesjie spojrzeli po sobie z niedowierzaniem. Za to Arent się uśmiechał. Lia również.

– Zastanówcie się nad tym, jak wiele trudu zadaliście sobie po to, by się zemścić – nie odpuszczała Sara. – Planowaliście tę intrygę cztery lata, a Arent i ja rozpracowaliśmy ją w kilka tygodni. Lia wynalazła Kaprys z nudów. Wyobraźcie sobie, czego mogłaby dokonać nasza piątka, gdybyśmy połączyli siły. Pomyślcie, ile dobra moglibyśmy uczynić.

– Nie jesteśmy w stanie karać za każdy zły uczynek na świecie – zaprotestował Sammy, lecz słowa przeczyły entuzjazmowi malującemu się na jego twarzy.

On chce dać się przekonać, uświadomiła sobie Sara. Dla niego byłoby to wyzwanie, które wypełniłoby mu resztę życia. Musiała jedynie znaleźć odpowiednie słowa.

– Nie musimy tego robić – mruknął Arent. – Ale możemy zaszczepić w ludzkie serca strach przed złymi uczynkami. – Popatrzył na Sammy'ego. – Jesteś intryganckim, kłamliwym, zdradzieckim sukinsynem, Samuelu Pipps, ale do dziś byłeś mi przyjacielem i pragnąłbym, abyś znów nim był. Wysadziłeś w powietrze ósmą latarnię, ponieważ poprosiłem cię o dowód, że nadal mogę ci ufać. Teraz proszę cię o kolejny.

– Creesjie, proszę – poprosiła błagalnie Lia, chwytając ją za dłoń.

Creesjie spojrzała z nadzieją na brata.

– Czy to w ogóle wykonalne?

– Mamy wielki skarb... – Sammy się zadumał. – Mamy statek, wyspę. Nie mówiąc o nadmiarze inteligencji i sprytu. Cóż... może się udać. Chętnie się o tym przekonam.

Na ich ustach pojawiły się nieśmiałe uśmiechy. Wiedzieli, że słowa Sammy'ego były niczym przypieczętowanie nowej niezwykłej umowy.

– Może więc pora, by diabeł zrobił to, czego Bóg nie chce – powiedziała radośnie Creesjie, po czym przeszyła Sarę dociekliwym spojrzeniem. – Od czego zaczniemy?

Przeprosiny dla miłośników historii. Oraz statków

Witaj, przyjacielu.

Wybacz, że wpadam bez zaproszenia. Chciałem zajrzeć po tym, jak osiądzie kurz po intrydze, i zamienić z Tobą kilka słów.

Uważam, że każda książka jest taka, jak Ty ją odbierasz. Widoki, zapachy, postacie – każde Twoje wyobrażenie jest prawdziwe! Właśnie za to uwielbiam książki. Nie ma dwóch takich samych czytelników, a co za tym idzie, każda lektura tego samego tekstu jest inna. Twoja wersja Arenta różni się od mojej, co widzę zwłaszcza po tym, jak wielu ludzi uważa go za pociągającego gościa. Nie celowałem w seksownego bodyguarda, ale kogo to obchodzi? Chcesz seksownego Arenta, to będziesz go mieć.

Tak samo nie przepadam za umieszczaniem moich opowieści w szufladkach gatunkowych. *Siedem śmierci Evelyn Hardcastle*, moją poprzednią powieść, klasyfikowano jako klasyczny kryminał, metafizyczne science fiction, współczesną fantastykę, a także horror. Wszyscy ludzie, którzy używali tych łatek, mieli rację. To ich książka, więc mogła być tym, na co akurat mieli ochotę. Ich święte prawo.

Podejrzewam, że w przypadku *Demona i mrocznej toni* będzie podobnie. W porządku, nie przeszkadza mi to. Z jednym wyjątkiem... Otóż mam pewne obawy, że komuś może przyjść do głowy zaszufladkować ją jako „książkę o statkach" albo powieść historyczną.

Rzeczywiście, na pierwszy rzut oka może się taka wydawać. Mamy rok 1634, a więc jest przeszłość, historia. Jest to zdecydowanie powieść, zatem mamy prozę, fikcję. No i bez dwóch zdań akcja rozgrywa się na statku. Boję się, że czytelnicy oczekujący czegoś w duchu Hilary Mantel albo Patricka O'Briena będą próbowali się dopatrzyć szczegółów, które rozmyślnie pominąłem. Nie zrobiłem tego z arogancji, tylko dlatego, że stały na drodze historii, którą próbowałem opowiedzieć.

Na indiamanach służyły tuziny oficerów, przy czym każdy był niezbędny dla prawidłowego funkcjonowania statku. U mnie jest tylko trzech, ponieważ nie chciałem mnożyć postaci i wątków pobocznych, w których fabuła z łatwością mogłyby ugrzęznąć. Przemyciłem elementy historyczne, ale poddałem je obróbce, zmieniając czas, miejsce i sposób, w jaki się wydarzyły. Technika w *Demonie i mrocznej toni* jest znacznie bardziej rozwinięta, niż w rzeczywistości była, podobnie jak postawy niektórych bohaterów oraz ich mowa. Tak, zdecydowanie dotyczy to języka. Wszystko to celowe zabiegi. Przygotowałem się gruntownie, zebrałem i przestudiowałem materiały i tak dalej – po czym wyrzuciłem wszystko, co przeszkadzało mi w poprowadzeniu akcji. Rozumiesz, do czego zmierzam? Moja książka jest fikcją historyczną, w której to historia jest fikcją. Mam nadzieję, że to Ci nie przeszkadza. Wiem jednak, że wiele osób może mieć obiekcje, bo po prostu wolą gorącą czekoladę zamiast kawy. Zależy im właśnie na tych szczegółach, które cisnąłem za burtę.

W ten pokrętny sposób chcę Ci powiedzieć: Błagam, nie przysyłaj mi elaboratów na temat technik olinowania na galeonach albo kobiecej mody w siedemnastym wieku. Chyba że dysponujesz naprawdę superciekawymi faktami, którymi koniecznie chcesz się podzielić.

Lubię dobre fakty.

No dobrze, myślę, że zająłem Ci wystarczająco dużo czasu. Mam ogromną nadzieję, że lektura *Demona* sprawiła Ci tyle przyjemności, ile mnie nasza pogawędka. Miłego wieczoru i do zobaczenia za dwa lata, kiedy wyjdzie moja kolejna książka. Obiecuję, że będzie naprawdę fajna.

Na razie
Stu

Podziękowania

Uwaga, moi mili, będzie jak na Oscarach. Przy okazji *Siedmiu śmierci Evelyn Hardcastle* nie podziękowałem nawet połowie osób, którym byłem winien wdzięczność. Tym razem idę na całość i dziękuję absolutnie wszystkim. Pisanie *Demona i mrocznej toni* było ciężką pracą – tak jak opieka nad noworodkiem w tym samym czasie, gdy powstawała książka. Zdrowo sobie ponarzekałem na jedno i na drugie. Za co wszystkich przepraszam. Już mi lepiej. Odezwijcie się, wiszę wam piwko.

Biedna Resa. Oprócz tego, że wysłuchiwała jęczącego męża i donosiła mu herbatę, moja żona była zmuszona zdecydowanie zbyt często zajmować się Adą zupełnie sama, bez mojej pomocy. I to ona wytknęła mi, że wymyślone przeze mnie zakończenie w pierwszej wersji książki jest do kitu. Jeśli masz partnerkę taką jak Resa, dziewięćdziesiąt procent Twojego życia to ideał. Dziękuję, moja lasko (będę miał przerąbane za to, że publicznie ją tak nazwałem).

Przejdźmy do moich redaktorek: Alison Hennessey, Shany Drehs i Grace Menary-Winefield. Musiały wyciągać *Demona* słowo po słowie. Bo wierzgał, pluł i gryzł. Przeczytały całą masę bzdur i śmieci, a mimo to tryskały życzliwością i pozytywnym nastawieniem. Bez nich *Demon* by nie istniał.

Mój agent, Harry Illingworth, jest... wysoki. I to by było na tyle. Ale poważnie: Harry to mój serdeczny kumpel, który wie wszystko o branży wydawniczej, co okazuje się niewiarygodnie przydatne. Poza tym doskonale sobie radzi z powstrzymywaniem łez, kiedy mówię mu, że ZNOWU nie dotrzymam terminu, a on będzie musiał przekazać tę wiadomość Alison. Czegoś takiego nie sposób się nauczyć.

Wielka Phil nas opuściła, więc dla mnie jakby umarła. Zamierzałem napisać o tym, jak fantastyczna była jej kampania wokół *Siedmiu śmierci* i jak doskonale się zapowiadała kampania *Demona i mrocznej toni*. Chciałem też napisać, że jest świetną kumpelą, ale cóż, samolubnie zaszła w ciążę i wzięła urlop macierzyński, więc nic z tego, moja droga, nie wspomnę o tym. Wszystkie te rzeczy równie dobrze mógłbym powiedzieć o Amy, więc powiem. Amy, czynisz cuda. Dziękuję. A jeśli chodzi o Phil, to tak naprawdę nie mógłbym się wyzłośliwiać. Masz w domu małe dziecko, Phil – to dla ciebie wystarczająca kara.

Glen dba, by nigdy nie zabrakło mi brownie, kiedy podpisuję książki. Za to, jak również za to, że bez szemrania znosisz moje gadanie, kiedy robimy rundkę po londyńskich księgarniach – dziękuję. David Mann projektuje wspaniałe okładki. Obie do *Siedmiu śmierci* były jego. Okładka *Demona* też wyszła spod jego ręki. Uwielbiam je. Dzięki, stary. Emily Faccini sporządziła plan statku, który jest ucztą dla oka. Jest niezwykle utalentowaną osobą. Ilustrację do *Siedmiu śmierci* też stworzyła ona.

Caitlin, Valerie i Genevieve promują mnie i wpychają moje książki, gdzie się tylko da. Czasem dziwię się, że ludzie nie potykają się o nie, kiedy wychodzą z domu. Dzięki, dziewczyny. I nie zapominajmy o Sarze Helen, dzięki której cały proces produkcyjny pomimo szalejącej pandemii przebiegł zadziwiająco gładko. Niezła robota!

Na koniec pragnę wyrazić wdzięczność mamie, tacie i Kartoflowi. Jak podziękować ziemi, na której stoicie, i warstwie ozonowej za to, że chronią was przed spopieleniem? Bardzo długo starałem się zostać pisarzem, a oni nigdy nie przestali we mnie wierzyć. To dla mnie nadal niezwykle ważne.

Niech płyną łzy, niech muzyka gra – bo co złego, to nie ja.

Polecamy

„Na dzisiejszym balu ktoś zostanie zamordowany. Nie będzie to wyglądało na zabójstwo, więc sprawcy nie złapią. Jeśli naprawi pan tę niesprawiedliwość, pokażę panu wyjście".

Korytarze posiadłości Blackheath kryją mordercę. Jego ofiarą codziennie wraz z wybiciem jedenastej wieczorem pada Evelyn Hardcastle – piękna córka gospodarzy. Evelyn będzie umierać w nieskończoność – chyba że ktoś odkryje, kim jest jej zabójca.

Wśród gości zaproszonych do Blackheath jest kilku ludzi, którzy próbują to zrobić. Nie mają równych szans ani równych możliwości. Stale przeżywają ten sam dzień, usiłując rozwiązać zagadkę, lecz każdy wieczór nieubłaganie przeszywa dźwięk wystrzału z rewolweru...

Jeśli Aiden Bishop nie zwycięży w wyścigu o odkrycie tożsamości mordercy, nigdy nie opuści posiadłości. Ma osiem szans: każdego ranka przez osiem dni obudzi się w ciele innego gościa... Jeśli nie uda mu się znaleźć zabójcy, cały cykl zacznie się od początku. I znów będzie musiał odkrywać, kim są jego przeciwnicy i który z nich pod eleganckim ubraniem skrywa śmiertelnie ostry nóż...